Frank Schulz

Das Ouzo-Orakel

Hagener Trilogie III

Roman

Eichborn Berlin

In Liebe
Renate
gewidmet …

1 2 3 4 07 06

Umschlaggestaltung: Christina Hucke unter Verwendung
eines eigens für dieses Buch angefertigten Bildes
von Wolfgang Herrndorf
Lektorat: Wolfgang Hörner
Layout: Cosima Schneider
Satz: Fuldaer Verlagsanstalt, Fulda
Druck und Bindung: Clausen & Boss, Leck
(Eichborn Berlin)

ISBN 3-8218-0729-6

Verlagsverzeichnis schickt gern:
Eichborn Verlag, Kaiserstraße 66, 60329 Frankfurt am Main
www.eichborn.de
www.eichborn-berlin.de

INHALT

… ein graubehaartes Paar – und dennoch:
getanzt muss werden!

Euripides
Bakchen

Heiterkeit, güldene, komm!
du des Todes
heimlichster, süssester Vorgenuss!

Friedrich Nietzsche
Die Sonne sinkt
(Dionysos-Dithyramben)

… und zeige dich mächtiger
als die unbezwingliche Liebe!

Longos
Daphnis und Chloe

Seufz!

Hera Lind
Das Superweib

Gr. **Bakchen** (*lat.* Bacchantinnen): *jene fünf Nymphen, die den Gott Dionysos* (*lat.* Bacchus) *aufzogen; später verallgemeinernd für glühende Anhängerinnen des dionysischen Kults der Ausschweifung.*

Prolog

Ich war einmal ein Prinz, und obwohl nur zweitbester Schütze in meinem kleinen Reich, war ich tausendmal glücklicher als der beste, der König – denn meine Prinzessin hatte Augen so grün wie das sonnige Wasser im Mühlenteich. Sie war die Schönste weit und breit, tausendmal schöner als die Königin, und ich bis über beide Ohren in sie verliebt. Ich war zum ersten Mal im Leben verliebt. Und wer weiß: Wäre ihre Mutter nicht bald nach dem Schützenfest fortgezogen mit ihr, ich wäre vielleicht für immer im Dorf geblieben – mit ihr, meiner Prinzessin.

Doch ich wuchs heran, wurde erwachsen und zog in die große Stadt. An meine Prinzessin erinnerte ich mich immer seltener, bis ich sie fast vergaß. Ich lebte mein Leben, so gut ich konnte; viele, viele Jahre vergingen. Eines Tages wurde ich sehr, sehr krank. Als es mir besser ging, zog ich in ein wärmeres Land.

Dort lebte ich wie im Paradies. Wie im Paradies lebte ich dort – bis eine Fremde kam, eine Fremde mit Augen so grün wie einst das sonnige Wasser im Mühlenteich meines kleinen Reichs.

Erster Gesang

Das Ei der Nyx

I

Frost beschlägt Monikas linke Schläfe; plötzlich schwirrt das linke Trommelfell wie eine Bogensehne, von der ein Pfeil schnellt, und dann bohrt sich ein Eiszapfen ins Herz – so ein Gefühl war es, als das *Echo* sie traf; das Echo der Erkenntnis, frei zu sein.

Die Betäubung durch den Schock dauert nicht lang. Ihr Herz fängt an, rasend zu pumpen, um den Fremdkörper auszuschwemmen, doch das Geschoß löst sich in Kälte auf und flutet die entlegensten Blutgefäße, und Monika beginnt derart zu schlottern, daß die Servolenkung mit Zuckungen antwortet und das Getriebe mit Stottern auf die Pedalbefehle ihres krampfenden Fußes.

Da öffnet sich ein Rastplatz, weitet die Kurve weit nach außen aus. Ein Gummiquieken, zwei hart federnde Doppelschläge, Knirschen von Schotter. Gelblicher Staub steigt hinter den Scheiben auf. Schlüssel rum. Die Gehörnerven dröhnen. Sie stößt den Schlag nach außen, klimmt am Holm hinaus, das Armfleisch bibbert; keuchend lehnt sie sich gegen den Kotflügel, und auf ihre Haut prallt – mit der trockenen Wucht einer Kaminsauna – die antike Hitze jenes ionischen Nachmittags.

Monika sackt in die Hocke. Sie langt nach einem kartoffelgroßen Stein; für einen Augenblick trösten sie sein Gewicht, die griffige Form und Rauhheit – doch gleich darauf fletscht sie zischend die Zähne und läßt ihn fallen, so aufgeheizt ist er. Die Staubschäfchen schweben davon; Monika starrt hindurch und über die Chausseekurve hinweg auf zwei Zypressen, die sich in eine Rißwunde im ockerfarbenen Gestein des Berges schmiegen. Von der abgewandten Seite der Limousine her vernimmt sie ein Rasseln, pfeifende Obertöne geben den Takt. Zikaden. Sonst Stille wie in einem Alptraum.

Ausgekühlt vom Schock der Freiheit war Monika; ausgekühlt vom falsch regulierten Klima im Auto, ja noch von der Klimaanlage der *Apollonas II* – der Fähre Triest–Igoumenitsa – und der des Autozugs Hamburg–Villach tags zuvor; ausgekühlt vom verhagelten Frühjahr Norddeutschlands, ja von den gesamten acht Monaten ihrer operettenhaften Krise. Manchmal hatte sie zu spüren gemeint, wie Rauhreif auf ihren Knochen knisterte.

Nun spürt sie, wie ihre Haut auf Armen und Schenkeln, auf Hals und Wangen die sengende Strahlung nicht länger abzuwehren versucht, sondern aufzunehmen – aufzu*saugen*. Sie spürt, wie ihre Haut ihr Blut erwärmt, ihr Blut ihr Fleisch und ihr Fleisch ihre Knochen. Sie spürt, wie sie auftaut.

Ihr Herzschlag beruhigt sich. Sie stemmt sich am Radkasten empor und wartet, bis der Schwindel sich legt. Sie stützt sich auf der Kühlerhaube ab, als sie um den Wagen herumstakst, jenem rasenden Gezirp nach. Mitten durch die Glut der Luft spült eine warme Brise, gesättigt von Duft nach wildem Salbei. Ihm entgegen stolpert sie über den steinigen Boden, auf eine Lücke im Oleander zu, dessen Sippe immer wieder auf der Strecke durchs Küstengebirge Spalier gestanden hatte; Büsche mit pompösen Rüschen, deren unterschiedliche Färbungen Monika entzücken: purpurne, rosafarbene, lachsfarbene sowie zwei Arten von Weiß, eines, dem das Rosé der Staubgefäße einen ebensolchen hauchdünnen Schimmer verleiht, und ein leuchtendes Blütenweiß.

Plötzlich – aus dem toten Winkel, mit direktem Kurs auf ihr linkes Ohr – ein knurrendes Insekt. Sofort trudelt Monika um ihre eigene Achse, Ohrfeigen verteilend; Ellbogen erhoben, Kopf eingezogen, verhofft sie einen trügerischen Moment; reißt in frisch aufflammender Panik das Kinn hoch, um eine Attacke von unten zu parieren, und so geht das noch eine Weile weiter, bis der zuständige Gott den Kampf gelangweilt abbricht.

Mit wiederum erhöhtem Puls, den Hals vorgereckt, den Blick trotz der dunklen Brille mit der Hand gegen Süden abgeschirmt, tritt sie an die Hangkuppe heran. Platte Plastikflaschen, ausgemergelte Eistüten und Kippen im Gestrüpp. Doch da hinten, da unten, tief unter dem Hochofen der Sonne hingegossen, eine gras- und efeu-, moos- und olivgrüne Ebene, getigert von kostbaren Schattenstreifen, durchkreuzt von sandhellen Wegen. Der Südhorizont eine dunstige Gratkette, doch der Westen das Tor zum gleißenden Meer, bewacht von zwei Berghügeln, Leibern kolossaler Ungeheuer – eine Art Schildkröte das eine, knollig verknoteter Lindwurm das andere. Als hätten sie sich einst Aug' in Auge niedergebeugt, um zu saufen oder zu kämpfen, wären aber zu Stein verflucht worden und im Laufe der Äonen überwuchert von Busch und Nadelwald. Auf dem Rücken des Lindwurms ein Ruinengemäuer; drauf, drinnen und drumherum Konfettikäfer – Touristen.

Zwischen den beiden Hügeln leuchtet ein saphirblauer Meerbusen, umkurvt von weißblondem Strand, und dessen halben Bogen entlang wiederum schwingt sich ein Hain von Eukalyptusbäumen mit angerosteten Kronen. Daran geschmiegt, erstreckt sich ein Haufendorf, ein schiefes, offenes Labyrinth aus hellen Häuschen und Häusern, fast alle karminrot gedeckt.

»Oooh«, macht Monika.

Dabei kann sie von dort oben noch nicht einmal erkennen, daß die Südgrenze jener Siedlung der lieblichste Fluß der ganzen Provinz, ja vielleicht ganz Griechenlands entlangströmt. Gerade mal eine Narbe im Geflecht des Talgrüns zeugt von seinem Verlauf flußaufwärts; die Mündung am Südansatz der lagunenartigen Bucht verbirgt sich hinter den Felsbrocken einer Art Mole, die schnurgerade die

Bucht vom Schädel der Schildkröte trennt. In deren Nacken thront die Kapelle der hl. Helena, auf der landab-, meerzugewandten Seite ihres Panzers aber, für Monika dort oben also unsichtbar, die *Villa Arkadia*.

So hatte das schlichte Haus sein Bewohner getauft, eingewanderter Deutscher; ein Sonderling. Frührentner, doch auf Nachfrage bezeichnete er sich, wiewohl selbstironisch, lieber als Privatgelehrter. Es handelte sich um einen gewissen Bodo Morten, kurzum: um mich.

Natürlich waren jenem Anblick von Kouphala, selbst seinem bloßen Ruf, schon fabelhaftere Figuren als ich oder Monika gefolgt – solche halb Mensch, halb Motorrad wie der rasende Erwin und Strong Man zum Beispiel. Schöne Bakchen wie die stolze Karin und die gütige Manu. Wirrköpfe wie der unausweichliche Sven, Sommerresidenten wie der flinke Ingo, Rekonvaleszenten wie der traurige Stephan und viele, viele andere Alltagsabenteurer. Schwaben und Sachsen, Rheinländer und saufende Bayern; Briten, Italiener, Belgier und Österreicher, ja selbst der eine oder andere Schweizer und Amerikaner.

Schon immer da aber waren *sie,* Barchefs wie der lachende Sotiris und Papagallos wie der verdammte Panos, brave Bauern wie Kosta (genannt »brava«) und sonnige Gastwirte wie Kosta (genannt »del sol«), Fischer wie Spyros der Ältere – und, vor allen, Spyros der Jüngere.

Spyros der Jüngere. Unterm rechten der beiden pantherschwarzen Pinsel seines Schnauzbarts erschien, wenn er lächelte, ein Grübchen, in das sich weibliche Wesen, mochten sie auch grad Menarche oder längst Menopause hinter sich haben, zu stürzen pflegten wie nackt von einer Klippe… Stimmt's, Spyro? Ein Modellathlet von Fischer war er, mit einem weich anmutenden Schopf schwarzer Haare, und die Färbung seiner Iris erinnerte mich stets an die Forellen im Bach meines Heimatdorfs auf der niederelbischen Geest. So voller Leben und Bravour waren diese Augen oft, daß ich mir manchmal vorkam wie ein Schmarotzer.

Manchmal aber krümmten sich seine Brauen wie zwei Raupen, die sich in die Quere kamen. Dann stand er da, Kinn auf dem Schlüsselbein, die Fäuste in die Hosentaschen gerammt, »wiell niecht merr lebben«, und mit Worten vermochte ihn niemand aus seiner Umnachtung zu befreien. Dann schnallte er seinen Nierengurt um, stieg in den Sattel seiner Kawasaki und drehte den Hahn auf, daß man das irrwitzige Geheul durchs ganze Tal schallen hörte, durch die Berge bohren und bis hinaus aufs Meer hallen.

Zurückgekehrt, stieg er von dem tickenden Tier, die Augen glitzernd vom zügellosen Kampf mit der Schwermut, und eine Stunde später lachte er über die Blödheit eines Dorfköters, bis ihm die Wangen feucht wurden. Sein Lachen, auch das herzlichste, war nur ein Hecheln und Glucksen, und doch bescherte es noch dem verdrucktesten der Touristen ein Pfingstgesicht – zu dessen eigener Überraschung. Ab sofort war auch der, wie wir alle, ihm ergeben, und Spyros der Jüngere ging leichtherzig damit um, doch keineswegs leichtfertig. Er war das Herz der legendären *Taverna Plaka** am Acheron, denn so hieß (und heißt) er, jener Fluß.

All diese schlichten, seelenvollen Menschen, die waren schon immer da, da unten in Kouphala, das alabasterfarben und rotgetupft, hingebettet zwischen Grün, Blond und Blau, heraufstrahlte in sagenhafter Helligkeit und Wärme, herauf zu jener Fremden dort droben. Zu Monika.

»Da«, wispert sie, »fahr ich jetzt hin.«

Und wer wollte es ihr verübeln.

---

* *pláka* (Neugr.): Spaß, Vergnügen; aber auch z. B.: Schiefertafel, Grabstein

II

Ich. *Ich* wollte es ihr verübeln, stimmt's, Spyro?

O ja, ich entsinne mich jenes Abends, an dem sie im Gefolge Kosta bravas auftauchte. Ich entsinne mich, wie unschuldig jener Abend bis dahin gewesen war, entsinne mich genau der Abfolge jener harmlosen Begebnisse: erst Karins und Manus Geplänkel, dann der Auftritt des unausweichlichen Sven, dann Karins erstes fürchterliches Gelächter dieses Sommers, endlich die frische Brise entlang dem Fluß und Karins Travestie einer Fernsehwerbefigur für Telefonsex, schließlich Auftritt Spyros' des Jüngeren sowie Auftritt Spyros' des Älteren mit seinem Hühnerei-Kunststückchen – und dann, dann sie, die Fremde, die geheime Botin des Anfangs vom Ende meiner Zeit am Ionischen Meer. Monika.

Schlimm... *Nai, málista**: schlimm die Zwangsläufigkeit, die jeder Vergangenheit innewohnt – als hätte es gar nicht anders kommen *können!*

Wie üblich saßen wir am Fluß, im Garten der Taverna Plaka. Eine einzelne Grille zirpte ihre Hymne an die Friedlichkeit. Sie verbarg sich im Eukalyptusbaum, einem der wenigen bis ins Dorf versprengten Abkömmlinge des Waldes am Strand, in nächster Nähe des Unterlaufs der einzige. Sein Flitterlaub duftete würzig, doch es hing schlaff herab. Windstärke null. In einer Astgabel steckte eine Lampe. Ihr Schein strich übers sanft schwankende Ruderhaus von Spyros' Kutter und zauberte eine pastellgrüne, wabernde Lache vor den Bug.

Der Fluß drängte meerwärts. Seine Wellen aber, zäh wie Olivenöl, wölbten sich nur träg, und wie immer, sobald es

---

* Ja, jawohl

zu dämmern begann, riefen die Reflexionen der Kämme jenes Licht-Spiel hervor, das ich so liebte: Auf dem Röhricht am jenseitigen Ufer schien sich ein breites Rad zu drehen. Zu sehen war nur die obere Hälfte und waren nur die Speichen, grünlich-goldene Strahlen, und wenn sie die fransige Oberkante der Schilfhecke erreichten, wurden sie vom Dunkel dahinter gekappt, und danach fuhren sie wieder bis auf volle Länge aus. Ach, wie sehr ich es liebte, mich von dem Anblick einlullen zu lassen... stimmt's, Spyro?

Frei von Rinde und Bast, wirkte der hellgraue Stamm des Eukalyptusbaums wie der Schenkelknochen eines Brontosaurus. Fußsohlenwarm sein Holz, gegen das ich mich stemmte, um mit dem Stuhl kippeln zu können, nur eine Idee abseits des Tischs, an dem Karin und Manu saßen. Ich schleuderte mein *kompológi**, ließ seine Stahlperlen Zeige- und Mittelfinger drosseln, anderthalbmal her, anderthalbmal hin, und verfolgte jene Laune der Physik. Hob ich den Blick, sah ich die Klinge des Mondes – jenseits des Flusses, links vom Schattenriß des Schildkrötenhügels.

Die bunte Kette von Glühbirnen, im Karree durch die Kronen der Baumwollpappeln und Platanen gezogen, funzelte ihre grünstichige Tivoli-Beleuchtung auf die zwei Dutzend Tische im Garten. Bis auf unseren waren sie unbesetzt. Sie hatten Stahlbeine und eine aluminiumüberzogene Holzplatte, und die meisten wackelten. Mit dem Wert all der Hundert-Drachmen-Münzen, die ich in meiner Zeit am Ionischen Meer unter ein Bein geschoben und vergessen hatte (Kronkorken konnte man nicht so fein abstufen), hätte man die gesamte Taverna Plaka frisch bestuhlen können – was nicht zu ihrem Schaden gereicht hätte: Drei, vier Stuhlgenerationen koexistierten hier; die altehrwürdigste

---

* Rosenkranz, Perlenkette; auch: Reihe, Folge (sprich: Komboloi)

verfügte über Stahlgestänge und orangefarbene Plastiksitzschalen, daneben gab es Vollplastiksessel in Hellgrün, Hell- sowie Dunkelrot und Violett (beziehungsweise, wie Karin sich ausdrückte, »Blutergußfarbe«).

Kein Mopedgeknatter im Dorf, kein Bouzoukigeklimper; selbst für Fernsehgeplärr war es den Bewohnern Kouphalas zu heiß. Wie immer um diese Jahreszeit war die Sonne gegen neun untergegangen, doch die Brise, die gewöhnlich Stunden vorher die Ufer des Acherons beatmete, ließ an diesem Abend lange auf sich warten. Von meinem Chronographen las ich ab, daß jetzt, um zehn vor zehn, noch 32,7 Grad Celsius herrschten. Obwohl die Saison noch gar nicht recht im Gange war, ächzte das Land bereits unter der ersten Hitzewelle des Jahres. Seit knapp zwei Wochen glühte die Luft vom Tagesbrand der Sonne bis tief in die Nacht hinein nach. Sie war trocken, die Luft, aber tonnenschwer. Sie quetschte förmlich das Wasser aus den Leibern.

»Hoffentlich«, ächzte Karin, »bringt Spyros bald mal 'n Verdauungsouzo...«

Das Emblem der Taverna Plaka war ein Klischee vom schnauzbärtigen, fischenden Griechen, und obwohl rasterartig wiederholt, lugte es auf dem Tischtuch aus Papier nur einmal vollständig hervor zwischen den Aschenbechern, Wein- und Wassergläsern, Retsina- und Anderthalb-Liter-Wasserflaschen aus Plastik, benutztem Besteck und Tellern, von denen Karin, Manu und ich selbst noch die Ölreste mit Brot aufgetupft hatten. Im Körbchen nur mehr eine krümelbesäte Serviette, auf einer Servierplatte aus Edelstahl Kabeljauköpfe und -skelette, rosafarbene Garnelenhülsen und -füßchen.

Die Kerbe an ihrer Nasenwurzel verlieh Manus Grinsen eine grimmige Note. »Ich denk'... Ich denk', du willst in diesem Urlaub über*haupt* keinen Ouzo mehr trinken.«

Bis von dieser Kerbe nur mehr eine Blesse übrigbleiben würde, sollte es noch ein paar Tage dauern. Ihr von der Natur gewelltes, dunkles Haar, durchschlängelt von Silberadern, bog sich hinters Ohrläppchen, das mit einem silbergefaßten Stein geschmückt war, einem Stein so dunkelblau funkelnd wie ihre Augen – ein Geschenk ihres Mannes, meines alten Freundes Kolk.

»Wer sagt das?« Mit einer zappeligen Kreisbewegung zog Karin den Folienstreifen von der Gauloises-Packung und legte ihn neben den Aschenbecher, mitsamt den beiden unterschiedlich großen Teilen der Cellophanhülle.

»Wer das sagt? *Du* sagst das! *Du* sag-, *du* hast das gesagt! Gestern abend!« Bei leichter Erregung, ganz gleich, ob angenehmer oder unangenehmer, stammelte Manu ein wenig.

»Da war ich ja auch besoffen.« Karin riß mit ihren purpurnlackierten Nägeln ein Quadrat aus dem Falz des Silberpapiers, zerknüllte es zwischen Daumen- und Zeigefingerkuppen und stopfte es in die Cellophanhülle, das Deckelchen hinterher. Dann zwirbelte sie die Hülle am offenen Ende, schlang den Folienstreifen um den Zipfel, schlug einen Knoten hinein... ein winziges Schleifchen dazu... Gestern um diese Zeit hatte sie schon einmal ein solches Tütchen gebastelt. Heute präsentierte sie es Manu – als Zeugnis dafür, daß sie mit sich und der Welt im reinen sei.

In der Tat kein geringes Kunststück, angesichts Tatterichs und langer Fingernägel, die ich während der Prozedur aneinanderschaben zu hören meinte. Als der Schauder auf meinem Rücken verronnen war, fragte ich sie: »Hast du eine oder zwei Packungen geraucht, seit gestern abend.«

»Drei«, sagte Manu; »Quatsch«, sagte Karin. Und dann begannen beide gleichzeitig zu lachen, ohne auch nur einen Blick getauscht zu haben.

Nur einen Moment lang war ich verblüfft; dann ahnte ich, sie wußten selbst, daß es eigentlich um etwas ganz anderes ging: Karin trachtete ihrem noch zuckenden Kater den Garaus zu machen, und Manu war bereits ärgerlich vor Erwartung, welches Manöver Karin diesmal fahren würde, um ohne Gesichtsverlust die nötige Dosis Ouzo ordern zu können. *Darum* ging es, um Karins Beschaffungs-Chuzpe. Mit der haltlosen Anschuldigung auf einem Nebenschauplatz verfolgte Manu lediglich den Zweck, schon mal wider den Stachel zu löcken, und daß der Versuch so plump ausfiel, aber wenigstens prompt, amüsierte sie beide.

Karin entzündete eine Zigarette. Manu stahl ihr eine, obwohl sie filterlose Zigaretten haßte, und *weil* sie filterlose Zigaretten haßte, gab ihr Karin Feuer. Karin blies eine Rauchbö in die reglose Luft. Manu ließ den Qualm aus ihren schmalen Nüstern sickern. Zwei reizende Drachen auf Urlaub.

Seit dem Winter hatte ich mich danach gesehnt, die beiden Grazien wiederzusehen, nach all der langen Zeit wieder einmal ihren norddeutschen Zungenschlag zu genießen, und seit dem vorangegangenen Abend waren sie da, die stolze Karin und die gütige Manu... *Málista** – stimmt's, Spyro? –, ich hatte mich auf sie gefreut. Die beiden kannte ich viel zu lange, als daß von ihrer Eigenschaft als Geschlecht noch hätte Gefahr für mein mönchisches Seelenheil ausgehen können, und selbst jene unheimliche, typisch weibliche Form der beinah telepathischen Auseinandersetzung beeinträchtigte kaum die gynäkologische Gelassenheit, die ich mir in meiner Zeit am Ionischen Meer anmeditiert hatte.

---

* Jawohl

Vorsichtig versuchte ich, mich in Karins Ich einzufühlen. Es schien ungut beeinflußt – von Blutvergiftung, Magengrimmen und einer Art Schleudertrauma: das gestrige Gelage zur Feier ihrer Ankunft. Das hatte ihr Manu schlecht vermiesen können, da die es selbst genossen. Doch jetzt spürte ich deutlich, daß Manus alljährliche Urlaubsmission, die Windsbraut von Schwägerin im Zaum zu halten, an Karins Stolz nagte. Ja, Karin ging fast kaputt unter den Gewalten, die sie hin- und herrissen: dort ouzoloses Utopia, das mit Genugtuung winkte, hier würdeloses Schlaraffenland, das mit Ouzo winkte. Ersteres am Ende eines Ozeans der Entbehrung, letzteres bewacht von einem Höllenhund. Na ja, »Höllenhund« … Ein Chihuahua, verglichen mit ihrem inneren Schweinehund, einer Bulldogge mit stechendem Blutdurst. Ja, jener Manu-Chihuahua nagte an Karins Stolz, doch andererseits nagte Karins ganzes Leben an Karins Stolz.

Deshalb kam er ihr wie gerufen, der ohnehin unausweichliche Sven. Angezogen mit einer Camouflage-Hose, barfuß und vor allem baren Oberkörpers, damit sich die teuren Tätowierungen amortisierten; wie immer im Teewagentempo, stolz darauf, daß er sich nicht von der bösen, bösen Zeit im Hier und Jetze knechten ließ (weswegen er nie eine Armbanduhr trug), erschien er, der unausweichliche Sven, und bewarb sich zur Abwechslung als *nützlicher* Idiot.

»Zwennibaby!« krähte Karin. »Das muß begossen werden!« Sie federte aus dem Stuhl, stürzte sich auf den Neuankömmling und stempelte seine Wangen mit Kußmündern.

Normalerweise wirkte Svens Grinsen, als hätte er grad eine Wette verloren. Nun war er so baff, daß er strahlte wie ein Bräutigam: Seine Intimfeindin begrüßte ihn mit Küßchen? Im vergangenen Sommer hatte sie ihn oft schlimmer gedemütigt als ein Hund einen Baum! Er legte die Handflächen aneinander, führte sie an die Nase und verbeugte sich. »Und? Allit im grün' Bereich?«

»Setz dich«, kommandierte Karin und wiederholte, für den Fall, daß Manu nicht aufgepaßt haben sollte: »Das muß begossen werden.« Wie ich mit Blick auf den Fluß sitzend, versuchte sie, sich nach der Taverne umzudrehen, bölkte aber nur ihre eigene Schulter an: »Spyro! Ouzo, paragallo*!«

Von dem geduckten Gebäude der Taverne trennte den Baumgarten eine unbefestigte Straße. Diese staubige Promenade des Dorfes, quasi der Kiez von Kouphala, zog sich durchs Westend von Süden bis Norden zwischen den Tavernen und ihren Gärten hindurch, parallel zum Acheron. Piepsend hüpfte ein Spatz hinüber, bis auf die zementierte Fläche vorm Haus. Sein Instinkt war offenbar gestört, die Artgenossen hatten sich längst zur Ruhe begeben. Ein Gecko, grün wie ein Spielzeug, huschte den blauen Fensterrahmen entlang aufwärts über die weiße Hauswand und verschwand irgendwo unter der weinumrankten Pergola. Je ein leeres Frappé-Glas mit Schaumresten und Strohhalm auf den Tischen beidseits der weit geöffneten blauen Türflügel, die sich so oft zu späterer Stunde in Lungen des Trubels verwandelten.

Manu schüttelte Sven die Hand. Ich nickte ihm zu. Wir hatten uns bereits vor einer Woche begrüßt. Überaus zurückhaltend.

Trotz all meiner Übungen in Gelassenheit ging er mir auf die Nerven, vor allem mit seinem Geschwafel von Aszendenten, Karma und paranormalen Phänomenen. Er war selbst eines, allerdings (falls sich das nicht widerspricht) ein weit verbreitetes. Ja, er ging mir auf die Nerven, und die Schönheit seiner Stimme – einer Stimme wie aus der Baßpfeife einer Orgel – machte das nicht wett (im

---

* *parakaló:* bitte (korrekt ausgesprochen auf der letzten Silbe)

Gegenteil, denn wer sieht schon gern Silbergabeln im Mist wühlen). Unausstehlich die Affenliebe, mit der er selbst ihr lauschte. Manchmal legte er sogar den Kopf schief wie ein Vierzehnjähriger, der verzückt an einem Elektrobaß herumzupft.

Wenn er die Wahl zwischen zwei Gesichtsausdrücken hatte, entschied er sich garantiert für den dämlicheren. Am schlimmsten aber war folgende Macke: Wandte er sein Gesicht beim Schwafeln seinem Gegenüber zu, ließ er die Augenlider runter wie ein hochnäsiger Butler – und kriegte sie nicht wieder hoch. Zwar vibrierten sie ständig, als ob er sie jede Sekunde heben *wollte,* tat es aber erst, wenn er den Blick wieder abwandte. Als zivilisiertes, höfliches Gegenüber des unausweichlichen Sven war man gezwungen, einem Hohlkopf beim Brummen zuzuschauen.

Aufgrund von Einfühlung bekam ich heraus, daß es Sven die Konzentration raubte, sähe er beim Schwätzen seinem Gegenüber in die Augen. Höchstwahrscheinlich hatte er es als Kind gehaßt, Ohrfeigen kommen zu sehen, und haßte es heute, sich die Konzentration für seine gewichtigen Gedanken rauben zu lassen, nur weil er Ohrfeigen kommen sah. Hochverdiente.

Vielleicht war es ein und derselbe Entwicklungsabschnitt gewesen, in dem er außerdem den Ehrgeiz entwickelt hatte, jede einzelne seiner Windpockenpusteln abzupulen. Wangen und Stirn sahen aus, als hätte sie jemand bis hoch in die modische Vollglatze mit einem Luftgewehr beschossen. Karin stach mit ihrem geschliffenen Fingernagel in die Aura um seinen Schädel und sagte, die Satzmelodie vom anonymen Putzteufel aus Hamburgs Peripherie borgend: »Gediegen, so ’ne Frisur, aber man sieht ja jeden Dreck.«

Richtig, dachte ich, *das* war es, was mich bei der Wiederbegegnung so irritiert hatte: Letztes Jahr hatte Sven noch auf neongelbe Gel-Fasson geschworen. Nun rieb er sich über einen blanken Kopf. »Cool, wa?« Allerdings brachte er es nicht fertig, den prüfenden Blick auf seine Handfläche zu unterdrücken, ob tatsächlich etwaiger Schmutz abgefärbt habe.

Schon sah Manu sich genötigt, erneut einzugreifen. Das Pathos ihrer Maßregeln gegen Karin war abgestuft, je nach Tragweite von deren Entgleisungen. Taktlosigkeit zum Beispiel versuchte Manu ungeschehen zu machen, indem sie rasant das Thema wechselte. In diesem Fall mißlang dies. Ihr geriet ihr eigenes Assoziationsvermögen in die Quere, und so erzielte sie den gegenteiligen Effekt: »Wo äh, fällt mir grad ein, wo war, wo war noch mal diese äh, diese irre Tropfsteinhöhle, die wir letztes Jahr –«

In der Tat: Svens Schädel, er mutete ein wenig wie ein Tropfstein an. *Málista,* in seiner Ovalität, in seiner Verschwitzt- und Gepunztheit ähnelte er durchaus der Kuppe eines Stalagmiten.

Das sah offenbar auch Karin so. Jedenfalls brach sie in eines ihrer Gelächter aus, die im ganzen Dorf gefürchtet waren. Und schon war Svens Freude über den vermeintlichen neuen Karin-Respekt wieder dahin. Ging schon wieder genauso los wie letztes Jahr. Und das Jahr davor.

Ich fühlte mich in Sven ein. Deutlich zu spüren, daß er Karin haßte, vor allem natürlich wegen ihres rußigen Lachens. Nie konnte Sven seines Selbsts sicher sein, wenn Karin in der Nähe war. Karin schien von lustigen Stolpersteinen umzingelt, für Sven rätselhafter als die Lehre von der Wiedergeburt. Nanosekunden, bevor das Getöse jeweils losging, duckte er sich.

Er kam sich so unberlinerisch klein vor, wenn er miterleben mußte, wie sehr sich Augenblicke dehnen konnten. Denn zunächst stieß Karin – gleich einer Löwin den Kopf nach hinten werfend – ein Quarren aus, ein kehliges

Harrhh, welches unmittelbar ins Geräusch eines Dudelsacks überging, der aus dem letzten Loch pfeift. Sobald die Atembö unter den höchsten Zwerchfelldruck geriet, drang ein Schnarren aus der Luftröhre. Sven übte sich in Duldungsstarre, hypnotisiert von dem bebenden Zäpfchen tief drunten in Karins Schlund. In seiner Miene spiegelten sich abwechselnd geheuchelte Mitfreude und echte Betrübnis wider, verknüpft durch Wangenzuckungen – desto heftigeren, je näher Karin dem Lungenvakuum rückte. Denn die Stille während jener Krampfpantomime, das war der schlimmste Moment bei diesen Attacken.

Sicher, danach würde die Furie, indem sie den Schock der Pointe verwand (die ihm auf ewig schleierhaft bleiben würde), das Dreifache an Atü aufbieten. Dann würden ihre Stimmbänder peitschen wie Teppichklopfer. Was scheußlich genug werden würde, sicher. Doch dieses Erstickungsdrucksen zuvor – das war wie das Warten auf den elektrischen Stuhl. Diese makabre Stille... eine sirrende Mücke, die sich nicht in die Autan-Sphäre traute... die Grille... das Quietschen vom Reifenfender zwischen der angefaulten, kaiähnlichen Bohle und dem Gatt von Spyros' weiß-blauem Kutter... zwei grinsende Visagen... eine gekrümmte, stumm zuckende Furie... Diese Stille, das war die Heimat seines *Blackouts*. Bei all den comicartigen Tagträumen von sich selbst als einem sanften Helden – als einer Art rhetorischem Judoka, der des Gegners eigenen Schwung gegen diesen wendet –, bei all diesen Träumen kam in der Realität nichts als ☠💥🔔 $\frac{1}{5000}$ heraus.

Stotterte er auch noch »Dit-dit« oder »Wat-weeß-ick«: Öl in Karins Feuer. Allerdings war dann ohnehin alles zu spät. Mit dem Furor einer Turbine holte sie Luft, und der Tumult brach mit dreifacher Gewalt los, und Sven sah sich endgültig bloßgestellt. Jeder der Gäste aus den benachbarten Tavernengärten, glücklicherweise momentan nur zwei, starrten das Opfer dieses Höllenspektakels an. Und eines –

davon war Sven überzeugt – stand für diese Zeugen felsenfest: Dieses Opfer mußte ein besonders rares Exemplar von Depp sein, wenn eine attraktive Dame in den besten Jahren dessentwegen derart ihre Fassung verlor.

Ich beobachtete ihn. Seine Wünsche tränten ihm geradezu aus den Augen: Brächte er doch wenigstens ein glaubwürdiges Schmunzeln fertig, um unbeteiligt zu wirken! Kopfschütteln führte zu gar nichts, wenn die Wangenspasmen es als verkniffen entlarvten. Im vorigen Jahr hatte er mal einen Versuch unternommen, mit aller Härte zurückzulachen, aber den hatte Karins Lache geschluckt wie Feuerwerk einen Knallfrosch, und seither mußte Sven mit dem Bewußtsein von einem doppelt so nichtigen Ich leben.

Nein, es blieb nichts, als diese Vergeltungsschläge für all seine Verfehlungen früherer Leben mit eingezogenem, geschorenem Kopf abzubüßen. Mit einem bißchen Glück kam er in den Genuß eines Schulterklopfens Spyros' des Jüngeren, sofern der dabeisaß. Oder in die Obhut der gütigen Manu, indem sie als Nebenklägerin auftrat – was ihr, Manu, im Besitz nützlicherer Kenntnisse vom Feind, leichter fiel als ihm, Sven. Leider jedoch prallte auch die raffinierteste Gegenattacke von Karins Charakterschild ab wie das Echo von einem Berg, vorausgesetzt, der Konter hatte den Krach überhaupt durchdrungen.

Denn so gewaltig wie Karin lachte kein Gerüstbauer und kein Bürgermeister. Ein Gib-mal-einer-Feuer-für-meine-Zigarre-Gelächter. Anläßlich eines Gelächters von solchem Schlage hatte Freud einst die Kastrationsangst entdeckt. Nicht, daß Sven sich je als Spießer betrachtet hätte, ganz im Gegenteil, immerhin trug er ein chinesisches Drachen-*Tattoo* auf seinem muskulösen Kreuz zur Schau und je ein *Tribal*-Motiv auf den Schultern. Immerhin war er alljährlich Passagier eines *Tantra*-Wagens auf der *Love Parade.* Immerhin ging er nicht dem geringsten geregelten *Job* nach. Nein, als Spießer betrachtete Sven sich weißgott nicht – aber so wie Karin lachte man als Frau nun einmal nicht. Viel zuviel *Yang*.

Ja, »Zen-Zwen«, wie Karin ihn schimpfte, haßte Karin, obwohl Haß die Erleuchtung vereitelte, »Karma schafft«. Ein Grund mehr, Karin noch leidenschaftlicher zu hassen. Was wiederum Karma schaffte.

»›Irre Tropfsteinhöhle‹, ich werd' nicht wieder…« Ächzend hielt Karin sich den Bauch.

»Is ja jut, is ja jut«, murrte Sven. Wenigstens nach dem Grund fragen, warum das so komisch zu sein schien? Einen Teufel würde er tun; er war ja nicht blöd.

»Verklag mich doch«, krähte Karin im Schweiße ihres Angesichts, »aber mach bloß den Kopp zu.«

Ich bewunderte sie. Von außen wirkte ein Luftdruck auf sie ein wie im Test-Zentrum der NASA, in ihrem Innern arbeiteten Herz und Lunge, Leber und Milz seit vierundzwanzig Stunden auf Hochtouren gegen erhebliche Konzentrationen an Nikotin und Teerkondensat und Blutalkohol – doch von alldem ließ sich die stolze Karin nicht unterjochen. Dann lachte sie sich eben notfalls tot.

Auch ich schwitzte, allein von der Anstrengung meiner Einfühlung. Doch nun drang ein Rauschen an mein Gehör, als flüchtete weiter flußaufwärts ein Schwarm Nymphen ins Schilf; gleich darauf wisperte das Laub über unseren Köpfen, und dann nahm der Zephyr den ganzen Garten in Besitz, ja sämtliche Parzellen am Fluß, endlich, und gleichzeitig räkelten wir uns, der unausweichliche Sven – froh, daß der Spuk vorbei war –, die gütige Manu, die stolze Karin und ich. Anschließend senkte Karin die hellblau bestäubten Lider über ihre haselbraunen Augen und summte sinnlich angesichts der Brise, und wo sie grad dabei war – und überhaupt, schließlich hatte sie Urlaub –, trennte sie die Lippen und entließ jenes nasale, schlußbehauchte sexuelle »Ahh«.

Manu mußte erneut grinsen, und ich fühlte mich in sie ein. Sie mochte ihre Schwägerin, und wenn die aus heiterem wie trübem Himmel ihre Faxen machte, liebte sie sie. Allerdings konnte sie's nicht leiden, wenn Karin mit ihrem Ruf als langjähriger Bardame kokettierte. Schließlich waren sie keine fünfzehn mehr, ja nicht mal fünfunddreißig. Und Karin, um die Wahrheit hinauszutrompeten, nicht mal mehr fünfundvierzig.

Manu drückte ein Auge zu und gluckste, und Karin schob die Zungenspitze über die Lücke zwischen den Schneidezähnen und ließ ihren Kopf in den Nacken sinken. Ihr mittelblondes Haar – längst zwar nachgefärbt, doch immer noch seidenfein – entblößte die Mulden unter den Ohren. Sie winselte lüstern.

Ich schaute zweimal hin, es war so: Sven wurde rot. Der Shiva-Jünger errötete, als stünde er unter anaphylaktischem Schock. Das also wiederum schien ihm zuviel *Yin*. (Mir allerdings auch.)

Manus Glucksen steigerte sich zu einer Art Gegacker, und in dem Moment bemerkte ich, daß es sich aus einer weiteren Quelle speiste: Von hinten auf Karins Rapunzelhaar zu nämlich pirschte nun Spyros der Jüngere, den Zeigefinger auf Kante an den Kußmund gedrückt und die schmalen Hüften um Stuhllehnen und Tischkanten herumschwenkend.

Karin, albernerweise (Nachdurst? Hormone?) angespornt durch das Lachen ihrer Schwägerin, schabte mit den Fingernägeln über ihre blassen Oberschenkel hinauf zum Kleidsaum aus königsblauer Satinseide.

Manus Lachen erstickte, begann aber eine Oktave höher erneut.

Um die nächste Stufe der erotischen Eskalation zu vertonen, saugte Karin Luft zwischen den Zähnen ein, doch dann öffnete sie die Augen, urplötzlich argwöhnisch über das Ausmaß ihres Show-Erfolgs – oder weil sie die Gegenwart Spyros' spürte. Sie rappelte sich im Stuhl hoch und drehte sich um.

»Zahnsmerrzen, mein Satz?« sagte Spyros der Jüngere, weil sie doch so gezischt hatte, und griff ihr in den Nacken.

Karins Gelächter folgte prompt. »Zahnsmerrzen?« äffte sie in der ersten Atempause Spyros' Akzent nach. Viele Griechen sprechen Sch-Laute, in ihrer Sprache unbekannt, als stimmhaftes S aus. »Ich zeig dir gleich mal«, zwitscherte sie wie ein Archaeopteryx, »wo ich gerrrn Smerrrzen hätte... *Harrhh...!*«

»*Ka*rin!« Manus Rüffel ging unter. Spyros der Jüngere zeigte seine Heiratsschwindlerzähne. Für einen Dorfgriechen hatte er ungewöhnlich gesunde. Unterm rechten der schwarzen Pinsel seines Schnauzbarts erschien das berühmte Grübchen.

»Du mein Adon-, Adonnnysos!« schnurrte die stolze Karin und nestelte, ihm die Kehle darbietend, an seinem Kragen. »Mach mal dein Hemd zu. Siehst ja aus wie 'ne geplatzte Negerpuppe! Bringst uns mal 'n Üzchen?«

»*Geia sas!*«* rief jemand von hinten. Wir drehten uns um. Spyros der Ältere war vors Haus getreten, Spyros' Großvater. Wir winkten, der unausweichliche Sven wie ein Schiffbrüchiger (Ablenkung, selige Ablenkung...).

»*Geia sou, Spýro!*«, rief ich. »*Polý sésti apópse!*«**

»Viel cheiß«, bestätigte er.

Spyros' des Jüngeren Vater war 1984 bei einem Verkehrsunfall ums Leben gekommen. Da war Spyros der Jüngere dreiundzwanzig gewesen und seine Schwester Elevtheria, ein Nachkömmling, den Soula noch im Alter

---

* wörtl.: Gesundheit euch! (sprich: Jassas); üblicher Gruß.

** Hallo, Spyro! Sehr heiß heut abend!

von vierzig unter bedenklichen Umständen geboren hatte, gerade mal ein Jahr alt.

Spyros der Jüngere belud Hand und Unterarm mit benutztem Geschirr.

»*Loipón, tría Oúza*«, sagte er. »*Esý, philé mou? Neró i sóda?*«

»*Neró, lígo neró*«,* sagte ich.

Dann tigerte er zum Haus zurück, um die Bestellung auszuführen. Neben seinem Grübchen war dieses Tigern ein weiteres, das die Frauen verrückt machte. »*Ki'esý, Pappoú*«, hörten wir ihn Spyros den Älteren im Vorbeigehen necken, »*ti tha pieís?*«

»*Típota, típota…*«

»*Kanéna mikró, mikroútsiko Ouzáki?*«

»*Phíge*«**, knurrte der Ältere grinsend. Abschließendes Japsen vor Entrüstung.

Kurz darauf balancierte Spyros der Jüngere elegant ein Tablett mit einer Flasche Pilavas, drei leeren Ouzo- und vier vollen Wassergläsern herbei. »*Apó ména*«***, lächelte er.

Manu sagte: »Und du?«

»*'Ochi*****.*« Er machte diese vornehme griechische Verneinungsgeste: Nase anheben, Lider senken, vielleicht ein winziges Schnalzen, ein fast zärtlich tadelndes. »*Geia mas******.*«

»Und Opa?«

---

* Also, drei Ouzo. Und du, mein Freund? Wasser oder Soda? – Wasser, bißchen Wasser.

** Und du, Opa? Was trinkst du? – Nichts, nichts… – Nicht mal ein kleines, winziges Ouzochen? – Verschwinde.

*** Von mir.

**** Nein.

***** wörtlich: Gesundheit uns (sprich: Jammas); also: Prost, zum Wohl.

Spyros der Jüngere zeigte sein Grübchen. »Iest miede. Alte Mann.«

»Von wegen«, sagte Manu. »Ich weiß, was los ist: Der hat noch genug von gestern!«

Spyros der Jüngere räumte es lächelnd ein und tigerte mit dem leeren Tablett ins Haus zurück. »Mann«, schnurrte Karin, hinter ihm herspähend, »der *hat* aber auch 'n knattergeilen –«

»*Ka*rin!«

»– Charakter!« Grinste und fragte ihre Schwägerin: »Wieso hat Opa gestern gesoffen? Hab ich gar nicht mitgekriegt.«

»Ach, da... da gibt's 'n Problem mit irgend 'ner Behörde oder was. Also ist er mit 'ner; mit 'ner Fünfkilobombe Pilavas im Rucksack zu diesem mysteriösen Theo nach Vrachovouni gepilgert. Jesus, 'n Kater bei der Hitze heute, in seinem Alter...«

»Auha«, machte Karin und reckte den Hals: »*'Ela, Spýro**, 'n klitzekleines Üzchen! Ist gut für die Eier!« Sie spielte auf jene kleine Geschicklichkeitsprobe Spyros' des Älteren an, die er mit Hühnereiern in Szene zu setzen pflegte; doch der Doppelsinn war natürlich klar.

»*Ka*rin!« raunte die gütige Manu, diesmal wirklich böse.

»Wiesooo«, raunte Karin, »versteht der doch gar nicht.«

»Aber der *junge* Spyros vielleicht, du Schnepfe!«

»Dit is doch viel zu heieß für Ouzo«, warf der unausweichliche Sven ein. »Dit... kann der Körpa von den alten Herrn doch übahaupt nich adsorbiern.« Er kapierte es einfach nicht. Da fehlte einfach ein Enzym.

»*Den katálava...*«**

---

* Los, Spyro

** Ich habe nicht verstanden.

Ich wandte mich nach rückwärts. »*I Kárin eípe na pieís oúzo*... äh, *eínai kalá gia ta avgá!*«* Ich hatte weder eine Ahnung, wie ich Karins Uzerei hätte wiedergeben können, noch hätte ich das je getan. Spyros der Ältere war in einer Kultur aufgewachsen, zu der noch ganz selbstverständlich die *ventéta*** gehörte, und einen 78jährigen Patriarchen auf diese Weise zu frotzeln, zumal als Touristin – wie wohlgelitten auch immer –, war schon grob. Glücklicherweise beziehen Griechen *avgá**** keineswegs auf ihre *archídia*****, auf die Karin zu mindestens einundfünfzig Prozent angespielt hatte.

Spyros der Ältere rief, er brauche keinen Ouzo für sein Kabinettstück, und drückte das Kinn aufs linke Schlüsselbein. »*Elevthería... Elevthería, pou eísai! 'Ela lígo, koúkla mou!*«*****

In der Tür erschien seine Enkelin. Schüchternheit verschmolzen mit Schönheit, ein hinreißendes Mädchen. Ich hegte die lautersten Onkelgefühle für Elevtheria. Zum ersten Mal war ich ihr begegnet, als sie grad in die Schule kam – damals, vor zehn Jahren, bei meinem ersten Aufenthalt hier, zusammen mit Anita, damals noch meine Frau.

»*Nai, Pappoú?*« Sie schnappte sich das leere Frappé-Glas vom Tisch, an dem ihr Großvater saß.

»*Phére éna avgó.*«

»Na bitte. Jetzt macht er's wieder. *Das* wollte ich doch bloß«, brummte Karin.

»Wat machta wieda?«

---

* Karin sagte, Ouzotrinken ist gut für die Hühnereier!

** Blutrache

*** Hühnereier

**** vulgär für Hoden

***** Elevtheria, wo bist du! Komm mal eben her, mein Püppchen!

Gleich darauf kam Elevtheria mit einem weißen Ei und drückte es ihrem Großvater in die Hand. »*Evcharistó, paidí mou.*«*

»Ach, *dit* machta wieda«, sagte Sven. »Dit is... dit find ick... weeß ick... irjendwo beinah ooch zenmeeßich, wa? Ha' ick selps ma vasucht, aba wenn de gloobst, daß ick dit ooch bloß ansatz–«

Karin fuhr ihm übers Maul. »Ha' ick jesaacht: Arsch melde dir?«

»Na jut, kieken wa dem Meesta eenfach ma zu, wa? Datta sich ma konzen–«

»Maul, Zwen«, sagte Karin, »sonst hagelt's Fratzengeballer. Aber nicht zu knapp.«

Weil ich mal eine kurze Sven-Pause brauchte, aber auch, weil die Wassertrinkerei ihren Tribut forderte, machte ich mich auf den Weg zum Klo.

Selbst an einem so heißen Abend wie heute, selbst mit einem Kater trug Spyros der Ältere über seinem dünnkarierten Hemd einen braunen Pullover zu langen beigefarbenen Hosen samt braunen Socken in Halbschuhen. Er hatte hagere Schultern und weißes Haar, links gescheitelt. Sauber rasiert und ohne ein Tröpfchen Schweiß auf der Stirn, hielt er durch seine braune Brille Ausschau nach einem Aschenbecher; ich, der ich grad hinzukam, nahm einen vom Nebentisch und stellte ihn umgedreht vor ihn hin.

Er griff nach dem Ei und probierte, es mit der kugeligen Basis auf dem Aschenbecher zu plazieren. Die Haut um die ausgestülpten Knöchel und Gelenke seiner Hände hatte die Farbe eines im Alter erbleichenden Schwarzen. Ich blieb vor den blauen Türflügeln stehen und schaute zu. Geduldig tarierte Spyros der Ältere das Ei immer wieder aus zwischen seinen langgliedrigen Fingern. Keine Spur

---

* Ja, Opa? – Bring ein Ei. (...) Danke, mein Kind.

vom vortägigen Ouzo-Mißbrauch. Die Wimpern, schwarz und lang, senkten sich... ein angedeutetes Blinzeln... nein, es stand noch nicht. Einmal hatte er es anderthalb Stunden lang versucht. Aber jetzt, nach zwei, drei Minuten schon, blinzelte er mehrfach, breitete langsam die Hände aus und erhob sich – vorsichtig, um nicht an den Tisch zu stoßen. Das Ei ruhte lotrecht auf dem Aschenbecher.

»'Etsi.« *

Ohne zu Karin, Manu und Sven hinüberzuschauen, die vom Fluß her Beifall zollten, setzte er eine filterlose Papastratos in Brand.

»Zenmeeßich. Absolut zenmeeßich«, quakte es von da herüber.

»Tóra«, sagte Spyros, *»tóra tha pió éna ouzáki!«* **

Ja, es war der idyllischste Abend, den man sich nur wünschen konnte. Doch dann – just als ich, vom Klo zurück, vor die Tür trat, um zum Tisch zurückzukehren –, da passierten zwei Dinge: Das Ei kippte und rutschte mit einem kalkigen Geräusch vom Aschenbecher, schaukelte zweimal und ruhte. Und gleichzeitig kam Kostas, der brave Bauer, mit seinem Moped herangeknattert, auf dem Sozius eine hübsche, blasse Frau in teuren Leinenhosen, schwarzem T-Shirt und Schuhen mit halbhohen Absätzen. Ihr Haar war so glatt und blond wie die Roggenhalme, die meine Mutter einst für mich bügelte, damit ich zu Weihnachten Strohsterne daraus basteln konnte; und ihre Augen – das sah ich, als Kostas sie zu unserem Tisch führte –, ihre Augen waren grün.

---

* So.

** Jetzt, jetzt trinke ich ein Ouzochen.

III

Ein Moped knattert heran, ein Ei fällt um – ich weiß noch, ich empfand das als ulkig. Etwa in der Art, wie ein Kintopp-Kuß im Ploppen eines Korkens endet. Albern, ich war dreiundvierzig Jahre alt; aber immerhin war ich fähig, die Gleichzeitigkeit eines größeren, lauten Ereignisses (knatterndes Moped) und eines kleineren, leisen (umkippendes Ei) überhaupt zu erfassen. Und genügend Heiterkeit des Gemüts daranzusetzen, um einen Zusammenhang der beiden Ereignisse heraufzubeschwören. Zu so etwas war ich lange Zeit nicht in der Lage gewesen, vor meiner Zeit am Ionischen Meer – so redete ich mich damals heraus.

Heute aber hege ich den Verdacht, daß meine Albernheit noch einen ganz anderen, noch viel alberneren Grund hatte. Heute kommt sie mir ganz so vor, als sei sie ein Rückschritt in die pubertäre Anstrengung gewesen, die eigene Erregung vor sich selbst zu verschleiern, wenn ein schönes Mädchen auf der Bildfläche erscheint. (Vielleicht hört das nie auf.)

In den folgenden anderthalb Stunden stellte jenes »Mädchen« meine Menschenkenntnis, mein Einschätzungs- und Einfühlungsvermögen auf eine lästige Probe. An jenem Abend wurde ich noch nicht schlau aus ihr, der Fremden. Monika. Ihr Auftritt war voller Widersprüche für mich. Einer bestand darin, daß ich ihre Widersprüche eigentlich gar nicht knacken *wollte*, es aber versuchte.

Kostas hatte Spyros den Älteren mit lässigem Respekt gegrüßt, und Monika war vom Gepäckträger gestiegen. Ihr Teint nun rosig, ihre Arme blaß, und sie neigte den Kopf tiefer als nötig, um ihre Hose abzuklopfen. Der Riemen ihrer Handtasche rutschte in die Ellenbeuge. Nur flüchtig prüfte sie ihren Hosenboden, um ihn nicht über

Gebühr ins Licht zu setzen – oder womöglich ungebührlich. Ihr Haar ordnete sie mit den Handgelenken.

Linksknöpfer, raunte ich stumm in mich hinein. Wie mochte so eine ausgerechnet der gute alte Kostas auf seinen fettigen Blechklepper gequatscht haben?

Karin räusperte sich schon mal. Manus Hypnoseversuch verpuffte.

Neuankömmlinge hatten bei Karin keinen leichten Stand. Ihrer Ansicht nach lag die Beweispflicht bei denen, wenn es um deren Aufenthaltsberechtigung ging. An Karins Busen war reichlich Platz, selbst für die dümmsten, langweiligsten und häßlichsten Kreaturen, aber sie mußten ihn sich verdienen. Daß die wenigsten ausgesprochen wild darauf waren, juckte Karin ganz und gar nicht – wie auch immer: Wehe, es versuchte jemand, zum Beispiel mit Ranschmeißen, zumal ein anderes schönes Weib.

Eine seiner Pranken in Monikas Rücken, mit der anderen auf die Tischrunde weisend, geleitete Kostas sie her. Er trug ein blaues Trikothemd mit weißen Querstreifen, rote Shorts mit weißen Längsstreifen und grüne Turnschuhe mit weißen Querstreifen. Seine schwarzen Haare auf dem Kopf und die feineren, gekräuselten auf Armen und Beinen schienen sich zu sträuben, ja selbst die Stoppeln im wie geschnitzten Gesicht – aber aus Freude, Freude über das Wiedersehn. Im drallen Zwerchfell vornehm gedrosselt, blinkte das Hurra aus jedem seiner goldenen Eckzähne wie ein Saxophon im Scheinwerferlicht. Sein Timbre aber, wiewohl resonanzvoll, klang wie immer: ähnlich einem Tonband, das ein wenig zu schnell läuft. *»Geia sas, vre paidiá! Ti kánete? Kalá?«*

*»Kalá, kalá, esý?«** Karin und Manu gluckten und reckten ihm ihre Wangen entgegen. Kostas hielt ihre

---

* Hallo, Leute! Wie geht's? Gut? – Gut, gut, und dir?

Hände, während er sich wieder aufrichtete. »*Ti kánete?* Wie getts? Alles gla, alles?«

Erst dann – ein Zugeständnis an deutsche Sitten, in griechischen Landen gilt *kírioi próta** – begrüßte er per Handschlag Sven. Zum selben Zweck kam er sogar zu mir herüber, wiewohl wir uns beinah täglich sahen.

Während Kostas' Begrüßung hatte ich die Fremde unauffällig gemustert: die Augen unter den hellen Wimpern Smaragde (wenngleich ein wenig verölt); Wangenbeine und hübsches Kinn die Rundungen eines Herzens. Doch die vollen Lippen fälschten das Lächeln stümperhaft, schuld daran ein Ψ-förmiges Relief zwischen den hellen Brauen. Sie stemmte die Finger in die Weichen, die kleinen zitterten; dann verschränkte sie die Unterarme, so daß die Oberarme ein Dekolleté modellierten; sie ließ ihre Hände wieder fallen und drehte sich halbwegs zur Seite und schaute unter die Baumkronen, die zaubrisch verfärbt waren von den bonbongelben und lampiongrünen, roten und blauen Glühbirnen.

Dann erlöste Kostas sie. Im Eifer, bescheiden zu wirken, geriet seine Geste eine Nuance zu waidmännisch. »Statten«, sagte er: »Diese iest Freimut!«

»Freimut?« tutete Karin wie ein Fagott, und dann, den Lachkrampf mit eigener Hand aufhaltend: »Angenehm! Horst-Herbert!« Und auf Manu, Sven und mich deutend: »Schorschi, Susi und Strolch. *Haarrh...*«

Während die Fremde, Zeigefinger und Daumen der Rechten auf den Schlüsselbeinen, das Mißverständnis mit Kostas klärte, versuchte Manu, Karins Getöse mit einem Schlangenblick abzuwürgen – vergeblich natürlich –, und

---

* Herren zuerst

nachdem Karin sich beruhigt hatte, nachdem jedem Mitwirkenden der richtige Vorname zugepuzzelt, der Nebentisch angekoppelt und zwei Stühle herbeigezerrt worden waren, nötigte Kostas die Fremde namens Monika Freymuth auf den Platz neben Sven. Bevor er sich selbst als Puffer zwischen sie und Karin plazierte, stemmte er die Fäuste in die Seiten und schalt Karin: »Nix komms ein Tagg.«

»Wie, nix komms ein Tagg«, machte die, ihre Nachwehen in Empörung ummimend; »erstens sind wir erst seit gestern hier, und zweitens wissen wir doch gar nicht, wo du wohnst.«

Manu beherzt dazwischen: »Was machen deine Schafe?«

»Schaffe... immer essen... Heu, Mais, ich hab noch die Feld, immer so mit Trecker... Bonnen, immer spritzen...« Er legte einen reichlich unscharfen Agrarbericht vor – und dann erzählte er, sich setzend, an Frau Freymuth gewandt: »Ich hab' hundert Schaffe, immer Fuß so. Putzen, Milch, eine, andere, nimms Heu, *polý douleiá**. Ich hab noch finfzenn Ziege extra. Ja! Milljonärr, aber kein Geld!« Er meckerte. »Frieh ungeferr sieben Uhr in Stall alle nimms mit Hand. Ja immer. Ungeferr halbe Stunde fertig alles. Was! Komms ein Tagg, fier kontrollieren! Ich bin Bauer, aber viele Verstand!« Er meckerte noch einmal. »Ich bin immer lustig, Entschuldigung...« Und meckerte ein drittes Mal.

Mir schien, daß sich ein wenig Gelöstheit in das Lächeln der grünäugigen Fremden stahl. Sie steckte sich eine Damenzigarette an, eine von der Sorte mit weißem Filter, die mich stets an Sanitätsbedarf erinnerte.

Sie siezte uns. Sie sagte kaum etwas von Belang; nur einmal, in einer Gesprächspause, in der man ihr deutlich ansah, daß sie sich angesprochen fühlte, an mich gewandt: »Interessante Kette.« Ich erklärte ihr, daß es sich um ein

---

* Viel Arbeit.

Kompologi handele, die traditionelle Form des Rosenkranzes, mit dem hier jeder dritte Mann herumspielte.

Nach meinem ersten Versuch, mich in ihr Ich einzufühlen, wähnte ich mich noch ziemlich sicher. Mitte dreißig, schätzte ich (und verschätzte mich gehörig zu ihren Gunsten). Allein, und ist es nicht gewöhnt. Ein wenig Kummer, weil sie allein ist. Ein wenig Scham, wie ein Teenager auf einem Moped herumzuknattern, und Besorgnis, ob ihre teure Garderobe den Ritt überstanden hat. Wahrscheinlich geht sie bei nächster Gelegenheit zur Toilette, um's zu überprüfen.

Zunächst aber erschien Spyros der Jüngere. Er legte je eine Hand auf Kostas' und Karins Schulter und grub über deren Köpfe hinweg Frau Freymuth sein Grübchen, und selbstverständlich stürzte die sich hinein – mit einem Lächeln, das dessen vorherige Fälschung auf den Müll der Psychologie pfefferte. Und als die stolze Karin Spyros' Unterarm mit beiden Händen ergriff, ihr Kinn in Frau Freymuths Richtung rammte und laut genug raunte, daß jeder am Tisch es verstand: »Gib der Neuen mal 'n Ouzo, damit sie 'n Grund hat, daß sie so breit grinst...« – da reagierte sie, wie ich es nach dem Ergebnis meiner ersten Einfühlung erwartet hatte: Ihr Lächeln ging in Flammen auf wie eine Orchidee aus Seidenpapier.

Ebensowenig überraschte es mich, wie lang sie sich zierte anzuerkennen, daß die gütige Manu sich bemühte zu retten, was zu retten war: Sven, Koberer seines Klubs der Karinopfer, hatte Frau Freymuth gefragt, noch während deren Wangen glosten von Karins Backpfeife: »Kannet seien, daß du 'ne Waagejeborene bis'?« Und sie dies bejaht – anscheinend gerührt, ja aufgewühlt, als habe er sie in letzter Sekunde vom Scheiterhaufen gezerrt. Von einem jüngeren Mann umstandslos geduzt zu werden nahm sie mit der für solche Fälle antrainierten Demut einer erretteten Aristokratin hin.

Daraufhin hatte Manu versucht, das anschließende Gespräch über den bösen Merkur und das Wassermannzeitalter zu bereichern, um erstens Karin durch Parteinahme zu bestrafen und zweitens den Einstand der Neuen zu befrieden, die ihr anscheinend durchaus nicht unsympathisch war. Mit mehr als einer Silbe aber ging wiederum die auf Manu erst ein, nachdem sie zwei Ouzos intus hatte plus ein Glas Weißwein. Bis dahin hatte sie so wenig gesprochen, daß ich nicht einmal einen gültigen Eindruck von ihrer Stimme gewann: Mal hatte sie den hysterischen Unterton aufmüpfiger Unterdrückter, mal tönte der eingeübte, angestrengte Alt, der eine gestandene Frau vorspiegeln soll, mal war es Mädchensopran. Nein, es hatte mich nicht überrascht, wie sie den Windschatten von Svens Redseligkeit und Manus Annäherungsversuchen nutzte, um Selbstsicherheit zu gewinnen.

Ich entschied, höchstens noch ein Weilchen zu bleiben. Ich würde meinen Stundenplan bereits wegen Karin und Manu um eine halbe Stunde überziehen. Diesem grünäugigen, aber spießigen Weib stand ein solcher Triumph nicht zu.

Doch dann ging eine Veränderung mit ihr vor.

Elevtheria und Spyros tischten für sie und Kostas knusprige Rotbarbe auf, fangfrisch fritiert, eingebettet in gebackene Tintenfischringe und Garnelen, samt einem Napf heißem Knoblauchöl extra; dazu eine Schüssel voll Salat aus hauseigenen, also unter ionischer Sonne gereiften Tomaten und Gurken, grünen Paprikastreifen, violetten Zwiebeln in Ringen so groß wie Zigeunerarmreife, mit schwarzen und grünen Oliven und Klötzen von Schafskäse wie aus mürbem Marmor, eine Schüssel voll selbstgemachten Pommes frites mit krossen Kanten, Schälchen mit Tsatsiki und Käsecreme, je ein Tellerchen gebackene Zucchini und, in Essig und Öl eingelegt, Peperoni, größer als Sardinen, ein Körbchen mit Weißbrot, außen herrlich derb, innen flockig, und vorerst ein weiteres halbes Kilo weißen Wein.

Und da wurde jene Frau Freymuth beinah gesprächig. Alkohol und Nahrung begannen ihr Timbre zu beleben. Das von Karin vergiftete Blut in den Wangen wich frischem. Und was ich dann mitbekam, überraschte mich denn doch: Sie sei auf der Durchreise, sagte sie auf Nachfrage Manus; morgen gehe es weiter; auf die Peloponnes. Mit dem Auto, ja.

»Mercädäs, metallic«, veranschaulichte Kostas stolz. »*Apó Amvoúrgo.* Von Hamburrg.«

Von Hamburg, ja. Appartement bei Ingo. Ihn, der abwesend war, habe Kostas besuchen wollen und statt dessen sie zum Wein eingeladen. Von Beruf? Äh – Reisejournalistin. Interessant? Ja, doch.

Wenn sie ein O oder U sprach, verspürte ich einen gewissen Drang, ihr Schmollmündchen nachzuäffen. Autobahn. Ingo. Journalistin.

Im Ich dieser Frau begann ich zu tappen. »Reisejournalistin« im »Mercedes« auf der »Durchreise«? Also waren ihre Beklommenheit, ihre Spätmädchenhaftigkeit nur Folgen von Reisestrapazen gewesen, und jetzt, körperlich gestärkt, erstarkte sie auch seelisch?

Ich wartete auf Hinweise, die meine Annahme erhärteten. Doch nun sprach etwas wiederum *da*gegen: ihre Verschämtheit und Tuntigkeit, als sie von einem Toilettenbesuch zurückkehrte und ihren Eindruck Manu zuraunte. Manu signalisierte Verständnis, doch Karin polterte dazwischen: »Das ist hier doch scheißegal! Oder kackst du Marzipankartoffeln!«

Und Frau Freymuths Wangen entbrannten erneut, und erneut spielte Manu Feuerwehr: »Nun hör, nun hör doch mal auf«, wies sie ihre Schwägerin zurecht, »das nervt dich doch selber, jedes Jahr, der Siff, und daß man das Papier in 'nen Eimer werfen muß, und so, oder nicht.«

»Ph«, machte Karin und bot Kostas eine Gauloise an.

Der hob die Pranken: »Eine halbe Jahre nix *kapníso**. Nix mehr. Dick. Eine Jahre eine große Unfall mit Ellkawä, so Septembre... Dreimall so hier«, er zeigte auf seine Rippen, »mit einundachtzig Tonne Mais.« Er wandte sich Frau Freymuth zu. Gut möglich, sagte ich mir, daß er um Harmonie bemüht war. »Alte Ellkawä, alte Oppa. Schönne Abä'ess. Sechs Monnatt Krankenhaus. Rauchen nix von diese, aber ich rauchen so von Unfall so zwei, drei Monnatt, aber ich sprechen alleine: nix mehr. – Entschuldigung, kuksdu hier...«

Sein Blick folgte rasch seinem eigenen Finger, als habe er einen Käfer auf Frau Freymuths Brust entdeckt, und als sie im Reflex den Blick senkte, als klemmte sie sich eine Geige unters Kinn, versetzte sein Finger ihr einen sanften Nasenstüber. Er meckerte sich selbst in die Tasche. »Entschuldigung, eh? *Káno pláka***. Ich bin immer lustig. Spasemach, eh?«

Daraufhin hatte ich eine weitere Verblüffung zu verarbeiten: Ausgerechnet bei dieser abgedroschensten Fopperei der jüngeren europäischen Flirt-Geschichte, da lächelte die Fremde zum zweiten Mal an diesem Abend ein echtes Lächeln. Ein solches Gesicht nannte man einst Antlitz, und es strahlte den höchsten Reifegrad der Fraulichkeit aus: Verschütteter Restschmelz vom Babyspeck des Teenagers mischte sich mit dem Charme erotischer Renaissance. Die Lippen hatten etwas Majestätisches, und das smaragdene Augenlicht, gerahmt von Roggengold, war voller Gunst und Huld.

Bevor ich gehen konnte, verstrickte Karin – kaltgestellt von ihrer Schwägerin und Kostas verachtend, der wie

---

* rauchen

** Ich mache nur Spaß.

Manu und Sven auf die Grünäugige einredete – mich noch in ein Gespräch über unsere Heimatgemeinde. Karin, ihr Bruder und ich waren in demselben Dorf auf der Stader Geest geboren, unweit der Unterelbe. Wir plauderten darüber, wie Beeckdörp sich verändert hatte; wer alles gestorben war seit unserer Jugend, daß wenigstens Hinni, unser einziger Gastwirt, an die neunzig Jahre alt, am Zapfhahn waltete wie eh und je. Daß Kolki, mein alter Freund, ihr Bruder, Manus Mann, in drei Wochen nicht nur mit den fünf Kindern, sondern auch mit unserem alten Freund Satschesatsche nachkommen würde, der ebenfalls von dorther stammte. Und so weiter, und so fort.

Schließlich aber stand ich von meinem Stuhl auf, und während ich mein Kompologi schleuderte und halb besorgt, halb belustigt verfolgte, wie Karin schon wieder ouzoselig zu leiern begann, da wurde ich gewahr, daß Monika Freymuth nicht nur mit *un*gerichtetem Lächeln praßte. Sondern zwischendurch unmittelbar mich mit Blicken blendete; zutraulichen, ja zudringlichen Blicken. Etwas von Neugier lag darin, Staunen womöglich. Sie dauerten volle Sekunden, diese Blicke, tick *und* tack, tick *und* tack.

Am liebsten hätte ich gesagt: Ist was? Was ich aber sagte, war: »Na, dann gute Weiterreise.« Es war nicht einmal nötig, Trick 17 anzuwenden; jenen bestimmten Kniff, mit dem ich derlei Blicke abzuwenden vermochte. Denn die Frau war mir zwar ein Rätsel, doch eines in der Art von Geduldsspielen, die ich stets gehaßt hatte, eines, mit dessen Lösung gern Langweiler auftrumpfen, die ihre Witzmängel mit Fingerfertigkeit aufzuwiegen versuchen.

Trotzdem war mir ein wenig schwindelig, als ich über die Reling von Spyros' unter meinem Gewicht tief krängenden Kutter ins Boot hinunterstieg, das ich dort vertäut hatte. Am jenseitigen Ufer drehte sich das geheimnisvolle halbe Rad aus Licht; meterlange Lichtspeichen fächerten sich über der Schilfpalisade auf, und ich ruderte mittenhinein und machte mein Boot an dem dortigen Pflock fest, und dann ging ich durch die duftende Nacht nach Haus.

IV

Und in jener ersten Nacht nach ihrer Ankunft, da schlief ich noch so gut wie immer, dort drunten am Strand der Odysseus-Bucht. Als ich erwachte, allerdings... Oder war ich noch gar nicht wach? Schlief ich noch, nackt, aber doof wie ein Schaf, und träumte nur, wach zu sein? Jedenfalls war es dunkel, doch rosig durchpulst; und gerade, als ich zu grübeln begann, ob ich womöglich nur träumte zu grübeln, ich träumte wachzusein – da piepste es an meiner Schläfe.

Ich hob den Kopf ein wenig und tastete nach dem Knöpfchen an meinem Chronographen. Das Piepsen hörte auf, und sofort war die Stille lauter als vorher und hatte mehr Klang. *Jetzt* war ich wach, behielt aber die Augen geschlossen. Am Himmel des rosigen Dunkels, das mein Gehör nun sondierte, flocht ein Buchfink einen Violinschlüssel nach dem anderen, riesig im Vergleich zu dem Kutter am Horizont. Zu meinen Füßen Plätschern, etwas weiter Schwappen, im willkürlichen Rhythmus tiefen morgendlichen Friedens. Ich schlug das Laken zurück, die Augen nach wie vor geschlossen.

Mit einem Hauch Luft – erfrischender und milder als in der Nacht – strömte mir ein Duftpotpourri von verdorrten Algen und frischem Meerwasser in die Nase; im Zwerchfell umgewandelt in Kitzel des Glücks, schwärmten diese überallhin aus, und ich fühlte mich in meiner Haut, als wäre sie daunengefiedert. Mit voller Muskelkraft reckte ich mich, dehnte mich von den Finger- bis zu den Zehennägeln vibrierend auf zweieinhalb Meter Lebensgröße und ließ die Lebensgeister hellauf brummen, und dann, dann endlich hob ich die Lider und raunzte, stets mein eigener Herr: »Los, Morten, aufstehn!«

Natürlich konnte ich als Sterblicher nicht ahnen, daß ich mich bald mit dem Spitznamen »Buhmann« anreden würde; einem Spitznamen, den niemand anders als sie in die Welt setzen sollte. Und da ich die Existenz von Vorzeichen grundsätzlich verneine, glaubte ich auch an keins, als es an der Felswand weit oberhalb meiner Stirn einen harten Laut gab und zwei Wimpernschläge später einen spickenden Hieb direkt auf mein Geschlecht. Ich zuckte tulpenförmig zusammen. Ein Kiefernzapfen. Im Liegen machte ich eine halbe Schraube, federte in die Hocke und starrte den Abhang hinauf.

Leichthin wischte der Wind das Amphitheater der Natur aus, fuhr den Kiefern und Pinien unter ihre zartgrünen, unterwärts schattig abgestuften Kleider; fauchend ließen sie ein Bukett aus Harz- und Nadelduft entweichen.

»Bei euch piept's wohl«, murmelte ich. Ein solcher Volltreffer war ihnen noch nie gelungen. Ich überzeugte mich, daß ihre Schäkerei glimpflich ausgegangen war, und stand auf.

Der helle Karst in der Nordwestkurve der Haffmuschel strahlte bereits vom Sonnenlicht wider. Seidenmatt noch das Aquarell des Buchtwassers, mit flüssigen Inseln in Türkis- und Flaschengrün. Am Horizont zwei kleine weiße Pyramiden von Seglern, darüber ein blaßrosa Schimmer, bevor hellblau der blanke Äther sich emporzuwölben begann, hoch über die dunstigen Flecken von Paxos und Antipaxos hinweg.

Ich schmeckte leicht gesalzenen Schleim auf den Bronchien. Ich versetzte meinen Kehlkopf in Schwingung, und das Sekret löste sich, begleitet von einem befriedigenden kleinen Knall. Ich schmatzte ein wenig. Dann nahm ich einen Schluck aus der Wasserflasche, stellte sie wieder ab und watete durch den beigefarbenen Zucker, dessen Temperatur den Füßen um diese Tageszeit noch wohltat.

Ich saugte die Morgenluft ein und blies Kohlenmonoxyd wieder aus, kratzte mich am Steiß, der seit Anfang Mai die Farbe von heller Bronze angenommen hatte wie jeden Sommer, und begann, einen Vers des göttlichen Giorgos Dalaras zu singen – »*I soí, ach, i soííí-ííí…*«* –; und dann, über eine zundertrockene Bank von angeschwemmtem Tang hinweg, tat ich den ersten Schritt ins kühlende, weiche Wasser. Den anderen Fuß setzte ich erst, als ich sicher auf dem vorderen stand, um rechtzeitig versteinerte Muscheln ertasten zu können, scharfes Gefels oder aalglatte Rundköpfe. Schritt für Schritt sank der Boden ab; mein Blutkreislauf jauchzte über den steigenden Pegel. Den Widerstand des Wassers brach ich mit sanftem Druck und meinem eigenen Gewicht, bis ich keinen Boden mehr unter den Füßen spürte, und dann tauchte ich japsend unter, prustend wieder auf und ließ mich ein paar Atemzüge lang tragen vom Salz. Ich kraulte bis zu der kuriosen Grenzbarriere, die nur ortskundige Bootsführer zu überwinden vermochten – eine Reihe von Felsen, die dicht unter der Wasseroberfläche blieben, bis auf einen, der schwarz und schrundig aufragte, fast in der Mitte der Linie zwischen den beiden Krebszangen der Bucht. Das war der Sage nach der Stein, den der Kyklop nach dem Odysseus geworfen hatte, nachdem der ihn geblendet: *…riß ab die Kuppe von einem großen Berge, schleuderte sie, und nieder schlug sie vorn vor dem Schiff mit dem dunklen Bug. Da wallte das Meer auf unter dem herniederfahrenden Felsen…*

Ich überquerte das Riff und glitt in die gedachte Bahn, auf der ich die nächsten tausend Züge tun würde, von

---

* Das Leben, ach, das Leben…

einer Buchtzange zur anderen, zweihundertfünfzig hin, zweihundertfünfzig zurück, und das gleiche noch einmal, im »Rückenbrust«-Stil, in der Bewegungsart des Brustschwimmens, jedoch in Rückenlage, meine Erfindung, soweit ich wußte.

Nach dreieinhalb Sommern hatte ich meine Schwimmübung derart vervollkommnet, daß ich kaum noch vom Kurs abkam. Ich lag waagerecht in der um diese Tageszeit meist nur wenig schaukelnden Bahn, so daß ich den jeweiligen Eckfelsen rücklings und kopfüber jederzeit anpeilen konnte: Ich brauchte die Augäpfel nur stirnwärts zu drehen. Meine Beine schoben mich froschartig voran, dann tauchten meine Arme gleichgerichtet ein und zogen mich voran, und so schob und zog ich mich rücklings durchs Wasser, riegelte mit tausend Nähten meine Bucht ab; nähte mit kraftvollem Schwung in gleichmäßigem Tempo, bis ich wie von selbst durchs schmiegsame, glucksende Element getrieben wurde – angenehm betäubt um die Schläfen, durchblutet bis in die Ohrläppchen, naß wie ein Otter –, und nach erfülltem Pensum passierte ich wieder die Barriere; kraulte noch ein bißchen oder machte toter Mann, und dann stakste ich wieder an Land, genoß das Gleichgewicht auf den Sandsocken, die strotzende Haut, die Macht meiner Atmung, und fühlte mich zugleich ermüdet und erquickt. Ich grunzte und brummte vor mich hin.

»So. Frühstück.« Meine Gaumenquellen begannen zu sprudeln beim Gedanken an den Karton mit prall gefüllten Müsli-Tüten, den Karin und Manu aus Deutschland für mich mitgebracht hatten; ich schlürfte beim Gedanken an samthäutige Pfirsiche, fest und doch saftig, an kühle Milch und goldenen Honig von der Insel Levkas.

Am Scheitelpunkt der Steilwand gab es eine kleine Grotte im Fels, die angeblich dem ganzen Dorf seinen Namen gegeben hatte: Kouphala – Höhlung. Ich pflegte ein paar Sachen darin zu lagern, einen Veteranen von Sportbeutel, der Kleidungsstücke und Handtücher hütete; eine Schachtel Kerzen, ein Bündel Fackeln, einen Haufen Feuerholz, Feuerzeuge; eine Taschenlampe und einen Helm mit einer Art Grubenlampe; einen aufgerissenen Sechserpack Gebirgsquellwasser in vom Transport ramponierten Plastikflaschen zu anderthalb Liter. Ein Paar Clogs, eine Schirmmütze. Keine Bücher; hier las ich nie.

Bei Hitzewellen übernachtete ich hier unten, und dann liebte ich es, als letztes vor der Reise in den Schlaf die Lichter eines weit dahinten vorbeiziehenden Schiffs zu betrachten, zu beobachten, wie unter der kosmischen Zeitlupe ein Trauerschleier über den Großen Wagen wehte, oder den charismatischen Sichelmond anzubeten, der aussah wie das gedrehte, leuchtende Spiegelbild des Strandes. Deshalb hatte ich meine Bettstatt außerhalb der Grotte eingerichtet: eine Isoliermatte, ein Laken, eine bezogene Wolldecke und ein heugefüllter Leinensack. Zu Anfang meiner Zeit am Ionischen Meer hatte ich ein federgefülltes Kissen verwendet, doch eines Tages empfand ich es plötzlich als obszön, am Strand in ein Federkissen zu atmen.

Triefend trank ich aus einer neuen Flasche, und dann, ohne mich auch nur abzufrottieren und nackt, wie ich war, packte ich eines von drei Tauen, die neben dem Eingang zur Grotte bis auf Hüfthöhe an der Felswand herabhingen. »So. Auf geht's.« Ich zurrte es, stemmte meine Füße gegen den Fels und hievte mich Hand über Hand und mit zwei wohlgesetzten Tritten auf die erste von neunundvierzig teils kniehohen Stufen einer Treppe, die in den Hang gehauen worden war, verwittert, sandig und von braunen Pinien-, Fichten- und Kiefernnadeln übersät. Eindeutig Menschenwerk, aber weder Spyros der Jüngere noch der Ältere, weder Dimitrios, mein Vermieter, noch der hundertachtjährige Evangelos aus dem Dorf wußte, wer sie gefertigt hatte, und schon gar nicht, wie.

Anhand der Seile, mit Hilfe des einen oder anderen Felsvorsprungs und Asts klomm ich Stufe für Stufe höher. Als ich die Wurzelkrampen der Aleppo-Kiefer erreichte, um deren starken Stamm die Taue gewickelt und doppelt und dreifach verknotet waren, hatte der Schweiß die Meerwasserreste auf der Haut erwärmt. Keuchend ließ ich mich in einen der vier weißen Plastikstühle fallen, die um einen Plastiktisch gruppiert waren. Die geflickte, nur noch leidlich waagerechte Bretterdiele bot gerade genug Platz dafür.

Ich legte die Füße auf das Bambusgeländer, unter dem der zerklüftete Abhang begann, und schaute unter den fadenscheinigen Schirmen der Kiefern hindurch auf den Teil der Bucht, blau mit türkisfarbenen Schecken, den ich von diesem Winkel aus noch sehen konnte, auf die beiden Felszangen, auf die Barriere mit dem Geschoß des Kyklopen und hinaus aufs Meer, das unter den Strahlen der Morgensonne zusehends aufblaute. Nie sah ich mich satt an den Kontrasten Blau-Grün, Kalkiggelb-Grün, Türkis-Blau und an der Linie des Horizonts, gespannt wie eine Angelsehne, nie...

Ich verschnaufte ein paar Minuten. Der Schweiß rann schmeichelnd, kitzelnd Nacken und Rücken hinunter. Dann holte ich die Taue ein, schoß sie auf und hängte sie über einen Aststumpf, wandte mich um und stieg mit schweren Schritten die flache Steigung hinauf, unterbrochen durch fünf bohlenverstärkte Stufen in der mennigeroten Erde. Der mit Nadelteppich ausgelegte Pfad, nach wie vor leicht ansteigend, führte durch den Wald auf die Terrasse zu, die den L-förmigen Grundriß des schlichten, einstöckigen Gebäudes zu einem Rechteck ergänzte.

Die Villa Arkadia war ein Haus, wie es in Griechenland zu Tausenden vorkam. Ein stumpfwinkliges, ziegelrotes Schindeldach ruhte auf gekalkten Außenwänden; Lamellenläden aus nachgedunkeltem Olivenholz vermochten die

Fenster zu verriegeln. Die abschüssige Lage glichen eine Garage unterm Wohnzimmer und ein Abstellraum unter der Terrasse aus. Zu ihr führte eine rechtwinklige Treppe hinauf. Auch dieses letzte Dutzend Stufen nahm ich, stützte mich neben dem schweren, im Umfang zwei Meter großen Tisch auf das Terrassengeländer und schaute am Bananenbaum vorbei über die Wipfelwiese des Wäldchens hinweg aufs glitzernde Blau bis an die Kimm der See, wo Paxos und Antipaxos nun gänzlich im Hitzedunst verschwunden waren. Gucken. Weit gucken. Täglich weit gucken können – das war es, was ich mir immer gewünscht hatte. Das war es, was meine Seele täglich öffnete, zu meiner Zeit am Ionischen Meer.

Dann ließ ich mich ins Sofa fallen, das den kurzen Balken des L entlang hinterm Tisch stand, murmelte etwas, das klang wie »Dienstag, Dienstag, Dienstag«, und schaute auf den Wechselrahmen, der unterm Barometer an der Wand hing.

Mich fröstelte, und ich legte mir das bereitliegende Handtuch um. Dimitrios hatte das Haus so postieren lassen, daß nur Abendsonne die Terrasse erreichte – im tiefsten Winter anderthalb Stunden lang, im Hochsommer drei. Die Terrasse der Villa Arkadia war bei Hitzewellen weit und breit der angenehmste Ort, den ich kannte. Selbst bei eines Augusttags gemessenen 43,8 Grad Celsius im Schatten und Meeresflaute war es hier oben auszuhalten gewesen. Durch die Bucht und die Architektur des Berghügels gab es immer wieder mysteriöse thermische Schwingungen, die in Form von Lüftchen ankamen. Kühler war es im Haus, doch dort verkroch ich mich nur winters, nachts oder bei Anfällen von Migräne.

Verliebt blinzelte ich meinem Stundenplan zu. Ein guter Stundenplan; ich war glücklich darüber, aber auch ein wenig zu arg gespannt darauf, ob er der Wirklichkeit

Stundenplan (Sommer/Ferien)

	Montag	**Dienstag**	**Mittwoch**	**Donnerstag**	**Freitag**	**Samstag**	**Sonntag**
7°°	Schwimmen	Schwimmen	Schwimmen	Schwimmen	Schwimmen	Schwimmen	fakultativ
8°°	Frühstück	Frühstück	Frühstück	Frühstück	Frühstück	Frühstück	Frühstück
9°°	Studien	Studien	fakultativ	Studien	Studien	Gymnastik	Griechisch
10°°	Studien	Studien	Dichten	Studien	Studien	Griechisch	Griechisch
11°°	Einkaufen	Studien	Dichten	Gymnastik	Einkaufen	Griechisch	Griechisch
12°°	Pause	Pause	Pause	Pause	Pause	Pause	Pause
13°°	Griechisch	Griechisch	Griechisch	Griechisch	Griechisch	fakultativ	fakultativ
14°°	Gymnastik	Lektüre	Dichten	Lektüre	fakultativ	fakultativ	fakultativ
15°°	Dichten	Lektüre	Dichten	Lektüre	Lektüre	Dichten	fakultativ
16°°	Dichten	Lektüre	Dichten	Lektüre	Lektüre	Dichten	fakultativ
17°°	Meditation	Meditation	Meditation	Meditation	Meditation	Meditation	Meditation
18°°	fakultativ	fakultativ	fakultativ	fakultativ	fakultativ	fakultativ	fakultativ
19°°	fakultativ	fakultativ	fakultativ	fakultativ	fakultativ	fakultativ	fakultativ
20°°	Dusche	Dusche	Dusche	Terrasse	Dusche	Dusche	Dusche
21°°	Dorfleben	Dorfleben	Dorfleben	Terrasse	Dorfleben	Dorfleben	Dorfleben
22°°	Dorfleben	Dorfleben	Lektüre	fakultativ	fakultativ	Dorfleben	Dorfleben
23°°	Musikhören	Musikhören	Lektüre	fakultativ	fakultativ	Dorfleben	fakultativ
24°°	Lektüre	Lektüre	Lektüre	fakultativ	fakultativ	Dorfleben	fakultativ

standhalten würde. Einen ganzen Vormittag lang hatte ich daran gearbeitet. Es war nicht ganz einfach gewesen, vorherzusehen, welches meine Lieblingsbeschäftigungen würden, und geradezu schwer, die Befriedigung körperlicher, geistiger und seelischer Bedürfnisse harmonisch anzuordnen, Dorf- und Terrassenabende gegeneinander abzuwägen und so fort. Diesmal hatte ich dem Dorfleben mehr Zeit eingeräumt, um Karins und Manus Aufenthalt zu würdigen und zu genießen. Im letzten Jahr war der Ferienstundenplan zu strikt geraten.

Sicher, mitunter schwänzte ich auch mal eine Stunde. Ich war ja kein Unmensch. Im Grundsatz aber war ich überzeugt: Als Einsiedler brauchte man einen Stundenplan. Fast vier Jahre lang hatte ich diese Erkenntnis beherzigt, ja, ihr in der Lektion »Dichten« sogar eine Ode gewidmet, die ich, ebenfalls gerahmt, direkt neben dem Stundenplan aufgehängt hatte:

Stundenplan, o Stundenplan...
Gelobt sei deine Zucht –
verdammt jedoch der Schlendrian!
Drum schlag ihn in die Flucht!

Stundenplan, ei, Stundenplan...
Deine Ordnung sei gerühmt!
Mein »Wille«? Pah, ein Scharlatan!
Das sag ich unverblümt!

Stundenplan, ach, Stundenplan...
Gepriesen sei dein Drill!
Nur dadurch lernt dein Untertan
(ich), was er eig'ntlich will.

Stundenplan, weh, Stundenplan...
Ohn' dich würd' ich verkommen.

Du bist und bleibst mein Talisman
und sollst mir ewig frommen.

Keinem Menschen, der etwas aufs Bruttosozialprodukt hielt, durfte ich je erzählen, wie lange ich an der Aufgabe gesessen hatte, in weiteren Strophen noch die Reime »Lastenkran« und »Vatikan«, »Pavian« und »lieber Schwan« unterzubringen. Gescheitert war ich schon bei »Marzipan«:

Stundenplan, ui, Stundenplan,
dein Aroma sei gefeiert!
Süßer schmeckt nur Marzipan.
(Nun hat sich's ausgeleiert.)

Vor Tatendurst und Frühstückshunger grunzend, frottierte ich den Restschweiß ab. Ich wartete ungeduldig ein Weilchen, und als ich nicht weiter nachzuschwitzen schien, erhob ich mich, um zu duschen, den Schweiß fortzuduschen, den Ruch meiner Sterblichkeit. Überm Hauseingang hing ein geschältes Pinienbrett, in das ich mir für ein Heidengeld von einem Meister aus Metsovo das epikureische Motto Λάθε βιώσας* hatte schnitzen lassen.

Das Frühstück – ein Fest. Die Cashew-, Erd- und Haselnüsse, die Sonnenblumen- und Mandelkerne im Müsli krachten nur so, und ihr herber Brei mischte sich mit den Rosinen, den Hafer- und Roggen-, Weizen- und Gerstenvollkorn-Flocken sowie frischen Pfirsichstückchen in Milch und Honig, und es schmeckte derart sündig, daß ich mehrfach knurrte. Es fehlte nicht viel und ich hätte als Nachtisch am Daumen genuckelt.

---

* *Altgr.:* Láthe biósas: Lebe im verborgenen

Statt dessen blätterte ich voller Vorfreude in frischen, noch steifen Büchern, die Karin und Manu mir – neben dem Müsli und, in Griechenland harte Währung, Schwarzbrot – mitgebracht hatten. Es waren fast alle, die auf meiner Wunschliste standen. Gleich nach dem gestrigen Abend hatte ich die Ladung mit meinem Wagen hierhergeschafft und gesichtet. Jetzt schnupperte ich an dem einen oder anderen Falz oder Kapitalband und schmökerte schon mal in den Inhaltsangaben, während die schönste Hintergrundmusik der Welt spielte: Die Zikaden hielten sich noch zurück, aber Wespen, Fliegen und Käfer sorgten für schwirrende Bässe, für Obertöne der Buchfink und eine Ziegenherde, für Rhythmus ein Specht. Und für Erotik übrigens ein vitriolblauer Falter, der auf meiner linken Lende landete.

Um Punkt neun Uhr begann ich mit meinen Studien.

Wer mich erreichen wollte, mußte in der Taverna Plaka eine Nachricht hinterlassen, denn in der Villa Arkadia hatte ich auf Telefon bewußt verzichtet (zu schweigen von Internetanschluß). Was nicht allzu schwer war – es reichte die Vorstellung, hier einen zuverlässigen Fachmann für derlei Technik finden zu müssen. (Vor allem aber hatte die Welt in meiner Villa nichts zu suchen, *absolut* nichts.) Bei meiner Literaturrecherche war ich also auf meinen Bibliotheksbestand angewiesen gewesen. Den ganzen Winter über hatte ich ihn durchforstet, und zwar nach wissenschaftlicher Kritik an Astrologie, Parapsychologie, Psychokinese, Außersinnlicher Wahrnehmung und sonstigem Humbug. Überraschenderweise fand ich tatsächlich ein paar einschlägige Titel; weitere notierte ich mir aus Quellenverzeichnissen, Querverweisen und Fußnoten und stellte eine Liste zusammen. Anfang April bereits hatte ich sie Manu geschickt.

Dem unausweichlichen Sven systematisch eine Flause nach der anderen aus dem Brumm- und Dummkopf zu schlagen – nichts geringeres war mein Plan in diesem Sommer. Seit dem vergangenen sah ich mich dazu gezwungen.

Viele Dutzende, vielleicht sogar hundert Male in den vergangenen drei Sommern hatte ich mir vergeblich geschworen, mich rauszuhalten, wenn Zen-Zwen seine Vorträge hielt. Mit solchen Verzichtsschwüren hatte ich mehr Zeit zugebracht als für Scharmützel mit ihm. Unten am Strand der Odysseus-Bucht hatte ich sogar Mienen der Gelassenheit geübt, doch vor Ort bedeutete es Tantalosqualen, die Gesichtsmuskeln *nicht* ins Zucken und Zittern, die Augen *nicht* ins Tränen und Trudeln geraten zu lassen, die Lippen *nicht* zu schürzen (oder gar zum Widerspruch zu öffnen, großer Gott!), wenn der unausweichliche Sven der Vernunft ins Antlitz spuckte, die letzte Chance des Menschengeschlechts mit Füßen trat, mit Jesuslatschen Größe dreiundvierzig.

Nein, so war einer wie Sven nicht zu packen, und deshalb mein Plan.

Während ich fieberhaft studierte, schrie ich des öfteren auf, als hätte ich den K.o.-Schlag bereits gelandet – insbesondere bei den Kapiteln *Der Einfluß des Mondes auf den Menschen, Unwahrscheinliche Dinge sind unwahrscheinlich wahrscheinlich* und *Pyrrhonische Skepsis*. Und unterdessen vertiefte die hinterm Haus hoch- und höhersteigende Sonne den Schatten auf der Terrasse, die Luft erwärmte sich von einer Viertelstunde zur nächsten um einen weiteren Grad Celsius, und der kernige Duft der Waldhitze berauschte meine Sinne. Meinen Mittagsimbiß – eine Scheibe Schwarzbrot mit doppelt Tomate samt Zwiebelringen, zwei kleine Äpfel, eine Banane – nahm ich schon halbwegs dösend zu mir.

Um eins piepste der Wecker. Ich taumelte ins Badezimmer und erfrischte mich ein wenig, und dann begab ich mich wieder in die paradiesische Wärme auf der Terrasse und tauschte meinen aufschlußreichen neuen Lektüreapparat gegen Karteikärtchen mit neugriechischen Vokabeln. Heute: verwechslungsanfällige. *O psilós* – der Hochgewachsene, aber: *to psitó* – der Braten; *akrivós* mit *o* – teuer; aber: *akrivós* mit ω – genau; *i pásta* – die Sahneschnitte, aber Nudeln *ta makarónia*. Und so weiter, wie jeden Werktag um diese Zeit. Null Fehler. Sehr gut.

Das war die Arbeit, nun folgte das Vergnügen: drei Stunden lesen, und zwar in einer wunderschönen Ausgabe der Schadewaldtschen Übertragung von Homers *Odyssee*. Sie markierte noch eine Lücke in meinem Unternehmen zur geharnischten Wiederaufbereitung meiner wackeligen humanistischen Bildung. Seit fast vier Jahren lebte ich an jener Bucht, die nach dem Mann benannt worden war, dem *vielgewandten, der gar viel umgetrieben wurde, nachdem er Trojas heilige Stadt zerstörte* – fünfundzwanzig Jahre aber war es her, daß ich jene Sage gelesen, die Odysseus' Namen trägt.

Der Nachmittagschor der Zikaden schnarrte immer ungestümer, und die Pinienzapfen platzten unter der Hitze auf, so daß hin und wieder ein reißverschlußartiges Ratschen zu hören war. Ich las. Ein Liter schwarzen Tee dazu, aus dem Becher mit den beiden erhabenen Zitronen als Motiv, plus ein Liter kristallklaren Eiswassers, aus der schönen mundgeblasenen Karaffe, die ich erst kürzlich in Parga erstanden hatte. Ich las und genoß den pathetischen, epischen Ton: *Da entgegnete ihr hinwieder der verständige Telemachos... Darauf sagte zu ihm hinwieder die Göttin, die Tochter des Zeus, die helläugige Athene... Und er betete und sprach und sagte das Wort und benannte es heraus...* Und wie hoch und herrlich sie jammern durften, selbst und gerade die Heroen: *O mir, ich!...*

Dann kam Atze zu Besuch, freute sich den verlausten und verfilzten, von der Durchquerung des Flusses noch feuchten Arsch ab und überrumpelte mich mit einem Zungenkuß. Seine Mundflora roch nach Aas. Trotzdem kriegte er ein paar Hühnerknochen.

Hätte Atze selbst die günstigste Vorstellung davon, wie er aussah, er hätte sich kläffend das Kliff hinuntergestürzt. Sein besoffener Schöpfer hatte ihm Teckelbeine verpaßt, die grauschwarze Leibwolle, ja selbst noch den albernen Dutt eines Pudels, aber eine Boxerfresse. Dafür war ihm die Intelligenz einer Knoblauchzehe vergönnt, und so wunderte Atze sich nicht groß über die archaische Verachtung und Angriffswut, die sein Anblick überall auslöste; vielmehr trippelte er einfach dorthin, wo es weniger Prügel gab und mehr Hühnerknochen, und fertig.

Wie üblich verschwand er gegen halb fünf. Ohne seinem Gönner auch nur einen Blick zuzuwerfen, reckte er sich in den Lumpen, die der für ihn zurechtgelegt hatte, zog eine Grimasse zum Weinen, hoppelte die Terrassenstufen hinunter und dackelte den Ziegenpfad hinunter in Richtung Weide, Fluß und Dorf.

Kurz vor fünf entschied ich, meine heutige Meditationsstunde dynamisch zu gestalten, obwohl das bedeutete, mich mit Sonnenschutzcreme einschmieren zu müssen. Ich versuchte, die Prozedur zu genießen – vergeblich. Ich zischte und knurrte die ganze Zeit und fing endlich auch noch an zu unken: »Jaja«, ächzte ich, »hättest du einen Körper wie jene Römerin von damals, ähem, die mit dem Kettchen um die mahagonifarbene Fessel, was?, dann würdest du dieser lästigen Schmiererei sicherlich beträchtlich mehr Vergnügen, ähem...« Denn der hätte ich einiges nachsagen können, aber gewiß nicht, den Leib voller ziepender Haare gehabt zu haben.

Als ich fertig war, drehte ich erleichtert die Kappe auf die Plastikflasche, lief zur Stirnseite des Hauses, öffnete das kreischende Garagentor und bewegte mich mit seitlichen Schritten durch die muffige, auf der Haut aber angenehme Kühle zwischen Wand und Flanke des Geländewagens (ich hatte ihn Pegasos getauft) hindurch bis zu einer Reihe Fallhaken – vorsichtig, die Augen überall, um nicht von einer Kreuzotter schockiert zu werden wie im vergangenen Sommer. Auf der Kante einer ausgehängten Tür hatte sie gelegen, etwas oberhalb meiner Taille. (Ihr griechischer Name ist *ochiá*. Wäre man albern, könnte man ihn mit »Neini« übersetzen.)

Ich nahm einen Gartenbesen und einen Rechen zur Hand, klemmte sie mir unter den Arm und ging in der Waldhitze über den roten Weg zum Kap der Einsamkeit, eingehüllt ins rhythmische Gerassel der Zikaden. An der Plattform angekommen, seilte ich erst das Werkzeug ab, befestigt mit einem Überhandknoten samt zwei halben Schlägen, und dann mich selbst.

Unten war es noch heißer. In der Muschel ballte sich die Luft. Die Sonne, schon auf halbem Weg gen Norden, sengte in spitzem Winkel herab – es schien, als ginge der Strand auf wie ein Teig. Ich hüpfte in die Grotte, schlüpfte in die Clogs und setzte die Schirmmütze auf; ich trank einen halben Liter Wasser, sammelte mich und atmete einmal tief ein und wieder aus, und dann tat ich den Schritt aus dem erdigen Schatten in die sandige Hitze zurück und stapfte mit der Harke bis zur Nordwestspitze der Strandsichel. Dort begann ich.

Nach wenigen Minuten hatte ich den Bogen wieder raus und harkte mit entschiedenen, aber ruhigen Zügen. Unnachgiebig überwand ich die Schwere des Bodens unter meinen Füßen und den Widerstand unter der Kralle meines verlängerten Arms. Mit meiner Muskelkraft und dem Schwung meiner Bewegungen bewältigte ich meine Aufgabe, und die anfängliche Überwindung, die sie kostete, zahlte sich rasch in reiner neurologischer Freude aus. Ich genoß das berechenbare Furchgeräusch, das der Sand zwischen den Zinken machte und das sich mit dem Geräusch des willkürlichen Meeres mischte. Der Grad der Mühe harmonierte vollkommen mit dem Grad der Befriedigung, voranzukommen. Viertelstündlich machte ich eine Pause, in der ich etwas trank oder mich im Meerwasser erfrischte, und gut zwei Stunden später hatte ich an der Südostspitze der Strandsichel einen stattlichen Schober aus Kiefern- und Pinienreisig und -zapfen angehäuft, aus wergartigem Zeug und knastertrockenem Algenlametta, aus angeschwemmten Kippen und unbotmäßig großen Steinbrocken, und der ganze Strand war hübsch und sauber mit dem Gartenbesen gekämmt. Eine Augenweide.

Im eigenen Schweiß badend, stützte ich mich auf den Stumpf der Harke und beschaute mein Werk, null und nichts im Hirn, das störte, und schnaubte vor Glückseligkeit.

Doch als ich an jenem Abend ans Ufer der Taverna Plaka übersetzte, da sah ich nicht nur Karin und Manu dasitzen, sondern auch Frau Freymuth. Verblüfft gewahrte ich, daß ich sie so gut wie vergessen hatte. *Zwischen* den beiden hockte sie, wie Häschen in der Grube, nur daß sie mitnichten schlief, sondern munter gestikulierte. Ja, das war sie, aber dies war nicht die Peloponnes! Etwas Sphärisches ging von jenem hübschen bunten Kleeblatt da unter den alten Bäumen aus, es *wallte* mir förmlich über den Fluß entgegen, eine linksgeknöpfte Harmonie, so dicht, daß die Frauen überhaupt nicht bemerkten, wie ich näherkam.

Selbst Karin schien der Fremden nun freundlich gesinnt.

Da war etwas vorgegangen, an diesem Nachmittag.

Erst als ich über die Reling von Spyros' Kutter ans Ufer stieg und die Fender an den Bohlen qietschten, wurde ich bemerkt. »Der Prinz!« krähte Karin und brach in eines ihrer heillosen Gelächter aus, und die beiden anderen stimmten mit ein, als hätten sie etwas so Komisches noch in ihrem ganzen Leben nicht gesehen: einen vierschrötigen, rothaarigen, rauschebärtigen, barfüßigen Prinzen von dreiundvierzig Jahren in grünem Polohemd und kurzer Cargohose.

Ahnungslos gesellte ich mich zu jenem heiteren Weiberreigen (selber eher grämlich, weil diese Blondine da immer noch in der Kernzelle meines Ferienlebens herumspukte, anstatt auf der Peloponnes Reisejournalismus zu betreiben). Wie ›Prinz‹, wer ›Prinz‹, dachte ich bloß. Stellte mich auf irgendeine Damenpointe ein, irgendeinen Backebacke-Kuchen-Witz, irgendein typisches Beispiel für Linksknöpferhumor. Gut möglich, daß ich bereits ein billiges Grinsen anrührte, im Grunde aber auch das doch nur, um die Götter nicht zu erzürnen. Die Götter sind ja so leicht zu erzürnen, und was kostet dagegen ein Grinsen. Doch etwas *Schwer*wiegendes angesichts jenes Zoos des Frohsinns befürchtete ich eigentlich nicht. Schließlich hieß ich nicht Zen-Zwen. »Wie Prinz, wer Prinz«, sagte ich und setzte mich.

»*Du* Prinz«, *antwortete mir und sprach das Wort und benannte es heraus* keine Geringere als Frau Freymuth selbst, die grünäugige Monika; und da will mir doch fast schon der Polokragen platzen – was soll denn dieser penetrante Prinzenmumpitz –, und ich schöpfe schon sausend Atem, doch mitten dahinein sagt noch mal sie mit samtbewehrtem Nachdruck: »Du mein Prinz…«

Und da ächze ich, statt eines gesetzten Worts oder Wörtchens, nur heiße Luft heraus. Zumal die Freymuth wie verwandelt ist, im Vergleich zu gestern abend. Zumal sie mir so einen Blick verpaßt, von unten, einen Kinnhaken praktisch; einen Blick so grün wie, das sollte mir erst Tage später klar werden, einst das sonnendurchflutete Wasser im Mühlenteich unterhalb des am Ufer im Sommerwind wogenden Roggens. Zumal sie mir ein Lächeln schenkt; so ein Lächeln, das im sanften Schatten der gewölbten Oberlippe nicht nur die Zahnperlen offenbart, sondern darüber hinaus einen Streifen des Korallenriffs, in das sie gebettet sind. Bei vielen Frauen sieht so etwas verheerend aus, bei manchen nett, bei Monika Freymuth hinreißend.

Und da, bei diesem Lächeln, da fällt mir plötzlich eine Melodie ein. Das heißt, ich kann sie gar nicht identifizieren, sie liegt mir nur auf der Zunge.

»*Die* Monika?« pflaume ich sie an. »Monika – *Meurin?*«

Und ab dem Moment schien es überhaupt kein Ende nehmen zu wollen, das Gelächter, Geschunkel und Getöse; und das würde allemal die nächsten zehn Abende bis Vollmond so weitergehen; und bei all dem Radau würde es nie lang brauchen, bis Kostas, der brave, aus den Tiefen des Dorfes auftauchte und der tumbe Alex und der verdammte Panos, und wußte der äonenalte Himmel, wer sonst noch, und Spyros war ja sowieso immer da; und tief in der Nacht würde es dann in der *Bar Dionysos* fortgesetzt, das Radebrechen und Tanzen, das Zechen und Fächeln, das prickelnde Foppen und Spasemach – *éla, óppa!** …

Bis zum Morgengrauen würde es weitergehen, jede Nacht.

Wer aber lauschte diesen drei Bakchen, lauschte all jene Abende ihrem Täterätä, bevor sie weiterzogen in die Bar Dionysos; betrachtete sie und beobachtete, wie sie Rumpf-

---

* *éla:* komm!, los!, auf!; *óppa:* etwa: hoppla o. ä.

beugen machten vor Lachen, bis Atemnot sie wieder aufrecht zwang; wie sie sich in den zuckenden Schultern wiegten, als baumelten sie an den Fäden eines berauschten Gottes? Wer lauschte und betrachtete, beobachtete und beriet vorerst nur – bis der fünf Nächte junge Mond dort droben über dem Schattenriß des Schildkrötenhügels sich von jenem spiegelverkehrten C in ein vollkommenes O verwandelt haben würde? In den vierundvierzigsten aller Vollmonde meiner Zeit am Ionischen Meere, die über Kouphala prunkten? Bis endlich das Ouzo-Orakel sprach?

O mir. Ich.

Zweiter Gesang

Das Lächeln des Schäfers

V

Und natürlich, fairerweise: O ihr, sie... Denn natürlich fühlte ich mich in sie ein.

Schon als Junge hatte ich den Drang verspürt, mich in Menschen einzufühlen. Ich spreche nicht von jenem angeborenen Einfühlungsvermögen, das einem *homo sapiens* erlaubt, Gefühle wie Freude, Ärger, Trauer und Ekel aus dem von siebenundvierzig Muskeln bewegten Gesicht eines anderen *homo sapiens* abzulesen. Ich spreche nicht von jenem primitiven, aber nützlichen Vorläufer der Sprache. Ich spreche von einem Einfühlungsinteresse, das beinah zweckfrei war, jedenfalls mal gar nichts mit Seelsorge zu tun hatte (wie ich zu meiner Konfirmandenzeit glaubte) oder ähnlichem. Eher mit Neugier, mit Vorwitz: Was ist denn mit dem los? Was die wohl hat? Wie kann man bloß? Und auf der Suche nach den Antworten schlüpfte ich ins fremde Ich, ins Er- oder Sie-Ich. Anfangs dabei noch ungeübt, hörte ich oft: Noch nie 'n Menschen gesehn? Mund zu, Milchzähne werden sauer!

Eines der ersten Individuen, in die ich mich je *bewußt* eingefühlt hatte, hieß Anneliese Dede. Eines Tages rannte sie durch eine Pfütze unterm Augustapfelbaum vorm Haus meiner Eltern, immer hin und her. Immer wieder nahm sie Anlauf, den Kopf lüstern und verlegen gesenkt, und trampelte, mit Rumpf und Ellenbogen wackelnd wie beim Twist, durch die aufspritzende Lache. Vor Begierde zu wissen, wie es war, so dick und doof zu sein, erwog ich bereits, es ihr nachzutun. Was in aller Welt, fragte ich mich, trieb sie da um?

Es hatte einen Wolkenbruch gegeben, war aber schon wieder schwül wie in den Tropen, und diese winzigen Gewitterfliegen, wir nannten sie »Gnitten«, quälten uns. Anneliese keuchte erhitzt, während sie durch die Pfütze preschte; sie schien geistig entrückt, wenngleich sie Hans-Erich Möller, Dorle Möller und mir den einen oder anderen Blick zuwarf, der unterm Siegel der Befangenheit Stolz verwahrte, oder allemal eine Art Gewißheit. Wenn sie wendete, sah ich Schmutzschlieren von ihren Schenkeln in die pummeligen Kniekehlen rinnen; die ausgeblichene Turnhose, eigentlich schwarzgefärbte Feinrippunterwäsche, dunkelte, wo feucht geworden, und Anneliese zog sie nach jedem Sprint hoch, bis der Saum der Schießer hervorlugte. Und wieder stob sie durch die Pfütze. Was für ein Geheimnis, so fragte ich mich, hatte sie entdeckt?

Als Hans-Erich Möller und Dorle Möller sie aber immer hämischer anfeuerten, wich mein Wunsch, dieses Geheimnis zu enthüllen, einer sonderbar nüchternen Form von Mitgefühl. Mit*leid* konnte es nicht sein: Anneliese Dede schien ja keineswegs zu leiden – hätte sie sonst ihre Raserei noch gesteigert, indem sie zu hüpfen begann wie eine Planschkuh? War dies Trotz? Genoß sie den Hohn gar, war so etwas möglich? Oder nahm sie den Ansporn womöglich für bare Münze?

Wie auch immer: Wenn nicht Mitleid, was war es dann für ein Gefühl, das meinen Drang, Anneliese Dedes mystische Wollust nachzuempfinden, plötzlich pulverisierte? Schämte ich mich an ihrer Stelle?

Wenn ja, warum ausgerechnet Scham? Um ein Haar hätte ich mich doch genauso bescheuert benommen, also hätte ich doch Erleichterung verspüren können, ja einstimmen in die Möllerschen Spottgesänge! Ja: Warum fühlte ich mich nicht in die Geschwister Möller ein? Niemand hatte die dicke Dede *gezwungen*, durch Pfützen zu hüpfen.

Nein, es war nicht Mitleid, aber auch Erleichterung oder Schadenfreude stellte sich nicht ein. Eine *Pein* stellte sich ein bei diesem Erlebnis und vielen ähnlichen, die in meinem Leben noch folgen sollten; eine bohrende, unwandelbare Peinlichkeit empfand ich darüber, wie Menschen sich aufzuführen vermochten. Es war, als betrachtete ich sie mit mehreren Augen gleichzeitig, mit ihren, mit meinen und – mit den Augen der Gnitten.

Wenn ich mich heute in Monika Freymuth hineinversetze, versuche, in ihr Ich zu schlüpfen, ihr Ich von damals... dann kann ich gar nicht anders, als jenes peinliche Mitgefühl zu empfinden, das mich befällt wie ein Niesreiz, wie immer, wenn ich über Iche grübele – seien's meine eigenen, früheren; seien's fremde. Und heute fällt das Ergebnis ein bißchen anders aus als damals. Damals, als sie da vor mir saß, am Fluß, vermochte ich natürlich noch nicht allzuweit in ihr Ich vorzudringen. Doch in den darauffolgenden Tagen erzählte sie mir ja alles mögliche und unmögliche, und je mehr Zeit seit dem Ende meiner Zeit am Ionischen Meer vergeht, desto leichter fällt's, mir meine Reime darauf zu machen.

Ja, heute sehe ich geradezu vor mir, wie sie durchatmet, da an jenem Fluß, nachdem sie, nur rund achtundvierzig Stunden vorher, noch zu ersticken meinte. Doch ich sehe noch mehr, als sie sehen konnte. Ich sehe, wie die *Apollonas II* in die Dämmerung vordringt. Im Südosten sind Himmel und Adriatisches Meer schon so gut wie farblos. Nur die Steuerbord-Ecke der Heckreling bleibt noch für eine Weile der Angelpunkt für eine hellere Sphäre. Der Kniff des Horizonts trennt sie in wimmelndes Silber und planes Ultramarin, denn die rubinrote Aura der untergegangenen Sonne ist längst verblichen. Der drei Tage junge, schlanke Mond, vormals fahl wie ein Wasserzeichen, wird desto plastischer, je näher auch sein Untergang rückt. Die fortschreitende Dunkelheit kupiert Stück für Stück den Gischtschweif des Schiffs, der schräg den helleren Westen vom finsteren Osten scheidet, und den Backbordhorizont markieren glimmende Flohstiche – Lichter an den Küsten der Dalmatischen Inseln. Die Nacht ist warm, doch der Wind ist frisch.

Nichts davon aber hat Monika Freymuth mitbekommen. Als Geisel einer enervierenden Fliege liegt sie in ihrer Kabine. Wie ein Schwein im Kühlhaus, so fühlt sich ihr Leib an; dabei hat sie sich zusätzlich in die Decke aus der Nachbarkoje gewickelt. Wangen, Stirn und Ohrläppchen glühen hingegen. Das brummende Rütteln in der Matratze überträgt sich auf ihre Augäpfel, so daß Monika die Lider zukneifen muß; die Anstrengung verstärkt die Unruhe. Doch sobald sie die Muskulatur lockert, reizt das Fauchen der Klimaanlage die Bindehaut und verwandelt die Tränen in Essig. Unter den Lidern pulsiert die Finsternis und im Gehör das Blut. Dennoch, und obwohl Monika das Kopfkissen aufs linke Ohr preßt, dringen jene Melodien hindurch, sang- und außerdem derart klanglos, als wäre das Instrument ein Eierschneider. Das Lied, *Ein Schiff wird kommen,* errät sie weniger an den Tönen als am Rhythmus.

Resolut geht die Fliege immer wieder auf Monikas Stirn los. In deren Magen nagen Hunger und Furcht, im Unterleib Blutung und Entbehrung. Rollt die Fähre nach Backbord, schwappen all die Regungen in den Kopf, wie auf dem Stuhl des Frauenarztes. Krängt sie nach Steuerbord, strömen die Empfindungen zurück in Magen und Unterleib, verdünnt mit einer schauerlichen Lust, endlich einmal zu erleben, wie es wäre, abzurutschen und frei zu fallen. Warum ist die Kabine quer ausgerichtet, warum nicht entlang der Längsachse, wie eine Wiege! Bitte? Erst sehnst du dich nach freiem Fall – und dann danach, *gewiegt* zu werden? Ach sei still, Ziege.

Seit acht Monaten ist Monika Freymuth von einer inneren Ziege besessen. Mit ständigem Gemecker reibt die ihr alles unter die Nase, was Monika an ihrem Leben je auch nur im geringsten gestört hat; und alles, was Monika in ihrem Leben je geliebt hat, zieht ihre innere Ziege in den Dreck.

Fast alles – nur an Carlotta sich zu vergreifen wagt selbst diese zänkische, störrische Bestie nicht. Ach Carlotta, Lottchen klein...

Doch selbst wenn sie an dieses einzige noch strahlende Licht in ihrem Leben denkt, muß Monika sofort heulen, und schon leiert die innere Ziege wieder ihre Hymne, ihren Kampfgesang. Damit hat sie, die innere Ziege, sie, Monika, noch jeden einzelnen Tag der vergangenen acht Monate in Verzweiflung gestürzt, als wäre es eine Melodie im Fahrstuhl zur Hölle...

Hoppla, jetzt kommt Monika,
42, Waage!
Hausfrau, Mann, zwei Töchterlein,
doch niemals eine Klage!
Dädädä, dädädädä,
doch hört nun was ich sage:
Alle lieben Monika,
Monika alle Tage!

Dieses scheußliche Lied, nicht einmal die Musik aus dem Schiffslautsprecher vermag es aus ihrem inneren Ohr zu tilgen. Seit acht Monaten, seit ihrem Geburtstag dudelt es tagtäglich. Ihr Geburtstag ist der einzige Tag gewesen, an dem sie es je gehört hat – allerdings gleich mehrfach –, und seitdem ist sie damit geschlagen. Nur den einen Vers hat sie vergessen. Doch anstatt auch die anderen zu vergessen, versucht die Ziege alles, daß sie sich des vergessenen entsinnt. Dädädä, dä*dä*dädä... Aber sie kommt nicht drauf, sie kommt einfach nicht drauf.

Im Geschaukel der Fähre fühlt sie sich wie ein Federgewicht in einer riesigen Waagschale, und sie denkt an das Horoskop, das ihre jüngere Tochter ihr erstellt hat. Die »große Jahresprognose«. Wie hat es da noch geheißen? *Die Waage schlägt extrem aus, und es kann Monate dauern, bis sie sich wieder einpendelt.* Das ist die einzige aus dem Wust an Aussagen, an die sie sich erinnern kann. Alles andere... Saturn, Synastrie, Solar- und Transitdings, Venus im zweiten Haus oder wo – sie weiß nichts mehr davon, geschweige, was das alles zu bedeuten hat.

Yps hatte ihrer Mutter Mut gemacht. Daß sie kurz nach Neumond abreise, sei eine gute Voraussetzung. Bei zunehmendem Mond atme die Erde ein, wie die Mondkundigen sagten. Dann wirkten Schonung und Erholung des Menschen nachhaltig, da sowohl Seele als auch Körper besonders aufnahmefähig seien – allerdings auch für Sucht- und Giftstoffe, also Vorsicht bei Alkohol und Nikotin.

So weit ist es mit Monika gekommen: Sie läßt sich von ihrer Tochter bemuttern. So schwindelig wie bei dieser Erkenntnis war Monika nicht einmal bei der Geburt ihrer Enkelin gewesen.

Plötzlich springt die Hitze in ihrem Kopf auf Hals und Brust über und rast schließlich durch den ganzen Leib, nur Hände und Füße bleiben eiskalt. Die Fliege landet auf ihrer Stirn. Hau ab! Bin ich 'ne Kuh? Licht an, sofort. Sie strampelt die Decke von sich, tastet flatternd nach dem Lichtschalter, und flackernd tauchen die Dinge aus der Dunkelheit auf: Nachbarkoje drüben, Nachttischchen hier, dort Stuhl, Schreibtischchen, die Toiletten- und Duschkabine; alles doch sehr viel weniger eng, als sie es in ihrer inneren Finsternis in Erinnerung gehabt hat. Auch die Rollbewegung des Schiffes erscheint längst nicht so ausladend. Sie wartet darauf, daß ihr Herz von Galopp zu Trab wechselt. Die gespenstische Bouzouki spielt die Melodie von *Griechischer Wein.* Noch einmal dreht Monika an sämtlichen Skalenknöpfen, die es auf dem Armaturenbrett überm Nachttischchen gibt – Attrappen anscheinend; das Geklimper hört jedenfalls nicht auf. Sie steckt sich eine Zigarette an, versucht, mit der anderen Faust ein wenig Wärme in ihren Fuß zu massieren, und fängt an zu heulen.

Was für ein Mist, alles, aber auch alles! Warum sagt einem niemand, daß man nicht mehr zum Auto darf, nachdem das Schiff abgelegt hat! So hat sie nur ihre Handtasche dabei, die nichts enthält außer Ticket, Reiseprospekt, Geldkarte, Zigaretten und Feuerzeug, Papiertaschentüchern, Tampons und Lippenstift. Gebraucht hätte sie Strick- oder Windjacke und lange Hose, damit sie diesen Abend an Bord hätte verbringen können; Sonnenbrille und -creme, damit sie den vergangenen Nachmittag und den kommenden Tag an Bord hätte verbringen können; Wäsche zum Wechseln, Tabletten, Extrahandtuch, Kulturtasche mit Shampoo, Duschzeugs, Deodorant, Parfüm, Make-up, Zahnbürste…

Im Shop hätte sie für eine Zahnbürste 1500 Drachmen bezahlen sollen – fast zehn Mark! Vor Wut und vor dem Gedränge ist sie in ihre Kabine geflohen, und als sie reumütig zum Shop zurückgekehrt, ist er geschlossen gewesen, und von den schlaflosen Nächten, der Anreise, der chaotischen Einschiffung und der Suche nach dem Shop – der Architekt dieses Schiffs muß geisteskrank gewesen sein – ist sie zu erschöpft gewesen, um an der Rezeption um Hilfe zu bitten. Wenn du sowieso morgen früh nach dem Duschen in die gebrauchten Lumpen steigen mußt, spielt's auch keine Rolle mehr, wenn du aus dem Mund riechst wie eine Kuh aus dem Hintern. Entschuldigung, aber ist doch wahr.

Hätte sie nur Yps' Angebot angenommen, ihr Handy auszuleihen! Was gäbe sie jetzt für ein Gespräch mit ihr! Was gäbe sie allein für die Bestätigung, es gehe Tochter und Enkeltochter gut! Aber wahrscheinlich ist das Schiff ohnehin viel zu weit auf See, als daß es überhaupt noch Empfang geben würde.

Sie tupft die Tränen mit einem Tempo-Taschentuch auf. Ihre Armbanduhr zeigt fünf vor elf – einen Moment lang erschreckt sie die falsche Wahrnehmung, der Stundenzeiger sei abgebrochen. Fünf vor elf, *Greek time,* also fünf vor zehn deutscher Zeit. Morgen nachmittag gegen vier, *Greek time,* wird das Schiff in Igoumenitsa einlaufen. Wie soll sie noch siebzehn Stunden überstehen? Wenn sie wenigstens schlafen könnte! Warum solltest du ausgerechnet *hier* schlafen können? Weil ich schon gestern nicht geschlafen habe, in dem Gerüttel und Gepolter des Autoreisezugs, und vorgestern, im kalten, leeren Ehebett, auch nur zwei Stunden! Na und? Vor Carlottas Geburt hast du zwei Stunden in *drei* Nächten geschlafen.

Nicht einmal Lesestoff hat sie an Deck mitgenommen, weil sie gedacht hat, sie könne jederzeit ans Auto. Wie kann man nur so dumm sein. Und dann auch noch wundern, weshalb all die andern so dumm sind, so große Taschen die engen Gänge hinaufzuschleppen!

Sie nimmt den zerknitterten Prospekt vom Nachttischchen, betrachtet die kitschigen Fotos und überfliegt noch einmal die Zeilen, obwohl sie sie längst auswendig hätte hersagen können. *Parga ist ein reizendes kleines Städtchen im Nordwesten, direkt am Ionischen Meer gelegen; einer der malerischsten und kosmopolitischsten Orte Griechenlands. Genau das Richtige für einen ersten Bade- und Erholungsstopp nach der Fährfahrt von Italien nach Griechenland – oder auch als Urlaubsziel. Parga ist ca. 53 km vom großen Fährhafen in Igoumenitsa und ca. 69 km vom nächsten Flughafen in Preveza entfernt. Es hat ca. 3000 Einwohner, eine große Auswahl an Tavernen, die für jeden Geschmack etwas bieten, einige Hotels, viele Zimmer und kleine Pensionen...*

Und in einer davon sitzt Hartmut. Ohne dich! Ach sei still, Ziege. Kein Wunder, so unerträglich, wie ich seit acht Monaten bin... Ihr Leib ein totes Schwein, ihr Gemüt besessen von einer Ziege, ihr Verstand ein verängstigtes Schaf. Wäre es möglich, sie wäre selbst ohne sich gefahren.

Doch nun ist es anders gekommen. Sie reist ihm tatsächlich nach. Heimlich, nur Yps und Mami wissen Bescheid. Was hast du dir da bloß eingebrockt. Was *ich* mir da eingebrockt hab? Außerdem ist es unsere letzte Chance, die letzte Chance für mich und Hartmut. Mit dem du nächstes Jahr Silberne Hochzeit feiern sollst. Ach sei still, Ziege. Mit dem ich Silberne Hochzeit feiern *will! Darf!*

Hoppla, jetzt kommt Monika / 42, Waage...

Seit der Abfahrt von Triest scheppert tagsüber aus sämtlichen Lautsprechern alle naslang eine beschwingte Kurzmelodie, um fünfsprachige Durchsagen anzukündigen – wann die Bordrestaurants geöffnet werden, der Bordshop, der Spielsalon. Genau so kündigt dieses entsetzliche *Hoppla*-Lied eine neue Welle des alten inneren Elends an. Das *Hoppla*-Lied, es ist der Schlager ihrer Operettenkrise. Nie würde es ein Ende nehmen. Du kannst bis nach Afrika fahren, deinen Kopf müßtest du mitnehmen, und in deinem Kopf würde dieses Sch...lied leiern. Entschuldigung, aber ist doch wahr. Was für jämmerliche Verse, was für eine *un*erfreuliche Melodie! Heimorgel, dicke Backen vom Tuten, Hintern in Lederhosen, schwabbelnde Dirndl-Dekolletés, und doch, oder aber auch, beziehungsweise seltsamerweise, vor allem etwas scheußlich Schwyzerisches – all das ruft ihre Vorstellungskraft hervor, wenn sie dieses Lied hört. Das hab ich nicht verdient. Nicht nur, wenn sie an Carlotta denkt, sondern immer auch, wenn sie sich diesen Satz vorsagt – *das hab ich nicht verdient* –, fängt sie an zu heulen. Ach, es braucht doch nur jemand Buh zu machen, und du fängst an zu heulen! Seit acht Monaten, seit ihrem Geburtstag heult sie fünfmal die Woche. Manchmal hat sie heulen müssen, weil sie dauernd heulen muß.

Sie betrachtet ihren Finger. Nachdem sie den Ring abgenommen hatte, hat sich die Haut erholt. Zurückgeblieben ist nur ein schwaches Negativ der Allergie, die sie nach fast vierundzwanzig Jahren Ehe befallen hat. Was für eine plumpe Symbolik! Was für eine alberne, stillose Verschwörung zwischen der inneren Ziege und ihrem Körper! Und wie gekränkt Hartmut deswegen war, und wie sehr er sich bemühte, es nicht zu zeigen. Ach, Hartmut; guter alter Hartmut... Seither trägt sie den Ring an einem Kettchen um den Hals, obwohl Yps findet, daß es doof aussieht. Obwohl sie selbst findet, daß es doof aussieht. Und wieder fängt sie an zu heulen. Die Geisterbouzouki spielt *Weiße Rosen aus Athen.*

Gegen zwölf glaubt sie, vor Erschöpfung endlich einschlafen zu können. Sie knipst das Licht aus und wühlt sich in die Decken, so tief und fest es geht, und umarmt ihren schweinekalten Leib und zieht die Beine an, doch die Fliege findet immer einen Weg auf ihre Stirn, und die Stärke von vierzigtausend Pferden in den Schiffsmotoren zerrüttet Matratze und Augäpfel, und die Geisterbouzouki perforiert das Trommelfell ihres linken Ohrs mit dem Sirtaki aus *Alexis Sorbas*. Dann wallt wieder Hitze durch ihre Venen, und wieder befreit sie sich aus ihrer Mumien-Enge und knipst das Licht wieder an, raucht und fängt wieder an zu heulen und hascht nach der Fliege, die jede ihrer Bewegungen mit ihren Facettenaugen wie in Zeitlupe wahrnimmt und mühelos vorausahnt, und so geht es im Stundenrhythmus weiter bis gegen fünf, und als sie das nächste Mal auf die Uhr schaut, ist es sieben, und sie geht unter die Dusche, und so entkräftet sie auch ist, ihre innere Ziege ramentert dieses abscheuliche Lied, für dessen Text und Melodie niemand anders verantwortlich ist als ihr Gatte, dem sie noch heute unter die entsetzlich redlichen Augen treten soll.

Will!

Muß?

Hartmut, ach Hartmut... Da bin ich, und wehe uns, du sagst ein falsches Wort, und wehe uns, du machst eine falsche Bewegung, und wehe uns, ich finde dich erst gar nicht...

VI

Wie sie beim Ausschiffen Hartmuts Firmenmercedes denn doch noch wiedergefunden hat, und vor allem, wie sie der neonbeleuchteten Hölle von Deck 2 entronnen ist, ohne zu sterben – schon eine Stunde später, da oben auf dem Aussichtspunkt, wüßte sie es nicht mehr genau zu sagen. Ganze Pulks von Passagieren, deren Taschen sie gegen die Hüften knuffen auf dem Weg die engen, steilen Stahltreppen hinab in den Stahlmagen der Fähre (nun ist sie immerhin froh, daß sie nur ihre Handtasche zu tragen hat); eine halbe Stunde oder länger eingezwängt zwischen unrasierten, säuerlich riechenden Truckern und Familien mit quengelnden Kindern, alle warten stehend in einer niedrigen Halle, die schier birst vor Hitze und Abgasen gigantischer Lkw, vor Dieselmotoren- und Schiffsmaschinenlärm, vor Hupen und Mannschaftsgegröle und Trillerpfiffen der Einweiser; plötzlich die panische Erinnerung, daß sie bei der Einschiffung doch eine Rampe heruntergefahren war – du bist hier falsch!; sie zwängt sich durch die Lücken zwischen den (eingeklappter Außenspiegel an eingeklapptem Außenspiegel geparkten) haushohen Lastzügen, daß ihre Kleidung von Öl und Reifenschmutz verdreckt wird; wie kommt sie hier raus?, wie kommt sie eine Ebene tiefer? da!, die Rampe!; doch jetzt kommen ihr bereits Pkw entgegen; niemand hilft ihr, wo um des lieben Himmels willen steht Hartmuts Mercedes... und plötzlich erblickt sie ihn; die andern dahinter kurven bereits um ihn herum; sie steigt ein, fällt für eine Sekunde in Ohnmacht, doch sofort weckt sie ein herrischer Pfiff, und ein bärtiger Mann in hellem T-Shirt mit dem Aufdruck der Reederei schreit sie an und winkt hektisch; sie würgt den Wagen einmal ab, aber dann los, eine Rampe mit Rillen hinauf, Rillen so derb, daß sie die Bandscheiben stauchen, und die Steigung so steil, daß sie kaum sieht, wohin sie auffährt, und dann, dann ein Tor voll Tageslicht. Sie rollt wieder über eine geriffelte Rampe, diesmal abwärts, ins Freie. Ein Pier, wartende Leute, Pkw, Lkw, Pkw. Sie folgt einfach einem silbergrauen Caravan mit Hamburger Kennzeichen, der bis unters Dach bepackt ist. Und was, wenn der jetzt nach Albanien fährt? Albanien, Unsinn, sei still, Ziege. Du mußt einfach nur nach Süden. Wo ist denn Süden? Da, wo die Sonne steht.

Und tatsächlich, der Hamburger lotst sie sicher aus dem Hafen; nur wenige Minuten, und sie gelangen nach ein paar holprigen Kurven zwischen schlichten Hotel- und Verwaltungsgebäuden hindurch (und Schildern mit griechischer Beschriftung, die Monika nicht lesen kann; in lateinischen Buchstaben nur mitunter so etwas wie *Taverna Fresh Fish*) auf eine Serpentinenstraße; links erheben sich gelbfelsige Berghänge mit Lorbeergesträuch und ein paar riesigen Industrietanks, rechts immer andere Perspektiven auf die soeben verlassene Hafengegend und -bucht, Monika riskiert jedoch nur flüchtige Blicke; die Kurbelei beansprucht ihre Aufmerksamkeit allzu stark, und die Bodenwellen heben ihr den Magen.

Es ist alles so fremd, wie in einer Dokumentation; die Windschutz- eine Mattscheibe. Links immer wieder Zypressenreihen vor dem aufgerissenen Gestein, dem Sockel fürs urbewaldete Gebirge, rechts immer wieder Oleanderbüsche. Für einen Moment hat sie das Gefühl, einen vollständigen Kreis gefahren zu sein, doch der Hamburger führt sie unbeirrt an. Plötzlicher Ausblick auf dunstig blaues Meer und einen blauschattigen Hügelzug dahinter. Wolkenloser, reiner blauer Himmel. Leitplanken; dreieckige, rotgeränderte Verkehrsschilder mit einem schwarzen Zickzack auf gelbem Grund, einem Ausrufezeichen oder den Umrissen einer Kuh (»Die kam ganz plötzlich auf die Straße galoppiert; ich konnte nichts machen, Hartmut!«). Dann plötzlich abwärts, für einen Moment das Gefühl, direkt ins Meer zu fahren (»Ich konnte nichts machen, Hartmut; es ging direkt abwärts!«); ein verblichenes Zirkusplakat mit einem grinsenden Clown, eine Brücke mit rostigem Geländer (»Es war völlig verrostet, Hartmut!«) ...

Doch der Hamburger geleitet sie durchs Küstengebirge und schließlich auf eine längere, leicht geschwungene Gerade durch ein Tal; Monika achtet darauf, daß sie ihm folgen kann; Pinien und Zypressen und das silbrige Grün der Rückseite von Olivenbaumblättern; zwei großflächige Tankstellen; im Hintergrund ein Höhenzug; staubige Ortschaften mit hellen, von Palmen bewachten Häusern, eine Frau, die neben der Fahrbahn hergeht, gekleidet in schwarzem Rock und blauer Bluse; und dann gabelt sich die Straße, und Monika fährt einfach immer dem Hamburger hinterher; eine lange, breite Gerade, der graue Asphalt geflickt und mit dunkleren Brems- und Schleifspuren übersät, doch kaum Verkehr; sie fahren zwischen zwei Bergketten hindurch, die eine weiter entfernt und geformt wie Sandtorte an Sandtorte, die andere näher; Weiden und kleine Viehställe aus Wellblech; eine Allee von Platanen, immer wieder weiße Häuschen mit roten Hütchen, hin und wieder, links und rechts, rechteckige blaue Schilder mit Hinweisen auf Ortsnamen wie Perdika und Karteri, Skorpiona und Klitoria, eine kurze Allee mit Laubbäumen – Weiden und Eschen vielleicht –, beidseits riesige Pappelhaine und gemähte Weiden dahinter (»Fast wie zu Haus, nicht, Hartmut?«), immer wieder kleine und größere Täler, aus denen Zypressen grüßen (»So muß es in der Toskana aussehen, Hartmut!«), hier und dort am Straßenrand Tabernakel, rostigere als in Bayern oder Österreich, mitunter aber auch luxuriösere, aus Stein gemauerte; manchmal villenartige Anwesen, aber oft ist alles so luschig und staubig, ganz anders als in Bayern oder Österreich, und doch – es erinnert sie wohlig an etwas; und da, was ist das denn für einer?, erstmalig, wie ein Vorbote, der bleiche Stamm eines Eukalyptusbaums mit angerosteter Krone.

Die Temperaturanzeige im Armaturenbrett schwankt auf der Fahrt zwischen vierunddreißig und sechsunddreißig Grad Außentemperatur. Kann das stimmen? Sie traut sich nicht, die Fenster zu öffnen; obwohl es sie fröstelt, ist sie froh, daß die Klimaanlage zu funktionieren scheint. Sonderbarerweise hat sie momentan mehr Angst vor Hitze als vor Kälte.

Dann eine marschige Ebene, und gerade, als sich ihre bisher unterdrückte Nervosität darüber Bahn bricht, daß nach all den Kilometern und Aberkilometern überhaupt noch kein Hinweisschild auf Parga zu sehen gewesen ist (das an der Gabelung, etliche Kilometer zuvor – *Parga 38 km* –, hat sie übersehen), verbreitert sich die Straße zu einem Abzweig in Richtung Meer, großzügig ausgezeichnet, von hohen Laternenmasten gesäumt. Und da steht es, auf blauem Grund, mit spitzer Klammer als Pfeil nach rechts, weiß in lateinischer Schrift: *Parga 11 km*, und darunter in Gelb: Πάργα, und darunter *Preveza*, Πρέβεζα, *55 km.*

Tatsächlich, *Parga 11 km.* Da ist es schon. Da mußt du abbiegen. Da, wo auch der silberne Caravan aus Hamburg abbiegt. Sie betätigt den Blinker. Sie betätigt den Blinker, doch sie fährt geradeaus, weiter geradeaus. An dem Abzweig vorbei.

He!! Ach sei still, Ziege. Was *soll* das!! Ja ja, gleich, ich... Ich – was!!

Was geht da mit ihr vor? Sie hat einfach den Fuß auf dem Gaspedal gelassen. Sie fühlt sich wie in einem Segelflugzeug, das gerade abgekoppelt worden ist, und läßt den Fuß auf dem Gaspedal. Sechzig Stundenkilometer. Sie schaut in den Rückspiegel. Aus den Augenwinkeln erkennt sie den Kadaver eines Marders am Straßenrand, und der Anblick stürzt sie in einen Anfall von Verzweiflung. Kehr um, dumme Kuh! Wie denn! Wo denn! Wie soll ich denn hier wenden!

Unglaublich, aber den Moment, in dem sie hätte abbiegen müssen, hat sie – verpaßt. Warum! Der Anblick des Schildes hat sie – verstimmt. Elf Kilometer noch, damit hat sie nicht gerechnet. Sie hat das Gefühl gehabt, die »ca. 53 km vom großen Fährhafen Igoumenitsa« längst hinter sich zu haben, und gehofft, Parga läge direkt an der Straße. Und kaum ist ihr das bewußt geworden, ist sie erschrocken: Hat sie tatsächlich gehofft, Hartmut quasi im nächsten Moment zu begegnen? Jetzt gleich?

Das ist ihr plötzlich bei weitem zu plötzlich gekommen, und plötzlich sind ihr die elf Kilometer zu *wenig* gewesen, und das Auto ist einfach weitergefahren, als wäre nicht allein sie es, die es hätte bremsen können. Zweiundzwanzig Kilometer wären in Ordnung gewesen, dann wäre sie sofort abgebogen. Doch elf Kilometer, das ist ihr zu aufdringlich gewesen. Sie hat gar nicht mehr hingeschaut, wie neulich in der Stadt, als sie so tat, als hätte sie ihn gar nicht da stehen sehen bei Tchibo, Kegelbruder Hans-Günter, der ihr auf der Weihnachtsfeier die nach Jägermeister schmeckende Zunge zwischen die Lippen gesteckt hatte. Ihr wird jetzt noch übel, wenn sie daran denkt. Warum hast du ihm eigentlich nicht einfach eine geklebt? Weil ich nicht sicher war, ob ich ihm nicht schöne Augen gemacht hab. *Was?* Ach sei still, Ziege. Hast du keine anderen Probleme, im Augenblick?

Sie rollt weiter; wartet auf eine Gelegenheit, gefahrlos zu wenden; verwirft doch jede einzelne sofort (»Lauter Kurven; es war einfach zu gefährlich, Hartmut!«); rechter

Hand ein blauer Schatten, das Meer, das sich am Horizont in Dunst auflöst, und gleich darauf ein Wahnsinnsblick auf einen warmen Fjord. Warum ist es hier so kalt im Auto? Sie will das ändern, stößt aber gegen den Radioknopf, und plötzlich ertönt ganz rein und klar eine exotische, eine orientalisch anmutende Musik; was für ein Unterschied zum Geklimper in der Kabine und dem, was man von Costa Cordalis kennt – eine Musik, die ihr Herz auf eine Weise erregt, welche sie an lange vergangene Zeiten erinnert, und gleichzeitig erblickt sie dahinten, mitten in den Berg gestellt, ein riesiges, längliches Werbeschild: INTERNATIONAL LIFE. Und plötzlich wird sie geradezu überrannt von der Schönheit der Oleanderallee, deren zarte Blüten in Purpur und Rosa und Weiß ihr zunicken, und die Ginsterbüsche zwischendrin leuchten so eindringlich, daß ihr fast die Luft wegbleibt. Ich bin frei. Wer ist frei, *du?* Sei still, Ziege.

Sie ist frei. Niemand wartet auf sie, niemand. Ein Jauchzen zerwirbelt in ihrem Bauch und drängt heraus, doch dann kommt eine schier endlos erscheinende Linkskurve, sie ist zu schnell, kriegt Angst und nimmt Gas weg, und dann überwältigt sie jener Frostanfall – das Echo der Erkenntnis, frei zu sein.

Sicher, sie hat viel zuwenig geschlafen in den letzten Nächten und viel zuviel geraucht, und ihr Leib ist ausgekühlt. Doch das, was ihr da unversehens zustößt, das ist kein Frieren mehr. Es ist, als wäre ihre Lebenskraft, ihr Innerstes, ihr Gemüt schockartig tiefgefroren, und nun fräße sich das Eis bis in die Verästelungen ihrer Adern voran – im Tempo ihres rasenden Herzens.

Doch dann taut die ionische Sonne sie auf, und je länger Monika von jenem Aussichtspunkt auf Kouphala herabblickt in der zirpenden Stille, desto deutlicher spürt sie eine Art Zuversicht, nicht stärker als die warme Brise in der Höllenhitze, aber auch nicht schwächer. Zum ersten Mal seit Tagen, wenn nicht Wochen, vielleicht sogar Monaten. Seit acht Monaten. Eine befremdliche Art von Zuversicht zwar, weil sie auf nichts Greifbarem gründet; und dennoch ist es Zutrauen, was Monika nun ein wenig beflügelt. Oder auch nur Zutraulichkeit. Gefährlich? Meinetwegen. Sei still, Ziege. Nun bin ich hier, und nun geht's weiter. So ein schönes Dorf…

Da steht sie, zutiefst versenkt in den Zikadengesang, und da bricht plötzlich die Hölle los. Die Dreiklang-Fanfare eines Zwanzigtonners braust vorbei, taktelang; und als Punkt unterm Ausrufezeichen folgt ein Posaunenstoß, der ihr Herz zerfleischt. BÖÖÖÖÖÖÖRG! BÖRG! Unter dem Mordsschrecken knickt Monika fast ein; dann erst gibt's Alarm in ihren Blutbahnen, sie dreht sich um: kein Zwanzigtonner, bloß ein winziger gelber Fiat mit griechischem Kennzeichen. Schon ist er hinter der Kehre verschwunden.

Noch unter Schock, steigt sie ins Auto. Was für ein Irrer! Aber vielleicht weist der ihr den Weg. Gib Gas, dumme Gans. Steine knallen ans Bodenblech, Staub steigt im Seitenspiegel auf, und schon springt der Wagen die Asphaltkante hinauf. Sie folgt dem Irren, folgt ihm mit weitem Abstand, folgt der Europastraße 55 entlang der aufgesprengten, steinbruchartigen Flanke, sienabraun, ockerfarben und verwaschen rötlich, eine Stafette von Zypressen huscht vorbei, darüber wächst Panzergestrüpp den Berg hinauf; rechts die farbige Parade des Ginsters und Oleanders. Sie rollt das Gefälle der Straße hinab, folgt den Links-Rechts-Verschwenkungen, und nach jeder Kurve enthüllt ihr ein Seitenblick, daß sie sich dem Niveau jenes schönen Dorfs um etliches angenähert hat, überraschend rasch senkt sich das Bild ab; sie erkennt, daß die Knicks, Feldraine und -wege im Tal sich um die Nordostgrenze des

Dorfes herum im Halbkreis ausbreiten wie Funkwellen, nur hin und wieder aufgelöst von Tümpeln und Gräben. Eine Kurve später ist das Dorf in ihrem Nacken verschwunden, und ein Abzweig nach dorthin läßt so lange auf sich warten, daß sie die Ahnung von einer Enttäuschung befällt und der Gedanke an eine Kehrtwendung, die nach Parga führen würde, sie bedrückt. Dennoch rauscht sie durch die übermannshohen Oleanderspaliere, bis sie fast auf Talniveau ist, dann taucht vorn links, in eine flache Anhöhe hineinmäandernd, ein anderes Dorf auf, weiß und rot, die Berge dahinter rundlich, weiblich, wie dünn behaart und spärlich mit dicken Büscheln bewachsen, teils vernarbt von den Spuren der Regenwasserströme; eine riesige Schönwetterwolke schiebt ihren freundlichen Schatten über die Hänge, und dann sieht sie dahinten, am Anfang einer langen Geraden, noch so eben, wie er abbiegt, der gelbe Fiat.

Wieder ein Schild, diesmal ausschließlich in lateinischer Schrift...

Mesopótamos	*1 km*
Kanaláki	*18 km*
'Acheron Délta	*4 km*
Kouphála	*4 km*
Nekromanteíon	*4 km*

Links, jenseits der E55-Unterführung, erstreckt sich jenes Dorf ins Hinterland. Das muß Mesopotamos sein. Des Panoramablicks beraubt, ist Monika Freymuths Orientierung kurz gestört. Da. Intuitiv folgt sie der scharfen Rechtskurve, um einen kleinen Friedhof herum, der etwas tiefer liegt. Etliche Dutzend marmorne Sarkophage, jeder geschmückt mit Blumen und ewigen Lichtern, mit Heiligenbildchen und Fotografien des oder der Verstorbenen. Nebenan staubige Halde, zwei, drei Lkw; auf ihren Mischtrommeln die Buchstaben ΑΧΕΡΟΝ ΜΠΕΤΟΝ. *Acheron Beton*, reimt sich Monika zusammen.

Zunächst unter Urpappeln und -platanen hindurch, ihr ineinander verschränktes Geäst ein sonniggrüner Baldachin, verjüngt sich die Teerpiste schließlich zu einer Bahn mit Schilfwänden. Drei-, viermal knickt dieser grüne Schacht um wenige Grad ab; so ist der Fiat stets zu weit voraus, als daß sie sich daran noch hätte orientieren können.

Kurz vor dem Bogen, der jenen Hügel umsichelt, der aussieht wie der Höcker eines verschütteten Dromedars, muß Monika bremsen: Erst knäuelt *ein* Schaf hinter dem Röhricht hervor auf die Straße, dann weitere drei, dann ein ganzer Pulk. Ein paar davon haben schwarze Gesichter, so daß *deren* beigefarbene Pullover wie einfältige Tarnung wirken... Langsam fährt sie heran.

Als nächstes erscheint ein anderes vierbeiniges Wesen, dem pandabärenartigen Kopf zum Trotz wohl ein Hund. Kaum hat er das Auto entdeckt, schießt er los. Vor der Beifahrertür hüpft er wie ein Springteufel, um durch das Fenster zu äugen, das glücklicherweise geschlossen ist. Das Kläffen verzerrt sein vormals putziges Gesicht zur Fratze eines Tasmanischen Teufels. Wenigstens bleibt er dem Lack fern. Hartmut würde sich bedanken.

Zuletzt der Hirte, ein ranker Mann von dreißig oder auch fünfzig Jahren. Zwischen den Schößen seines Hemds bräunt der Torso. Auf seinem Kopf wächst ein Vlies blauschwarzer Haare und übers hagere Gesicht ein Bartstoppelfeld. Aus den Grotten unter blauschwarzen Augenbrauen funkelt der Blick.

»Dir«, flüstert Monika, »würde ich auch meine Wolle geben...«, und der Satz zergeht auf der Zunge wie ein süßes Malheur. Sag mal, spinnst du jetzt endgültig?

Ihr fällt das gelbe Kleid ein, schon im vorigen Sommer erstanden, auf einem ihrer fiebrigen Streifzüge durch die

Hamburger Innenstadt. Es paßte nicht, in keinerlei Hinsicht, und so hatte es ein Schattendasein im Kleiderschrank geführt. Warum sie es mitgenommen hat, weiß der Himmel. Niemandem hast du davon bisher auch nur ein Sterbenswörtchen erzählt, nicht mal Yps. Irgendwo in der Bagage hinten im Wagen ist es vergraben, eine besondere unter den unzähligen Trophäen. Was blühen denn deine Wangen auf einmal! Was ist denn mit dir *los!*

Freundlich und gelassen blickt der Schafhirt sie an, und als er sieht, daß sie die Lippen bewegt, hebt er eine Hand und öffnet seinerseits den Mund, um unhörbar zu grüßen. Rote Felgen prunken in seinem Mund, nur im Unterkiefer stecken noch zwei Elfenbeinfossilien.

Oh. Na, und *dem* würdest du deine ›Wolle‹ geben. Na, danke schön.

Als Herde, Hirt und Hund den Dromedarhügel erklimmen, kann Monika diesen umrunden. Die restlichen hundert Meter Gerade fährt sie langsam. Als sie näherkommt, vervollkommnen Blütenbuntheit und Pflanzengrün den vorherrschenden Eindruck von Weiß und Rot, den Monika auf dem Aussichtspunkt von der Gestalt des Dorfs gewonnen hat.

Die Ortseinfahrt markiert eine Art Verkehrskreisel aus eingepflanzten, gekalkten Feldsteinen – ein überrenktes Gorgonengebiß. Im ungefähren Zentrum davon ein rundes blaues Schild mit nach rechts unten weisendem weißem Pfeil. Monika leistet dem Gebot Folge, und da sie ohnehin schon rechts schwenkt, wählt sie diese Richtung, obwohl sie vermutet, daß sie sich in Richtung Eukalyptuswald und Strand, wohin es sie zieht, geradeaus hätte orientieren müssen. Sie fährt im zweiten Gang und läßt die Scheiben herunter, um den optischen Eindrücken Düfte und Geräusche hinzuzufügen.

Übermüdet und überreizt, aber mit hell schlagendem Herzen blickt sie sich um. Da ein Häuschen mit groben

Kalkwänden, blaßblau abblätternder Holztür und blaßrotem Schindeldach, umgeben von einem Garten mit Bäumchen, strotzend von chinaroten Orangen, und Zitronenbäumen, deren stachelige Zweige es schier von den Ästen zu reißen droht unter der Last der pampelmusengroßen Früchte. Durch Maschendraht schielen tiefviolette Posaunentrichter von Wicken und üppige Sträuße Petunien, deren kleeförmig angeordnete, zartrosa Blütenblätter je einen Kelch von empfindlicher Himbeerröte darbieten. Ein Brummer schlüpft hinein und verstummt gierig. »Tick, du bist befruchtet«, flüstert Monika im Vorbeigleiten, willenlos und ein bißchen übergeschnappt vor Mattheit. Paß lieber auf, wo du hinfährst.

Da ein von hüfthohen Gräsern überwucherter Platz, eingefriedet von drei Lagen unverputzter Mauersteine – ein ganzes Grundstück nur für einen Traktorreifen, der unterm Schirm einer jungen Platane am Stock lehnt und so zerschlissen ist, daß er sich ein paar nörgelnden Hühnern beugen muß; zu sehen sind die in der Savanne kaum, nur Ähren und Rispen und Trugdolden bewegen sich.

Dort wiederum eine dreistöckige Hotelvilla mit ionischen Kapitellen am Säuleneingang und maurischen Bögen über den Balkonen; sie quellen schier über von aurorafarbenen Gladiolen und vor allem Bougainvillea, die in Kaskaden über die Brüstungen stürzen und im Schattenlicht ultraviolett strahlen.

Zwei braungebrannte Kinder in kurzen Hosen knattern über den Mopedlenker gebeugt um die Ecke, eine Tüllfahne aus Abgas flattert hinter ihnen her. Eine dicke alte Frau in schwarzen Kleidern und Kopftuch pflückt etwas aus einem Baum.

Grobe Pfähle als Telegraphenmasten, Stromkabel kreuz über Dächer und quer übern Weg, der hier sandig und hartschlackig ist, dort asphaltiert und staubig. Und auf der Spitze eines Masts ein enormer Sombrero von Storchennest, in dem eine Alte steht und vier Junge hocken; unter der ausgefransten Krempe hausen Dutzende von Spatzen. Eine monumentale Pappel dort hinten, flimmernd in der Sonnenflut. Und ebendort, am Dorfrand, der Ausblick über die Flur bis zu einer Bergkette, deren Silhouette wirkt wie eine hingelagerte Aphrodite – Hüfte, Taille, Schulter, Kopf, und das Rückgrat eine Straße, wahrscheinlich die E55, von der Monika eben gekommen ist. Und überall diese Düfte aus Fruchtknoten und -schoten und Spaltkapseln, nach Kräuterblättern und Samen und sonngetrocknetem Gras.

»Hier bleib ich erst mal«, flüstert Monika, dem ganzen verlotterten Liebreiz, den ein solches griechisches Dorf nur entwickeln kann, schon erlegen, bevor es ihr klar ist. Es weckt eine Erinnerung in ihr – nein, einen Traum, einen Traum von Kindheit. Das Staubige, das Sandige, das Krautige... Noch ungeboren die Idee von Verbundstein-Bürgersteigen, abgezirkelten Rabatten, Reißbrettalleen... Der Himmel, die Wärme, der Wunsch, sich nackend auszuziehen beim Spielen im Zuckersand, Halme und Stöckchen, Steinchen und Blütenkolben, Sauerampfer und Brausepulver in alle Ewigkeit, in Kniestrümpfen und Petticoat Gummitwist tanzen, Gummitwist tanzen, bis es eines Tages zwischen den Beinen blutet...

Plötzlich wird das Verlangen nach Bettruhe so übermächtig, daß Monika sich entschließt, sofort ein Zimmer zu mieten – *bevor* sie den Strand aufsucht. Sie ist an der nordöstlichen Ecke des Dorfs angekommen, und das letzte Haus dort ist ein weißer, schlößchenhafter Bau mit weißer Mauer drumherum und rotem Dach, mit einem Wendeltreppentürmchen und Außengalerie, geräumigen Balkons und weitläufigen Terrassen und Swimmingpool. Hinter einer kleinen Motoryacht auf einem Trailer und einem Koloß von Jeep mit Wuppertaler Kennzeichen hält Monika an und steigt aus. Die schmiedeeiserne Pforte steht offen, doch ihr Besitzer wartet auf dem Achterdeck der *Marielena*, der er gerade ein Steuerruder aus Kirschholz zu verpassen versucht.

Ingo ist nicht groß, aber kompakt und kräftig. Wie er da grinsend Charme versprüht, erinnert er Monika an einen Schauspieler, der auf den Typ des schlitzohrigen, rauhbeinigen Detektivs abonniert ist. Dennoch fühlt sie sich sofort aufgehoben bei ihm und Karolina, Deutschgriechin, einer dunklen, aparten, herzlichen Dame in ihrem Alter. Das Appartement ist kühl, hat Bodenfliesen aus Marmor, helle Holztüren, eine Kautschgarnitur, Küchennische, Satellitenfernsehen, Bad mit einem Heißwassersystem, das bei Bedarf unabhängig von der Solaranlage arbeiten kann, funktionierende Schalter und Glühbirnen, zwei Schlafzimmer. Obwohl sie sich nicht festlegen mag, wie lang sie bleiben würde, sagt Ingo: »Jetzt komm erst mal an, Mädchen!«, und wuchtet ihr gesamtes Gepäck nach oben.

Und obwohl sie sich ein wenig über die umstandslose Duzerei wundert und obwohl es, wie ihr klar ist, ungerecht ist gegenüber Hartmut, hat sie das Gefühl, so nett sei schon lange niemand mehr zu ihr gewesen.

Gegen sechs schläft sie inmitten ihrer Koffer und Reisetaschen auf dem Sofa ein, die Balkontüren geöffnet.

VII

Um halb acht landet eine Heuschrecke, so lang wie ein Bleistift, auf ihrer Stirn. Mit einem Rückhandschlag fährt Monika hoch. Die Heuschrecke, ihrerseits schreckhaft, flieht gegen die gegenüberliegende Wand und rutscht hinter das Schränkchen.

Monika fühlt ihren Puls im Halse pochen. Trotz Kopfschmerzen und Kreislaufproblemen entschließt sie sich, die Heuschrecke zu retten. Von der Sekunde an hat diese noch etwa zehn Minuten zu leben.

Und zwar unter Streß. Nachdem Monika mit einer Fliegenklatsche hinter dem Schrank herumgestochert und das Insekt zutage gefördert hat, das sofort wieder in irgendeiner Mimikry verschwindet, macht sie sich auf die Suche nach einem als Keschterersatz geeigneten Gefäß und dann wieder nach dem Opfer. Sobald sie es gefunden hat, versucht sie es zwischen Topf und Deckel zu manövrieren, ohne seine Fadenbeine zu verstümmeln. Und was, wenn? Mit Zahnstochern schienen? Ach, sei still, Ziege. Die Heuschrecke, von Natur aus dämlich, entflieht ohnehin jedesmal – in einer zwittrigen Form der Fortbewegung, halb Sprung, halb Flug. Monika verfolgt sie bis ins Schlaf- und treibt sie wieder zurück ins Wohnzimmer, um so sturer, je öfter sie sich ihrer Bergung widersetzt. Schließlich gelingt es ihr, den Topf über sie zu stülpen, nachdem sie im Brotkörbchen gelandet ist.

So, gleich ist es ja soweit, ganz ruhig! Topf und Körbchen aneinanderpressend, geht Monika auf den Balkon. Sie hält die Arme über das Geländer und reißt sie auseinander wie nach einem Tusch. In einer schwankenden Abwärtsparabel schwirrt – Freude, schöner Götterfunken! – die Heuschrecke davon.

Allerdings gerät sie ins Visier einer der Schwalben, die, ausstaffiert mit schwarzem Frack, weißer Weste und braunem Vatermörder, wie die Noten zu Beethovens Neunter auf den Stromleitungen hocken. Einen Meter überm Boden – ein flapsiges, doch elegantes Manöver – fängt sie die Heuschrecke ab.

Brotkörbchen und Plastiktopf nach wie vor über die Balkonbrüstung haltend, steht Monika mehrere Momente lang da wie ein Schellenäffchen, dessen Batterie leer ist, und starrt auf die Flugbahn, die das Attentat abgezwackt hat.

Die schmiedeeiserne Pforte ist geschlossen, und der Geländewagen steht nicht mehr hinter dem Trailer der *Marielena*.

Seltsam bestätigt, ja beinah heiter, beginnt Monika zu weinen. Sie setzt sich auf einen der weißen Plastikstühle und schaut mit tränenden Augen in die Gegend. Das halbe Tal liegt vor ihr, durch Gebüschreihen und dichte Knicks längs aufgeteilt in Kuh- und Ziegen- und Schafweiden und Maisfelder, erstreckt sich von einem versumpften Wassergraben mit schwacher Strömung, der einen Steinwurf entfernt hinter Gras und Gestrüpp und Schilf verborgen verläuft, bis an den Fuß der Berge.

Aus der flirrenden Riesenpappel dahinten klingt der Schlag eines Buchfinken. Lerchen tirilieren. Eine Taube lobt ihren Guru. Ein Storch mit schmuddeligen Füßen späht im Gleitflug nach Fröschen, die ab und zu ein Quäken hören lassen. Eine Kuhherde, weiß, hellbraun, dunkelbraun, schwarzbraun, schwarz, mit pendelnden Troddelschwänzen, grast, einheitlich nach Norden ausgerichtet. Wolkenloser Himmel bis an die Dachrinnen, in denen Sperlinge Zeter und Mordio zwitschern.

Bald entfärbt sich die Umgebung – auf der anderen Seite des Hauses, zum Meer hin, geht die Sonne unter –; die Fiederteile der Gräser am Graben, auf den Weiden und Hängen werden mit zartrosafarbenen Pollen behaucht; die Luft wirkt, als ob das heideartige Licht Puder von Flügeln Tausender, ja Billiarden Tagpfauenaugen entwickelt, um die Nachtfalter damit zu bestäuben. Die Schwalben rasen umeinander. Krähengeschrei. Parallel zum Ausschwärmen der Dämmerung, parallel zum allmählichen Verstummen der Ziegen- und Rinderglocken, der Hähne und Käfer gewinnen die Frösche die Oberhand; die Choräle aus Keckern und Schnalzen, Rülpsen und Quaken gewinnen an Tiefe, an Körper, an Reichtum. Monika hockt auf dem Balkon und weint, bis sie vor Hunger und Durst wütend wird. Außer einem eiskalten, feuchten Salat-Imitat am Mittag im Self Service der *Apollonas II* und Wasser hat sie heute nichts zu sich genommen.

Da kommt ein Mann auf einem Moped herangeknattert, bremst neben Hartmuts Mercedes, blickt unschlüssig auf die geschlossene Pforte – und plötzlich nach oben. »Hallo!« ruft er herauf, den Kopf im Nacken. »Wie getts? Deutsch? Ingo niex da? *I Karolína?*« Er trägt ein blaues Trikot mit weißen Querstreifen, rote Shorts mit weißen Längsstreifen und grüne Turnschuhe mit weißen Querstreifen. Breitbeinig hockt er in seinem Sattel, die Fäuste locker auf den Stierhörnern, und grinst zu Monika herauf. Daß Ingo aushäusig ist, scheint ihn im selben Moment nicht länger zu scheren. »Ihre Namme?«

»Freymuth«, stellt Monika sich ihm vor. Ungeübt in den Verhaltensregeln der Völkerverständigung, hält sie Beflissenheit für angemessen.

»Kostas ich. Wann kommen sie?«

Wann kommen wer. *Ich?* Wann ich nach unten käme? Soll das eine Einladung sein? Unverschämt, oder?

Auf ihre irritierte Miene hin deutet er auf ihre Limousine.

Ach so. Schwitzend in erzwungenem Eifer, verstanden zu werden, versucht sie den kleinsten gemeinsamen Vokabelnenner zu ermitteln. »Vorhin. Nachmittag. Heute.«

»Entschuldigung«, er grinst faunisch, »ich bin Verstand, aber Problemm mit Sprach. Entschuldigung, ich sitz alles. Aber ich hab in Deutschland so sechs Monnatt. Vielleicht ich sitz so viel in Deutschland, ich sprech richtig. Mit Lexiko so jede Tagg so zwei-, dreimal. Der erste, der zweite, der dreite, sprech richtig.«

Schon wieder sieden Tränen. Eben noch wäre Monika vor dem knatternden Ritter am liebsten ins Innere des Hauses geflohen. Jetzt jedoch wünscht sie sich – und das verblüfft sie nicht einmal –, dieser Kostas möge sich ihrer Unzulänglich- und -gänglichkeit gewachsen zeigen. »Ah ja, mit Lexikon!« sagt sie, vernehmlich genug, daß es nicht mit Unwillen zu verwechseln wäre. *Ah ja, mit Lexikon.* Klasse, Ziege. Sie wendet sich ab und blickt zum dämmernden Himmel auf.

Sag *du* was. Sei ein Mann.

»Essen? Trinken Wein?«

Ein Mann! Ein Magier.

Sie gibt ihm die letzte Chance zu verschwinden, indem sie ihm eine Zubereitungszeit abringt. »Ich muß noch schnell duschen! Duschen! Duschen, o.k.? Ich!« Sie läßt eine imaginäre Brause über ihrem Scheitel kreisen und hackt mit dem anderen Daumen einmal in ihr Brustbein.

»Dus, *nai, katálava. Nai, entáxei.** Ich warrte.«

Und das tut er tatsächlich. Eine geschlagene Stunde lang.

Zunächst findet sie nämlich weder Handtücher (sie hängen an der *Rückseite* der an die Wand gelehnten Tür zum Bad) noch ihren Kulturbeutel (er liegt ebenfalls hinter der Tür – wie ist der dorthin geraten? Wahrscheinlich im Zuge der Heuschreckenbergung). Um die Zeit aufzuholen, überlegt sie schon während des Duschens und Desodorierens, Fönens und Schminkens und Parfümierens, was sie anziehen soll; nicht ganz so schwer wie eine Schachaufgabe, aber ohne Anprobe eine auch nicht eben simple Übung. Als sie endlich eine ebenso rassige wie anständige Vision entwickelt hat, vermag sie allerdings den entsprechenden Koffer nicht zu identifizieren.

---

* Ja, ich habe verstanden. Ja, in Ordnung.

Unterdessen ist die Nacht vollständig hereingebrochen und ein Geschwader Moskitos in versprengter Formation durch die offene Wohnzimmer-Balkontür zu den Lichtquellen in Bad und Schlafraum vorgedrungen. Einer hat Monika bereits in die linke Schulter gestochen. Fast ist sie froh darüber, braucht sie doch dem verschollenen Kleid mit den Spaghettiträgern nun nicht mehr nachzutrauern: Das süße rosa Wolljäckchen hätte seinen Reiz nur dann entfaltet, wenn es die Schultern nicht von Anbeginn des Abends verhüllt hätte. Fortwährend an der Quaddel kratzend, denkt Monika darüber nach, die Balkontür zu schließen. Doch wäre das nicht mißverständlich gegenüber ihrem da unten hoffentlich ausharrenden Helden? Womöglich faßte er das als Signal dafür auf, sie habe es sich anders überlegt. Oder – noch schlimmer! – dafür, sie sei endlich fertig und komme sofort.

Also erwägt sie, als kleines Lebenszeichen – evitamäßig vom Balkon aus – eine »Komme-sofort!«-Kanzonette zu trällern, kapituliert aber vor der Unmöglichkeit, sich zu erinnern, in welchem Koffer sie den Bademantel verstaut hat. Mit vorgehaltenem Handtuch wie in einer frivolen Operette mag sie sich aber beileibe nicht präsentieren, schon gar nicht einem fremden Mann auf einem fremden Balkon in einem fremden Land.

Sie beläßt die Türflügel mit den Holzlamellen auswärtsgeklappt und schließt so geräuschlos wie möglich lediglich die inneren, verglasten. Dadurch verwandelt sich das Wohnzimmer binnen Minuten in ein Treibhaus. Sie durchsucht ihre Koffer nach Alternativgarderobe, die ähnliche Vorteile hätte wie das zwangsläufig stornierte Spaghettiträgerkleid-Wolljäckchen-Ensemble: Berücksichtigung von Witterung und Witterungsentwicklung, Angemessenheit des gesellschaftlichen Anlasses, momentanes Befinden – und darüber hinaus eben noch Abdeckung des Mückenstich-Schandflecks. Die Wühlerei ist derart anstrengend in dem versiegelten Zimmer, daß Monika – wiewohl splitternackt – derart zu schwitzen beginnt, daß sie sich gezwungen sieht, nach Bereitstellung der nunmehr erwählten Kleidungsstücke noch einmal zu duschen.

Mittlerweile leidet sie unter Durst. Der Kühlschrank ist leer – sie steckt immerhin schon mal den Stromstecker ein –, und der Rest aus der Wasserflasche, die sie noch auf dem Schiff erstanden hat, ist längst verbraucht. Sie weiß nicht, ob das Leitungswasser trinkbar ist, und will kein Risiko eingehen.

Um weiteren Mückenzustrom zu unterbinden, schließt sie die Tür zum beleuchteten Bad, öffnet die Türen zum Balkon im Dunkeln wieder und zwecks Durchzugs zusätzlich die zur Westloggia vorm Schlafzimmer. Dabei schlägt sie sich in der finsteren, noch ungewohnten Umgebung das linke Schienbein am Bettpfosten blutig. Fünf Minuten kostet die humpelnde Fahndung nach der Schachtel mit dem Heftpflaster, fünf Minuten die nach einer bestimmten Hose, denn der Saum des fledermausärmligen Kleides von der Farbe ihrer Augen, das sie als Ersatz für das Kleid mit den Spaghettiträgern nominiert hat, endet in sitzender Haltung genau *diesseits* des unansehnlichen, kindischen Pflasters – das hat sie durch wiederum fünfminütige Anprobe herausgefunden; einfaches Vorhalten hat keine exakte Messung erlaubt. In einem Anflug von Aufgewecktheit überlegt sie bei dieser Gelegenheit – nun, da sie halbwegs bekleidet ist – erneut, einen Zwischenbericht an ihren Retter abzugeben, befürchtet jedoch Transparenz des Kleidstoffs gegen das Licht der Straßenlaterne. »Ach, dann hau doch ab«, murmelt sie und duscht und desodoriert, schminkt und parfümiert sich ein zweites Mal. Ihr Haar hat sie diesmal unter einer Duschhaube verborgen. Die Fönzeit spart sie also ein. Sie nimmt noch schnell die Kette mit dem Ehering ab. Sieht einfach doof aus.

Als sie endlich leidlich erfrischt, aber ausgehungert und so gut wie verdurstet auf die Außengalerie tritt und die Appartementtür abschließt, hat sie für alle Fälle den Autoschlüssel eingesteckt. Doch Kostas, wie ein halbwüchsiger, unrasierter Romeo in Fußballklamotten – er harrt ihrer, nun im falben Licht der Straßenlaterne.

»Entschuldigung«, ruft sie bußfertig noch von der Galerie herab, »tut mir furchtbar leid, aber ich hatte mich verletzt!« Und dann stöckelt sie die Wendeltreppe hinunter in die brühwarme, duftende Nacht.

Hoppla, jetzt kommt Monika, 42, Waage.

VIII

Am nächsten Morgen erblickt sie ein unbekanntes Zimmer – und sinkt erst einmal in ihren Traum zurück: Sie steht unter einem Baum und schaut in eine dämmrige, wie in Öl auf Leinwand gepinselte Tallandschaft hinunter. Ein Schäfer führt seine Herde heim. Es duftet nach Anis und Eukalyptus. Sie trägt ihr gelbes Kleid, wunderbarerweise sitzt es wie aufgemalt, und dann hebt sie den Blick zu der Sternenspreu auf, und dann hebt sie den Saum des Kleides. Es zirpt in ihrem Zwerchfell vor Lust und Seligkeit, bis sie merkt, daß sie unterm Kleid eine Mädchenunterhose aus Frottee trägt, eine rote, mit Minnie-Mäusen drauf. Das paßt ja nun wirklich nicht zusammen, das teure, sexy Designer-Kleid und der Minnie-Schlüpfer, und sie fängt an, sich selbst zu schelten, sanft, aber nachdrücklich, wie früher Nessi und Yps.

Doch dann beginnt es an mehreren Stellen gleichzeitig zu jucken. Am linken Augenlid, an der Oberlippe, am linken Fußknöchel, am Po und auf dem linken Schulterblatt, dort so schlimm, daß sie fast irrsinnig wird, weil sie so schlecht drankommt. Mückenstiche. Außerdem schmerzen Schläfen und Blase. Gereizt tappt sie zur Toilette. Noch im Niedersetzen erhascht sie einen Anblick ihres Gesichts im Spiegel, und die Pullerei erscheint ihr wie eine Ewigkeit, bis daß sie die kosmetische Katastrophe endlich überprüfen kann.

Du siehst aus, als hätt'st du dir die Lippen aufspritzen lassen. Du siehst aus wie eins dieser Weiber im Fernsehen. Verfluchte Biester, gleich kauf ich mir Paral. Ach Unsinn, lohnt sich nicht. Sie fängt an, mit einer Salbentube zu hantieren. Als wäre sie zu Haus im regnerischen Kehdingen, verbringt sie über eine Stunde in dem abgedunkelten Appartement – damit, sich zu ärgern und ihre Wunden zu lecken. So kannst du auf keinen Fall Hartmut unter die Augen treten. Willst du das überhaupt noch? Findest du überhaupt noch zurück, bis zur Abfahrt nach Parga? Doch. Wahrscheinlich. Aber – nur mal angenommen: Was, wenn du einfach hierbliebst? Was soll *das* denn? Wie kommst du denn *da*rauf?

Und erst in dem Moment wird ihr *wirklich* bewußt, wo sie ist und daß der gestrige Tag und die vergangene Nacht am Fluß keine Variante des Traums gewesen sind, den sie eben noch geträumt hat.

Bis sie merkt, daß sie sich im Appartement bewegt wie ein Meerschweinchen im verhängten Käfig, vergeht außerdem ein Weilchen, doch schließlich reißt sie die Lamellentüren zum Balkon auf. Der hellichte Tag hält ihr mit Leichtigkeit stand, und sie prallt zurück, sucht ihre Sonnenbrille, findet sie sogar, und dann setzt sie sich auf den Balkon, nur sie und ihre Zigaretten, und schaut. Sie läßt sich von der Mittagssonne hypnotisieren, blinzelt und schaut über das Tal. Die hingelagerte Aphrodite, Hüfte, Taille, Flanke, Schulter, und die E55 das Rückgrat. Ein Lkw, so groß wie ein Matchbox-Auto, kriecht darüber hinweg, und das Brummen ist leiser als das der Biene, die sie umschwirrt. Im Vordergrund, am sumpfigen Graben, trotten zwei Kühe den Treidelpfad entlang, die eine fast gänzlich weiß, die andere fast gänzlich schwarz. Sie tauft sie Black & White. Dünnes Schafsblöken – woher? Die Sperlinge in den Dachrinnen machen Rabatz, die Schwalben überflügeln einander, und auch der Storch ist unterwegs. Es ist warm. Warm ist es. Irgend jemand im Dorf zersägt etwas.

Bleib hier. Du brauchst bloß Yps und Mami Bescheid zu sagen. Nicht, daß die sich ängstigen und sich womöglich verraten, falls Hartmut sie anrufen sollte. Hartmut erwartet dich nicht. Im Gegenteil, er hat zur Auflage gemacht, daß ihr die gesamten drei Wochen nicht einmal telefonieren sollt. Es war *deine* Schnapsidee, ihm heimlich nachzureisen. Mami ist froh, wenn sie mal ein bißchen allein wirtschaften kann, und Yps schon sowieso, ganz zu schweigen vom Schwiegersohn. Für sich nennt sie ihn immer, wie als sarkastische Anklage, den »Schwiegersohn«. Wie auch immer – *jeder* ist froh, wenn das Haus mal ein paar Tage von dir verschont bleibt... vom Gestank der Schwermut, von der Zugluft der Hysterie, von der steten Feuchtigkeit der Heulerei. »Die holt uns noch den Schwamm ins Haus!« Mamis Spruch wühlt immer noch in ihren Eingeweiden, ebenso frisch und energisch wie an jenem Tag, da Mami ihn Yps zugeraunt hatte. »Das hab' ich gehört«, hatte Monika gejault.

Gott, wie satt sie ihre innere Ziege hat. Mindestens ebenso satt wie Hartmut sie haben dürfte. Und endlich – endlich tut sich ein Tor einen Spaltbreit auf, und ein Licht strahlt hindurch, ein grüngoldenes Licht, ein Licht wie gestern nacht am Fluß. Acht Monate lang hat es nur Mauern gegeben, tapezierte Mauern und den Irrsinn des Fernsehens.

Und was für ein schöner Platz, da am Fluß. Was für nette, lebendige und bodenständige Männer – Kostas und hm, der schöne Spyros... Und wie einfach und rustikal alles ist: Nach dem Essen werden die Reste auf dem Tisch ausgekippt und ins Papiertischtuch eingeknüllt... Na ja, die Toilette: eine Katastrophe, aber...

Und was für ein Gefühl, nicht diese innere Ziege verkörpern zu müssen. Aber was für ein Quatsch: »Reisejournalistin«. Ausgerechnet du. Reisejournalistin mit pathologischer Flugangst. Gott, bist du rot geworden...

Was für ein unwahrscheinlicher Zufall, denkt sie nun und lächelt, denn sie kennt ihn, den Rotbärtigen, Bodo Morten heißt er, und sie kennt auch sie, diese Karin Kolk, und sie kennt die Gemeinde, aus der sie stammen. Beeckdörp heißt sie. Monika selbst stammt daher. Erst vor kurzem ist sie am Dorfrand spazierengegangen, tiefer hinein hat sie sich allerdings nicht getraut. Und wie lange warst du nicht mehr dort gewesen? Seit Papis Tod. Seit über dreißig Jahren.

Was für eine unwahrscheinliche Begegnung. Als sie mitkriegte, wovon Bodo und Karin Kolk sprachen; als sie spitzkriegte, wer die beiden waren, hatte es sie unbändig gedrängt, sie darauf anzusprechen. Doch sie hatte ja ihr Ammenmärchen präsentiert (was sollte das überhaupt? Ach, sei still, Ziege!), und das hätte sich dann nicht länger halten lassen. Sie hätte es gleich wieder preisgeben müssen, wie albern das gewesen wäre, und außerdem... das Gefühl, ein Geheimnis zu besitzen, mehr zu wissen als die anderen, es ist ein seltsamer, sagenhafter Genuß gewesen. Sie hat ihn ausgekostet, nur einen Moment noch, und noch einen, und dann redete dieser interessante junge Berliner, der mit der schönen Stimme und nackt vom Glatzenscheitel bis zum Gürtel, wieder auf sie ein, und dann war der Moment vorbei, an dem sie ihre Legende hätte lüften können, ohne Befremdung auszulösen, und für noch mehr Befremdung, ja Anfeindung von seiten Karin Kolks hat sie weder Sinn noch Nerven gehabt.

Vor der großen Schwester Alfred Kolks hatte sie schon damals Angst. Karin Kolk, das war ein Name, der von Gerüchten umwittert war. Sie lungerte mit Stader Rockern herum. Mitten im Dorf, auf dem Milchbock hockend, rauchte sie Zigaretten und trank Bier aus der Flasche. Anläßlich eines Kaffeeklatschs bei Mami hatte Monika mal gehört, wie Erna Beecken sie als »Flittchen« bezeichnete. Es hieß, sie nehme »Drogen«. Es war das erste Mal gewesen, daß Monika diesen Ausdruck gehört hatte, und künftig hatte sie die Stader Drogerien mit anderen Augen betrachtet. Auf dem letzten Schützenfest, das sie je mitgemacht, hatte Monika gesehen, wie Papi dieser Karin Kolk grinsend nachschaute, als sie mit schwingendem Glockenminirock zum Zigarettenautomaten an der Hauswand von Hinni Heitmanns Kneipe stiefelte. Es war das nahezu einzige Erinnerungsbild von jenem Schützenfest. Sie hatte es Papi nie verziehen – vielleicht bis heute nicht.

Außerdem ist dann plötzlich Bodo verschwunden, der, dem allein sie ihre Flunkerei hätte beichten mögen. Bodo. Der kleine, schüchterne, sommersprossige Feuerkopf, ihr Schützenprinz, sie kann sich an ihn erinnern. Was für ein Kerl er geworden ist. Was für ein *verschrobener* Kerl mit diesem Bart wie ein Bienenstock. Wohin ist der gestern nacht verschwunden? Ob er da drüben, auf der anderen Seite des Flusses, irgendwo zeltet? Was für ein Abgang, einfach über den Fluß zu rudern. Doch offensichtlich ist es sein gewöhnlicher Heimweg, niemand hat dem Vorgang besondere Aufmerksamkeit geschenkt.

Nur einen Moment schweift sie mit ihren Gedanken ab, und plötzlich geht's wieder los:

Hoppla, jetzt kommt Monika,
42, Waage!
Hausfrau, Mann, zwei Töchterlein,
doch niemals eine Klage!

Dädädä, dädädädä,
doch hört nun was ich sage:
Alle lieben Monika,
Monika alle Tage!

Nur das nicht. Bitte nicht. Sie drückt die Zigarette aus, steht vom Stuhl auf und schaut über die Brüstung des Balkons, und da fällt ihr wieder das Unglück mit der Heuschrecke ein. Und mit einer so starken Aufwallung von Trotz, daß sie wegen der Ungehörigkeit errötet, beschließt sie, Mamis und Papis und Töchterlein, Hartmut und Heuschrecken komplett zu ignorieren – wenigstens heute noch.

Ich hab Durst. Los, tu was.

Sie zieht ihre Shorts von gestern nachmittag an und ein T-Shirt und fährt los. Gestern abend war Kostas mit ihr auf dem Weg zum Fluß an einem *Super Market* mit rosafarbenen Tempelsäulen am Eingang vorbeigekommen, und als sie in die richtige Querstraße einbiegt, findet sie ihn wieder. Es ist angenehm kühl drinnen, und sie kauft in aller Ruhe ein – Kaffee, Milch, Filtertüten, Wasser, Cola, Wein, frisches Brot, eingeschweißte Putenbrust in Scheiben, Butter, Nektarinen, Pfirsiche, Äpfel, Schokolade, Autan und ein Fläschchen Pilavas. Bei den Griechen in Kehdingen und zum Beispiel Stade hat der Ouzo immer eklig geschmeckt, aber der hier ist gut. Der freundliche Mann an der Kasse, seiner würdevollen Art nach zu urteilen der Besitzer, schäkert in grammatisch fast sauberem Deutsch mit ihr. »Ich kenne Sie! Sie sind Sauspielerin! Ja, Sie! Mit Michael Douglas, stimmt? Doch, doch, doch!«

Als Ingo sie bei der Rückkehr vom Heck der *Marielena* aus auch noch mit »Guten Morgen, schöne Frau« begrüßt, ist sie beinahe überzeugt, stempelt die Herren nach einer neuerlichen Überprüfung im Spiegel allerdings als Schwindler ab. Sie stellt das Radio ein, und zur Bouzouki-Musik beginnt sie, in ihrem Appartement herumzuwirbeln. Binnen anderthalb Stunden – unglaublich! – hat sie sämtliche Koffer leer- und den Kleider- und Küchenschrank eingeräumt. Nicht mal ihre innere Ziege hat zu fragen gewagt, ob sich das überhaupt lohnt.

Sie frühstückt knusprig auf dem Balkon, trinkt starken, heißen Kaffee dazu, und dann packt sie ihre Strandtasche, klemmt sich den Sonnenschirm unter den Arm und macht sich auf den Weg, den Ingo ihr beschreibt. »Karin und Manu liegen übrigens immer ganz rechts, direkt unterhalb des Totenorakels quasi!« Als sie auf der anderen Seite der *Villa Karolina* anlangt, kann sie ein Stück ihres Weges lang das Gemäuer auf dem Buckel des Lindwurms sehen. Einzelne Touristen turnen auf den Ruinen herum, und eine Schlange von ebenso bunten Figuren befindet sich bereits auf dem Abstieg.

Sie spaziert durchs Dorf und sieht sich um. Dort ein Würfelbau, aus Beton geschüttet, mit Betondeckel (Sonnenkollektoren und Wassertank drauf), braune Lamellentüren, braune Lamellenläden, fertig. An der blinden Wand eine Stiege ins Nichts. Da eine Tavernenveranda, vor den Tischen und Stühlen eine Reihe reklamebedruckter Dosenquader voller dottergelber Margeriten und übersprudelnder Fuchsien.

Im Schatten eines Zedernseptetts döst ein Hund. Sein Fell ist bunt: eichhörnchenrot mit Flecken von Eselsgrau an den Flanken und am Hals; löwengelb mit schwarzen Tupfen die Fledermausohren und Pfoten. Durch den Duft von sonnenerhitzten Nadelbaumnadeln huscht, einem Müllcontainer auf Rädern entwichen, ein Gespenst, aufgedunsen von Absud und Verwesung. Schon vorbei.

Büsche mit rosenroten Rosen. Zwei schlichte, baugleiche Bungalows nebeneinander, Palmen davor, deren Wedel an den Stämmen gekappt worden sind, so daß sie sich ananasartig ausnehmen. Eine Kirche aus Feldsteinen. Ein leerer, sandiger Platz mit einem Laternenhexagon. Dort wieder ein schmiedeeiserner Zaun mit Ornamenten, überragt von zwei Magnolienbäumen mit Blütenblättern von *der*artigem Weiß – rein wie Engelswäsche und sinnlich zugleich, wollüstig und jungfräulich, die Idole der zu ihren Füßen heranwachsenden Gardenien.

Ganz dort hinten, hinter einer flachen Düne, ist bereits der Strand zu erahnen, doch ein paar Meter vor der letzten geteerten Kreuzung dreht Monika plötzlich auf dem Absatz um. In ihrem Kopf scheint etwas geplatzt – es scheint nur so, um Himmels willen, aber es fühlt sich so an, als ob –, und während sich dessen Inhalt heiß und pochend ausbreitet bis in die Ohren, stolpert sie zurück und wühlt, als hätte sie etwas vergessen, in ihrer Strandtasche, vornübergebeugt, aber im Grunde blind.

Auf jene Kreuzung, die nun in ihrem Rücken droht, ist von rechts, unvermittelt hinter der Ecke eines Appartementhauses hervor, ein Grüppchen vorgedrungen. Touristinnen in kurzen Hosen und T-Shirts, andere mit Wickelrock, Bikini-BH und Strohhut, und verschwitzte Touristen in kasperbunten Shorts, teils mit bedruckten Hemden, teils mit freiem Oberkörper, auf den Köpfen Baseballkappen; einer hat ein an den Ecken verknotetes Taschentuch getragen. Höchstwahrscheinlich handelt es sich um die Schlange beim Hügelabstieg, die Monika fünf Minuten zuvor gesehen hat. Und gleich der erste: Frisur und Profil, Größe und Haltung...

Zusätzlich zu der äußerlichen Hitze und der Hitze in ihrem Kopf scheint es nun auch unterhalb ihrer Haut zu brodeln. Ihr Kreuz aber sehnt sich beinah danach, daß ein Speer eindränge. Ihr Herz paukt, so daß sie befürchtet und zugleich hofft, sie würde seine Stimme nicht hören, wenn er nach ihr riefe.

Aber er ruft nicht nach ihr. Jedenfalls hört sie nichts. Im ersten Moment ist sie erleichtert darüber, dennoch macht ihr genau das zu schaffen: Was, wenn er seinerseits sie erkannt hat, aber ebenso wie sie so tut, als hätte er es nicht? Wie weit ist es mit uns gekommen?

Aber – ist er es wirklich gewesen? Hartmut in Shorts? Es kommt ihr vor, als hätte sie das zuletzt 1979 gesehen. Und außerdem hat dieser Typ, der Hartmut allerdings zwillingshaft ähnelt, den Arm kurz um die nackten Schultern einer fremden Frau gelegt, einer jungen, schlanken Rothaarigen, und sie mit einer dandyhaften Spontaneität an sich gezogen, die ihm gar nicht ähnelt. So? Woher willst du wissen, wie er ist, wenn du nicht dabei bist? Bist du je dabeigewesen auf all seinen Geschäftsreisen nach Japan, China, Hongkong, Südkorea, Thailand und den Philippinen? Achtzehn Jahre lang, vier-, fünfmal pro Jahr?

Plötzlich spürt sie ihre Entbehrung wieder, beinah wie Schmerz. Wenn er zurückkam, hatte sie immer besonders gern mit ihm geschlafen. Sie hatte immer gern mit ihm geschlafen, dreiundzwanzig Jahre lang; besonders gern aber, wenn er von einer Geschäftsreise zurückkam. Sie liebte es, ihren weitgereisten Krieger zu verführen, wenn er seine Heimkunft genoß, schweigsam von all den Konferenzen, Winkelzügen und Intrigen, müde vom Lärm der Flugzeuge und Flughäfen. Sie, sie haßt Flughäfen, und in einem Flugzeug hat sie noch nie gesessen, und wenn sie sich vorstellte, wie ihr Mann derlei Unwirtlichkeiten und Gefahren erduldete, spürte sie Rührung, als nähme er all das nur ihr und der Familie zuliebe auf sich. Sie wußte, daß dem nicht so war; er hatte ihr oft genug versichert, daß ihn sein Beruf ausfülle und die Reiserei nun einmal dazugehöre – aber sie tat einfach so, als ob.

Monika liebte den Widerspruch, sich seiner sicher zu sein *und* mit Eifersucht zu kokettieren. Oft hatte er ihr von Eskapaden seiner Kollegen erzählt, die ihn in einer Mischung aus Spott und Respekt Albatros nannten. Albatrosse sind einander ein Leben lang treu. Nach und nach in all den Jahren war Monika bewußt geworden – durch Zeitschriften, Fernsehen, Andeutungen von Freundinnen und Nachbarinnen –, daß ihr über Jahrzehnte funktionierendes Sexualleben etwas Außergewöhnliches war. Es war eine Quelle alltäglicher Freude, und es war ein verläßlicher Zauber, der ihnen durch schwere Zeiten half. Natürlich war es über die Jahre Gewohnheit geworden, aber eine schöne. Ein Grundbedürfnis, das stets gern gestillt werden wollte. Schließlich war Hartmut auch nie sein Leibgericht leid geworden, Schweinebraten mit Klößen, und Monika nie das ihre, Canelloni mit Lachs. Jedenfalls bis zu dem Zeitpunkt, da sie von der totalen Appetitlosigkeit befallen worden ist. Seit ihrem Geburtstag vor acht Monaten leidet sie unter totaler Appetitlosigkeit, und täglich hat der Hunger seine Schraube einen Ruck weiter angezogen.

Monika hält am Wegesrand inne und tut, als hätte sie ein interessantes Tier auf dem Boden entdeckt, schielt aber zu dem Mann hinüber, der auf die Fremde einredet, während er die Schlange der bunten Touristen anführt. Die Gestik, das ist Hartmut, um Himmels willen – oder! Aber die Shorts? Ja, was! Es ist heiß, hier. Da kann ein Mann doch mal Shorts anziehen.

Die Karawane zieht ins Dorf, verschwindet hinter einer Reihe Häuschen, taucht in einer Lücke voller Zitronenbäume wieder auf und zieht weiter. Als sie nicht mehr zu sehen ist, wendet Monika sich wieder ihrem ursprünglichen Ziel zu, und als sie die Spur ihres mutmaßlichen Mannes kreuzt, starrt sie ihm nach. Er ist weg, als wäre er nie hiergewesen. Ein Gefühl von dumpfer Lausigkeit pocht in ihrem Magen: Du rettest Heuschrecken, die anschließend gefressen werden. Du läßt dich von vulgären Weibern kränken. Du läßt dich von Mücken zerstechen. Du bist dumm. Du bist so dumm, daß dich jeder verachten muß, der Selbstachtung besitzt.

Umzukehren wäre noch schlimmer, also geht sie weiter.

An der flachen Düne angekommen, schleppt sie ihre Sachen weiter in Richtung Bucht. Den Blick geradeaus auf das schimmernde Wasser geheftet, stapft sie mitten durch eine von Wespen umschwirrte Distelplantage – so dumm ist sie. Es ist heiß wie in einem Backofen. Der Strand ein riesiger Kuchenteig. Nur wenige bunte Handtuchinselchen mit Schirm. Die Wellen der Bucht Stirnfalten Gottes. Die Wolken durch weiße Magie ausgelöste Explosionen. Das arglose, kecke Blau des Himmels. Fälschungen, oder? Wärst du eben nicht beinah deinem Mann über den Weg gelaufen, deinem Ehemann? Deinem angetrauten Gatten, der dich jammernd und greinend im regnerischen Kehdingen wähnt?

Jemand schaut ihr entgegen, wie sie durch den Sand stapft. Das ist ja – wie heißt er noch. Sven. »Hallo! Darf ich?« Gott, bist du dumm. Leg dich doch einfach woanders hin. Er ist ja nett, aber im Moment wäre sie eigentlich lieber allein.

»Klar! Hallo!« Sven liegt da, nur Badehose und Handtuch, und schmort.

»Ist Ihnen nicht zu heiß in der prallen Sonne?« Was brabbelst du da! Leg dich doch einfach woanders hin! Oder geh nach Hause oder fahr nach Parga und such nach deinem Ehemann und kleb ihm eine!

»Quatsch! Is doch geil, Sonne und so... Dit bringt die Enerjien zum Fließen, wa? Dit jibt Leute, die leben ausschließlich von Licht! Hatten wa uns jestan nich jeduzt?«

Sie schlägt ihr Lager auf. Wem machst du eigentlich was vor.

Weil *sie* damit nicht zu Rande kommt, rammt Sven den Ständer in den Sand und spannt den Schirm auf. Währenddessen erzählt er ihr von einer Australierin namens Jasmuheen oder so ähnlich, die sich wochenlang nur von Licht ernähre. Monika bedankt sich derartig devot für seine Hilfe, als hätte er ihr aus einer unausprechlichen Verlegenheit geholfen. Sie ordnet ihre Sachen auf der Decke, zieht Shorts und T-Shirt aus, zupft ihren Badeanzug zurecht und untersucht ihre Mückenstiche.

»Dit nennt sich Pranüsmus. Schoma wat von jehört? Prana is ’n subtilet Element, dit alle Zellen von’t Jewebe duichdringt und jede Flüssichkeit im Orjanismus, wa? Dit hat’s schon imma jegeben. Die Gurus in Indien konnten dit, aba jab’s ooch im Westen. Die heilje Theresa von Dingens, Name ha’ick vajessen jetze, die zum Beispiel jedenfalls hat jahrelang nüscht anderit jegessen als eene Hostje teeglich.«

Monika zündet sich eine Zigarette an und schnauft versehentlich so tief durch, daß ihr ganz blümerant wird. War das wirklich *Hartmut?* Schließlich ist das hier nicht Parga. Schon auf der Fähre ist ihr zweimal so gewesen, als hätte sie Hartmut entdeckt, was natürlich absurd war. Eine hochbeinige Ameise hetzt über ihre Patchworkdecke. Das Rauschen der Meeresbucht klingt hier vorn heller, weiter hinten dumpfer. Als sie sich auf den Bauch dreht, Blick landeinwärts, gewahrt sie ein wespenartiges Insekt, das, Blick meerwärts und genau auf ihrer Augenhöhe, mit einem Ausschlag in der Breite der Stranddecke ständig seitlich hin und her saust, aber nicht angreift. »Woher wissen... weißt’n das alles.« Sie täuscht Interesse vor, um... nun ja, um Interesse vorzutäuschen.

»Ick hab dit *Buch* von der Jasmuheen jeleesen, *Lichtnahrung* heißt dit. Is allit jenau beschriem. Dit is, also, dit is nich ’n Weg von Askese oda so. Jasmuheen saacht, nur wer aus sich selps heraus satt is, kann uff stoffliche Nahrung vazichten. Der Prozeß dauat einundzwanzich Tage. Die ersten siebm Tage ißte nüscht und trinkste nüscht. Die neechsten siebm Tage nimmste bloß Wassa oda ’n stajk vadünnten Saft zu dir, und die letzten siebm Tage pennste bloß noch, damit die Enerjie von dit jöttlichen Selps integriert wird, vastehste?«

»Ja, ja, aber...« Dieses Insekt da vorn macht sie nervös. Manchmal bricht es mit einem Affenzahn aus seiner Schwingungsstrecke aus, bis es nicht mehr zu sehen ist, und plötzlich schwingt es dort wieder hin und her. Was soll das nur?

»So'n Weg hat natürlich Konsequenzen, und die meisten Leute, die wieda zu essen anfangen, machen dit nich, weil se essen *müssen*, sondan weil se den sozjalen Druck nich aushalten wollen, wa? Essen is ja nich bloß Nahrungsuffnahme, sondan, sa' ick ma, 'n kulturellet Ding, wa?«

»Morgen! Na?« Taschen und Sonnenschirme fallen in den Sand.

Manu! Und Karin.

»Guten Morgen!« Monika beschirmt ihre Augen. »Gut geschlafen?«

»Keine Ahnung«, knurrt Karin. »Moin, Zwennimausi.« Sie trägt ein kurzes Strandkleid in Kreischbleu und die Sonnenbrille einer Diva. Für ihr Alter sind ihre Beine noch makellos, das muß ihr der Neid lassen. Während Manu ihr Strandlager aufzuschlagen beginnt, steht Karin da, stöhnend über den Anmarsch, und starrt zu den Ruinen auf dem Lindwurmbuckel hinauf.

»Ging's noch länger?« fragt Monika, nun eindeutig Manu zugewandt.

»Halb vier oder so«, sagt Manu. »Gegen halb vier hab ich Frollein Schwägerin im Rautek-Griff nach oben geschleppt.«

»Hö, hö, hö«, macht Karin. »Wer von uns beiden war denn so knatterblau, daß sie ihr eigenes Zimmer nicht aufgeschlossen kriegte.«

»Jaja«, sagt Manu. »Solange du, solange *du* noch sauber ›lallallallaa‹ rauskriegst, bist du nicht blau, was?«

Karin bückt sich zischend. »Mich hat gestern abend 'ne Mücke ins Knie gefickt. Sag mal«, sagt sie, und noch während Monika überlegt, ob sie richtig gehört hat oder ob Karin »gepiekt« gesagt hat, wird sie von Karin ins Auge gefaßt, »wie siehst *du* denn aus! Gab's noch 'n Schäferstündchen mit Kosta brava?« Karin und Manu haben Kostas gestern nacht noch Kosta brava getauft, um ihn von einem anderen Kostas unterscheiden zu können, den sie zu diesem Zweck Kosta del sol getauft haben.

»Ich hatte wohl eine Million Mücken im Zimmer, aber ich war so müde, daß... Nicht nur an der Lippe, überall, hier!« Sie dreht und wendet ihre Glieder.

»Gottes will'n!« ruft Manu. »Sieht ja schlimm aus! Du darfst abends *nie* –«

»Rück mal 'n Stück.« Erschöpft ist Karin auf Manus Decke zusammengesackt. »*Mann,* ist das heiß. Dieser vermaledeite Ouzo. Für den Rest des Urlaubs mach ich halblang, das schwör' ich.«

Manu winkt nur ab. Karin kramt ein zerknittertes Heftchen Gauloises aus ihrem Beutel. »Na, Zwenni? Schon orntlich was wegmeditiert heut morgen?«

»Nee, ick... heut ha' ick's ma ruhiger anjehn lassen.«

»Richtig so«, knurrt Karin mütterlich. »Jeden Morgen diese hektische Meditiererei, det macht ja ooch den stärksten Juru nervös, wa?«

»Also«, sagt Sven, »ick schmunzel grad ma so in mich rein jetze, wa?...« Er hockt da, die Arme verschränkt, als steckten sie in einer Zwangsjacke. »Kann mir ma eena saren, wie spät dit is?«

»Zehn nach eins«, sagt Manu.

Als wäre es ihm in diesem Moment schon wieder egal, wie spät es ist, reagiert er gar nicht. Eine Minute später sagt er: »Ick jeh in't Wasser, wa.« Und geht ins Wasser. »Da jehta in't Wasser, wa«, murmelt Karin.

»Ich auch«, sagt Monika, steht auf und bewegt sich mit einem schwerfälligen Hüpfen durch den brennenden, nachgiebigen Sand, bis sie die feste, abschüssige Schwemmzone erreicht. Sie schaut über die Bucht, schaut auf die beiden Hügel, deren Lindwurm- und Schildkrötenform, von hier unten betrachtet, weniger nachvollziehbar ist. Verwaschenes Grün, verwaschenes Blau, Sandfarben. Was für eine Helligkeit! Das Glitzern des Wassers! Es scheint zu zischen, als sie mit dem Spann Furchen durch die klaren Wellen zieht. Ein wohliger Schauer läuft ihr über den Nacken. Drei, vier Fischchen mit je einem schwarzen Punkt an den Kiemen, ansonsten durchsichtig bis aufs Skelett, gruppieren sich um ihren Fuß und begucken sich den großen Onkel. Sie folgen ihm, als Monika einen weiteren Schritt macht. »Kuschelfische«, nuschelt sie vor sich hin. Der wattartig feste Boden massiert ihre Fußballen. Sie dreht sich nach dem Strand um. So wenig Leute. Nur ein warmer Wind in ihren Ohren, und hin und wieder ein paar spitze Schreie von Kindern, viel weiter dahinten, an der Mole. Sven kommt ihr entgegengekrault. »Is dit nich existentiell?« prustet er. »Geil, oda?«

Sie taucht unter. Um die durchaus empfindliche Grenze zwischen der sonnenerwärmten Oberflächenschicht und dem tieferen, kühleren Wasser so wenig wie möglich zu berühren, schwimmt sie auf dem Rücken. Am liebsten hätte sie sich ewig so weiterbewegt. Nichts gehört als den eigenen Atem und die freundlichen kleinen Güsse des Meeres gespürt, nichts geschmeckt als dessen salzige Küsse, nichts gerochen als fischhafte, wasserpflanzliche Frische und nichts gesehen als das Blau und Weiß des Himmels. Es fällt ihr schon ein bißchen leichter, so zu tun, als wäre nichts. Vielleicht ist ja auch gar nichts. Vielleicht hat sie sich getäuscht, und Hartmut hat die ganze Zeit am Strand von Parga gelegen wie ein Albatros. Und dann ein Verdacht wie ein Schlag vor die Brust: Ist es ihr egal? Soll er doch? Ihr wird ein wenig flau.

Als sie zu ihrer Decke zurückkehrt, liegen nur noch Karin und Manu da. Monika macht sich an ihrem Schirmständer zu schaffen, den es vom aufgekommenen Wind ein wenig geschrägt hat. »Der soll mir den Sonnenschirm mal wieder aufbauen«, sagt sie keuchend. »Wo ist er denn, mein junger Held?«

»Das«, knurrt Karin im Halbschlaf, »frag' ich mich schon mein ganzes Leben.«

Da muß Monika grinsen, und als sie aufblickt, sieht sie, wie auch Karin und Manu grinsen, grinsend einander anschauen und dann auch sie, Monika. Als Manu sieht, daß sie, Monika, ebenfalls grinst, wird ihr Grinsen breiter, Karins aber schmaler, spöttisch. »Wir grinsen«, sagt Manu, »wie diese Dings, diese Synchronschwimmerinnen.«

Und plötzlich geht etwas in ihr vor...

Was ist denn mit *dir* los? Was ist denn mit dir *los?* Ach, sei still, Ziege, ich...

Sie weiß es ja selbst nicht. Etwas Unheimliches geht in ihr vor. Diese Formulierung, *mein ganzes Leben...* Diese drei Wörter, sie müssen nicht der Grund dafür sein, was da jetzt in ihr vorgeht, aber sie haben es wie von ungefähr *ausgelöst;* zunächst hat, wie von selbst, ihr Grinsen auszuufern begonnen, und erst jetzt bemerkt sie, wie in ihrem tiefsten Innern etwas zu brodeln anfängt, das ihr das Zwerchfell auf links zu drehen droht.

Sie läßt sich auf ihre Knie fallen, schnappt sich das Handtuch und frottiert sich das Gesicht ab, doch darunter glüht es nur um so mehr. Sie versucht, sich zur Ordnung zu rufen, und schaut scheel, doch hilfesuchend nach Manu. Die, sehend, daß Monikas Grinsen zu platzen droht, legt auch ihr eigenes neu auf und hebt zusätzlich die Augenbrauen, und in dem Moment – endlich – knallt irgendein Ballon in ihrem Gemüt, und ihr Kopf kippt vornüber.

Anfangs versucht sie noch, ihr Lachen so zu gestalten, wie sie es im Kegelklub zu tun pflegt – hübsch, mit einem gewissen Wohlklang; so »herzlich« wie möglich, aber so beherrscht wie nötig, um niemanden zu kränken. Aber zum *Kuckuck,* das geht ja *so* was von schief. Ein Kitzel, als regte sich ein Stehaufmännchen unterm Zwerchfell. Sie reißt ihr Handtuch an sich und bettet ihren Kopf hinein. Ein solches Gewinsel und Gekläff hat sie aus ihrem eigenen Hals selten vernommen, wahrscheinlich noch nie. So ganz allmählich wächst ihr schlechtes Gewissen, sie sollte sich allmählich vielleicht mal erklären; aber zum *Kuckuck,* es *geht* nicht.

»Donnerwetter«, knurrt Karin mißtrauisch. »Vielleicht sollte ich mich beim Fernsehn bewerben.«

Monika winkt mit beiden Händen ab – »*Huu*« – und wappnet sich für einen Erklärungsansatz. Nachdem sie panisch Luft geholt hat, um nicht zu ersticken, versucht sie, etwas halbwegs Sinnvolles von sich zu geben, das Schlüsselwort wenigstens, doch vernehmlich heraus kommt nur »Reiiiiii–hihihihihi*hiiiiii...*«; die restlichen Silben wären ihr allenfalls von den Lippen abzulesen, wenn überhaupt. Es hört überhaupt nicht wieder auf, und während sie noch lacht, macht sie sich bereits Sorgen, und das gibt ihr den Rest, und das – das muß nun aber wirklich raus, und wie durch die Unterstützung einer übermenschlichen Hand schafft sie es tatsächlich und schreit heraus: »Ich mach' mir Sorgen!«

Doch das muß sie bitter bezahlen.

Denn jetzt wird dieser Lachkrampf immer gespenstischer. Ihre innere Ziege wütet, sie solle endlich aufhören, sich weiter hineinzusteigern. Aber sie steigert sich nicht, sie *gerät* hinein; sie gerät immer tiefer in diesen süßen, grauenvollen Mahlstrom; je verzweifelter sie versucht, sich am eigenen Schopf herauszuziehen, desto tiefer gerät sie hinein.

»Ihiihiihiihii*hiiiiii...*«

Immer quälender werden ihre Anstrengungen, dem Spuk endlich ein Ende zu bereiten; ja, sie versucht durchaus, sich von dieser Heimsuchung zu befreien, und sie hofft inständig, daß die beiden Frauen das erkennen – doch den Irrsinn zu erklären, hat sie vorerst aufgegeben. Sie läßt ihren Kopf zwischen den Knien hängen und das Handtuch fallen, verschränkt die Finger in ihrem Nacken, doch egal, wie sehr sie sich auch bemüht, den Teufel in ihrem Innern zu erdrücken – mit vollkommen haltloser Gleichförmigkeit werden immer neue Konvulsionen eingeleitet. Das kehlige Fiepen, unterfüttert von Preßgeräuschen aus ihrer Magengegend, hat etwas seelenlos Wahnsinniges und Tristes. Jetzt macht sie sich Sorgen, daß Karin und Manu sich Sorgen machen; es ist überhaupt nichts mehr zu hören von ihnen. Sie *müssen* ja denken, daß du verrückt geworden bist. Vielleicht *bist* du ja verrückt geworden.

Endlich, endlich dehnen sich die Fristen zwischen den Zuckungs- und den Phasen tiefen Atmens aus; endlich wird ihr schlecht, und endlich überwältigt diese neue Sensation den inneren Satan, und nun spürt sie, wie jemand, Manu wahrscheinlich, ihr auf den Rücken klopft und die Schulter streichelt. Sie hält den Kopf nach wie vor gesenkt. Wahrscheinlich sehen ihre Wangen aus wie Flaschentomaten. Ihre Kiefer- und Schläfen-, Bauch- und Nackenmuskeln sind wie betäubt, gelähmt. »Reisejournalistin!« sagt sie endlich traurig. »Warum nicht gleich Fall...« – sie fühlt ein neues Gelächter aufsteigen, hat aber keine Kraft mehr – »...schirmspringerin!«

Und fängt zur Abwechslung an zu heulen.

Und dann, dann offenbart sie sich. Von A bis Z.

Der Nachmittag verfliegt wie in einem einzigen Atemwind. Zwei Tüten Konfekt und pampiger Keks gehen dabei drauf, ein Pfund Pfirsiche, ein Laib Weißbrot und viereinhalb Liter Wasser; sie gehen nur noch zum Pipimachen ins Meer – gemeinsam –, und die Sonne ist schon recht glasig, als sie sich endlich voneinander losreißen. Selbst Karin ist plötzlich ganz lieb zu ihr, und sie verabreden, sich am Abend bei Spyros am Fluß zu treffen. »Hartmut läuft dir nicht weg«, kräht Karin, »das garantier' ich dir. Bis nachher, Omilein.«

Und Manu sagt: »Ich freu; ich freu mich schon«, sagt sie, »auf *Bodos* Gesicht.«

Dritter Gesang

Der Ruf des Dionysos

IX

Mein »Gesicht« …? *'Ochi**, das war nicht mein Gesicht.

Der Entsetzensschrei, den ich ausgestoßen hatte – »*Die* Monika? Monika *Meurin?*« –, der war noch echt gewesen. Doch was ich zur Schau stellte, als das Resonanzgelächter der Frauen einsetzte, das war eine Maske. Eine Maske, die Staunen abbildete (ja, Ehrfurcht gegenüber dem Zufall als Schicksalsmacht); Freude und Neugier sowie Sympathie in puncto öffentlicher Meinung, dies sei eine Supersensation und jenes Du-müßtest-dein-Gesicht-mal-sehen-Gelächter daher nur allzu menschlich, gerechtfertigt und verdient. Auch und gerade in dieser Höhe. Und Reichweite. *Málista,* in vollem Maßstab, Radius und Raumgehalt.

Was hinter meiner Maske steckte, war aber – Ärger. Kerngesunder, rüstiger Ärger. Nicht unbedingt ein Herkules von Ärger, doch allemal sehnig genug, um meine Laune mit Leichtigkeit zu knebeln.

Wie hatte ich mich doch gefreut auf den Sommer, auf die Eröffnung der Saison mit Karin und Manu! Wie hätte ich doch die Charaktere und Kapriolen der guten alten Grazien genießen können! Am Ende des griechischen Winters hatte ich mich nach muskulösem norddeutschem Zungenschlag gesehnt, nach Abwechslung in meiner Einsiedelei, einer wohlgemerkt wohlbekannten, wohldosierten Abwechslung.

Und? Aber? Es kommt *das da* dazwischen, attraktiv, naiv und spießig – die aufreibendste Verknüpfung von Eigenschaften, die ich mir vorstellen kann. *Dóxa to theó*** heißt es, es sei auf der »Durchreise«. Dann reist es plötzlich doch nicht durch, sondern sitzt da, als säße es

---

* Nein

** Gott sei Dank

ab sofort immer da. Und nennt mich auch noch »mein Prinz«! Und in der Tat, wir entstammten demselben Atlantis.

Sie störte. Doch wie sie meiden? Dadurch würde *ich* stören, nämlich die Ferienharmonie mit meinen beiden Freundinnen. Ein Mindestmaß an Leutseligkeit hat selbst ein Sonderling zu wahren, sonst ginge alles drunter und drüber, schlußendlich die Einsiedelei selbst. Meine jedenfalls. Die glückte nur, sofern mir die Außenwelt gewogen blieb, und das tat sie nur, wenn ich ihr gewogen blieb. Ich war nicht so dumm, den Helden mit der Achilles-Ferse auch nach außen zu verkörpern. Nach außen verkörperte ich einen umgänglichen Einsiedler, dessen offensichtlich mönchisches Leben durchaus die Möglichkeit beinhaltete, er sei ein Held mit Achilles-Ferse, und ansonsten befleißigte ich mich der vier Kardinaltugenden Klugheit, Tapferkeit, Mäßigkeit und Gerechtigkeit.

Also setzte ich klug und tapfer jene Maske auf, lehnte mich mäßig gerecht in meinen Stuhl zurück, stemmte die Fußsohlen gegen das warme Holz des Eukalyptusstamms und begann zu kippeln; ich schleuderte die Stahlkugeln meines Kompologi und spürte ihre Fliehkraft, wenn sie die Fingerglieder drosselten, und während sich das amazonische Gelächter legte, unausweichlich Sven erschien und Manu ihn über die Neuigkeiten unterrichtete, rückte Frau Freymuth mit jähem, verschämtem Mut samt ihrem Stuhl ein Stück ab vom Tisch und her zu mir. Ihrem Prinzen.

Das war der Anfang, der Anfang vom Ende meiner Zeit am Ionischen Meer… Dieser Linksknöpfer! Dieses *Weib!* O Gott, im Grunde bin ich noch heute voller Bewunderung für jene Monika Freymuth: Jemanden wie mich – fast doppelt so schwer wie sie, seelisch-geistig hundertmal so weit gereist wie sie und geprägt, gegerbt, gestählt durch oft lebensgefährliche Umsegelungen der Klippen von Welten, die jenes einfältige Wesen nie geblickt –; jemanden wie mich, der mit allen Drogen befleckt gewesen, doch mit allen Wasser gewaschen, dem nichts Menschliches fremd war und nichts Fremdes unmenschlich –; jemanden wie so einen in nur wenigen Tagen um fünf Jahre zurückzuwerfen? Saubere Arbeit.

*Nai!** Zehn Tage nur benötigte sie! Gerechnet vom Tag ihrer Offenbarung, wer sie war, bis zum Tag ihrer Offenbarung, zu wem sie in jenen zehn Tagen geworden war. In der Spanne warf sie mich um fünf Jahre zurück, selbst aber holte sie etliche Jahre auf...

Wann immer ich mich jener zehn Junitage erinnere – ich beginne, sie zu zergliedern und unter immer neuen Blickwinkeln zu untersuchen. Ich numeriere sie, unterteile sie in Vormittage (V1 bis V10), Mittage (M1 bis M10), Nachmittage (N1 bis N10) und Abende (A1 bis A10), und dann untersuche ich die entsprechenden Ereignisse – chronologisch, psychologisch, nach Sachgruppen geordnet... Doch so sehr ich auch forsche, nie komme ich zu einem anderen Ergebnis als dem, welches das Ouzo-Orakel mir prophezeite, in jener wahnsinnigen Vollmondnacht A11. *Ach, i pansélinos...***

Nichtsdestotrotz: Von heute aus betrachtet, schien der Verlauf jenes ionischen Dekamerons geradezu einem verborgenen Gesetz zu gehorchen. Wenn ich bloß wüßte, welchem! Vielleicht war es denn doch die vielzitierte Chemie? Eine chemische Formel: A1 + V2 + M7 + N10... und? was?

Und wenn ich bloß wüßte, was es mir hülfe, wenn ich es wüßte...

---

* Ja!

** Ach, der Vollmond

Immerhin könnte man aus dem Verlauf jener zehn Tage so etwas wie eine doppelte Planmäßigkeit herauslesen – einen äußerlichen und einen innerlichen Plan.

M2 nahm ich eine teilweise Suspension meines Stundenplans vor (schlimm genug, doch gemäß meinem dreiphasigen Alarmplan absolut geboten). Dieser suspendierte Teil glich sich wie von Geisterhand dem planlosen Stundenplan der drei Bakchen an: Mittags trafen wir uns bei Spyros zum Frühstück, nachmittags gingen wir gewöhnlich zusammen zum Strand, und abends trafen wir uns bei Spyros zum Abendessen. So viel zum *äußerlichen* Plan der Ereignisse. Man könnte sagen, es war die Sonne, die ihn bewahrte. Sie kannte nur ein einziges, heiliges Gebot: braten, was das Zeug hält. Von sechs Uhr früh bis neun am Abend brannte sie einen immergleichen Bogen in das blanke blaue Zifferblatt der Tagesuhr, von tief aus dem östlichen Ende des Phanari-Tals heraufsteigend, hoch über Kouphalas Süderbruch hinwegkurvend und zum Ionischen Meer herabsinkend, um hinter der Ruine des Totenorakels zu verschwinden.

Der innerliche Plan aber folgte vertrackteren Gesetzen – wie der Mond. Um sich von jenem verkehrten C zum O zu runden, zeigte er sich anfangs – wiewohl um ein weiteres Quentchen angeschwollen immer noch schmales Hemd – ganz links über dem Schildkrötenhügel, aber erst, wenn er bereits auf dem absteigenden Ast war; später, als linksgefranstes D, stand er bei Anbruch der Dunkelheit plötzlich da, doch viel höher und ein gehöriges Stück weiter südlich – hoch überm Hinterkopf der Aphrodite –, und schließlich, als leuchtendes, schwitzendes O, entstieg er gerade erst dem Horizont, so daß er noch stundenlang Zeit hatte, seinen Zenit zu erklimmen (sowie mich wahnsinnig zu machen) ... Und zu allem Überfluß veränderte er seine Position, sobald wir da unten unsere Perspektive veränderten, und war's auch nur um hundert Schritt.

*Physiká**, die Erde drehte sich, drehte sich um sich selbst, und währenddessen kreiste um sie der Mond, und während der Mond um die sich selbst drehende Erde kreiste, drehten beide sich um die gleißende, versehrende Sonne – anfangs noch wurde ihr ganz schwindlig von jener Unruh, der guten Frau Freymuth.

Zusehends geschmeidiger jedoch schmiegte sie sich dem Kreiseln des Kosmos an, und ihre Dämonen kegelten mit dem Schwung der Dinge davon. So blaß am Anfang und wacklig sie war, so saftig gebräunt und standfest um Vollmond herum. Stand das D des Halbmonds noch halbwegs für Depression, so der Vollmond für Orgiasmus. (Karin: »Ferkel.« Ich: »Das hat mit Orgasmus so wenig zu tun wie mit Organismus. Als Orgiasmus bezeichnet man eine kultische Feier der Ausschweifung in den antiken Mysterien.« Karin: »Ferkel *und* Klugscheißer.«) Der ölige Film auf ihren grünen Augen, wegwuschen ihn Gelächter und Läuterung. Die Härchen auf ihren Unterarmen wurden so hell wie Weißgold. Waren ihre Lieblingswörter in den ersten Tagen noch »Hartmut« und »Ich«, so in den folgenden »herrlich« und »nett«, »schön« und »intensiv« sowie »sehr, sehr«. Betrieb sie in den ersten Tagen noch häufig »Nörgelyoga« (Karin), so genas sie in den folgenden, genas im Gleichschritt mit dem Sommer. Tag für Tag wuchsen ihre seelischen Muskeln (trainiert von keinem Geringeren als mir), bis ihre Stimmbänder halbpfündige Waaggewichte hätten hieven können. In den ersten paar Tagen zwar telefonierte sie noch täglich zweimal mit Yps und Mami (in ständiger Angst, letztere vermöchte nicht dichtzuhalten, wenn Hartmut anrief), und es packte sie punktuell die Panik, Hartmut könne (wenn er es denn gewesen war) erneut hier in Kouphala auftauchen; doch ganz allmählich genas sie.

---

* Natürlich

Und zwar, indem sie dazulernte. Ja, täglich sollte sie dazulernen – nicht nur ganz prosaisch, was die Sprache des Landes, sondern auch was seine Verheißung anging... Nicht, daß sie, wie Karin und Manu, sich je oben ohne an den Strand gelegt hätte – doch nachdem sie tagelang stets zwischen vier, fünf beinah identischen Badeanzügen im Blau der Heilsarmee gewechselt hat, liegt sie eines Nachmittags (jenes besonderen Nachmittags N10, zugegeben) in einem knappen, geblümten Bikini da. A5 bereits zieht sie die Aufmerksamkeit auf sich, indem sie mitten im Garten der Taverna Plaka *singt!* A6 dann ihre bizarr verkoppelte Popel-/Porno-Offenbarung, N7 fällt ihr plötzlich der fehlende Vers des *Hoppla*-Lieds ein, und noch am selben Abend lacht sie, ihrer eigenen stockblinden Tierliebe zum Trotz, über ein lämmchenfeindliches Scherzchen Spyros' des Jüngeren. N9 macht sie selber einen Witz, und zwar einen »schmutzigen«. Und A9 zieht sie ihr gelbes Kleid an, tanzt in der Bar Dionysos auf dem Tresen und... o Gott, so was Albernes: Noch heute fängt mein Puls animalisch an zu rasen, wenn ich an N10 nur denke! (Neulich, an der Alster, sah ich ein Auto mit dem Kfz-Kennzeichen STD-N 1010 stehen, und schon ging's los...)

Verglichen mit ihrer (trotz, ja *dank* einiger weniger zackiger Ausreißer) bananenförmigen Aufwärtskurve sollte das Diagramm *meines* Stimmungsbildes in jener Spanne von heißen Tagen allerdings Unterschiede aufweisen. Aufschlußreiche Unterschiede. Beginnend mit dem Tiefpunkt, dem Ärger über Frau Freymuths Anwesenheit, sollte die Erregungskurve zu einer Koordinate gewisser Genugtuung steigen, dann sanft sinken – aufs hohe Niveau tagelanger Befriedung und Befriedigung – und schließlich, mit dem Schock jenes Schwarzen Freitags vor Vollmond, ins Bodenlose fallen. (Allerdings nur, um, vorübergehend, schon ab der nächsten Nacht steil aufwärtszuschießen, gen Vollmond – und höher...)

Und was für ein Vollmond das war! Und ich hatte schon viele Vollmonde schauen dürfen zu meiner Zeit am Ionischen Meer. Zu Anfang meiner Zeit am Ionischen Meer, da hatte der Bananenbaum – Einweihungsgeschenk Spyros' des Jüngeren, das ich seinerzeit in den Grund vorm Sockel der Villa Arkadia gepflanzt – nicht einmal bis ans Niveau der Terrasse herangereicht. Aber es wuchs, das Pflänzchen; es wuchs so schnell, daß ich dabei zusehen konnte. Ich wässerte es jeden Abend, bevor ich zum Essen ins Dorf hinunterging, und sah zu, wie es immer wieder frische Blattscheiden aus seinem eigenen hohlen Scheinstamm herausschälte, phasenweise fast täglich, so daß der Strauß mächtiger Spreiten immer palmenähnlicher wurde.

Besonders gern sah ich dabei im Licht der Vollmonde zu. Bis Monika Freymuth kam, hatte ich dreiundvierzig davon erlebt. (Daß ich im selben Jahr dreiundvierzig Jahre alt geworden war, hätte Sven sicher zu den kühnsten Mutmaßungen über Kabbala und Liebe veranlaßt, wäre ich je so dämlich gewesen, es ihm auf die Nase zu binden.) Wundervolle, prangende Vollmonde – eierschalenfarbene und champagnerfarbene, Vollmonde in transparentem Atlasweiß und im Gelb geronnener Butter, Vollmonde aus getriebenem Silber und orientrote Sehnsuchtsvollmonde. Es gab Monde, die schienen zum Greifen nah. Plötzlich hellte die Nacht auf, und dann schaute man um die Ecke, und dann dachte man: Was ist *das* denn!, und da war er, tauchte dick und fett hinter dem Grat eines Berges auf...

Als der vierundvierzigste meiner Zeit am Ionischen Meer aufging, tippte die Spitze des Bananenbaums bereits an den First der Villa Arkadia.

Sicher, vielleicht hätte ich die Aufhebung des Stundenplans schneller wieder aufheben müssen. Vielleicht hätte ich nicht versäumen sollen, in den entsprechenden Paragraphen meiner Notstandsgesetze eine Maximalfrist für jenes

Moratorium hineinzuschreiben, so daß ich mich nicht dauernd hätte herausreden können. Vielleicht hätte ich die suspendierten Stunden nicht unbedingt *alle* den Bakchen widmen dürfen. Aber Herrgottnochmal, man ist doch auch nur ein Mensch, und die Vormittage (V2 bis V10) folgte ich meinem Stundenplan ja durchaus – ganz zu schweigen von den Nächten!

Denn in der Bar Dionysos, da hatte ich ohnehin nichts zu suchen, schon gar nicht nach Mitternacht. *'Ochi,* nichts, gar *nichts* verloren hatte dort ich. Nein, sobald der allnächtliche Ruf des Dionysos ertönte – in Frequenzen, die nur die drei Bakchen wahrzunehmen vermochten –, setzte ich über den Acheron und ging heim.

Zehn Jahre zuvor, als Anita mir Kouphala gezeigt hatte, gab es die Bar Dionysos noch nicht. Damals war es ein stinknormales Kafeneion gewesen, spartanisch möbliert mit schlichten Holztischen und den typischen wackligen, geflochtenen Stühlen – und kaum besucht. Dreieinhalb Jahre zuvor, als ich nach hierher ausgewandert war, hatte die Bar Dionysos gerade die zweite Saison hinter sich und war schon Legende. Aus fünfzig Kilometern im Umkreis kamen die Leute angereist. Im August, wenn die Italiener hier Ferien machten (und ihren Stiefel kollektiv den Deutschen überließen), war's besonders schlimm (Linksknöpfer!).

Das lag allein an ihrem Pächter. War Spyros' des Jüngeren Waffe sein Grübchen, dann des lachenden Sotiris sein Lachen. Der lachende Sotiris, *málista,* er war der Herr der Damen. Wenn er wie ein Erzengel die Arme spreitete und aus seinem üppigen Brustkorb lachte, dann brauchte er sie nur noch aufzusammeln. Kohortenweise lagen ihm die Touristinnen allsommerlich zu Füßen. Das einzige Mal, daß ich die Bar Dionysos besucht, hatte ich mit eigenen Ohren gehört, wie ihn ein angeschickerter schwäbischer

Teenager, verschmäht von ihrer Urlaubsliebelei, buchstäblich anbettelte, dann möge doch *er* mit ihr schlafen, und zwar schleunig. Sotiris hatte gelacht, daß die Kleine in ihren eigenen Hormonen ersoff; hatte ihr eine kräftige Piña colada gemixt und, als sie am Bartresen einschlief, höchstpersönlich zum elterlichen Wohnmobil im Eukalyptuswald geschleppt – und zwar ohne Umwege.

Eine solche Zurückhaltung war nicht für alle Kouphalianer die reinste Selbstverständlichkeit. Zehn Jahre zuvor, bei meinem ersten Mal in Kouphala, hatte ich es kaum fassen können, als Anita mir erzählte, daß nicht nur der Sohn des Supermarktchefs, halb so alt wie sie, nämlich fünfzehn, sie angebaggert hatte sowie der »Tomatenpolizist« – doppelt so alt wie sie, Vater von sechs Kindern, Großvater von einem Dutzend Enkel- und Urgroßvater zweier Urenkelkinder –, sondern auch tatsächlich und ausgerechnet Kosta del sol.

Ging man von der Taverna Plaka den kurzen Weg zu Kütjes Kiosk, kam man direkt an Kostas' Restaurant vorbei. Es hatte nicht die schönste Lage des Dorfs, doch die weitaus schönste Veranda: Überdacht war sie von einem knotigen Geflecht aus Weinlaub, Efeu und sonstigen Schlinggewächsen; davon herab hingen, wie Lampen, Trauben feiner, fester Weinbeeren und kalebassenartiges Gemüse, und an den Eingangs- und Seitenpfosten kletterten Blütenranken empor, geil und leuchtend. Der Lauf der Jahre hatte diesen Dschungelhimmel so verdichtet, daß kein Tröpfchen Regen mehr hindurchdrang.

Anita hatte mich mit Kosta del sol bereits eine Woche zuvor bekanntgemacht; seitdem pflegte er mir zur Begrüßung beidhändig die Rechte zu kneten, zwischen Vorspeise und Hauptgang den Nacken zu massieren und beim Abschied auf die Schulter zu klopfen; kumpelhaft zwinkerte er mir zu und spendierte Ouzo, bis ich Klontjes hustete – und als Anita sich eines Abends zu einem Tänzchen überreden ließ, fragte er diese meine Ehefrau (wie er wußte, und zwar *polý kalá,** ein paar Wochen zuvor auf Kreta frisch angetraut), ob sie ihn später noch an den Strand begleiten möge, »kuckän Sterrnä«.

»So was«, sagte Anita, »gehört hier zum guten Ton.«

Seit ich hier lebte, konnte, ja mußte ich das bestätigen. Ein Schwarzbuch von gomorrhischen Ausmaßen könnten sie füllen, meine Beobachtungen solchen Geplänkels, des sogenannten *kamáki* (was ursprünglich »harpunieren« bedeutet). Dabei war alles erlaubt, was nicht gerade verpönt war, und verpönt nur, was gesetzlich verboten. Die Liberalen unter ihnen fanden nichts dabei, nach Gutdünken gar ihre Geheimwaffe einzusetzen: Ouzo. Allerdings, zugegebenermaßen, vorwiegend bei den Gefährten, Gatten oder Begleitern ihrer Ziele. Tranken sie selbst ihn verdünnt und in Maßen, regten sie ihre oft nur allzu willfährigen Gegner nur allzu gern zum Kult um ihr Nationalgetränk an.

Das hatte Kosta del sol zwar nicht nötig, doch lange anbetteln ließ er sich auch nicht. In der zweiten Saison meiner Zeit am Ionischen Meer war in Parga eine modische Seuche ausgebrochen, deren Symptom sich in T-Shirts mit der Aufschrift *OUZO POWER* äußerte, und es war in jenem Jahr, daß ich mir einen Spaß daraus machte, systematisch einen von Kosta del sols Feriengästen auszuspionieren. Den bajuwarischen Prachtleib in eines ebenjener *OUZO-POWER*-Leibchen geklemmt, hockte er Abend für Abend auf der Laubenterrasse. Daneben seine nicht unaparte Gattin. Abend für Abend mampfte er Kostas' fünfstöckigen Ouzos – so lange, bis er sich verabschiedete, und zwar mit einem ebenso unergründlichen wie irgendwie reizenden »Simsala*bim,* meine Herrn«. Verschwand er dann in Richtung Pensionszimmer, war es durchaus *ouzo-*

---

* ganz genau

power, die seinen Schlingerkurs bedingte. Symbolisch aber auch das vierzehnendige Geweih, das er auf seinem brausenden Schädel durch die Lobby und die Treppe hinaufbugsierte. Nacht für Nacht aufs neue setzte Kosta del sol es ihm auf, indem *er* »Sesam, öffne dich« flüsterte.

Obwohl es außerhalb Kouphalas leicht zugängliche Strände in nächster Nähe gab – Kerentsa, Alonaki und den fünf Kilometer langen von Kaloligia –; obwohl gerade mal die Fischer wußten, wie die Naturbarriere vor meiner Odysseus-Bucht zu umschiffen war, hatte ich in den ersten drei Sommern an meinem Strand Spuren von Beutezügen zu Dutzenden entdeckt, leere Retsina-Flaschen, abgebrannte Fackeln, Damen- und Herrenober- und -unterbekleidung, *prophyláktika**. (Seltsamerweise war ich nur einmal überrascht worden, als ich dort unten schlief.) Einer der siebzig Spyroi pro hundert Mann Kouphalas schlug im Eukalyptuswald jeden Sommer zu Saisonbeginn ein Zelt auf, knapp dreißig Meter von der Bar Dionysos entfernt. Der lachende Sotiris selbst hatte am Ufer des Acherons, direkt gegenüber von seiner Westveranda, für alle Fälle eine kleine geliehene Motoryacht festgemacht, die unter Deck zwei Kojen beherbergte. Zu vorgerückter Stunde am dunklen Rande eines *panigýri*** sah ich einmal mit eigenen Augen, wie einer der Kuhhirten einem holsteinischen landadligen Segler freundschaftlich mit links die ouzoerhitzten Wangen zum Abschied tätschelte, mit rechts aber dessen Gattin, mit deren ganz und gar offensichtlichem Einverständnis, das Gesäß, und zwar *unterm* Rock.

Daß ein Kosta brava, wie Monika mir später erzählte, eine geschlagene Stunde auf sie gewartet hatte, verblüffte mich folglich längst nicht mehr. Erstens waren Frauen um diese Zeit noch rar gesät, und zweitens wird er sich ge-

---

* Kondome

** Kirchenfest, Fest; aber auch: Trubel, Auftritt, Skandal

dacht haben: Je länger es dauert, desto günstiger die Aussichten. Und zwar aus folgenden Gründen.

Er wußte, daß Ingo und Karolina bisher noch keine Gäste beherbergten, und konnte sich schwer vorstellen, daß jene Blondine auf jenem Balkon mit jener großen Limousine *allein* angereist sei. Seiner Erfahrung nach kamen *Germanídes** meist als Pärchen- oder Doppelpärchenhälften, manchmal, sofern jünger, als Zweier- oder Dreiergruppe oder auch in größeren – ganz allein kamen sie jedoch nur ausgesprochen selten, in dem Alter schon gar nicht, und wenn, dann nicht per eigenem Pkw und schon mal gleich gar nicht mit so einem. Einmal in seinem vierzigjährigen Leben hatte er es erlebt, daß eine einzelne tätowierte Harley-Amazone hier aufgetaucht war; der wäre allerdings selbst er lieber nicht im Dunkeln begegnet.

Nein: Kosta brava hatte anfangs vermutet, daß sich in dem Appartement ein zugehöriger Gatte verbarg. Deswegen hatte er die Blondine fragen wollen: »Wie heißt ihr denn?« (= *Pos sas léne?* Seiner Ansicht nach lautete die korrekte Übersetzung davon: »Ihre Namme?« Griechen verwechseln im Deutschen häufig die zweite mit der dritten Person Mehrzahl, warum, habe ich nie herausgefunden – vielleicht in einer Art diametralen Verkehrung, weil die griechische Höflichkeitsform in der zweiten Person Mehrzahl ausgedrückt wird statt, wie im Deutschen, in der dritten. Dadurch hatte Monika sich in der Höflichkeitsform angesprochen gewähnt und entsprechend höflich geantwortet. Sie wußte nicht, daß man sich in Griechenland von gleich zu gleich für gewöhnlich duzt, außer Menschen, die eine Generation älter sind als man selbst.)

Daß sie also nur *einen* Namen genannt, hatte Kostas schon mal als gutes Zeichen aufgefaßt, und je länger es mit ihrer Vorbereitung dauerte, desto sicherer war er sich, es

---

* Deutsche (weibl.)

gebe im Appartement keinerlei Gatten (oder zumindest keinen ernstzunehmenden; der hätte sich entweder längst blicken lassen, oder er wäre ein solcher Waschlappen, daß er in seiner Funktion als Rivale zu vernachlässigen wäre. Ohnehin waren die meisten deutschen Männer bekanntlich Waschlappen, insbesondere die Städter, die freiwillig Geschirr spülten und womöglich nicht nur ihre eigene Unterwäsche, sondern auch die ihrer Gemahlinnen zum Trocknen aufhängten. *Malákes**...).

»Deutsche Männer«, pflegte Ingo zu bestätigen, »sind für die hier in der Tat Waschlappen, und deutsche Frauen«, sagte er, »gelten als leicht zu haben. So sieht das hier aus.«

Als Faustregel haute das wohl hin. Doch nie hörte ich je Beschwerden wegen Auf-, geschweige Zudringlichkeit. Im Gegenteil, die angereiste Damenwelt empfand die Aufmerksamkeiten in ihrer außergewöhnlichen Fülle zuallermeist als angenehm. Und Männer wie Spyros der Jüngere oder der lachende Sotiris folgten ohnehin einem unverbrüchlichen Ehrenkodex: Den letzten Schritt taten nie sie selbst, geschweige, daß sie einen torkelnden ausgenutzt hätten – stimmt's, Spyro? Nein, wer die mißliche Verfassung eines Mädchens, einer Frau ausnutzte, wäre kein Mann, sondern *maláka,* und *malákes* hatten in Kouphala nichts verloren, geschweige zu gewinnen.

Wie auch immer, seit es sie gab, war die kouphalianische Zentrale gegengeschlechtlicher Anbahnung die Bar Dionysos, und nachdem ich einmal – in meiner ersten Saison hier, im schlimmsten August (noch bevor jene Römerin mich anfocht) – ein paar Stunden dort zugebracht hatte, schwor ich mir: nie wieder. All dieses Gezwinker und Gesäusel, Geflitter und Wimperngeflatter... nichts für Mönche. Nichts für mich.

---

* *maláka:* Wichser; unter guten Freunden: Kumpel, »Alter«

Diesem meinem Schwur folgte ich ja durchaus auch, als Karin und Manu begannen, Monika Freymuth jede Nacht nach dorthin mitzuschleppen. Von der Taverna Plaka aus hatten sie es nicht weit, hundert Schritte vielleicht, bis da, wo die staubige Promenade im rechten Winkel nach rechts abbog. Ja, exakt am nordwestlichen Angelpunkt Kouphalas lag sie, die Bar Dionysos. Sie beanspruchte die gesamte, aus Lärmschutzgründen doppelt verglaste Erdgeschoßecke jener zweigeschossigen Gebäudereihe. Jeweils zwischen zwei und drei Uhr in der Nacht berief Sotiris seine Gäste von den Plätzen draußen ab – aus Rücksicht auf Einwohner und Gäste umliegender Pensionen – und bat sie ins Innere der Bar.

Am schönsten war's auf den beiden Holzveranden. Unter ausladenden Markisen, in heimeligem gelbem Licht, das wuchernde Topfpflanzen grün reflektierten, standen gepolsterte Rattansessel und -tischchen mit Platten aus dickem Glas. Von der Nordveranda aus blickte man auf den Südrain des Eukalyptuswalds, von der Westveranda aus über die Promenade hinweg in den Gästegarten, der entlang dem Ufer des Acheron verlief, bevor der sich sanft nach links bog und dann der Mole fügte. In der abgeschrägten Nordwestkante der Bar befand sich ein gläsernes Schiebetor. Wer seinen Weg heraus aus dem Inneren, zwischen den beiden Veranden hindurch, immer weiter geradeaus verlängerte, der gelangte in die lauschige Nacht, auf den langgezogenen Betonpfad über die Mole und in die Bucht, an den Strand.

Aber ohne mich. Mit aller körperlichen Kraft und seelischen Hartnäckigkeit und geistigen Disziplin, die aufzubieten ich imstande war, befolgte ich mein Gelübde – neun Nächte lang. Bis der Vollmond aufging. Bis er aufging, der vierundvierzigste und letzte Vollmond meiner Zeit am Ionischen Meer.

Zufällig genau an Neumond, ein paar Tage noch vor Ankunft Karins und Manus, hatte sie begonnen, die neue Kouphala-Saison. Als Auftakt durfte ein jährliches Ritual des Taverna-Plaka-Teams gelten. In jenem wahren Bonzen von Eiche, dem Grenzbaum zwischen Promenade und Garten, pflegten sich zur Zeit der Vorabendbrise die Spatzen zu versammeln. Sie veranstalteten einen derartigen Radau, daß einem die Ohren schrillten, und kleckten zur Untermalung auf die Tische. Spyros der Ältere hielt die Leiter, und Spyros der Jüngere bastelte aus leeren, miteinander verschnürten Ouzokanistern eine hanebüchene Scheuche in die Krone. Künftig, unter viersprachigen Verwünschungen Strippenzieher Spyros', rauschte der Schwarm im Blechgetöse davon – nur um kurz darauf Vogel für Vogel zurückzukehren.

Als nächstes verdrahtete Spyros am Nordpfosten der Tavernenpergola eine Tafel, die frischen Fisch und *»snitchel«*, Bauernsalat und *gýros* feilbot, Lammkoteletts und *kalamária*, Gulasch und Pizza und *biftéki* (beziehungsweise, wie Sven zu sagen pflegte, »Beefsteaki«), und seinem Beispiel folgten die Acheron-Nachbarn. Sven traf ein, Karin und Manu desgleichen – ganz zu schweigen von einer gewissen Frau Freymuth –, und die Schleppen der Bäume am Südrand des Eukalyptuswalds strichen über das Dach des ersten Reisebusses. Er parkte gegenüber vom *Hotel Orpheus*, dem größten des Dorfs; fauchend und knurrend parkte er ein, als markierte er sein Revier in Herford oder Bietigheim. Aus dem Eukalyptuswald heraus leuchteten wie bunte Boviste immer mehr Zelte, und täglich tauchte unter ihnen ein weiteres Wohnmobil auf (oder -wagengespann, aus Frankreich oder Italien, Belgien, Österreich oder Deutschland). Sie rangierten auf den steinigen Pfaden zwischen den versteppten Arealen, sanft umwogt von einem dreidimensionalen Puzzle aus Licht und Schatten.

Sven, der unausweichliche, wich keinen Millimeter von seiner Allmende nahe dem einzigen Wasserkran. N4 beobachteten wir von unserem Platz am Strand aus, wie er Bucht und Wald nach Ästen und Zweigen, Strandgut und vergessenen Strandmatten absuchte und kurz darauf, in sengender Hitze, das Schilf am Acheron jenseits der Mole schnitt. Bis zum Abend schleppte er die Beute garbenweise vom Fluß in den Wald. Dann zäunte er, mit einer »power und energy«, die ich ihm gar nicht zugetraut hätte, das Baumgeviert ein, in dessen Mitte sein verschossenes Zelt stand. Die Pfosten für den Zaun hatte er bereits eingepflockt, was bei dem Boden nicht einfach gewesen sein dürfte, und nun verstrebte er sie anhand des Geästs und einer Rolle Bindfaden und verflocht, nicht ohne Geschick, das Schilf mit dem übrigen Strandgut zu einer Hecke. Schlapper als sonst, so schien mir, hing an jenem Abend der Yin-Yang-Wimpel von der Stangenspitze der Apsis.

Auch am Strand nisteten sich *sigá, sigá** mehr Leute ein, doch zu Svenscher Engeangst bestand kein Anlaß. Unser Platz dort, wo der Bogen vom Fuß des Lindwurmhügels den des Wassersaums schnitt, wartete auch am nächsten Nachmittag auf uns wie gepachtet, der Sand noch geplättet von den Decken, unversehrt sogar der Parcours von winzigen Oxern, den die gütige Manu aus angeschwemmten und verwehten Hölzchen mit Nut und Feder aus lauter Überschuß an Muße gezimmert hatte. Und daß ein Restaurant mal überfüllt gewesen wäre, hatte es in diesem verzauberten kleinen Ort ohnehin nie gegeben. Der König des Dorfs brachte es fertig, daß die Businsassen sein Hotel nur zum Baden und Luftschnappen verließen. (Erwähnten Karin und Manu Hotel Orpheus, sprachen sie vom »Touri-Knast«: Der Eigner pflegte im Dorf zu patrouillieren, und falls er denn doch einmal Gäste auf fremden

* langsam, langsam (geflügeltes Wort in Griechenland)

Terrassen zu fassen kriegte, verhehlte er seinen Unmut nicht.) Keinerlei Verleih von Tretbooten gab es, keinen Wasserski- oder Jet-Ski-»Fun«, nicht die dümmste Boutique und schon gar keinen Juwelier, ja nicht mal eine Bäckerei, und der nächste Geldautomat war zweiundzwanzig Kilometer weit weg, in Kanalaki. Wohin, versteht sich, keinerlei Busverbindung bestand. Auch der nächste Auto- oder Motorradverleih: Kanalaki. Apotheke, Arzt, Optiker: Kanalaki, Kanalaki, Kanalaki. Wer nach Kouphala kam, war motorisiert. Wer nicht motorisiert war, machte besser anderswo Ferien.

Eine Diskothek gab es – im Prinzip. Ihre Werbeplakate mit dem Text *Disko Ouranos* Kouphala* perforierten schnittmusterartig die Bezirke von Preveza und Thesprotien (sogar auf Korfu hatte ich eine Serie davon entdeckt). Im Drogenrausch mußte da einst jemand tätig geworden sein. Schon bei meinem ersten Besuch hier in Kouphala verwitterten diese Schilder überall vor sich hin. Geöffnet worden war der pastellrosa gestrichene, kappellenartige Bau im Moor vorm Dorf, unweit der Verkehrsinsel, allerdings nie.

Dafür aber wieder mal ein neuer Supermarkt. Ein Vetter des lachenden Sotiris hatte ihn im Mai aus dem entwässerten Boden des Rieds am Ortseingang gestampft. Höchstwahrscheinlich würde er nächstes Jahr wieder schließen. Die Kouphalianer waren besessen davon, Supermärkte zu eröffnen, und sie wieder zu schließen verdammt.

Auch die fliegenden Händler, Zigeuner wie seßhafte Griechen, begannen wieder verstärkt, ihrem Metier nachzugehen. Auf den Ladeflächen ihrer Lkw, VW-Busse und Toyota-Pritschenwagen transportierten sie Wasser- und Honigmelonen, Tomaten und Kartoffeln, Pfirsiche und

---

* Himmel

Zucchini, Auberginen und Gurken, ja Plastikstühle und -tische, Tonkrüge und Kleidung. Im leiernden Tonfall einer Verlautbarung, eingeleitet durch ein gedehntes »*Orrí-steeee*«*, machten sie auf ihre Produkte aufmerksam – anhand eines schnarrenden, scheppernden Lautsprechers. Oft ließen sie das Autoradio laufen und kündigten sich so bereits von weitem an, wobei sie sich nicht scheuten, an einem Sonntagmorgen um sieben Uhr mit der Arbeit zu beginnen. Manchmal saßen sie zu zweit im Führerhaus und vergaßen, das Mikrophon auszuschalten, und dann wurde ihre Plauderei auf die Veranden und Balkone übertragen, wenn sie langsam daran vorbeirollten, und ein Raucherhusten klang wie ein Auffahrunfall.

Die Bewohner der Provinz Epiros galten als herzlich, aber stur (selbst dem Ali Pascha war nie je gelungen, sie restlos zu unterwerfen). Den reinsten, auf den Punkt verdichteten Charakter des Epiroten verkörperten wohl die Kouphalianer. Weiß Gott keiner von ihnen hatte etwas gegen die Drachme an sich, gegen deren Erwerbs Mühen fast jeder. Von jeher Fischer und Bauern, mangelte es ihnen zudem an Unternehmerwitz, und wenn der eine oder andere Herd zum Zweck des Fremdenverkehrs entzündet wurde, dann schlug den Funken dazu nicht Passion, sondern die weltberühmte Tradition der griechischen Gastfreundschaft.

Spyros der Jüngere gehörte zu der wenngleich starken Minderheit, die wußte, was Schuften war. Er kochte und kellnerte, flirtete und alberte bis Monduntergang und fuhr bei Sonnenaufgang schon wieder zum Fischen hinaus. Doch selbst von Geburt Umtriebigen wie ihm fehlte es an Neigung, Absicht und Aufmerksamkeit, touristische Ideen zu entwickeln; und *wenn* mal ein findiger Kopf von einem schwachen, aber womöglich brauchbaren Einfall heim-

---

* bitte, Achtung, aufgemerkt

gesucht wurde wie von einem Alptraum, den neidete ihm ein anderer findiger Kopf; und hätten sie auch beide, ja allesamt aus dieser Idee ihren Nutzen ziehen können, der Stolz, ja die Dummheit in schlauester Form ließ es nicht zu (der wohl berühmteste Epirote war König Pyrrhus). Die Leidenschaft, die dafür aufgewendet wurde, dem Konkurrenten Knüppel zwischen die Beine zu werfen, würde locker dafür ausreichen, ein Vermögen aufzuhäufen. Doch dem Hotelier des Orpheus zum Beispiel waren die Camper, von denen alle etwas hatten – selbst er selbst –, nun mal ein Dorn im Auge. Warum? Weil außer ihm auch alle anderen etwas davon hatten? Jedenfalls rief er jeden Sommer wieder in regelmäßigen Abständen die Polizei. Der Campingplatz war inoffiziell, doch die Camper, entnervt zwar, fuhren ins nächste Dorf, warteten ein paar Stunden und bauten dann alles wieder auf.

*'Ela – physiká!** –, die Drachme an sich war nicht zu verachten, und wenn die entfernten Vettern mit ihren Mercedes und BMWs im Sommer über die Promenade protzten, schwankten die Hiesigen hin und her zwischen Mißgunst und verdrehtem Stolz auf ihre eigene oder gar des Nachbarn Sippe. *Kai ómos*** – um wie vieles angenehmer als familiäre Selbstausbeutung in Stuttgarter und Münchner, Hamburger und Kieler Restaurants war es doch, im heimatlichen Markisenschatten bei einem Ouzo darüber zu lästern!

Das war der ungeschriebene Katechismus der Gemeinde von Kouphala. Die Auswirkungen hatte einmal der flinke Ingo in folgenden Seufzer gefaßt: »Das hier ist das Paradies, aber es regiert der Teufel…«

---

* komm – natürlich!

** dennoch

Gut, Kouphala hatte etwas von Schilda; nichtsdestotrotz hatte ich Ingos Bonmot stets als ein bißchen überspitzt empfunden – bis, allerdings aus anderen Gründen, zu jenem Nachmittag (N9), da Monika Freymuth mir ihr Geständnis machte; jenem Tag, der sich als »Schwarzer Freitag« in mein Gedächtnis brennen sollte.

X

Vielleicht war es ja bereits A1 der Satan persönlich gewesen, der mir als Friedensmaßnahme jene Maskerade des guten Willens eingeflüstert hatte. Denn das hatte ich nun davon: Plötzlich hocken wir Schulter an Schulter. Das Gelb und Grün, Rot und Blau der Glühbirnen sind noch blaß, denn die Sonne ist erst vor einer Viertelstunde untergegangen; die Grille in der Astgabel klingt wie schwaches Hecheln einer Trillerpfeife, aus den Lautsprechern in den Baumkronen dringen Dalaras' melancholische Lieder, der Fluß duftet saftig, und da hocken wir Schulter an Schulter, jener Linksknöpfer von gestern und ausgerechnet ich. »Ich hab das alles schon Manu und Karin erzählt«, erzählt sie, »vorhin am Strand…«; und ihre üppigen Wangen erröten schon wieder und immer noch, wie gestern abend.

Lebhaft konnte ich mir vorstellen, wie sie da grinsten »wie die Synchronschwimmerinnen«, diese drei Nixen da; wie sie ihr Häschen aus der selbstgegrabenen Grube des Lachkrampfs holten und schließlich *das* Thema ihres sonnigen Symposions bekakelten: den Mann. Den Mann als solchen und als Gattung. Den Mann als Held und Pfeifenwichs, als Rasenmäher, Klapperstorch etc. Ich konnte es mir so lebhaft vorstellen, als hätte ich an jenem Nachmittag nicht Griechisch gepaukt, in der *Odyssee* gelesen und meine Bucht geharkt, sondern das Szenario mit den Facettenaugen jenes Insekts beobachtet, das vorm Strandlager der Damen unablässig seine Amplitude übte: Mal schwatzt die eine, mal die andere, dann die dritte und dann wieder die erste. Und irgendwann vor allem die.

Sie zeigt nach Nordwesten, wo sie Parga, und nach Osten, wo sie den Aussichtspunkt vermutet. Sie wendet sich um und zeigt auf die geteerte Kreuzung hinter der Düne und dann auf das Gemäuer des Totenorakels. Dann weint sie ein bißchen, und die eine tröstet sie. Die andere nicht.

Dann winkt sie weit, weit übers Meer, bis nach Norden, wo die Kehdinger Kleinstadt liegt, an deren Rand sie in einem restaurierten alten Gehöft lebt, mit Mann und Mutter und jüngerer Tochter, mit Enkelin und ungeliebtem Schwiegersohn, und deutet mit dem Daumen über die Schulter, wo München liegt und ihre ältere Tochter studiert und bereits als Reisejournalistin arbeitet. Ja, Nessi, also Vanessa, will Reisejournalistin werden, ist es eigentlich schon; studiert Publizistik und besucht gleichzeitig eine Journalistenschule und hat schon vielbeachtete Reportagen verfaßt, über Qi Gong in Hongkong, Bonsai in Japan, Whiskeybrennerei in Tennessee; ja, Nessi, also Vanessa, tut all das, wovon Monika für sich selbst immer geträumt hat...

Die eine malt ein Fragezeichen in die Luft, und die andere sticht den Punkt darunter.

Ja, sie weiß gar nicht, wie sie's sagen soll – na, am besten so: In Wirklichkeit ist sie selbst nämlich nur Hausfrau und Mutter. Arbeitslose Mutter. Depressive Hausfrau.

Noch einmal winkt sie gen Norden, wo Hamburg liegt und der Sitz des Unternehmens zur Entwicklung, Herstellung und Ausfuhr fortschrittlicher, teils bereits computergestützter landwirtschaftlicher Maschinen, in dem ihr Mann als Chefingenieur wirkt und wo sein Firmenwagen zugelassen ist, mit dem sie hier ist. Und dann winkt sie ein drittes Mal in Richtung Norden, wo, ungefähr auf halber Strecke zwischen Hamburg und der Nordsee, ein Dorf liegt, ein Geestdorf in der Nähe von Stade an der Unterelbe – eben jenes Dorf, in dem sie geboren und herangewachsen ist. Beeckdörp. Und nicht nur sie, sondern unter anderen auch Hartmut, ihr Gatte. »Und du« – sie zeigt auf Karin – »und dein Bruder beziehungsweise« – sie zeigt auf Manu – »dein Mann. Und Bodo. Mein Schützenprinz von früher.« Stramme Verblüffung seitens Manus und Karins.

Und sie erzählt. Von dem fürchterlichen Schock, den Papis früher Tod ihr versetzte (Anfang September 1969, eine Woche nach dem Schützenfest) und den sie – so denkt sie manchmal – bis heute nicht verwunden hat; angeborener, bis dahin unentdeckter Herzfehler, frühmorgens beim Rasieren einfach umgekippt und tot; erzählt, wie Mami danach mit ihr zu Tante Irmchen nach Kehdingen zog; wie sie Hartmut näher kennenlernte, 1972, mit knapp fünfzehn; von ihrem Abitur 1975 mit siebzehneinhalb, von ihrer Heirat im Mai 1976 mit achtzehneinhalb, von Vanessas Geburt mit neunzehn – »Löwe«, sagt sie mit einem kehligen Akzent von Stolz –, von Yps' Geburt mit einundzwanzig – »Fische«, sagt sie mit einem Hauch von Sorge – und von deren Tochter Carlotta, geboren am 1. Januar dieses Jahres. Fast hätte es in der Zeitung gestanden, doch ein anderes Baby war um eine halbe Stunde schneller gewesen und somit das erstgeborene des Landeskreises im neuen Jahrtausend.

»Mai 1976?« fragt Karin.

»Da haben wir geheiratet, ja«, sagt Monika. »Warum?«

»Nur so«, sagt Karin.

Und nachdem sie ihre Krise geschildert hat, schnauft sie durch und sagt, nun fühle sie sich wohler. Endlich habe sie mal reden können, endlich *verstehe* sie mal jemand. Und wieder heult sie und lacht dann wieder.

»Hast du denn keine Freundin?« fragt Manu ganz schlicht.

Und da muß sie gleich wieder heulen, weil Wiebke, ehrlich gesagt, einfach zu doof ist, Gitta tot (Krebs) und Ute Skorpion. Und Nessi und Yps eben ihre Töchter, verd... noch mal. Eine Mutter erzählt nicht ihren *Töchtern*, daß ihr deren Vater plötzlich... nun ja, auf die Nerven geht. Manu tröstet sie. Karin plötzlich auch.

Und dann erzählen Manu und Karin ein bißchen von sich, und dann läuten sie eine neue Runde Staunen ein und feiern die Unglaublichkeit des Zufalls; dann belächeln sie wieder Monikas Legende, dann räumen sie ein, es könne gut möglich sein, daß Hartmut es war, den sie vorhin gesehen hat, denn es komme fast täglich eine Ausflugsschaluppe von Parga etc. etc.; aber sie reden Monika zu, ihn einen guten Mann sein zu lassen und hierzubleiben, hier in Kouphala, und sich erst mal zu erholen; sie aber antwortet, das gehe nicht, sie müsse zu Hartmut nach Parga und...

»Ich denk, du hast schon aber hallo Sachen für'n; für'n Kühlschrank eingekauft.«

... na ja, na gut, vielleicht noch eine Nacht; und schwatzen und schwatzen, und zwei Tüten Konfekt und pampiger Keks gehen dabei drauf...

*Oríste, parakaló**... Angekifft von ihrem Parfüm, machte ich nicht nur die Erzählung ihrer Ankunft mit (circa dreißig Minuten), sondern ganze Balladen aus ihrer Rhapsodie des Lebens durch (circa sechzig Minuten). Wenn sie von den Bißwunden der Mücken herrührende Juckkoliken niederkratzte, eierte die Platte. Doch im Vergleich zum Vorabend: wie geölt, ihre Gesänge. Ich versuchte, das Beste draus zu machen, und das Beste war, mich in ihr Ich hineinzuversetzen. Denn das war ein takti-

---

* bitte, bitte

scher Nebeneffekt jener meiner persönlichen Kulturtechnik: Wurde ich jemand nicht los, verschwand eben ich – und sei's in dessen Ich.

Was mich dennoch irr und kirre machte, waren der Sängerin Liebenswürdig- und Vertrauensseligkeit. Geradezu unverschämt, dachte ich, oder töricht. Denn falls sie *nicht* meinen sollte, mich könnte interessieren, wie lang sie nach einer Schleppe für Yps' Hochzeitskleid gesucht hatte, *war* es unverschämt, mich derart fettzuschwatzen. Falls sie aber sehr wohl meinte, mich könne interessieren, daß sie von Hartmuts Ausgehuniform der Bundeswehr beeindruckt war, als sie sich auf einem Feuerwehrball im Kehdingen des Jahres 1972 näher kennenlernten, dann war sie töricht: So ein verluderter Bockmist sollte mich interessieren, weil sie Anno 1969 mal meine Schützenprinzessin gewesen war? Einunddreißig Jahre war das her. Ich hatte sie fast vergessen. Damals waren wir Kinder, heute Fremde.

Interessant war allenfalls, daß es mich tatsächlich interessierte.

Denn natürlich kannte ich auch ihn. Ha!, sagte ich mir im stillen, als ich »Hartmut« und »Freymuth« addierte, selbstverständlich! Selbstverständlich hatte es *Hartmut Freymuth* sein müssen, von dem sich meine kleine Meurin befruchten ließ! Selbstverständlich hatte es dieser seelenlose Simpel sein müssen, dieser Hauptmann!

Während sie psalmodierte, bis die Sitzschale unter meinem Hintern schwitzte, erinnerte ich mich. Ein Kaltblüter, der nur lachte, wenn etwas umfiel oder sonstwie kaputtging (vorausgesetzt, es gehörte nicht ihm). Ein beschränkter, aber zäher, kräftiger Streber. Ich hatte oft beobachtet – möglichst aus dem Schutz des Augustapfelbaums vor unserem Haus heraus –, wie er seine Widersacher auf dem Sportplatz ohne lang zu fackeln in den Schwitzkasten nahm, unfähig, Beleidigungen in gleicher Münze heimzuzahlen. Nicht, daß nicht auch er Beleidigungen gern in gleicher Münze heimgezahlt *hätte.* Er war eben nur unfähig dazu: Ihm fiel nichts ein, nicht mal so was wie »selber Streber«.

Drei, vier Jahre älter als Kolki, Satsche, André und ich war er (wir alle haßten, fürchteten und verachteten ihn), und eines Tages hatte ich ihn aus den Augen verloren; aber ich war mir sicher: Pünktlich ab achtzehn war er sein eigener Papi geworden. Selbstverständlich hatte er es sein müssen, der Monika Meurin zur Frau nahm (und *machte,* allerdings erst in der Nacht nach der Hochzeitsnacht, wie sie mir einige Tage später auch noch petzte) – schließlich war ein Hartmut Freymuth kein Hippie der zweiten Generation wie wir, die wir uns in dem Alter mit der erstbesten Nymphomanin arrangiert hätten.

Allein der Name. »*Hart*mut *Frey*muth«. Hätten sie doch wenigstens aus Symmetriegründen dem Vornamen auch noch jenes vornehme *h* angehängt. Aber wie denn… *Málista,* auch die Erinnerung an die Erzeuger dieses Esels war noch frisch – Hinrich Freymuth, Klotz von Bauer, und Wilma Freymuth, Faß voll Sülze –, und so war es nicht eben schwierig, sich auszumalen, wie's zur Taufe gekommen war…

Wilma *(Anno 1953 oder 54, im Kindbett):* »Wie schall he denn heten, de Lütte.«

Hinrich *(die Fingernägel mit der Mistgabel reinigend):* »Haatmut.«

Wilma: »Haatmut? Haatmut Freymuth? Tweemol -mut?«

Hinrich: »Worüm denn nich. Hett jo ok twee Klüten.«

Was mir beim Klang dieses dämlichen arischen Reims aber zu*aller*erst eingefallen war, war etwas ganz Bestimmtes.

Es ist eine Binsenweisheit, daß unangenehme Erinnerungen hartnäckiger lebendig bleiben als angenehme:

Damit das gebrannte Kind nie vergißt, das Feuer zu scheuen. Deshalb wundert es mich bis heute keineswegs, daß mir als Ergebnis der Addition *Hartmut + Freymuth* zuallererst ein rund siebenunddreißig Jahre altes Hühnchen eingefallen war, das ich noch mit ihm zu rupfen hatte. (Und es taugt bestenfalls als Fußnote in der Geschichte der kommenden Ereignisse dort am Ionischen Meer, entbehrt aber nicht einer gewissen Pikanterie: An jenem Abend hätte ich nicht zu sagen gewußt, wann ich mich Monika Meurins zuletzt erinnert hätte. Meine letzte Erinnerung an ihren Gatten hingegen hätte ich präzis zu datieren vermocht: Viereinhalb Jahre zuvor nämlich war niemand anders als er Gegenstand einer jener Einzelsitzungen gewesen, die ich bei Dr. med. Dr. phil. Therese Seymour absolviert hatte, Leiterin der neuroendokrinologisch-psychosomatischen Abteilung im Klinikum für Psychiatrie und Psychosomatik zu Bad Suden.)

Daß jener Hartmut Freymuth eines Tages im Jahre 1972 in Ausgehuniform der Bundeswehr auf einem Feuerwehrball in Kehdingen eine fünfzehnjährige Blondine in Schutzhaft nimmt – im Grunde nur folgerichtig. Ebenso, daß die Betroffene achtundzwanzig Jahre später fix und fertig ist. Keineswegs aber, daß sich diese Oper ausgerechnet eines seiner frühesten Opfer anhören muß, oder?

Doch genau das tat ich, anderthalb Stunden lang. Nun ja, es lief doch alles eher im Graubereich zwischen Unter- und Bewußtsein ab; immerhin war das alles fünfunddreißig Jahre und tausendachthundert Kilometer weit weg, und so hockte ich da, Schulter an Schulter mit Monika Freymuth hockte ich da im Dampfstrahl ihrer Arien. Zur Untermalung der schwermütigeren Passagen verwendete sie gar eine Geste, die der Handhabung einer Quetschkommode glich (prompt taufte ich sie im stillen »Ziehhar-Monika«). Allerdings stand ihr ein ganzes Orchester zur

Verfügung: Geigen (für Carlotta) und Orgel (für Mami), Panflöte (für Yps) sowie Pauken und Trompeten (für Nessi), je ein Didgeridoo für Gatte und Schwiegersohn – und eine Leier (für ihre Krise).

Von Rechts wegen war's nicht auszuhalten, doch da hocke ich nun, ein Stückchen abseits vom Stammtisch, an dem Karin und Manu, Sven und inzwischen auch Kosta brava ihre Aperitifs vernaschen; anderthalb Stunden lang hocke ich da, und mein Ärger über all das Gedudel spitzt sich um so schärfer zu, je öfter ich mich frage, wieso eigentlich nicht bitte schön zwischendurch mal nach *meinem* Gedudel gefragt wird. Nicht, daß ich gern selber gedudelt *hätte* – ganz im Gegenteil, *ganz* im Gegenteil. Aber ich an ihrer Stelle hätte ja, wenigstens höflichkeitshalber, mich beispielshalber mal gefragt, ob ich hier auch nur Urlaub machte oder gar lebte, und wieso und warum. Sicher, noch habe ich keine Ahnung, wieviel von meinem Schicksal Manu und Karin ihr am Strand bereits referiert haben (wie ich später erfuhr, immerhin Schlagzeilen: Arbeitslosigkeit, Doppelleben, Suff, Klapsmühle, Scheidung, Auswanderung). Dessenungeachtet: jemand, den man einunddreißig Jahre nicht gesehen hat, aus dem Stand zu Publikum verdonnern?

Nun ja, es ist nicht das erste Mal, daß ich so was mitmache. Hatte ich – anfangs, als ich noch im »Tresor« einsaß (so nannten wir Bad Sudener die geschlossene Abteilung) – nicht sogar mal eine Bürgereingabe beim Petitionsausschuß des Deutschen Bundestags formuliert? So in dem Tenor, man möge doch endlich jene skandalöse Gesetzeslücke schließen und einen Paragraphen ins BGB aufnehmen, der verbale Vergewaltigung unter Strafe stellte? Wenn man jeden verklagen darf, der einen schlägt oder beleidigt, wieso denn nicht jeden, der *jenen* Tatbestand erfüllte? Warum sei man in einem solchen Fall zu zutiefst würdelosen Gegenmaßnahmen verurteilt (Lügen, Anschnauzen, Weghören, Weglaufen etc.), während man im Falle von Körperverletzung oder Kränkung von Gesetzes wegen mit wohltuendster staatsbürgerlicher Gelassenheit vor Gericht ziehen kann?

Doch ich saß nicht mehr im Tresor, sondern war als geheilt entlassen – seit fast vier Jahren. Und zwar zu Recht. Und davon abgesehen: Kann man denn einem Mitmenschen in Not nicht mal mehr anderthalb Stunden zuhören? Wozu sind Frührentner denn sonst da?

So hockte ich, kippelnd und mein Kompologi schleudernd, und schaute während Frau Freymuths Konzert auf die Schilfwand am gegenüberliegenden Ufer, wo die speichendünnen Reflexionen der Acheronwellen kreisten wie die obere Hälfte eines breiten Rades. An jenem Abend hatte ich keine Ahnung, ob auch sie dieses Phänomen wahrnahm, und ich fragte sie auch nicht danach. (Erst knapp zwei Wochen später sollte ich sie danach fragen.)

Wie auch immer, eigentlich bedurfte es keiner besonderen Sinnesleistung, jenes Phänomen wahrzunehmen; es war ja offensichtlich. Doch wie viele Menschen gibt es, die man mit der Nase auf die winziggroßen Schönheiten der Welt stoßen muß? Noch nie hatte ich mit jemandem über jenes güldene Licht-Spiel auf dem finstergrünen Schilf gesprochen – durchaus aus keinem besonderen Grund (über die Schönheit des Eukalyptusbaums, beispielsweise, schließlich ebensowenig) –; und so betrachtete ich es, zugegebenermaßen nicht ohne eine Spur Geiz, als mein, wenngleich offenes, Geheimnis.

Málista – stimmt's, Spyro? –, ich *liebte* den Anblick jenes Licht-Spiels. Manchmal stellte ich mir vor, es sei ein filigranes Mühlrad. Die Schaufeln unsichtbar, ebenso die Nabe auf dem Pegel, nur feine Speichen leuchteten grünlich-golden. Drei, vier Meter lang waren sie. Der Länge nach erhoben sie sich aus dem Wasser und fächerten sich auf und schlugen jenes halbe Rad. Elegant paßten sie sich dem Tiefenprofil der Schilfpalisade an, so daß sie hier und da Zickzack-Knicks zu erleiden schienen. An der fransigen Oberkante der Hecke zogen sie sich zurück wie die Stielaugen einer Schnecke, und auf zwölf Uhr fuhren sie spiegelverkehrt wieder aus, bis sie am Ende wieder der Länge nach ins Wasser tauchten.

O ja, schon an so manchen der vorangegangenen tausend Abende hatte ich mir vorgestellt, es handele sich um ein riesiges Mühlrad mit dünnen Speichen aus Licht. Auch an diesem Abend, da jene ominöse Monika Freymuth ihr albernes Inkognito von gestern lüftete, stellte ich es mir vor. Doch wie an so manchem der tausend Abende zuvor wurde ich auch an diesem das Gefühl nicht los, daß an jenem Bild vom Mühlrad irgend etwas nicht stimmte. Selbst wenn es so riesige Mühlräder gäbe, die so dünne Speichen hätten – ohnedies, so schwante mir, stimmte irgend etwas an diesem Bilde nicht. Aber was?

Ich war so tief versunken in meiner Meditation, daß ich innerlich geradezu aufschreckte, als mir das Schweigen zu meiner Rechten ins Bewußtsein drang – schwer zu sagen, wie lange es bereits vorherrschte. Vorsichtshalber behielt ich meine Mimik bei, als gälte das Brüten unter meinen roten Locken dem zuletzt Gesagten, und versuchte gleichzeitig, dessen Echo aufzuspüren – vergebens. So war ich erleichtert, als sie einen Satz hinterherschickte: »Na ja, wenn meine Krise erst mal vorbei ist…«

Und das war der Moment, da ich unversehens in meine künftige Rolle als breitschultriger Monikatherapeut rutschte. Ja, ab dem Moment sollte ich diese meine schwindelerregende Karriere starten – vom Monikaschreck zum Monikamentor, -intimus und -therapeuten, bis daß der Schwarze Freitag kommen würde, an dem sie mir stolz das Ergebnis meiner Monikaarbeit präsentierte…

Warum, nur zum Beispiel, hatte ich nicht einfach gar nicht reagiert? Hatte ich mit anderthalb Stunden nicht Zoll genug gezahlt auf die Hoffnung, daß die künftige Urlaubseintracht damit gewahrt bliebe? Möglich wäre auch folgende Antwort gewesen: »Tut mir leid, ich hab nicht zugehört.« Oder naßforscher noch: »Ich hab nicht zugehört.« Oder am besten: »So, ich geh nach Hause. Erzähl den Rest Mami, Yps oder dem Fernsehpfarrer. Telefonkarten gibt's bei Kütje, am Kiosk. Wir nennen ihn auch gern den ›Chaosk‹.«

Immerhin, ich nahm meine Maske ab. Doch setzte ich eine andere dafür auf – eine, die deutlich Dr. med. Dr. phil. Therese Seymours Züge trug.

»Was«, sage ich, verändere meine Sitzhaltung schwerwiegend und schaue ihr in die Augen, »was für eine Krise ist denn das eigentlich genau?«

Sie scheint ein bißchen brüskiert, daß ich auch noch da bin. »Ach...«

»Was«, sage ich, nehme die bronzefarbenen Füße vom Stamm des Eukalyptusbaums und stelle sie zwischen die Mokassins, stütze mich mit den Ellbogen auf die Knie und schaue ihr von unten in die grünen Augen, »was ist denn da passiert, auf deinem letzten Geburtstag.«

Sie ist unwillig. »Ich weiß nicht, wo ich *an*fangen soll...«

»Irgendwo«, sage ich mit einem Timbre, das ich jahrelang nicht mehr gebraucht habe. Mir wird ein bißchen übel davon.

»Ach, dieses Lied!« ruft sie plötzlich, »dieses *Lied* war so furchtbar...!«

»Was denn für ein Lied?«, sage ich, und diesmal gelingt mir ein Ton wie geölt von einem großen Schluck Cocktail aus Belustigung, Leichtherzigkeit und Zuversicht, und ich versetze mich in ihr Ich und spüre förmlich die übertragende Wirkung, und plötzlich singt sie wohlintoniert – immerhin ist sie Mitglied im Kehdinger Volksliedchor *Kehdinger Volksliedchor e.V.* –, doch mit beinah haßerfüllten Faxen und lediglich so laut, daß Text und Melodie gerade deutlich genug für mich zu hören sind:

»Hoppla, jetzt kommt Monika,
42, Waage!
Hausfrau, Mann, zwei Töchterlein,
doch niemals eine Klage!
Dädädä, dädädädä,
doch hört nun was ich sage:
Alle lieben Monika,
Monika alle Tage!«

Grinsend schaue ich sie an, und sie weicht ein Stück zurück. »Ist das nicht schrecklich?« flüstert sie lächelnd, und ihre Augen werden feucht. »Hat *Hartmut* komponiert und mir zum Geburtstag geschenkt. Seit acht Monaten krieg' ich dieses gräßliche *Lied* nicht aus dem Kopf. Seit *acht* Monaten!«

'Ela... Wenn man einem Musenfeind, wie er im Buche steht, ein Keyboard zu Weihnachten schenkt, das praktisch alles selber macht, sollte man sich nicht wundern, wenn er das ausnutzt.

»Was für ein Geholper und Gestolper«, sage ich. »Und der Anfang ist geklaut. Von *Grüezi wohl, Frau Stirnima.*«

»Stimmt!« *Sch-sch-dimmmmmmdt!* ... Es ist eine Art gewisperter Aufschrei. Sie starrt mich an mit ihren großen, grünen, dusseligen Augen, und ihre Lippen öffnen sich nach dem Summen, als schnappte sie nach Luft. Die Wirkung meiner Worte blendet mich ein bißchen, und so lege ich noch ein Brikett nach.

»*Hausfrau, Mann, zwei Töchterlein,* wie unästhetisch«, versetze ich ihr ins Gesicht, »man kann nicht einfach zwei verschiedene Hilfsverben voraussetzen. Hausfrau *ist* man, Mann *hat* man. Und zwei *Töchter,* bitte schön. Bei einem Alter von einundzwanzig, zweiundzwanzig spricht man nicht mehr von Töchter*lein*, wenn man den Ingenieursschädel nicht gerade bis untern Helmriemen voll mit Schmus hat, entschuldige mal bitte. Und *Monika, 42, Waage,* das klingt ein bißchen wie *Monika, 42, vage,* mit vau, oder? Und *doch niemals eine Klage* – wie finden wir das? Damit unterstellt er doch, daß es für eine Ehe-, Haus- und Mutterfrau selbstverständlich gewesen wäre, wenn sie vierundzwanzig Jahre lang geklagt *hätte.* Da mußt du dir ja blöd vorkommen, daß du nie den Mund aufgemacht hast, oder? Und die Zeile *Alle lieben Monika*... Sag mal, fühlst du dich nicht entwürdigt, ent*mündigt* durch so einen Mumpitz, so einen äh...« – ich fummele nach den richtigen Tasten an meinem Klimperkasten – »... so einen nach Kegelklub und Frotteebettwäsche miefenden Käsefußkäse?«

Diese aufreizend luxuriöse Unschuld und Entgeisterung, die aus den Saphiren ihrer Augen glänzte!

Als ich bei dem Wort »Ingenieursschädel« angekommen war, hatte ich meinen Blick aus dem grünen Wasser ihrer Augen gefischt und wieder auf das Schilf am anderen Ufer des Acheron geworfen und dort verankert, wo das halbe Rad mit den Speichen aus Licht sich drehte, und sie hatte es mir nachgetan. Und seit ich das Wort »Käsefußkäse« ausgesprochen habe, schaue ich sie nicht mehr an, und sie schweigt.

Ja, ich traue mich nicht, sie anzuschauen, weil ich befürchte, schwach zu werden; meine Kritik jenes Machwerks abzuschwächen. Ich habe sie vor den Kopf gestoßen, eine im Grunde harmlose, im Grunde fremde Frau vor den Kopf gestoßen – warum?

Warum nicht? sage ich mir. Ich kann ja wohl machen, was ich will. Ich bin frei. Ja – bin ich nicht ein freier Geist? Und ist es nicht eine Lust, dazuhocken in einer der schönsten der vielen schönen Nächte am Ionischen Meere, die ich bereits erlebt habe, mit einem Kopf so nüchtern wie ein Gebirgsquell, die nackten Sohlen erneut gegen das Holz des Eukalyptusbaums gestemmt; das Kompologi rasselnd um Zeige- und Mittelfinger der Rechten zu schwingen – anderthalbmal hinüber, anderthalbmal herüber – und diesem Gespenst aus der versunkenen Monarchie der Kindheit zu zeigen, was ein geschiedener, gescheiterter Frührentner so alles auf der Pfanne hat? O ja, *ich weiß* wenigstens, wovon ich schmerzlich geschieden und woran ich gescheitert bin; und siehe, wie ich jetzt zu leben verstehe! Frei! Frei.

Während das Schweigen schwelt, suche ich trotzig Zuflucht in meiner Genugtuung – die noch zunimmt, als mir einfällt, daß mich mein Einfühlungsvermögen schon am Vorabend keineswegs getrogen hat: Diese Fremde, die bei jeder noch so unfruchtbaren Gelegenheit errötete, die sich über einen traditionellen griechischen Abtritt mokierte, ein Kompologi für eine *Hals*kette hielt und so fort – diese weltfremde Dame konnte nie und nimmer, bitte schön, Reisejournalistin sein. Und was hatte sie überhaupt bezweckt, mit diesem läppischen Versteckspiel? Na, mir egal. *'Ochi,* meine einst sehr geschätzten, doch nur mehr gefürchteten Linksknöpfer: Schwatzt euch ruhig um Kopf und Kragen, mir verkauft ihr keines eurer X-Chromosomen länger als U.

In dem Moment kommt Spyros der Jüngere, beide Unterarme mit Tellern bepackt bis zur Beuge, und Monika legt ihren Kopf in den Nacken, schaut zu ihm auf und deutet mit dem Daumen auf mich. »Mein Prinz«, sagt sie, und dann: »Böser Buhmann.«

Mit Verlaub: *Arschloch* will sie sagen, und *böser Buhmann* sagt sie, als wäre *ich* der Kindskopf mit dem Fuffziger-Jahre-Benimm und nicht sie. Und Spyros wiederholt amüsiert: *»Boúman?«*

»Buuuhmann!« dehnt Karin nach, die gerade von einem Toilettengang zurückkehrt, »das paßt!«, drückt mir ihre Faust auf die Schulter wie ein Brenneisen, und sagt: »Komm, Buhmann, Essen fassen. Du auch, Püppi.«

Püppi! *Das* paßt.

Doch wundere ich mich sehr wohl, wieso jetzt auch noch Karin ihr wohlgesonnen ist... *Verräterin,* dachte ich damals noch. Ziemlich genau vierzehn Tage später aber sollte sie die Erklärung für jenen überraschenden Schmusekurs liefern. Vierzehn Tage lang hatte sie es für sich behalten, ihr kleines Geheimnis. Es reichte ihr, daß *sie* es kannte; ein hübsches kleines Pfand in der Hinterhand, wer wußte, wozu man es mal gebrauchen konnte... Und wirklich, vierzehn Tage später *konnte* sie es gebrauchen (für *mehr* als bis dahin – das angenehme Gefühl einer diebischen, prickelnden Milde nämlich). Und sie *gebrauchte* es. Und zwar lauthals, auf jenem spektakulären Panigyri zum Ende von Monikas Zeit am Ionischen Meer.

XI

War es wirklich bloß ranziges Rachegelüst, was mich in den nächsten Tagen dazu befeuern sollte, jenes Urphilisters namens Hartmut Freymuth dröge Ehefrau kraft Lockerung ihres bürgerlichen Korsetts zu einem selbstbestimmten Weib zu formen, auf daß sie ihm nach der Wiedervereinigung die Hölle heiß mache?

Es war nämlich so gewesen: Im Alter von sechs Jahren litt ich unter einer eigentümlichen Form von Asthma (Dr. Dr. Seymour meinte, einem sensiblen Kind könne so etwas schon mal zustoßen, bei einschneidenden Erfahrungen wie etwa Einschulung). Wie von ungefähr blieb mir manchmal unwillkürlich die Luft weg, und wiewohl ich nur eine dunstige Vorstellung davon hatte, was Sterben bedeuten mochte, packte mich Todesangst. Unser Hausarzt verschrieb mir orangefarbene Dragees, die prima schmeckten. Deswegen lutschte ich sie gern – der Unnachgiebigkeit meiner Mutter hätte es durchaus nicht bedurft –, doch ich wußte, sie halfen nicht. Das einzige, was gegen das Ersticken half, war in leichteren Fällen ein krampfiger Seufzer, in schwereren, den Rücken zu beugen, sich auf die Knie zu stützen und den nötigen Sauerstoff irgendwie aus dem Bauch zu saugen.

Hartmut Freymuth aber ging dies Getue auf die Nerven. Nun befand er sich in einer verzwickten Lage: Sein angeborener Anstand verbot, daß er als Viert- sich an einem Erstkläßler vergriffe. Doch was einmal Ingenieur werden will, hat für alles eine Lösung: Eines Tages beauftragte er einfach seinen Bruder, mir, dessen Klassenkameraden, einen Denkzettel auszustellen. Energisch ermunterte Hartmut Freymuth Ecki Freymuth, mich zu hauen, und zwar doll und mehrmals. Am besten in den Bauch.

*Den peirásei**, ich hatte es überlebt. Dreiunddreißig Jahre danach aber heulte ich mir bei Dr. Dr. Seymour die Augen aus dem ohnehin komplex lädierten Kopf angesichts jenes Unheils, das seinerzeit auf mich niedergeprasselt war (aus heiterem Himmel, denn die Erläuterung hatte Hartmut Freymuth erst *nach* der ersten Salve von Eckis Leberhaken geliefert, wie jeder gescheite Cheffolterknecht es täte). Die Vision war noch so vital, daß ich photographisch klar vor mir sah, wie Ecki Freymuth den Ausdruck in Hartmut Freymuths Gesicht nachahmte (und weil es ihm nur lausig gelang, ahnte ich, daß er selbst gar nicht begriff, wes zum Kuckuck wegen er mir Milz und Magen so gewissenhaft behämmerte – egal, unter dem

---

* macht nichts

Feuerschutz des großen Bruders war ja allemal Spaß garantiert).

Jener Originalausdruck in Hartmut Freymuths frühreifer Herrschermiene aber... Das kalte Behagen am Bombenerfolg seiner Maßnahme war so eminent, daß es ihn beinah zu beschämen schien. Doch unverrückbar wie ein Tumor rumorte hinter seiner Stirn der Abscheu gegen mein snobistisches Gehabe, das der Grund für die Strafaktion war: Nein, ein Hartmut Freymuth duldete niemanden in seiner Gegenwart, der sich offenbar, da er ja ständig stöhnen und seufzen zu müssen meinte, als etwas Besseres vorkam.

War es also tatsächlich Rache? Ach, das wär' nun wiederum zu unschön, um wahr zu sein (zumal in Anbetracht der Tatsache, daß ich schon am darauffolgenden Abend erfahren sollte, immerhin *Ecki* Freymuth liege bereits seit Jahren auf unserem lauschigen Beeckdörper Friedhof; mausetot, versteht sich). Nein, der Kasus war komplexer...

*Loipón**, nachdem ich mein Nachtmahl verzehrt hatte und die Bakchen aufbrachen, um Frau Freymuth in die Bar Dionysos einzuführen, verschwand ich nach Art des Sonderlings: Ich wünschte umstandslos *»Kalí níchta«* und setzte, noch halbwegs im Stundenplan, über den Acheron.

Bis vor kurzem noch, den ganzen Mai hindurch, hatte mein Heimweg der Passage in einem Märchen geglichen. Dann und wann blühte Klatschmohn im Lichtkegel meiner Taschenlampe auf, und Tausende Glühwürmchen schwirrten inmitten warmen Wiesendufts. Es war wie ein Himmel voller verrückt gewordener Winzplaneten. Einige irrlichterten umher, andere sausten schnurstracks.

---

* also

Die Griechen nennen sie *kolophotiá,* »Feuerhintern«. Einmal hatte sich eines dieser Tierchen in meinem Haar verstrickt, und nachdem ich es vorsichtig herausgepult und auf meiner Handfläche betrachtet hatte, wurde das Phosphoreszieren am Ende des schwarzen, fliegenartigen Leibs zusehends schwächer. Einer Eingebung folgend, zückte ich meinen Kugelschreiber und berührte es mit der Minenspitze, und eine unheimlich lange Weile lang leuchtete es bei jedem Druck immer wieder auf wie der Phasenprüfer eines Elektrikers. Ich fand es nicht ganz einfach, einzusehen, daß dieses Aufglühen eine chemische, vermutlich nur mehr unbeseelte Äußerung war.

Ab Anfang Juni hatte dieses magische Phänomen allmählich nachgelassen, und nun war es gänzlich vorbei. An diesem Abend blinkten nur noch *zwei* grüne Lichter: Monika Freymuths Augen. Diese Augen...! Dennoch, es war Unwillen dabeigewesen, als ich sie betrachtet hatte, stand die funkelnde Strahlung doch in einem erschütternden Mißverhältnis zum Zustand der Welt. Denn was war allein das Gesellschaftsleben anderes als ein einziges großes Krötenschlucken?

Der Himmel war mit schwarzblauer Seide bespannt, und die Hochkaräter in der Sternenspreu funkelten. Der Diamantstaub der Milchstraße glänzte matt. Mittendrin, noch weit rechts vom finsteren, gefransten Buckel der Schildkröte, stand das Mondhorn überm Ionischen Meer. Ich hätte gern gesehen, wie es sein Quecksilber aufs dunkle Wasser goß, doch von hier aus war das nicht möglich. Die Au zwischen dem Acheron und dem Schildkrötenhügel lag ungefähr auf Höhe des Meeresspiegels.

Hinter mir, von jenseits des Acherons her, tönte die nächtliche Schallkulisse Kouphalas. Die Luft überm Meer, das rascher als die Landmasse abkühlte, saugte mitsamt der Hitze die Bouzouki-Folklore aus drei, vier verschiedenen Tavernen an; das Geknatter zweier Mopeds, umeinanderwirbelnd, bis daraus eine akustische Doppelhelix wurde; die Schreie der vom tobenden Spiel berauschten Kinder, die in Griechenland so lange aufbleiben dürfen, bis sie wirklich müde sind; die Kaskaden eines beneidenswert gelösten Gelächters ... und, bis hierher unverkennbar, Karins Büffelgebrüll. In diesem Moment, so sagte ich mir, wird Püppi wahrscheinlich gerade eingeführt.

War es schon an dem Punkt der Geschichte der Gedanke an die schlimme Bar Dionysos, der mich in dieser Nacht so lange schlaflos ließ, da unten am Strand der Odysseus-Bucht?

Möglich; doch weil ich nach wie vor satt vor Genugtuung darüber war, wie ich die Heimsuchung aus der Kindheit gemeistert hatte, vermute ich eher: Es war nur diese Melodie. Jene Melodie, die mir beim Anblick von Monika Freymuths Lächeln hatte einfallen wollen. Plötzlich war sie wieder aufgetaucht – beziehungsweise eben *nicht*. Ich grub die Finger in den vom Nachtlicht eingefärbten, abgekühlten Pudersand; grub so tief, bis ich auf eine Schicht stieß, die – geschützt von der oberen – noch warm von der Tagesglut war, und ließ einen Aushub nach dem anderen aus der zum Füllhorn geformten Faust zurück in die Kuhle rieseln... doch sie wollte mir nicht einfallen, jene Melodie. Bei jedem Zugriff zerrann sie; ich kriegte und kriegte sie nicht zu fassen, nur ein dünnes Echo falscher Töne. Trotzdem konnte ich nicht aufhören, ihr nachzulauschen, was mich immer tiefer in die Schlaflosigkeit trieb.

Schlaflosigkeit aber war kein harmloses Phänomen, nicht für mich. Schlaflosigkeit stand als Gefahrenpunkt auf dem dreiphasigen Alarmplan, den ich zum Schutz meiner körperlichen, seelischen und geistigen Verfassung ausgearbeitet hatte. Mein neues Leben war umhegt von einer Palisade aus Dominosteinen, und Schlaf war einer davon – wehe, wenn er kippte. Nichts war labiler als Stabilität.

Also hatte ich Maßnahmen entwickelt, abgestuft nach Dringlichkeitsgrad. Die niedrigste Stufe, noch unter der Richtlinie der Stundenplan-Suspension, war mein eigens gedichtetes *Schlaflied für Männer*.

Schäfer, zähl mir meine Schäfchen!
Ich mach unterdes ein Schläfchen...

Eins, zwo, drei, vier, fünf und – sieben?!
Wo ist Nummer sechs geblieben!?

Na, egal. Acht, neun, zehn, elf,
dreiz'n, vierz... – potz! Himmel, helf!

Nummer zwölf ist durch die Binsen!
Fuffz'n auch! Mit Zinseszinsen

fehlen nunmehr Stücker vier!
Schäferlein, jetzt reicht es mir:

Zähl mir lieber meine flotten
polyglotten und bigotten

Motten, Bienen oder Käfer.
Und dann weck mich wieder, »Schäfer«.

Das Lied allein war natürlich noch nicht in der Lage, mich in den Schlaf zu wiegen. Seine Möglichkeiten entfaltete es erst, wenn ich es wie das Schäfchenzählen selbst anwendete.

Während ich versuchte, an nichts zu denken, gleichmäßig und ruhig zu atmen und in den Schlaf zu *sinken,* betete ich das Gedicht im stillen herunter wie ein Mantra. War ich einmal durch, zuckte ich mit dem rechten Daumen. Beim nächsten Mal zuckte ich mit dem Zeige-, beim dritten Mal mit dem Mittelfinger, und so weiter. War ich mit der rechten Hand durch, kam die linke dran. War ich auch mit der durch, zuckte ich – fürs Zehnerbündel – einmal mit der großen Zehe am rechten Fuß. Dann begann ich erneut mit dem Daumen der rechten Hand. War ich mit beiden Händen ein zweites Mal durch, zuckte ich mit der nächsten Zehe und, wenn nötig, so weiter und so fort.

Den *linken* Fuß hatte ich sehr selten nötig gehabt – zuletzt, als jene schlimme Römerin mit der Fessel wippte, daß ihr Fußkettchen klirrte.

In dieser Nacht konnte ich mir unmöglich merken, ob der Ringfinger der rechten Hand schon gezuckt hatte. Finger zu überspringen sprengte das System, also mußte ich immer wieder beim rechten Daumen anfangen. Sobald ich aber im Dunkel meines Körpers nach einem Nervenecho vom Ringfingerzucken forschte, fand ich keines – nur das Echo jener unfaßlichen Melodie. Aussichtslos, sie daraus zu destillieren; es war zu schwach, zu schwach.

Und dennoch kündete diese Melodie von einem Glücksgefühl; allerdings bang und vor Betagtheit allzu gravitätisch geworden, so daß der versparkte Mumm in den Knochen ächzte. Ich zog das Laken unter meinen Bart. Federkühl strich ein Hauch nach dem anderen vom Meer her über meine erhitzte Stirn und die geschlossenen Augenlider. Als ich am Morgen erwachte, mußte der Wecker an meinem Chronographen bereits seit siebenundsechzig Minuten gepiepst haben; ich meinte mich zu erinnern, daß ich den Widerschein des Morgengrauens überm Ionischen Meer gesehen hatte, bevor ich offenbar denn doch *des Schlafes Gabe* empfing…

Dementsprechend waren die morgendlichen tausend Schwimmzüge eine Plackerei, und als ich auf dem Terrassensofa der Villa Arkadia saß, war ich ziemlich fertig. *Má-*

lista – stimmt's, Spyro? –, ich kriegte es ein bißchen mit der Angst zu tun. Keine Panik, das nicht; dennoch beschloß ich, sobald ich zu Atem gekommen sein würde, einen Blick auf die Alarmpläne zu werfen. Sie hingen in der Winterhöhle.

Trat man unter Epikurs Imperativ ins Haus, ging's gleich links durch einen Durchgang ins Wohn-, Musik- und Arbeitszimmer mit Bibliothek und gegenüber durch eine Tür ins Dormitorium, in dem nichts weiter stand als ein breites, flaches Bett mit harter Matratze. Die Wände schmückten Porträts griechisch-orthodoxer Mönche und Photographien der schönsten Klöster des Landes, Athos, Meteora und so fort.

Zwischen diesen beiden Räumen leitete ein Korridor auf die Küchenscharte zu. Sie zog sich wie der Querbalken eines T an der gegenüberliegenden Wand entlang, lenkte links wiederum ins Wohnzimmer und rechts ins Bad – und zwar unter einem Türsturz hindurch, der niedriger war als alle anderen im Haus. Ein deutscher Bauleiter wäre für eine solche Nachlässigkeit geköpft worden (zumindest aber verklagt). Wochen meiner Anfangszeit am Ionischen Meer sollte es dauern, daß mein empfindsamer Schädel sich diese Besonderheit eingeprägt hatte. Selbst später noch donnerte ich, schlaftrunken oder allzu stramm in Gedanken, manchmal ungebremst dagegen oder schrammte mir immerhin die Fontanelle auf. Das letzte Mal aber war sicherlich zwei Jahre her.

Neben dem Bad, im gesamten Rest des Südwestflügels, des etwa vier mal acht Meter messenden kurzen Balkens des L-Grundrisses, lag meine Winterhöhle. Ich hatte sie mit einem enormen Matratzenteppich ausstaffiert, bezogen mit blauweißen Folkloredecken, und überall Kissengebirge kalben lassen wie in einem orientalischen Bordell. Einen Sumpf von Sofa hatte ich so postiert, daß ich in jeder Haltung bequemen Blick auf den *BeoVision 5* von Bang und Olufsen hatte. Siebenunddreißig Kilo wog sein riesiger Plasmabildschirm, gerahmt von gebürstetem silbernem Aluminium und an die Wand gehängt wie ein Gemälde. Zehn Prozent meiner am hamburgischen Fiskus vorbeigemogelten Märker (aus einem gewissen Coup in den Neunzigern, der nichts zur Sache *dieser* Geschichte tut) hatte er mich gekostet, inklusive Reisekosten und -spesen und Materialauslagen für die Firma Fernseh Fetting aus Eimsbüttel, die ich dreieinhalb Jahre zuvor zwecks Anlieferung und Installation engagiert hatte.

Die Wände bedeckten Regale. Meine Videothek umfaßte rund tausend Titel – von *Abbott und Costello als Piraten wider Willen* bis *Zwölf Uhr mittags* (die meisten davon eigenhändig aufgenommen, als ich noch ein halbwegs bürgerliches Doppelleben mit meiner Geliebten Anita sowie meiner haßgeliebten Ehebrecherin führte). Etliche Stunden hatte ich hier schon zugebracht; hatte jeweils drei Liter grünen Tees gekocht, in drei Thermoskannen umgefüllt, die Fensterläden geschlossen, so daß es zappenduster war, und meine cinephilen Orgien gefeiert – je nach Stimmung mit *Eine Leiche zum Dessert* oder *Taxi Driver, Amy und die Wildgänse* oder *Es war einmal in Amerika, Spiel mir das Lied vom Tod* oder *Geliebte Aphrodite*. Nur das *Deep-Throat*-Genre lagerte ich in einem mit drei Lagen Klebeband umwickelten Karton, und falls ich mich, selten genug, mit Grenzfällen wie *Exotica* befaßte, dann nur nach einer halbstündigen dynamischen Meditation unten in der Bucht.

Als ich das Licht in dieser meiner Winterhöhle an diesem müden Sommermorgen anknipste, um den Alarmplan zu befragen, fiel mein Blick zunächst jedoch auf den Asservatenkoffer, jenen ramponierten alten Koffer aus schwarzer Preßpappe mit Stahlkappen auf den Ecken. Halb verdeckt von hussenverhüllten Polstern, dämmerte er in einem Winkel vor sich hin, und ich hatte ihn gewiß seit meinem Einzug nicht mehr wahrgenommen – warum also ausgerechnet heute?

Warum? Mir war sofort klar, warum. Unter seinem Deckel lagen nicht nur stockfleckige Papiere, schwarz-rote Notizbücher, Zigarrenkisten und sonstiger biographischer Plunder, sondern auch drei ganz bestimmte Dinge: eine steifblättrige rote Plastikrose, ihr Drahtstengel grün ummantelt; außerdem eine Farbphotographie und drittens ein Eßlöffel aus happig angelaufenem Silber, auf dessen Stielrückseite eingraviert der kursive Schriftzug *Kinderschützenprinz 1969*.

Einen Augenblick blieb ich stehen und raufte meinen Bart ein bißchen, nur einen Augenblick.

Dann federte ich über den Matratzenteppich auf den Alarmplan zu, der aus drei Teilen bestand. Einzeln gerahmt, hingen sie untereinander in einer Lücke zwischen den Videobatterien. Ich konzentrierte mich ausschließlich auf den obersten.

Alarm

Anzeichen	*Gefahr*	*Maßnahmen*
Hunger, Durst	Nervosität	Essen, Trinken
Müdigkeit	Nervosität	Schlaf, Meditation, Meerbad
Nervosität	Unruhe	Masturbation, Tanz
Unruhe	Doäß	Dauerlauf, Schwimmen, Tanz
Schlaflosigkeit	Stundenplan-Kollaps	Schlaflied, Beo, SP-Suspension
Zipperlein	Unruhe	Gymnastik, Tanz
Er-Gesicht	Schlaflosigkeit, Super-Ich	Großalarm

Hatte ich einen halben Tag gebraucht, um meinen Stundenplan zu erarbeiten, so an die drei Tage für dieses Alarm-, Großalarm- und Katastrophenalarm-System. Schon in Bad Suden hatte ich nach Stunden-, sprich Therapieplan gelebt, und das hatte mir das Leben gerettet, und um es zu erhalten, um nach dem Zusammenbruch des alten mein neues Leben nachhaltig zu sichern, hatte ich diesen dreiphasigen Alarmplan ausgetüftelt.

Und tatsächlich, allein der eingehende Blick auf die erste Kategorie beruhigte mich. Ja, ich fühlte mich stark genug, vorerst weiter meinem Stundenplan zu folgen. Würde ich allzu müde im Laufe des Tages, konnte ich ja immer noch eine Suspension des Stundenplans vornehmen (die natürlich nur dazu diente, so schnell wie möglich in den Rhythmus des Stundenplans zurückzugleiten).

Nun wollte es der Zufall ja ohnehin, daß die mittwöchliche Stunde zwischen neun und zehn Uhr fakultativ gestaltet zu werden erlaubt war. Also holte ich die Stunde, die ich verschlafen hatte, locker wieder auf. Ich frühstückte – zugegebenermaßen mit ein wenig weniger Appetit als gewöhnlich –, und dann piepste mein Chronograph zehn Uhr.

Gähnend, aber pflichtbewußt zog ich mein Montblanc *Meisterstück* aus dem Lederköcher, strich ein paarmal mit dem Handballen über das teure, blütenweiße Papier und fing zügig an. Kurz vor zwölf prüfte ich das Ergebnis.

Melodie, Meloda, Melodu:
Du dudelst so sonderlich.
Du kommst mir so bitter vertraut vor
wie'n süßlich-verdrießlicher Brautchor
und verfolgst mich, was immer ich tu.
Melodie, Melodu.

Meloder, Melodie, Melodas,
du fiedelst so liederlich.
Ich weiß nicht, was soll es bedeuten:
ein Märchen aus uralten Zeiten
oder wie, oder wo, oder was?
Melodie, Melodas.

Melodie, Melodau, Melodei...
Was bluffst und nervst du mich?
Verschwind in die Volksmusiktruhe
und laß mich in Seelenruhe
und mach keine Schererei!
Melodie, Melodei!

Vivo, ergo sum.
Melodidel, Melodumm.

Ich befand es als befriedigend. Zumal mir die Melodie zu Monika Freymuths Lächeln tatsächlich kaum noch zusetzte: ausgelöscht mit lyrischem Gegenfeuer.

Doch bis zum Mittagsimbiß war noch eine halbe Stunde Zeit. Ich beschloß, das eine oder andere Auge zuzumachen, und da ich vergaß, den Chronographenwecker zu stellen, erwachte ich, als sogar die Griechischlektion bereits halb vorbei war.

Brabbelnd rappelte ich mich aus dem Sofa auf. Mir war ein bißchen schwindlig. Es war heiß – 34,1 Grad im Schatten –, und der Mangel an Nachtschlaf zehrte. Der Magen knurrte wie ein bissiger Hund, und ich schlurfte in die Küche und machte mir ein Brot, und während ich es angestrengt vertilgte, brabbelte ich weiter vor mich hin.

Es war nicht länger zu leugnen: Nun packte mich doch die Panik. »So geht das nicht weiter«, sagte ich mir.

Die Küche schwieg.

Natürlich schwiegen die Dinge, wenn ich mit mir selber plauderte; aber das störte mich gewöhnlich nicht. Im Gegenteil, manchmal war ich geradezu glücklich dabei – fast wie als brabbelndes Kind. Manche Tage waren von einem Refrain geprägt; am gestrigen etwa, so fiel mir am heutigen auf, hatte ich bei jeder Gelegenheit Kosta bravas »Nix komms ein Tagg« vor mich hin gemeckert. Ja, manchmal plapperte ich den ganzen Tag vor mich hin, nicht nur beim Dichten oder Griechischpauken, sondern bei allem, was ich tat. In wackeligen Perioden sprach ich zu Dr. Dr. Seymour, und ich wußte sogar, was sie antworten würde. Fiel mir irgend etwas Schönes auf oder ein, sprach ich zu Anita. (Großer Gott, wie oft ich sie vermißte, gerade wenn mir etwas Schönes auf- oder einfiel; nicht erst hier, am Ionischen Meer, schon mit zunehmender Genesung in Bad Suden hatte ich sie so derartig vermißt, daß meine Herzschläge schmerzten wie Schläge mit einem Platinhammer ...) Sprengte ich den Bananenbaum, unterhielt ich mich manchmal mit Opa. Des öfteren war ich sogar zum Totenorakel hinaufgestiefelt, um mit Opa zu sprechen. Doch die Toten – ihr einziges Vorrecht – waren sowieso allgegenwärtig. Manchmal schimpfte ich mit Rudi, dem Arsch, einem alten Bekannten, der dreieinhalb Jahre zuvor verunglückt war, oder mit Fredi Born, einem entfernten Bekannten, der, zwölf Jahre zuvor, seiner Gattin eine Kugel in den fürchterlichen Kopf gejagt hatte und dann sich selbst.

Gern schlug ich auch unterschiedliche Tonfälle an, wenn ich mit mir schwatzte. Ich schlüpfte in prägnante Persönlichkeiten, nicht nur aus meinem aktuellen Alltagsleben, sondern auch und erst recht aus lange vergangenem: Feudelte ich die Terrasse, benutzte ich Omas niederdeutsche Beschwörungs-, Selbstanfeuerungs- und Befriedigungsformeln. Drehte ich eine Schraube in einen widerspenstigen Dübel, ächzte ich im Tonfall gutwilliger, entschlossener Wut vor mich hin, wie ihn mein Vater früher anzuschlagen pflegte: »Man muß überall was dran *tun,* sonst wird da nichts draus.«

Nein, ich war nie, nie allein, und meistens klang es behaglich und behütet, wenn ich mit mir selber sprach. Meistens fügte sich mein Geschnatter in den Sommergesang des Schildkrötenhügels ganz harmonisch ein. Meistens fühlte ich mich freundlichst aufgehoben in all dem Ziegengemecker, Glöckchengebimmel, Gezwitscher, Gesumm und Zikadengerassel.

Nur selten nicht. Selten klang meine Stimme hart und falsch und unendlich einsam, wenn die Dinge schwiegen. Selten hatte sie ja auch den Tonfall des ungeliebten Zugführers vom THW, dem Technischen Hilfswerk, einer freiwilligen Organisation staatlichen Katastrophenschutzes, bei der ich jahrelang meinen Zivildienst abgeleistet hatte. »So geht das nicht weiter«, sagte ich. »Gut, dann... Dann eben Alarmplan. Bevor der Stundenplan *völlig*... nä? Suspendieren. Vorübergehend. Gefahr im Verzug: Maßnahme. Ganz einfach. Dafür ist er da.«

Ein Besuch von Atze wäre jetzt schön gewesen, doch war es noch lang nicht soweit.

»Problemen müssen Sie sich stellen«, sagte ich mir im Namen Dr. Dr. Seymours. »Sonst stellen die Probleme Sie.« Ich duschte mir die Benommenheit aus dem Schädel und fuhr los. Vielleicht täuschte ich mich ja doch in ihr, und sie wäre längst nach Parga verschwunden...?

Mit dem Wagen war es zwar ein Umweg von rund fünfzehn Kilometern. Für eine provisorische Brücke war der Acheron zu breit, und an einer fachgerechten hatte außer mir niemand Interesse. Doch daß ich auf der Ziegenroute nach der Dusche nicht gleich wieder durchschwitzte, waren mir die zehn Minuten oft wert.

Jene rustikale Strecke – via Ziegenpfad den Panzer der Schildkröte hinab und dann durch die Au und über den

Acheron – hatte ich mir, zu Anfang meiner Zeit am Ionischen Meer, aus Scham angewöhnt: um neugierigen Fragen von Kouphalianern vorzubeugen, warum ich täglich einmal bis mehrfach den Riesenumweg über Kerentsa, Alonaki, Valanidorachi und Tsouknida machte. (Absurd. *Nie* hätte mich je jemand gefragt. Wenn's nicht sein muß, gehen Griechen nicht zu Fuß; selbst Schäfer nehmen immer häufiger das Moped, und Fahrräder gelten, zumindest bei den alteingesessenen Altvorderen, als Kinderspielzeug.) Es war keine ganz leicht zu bewältigende Herausforderung, schon gar nicht nachts: Jederzeit konnte ich auf eine Kreuzotter treten oder nomadisierenden Kötern begegnen (in der Rotte gefährlich, deswegen trug ich außer der Taschenlampe immer Pfefferspray und einen Hirschfänger in meiner Cargohose; Einzelgänger ließen sich mit einem Stein verjagen), und im finsteren Gestrüpp, das den Ziegenpfad einengte, hatte ich allabendlich frischgeklöppelte Spinnweben zu durchqueren (da man den Blick auf den unebenen Boden richten mußte, geriet man unweigerlich hinein); gesponnen von Viechern, deren Körper- und Beinmaße der Alptraum jedes Arachnophobikers waren. Wie auch immer, eines Tages hatte ich mich daran gewöhnt und behielt die Angewohnheit einfach bei.

Die Straßenroute verlief über den Rücken des Schildkrötenungeheuers und dann seinen Hintern hinunter, mitten durch den verwunschenen Nadelwald. Meiner Garage entsprang der steinige, holprige Hohlweg, der sich durch die lehmgraue, ockerfarbene und rote Erde des Berges fraß, schartigen, kalkigen Wackerklumpen ausweichend, von denen manche wirkten wie Meteoriten oder Mondgestein; vorbei an kleinen roten Wüsten mit drahtigem Gras, an einem Fichtenstamm, vor meiner Zeit vom Blitz zerschmettert, an einem Steinfeld, das aussah wie ein verlassener Opferplatz, übersät von Nadelbaumzapfen und Ziegenkot. Am Wegesrand, in engster Nachbarschaft zueinander, schraubten sich die wilden, borkigen Stämme uralter Kiefern empor, fast berstend vor Hartnäckigkeit; mit den aufwärtsgeschwungenen, hellgrünen Fetischen ihrer jüngsten Triebe flehten sie zum blauen Himmel, und Licht wurde ihnen reichlich gewährt. Durch den hitzigen Schatten, den die Federbaldachine der Pinien spendeten, holperte mein Wagen, hindurch unter ganzen Wipfelstädten von Zikaden, die wie durchgedreht schienen von ihrem eigenen Lärm.

Für weicheren Gesang sorgten bald darauf Lerchen. Vom Rand des Waldes an, den Rest des felsgespickten Gefälles hinunter, folgte ein Stück Schotterweg, auf dem ich kurz beschleunigen konnte, bis der wiederum in einen weiteren, hartgebrannten Hohlweg mündete. Durch ehemaliges Moor, urbar gemacht für Baumwolläcker, schnürte er – mit weitem Abstand, aber halbwegs parallel zum Acheron. An den Rändern der Drainagegräben nahezu kakteenhaftes Distelgesträuch, wie tot unter einer dicken Schicht rötlichgrauen Staubpuders; hoch über ihnen die zerfetzten Wimpel an der Spitze der von Winter- wie Sommerstürmen gebeugten Schilfstangen, reglos.

Schließlich erklomm Pegasos die Asphaltstraße, die sich kurz darauf spaltete. Der schmale Ableger reichte bis an die dicht von stacheligem Gestrüpp bewachsenen Dünen von Kerentsa heran, von den einen Schweine-, von den andern Ziegenbucht genannt. Rechts geschmiegt an einen karstigen Hügel voller Lorbeerbüsche, Maulbeerbäume und Panzergesträuch, wand er sich zur Linken eine graubraune Brache entlang, auf der ein spärlicher Wald von Binsenbüscheln wuchs, jeder einzelne aber ein stattlicher Springbrunnen aus Chlorophyll.

Dem dickeren Asphaltstrang folgte ich. Da hinten, am Horizont, all die schönen Berge wie mumifizierte Titanen. Wiederum gabelte sich die Straße, führte links durch die Felder den Berg hinauf, der ganz Valanidorachi gehörte, rechts an den breiten Graben heran, dessen anderes Ufer eine haushohe Schilfwand bewachte. Unter einem löchrigen, hochflorigen Grünschimmelteppich schob sich schwach fauliges Wasser voran. Frösche beschallten ihr Revier. Um die Brücke zu queren, mußte ich warten, bis eine Herde ungeheurer Säue herübergetrottet war, deren Schwarte starrte vor getrocknetem schwarzem Schlamm. Der Eber gaffte mich mit einem Auge an.

Dann ging's den Kiefernwald von Kerentsa und Alonaki entlang, die Wipfel wie die Flammen eines grünen, erstarrten Großfeuers, als beschworen sie die stetig drohende Gefahr; zwischen dem alten und dem neuen Asphaltweg eine kurze, kurvige, kalkige Piste, so staubig, daß ich das Fenster hochfuhr – das Laub der Büsche und die Nadeln der Bäume sahen aus, als wäre hier ein Vorratslager voller Mehl explodiert –; dann ein schiefer Ziegenstall aus Wellblech, der Abzweig durch den Wald nach Alonaki, Olivenbäume mit Wurzeln wie Nester hölzerner Schlangen, die Maisstaudenfelder, die Drahtzäune mit ihren quadratischen Maschen und simpelstmöglichen Stahlpfosten; vergessenes rostiges Ackergerät mit platten Reifen; dann die ersten Gärten von Valanidorachi, Feldsteinmauern, Bungalows, weiß mit braunen Tür- und Fensterläden, manche zweistöckig, an denen sich Weinlaub bis aufs Dach emporrankt. Gott weiß, wie sehr ich dieses Land liebte.

Dann das Schild mit dem mir entgegengereckten Pfeil, doch ohne Angabe der Entfernung:

Valanidoráchi
Alonáki
Keréntsa
*'Ormos odysséa**

---

* Ankerplatz des Odysseus

Ein Stück durch Tsouknida, hinauf auf die E55 und endlich über den Acheron. Zwei, drei Kilometer später der Abzweig nach Kouphala.

Während ich auf den Verkehrskreisel zufuhr, spielte ich mit dem Gedanken, direkt bei Ingo nach dem Mercedes mit Hamburger Nummer zu schauen. Doch stünde er *nicht* dort, hätte ich auch noch keine Sicherheit. Ich entschied, erst mal Karin und Manu über den Verlauf der Nacht zu befragen.

Ich parkte an der Mauer zum Hinterhof. Im Gästehaus mit dem umlaufenden Außengang im ersten Stock schien alles ruhig. Vor der Taverne, am linken Tisch vor der weißen Wand unterm blauen Fenster, neben den weit geöffneten blauen Türflügeln, saß nur Spyros der Jüngere.

»Kaliméra, Spyro.« *

»Geia sou, boúman.« Er lächelte, aber seine Augen waren gerötet.

Nicht, daß nicht auch er bisweilen unter einem Kater zu leiden hatte. Doch trank er Alkohol lediglich gelegentlich, und noch seltener kippte er sich regelrecht einen hinter die Binde. »Bießchen ieberleggen«, nannte er das dann und beschrieb dabei mit seinem Zeigefinger an der Schläfe einen Kreisel. In den fast vier Jahren meiner Zeit am Ionischen Meer war das fünf- bis siebenmal vorgekommen, stets dann, wenn ein Ritt auf seiner Kawasaki keinerlei Erleichterung gebracht hatte. Er verpflichtete einen Zechkumpan – der tumbe Alex war mühelos zu überzeugen –, placierte ihn vors Haus, ließ Elevtheria ein paar Ölsardinen und selbstgebrannten Tsipouro anschleppen, und dann schallte die ganze Nacht Dalaras' Gesang aus den Bäumen, bis das Mühlrad aus Licht verblaßte. Mit eigenen Augen hatte ich einmal gesehen, wie Spyros in einer sol-

---

* Guten Morgen, Spyro.

chen Nacht nicht nur Alex und sich selbst einschenkte – mit einer Gebärde, als rammte er ein Messer in den Tisch –, sondern auch einer Topfpflanze, wie um ihr zu opfern.

Heute aber hatte er keinen Kater, nur zuwenig geschlafen. »*Dýo óres, ísos...*«* Gegen seine ursprüngliche Absicht hatte er die Frauen doch noch in die Bar Dionysos begleitet, war dort hängengeblieben und um sechs Uhr schon wieder hinausgefahren, um die Netze auszuwerfen. Da waren Karin und Manu grad heimgekehrt.

»Und jetzt? Schon am Strand?« fragte ich Spyros.

»*'Ochi*«, sagte Spyros. »Slaffen.« Er tippte grinsend an sein Ohr und sagte: »*Rochalísoun...*«**

Am Ufer stand Soula, anderthalb Meter zahnlose Mutter, stemmte die Fäuste wie Anführungszeichen in die »Taille« und schaute flußaufwärts. Vermutlich wartete sie auf die Rückkehr des Parga-Boots, jener Ausflugsschaluppe, die von Parga aus die Küste entlangschipperte und schließlich den Fluß hinauf. Dort gab es Eisvögel zu sehen und die strumpfartigen Nester von Webervögeln, Wasserschildkröten und -schlangen, Falter und Libellen. Auf dem Rückweg würde es am Uferplatz der Taverna Plaka festmachen. Unter fachkundiger Führung würden die Touristen dann an einer Besichtigung des Totenorakels teilnehmen – so wie am gestrigen Nachmittag eventuell auch Hartmut Freymuth – und vor Wiederabfahrt in den Genuß von Soulas fritiertem Fisch kommen, für den sie in der ganzen Gegend berühmt war.

»*Geia sou, Soúla! Kalá?*« Ich hob die Hand zum Gruß.

Diese Geste konnte ich mir einfach nicht abgewöhnen. Man mußte aufpassen, daß die Finger nicht zu sehr gespreizt, die Handfläche nicht allzu frontal gezeigt würden,

---

* Zwei Stunden, vielleicht.

** Sie schnarchen.

das wäre eine wüste Beleidigung für einen Griechen, ganz zu schweigen von einer Griechin.

»*Kalá, kalá*«, piepste sie.

Soulas Liebreiz entstammte einer besseren Welt – einer versunkenen oder erst kommenden –, in der nur Herzen etwas galten.

Wohl schon mit Kittelschürze geboren, hatte sie wenigstens das Glück eines guten Mannes gehabt, doch jäh verloren. In der Woche danach war sie geschrumpft und weiß geworden, und in den Jahren danach hatte sich der Gram mit ihrer reinen Einfalt zu unanfechtbarer Müdigkeit verschworen. Immer wirkte sie wie frisch aus dem Tiefschlaf geweckt; die olivbraunen Augen sehend, aber halb ungläubig, halb teilnahmslos, ein Paar Gemmen in einem kruden Stoff. Ihre Lider rieb sie mit den Fingerknöcheln wie ein Kind. Wenn sie auffuhr und Unverständliches, Mysteriöses vor sich hin keifte, war es, als erinnerte sie sich, und ihr Sohn oder ihr Vater begütigte sie. Dann, nach einem grüblerischen Augenblick, kicherte sie.

Einmal, zu Anfang meiner Zeit am Ionischen Meer, hatte ich beobachtet und belauscht, wie sie auf Spyros den Jüngeren einteufelte, in jenem schleppenden Gleichmaß, das einen mitunter verrückt machte: Keifen (Antwort) – – – Nachdenken (manchmal so lange, daß man schon glaubte, es käme nichts mehr – – – doch dann erneut:) Keifen (Antwort) – – – und von vorn – – – ...

Jenes Mal schien es etwas zu sein, das sie *sehr* beschäftigte, und selbst Spyros schien ungeduldig zu werden. Als es endlich vorbei war, nach einer Stunde vielleicht, fragte ich ihn. Sie hatte ihn gefragt, ob es sein könne, daß ein Mensch *gar nicht stürbe*. Es ging um den ölbaumalten Vater einer Kusine, der seit zwanzig Jahren im Wachkoma lag. Sie war am Ende ihrer Kraft, betete täglich stundenlang und gab ihre spärlichen Drachmen für Votivkerzen aus, doch ihr Vater starb nicht, und kurz zuvor hatte sie behauptet, Gott habe ihr gesagt, er werde auch nie mehr sterben, und nun sorgte sie sich zu Tode, wer ihn ernähren würde, wenn sie selbst stürbe. Und Soula teilte ihre Sorge.

Sie setzte sich gern zu einem; ohne reden zu wollen. Wer das nicht gewohnt war, fühlte sich unbehaglich (zumal sie auf Ansprache oftmals nicht antwortete, allenfalls einsilbig); wer sich aber daran gewöhnt hatte, begann sich danach zu sehnen. Zu Anfang meiner Zeit am Ionischen Meer hatte sie sich immerfort zu mir gesetzt, während ich mit einem Buch am Fluß saß, bis sie eines Tages unwillig, fast verächtlich sagte: »Immerr läsän! Warruhm!« Verblüfft dachte ich darüber nach, und sie sagte: »Du Großschule?« Und kicherte.

Sie bewegte sich fort wie ein trudelnder Kegel, von der Küche zum Fluß und zurück, von der Küche ins Hinterhaus und zurück, von der Küche zu Kütjes Chaosk und zurück. Manchmal standen die beiden da, sie auf, er an die Eistruhe vor der Bude gelehnt, und sie keifte und er grölte gegen das Klarinettengedudel aus seinem Kofferradio an.

Ich schaute auf meinen Chronographen. Es war fast zwei, und es drängte mich, die Mädels zu befragen.

Ich erhob mich von meinem Stuhl. »*Ta ídia domátia ópos pérsi?*«

»*Nai, nai*«, gähnte er. »*Physiká.*«*

Ich wählte die Abkürzung durch die Taverne.

Hölzerne Tische links und rechts. Stühle mit Eisengestell; die mit braunem Kunststoff bezogenen Sitzflächen strecken hier und da gelbe Schaumgummizungen heraus. An den Wänden allerlei maritime Gegenstände, trockengrau beschneit und märchenhaft miteinander spinnverwoben; zwei Korktafeln, vollgepinnt mit verblichenen Photographien; zwei goldschnittgerahmte Aquarelle eines

---

* Dieselben Zimmer wie letztes Jahr? – Ja, ja, natürlich.

ausgesprochen naiven Meisters: das eine ein Sonnenauf- oder -untergang am transparenten Meer, in dem drei migränefarbene Dorsche und ein Krake, ein Wirbelhorn und ein Ammonit schweben, das andere ein Stilleben mit einer Schale *mesé**, Trauben violetten Weins und zwei Gläsern Ouzo; das verblichene Porträtphoto von Spyros' Vater. Nähme Spyros seinen Schnauzbart ab, er wäre dessen Ebenbild.

Neben den beiden Toilettentüren hinten rechts murrte ein übermannshoher Kühlschrank mit verglaster Tür vor sich hin, randvoll mit Heineken- und Amstel-Bier, Pepsi-Cola und 7up, Gebirgsquell- und Sodawasser, Limonade und Fruchtsäften in Kartons; das gleiche in einer blitzsauber geputzten Glasvitrine geradeaus; obenauf stand ein Fernseher.

Ich passierte den Durchgang links davon. Scharf links wiederum ginge es in die finstere, doch zweifellos reinliche Küche, schmale Arbeitsflächen über den Vorratsschränken und Gaskochstellen über den Backöfen; darüber hinaus thronte dort eine Registrierkasse, und bis unter die Decke türmten sich Regale mit Gewürzdosen und -gläsern, mit selbstgebranntem Tsipouro in Colaflaschen, selbstgemachtem Olivenöl in Ouzokanistern und Spülmittel in Wasserflaschen – und umgekehrt.

Geradeaus ging's durch die Spülküche hinterm Glastresen, vorbei an der brummenden Kühltruhe für den fangfrischen Fisch, hinaus auf den heißen Hinterhof. An den Stämmen eines Feigen- und eines Zitronenbaums lehnten Planken, Käscher und Besen. Ein Blumenstrauch, dessen Blüten wie hängende weiße Trompetchen blühten – *foustanéla,* benannt nach einem kurzen weißen Faltenrock, der zur neugriechischen Nationaltracht der Männer

---

* Imbiß, Vorspeise, »amuse geule«; wurde früher häufiger unverlangt und gratis zum ersten Ouzo gereicht

gehört. In seinem Schutz dämmerte ein Haufen zu flickender Netze, und unter den hauchzarten, hellrosa eingefärbten Pompons einer Mimose, neben der Kawasaki Spyros', erwarteten wie zwei vermummte Stiere die Motorräder des rasenden Erwin und Strong Mans ihre Erlösung. Desgleichen die ebenfalls mit dicker grauer Plane abgedeckten beiden Jet-Skis auf Trailern, ein ramponierter 89er Ascona mit Verdener Kennzeichen und der Koffer mit den, wie ich wußte, Modulen für Strong Mans Ultraleichtflugzeug.

Vorbei am Spülstein für den Fisch stieg ich die Stufen des Gästehauses hinauf. Schon dort hörte ich das Schnarchen. Ich klopfte an die Tür zu Manus Zimmer – nichts. Ich drückte die Klinke hinunter. Abgeschlossen.

Eine Tür weiter. Leise öffnete ich diese. Ein Keil Licht wuchs ins Dämmer des Zimmers hinein – die Holzjalousie vor der Balkontür war noch heruntergelassen. Mir direkt gegenüber, auf einer Art Kommode, eine Skyline von Parfümflacons, Salbentiegeln, Cremefläschchen und Make-up-Werkzeugen. Knoblauch- und Alkoholdünste verschlugen mir fast den Atem. Karin, in gestriger Abendgarderobe und INRI-Haltung inmitten des Doppelbetts, Unterkiefer ausgerastet, Geräusche von sich gebend wie antiquiertes Gerät zur Fabrikation von antiquiertem Gerät; daneben, unter dem Segen ihres rechten Arms, am äußersten rechten Bettrand in labiler Seitenlage pudelnackt Manu.

»*Poly oréa*«*, sagte ich halblaut.

Karin hörte auf zu schnarchen, blieb aber liegen wie tot. Manu fuhr hoch und wollte etwas sagen, doch sie brachte nur eine Art Fiepen heraus und dann Husten, und dann fiel sie wieder hin, und als sie merkte, daß ich einfach nicht verschwand, sondern grinsend dastand, hob sie noch einmal den Kopf und flüsterte: »Geh weg, du... Triebstrolch. Das sag; das sag ich Kolki.«

---

* sehr schön

Als ich runterkam, waren Spyros und Soula im Haus verschwunden. Der Baumgarten am Fluß verwaist – nur an unserem Stammtisch am Fluß saß jemand. Sie.

»Was machst *du* denn hier«, raunte ich gefährlich und setzte eine täuschend echte Miene der Besorgnis auf, »gleich kommt das Parga-Boot!«

Die Panik in ihren grünen Augen schoß so geil ins Kraut, daß ich mich dran weidete wie ein Schwein. Böser Buhmann.

'Ela, konnte ich schon nichts dagegen unternehmen, wenn sie hierblieb, anstatt nach Parga zu verduften – und *daß* sie nun hierbleiben würde, das wußte ich besser als sie selbst, als ich sie da sitzen sah –; hätte ich nun also täglich meinen Zoll zu zahlen, dann sollte sie von vornherein wissen, daß sie ihn sich verdienen mußte. Wenn selbst Karin ihr kaum noch etwas abverlangte – von mir durfte sie das nicht erwarten. Ich war bereit, den gestern abend angestimmten Ton zu halten. Ich war bereit, für meine Genugtuung hart zu arbeiten. Das sollte sie nur wissen.

XII

Ach, wie aufmerksam ich war zu meiner Zeit in Kouphala, wie empfänglich für die Schönheiten des Tages... Vom tändelnden Laub der Bäume gefiltert, tränkten die Weihgüsse der ionischen Sonne die unter den verblichenen Grasbüscheln würdig ergraute Erde des Bodens im Tavernengarten; und wenn über diese verschatteten Steppenflecken Lichtblasen gaukelten, dann begann mein Herz mitzuschaukeln. Nicht nur sehen konnte man sie, sondern auf der Haut spüren wie unter der Lupe. Im Kernschatten war es warm, und jene von sich selbst verzückten Illusionen umkränzten uns – jeden Mittag wieder, und nie vergaß ich, sie zu würdigen. Auch M2 nicht, als ich durch die blauen Flügeltüren auf unseren Stammtisch zuschreite, wo Monika Freymuth sitzt, im schäumenden Licht...

Hektisch dreht sie sich, auf mein gemeines Scherzchen hin, nach dem Fluß um, doch *ich erbarme mich in dem Gemüte und beginne und spreche zu ihr die geflügelten Worte:* »Nun bleib mal sitzen – ich halt' Ausschau und warne dich, gegebenenfalls.« Ich setze mich so, daß ich flußaufwärts schauen kann, und mache eine vage Geste. »Dürfte doch außerdem ziemlich unwahrscheinlich sein, daß er hier jetzt *täglich* auftaucht, oder?«

Mit einem wimmernden Seufzer setzt sie sich wieder, errötet ob ihrer Lage und macht eine Grimasse selbstverhohnepiepelnder Tapferkeit. »Wie furchtbar, alles«, jammert sie. Dabei bekommt sie ihr nicht schlecht, die Erregung; das sieht man.

»Wie war's in der Bar Dionysos?«

»Ach – heeerrlich...!«

Und ihr Wangenrot vertieft sich noch. Sie hält die schlohblonden Wimpern gesenkt, und während sie eine ihrer schauderhaften Zigaretten aus der Packung fummelt und in Brand steckt, überlegt sie sichtlich, was sie sagen soll, und jammert schließlich: »Die sind alle so neeett!« ...

Nai – physiká, neeett waren sie unter anderem auch, die Meister des *kamáki*...

Spyros der Jüngere kommt aus dem Haus herübergetigert. Dieser Blick! Blitzschnell schlüpfe ich in ihr Ich, und ich spüre geradezu, wie sie inwendig schnurrt, als Spyros' Hand ihr zwischen Nacken und Schulter greift, eine breite Hand mit Schwielen, die ihre Haut so angenehm reizen wie ein Peeling-Schwämmchen, nur nicht so feucht... Sie lächelt bei der Berührung, legt den Kopf schräg in den Nacken, und hach, dieser Bilderbuchhellene mit dem berückenden Grübchen, er sagt: »*Kaphé?** Friehsticken?«, und das Haar auf seinem Unterarm kitzelt ihr Ohrläppchen...

Frisches, krustiges Weißbrot. Um den Tisch herum schwirren die Spatzen. Deftige, beinah ein wenig käsige Butter. Erd- und Himbeermarmelade, dunkler Honig. Milder Käse. Aufgeschnittene Honigmelone. Joghurt. Je ein Fächer Gemüsegurke und Tomate, jede Scheibe größer als die Scheibe Brot.

»Daß die Salzstreuer nie...«

»Schraub doch den Deckel ab, du Schussel.«

»Dann kommen ja immer die Reiskörner mit raus.«

So ging's M2, so ging's M3, so ging's im Prinzip jeden Mittag; meist saßen sie und ich als erste da und plauderten mit Spyros dem Jüngeren oder Spyros dem Älteren, mit Elevtheria oder Soula, und irgendwann dann kam zunächst Manu, ruhig, aber munteren dunkelblauen Auges, hungrig und kaffeedurstig, und erzählte vom erneuten Kampf der Nacht, Karin die Treppenstufen des Gästehauses hinaufzuschaffen; davon, daß sie schon wieder ihr Türschloß nicht aufgekriegt habe und deshalb in Karins stickiger Bärenhöhle hatte übernachten müssen, und vom Verlauf des anschließenden *kounoúpia***-Massakers; und irgendwann kam dann auch Karin, viel zu kurzes Strandkleid, viel zu langes Gesicht, dunkle Diva-Brille, und frühstückte knurrend (wie ein Grieche einen Kaffee und eine Zigarette), und sobald der Stoffwechsel wieder in Gang kam, wechselte auch der Gesprächsstoff; Karin billigte ihren Sätzen wieder Subjekt und Objekt zu, Manu konzentrierte sich erneut auf ihre Aufgabe, Karin in die Schranken zu weisen, und spätestens dann begannen sie, sich über

---

* Kaffee

** Mücken

die Erlebnisse der vergangenen Nacht in der Bar Dionysos auszutauschen: Mal hatte ein Millionär aus Ioannina die ganze Nacht Lokalrunden geschmissen, mal war eine volltrunkene Neunzig-Kilo-Krefelderin in die große Frontscheibe gefallen; mal hatten zwei Nachwuchspapagallos, selbst addiert noch nicht so alt wie Karin, ebendieser die Arme von den Fingerspitzen bis zur Schulter abgeschleckt, und als Karin sie darauf aufmerksam machte, daß sie sich an nichts als Autan labten, begannen sie, sie mit *body lotion* einzucremen; mal wurde Karin beim Tanzen gefragt, ob sie einen String-Tanga trage; mal hatte Sotiris sie alle per Handschlag zum Exklusivbesuch verpflichten wollen, weil es momentan noch nur sie gab, die zahlungskräftige Kundschaft zogen; mal tauchte ein schlafloser Ingo um halb fünf Uhr morgens im Pyjama auf einem Damenfahrrad auf und wurde mit La Ola begrüßt... mal war dies, mal war das, aber immer *irgend*was.

Und nach dem Frühstück kam jeweils Spyros der Jüngere mit einem Tablett voll Frappé – und dann die seltsame Notwendigkeit der Überwindung, aufzugeben den Zustand der angenehm gesättigten Faulheit und Geselligkeit und die schattige Oase zu verlassen. Es drohte ein zehnminütiger Marsch mit sperrigem Gepäck durch die siedende Hölle der Sonne, hundert Schritt die Promenade entlang, vorbei an dem noch unbeseelten Rattanmobiliar unterm karibischen Grünzeug auf der Westveranda der Bar Dionysos (die ihr Glastor erst gegen neun Uhr abends öffnen würde), vorbei am kurzen Westrain des Eukalpytuswaldes, und da läge er dann wie ein ausgerollter, mit Füßen gekneteter Teig, der Strand, in flachen Phalangen rollten die Wellen des Wassers heran, Tausende von Kinkerlitzchen blitzten auf ihren Kämmen, manchmal wäre die Bucht pastellgrün und das Meer dahinter marineblau; während ein Boot schwenkte, leuchtete sein Fensterrahmen auf wie ein Laserschuß, ein Schwarm Wölkchen labte sich an Luft und Liebe, und dann weitere zweihundert Schritte durch den aufgeheizten Sand oder entlang dem kühleren Wassersaum... So wäre es M2, M3, M4..., wenn nicht Karin sich jedes-, aber auch jedesmal zu den famosesten Übungen im Nörgelyoga aufgeschwungen hätte, um mich zu überreden, sie statt dessen per Pegasos zu transferieren. Vom wilden Parkplatz an der Düne bis zu unserem Stammplatz zu Füßen des Lindwurmhügels waren es zwei Minuten. Und weder Manu noch Moni beschwerte sich, wenn ich nachgab.

Wenn ich unsere Schirme in den Boden rammte, als stäche ich in den Kuchen eines Riesen, um zu prüfen, ob er gar sei, wartete meist schon unausweichlich Sven auf uns. Neben ihm richteten sich Manu und Monika geradezu häuslich ein. Erst wurde eine Decke ausgebreitet (und jedes Sandkörnchen hinweggefegt), darüber, rechtsbündig, ein großes Badetuch (samt Kopfkissen beziehungsweise Schlafsack als Nackenrolle), dann die Komfortdepots errichtet – Zigaretten, Walkman, Provianttüte, Kühltasche, Sonnenmilchflasche, Badesachen zum Wechseln –, der Schattenradius noch ein bißchen korrigiert, dann Shorts und T-Shirt ausgezogen, dann ächzend ausgestreckt und so weiter. Waren sie fertig, pennte Karin oft schon, barbusig hingelümmelt neben den Klamotten auf ihrem faltenwerfenden Handtuch, die Gauloises-Schachtel halb im Sand vergraben. Zwischen ihr und ihnen hockte meist ich.

Schon am ersten Tag nach der Enthüllung ihres Inkognitos (also N2) war es, als Püppi plötzlich mit ihrer kräftigen, warmen Hand nach meinem fuchshaarigen Unterarm greift und sagt: »Ich muß ja sagen... Du hattest recht. Ich war so erschüttert darüber, was du gestern gesagt hast... Acht Monate lang konnte ich für mich selbst nicht in *Worte* fassen, was so *schrecklich* war an Hartmuts Lied, und du – du schüttelst es einfach so aus dem *Ärmel!*«

Wooorte... schreeecklich... Äääirmel... Wie sie sprach, in der Anfangsphase ihrer Monikaentwicklung! Die Hebungen im Fluß ihrer Rede, die Überbetonungen und Dehnungen, die Art, wie sie künftig Nähe suchte zum Gesprächspartner (genauer: -empfänger), durch Anfassen oder bald bittende, bald flehentliche Blicke... So kultiviert und entzückend bescheiden und entwaffnend ehrlich das alles wirken sollte, es war überholte Weibchenschablone. (Und um der auf den Leim zu gehen, da gehörte schon ein ganz ein dummer Hund dazu.)

Ihre großen, grünen, klugen Augen ruhen auf mir, ihrem neunmal klügeren Buhmann, und die nächsten anderthalb Stunden bade ich darin, während sie mir gesteht, sie habe es geradezu genossen, wie ich am Vorabend mit ihr »geschimpft«, denn Hartmut habe nie mit ihr geschimpft, in vierundzwanzig Jahren nicht ein einziges Mal; nicht während ihrer gesamten Krise und nicht einmal vor seiner Abreise nach Parga. Zwanzig Jahre lang habe *sie* geschimpft, mit Hartmut, mit ihren Töchtern. Das sei anstrengend gewesen, und doch habe ihr etwas gefehlt, als es eigentlich nichts mehr zu schimpfen, nörgeln, mahnen gab. Und deswegen: von wegen *niemals eine Klage*... Plötzlich – eben, auf dem Weg zum Strand – sei ihr ein Licht aufgegangen und sie habe gewußt, was sie an diesem speziellen Vers so hasse: Er sei nicht nur grammatisch und psychologisch falsch, sondern auch inhaltlich – eine Lüge.

»Du meinst Sarkasmus?« Und der böse Buhmann schaut ihr in die Augen und fühlt sich in sie ein: Oh, wie sie es schätzt und fürchtet, sein helles blaues Augenlicht. Wie schwer, wie innig diese Gespräche sind. Und wie peinlich, daß sie selbst das Thema ist, sie, Monika Freymuth, zweiundvierzigjährige Hausfrau und Mutter; wie peinlich und wie aufregend und schön, ja heeerrlich...

»Eigentlich trau ich ihm das gar nicht zu.« Sie hält den Kopf erhoben und schlägt die Augen nieder.

»Kein Sarkasmus? Einfach Dummheit?«

»Nein«, sagt sie, anscheinend (wenn nicht scheinbar) aufrichtig entrüstet. »Er ist nicht dumm. Wenn er dumm wäre, hätte ich nicht so lang mit ihm zusammenbleiben können. Er ist nur so – ach, ich weiß auch nicht.«

»Was. Gedankenlos, langweilig, spießig, unsensi–«

»Neinnein – na, jaa...«

»Na? Was.«

»Gedankenlos ja, vielleicht. Vielleicht langweilig, aber ich bin ja selber langweilig.« Der Moment, den sie abwartet, ist lang genug, Einspruch zuzulassen, aber kurz genug, die vorgespiegelte Ernsthaftigkeit dieser Einsicht als ernsthafte Einsicht auszugeben, sollte Einspruch ausbleiben. Er bleibt aus. »Nein, er – ich kann ihn im Moment nicht *riechen.* Buchstäblich. Er riecht so – bieder. Wenn er doch wenigstens mal ein anderes Aftershave benutzen würde, aber von allem anderen als Old Spice wird ihm schlecht, sagt er.«

»Und dir wird von Old Spice schlecht.«

»Oh Gott...« Und unterm Schafott meines Scharfsinns fällt ihr Kopf in den Korb ihrer Hände.

Nai, málista, er genoß es, der böse Buhmann – stimmt's, Spyro?

Und dann wiederum sah ich einfach nur dabei zu, wie die Fuß- und Fingernägel der drei Grazien wuchsen, wie ihr Haar naß wurde und wieder trocknete und ihre Haut bräunte, und hörte zu, wie sie schwatzten und juxten und schnarchten und wiederum schwatzten und juxten; da liegen sie da, bäuchlings liegen sie da in Reih und Glied und recken ihre Hintern in die Sonne, zupfen an ihren Trikotagen und lassen die Gummibänder schnalzen und ziehen mit Genuß über die anderen Badegäste her – über die Bäuche, Rümpfe, Gesäße, Gliedmaßen und Frisuren der Männer, über die Badegarderobe, Figur und Kindererziehungserfolge (beziehungsweise -mißerfolge) der Geschlechtsgenossinnen; natürlich ist Karin die treibende Kraft, und je brutaler, sprich treffender ihr Geläster wird, desto mehr moralischen Ballast werfen Manu und Monika über Bord (erst Anstand, dann Stil und Würde) und desto mehr nimmt der einvernehmliche Genuß zu, und als nur dieser Genuß noch übrig ist, wird halt der noch ein Weilchen genossen.

Am Ende jedes Nachmittags pflegten Karin und Manu zeitig vom Strand aufzubrechen. Vor der Dusche brauchten sie noch ihr Nickerchen, und die blieb nur so lang angenehm warm, wie die Tanks auf dem Dach des Spyros'schen Gästehauses die Sonnenkraft bewahrten. Ingos Wasserversorgung war vom Solarsystem unabhängig, und obwohl sich ihre Wege nach wenigen Strandmetern trennten, schloß sich Monika ihren Freundinnen stets an, und auch Sven, sofern überhaupt so lang dabei, verabschiedete sich spätestens dann.

Ich hingegen frönte gewöhnlich noch ein, zwei Stündchen länger dem unbeschirmten Sonnenbad, spielte noch ein bißchen mit den bloßen Fingern und Zehen im Sand und dachte über den Tag nach; sah zu, wie das Blau des Meeres da draußen dunkler und kabbeliger, spürte, wie der auflandige Wind schwächer wurde. An den schwarzen Gesteinsbrocken der Mole dahinten kochte die Gischt auf. Der Schildkrötenhügel drüben trat in seinen eigenen Schatten ein. Möwen kreisten über zwei Dickschiffen, die in der Bucht ankerten. Das silberne und goldene Geblinke der Sonnenreflexionen zog sich in den äußersten Ausläufer des kleinen Golfs zurück; noch hatte ich rote Flecken im Blick, nachdem ich nach der Sonne geschielt, doch bald verlor sie ihren Biß, und ich konnte ihr fast ins Gesicht sehen. Die allermeisten der letzten Badenden verschwanden im Eukalyptuswald, und die Haut ihrer Leiber sah aus, als kupferte sie bei dessen Baumkronen und Stämmen ab. Der kleine, lichte Schlag von Pappeln nebenan warf Schattengarben, und die strohigen Gräser in den Lücken entfachten ihren rosigen Schimmer.

Schließlich war die Sonne hinterm Buckel des Lindwurms verschwunden, und die Rosige Stunde ging in die Silbrige über. Von der Kehrseite der Pappelblätter schimmerte mattes Silber, in den Taillen der Buchtwellen Chrom. Tiefer wurden die Schatten in den unzähligen kleinen Wächten des Strandes, entstanden von Tausenden von Fußstapfen, vom Schwelgen im Sande. Dann schlenderte auch ich zu meinem Wagen und drehte noch eine kleine Runde durchs Dorf, am Rain des Eukalyptuswalds entlang, der nicht mehr so durchlässig war, sondern still wie ein Wandbehang, ein Stück entlang dem Fluß, der zu dieser Stunde grün wie Jade war, und fuhr nach Haus; die Wasserkanonen wurden in Betrieb gesetzt (eine oder zwei benetzten die Straße), die letzten Ziegen und Schafe in die Ställe getrieben, die Autos fuhren mit Standlicht.

Zu Haus duschte ich und zog mich an und machte mich auf den Weg, um erneut ans andere Ufer des Acheron überzusetzen und im Kreise unseres feurigen kleinen ökumenischen Ordens ein Abendmahl einzunehmen – und zu harren, was wohl nun wieder an Unfug geschehe und Allotria und Spasemach.

Denn irgend etwas Albernes oder Schönes, Dummes oder Poetisches geschah immer. Gott ja, es waren ja phantastische Abende! Dünn bekleidet hockten wir in der ambrosischen Nacht unter einem Obdach aus Laub, darüber der grandiose Äther samt Säbelzahn des Mondes; der Fluß schnalzte am Bug von Spyros' Kutter, und vorm Haus saß Spyros der Ältere, schleuderte, ein Glas milchigen Ouzos vor sich, sein Kompologi und schaute durch den Tavernengarten an uns vorbei über den Acheron in den Schilfverhau, wo die grüngoldenen Speichen des Rades sich drehten; neben ihm sein Enkel, Spyros der Jüngere. (Auch er sah, was ich sah; auch er fragte sich, was da nicht stimmte an diesem Bilde – stimmt's, Spyro?)

Karins erster Auftritt war A2. Ich hatte nach der Aperitif-Stunde genug gehabt vom Gesums Monika Freymuths – wie sie Hartmut kennenlernte (»Ja, hast du gestern schon erzählt«); Mutti war ja nach Papis Tod mit ihr zu Tante Irmchen nach Kehdingen gezogen (»Hast du gestern erzählt, ja«); und so war es auf einem Feuerwehrball in einem Kehdinger Nachbardorf, wo sie Hartmut (»in Ausgehuniform der Bundeswehr, stimmt's?«) drei Jahre später wiedersah (sie hatte ja für ihn geschwärmt, seit sie elf Jahre alt war); sie war fünfzehn, er war neunzehn – »Skorpion«, sagte sie –, und es hatte ihr ja einerseits Angst gemacht, andererseits aber auch unglaublich imponiert, daß er es zum totalen Bruch mit seiner Familie hatte kommen lassen, weil er den Hof nicht übernehmen wollte, sondern sich als Zeitsoldat verpflichten, um Maschinenbau studieren zu können; und daß sein Bruder Ecki dann den Hof übernahm, der vor fünf Jahren jedoch, im Alter von achtunddreißig, an einem Herzinfarkt gestorben war und kurz darauf die Mutter, so daß es ja zur Aussöhnung mit der Restfamilie gekommen war und der Vater Haus und Hof verkaufte und das nicht unbeträchtliche Voraberbe an Hartmut auszahlte, so daß sie und Hartmut und die Mädchen vor drei Jahren in ein wunderbares Anwesen umgezogen sind, und dädädä, dä*dä*dädä.

Und als mir meine Mischung aus Gleichgültigkeit und unterdrückter Genugtuung darüber, daß mein einstiger Peiniger so jung gestorben war, widerwärtig wurde, hatte ich schließlich unsere kleine Enklave am Eukalyptusbaum brutal aufgelöst. Ich schnitt Frau Freymuth einfach das Wort ab, indem ich, mitsamt einem mißlungenen Gähnen, quer an ihrer Stupsnase vorbei auf den Stammtisch wies.

Eingedeckt mit Besteck und Brotkörbchen, harrte die Tafel des Mahls. Im Augenblick jedoch bahnte sich eines jener Spektakel an, für die ich die stolze Karin so liebte.

Die Grille zirpt, und der göttliche Giorgos Dalaras singt, und die stolze Karin knattert auf Kosta brava ein… Gott, wie über die Maßen ich es schätze, sie da sitzen zu sehen! Welch unnachahmliche Lässigkeit, wenn sie sich spreizt und brüstet, wiewohl so kurz das Kleid und der Ausschnitt so tief! Was für ein Prachtweib! »Wetten?« kräht es…

»Was wette«, meckert Kostas.

»Um fünf Ouzo! Aber nicht zu knapp!«

Manu, somit losgerissen von einem heut abend wieder mal ganz besonders sonor orgelnden Sven (ich vernehme gerade noch den Schlußsatz »Garantiat! Zufälle jibt's nich, dit is allit Karma, vastehste!«) – die gütige Manu wirbelt nachgerade herum. »Karin! Echt!«

»Um *einen* Ouzo! Spyro! Ouzo! Grégori, grégori!« *Grígora** meint sie. Spyros der Jüngere horcht auf – *»Amésos**!«* – und verschwindet im Haus.

*»'Ela, entáxei***.«* Kostas rückt seinen Hintern im Stuhl zurecht und stabilisiert seine Ellbogen auf dem Tisch, als ginge es ums Fingerhakeln. Er trägt dieselben Fußballklamotten wie am Vorabend, hat sich noch immer nicht rasiert, und sein dickes Haar wirkt wie ein Schwamm aus Stahlwolle.

Karin schnieft gespielt und bittet Manu um ein Papiertaschentuch. Den Countdown bis zum Eintreffen des Ouzos nutzt Kostas zu einem flinken Goldzahnflirt mit Monika Freymuth – und ich, um mir die bevorstehende Wette von Karin erläutern zu lassen: Kostas, so Karin,

---

* schnell

** sofort

*** also los, in Ordnung

werde nie und nimmer in der Lage sein, jede ihrer drei sogleich folgenden Fragen mit den Worten »ein gebrauchtes Taschentuch« zu beantworten. Kostas aber halte dagegen. Auf meinen Zweifel, daß er überhaupt verstanden habe, worum es geht, zuckt sie nur mit den Schultern.

»Hauptsache, du kriegst; Hauptsache, du kriegst aber hallo deinen Ouzo, was?« Manu stellt ihre blauen Augen wipfelwärts.

Spyros serviert zwei drei- bis vierfache Ouzos, und da *spricht sie und sagt das Wort und benennt es heraus,* Karin, die Braunäugige, nach wie vor in den Plastikstuhl gefläzt: »Wie alt bist du.«

Er aber erwidert, Kostas Mitsoudis, der brave Bauer: »Vierrzieg.«

Und ex.

»Vasteh ick nich, jetze«, unkt Sven. Hätte mich auch gewundert.

Karin knarzt einen Genußseufzer heraus, ja geradezu *hin*aus und knallt das leere Glas auf den Tisch. Wie vermutet, hat auch Kostas nicht das geringste begriffen, doch während Manu – »So geht; so geht das; so geht das nicht, so geht das nicht; das ist; das ist; das ist gemein« –, während Manu also für ihn Partei ergreift, treibt Kostas selbst – viel zu stolz auf seine deutschen Sprachkenntnisse, als daß Raum auch nur für das geringste Eingeständnis wäre –, er selbst treibt Karin noch an: »Anderre, anderre«, als könnte er durch Versuch und Irrtum gewinnen.

Zögen alle mit, es könnte ein entzückend quälendes Schauspiel werden... Doch Manu nötigt mich, Karins Aufgabenstellung zu verdolmetschen. Ich tue mein Bestes, und Kostas bestellt zwei neue Ouzos. Spyros schenkt ein. Die Flasche gluckst mit ihm im Duett.

»Also«, fragt Karin Kostas erneut und schaut ihm mokant ins Auge. »Wie alt bist du.«

»Eine gebrauchte Tassetuch.«

»Und wo wohnst du?«

»Eine gebrauchte Tassetuch.«

»Und was ist dir lieber – der Ouzo da oder ein gebrauchtes Taschentuch.«

»Eine gebrauchte Tassetuch.«

Und Karin schnottert hinein, drückt es Kostas in die Hand, und ex.

Unfug, das, sicher; aber ich liebte es. Ich liebte das Gehaben Karins, die Faxenpolitik, mit der sie den Quatsch durchzog wie ein Fischweib beim Feilschen. Hunderte von Gästen dürften es gewesen sein, an denen sie diese Schliche in ihrer Bochumer Bar erprobt, die sie jahrzehntelang geführt hatte, und sie war ihres Auftritts noch immer nicht müde. Immer noch vermochte sie die Mimik der kühlen, siegreichen Amazone zu genießen – und nicht zuletzt den Lohn: den mackerhaften Guß und Kuß des Schnapses.

Und *málista,* hinter der Posse leuchtet Grandezza hervor. Denn die stolze Karin verzichtet darauf, ihren Gegner zu verhöhnen (wiewohl er es verdient hätte, da fahrlässig genug, sich mit ihr anzulegen). Das stellt sie dem Publikum anheim. Nur fair, denn dessen Zorn auf sich zu ziehen liegt ja ebenso drin.

Und Kosta bravas Großzügigkeit in der Niederlage liebte ich nicht minder: rührend förmlicher Ernst, gespeist aus Respekt vor der Gewieftheit der Siegerin, und selbstironisches Gelächter, ortsüblicher Preis, der seine Würde nicht drückte, vielmehr entfaltete – ein Wechselspiel voller Anmut, herrlich anzuschauen…

Und dann taucht erstmals der verdammte Panos auf (und später Spyros P. und Kostas M.), und dann ziehen sie wiederum in die schlimme Bar Dionysos, und ich setze über den Acheron…

Doch nicht nur abends passieren vollkommen unwesentliche, unwichtige, na, nichtige Dinge, die zu Haus, an winterlichen Dia-Abenden, beim Griechen um die Ecke, ja auch zurück an Ort und Stelle noch jahrelang aufgewärmt werden, wenn nicht jahrzehntelang werden werden – damit man nie vergißt, wie schön das Leben sein konnte...

Denn als ich mein Auto am nächsten Mittag an der Hinterhofmauer abstelle, vernehme ich einen degenspitzen Schrei. Er kommt aus dem Gästehaus. Kurz darauf erkenne ich die Stimme Elevtherias, in höchsten Tönen klagend; wiederum eine Sekunde später erkenne ich die Stimme Manus, die ihren Satz – »Was; was; was ist denn *los!*« – von einem Zimmer ins nächste schleppt. Dann, doch offenbar schon erleichtert, wieder Elevtherias Gejammer, und dann Manus Lachen und Karins Gebelfer.

»Irgendwas ist da oben los«, sage ich zu Monika, die schon am Frühstückstisch sitzt, und als die beiden runterkommen, berichten sie, was Elevtheria bei der Vorbereitung von Strong Mans Zimmer unterm Bett gefunden hat. Ein Bein.

Bei einem fürchterlichen Motorradunfall hatte Strong Man eines verloren. Dafür verfügte er über verschiedene Prothesen, unter anderem eine besondere zum Schwimmen. Um Fluggepäck zu sparen, hatte er sie einem befreundeten Segler mit-, der es bereits Spyros gegeben, der es wiederum unter dessen künftigem Bett deponiert hatte.

»Die war fix und fertig, die Kleine«, kräht Karin brutal. »Die hat geheult!«

Kurz darauf sitzt Elevtheria vorm Haus, mit gezücktem Messer. Auf dem Tisch hat sie ein blaues Plastiksieb und ein Körbchen, in dem sich zwei, drei Pfund Zwiebeln tummeln. Um beim Schälen nicht zu weinen, trägt sie eine Taucherbrille. Das Gummi preßt ihr Haar an die Schläfen, so daß die Ranken, Schweifchen und Wirbel noch kesser hervorsprießen als gewöhnlich, und selbst verglast ist ihr

Blick von jener Beschaffenheit, die Gott einst vorschwebte. In meinem närrischen Onkelstolz hätte ich sie am liebsten – ja, was eigentlich? In einen Schrein gestellt? Durchgekitzelt? Zu Pudding geknuddelt? Namenlose Zuneigung ist hilflos.

Dann kommt Spyros der Jüngere, neckt sie halb, halb tröstet er sie, und in solchen Momenten wird mir ganz warm klar, wie sehr er schon immer nicht nur großer Bruder, sondern auch Vater für sie war.

Und dann kommt er zu uns herübergetigert, und Monika weint ihm ein »*Kalispéra*«* entgegen, inhaltlich falsch – es war ja gerade mal Mittag –, aber aufs Haar korrekt ausgesprochen: das Pi ein nur zartes, gehauchtes P; das Epsilon ungedehnt, fast wie ein Ä, und das Rho gerollt wie ein Käse zum Bahnhof...

Fast *geziert* korrekt.

Ja, sie lernte schnell. Naiv ja, aber dumm war sie nicht. Sie gehörte gar zu den seltenen Talenten mit nicht nur sprachlicher, sondern auch mathematischer Begabung. Nachdem Manu, Karin und ich das erkannt hatten, fragten wir lieber gleich sie, bevor wir uns die Mühe machten, von Drachmen in Mark umzurechnen (oder womöglich, was noch schwieriger schien, umgekehrt). Ja, sie war schlau, und ebendieser Widerspruch in ihrem Wesen – etwa zum Kinderglauben, an der sogenannten Astrologie könne irgend etwas dran sein –, machte mich oft ganz affig.

Später einmal, am Strand, verglichen wir unsere Erinnerungen an die gemeinsame Schulzeit. Zwar ein Jahr später als ich eingeschult, hatte sie jedoch die erste Klasse überspringen dürfen. Im Aufsatzschreiben, Diktat, Lesen war sie meine einzige Konkurrenz gewesen; im Rechnen sogar stets eine Note besser. Als wir nach Stade zur Schule

---

* Guten Abend

mußten – sie aufs Lyzeum, ich aufs Gymnasium –, begegneten wir uns nur mehr im roten Schienenbus.

O ja, sie hatte ihr Abitur mit 1,4 gemacht, da war sie noch keine achtzehn, und sie lernte immer noch schnell, diese geborene Meurin, und wie nebenbei; in den nächsten Tagen lernte sie, sich nicht nur mit Floskeln zu verständigen, sondern in Wendungen. O ja, an ihrem Fortschritt sollten sie nicht einmal gelegentliche Rückschläge hindern – zum Beispiel der von A5, als sie Spyros den Jüngeren mit fettigen Fingern fragte: »*'Echeis mía serviéta gia ména?*«*

»*'Ochi,* Liebling. Kriegst du in Superr Marrket. Gebb iech dir *petséta***, ja?«

Karins Gelächter nach der Aufklärung ertrug sie. Mit blutroten Wangen, aber sie ertrug es.

Englisch und Französisch sprach sie ohnedies flüssig, hatte außerdem einen italienischen Sprachkurs abgeschlossen und trug sich mit dem Gedanken, sobald ihre Krise hinter ihr liegen würde, einen spanischen zu beginnen.

»Wozu eigentlich«, fragte ich sie ein paar Mittage später, hatte Familie Freymuth Auslandsurlaub doch noch niemals anderswo verbracht als in Österreich oder Ungarn, wohin Hartmut in seiner Eigenschaft als Freizeitjäger kameradschaftliche Verbindungen pflegte. Ihr ganzes Leben lang hatte Monika sich nach Meeresstränden gesehnt, nach toskanischen Hügellandschaften, den Wildpferden der Camargue und spanischen Inseln – doch Hartmuts Vorliebe stets nachgegeben. Nie hatte er seine Abneigung verhohlen, die kostbaren Ferien im überfüllten Südeuropa zu verfaulenzen, ihren halbherzigen Beschwerden jedoch stets zugehört. »Wenn ich drauf bestanden hätte, hätt's auch mal geklappt«, sagt sie.

---

* Hast du eine Damenbinde für mich?

** Serviette

»Und warum hast du nicht?« frage ich.

Sie hebt die Schultern. »Es war alles so... so... ich weiß nicht...«

»Gut: Flugangst. Aber mit dem Auto an die französische Atlantikküste oder so ist doch auch nicht weiter als auf den Balkan, oder?«

Sie hebt die Schultern, diesmal doppelt so lang.

Nach und nach in den nächsten Tagen, nach den verschiedensten Einfühlungsexkursionen in ihr Ich, konnte ich es mir vorstellen. Hartmut war der Macher in der Familie, und Monika empfand es – mit Recht – als Versagen, daß sie nicht selbst auch mal machen konnte. Und machen hätte *sie* müssen, wenn *sie* mal anderswohin wollte als in dunkel vertäfelte, gehörn- und geweihgespickte Bauernstuben mit Alpenveilchen vor den Spaletten und sonstige Alpträume. Aber sie haßte es nun mal, Preise zu vergleichen und mit Reisebüros zu telefonieren und den ganzen kleingedruckten und -karierten Papierkram bei der Abwicklung (ebenso wie Steuer- und sonstiges Behördenzeug – das Bahn- und Fährenticket hatte Yps ihr besorgt), und so kreidete sie es ihm lieber insgeheim an, daß er nicht auch mal *ihr* zuliebe machte, und behauptete gleichzeitig, es sei ihr nicht so wichtig; und daß er dann eines Tages doch beschloß, Strandurlaub zu machen – er! am Strand zu faulenzen! –, das nahm ihr innerstes Ich, ohnehin krisisgeschwächt, ihm ganz enorm übel, dem Machergatten.

Ja, ihre Seele war sehr viel schwerfälliger als ihr Verstand.

Und dann kam zunächst Manu, und dann Karin, und dann der Frappé, und dann zogen wir wieder mit Sack und Pack zum Strand, wo uns bereits der unausweichliche Sven erwartete, und dann kam wieder der Abend...

Wie das äußere Muster meiner Vormittage, Mittage, Nachmittage und Abende sich zehnfach ähnelte, so auch das Muster A in sich – drei Elemente wenigstens waren unveränderlich: Monikagesums (plus pointierte Kommentare meinerseits), Fez & Faxen sowie Svendebatten, pro Abend mindestens eine.

*Kýrie eleíson!** Kerzengerade, gerechte Wut packte mich, behauptete der kapitale Hanswurst zum Beispiel, kein Mensch müsse sterben, vielmehr brauche er sich – sinngemäß – nur zusammenzureißen.

»Klar«, hatte sein Baß nämlich im Vorjahr gebrummt. Er lauschte ihm mit schiefgelegtem Kopf, seinerzeit noch mit Haar, gelbgefärbt und fettig wie ein Käse. »Dit is nüscht, wat man uff Anhieb globen würde. Aber't is Tatsache. Ham die Immortalisten rausjefunn. Einfach is dit natürlich nich. Da mußte viel meditiern... regelmeeßich Jelee Roijal einnehm... und so. Aba dit grundsätzliche Prinzip is total einleuchtend.« Er meinte es ernst. Vor exklusiver Erleuchtung ergoß er gar beinah Samen. »Der Tod is im Grunde nüscht anderit als die Kapitulation des Körpas vorm, jetze, Geist, und wenn dein Geist stajk jenuch is, dann kanna ooch dein' Körpa beherrsch'n, wa?«

Svens Jeist, davon mal abgesehn, war nicht mal stajk jenuch, das kleine Einmaleins zu beherrschen. In seinem ersten Jahr hatte er insbesondere den Wahn ausgelebt, alles und jedes – ob Zeltplatz oder Pommes frites – »auspendeln« zu müssen, um den Grad der kosmischen, feinstofflichen oder Erdstrahlung herauszufinden. Er besaß ein ganzes Arsenal dieser »radiästhetischen Instrumente«, durchaus hübsch anzuschauende Spielzeuge, die einander in der Form ähnelten: Kegel, mit dem dicken Ende an einem Kettchen oder einer Schnur befestigt, mit der Spitze auf das jeweilige Objekt gerichtet. »Die sind alle von Hand

---

* *Altgr.:* Herr, erbarme dich!

herjeschdellt, wa? Der Markus vawendet ausschließlich naturjealtertet, massivet Messing dafür. Wird dauahaft mit positiven Affirmazjon'n uffjeladen. Dit hier is 'n Feuaerzpendel. Jeschmiedet. Kannste geomantische Vawerfungen mit rausfinden. Dit is 'n Perlpendel. Reagiert besondas empfindlich uff alljemeine feinstoffliche Enerjieströme. Dit hier mit de Rillen, dit verstärkt die kosmische Strahlung im Vier-Millimeter-Bereich; dit is'n ISIS-Pendel, dit arbeitet wie 'n kleena Orjonstrahler. Und dit hier, dit is dit Tropfenpendel, dit is dem legendeeren Goldenen Pendel nachempfunden. Vafühgt üba magische Fee'ichkeiten. Mit die Waffm kann nüscht schiefjehn.«

Im darauffolgenden Jahr war Pendeln plötzlich kein Thema mehr, und wiederum ein Jahr später hörte ich von Strong Man, warum: »Der is' bei Kostas in Mesopotamos rausgeflogen. Kostas war stinksauer. So hab ich den noch nie erlebt. Ist doch eigentlich 'n friedlicher Kerl, aber er hat ihn rausgeschmissen.«

»Und warum?«

»Weil er mit seinem Pendel da über seiner Pita rumgemacht hat. Auch an den Nebentischen. Und die Griechen sind ja ziemlich abergläubisch.«

*Oréa**, ansonsten scherte sich kein Mensch um derlei zen- und zillemäßige Scheiße in Aspik – warum kriegte denn, wieder mal und immer wieder, ich die Koliken? Warum wurde ich es nicht los, das stechende Gefühl des intellektuellen Verrats, wenn ich ihn gewähren ließ…?

War es wirklich das? Waren es nicht eher niedere, ja pubertäre Motive, die mich gegen Svens Windmaschinen reiten machten? Neid zum Beispiel auf die Pracht und tragende Gewalt seiner Stimme, Verzweiflung über deren Verschwendung? Ohnmacht angesichts des stumpfsinni-

---

* schön

gen Durchsetzungswillens, mit dem Sven immer und immer wieder anfing mit dem ganzen Blech; seine eigene Klischeehaftigkeit immer wieder und *noch* einmal aufs neue klischierte? Doch sooft ich ihn auch trat, die Wut kriegte *ich*.

Schon A2 jedenfalls ist's wieder soweit. Nachdem Karin Kosta brava aus dem Kakao gezogen hat, schlemmen wir goldbraun panierte Auberginenscheiben und ganze Schwärme fritierter, frischer Sardinen, milden, hausgemachten Tsatsiki und auf den Punkt zimtiertes Stifado, und Karin, Manu und Kosta brava amüsieren sich bereits mit einem Verdauungsouzo; Monika, Sven und ich speisen noch. Unterdessen informiert Monika Sven noch mal ausführlicher über das Wunder, Karin und mich hier getroffen zu haben. »Ist das nicht ein unglaublicher Zufall?«

»Zufälle«, schmatzt Sven, »jibt's jar nich. Is allit Karma, wa. Kannste ooch Schicksal nennen. Oder Kismet, wie der Asier sagt.«

»Ach was, der Asier nun wieder«, rutscht es mir heraus. Leider mitsamt einem Bröckchen Fisch.

Sven – aus Egozentrik und Dämlich-, nicht etwa aus Manierlichkeit – übersieht den psychologischen Vorteil, den er aus meinem Mißgeschick hätte ziehen können. »*Dit* jetze«, sagt er, »dit *kann* gar keen Zufall sein. Dit jibt so viel Plätze und Menschen uff de Erde, da issit doch total unwahscheinlich, daß Monika dir nach üba dreißich Jahre ausjerechnet hier wiedabejegnet, in diesen winzjen Ort jetze!«

»Papperlapapp«, sage ich, seit gestern morgen bestens vorbereitet. »Der Zufall ist viel wahrscheinlicher, als wenn er gar nicht eintreten würde. Mit anderen Worten: Die Wahrscheinlichkeit, daß keine Zufälle auftreten, tendiert gegen null. Alles Mathematik. Genauer: Stochastik. Du wunderst dich doch auch nicht groß, wenn fast jede Woche einer sechs Richtige mit Superzahl im Lotto tippt. Obwohl die Chance für dich persönlich bei eins zu hundervierzig Millionen liegt. Die Chance, daß dich persönlich der Blitz beim Scheißen trifft, ist zehnmal höher. Die Erklärung für diesen scheinbaren Widerspruch liefert das Gesetz der großen Zahl. Bei sechs Milliarden Menschen auf der Welt passieren täglich noch viel unglaublichere Zufälle als der, der mir... äh, Monika zugestoßen ist. Umgekehrt wird ’n Schuh draus: Eigentlich ist es ein unglaublicher Zufall, daß wir uns nicht viel früher begegnet sind.«

Selbstverständlich reagiert Sven nicht auf Argumente. Argumente sind was für Ungläubige. »Du nennst dit Zufall jetze wa«, und er dreht mir frontal seine Visage zu, »und ick nenn’ it ebm Karma.« Für eine Sekunde starre ich auf ein grinsendes, kauendes, quarkschäumendes Gebiß. Die Stirnlamellen reichen bis an den Rand der Schattenmütze, die die Schädelrasur hinterließ; die geschlossenen Lider vibrieren. Er muß die Augen einwärts gedreht haben, denn zwischen Ober- und Unterlidern klaffen zwei Schlitze Augapfelweiß. Kalt läuft es mir den Rücken runter.

Dann heiß. »Det *is* ja dein Problem«, sage ich.

»Nee«, sagt er und fährt ’n weiteres Gabelfuder Tsatsiki ein; »dit is *dein* Problem, is dit.« Ob er gemerkt hat, daß ich ihn nachgeäfft habe, bleibt wie immer unklar: Noch nie ist er darauf eingegangen.

»Neehehe«, lache ich herzlich, »ich hab kein Problem!«

»Doch.«

»Nee«, lache ich, wider Willen wütend werdend, weil ich mich in diesem Moment meines Schweigeschwurs erinnere.

Mein Seelenheil für die Nacht rettet Karin. Wie ein Ertrinkender nach dem Strohhalm hasche ich nach meiner Chance, als sie eine verbogene Gabel hochhält und krakeelt: »Macht Uri Geller hier den Abwasch oder was?«

»Das war Sven«, sage ich, »der biegt sich alles so hin, wie er's braucht«, und zu meiner Überraschung ernte ich dafür ein Lächeln Monika Freymuths.

Um der Selbsterkenntnis die Ehre zu geben: Vielleicht ließ ich mich immer wieder, trotz all meiner Schwüre immer wieder, an fast jedem weiteren Abend bis Vollmond immer wieder auf Svens Gesülz *des*halb ein, weil ich das Gefühl hatte, unter allen Umständen dessen drohende geistige Vorherrschaft über Monika vereiteln zu müssen... Denn zwischen ihr und ihm stimmte die Alchemie. Flau wurde mir, wenn ich nur von weitem *sah,* wie sie aufeinander einschwulten, geschweige, wenn ich sie von nahem *hörte.*

»Ick erleb dir jetze viel jeerdeter als zu Anfang, wa?«

»Das freut mich. Das finde ich sehr, sehr schön.«

Dieser heilige Ernst bei all dem Mumpitz! Diese Inbrunst! Dieses wechselseitige Zugenicke! Wenn er sie nur nach der Uhrzeit fragte, legte er etwas Weihevolles in seinen Ton! Wie Hornissengebrumm erfüllte Svensches Geraune die heiße Luft des Ionischen Frühsommers; Chakren und Schamanen, Janzheitlichkeit und all der janze andere spirituelle Sirup – mir klebten die Ohren; ich *konnte* es einfach nicht länger ertragen.

Also auch nicht länger bieten lassen. Ab V3 ging ich dazu über, mich auf Auseinandersetzungen mit dem Meisterscharlatan noch energischer vorzubereiten – ja, ich ließ die Dichterei dafür sausen und begann zu büffeln, kaum daß ich meinen Terrassentisch von der Müslischüssel befreit hatte.

Um aufzutrumpfen, bot sich schon am selben Abend eine Gelegenheit wie geschaffen für mich. Um ehrlich zu sein, ich hatte Sven eine Falle gestellt.

»Du bist doch Waage«, sage ich zu Monika, laut genug, daß unser Tafelkasper es auch deutlich mitkriegt. »Ja? Und ich bin Wassermann. Als Pärchen hätten wir also das Sternzeichen Wasserwaage.«

*Sígoura**, ich genoß auch das Gekicher der Damen – in den Grenzen seriösen Einsiedlerstils. Der wahre Zweck dieses Kalauers aber war die Tarnung meines Köders. Hätte ich das Thema anderswie angeschnitten als ironisch, womöglich hätte Sven Lunte gerochen – vorausgesetzt, es gibt Köder mit Lunten.

Wie auch immer, er schluckte ihn. »Dit is zwar witzich«, sagt er. »Hat aba nüscht mit der Realität zu tun. Dit jibt zwar Partnerhoroskope, aba keene ausdrücklichen Pärchensternzeichen. Man bleibt ja imma ooch noch Indevidëum, wa.«

»Die janze sojenannte Astrolojie«, sage ich in aller Seelenruhe zu meinem klickenden Kompologi, »hat nüscht mit der Realität zu tun.«

»Dit«, brummt der Baß der Dummheit, »gloobst aba ooch bloß du.«

»Von wejen«, sage ich.

Muß aber feststellen, daß er recht hat – zumindest, was unseren Tisch angeht. Was mir da von den Linksknöpfern unisono entgegenmurrt, hat zwar nicht unbedingt Proteststärke, drückt jedoch allemal Skepsis gegenüber meiner These aus. Der Psychologenjargon unterscheidet bekanntlich zwischen »Schafen« (okkulten Phänomenen zugeneigt) und »Böcken« (Skeptikern), und dies hier ist eine Schafherde, wie sie im Lehrbuch steht.

Aha. Na, ihr habt es nicht anders gewollt. Dann wollen *wir* mal.

Ob sie allen Ernstes behaupten wollten wie die alten Babylonier, frage ich, man könne Charakter, geschweige Schicksal eines Menschen aus den Sternen lesen? Nun, dann aufgemerkt: Die Astrologie als System sei seit Jahr-

---

* sicher, sicherlich

hunderten völlig überholt und habe weder etwas mit der Natur zu tun noch mit dem Menschen. Astrologen beriefen sich ja gern auf jahrtausendealte Erfahrungen – die existierten aber mitnichten, und Aufzeichnungen darüber schon gleich gar nicht.

»Doch«, sagt Sven.

»Nee«, sage ich. Die Astrologie sei nicht in der Natur, sondern an Schreibtischen entstanden.

»Nee«, sagt Sven.

»Doch«, sage ich. Im Grunde sei das uraltes magisches Denken. Wenn's donnerte, habe man früher gedacht, Zeus zürne den Menschen, und wenn dann jemand vom Blitz erschlagen wurde, war die Bestätigung da. Das menschliche Gehirn sei nun mal darauf geeicht, Zusammenhänge herzustellen, auch wenn die gar nicht bestünden. Oder würde vielleicht jemand an irgendeinen heiligen Zusammenhang glauben, wenn er schwarzbunte Kühe, Dalmatiner und Birkenstämme betrachte?

Komischerweise gebe es aber bis heute Leute, die behaupteten, der zunehmende Mond habe was mit Wachstum und Fortpflanzung und so zu tun. Dabei nehme der Mond weder zu noch ab, sondern bleibe so, wie er sei. Das sei alles nur ein Spiel von Licht und Schatten. »Oder glaubst du«, sage ich und deute auf das D des Halbmonds überm Schildkrötenhügel, »der sieht in Wirklichkeit so aus, und in einer Woche kommt der andere, der runde?«

»Nee«, sagt Sven.

»Na, eben«, sage ich. Und Ähnliches gelte für die andern Planeten. Weil die Venus das hellste Gestirn nach Sonne und Mond sei, schreibe ihr die Astrologie Bedeutung für die Liebe, Schönheit, Harmonie zu. Merkur, weil schnellster Planet, sei für Neugier, Geschäftigkeit, Nervosität zuständig. Und zum Beispiel Pluto...

»... äh...«, sage ich und kratze mich heuchlerisch am Hinterkopf.

»Pluto«, sagt Sven – er kann halt nicht anders –, »bedeutet Jewalt, Fanatismus und so wat.«

»Wieso eigentlich«, frage ich.

»Weil Pluto der Jott der Unterwelt is«, sagt Sven.

»Na und? Wer hat nach ihm denn den *Planeten* benannt? Und *warum?*«

»Weeß ick jetz nich«, sagt Sven, »is ja ooch egal...«

»Det ist übahaupt nich ejal«, sage ich. »Aba ejal jetze. Zusatzfrage: Plutos unjute Einflüsse auf die Welt müßten ja denn ooch seit Jahrtausenden beobachtet worden sein, oder?«

Jetzt sagt er gar nix mehr, der Depp.

»*Oder?*«

Da sagt er nichts, der Depp, der. Gar nichts brummt da mehr heraus. Ihm schwant da nämlich was.

»Warum sagst denn nix? Vielleicht, weil Pluto erst wann entdeckt wurde? 1930, jenau. Und bei einer Umlaufzeit von zweihundertachtundvierzig Jahren hätte unser juter alter böser Pluto ja wohl mindestens zweihundertachtundvierzig Jahre beobachtet werden müssen, damit solche Einflüsse auf unsere jute alte böse Welt hätten beobachtet werden können, oder? Pappnase.«

Berauscht von diesem Erfolg, wähnte ich den endgültigen Sieg in der Tasche zu haben. Pustekuchen. Erstens fing Sven gleich am nächsten Abend mit irgendeinem frischen Nonsens an, und zweitens...

Hätte ich doch genauer geachtet auf die Mienen meiner Mädels! Hätte ich doch zu zügeln vermocht die eitle Gier, auszukosten bis zur Neige das dämliche Gesicht des unausweichlichen Sven!

Doch in dem Moment fuhr ja der flinke Ingo vor, und die Herren Schrauber entstiegen seinem Geländewagen, und im Überschwang meines vermeintlichen Triumphs flog ich auf, sie zu begrüßen...

Ich hätte noch einiges mehr an Beweisen auf der Pfanne gehabt in puncto Astrologiekritik. Egal. Ein Zar der Vernunft wie ich hätte ohnehin keine Chance gehabt gegen den Aberglauben des Mobs. Natürlich ließ dieser sich nicht vorschreiben, von wem er sich am liebsten verkaspern ließ. Natürlich munkelte es im Untergrund weiter. Ob es nicht so was von verblüffend sei, wie genau ein guter Astrologe einem auf den Kopf zusage, daß die Kusine patenonkelseits Anno neunzehnhundertknatterbesen an der Gebärmutter operiert worden sei? Und so weiter, und so fort...

Es sollte bis A8 dauern, daß ich endlich die passende Taktik wählte. Ich drehte den Spieß einfach um.

Es war an jenem Abend, an dem Monika ihren ersten fürchterlichen Kater hatte. Sie und ich hatten pro Nase drei, vier Bücher Siebzehnundvier gespielt und der unausweichliche Sven gerade behauptet, er habe einmal ein Kupferherz, zu dem er eine besondere Beziehung hege, herbeimaterialisiert. In der kalifornischen Wüste meditierend, habe er dieses Amulett, das daheim in Kreuzberg gelegen, so sehr vermißt, daß es plötzlich in seinem Zelte lag! »Leibhaftig«, brummt Sven. »So wat jibt's nu mal, unabhängich davon, ob man't gloobt oda nich. Dit is allet 'ne Sache der Konzentration, wa? Ick hab zum Beispiel ooch ma fümftausend Majk im Roulette jewonn', bloß weil ick ma in den Moment besondas jut uff de Faabm konzentriern konnte.«

»Det stimmt allerdings...«, sage ich versonnen. Natürlich erwarten Karin, Manu und Monika jetzt irgendeine Pointengeißel, die ich unserem Quotenberliner über die Schnauze zöge. »Nu rück schon raus«, kräht Karin.

»Nee, *echt*«, sage ich. »Da muß ich unserem jungen Freund und Roßtäuscher hier ausnahmsweise recht geben. Und *das* ist mit Wissenschaft nicht so einfach zu erklären, das geb ich zu. Wenn *ich* mich stark konzentriere, kann auch *ich* mit ziemlich hoher Wahrscheinlichkeit vorhersagen, ob Rot oder Schwarz kommt.«

Spyros der Jüngere, der gerade dabei war, das Deck seines Kutters abzuspritzen, horcht auf, kommt an unseren Tisch, schaut mich an und trinkt aus dem Wasserglas Manus, das er ihr wie immer zum Frappé gereicht hat, das sie aber selten beachtet. Ich nehme die Füße vom Stamm des Eukalyptusbaums, rücke den Stuhl zurecht und greife nach dem Kartenspiel. Sven schaut zu, wie Doof zuschaut, wenn Dick nach der Torte greift, die er Doof demnächst ins Gesicht kleben wird.

Ich klopfe die Kanten des Kartenstocks auf dem Tisch bündig und halte ihn mir mit der Rückseite gegen die Stirn, so daß mein Publikum die oberste Karte von vorn sieht. Ich kneife die Augen zusammen, schüttele die linke Hand aus und ächze. Geistige Kraft auf den Punkt zu versammeln ist schwerer als Holzhacken. Ich blinzele, denn meine Neuronen feuern aus allen Rohren. Dann öffne ich die Augen und starre unter dem Kartenblatt an meiner Stirn hindurch ins Nichts. Die Frauen schauen, Sven gafft geradezu, Spyros nimmt einen Schluck Wasser. »Rot«, sage ich. Niemand sagt etwas, und mit der Linken ziehe ich Herz neun vom Stapel und lege sie auf den Tisch. »Det kann ja ooch noch Zufall sein«, brummt Sven.

»Zufälle jibt's jar nich«, sage ich. »Det is allet Kaba, wa.«

»Karma heißt dit.«

Wieder konzentriere ich mich, kneife die Augen zusammen und grunze vor Anstrengung, öffne die Augen und starre unter dem Kartenblatt an meiner Stirn hindurch ins Nichts. Monika sitzt da mit geöffnetem Mund, Karin und Manu grinsen. Sven gafft. Spyros umklammert das Glas. »Rot«, sage ich. »Falsch!« quakt Sven. Spyros kichert ob meiner Frechheit. Ich schaue nach – Kreuz König –, ärgere mich nur gelinde, stehe auf und vertrete mir die Füße, mache zwei Kniebeugen, reibe mir die Hände und lasse die Schultern rollen, als sei ich im Begriff, den Weltrekord im Gewichtheben zu knacken; und dann setze ich mich wieder und versuche es erneut.

»Rot«, sage ich. Herz sieben. »Rot«, sage ich. Karo As. »Rot«, sage ich. Karo König. »Schwarz«, sage ich. Pik As. »Rot«, sage ich. Herz acht. »Rot«, sage ich. Herz Dame. »Schwarz«, sage ich. Pik neun. Und natürlich sage ich *alle* Talonfarben fehlerlos wahr.

»Wie machst du das!« Monika war völlig von den Socken. Sie strahlte mich an. Doch weder sie würdigte ich auch nur eines ausführlicheren Blickes, noch Spyros, der in sich hineinglucksend sein nun leeres Wasserglas drehte. Was hatten wir im vergangenen Winter am Ofen der Gaststube (allerdings mit umgekehrter Rollenverteilung) die anderen Fischer, Bauern und Schäfer Kouphalas damit aufgezogen!

Nicht mal Karin, in solchem Kneipenhokuspokus gebildet wie keine zweite, hatte etwas gemerkt. Und Sven, der gewöhnlich den hanebüchensten Kokolores glaubte oder wenigstens zu glauben behauptete (wenn nicht zu glauben glaubte); Zen-Zwen, die Wiedergeburt des ewigen Schafs – er prüfte, ob sich die Farben im Scheibenglas des Führerhauses von Spyros' Kutter widerspiegelten.

Und natürlich verriet ich ihm den Trick nicht.

Sondern, ohne daß er etwas mitkriegte, Monika. »Du hast nichts gemerkt?«

»Nein! Was denn auch!«

»Du hättest nur auf Spyros zu achten brauchen. Jedesmal, wenn Rot kam, hat er 'n Schluck Wasser getrunken!«

»Ach soo...«

O ja, bitter ist es, entpuppt sich einmal mehr ein großes, hoffnungsvolles Mysterium der Menschheit als Komplott...

Vielleicht war's ja nur der unerbauliche Kater, den sie an jenem Abend litt; vielleicht. Doch mir schien es vielmehr, als sei sie tatsächlich enttäuscht. Enttäuscht von mir, ihrem Therapeuten, der ich in Wirklichkeit nicht die Bohne außersinnlich wahrnehmungsfähig war. Entwertete dieser Taschenspielertrick nicht auch alles andere, was ich bisher zum besten gegeben? War nicht *ich* der Scharlatan?

Wir schrieben, wie gesagt, bereits A8, und – o ja – längst erholte sie sich jeweils recht rasch von meinen Lektionen... beunruhigend rasch.

XIII

Zwar waren meine Analysen bestechend, in den ersten Tagen, mörderisch hellsichtig und entsprechend schmerzlich für meine Patientin; meine Analysen ihrer Beziehungen, ihrer Lebenskrisis, ihrer Rolle als Tochter, Mutter und Großmutter, als Frau, Hausfrau und Gattin. Außer Hartmut zerrte ich Nessi und Yps (nebst Carlotta) auf meine imaginäre Couch, Mami und Schwiegerschnösel, aber auch ein halbes Dutzend Chargen wie Kegelbruder Hans-Günter und die doofe Wiebke. Ich sagte Sätze à la »Abgrenzung, das Zauberwort heißt Abgrenzung«, oder: »Du wirst um den Schmerz nicht herumkommen«; Sätze à la »Trauer bedeutet nicht, sich den alten Zustand zurückzuwünschen«, oder: »Du mußt spätere Reue vermeiden«, oder: »Du drückst dich davor, zu handeln. Deine Krise *bewahrt* dich davor. Aber sobald du handelst, wird sie verschwinden. Eines Tages mußt du dich deinen Problemen stellen, sonst stellen die Probleme dich.«

Mein Kardinalfehler aber war, daß ich den zweiten Schritt vor dem ersten tat. Der erste psychotherapeutische

Schritt, wie ich als Exirrer sehr wohl hätte wissen können, sollte darin bestehen, das Ich des krisengeschüttelten Subjekts zu rekonstruieren, sodann zu stärken und damit auf den zweiten Schritt *vorzubereiten*. Was soll's, zu Anfang ging's mir ja nur um meine Genugtuung. Und doch: Früh zu denken geben müssen hätte mir der hohe Grad der Verlogenheit meiner väter- oder brüderlichen, ja guruartigen Grimasse der Nachsichtigkeit, die ich zog, wenn – nach Ende des täglichen Unterrichts in Buhmanns Großschule – das Lustprinzip einkehrte.

Und zwar mit Getöse. Seit dem ersten Tag, da Karins Gelächter wieder durchs Dorf schallte, spitzten meine Pappenheimer, während ihre schwarzen Gesponse sich vor den Öfen ihrer stickigen Küchen bekreuzigten, die Ohren. Ihre Nüstern weiteten sich, seit goldene Parfümfäden das Gewebe aus Straßenstaub- und Flußwasserdüften, Grillfleisch- und Anisgerüchen durchzogen, und ihre Blicke bündelten sich auf den bunten Textilfahnen, den seidigen Schöpfen aus Frauenhaar und den Bahnen und Bögen feiner, unbehaarter Haut, die aus den grünschwarzen Schatten der Tavernengärten hervorleuchteten. Und Monika Freymuth war natürlich eine besondere, weil neue Attraktion.

Nach ihrem Entdecker Kosta brava hatten sich auch die anderen gesputet, sie in Augenschein zu nehmen. So früh in der Saison waren Sensationen schließlich rar. Prompt hatte A2 – nach Karins Taschentuch-Wette, nach der Svenschen Zufallsdebatte, nach dem Essen – ein kleiner gelber Fiat auf der Promenade vorm Haus gehalten. Aus stieg der verdammte Panos. Lässig, aber respektvoll wechselte er ein Wort mit Spyros dem Älteren, und dann kam er zu unserer kleinen Oase herübergeschlendert.

Bei all dem angeregten Geplauder bemerkt ihn niemand außer mir, aber Panos fackelt nicht lang: »*Geia sou*, beautiful Lady!« säuselt er Monika von achtern ins Ohr, und als sie aufschreckt und aufblickt zu dem fremden Frauenflüsterer, strahlt er sie einfach nur an.

»Wer ist das denn!« fragt sie Manu verblüfft und so untypisch unhöflich, daß die ganze Gesellschaft ihren Spaß hat. »Jahaaa«, kräht Karin, »Vorsicht, Pano! Unsere Püppi läßt sich nicht gleich von *jedem* von hinten –«

»*Ka*rin!«

»– duzen!«

Obwohl er das nur halbwegs verstanden hat, gibt sich Panos gekränkt und klagt, Schultern hochgezogen, die hellen Handflächen nach außen gekehrt: »You donnt rremember me? Beforre few days? On the mountain?« Er streckt sich in der biegsamen Taille und weist mit dem Daumen gegen Südosten.

»I'm sorry«, lacht Monika, »but...«

»I am sorry, too«, sagt Panos und geht wieder.

A2 ist Monika noch zu hölzern, um sich nach ihm umzudrehen. Indessen Manu ihr fruchtlos zu erläutern sucht, wer er ist, läuft Panos zu seinem Fiat zurück, öffnet die Beifahrertür und sagt etwas zu Spyros dem Älteren, der daraufhin *»'Ochi!«* ruft, doch die Finger in die Ohren steckt und die Augen zukneift – und dann grölt aus dem Karton von Auto eine Schiffssirene durchs nächtliche Dorf. BÖÖÖÖRG! Zwei Katzen springen aus der Eiche und nehmen Reißaus. *»'Ela, maláka!«* ruft Spyros der Jüngere mit lächelnd zusammengezogenen Brauen. Spyros der Ältere feixt sich eins.

»That was *you!*« trompetet die grünäugige Monika, japsend vor empörtem Entzücken, und die nächste halbe Stunde gehört ihr Ohr allein Panos.

Obwohl erst vierundzwanzig, war er seit langem verdammt; verdammt dazu, den Frauen nachzujagen, bis sie ihm die Ohren langzogen oder das Hemd aufknöpften, oder beides. Wir (Männer) nannten ihn gern Winnetou II (die Frauen »Sprechendes Auge«); nie löste er sein blauschwarzes Haar aus dem Lederbändchen – das besorgten seine Eroberungen. Regelmäßig besuchte er Paxos, wo er einen Händler kannte, der ihm diese Bänder en gros verkaufte. Im voraufgegangenen Sommer waren mir an einem einzigen Tag vier Mädchen im Alter zwischen fünfzehn und fünfzig über den Weg gelaufen, die je eines von Panos' Schnüren ums linke Handgelenk geschlungen trugen. Von Marihuana, Luft und Liebe lebte er – wovon sein Fiat, war eines der unzähligen Geheimnisse dieses Landes.

Nai, und schon wird ein weiterer Tisch angekoppelt, Spyros der Jüngere eilt, um Ouzo-Gläser samt einer frischen Flasche Pilavas herbeizuschaffen; und am nächsten Abend (A3), da kommt auch Alexandros noch. Er begrüßt alle, die er kennt, winkt Monika aber nur unmerklich zu.

Alex hatte ägyptische Gene wie so manche Familie hier in Kouphala, doch die Schönheit seiner Haut, Brauen und Glieder, seines Mundes und Wuchses trübte sein tumber Blick. Ja, Alex war tumb, das war kein Tabu oder Geheimnis; *den peirásei.** Nie hatte ich erlebt oder erfahren, jemand hätte ihm je einen Strick daraus gedreht – allenfalls eine lustige Fliege, über die er selber lachen konnte.

Sein Gang ist ein wenig hüftsteif heute, und ich frage Spyros den Jüngeren flüsternd, ob er wisse, was mit ihm los sei. Spyros hechelt in sich hinein. »Chat, wie cheißt, gemacht Chaus neu. *Allá mésa***. Zimmer alle. Wie cheißt.«

»Renoviert?«

»*Nai, akrivós.* Und... wie cheißt, *trepentína?*«

»Terpentin?«

»*Nai.* Terpentin. Nix braucht mehr, *loipón****: macht

---

* macht nichts

** aber innen

*** also

Terpentin in *toualéta**. Chalbe Stunde, Feierabend. Gett auf *toualéta* und raucht, *katálaves,*** und macht Zigarett in *toualéta,* und *voum! Katálaves?*«

Alex setzt sich zum rasenden Erwin und Strong Man und starrt fortan längs über den Tisch auf Monikas Haar. Leider spricht er kein Englisch, und vom Deutschen beherrscht er nur drei Wörter: Beckenbauer, Fuffzichmarrk und ein drittes, das er allerdings erst anderthalb Wochen später verraten sollte, gegen Ende jenes aufsehenerregenden Panigyri – gegen Ende von Monika Freymuths Zeit am Ionischen Meer.

Von diesem Abend an gehörten außer Kosta brava auch der verdammte Panos und der tumbe Alex zur Stammbesatzung unseres Tischs unterm Eukalyptusbaum am Fluß. Auf Stippvisite kam A4 selbst Kosta del sol, der mit seinem eigenen Laden eigentlich genug zu tun hatte – um der Imkerei zu frönen, konnte er gewöhnlich frühestens gegen ein Uhr die Bar Dionysos besuchen. Einmal, ebenfalls A4, tauchte der Schäfer ohne Zähne auf und bot, auf einer Serviette schriftlich festgehalten, Herrn Hartmut Freymuth (in Abwesenheit), wohnhaft *Germanía,* seine achtundachtzigköpfige Herde für dessen Gattin. Zweimal (A3, A6) kam Lakis auf einen Ouzo, einmal (A2) Spyros P., einmal (A2) Kostas M., einmal (A3) Spyros Chr., zweimal (A3, A5) Kostas Th. – und jeder einzelne von ihnen erprobte Karins, Manus und Monikas Bereitschaft zu einem kleinen Menuett. (Ab A2 führte Manu spaßeshalber eine Liste, auf der sämtliche Ouzos vermerkt waren, sämtliche Martinis, Sodas, Colas, Biere, Schoppen etc., zu denen sie und ihre Freundinnen bei Spyros und in der Bar Dionysos eingeladen wurden. Ab A5, bei einem Stand, der sich bereits einer sechsstelligen Drachmen-Summe annäherte, wurde die

---

* Toilette

** verstehst du?

Chose zu unübersichtlich; nicht zuletzt, weil selbst Manu ihr Faible für Buchhaltung im Morgengrauen verlor – wiewohl grundsätzlich die Formel galt: »Manu nippt, Karin kippt.«)

A2 oder A3 hatte ich von der Taverna Plaka aus Kolki und Satsche angerufen, um sie zu fragen, ob sie sich noch an Monika Meurin erinnerten. Bei Kolki kam ich natürlich zu spät – Manu hatte längst mit ihm telefoniert –, doch bei Satsche hatte ich Erfolg mit dieser kleinen Sensation. Wie sich herausstellte, war auch er 1968/69 in sie verknallt gewesen. Wir plauderten ein bißchen über Zufälle; dann erzählte er mir, daß er seine Rolle als Schützenkönig so gut wie komplett verdrängt habe und sich nur noch erinnere, wie sein Vater ihm die Bitte um einen Zuschuß zum Taschengeld, damit er einen ausgeben könne, verwehrt hatte; mit der Begründung, dafür sei der Anlaß zu gering. Ich erzählte ihm, wie sehr mir diese spießige Zicke hier auf die Nerven gehe, und wie erhofft stärkte er mein Ego. »Die machst du als Privatgelehrter doch locker alle!«

Dennoch, meine eigene Sympathisantenmiene, die ich aufheuchelte, wenn ich Zeuge der allabendlichen Flirtattacken wurde, hätte mir früher zu denken geben können, vielleicht sogar sollen oder müssen. Doch andererseits meinte ich – zumindest bis A5 –, mir um den Anstand meiner Schülerin keine Gedanken machen zu brauchen. Außer Lächelei, im Höchstfall entzücktes Japsen konnte ich keinerlei Anzeichen dafür feststellen, daß sie etwaiger Anfechtbarkeit nachgab – geschweige in Form eigener Tatkraft –, und ihr Erröten bei den mittäglichen Frühstücken, wenn Karin mit süffisanten Bemerkungen auf die voraufgegangene Nacht in der Bar Dionysos anspielte (»Na, Püppi? Wieder nicht allein nach Haus gefunden?«), deutete ich als Keuschheitszeichen. (Und bis dahin befand ich es für deutlich unter meiner Würde, Karin oder Manu nach Monikas nächtlichem Wohlverhalten zu befragen – nicht mal im Scherz. Wie hätte denn das ausgesehen.)

Ab A5 aber begann ich die Flöhe husten zu hören. A5 (der Abend, nachdem der nachmittägliche Eselswind begonnen hatte) war, soweit ich weiß, der erste Abend, an dem sie mit Anlauf über ihren Schatten sprang, zur Beendigung ihrer Krise die erste entscheidende Hürde nahm, den ersten Meilenstein setzte auf ihrem Weg zur Neumonikawerdung. A5 war's, daß sie plötzlich, aus völlig freien Stücken, mitten im Garten der Taverna Plaka zu singen begann. Sicher, als Mitglied des Kehdinger Volksliedchors *Kehdinger Volksliedchor e.V.* war sie öffentliche Auftritte durchaus gewöhnt – seit Beginn ihrer Krise aber hatte sie damit aufgehört, und eines hatte sie ohnehin noch nie je gewagt: ein Solo.

Ja, ein Solo. Vor insgesamt zirka zwanzig Leuten. Und zwar ein durchaus gelungenes. Oder vielleicht war ich an jenem Abend auch nur besonders empfänglich dafür, denn in dem Moment hatte ich eben erst einen meiner Anfälle von Hellhörigkeit überstanden.

Solche Anfälle kenne ich, seit ich Migräniker bin (seit meinem alkoholbedingten Unfall im Mai 1988; ich war überfahren worden und hatte mir ein Schädel-Hirn-Trauma zugezogen). Sie treten ausschließlich in Gesellschaft auf, insbesondere angetrunkener, während ich selbst nüchtern bin. Plötzlich scheinen die Geräusche um mich herum – Musik, Gespräche, geschweige sonstiger Lärm – anzuschwellen; von der Anstrengung etwaigen eigenen Sprechens bricht mir der Schweiß aus, und ich höre mich wie einen Fremden, einen fremden Stotterer; die Stimmen der anderen beginnen in meinen Ohren zu dengeln und zu schrillen, daß es mir die Tränen in die Augen treibt. *Was* geredet wird, insbesondere, wenn kreuz und quer, verwirrt mich; es fängt an, sich zu Spiralen zu drehen, dann wieder zu dehnen und zu leiern – und letztendlich verdrahtet sich jeder einzelne noch so schwache Ton mit dem anderen und beginnt, meine Gehörnerven mit Stromstößen von tausend Volt zu traktieren.

Gegen solche Kollapse gab es für mich nur zwei Mittel, lebensgefährlich das eine, das andere ohne Nebenwirkung: erstens Alkohol (rasch zugeführt und hochdosiert), zweitens Abstand.

»Ich empfinde«, hatte ich Dr. Dr. Seymour vorgeheult, »es als unwürdig, in solchen Momenten abzuhauen!«

»Sie empfinden«, sagte Dr. Dr. Seymour, »es nicht als unwürdig, sich ruckartig unmenschlich zu betrinken?«

»Nein«, heulte ich.

»Dann betrachten Sie's so«, sagte Dr. Dr. Seymour: »Wer weitsichtig ist, braucht ebenso Abstand, damit ihm nicht alles vor den Augen verschwimmt. Es wäre doch reichlich überzogen, käme sich einer unwürdig vor, nur weil er weitsichtig ist, finden Sie nicht?«

Bis zu jenem A5 hatte mich seit langem kein solcher Hellhörigkeitsanfall mehr heimgesucht – zu meiner Zeit am Ionischen Meer überhaupt noch nie. Der letzte hatte so lang zurückgelegen, daß ich ihn nicht einmal als Gefahrenpunkt in meinem Alarmsystem berücksichtigen zu brauchen glaubte. Daß der überraschende Rückfall ausgerechnet nach der Begegnung mit einer Figur aus meiner tiefsten Vergangenheit auftrat, betrachtete ich damals als unwesentlichen Zufall.

Nicht gerade un-, aber doch mittelbar täuschte ich mich, wie ich heute glaube: Ich hatte nämlich meinen Gedenktag vergessen. Komplett vergessen. A4 hatte sich zum fünften Mal der Tag gejährt, an dem Anita samt unserem Freundeskreis mich meiner tagelangen schweren, teils manisch-depressiven, teils psychotischen Phase nach meinem seelischen Zusammenbruch entrissen und ins Stader Krankenhaus geschafft hatte.

Noch nie hatte ich diesen Gedenktag vergessen. Es war das erste Datum, das ich mir in einem neuen Kalender jeweils notierte. Schon den ersten Jahrestag hatte ich begangen, allerdings noch unter Aufsicht, in Bad Suden. Den zweiten, dritten und vierten beging ich am Ionischen Meer – rituell, in absoluter Einsamkeit.

Den fünften also vergaß ich. Erst Tage später sollte er mir wieder einfallen. Möglich, daß mein Unterbewußtes hellwach war. Möglich, der Grund dafür, daß jener Hellhörigkeitsanfall ausgerechnet A5 auftrat, war jene altbekannte Mischung aus Reminiszenz und selbsterfüllender Prophezeiung: *Irgend*eines der längst überwunden geglaubten Zipperlein suchte mich nämlich *jedesmal* heim, wenn ich meinen jährlichen Gedenktag beging.

Wie auch immer...

A5 war einer jener Abende, an denen Kouphalas Charakter als Fluchtpunkt der Sehnsucht so augenfällig wurde. In paradiesischer Wärme am Ufer des Acherons das Dasein zu feiern, das war ein und dasselbe alljährliche Ziel eines Stamms unterschiedlichster Erdenbürger. Ich könnte Stammbäume entwerfen, wer zu welcher Zeit hierhergekommen war, wen er in den nächsten Jahren mit hierhergebracht hatte; angefangen bei Veteranen, die sich noch daran erinnerten, wie das Totenorakel auf dem Lindwurmhügel ausgegraben wurde. Veteranen (nicht nur Anita), die ihre Ferien, ja gesamten Semesterferien in Spyros' des Jüngeren Familie verbracht hatten, die unterm selben Dach wie Soula und ihr Mann, Spyros der Ältere und der kleine Spyros lebten (Elevtheria war noch gar nicht geboren). Veteranen, die noch in dem alten Ouzeri im Ortskern einen Pilavas getrunken hatten – für 21 Drachmen (in Pfennigen kaum auszudrücken), einschließlich *mesé!*

Es gab Zeiten, da konnte man sich für umgerechnet zwei Mark täglich restlos mit Retsina betrinken. Bei Kosta in Mesopotamos konnte man für umgerechnet einsfuffzig eine mit Gyros und Salat gefüllt *píta** essen, deren Nährwert bis zum nächsten Abend reichte. In Kanalaki gab es einen Friseur, der einem, sofern blond, zwecks Perückenherstellung die Haare abkaufte, je nach Länge für bis zu sechzig Mark. Manche der Stammurlauber kannten Kaloligia noch, als die Serpentinenstraße den Berg hinunter nur eine steinige Piste war, ebenso wie der Weg zur einzigen Bude, unter deren strohgedeckter Veranda man einen karibischen Blick aufs Meer hatte. Selbst in der Hochsaison tummelte sich gerade mal alle hundert Meter ein Pärchen oder Grüppchen am kilometerlangen weißen Sandstrand.

Die einen kamen im Juni, wenn es – normalerweise – noch nicht allzu heiß war (manche von denen kehrten, aus demselben Grund, im September noch einmal zurück); andere, die von den jeweiligen Ferien abhängig waren, kamen im Juli und August und ächzten jedes Jahr wieder über die unerträgliche Hitze; wieder andere kamen ausschließlich im September/Oktober, wenn »der kleine Sommer« anbrach, wie ihn die Griechen nannten, wenn die Luft angenehmer, das Meer aber noch warm war.

Weil es die Annehmlichkeiten des Pauschaltourismus in Kouphala nicht gab, waren hier auch jene Paare seltener, die sich im Urlaub noch weniger zu sagen haben als zu Haus und in Erwartungshaltung versauern – jene Paare, die Karin einmal so hübsch als »Amme & Memme« bezeichnet hatte.

Eine der Fragen an jemanden, den man häufiger hier sah, lautete: »Wann bist *du* eigentlich zum ersten Mal nach Kouphala gekommen?« Vor vier, vor zwölf, vor dreißig Jahren… »Und wann kommst du immer?« Vorsaison, Hauptsaison, Nachsaison… »Dann müßtest du eigentlich auch den komischen Kuno kennen, oder?«

---

* Teigtasche

Oder den blassen Horst. Die Hannoveraner. Den Heineken-Zirkel. Den lockeren Fredo, an jedem Finger ein Ring, in jeder Kneipe ein Deckel, in jedem Hafen eine Braut. All diese Individuen! Fahnenflüchtlinge, die in Parga einen Fahrradverleih gründeten; einzelgängerische Weltumsegler, die sich für den schlimmsten Fall ihre Internetadresse hatten auf die Schulter tätowieren lassen; Sonnenanbeter, die wenigstens drei Monate im Jahr keine Socken tragen mochten; Lulli oder Anna oder Bregen-Heinzi, haptischer, hektischer Stulle-Pulle-Typ aus Bremerhaven, dessen fixe Idee darin bestand, mich im Schach zu schlagen und, jeweils vier bis fünf Züge, bevor er matt war, murmelte: »Jetzt mach ich den Sack zu!«; der einmal fragte: »Wie heißt der noch mal, der Gott des Saufens – Typhus? Nee, nä?«; der, ständig unter Retsina-Einfluß, zwischen Kosta del sols Laubenterrasse und der Taverna Plaka rochierte, in einer Fortbewegungsart, die wirkte, als habe er zwanzig Jahre als Sandwich-Mann auf dem Buckel; der Damenbart trug und ein T-Shirt mit dem Dreizeiler *NOTARZT / Ausziehen! / Hinlegen!;* der mit Vorliebe Wörter und Wendungen verwendete wie »Lampinjongs«, »Serpentinien« und »Du bis' ja vielleicht 'n Windfang«; der jedweden arglosen *Kaliníchta**-Gruß mit dem Klassiker unter den Klischeekalauern erwiderte (»Kalli is' nich' da!«); der, mit Augen wie Schießscharten, bisweilen unter cholerischen Anfällen litt, so daß Spyros der Jüngere vom Tisch am Haus aus auf ihn deutete, mitleidig schnalzte und sagte: »Wieder wute.«

»Wer einmal hier war«, sagte Ingo, »der kommt nie zurück – oder immer wieder. Dazwischen gibt's kaum was.«

Außer Ausnahmen wie etwa den Klomann. Den Klomann, Typ norddeutscher Lautsprecher Anfang fuffzig,

---

* Gute Nacht

hatte ich erstmals zehn Jahre zuvor erlebt, als ich mit Anita hier war, und zum letztenmal in meiner ersten Saison hier in Kouphala, und zwar im »Gespräch« mit Lena, Kosta del sols hilfloser Mutter. »Also mit Bädern, da sind die Griechen wie die Polen. Mal 'n *bißchen* geschmackvoll, *bißchen* moderner, Herrgottnochmal. Aber denen ist ja alles zu teuer! Jaja, Deutschland teuer, in Griechenland alles billiger!« Eine Stunde ging das so weiter mit derlei Scheißhausparolen, bis er abschließend log, na, ihm sei das ja egal, und übergangs- wie erbarmungslos die Geschäftspolitik eines Niko in seiner Heimatstadt Rothenburg an der Wümme zu analysieren begann. »Dem sagen sie ja nix, aber bei *mir* beklagen sich die Gäste. Ewig dieses Griechisch, und daß sie die Gewürze nicht vertragen – ich sag zu Niko: Dann mach doch einmal im Monat 'ne Schweinshaxe mit Kraut! Dann läuft der Laden, da geb ich dir Brief und Siegel, sag ich.« Später erzählte mir Lena, sie kenne jenen Niko, ein Vetter arbeite dort, und so schlecht könne dessen Restaurant nicht laufen, wo er doch einen Hunderttausend-Mark-BMW fahre. Während der Klomann mit seinem Sanitärgeschäft nicht nur an der Wümme, sondern auch in Kanalaki pleite gegangen sei.

Und der Treffpunkt all jener Spießer und Spinner, Segler, Schnorchler und Taucher, Schrauber und Camper war unumstrittenermaßen die Taverna Plaka. Je weiter die Saison voranschritt, desto dichter staffelten sich die Wiedersehens- und Abschiedsszenen – Händegeschüttel, Umarmungen und Küsse rechts und links; mitunter gar die eine oder andere Träne. »Jan! Oider Depp! Rhinozeros! Jo, wie hammer's denn!« – »Du aldär Borzi! Häß du wäs midde Ohr'n oder wäs? Ich horb schon länge Jämmäs gesorcht!«

»Guido! Wo bischd'n letscht's Jahr g'wese?« – »Oh, da wor ich chronkch, od'rr?«

»Spyro, mach et joot. Tschö.« – »Kommst du wieder nächste Jahrre, bin ich lustig.« Und dann drückte er Tünnes noch, auf eine leere Pepsi-Flasche gezogen, einen Liter Tresterschnaps in die Hand, den berüchtigten Tsipouro.

A5 war ein Abend, an dem unser Stammtisch unterm Eukalyptusbaum auf vierfache Länge anschwoll und weiter hinten, am Haus, eine Wiederbegegnung gefeiert wurde. Die trinkfreudige österreichische Besatzung eines riesigen, in Korfu gecharterten Katamarans traf auf die »Zusammengeschraubten«, wie Anita sie zehn Jahre zuvor getauft hatte, die fünf Mitglieder einer belgischen Death-Metal-Band. Als Soula sie seinerzeit zum ersten Mal sah, floh sie erst mal zu Kütje. In der Tat, allein vor den Motiven ihrer T-Shirts und Tätowierungen würden selbst gestandene Exorzisten Reißaus nehmen. Ihre Physiognomien aber – Verschnitt aus den Fleischwannen Dr. Frankensteins. Und hätten sie ihre Haare gefärbt und in einen Topf geschmissen, sie hätten vom Erlös ihren dreitägigen Heineken-Bedarf decken können. Oder sagen wir zweitägigen, denn was in diese wallonischen Lederpansen da hineinging – und zwar die ersten drei Stunden ohne sonderlich sicht- oder hörbare Wirkung –, das nötigte selbst einem Kampfsüffel im Ruhestand wie mir enormen Respekt ab.

An einer weiteren Tafel hockten Segler, ein Gremium aus beurlaubten Lehrern, bescheidenen Millionären und weißhaarigen Pensionären mit Teint; die Rede war von reflektiertem Schwell an der Küste Sardiniens und von Düseneffekt, Verwirbelungen und Fallböen zwischen den Inseln um Korsika, von raumem Wind und Fischermurings und so weiter, immer weiter.

An solchen Abenden lief Spyros der Jüngere zu Höchstform auf. Sein Lächeln unterm Schnauzbart, feucht von Schweiß, aber leuchtend, ließ nie nach, während er Teller und Tabletts, Flaschen und Gläser aus der Küche anschleppte, die Unterarme hoch bepackt, durch die blauen Flügeltüren der Gaststube schoß, artistisch zwischen vorbeiknatternden Mopeds hindurchwedelte und zwischen den Tischen hin- und hertrabte. In Griechenland schien es keines Kellners Würde zu verletzen, wenn er mit einem diskret gezischelten »Pst!« oder »Sst!« auf einen Wunsch aufmerksam gemacht wurde, falls die konventionelle Ansprache im allgemeinen Wirbel unterging. In deutschen Regionen würde diese Form von Locklaut wohl als herrisch aufgefaßt – mit historischem Recht –, hier offenbar lediglich als legitimes, probates akustisches Mittel, den Gesprächslärm zu durchdringen. Hier hatte ich noch nie jemanden aus dem Gewerbe erlebt, der aus reiner Bockigkeit auf stur geschaltet hätte.

Und Spyros schon gar nicht. Im Gegenteil kam er, so schnell es eben ging, machte noch im Wiederabrauschen über die Schulter ein Witzchen, rief Soula und Elevtheria Bestellungen zu; im Laufe der Nacht zog sein Banner des Charmes helle Bahnen kreuz und quer, bis den ganzen Garten ein Kolorit fröhlichster, ja seliger Freude erfüllte. Denn seine Unterhaltungskunst glitt nie ins Plumpe und Abgeschmackte ab, nie; niemals.

An solchen Abenden, in solchen Nächten machte ich meinen Frieden mit der Welt. In solchen Nächten fiel es mir nicht schwer, dem Spotten der Götter eine Hommage an den Menschen entgegenzusetzen. In solchen Nächten spürte ich unser Herzblut wie mit haarfeinen Elektroden verbunden.

Um so unverständlicher kam es mich an, daß ich ausgerechnet an einem solchen Abend der Hellhörigkeit anheimfiel. Nun, die Stunde der motorisierten Flaneure war angebrochen: Bengels, die über die Promenade knatterten, mit Mopeds, »besser frisiert als sie selbst«, wie Ingo sagte, und in ihrer Väter Limousinen der Luxusklasse mit deutschen Kennzeichen junge Männer, die durchs heruntergelassene Fenster mit Spyros dem Älteren ein paar Worte wechselten, lässig, aber respektvoll. Vorm Haus tobte die Begegnung Belgien gegen Österreich, und an unserem langen Stammtisch wurde lebhaft geschwatzt, und über all dem Geknatter und Sechs-Zylinder-Knurren, Gelächter und Palaver sang Dalaras.

Während ich allmählich merkte, daß ich mich auf Manus Worte nicht mehr konzentrieren konnte, war ich ungläubig, daß mir das noch mal passierte; doch als mir vor Ohrenschmerzen die ersten Tränen in die Augen traten, handelte ich sofort. Ich stemmte mich aus dem Stuhl. Drei Schritte ans Ufer. Als ich die Kutterreling packte, spürte ich deren übermalte, blühende Rosträschen überdeutlich. Ich schwang mich hinüber, ganz Backbord gab unter meinem Gewicht nach, und mit einem Sprung landete ich rittlings auf der Reepschnecke am Bug. Es duftete nach feuchtem Seil, nach ausgetrocknetem Holz, nach Meer. Träge strömte der Fluß, der »Fluß aus Tränen«. Jetzt war er fast schwarz – auch *mávros potamós** wurde er früher genannt –, schwarz und viskos; kopfüber und wellig spiegelte sich die Schilfhecke darin, doch so schwach, daß die grüngoldenen Speichen des Mühlrads nur als Original zu sehen waren. Ein Bisam schwamm das gegenüberliegende Ufer entlang.

Ich lehnte mich zurück und versuchte, ruhig zu atmen. Der Halbmond, inzwischen deutlich schwanger, bewachte eine Rappenherde von Wölkchen, die den myriadenfach leuchtpunktierten Nachthimmel überm schwarzzottigen Schildkrötenhügel abweideten. Blinkend floh ein unsichtbares Flugzeug.

Und tatsächlich: Jetzt, von hier aus, scheiden sich die Geräuschelemente wieder voneinander. Nach und nach

---

* schwarzer Fluß

werden sie nicht nur wieder erträglich, sondern zu einer Art von Musik in meinen Ohren... ganz allmählich gleite ich in einen Zustand meditativer Konzentration; mal lasse ich das vielstimmige Hörspiel als Ganzes auf mich einregnen, mal denke ich über einzelne Sprecher nach, dann wieder richte ich meine Antennen auf bestimmte Stimmen und Gegenstimmen... rabenschwarz geräuchtes Gekrächz: »Püppi! Wat is! Zieh nich' so 'ne Flunsch!« – Soubrette: »Tu ich ja gar nicht! Das sind immer noch die Mückenstiche!« – Alt: »Nun schenk; nun schenk mir; nun schenk mir mal endlich *krasí** nach, da. Aber hallo.« Meckertenor: »Für alte Jahre schreibe mit Problemm, mit Moskito, mit alles. Kennst du alles hier. So nimms so mit Flugzeug. Viele Moskito, aber so alle Feld, so alles hier mit Reis, so mit Japan, mit China, viele Moskito, aber so viele Problemm so mit Moskito. So mit Wasser. Viele Leute tott hier, meine Mutter ist jetzt dreiundsiebzig, mit Italiener, mit Deutsch, nimms mit Kanone, viele Totte so nimms mit Kanone...«

Dann der ruhige, besonnene Ton des traurigen Stephan, eines Neulings, seit dem Vorabend Logiergast bei Spyros dem Jüngeren. Das, was man einen Mann im besten Alter nennt. Dünnes graues Haar, Brille. Angereist mit leichtem Gepäck und einem sympathisch unstandesgemäßen, recht klapprigen VW Passat. Er erholt sich hier in Griechenland von einer Operation am Magenkrebs, eingehandelt in Ausübung seines Berufs. Er ist bei der internationalen Drogenfahndung (und, übrigens, als Mitbegründer des Weißen Rings Träger des Bundesverdienstkreuzes) und hat viel Elend gesehen, im Regenwald Kolumbiens und anderswo. Zudem zufällig Nachbar des Bundeskanzlers a. D. Dr. Helmut Kohl, ärgert er sich ruhig und besonnen, aber traurig über die Tatsache, daß nach Empfängen seinerzeit mit-

---

* Wein

unter Blumenblüten und Abfall in seiner Oggersheimer Wohnstraße liegengeblieben sind.

Mit dem traurigen Stephan hat sich am Vorabend, sofern man mochte, vorzüglich über alle möglichen aktuellen Themen debattieren lassen – nur über eines nicht: Legalisierung von Drogen.

»Als ich von... mnörö... Igoumenitsa kam«, sagt er gerade traurig, »ist mir ein mnörö... ein *Bär* über den Weg gelaufen...«

Bereits am Vorabend hat mich Stephans Gebrauch jenes ganz eigentümlichen Redefüllsels entzückt. So selten ist es ja nicht, wenn ein Sprecher ein konventionelles, offensives *äh*, mit dem er Formulierungszeit zu gewinnen versucht, zu *öh* abschwächt. Doch diesen ohnehin Verlegen- oder auch Bescheidenheitsimpuls wiederum weiter zu dämpfen, indem er noch Unentschiedenheits-, wenn nicht Widerrufslaute wie m und n davorsetzt, als sei er sich jederzeit bewußt, daß jede Aussage der Menschheit, also auch seine eigene, stets mit Vorsicht zu genießen sei, entzückte mich – ganz zu schweigen von der Verdoppelung der Verbindlichkeitssilbe aus offensichtlich rhythmischen, also musikalischen Gründen. So was hatte ich noch nie gehört.

»Was? Das glaub ich nicht.« Ingo.

»Doch mnörö... Eindeutig mnörö... Oben im Berg, ein paar Serpentinen vor Plataria, nach dem Hafen. Kam von oben... überquerte vor meiner Kühlerhaube die Straße und mnörö... verschwand im Oleander. Ein Bär, eindeutig.«

»Das glaub ich nicht.«

»Yorr eyes... Jesus, yorr eyes...« Und nun er wieder, der verdammte Panos.

»Be quiet, boy. I'm a grandmother, you know?«

»Yorr a what?! Yorr a girrl!! – Pretty woman...« Jetzt beginnt er auch noch zu singen. »Yes! Maybe, you can teats me something, but yorr notting but a wonderful pretty young woman, I swearr!«

Ja, ja, dachte ich. Das war ihre Masche: *Du kannst mir noch was beibringen...* Bei ähnlicher Gelegenheit, so erzählte Karin einmal, habe sie gesagt: »Und was hab *ich* davon?«

»*Nai! Physikä! Téssera chrónia akóma, kai tha eímaste protathlités tis 'Evropis! Váso stoíchima!** Fuffzichmarrk!«

Ingo übersetzt.

»Ja, ja... Klar. Und die Färöer werden Weltmeister. *Haarrrrhh...*«

»See you laterr at Barr Dionysos? I like to see how you dance, okay? I want to dance with you. Bye, pretty woman!«

»... einundvierzig, zweiundvierzig, ja. Viel große Problemm, aber diese Platz viele Problemm mit Schaffe, sechzig Prozent alles tott, und viele kleine Kinder tott von Chemikalien. Kennst du die alte Kanone so mit Feuer, alle Heu, alle nimms mit Heu und Bäume, und viele Deutsche mit Offizärr alles kaputt. Ich hab eine große Buch in Haus, ich hab zwelf Jahrre in Schule, hab ich schreib von zwelf Jahrre auf, von meine Vater, von meine Oppa, von meine Mutter, ich schreib noch Musik. Aber jetz so... *panigýri,* aber jetz so nix. Eine Familie vierzig Jahrre so nix essen. Alles in Fluß, kommt der Italiener mit Deutsch.«

So sprachen sie dergleichen miteinander...

Ja, ich fahre meine Antennen aus, lausche hier ein bißchen und dann wieder dort... als nächstes ein Weilchen den Organen des rasenden Erwins und Strong Mans. So unterschiedlich in der Tönung, entstammten sie doch unverkennbar ein und demselben Strich Land. Der rasende Erwin sprach ruhig, in mittlerer Lage und voller Zurückhaltung, stets auf nur ein Gegenüber gerichtet, so daß die

---

* Ja! Natürlich! Vier Jahre noch, und *wir* werden Europameister sein! Geh' ich jede Wette ein!

anderen in der Runde schweigen mußten, wollten sie hören, was er sagte – und das wollten sie oft, denn Erwin konnte eindrücklich erzählen, wenn er wollte. Ungern machte er ein Wort zuviel.

Ebenso wie Strong Man, der allerdings mit mehr Dampf dahinter. Wiewohl ein Rammbock von Kerl, hätte seine Stimme auch zu einem Hänfling gepaßt. Mit mühelosem Druck, aber hochtönig drang sie aus einem Brustkorb, dessen Muskelwölbungen geradezu harnischartig wirkten, und die hellen Selbstlaute erreichten manchmal Quäk-Frequenzen. Dagegen war das R die volle Umdrehung einer Holzknarre, und breit wie das Land, von dem sie stammten, waren Strong Mans Wörter. Zermalmte er eines (eines der wichtigsten!) zu »Schrrroubenzior«, empfand ich etwas Heimeliges, Geborgenheit Verströmendes; etwas, das dem entfernt verwandt ist, was im plötzlich aufkeimenden Respekt vor einem alten Baum steckt; etwas, das die Wurzel der *reifen* Zuneigung zur eigenen Herkunft nährt; vielleicht außerdem etwas, das die Sehnsucht nach jenem versunkenen Augenblick schürt, in dem ein Teil der Vaterkraft und Güte, in die gehüllt man sich wußte, auf einen selbst überzugehen schien, als man zum ersten Mal einen Nagel so tief ins ungehobelte Holz hämmerte, daß selbst der rohsilberne Kopf in den Fasern verschwand...

Dabei war das Bremisch-Vechtaranische unverkennbar! Wo Karin und ich herkamen, hieß es keineswegs »Schrrroubenzior«, sondern »Schraubmzia« (und in Hamburg »Schräoubmziä«).

Wie auch immer, Zungenschlag allein gilt noch gar nichts ohne den Menschenschlag. Strong Man und Erwin – Kerle, auf die nur jemand was kommen ließ, bei dem eine Schraube locker war.

Zwei Abende zuvor, einen Tag vorm Eröffnungsspiel der Europameisterschaft im Fußball, waren sie eingetroffen.

Ingo hatte sie aus Igoumenitsa abgeholt, und als die beiden seinem Jeep entstiegen, da wallte es in meiner Brust vor Wiedersehensfreude, und die Geißelung Svens war nurmehr zweitrangig gewesen.

Diese beiden Evilknievels, zusammen kamen sie auf mehrere Jahre Krankenhaus. Ein statistisches Schattendasein führten *die* Knochen in ihrem Leib, die *nicht* mindestens einmal geprellt oder gestaucht, gesplittert, gebrochen oder zertrümmert gewesen waren. Erwin war Urheber eines Satzes, der mich seinerzeit tief beeindruckt hatte: »Lieber kannst du gegen 'ne Betonmauer semmeln, die gibt wenigstens noch 'n halben Zentimeter nach; aber 'n Baum, 'n Baum keinen *Milli*meter.« Niemandem traute ich zu, das besser beurteilen zu können als der rasende Erwin. Lange Jahre auf der Landstraße, aber auch Fahrer bei Kradrennen verschiedenster Disziplinen, war er zwar längst nicht mehr der Heißsporn von früher. Hochoktanig aber nach wie vor das Blut, das in seinen Adern kreiste. Gelassen kreiste – unfaßlich gelassen, denn sein Credo blieb Tempo.

Wie das von Strong Man. Der wiederum hatte zwanzig Jahre zuvor, bei jenem Motorradunfall, nicht nur ein Bein verloren, sondern darüber hinaus den zweiten Fuß. Daß immerhin der ihm für immer wieder angeflanscht werden konnte, geisterte seinerzeit monatelang als Sensation durch die chirurgische Fachpresse. Strong Man, so getauft von Spyros dem Jüngeren wegen seiner Oberarme, schuftete bei seinen Aufenthalten hier in Kouphala täglich mehr aus Umtriebigkeit weg als so mancher Kouphalianer wöchentlich zwecks Broterwerb: Er schleppte die Preßluftflaschen der Taucherausrüstung vom Kompressor auf dem Hinterhof zum Fluß auf sein Schlauchboot und vom Boot zum Kompressor auf dem Hinterhof; er schleppte den Außenborder vom Hinterhof zum Platz, wo sein Rennboot auf Kiel lag; er baute die Batterie seines Ascona aus und schleppte sie der Himmel wußte wohin; er schraubte an dessen Motor, Getriebe, Einspritzpumpe herum und an der Bootsmaschine; er lackierte das Spiegelheck... Auf ein Bein mehr oder weniger kam es ihm bei all dem nicht an. Neben der Schrauberei fuhr er nach wie vor Motorrad und kreuzte den ionischen Himmel über den Bergen mit seinem Ultraleichtflugzeug, er tauchte nach Wracks und Zackenbarschen und hüpfte auf dem Jet-Ski über die Meereswellen.

Seit seinem klinischen Tod hatte er nur einziges Mal sein Schicksal bejammert. »›Scheiße, Bein weg‹ und so; aber da hatte ich wohl was Falsches gesagt, und da hat er mir den Kopp zurechtgesetzt, der Knochenklempner da, im Krankenhaus. Ich soll froh sein, daß ich noch lebe, meinte er.« Noch nie hatte ich jemanden kennengelernt, der einen solchen Rat so eindrucksvoll beherzigt hätte wie Strong Man.

»Nach Aidonia?« sagt er gerade zu Ingo. »Da kann ich dich hinfahren. Kein Problem. Wir wollten sowieso mal wieder bei Vassiliky essen gehen.« Ich justiere meine Antennen ein bißchen feiner.

»Sag bloß«, sagt Manu, »du besuchst jetzt *auch* diesen; diesen ominösen Theo.«

Aha, anscheinend meint er es ernst, der flinke Ingo. Zwei Stunden zuvor hatte ich am Rande verfolgt, wie er mit Spyros dem Älteren sprach. Ingos Griechisch war nicht weniger »hacht« als sein Wuppertaler Idiom – das R rollte nicht, sondern krachte, das Delta lispelte nicht weich, sondern summte, das Thita lispelte nicht hart, sondern zischte –, und ich hörte, wie das Wort *ouzomanteíon** fiel, und jetzt macht er anscheinend ernst und fragt sich, wie er am nächsten Abend nach Vrachovouni kommen soll. Nach allem, was man so hört, bleibt ein Rausch *nie* aus, wenn

---

* Ouzo-Orakel

man das Ouzo-Orakel befragt, und von dort oben aus den Bergen nachts zurückzufahren ist schon nüchtern nicht ganz einfach.

»Vielleicht«, antwortet Ingo, »kann *der* mir helfen mit dieser verfluchten Opferanode. Ich weiß einfach nicht mehr weiter.«

»Der hat auch von *so* was Ahnung?«

»Mal sehn. Bin selbst gespannt. Soll ja mal Chiffsbauer in Alaska gewesen sein.«

»Ja, ja«, sagt Manu. »Und Psychiater in New York, Atomphysiker in Neu-Delhi, Tierpfleger im Zoo von; von; von Salvador de Bahia...«

»Mir«, sagt Strong Man, »hat mal einer erzählt, er wär' Fidel Castros Vorkoster gewesen...«

»... und Streetworker in Amsterdam...«, sagt Ingo.

»... Koberer im Salambo auf St. Pauli und Schreinermeister in Nürnberg, Ornithologe auf Feuerland und; und; äh...«

»... internationaler Motorspochtler, kanadischer Meister im Schwergewichtsboxen, griechischer Konsul an der Elfenbeinküste, Philosophieprofessor in...«

»... Berkeley?«

»Ich hab' gehört, an der Sorbonne«, sagt Ingo. »Na ja, wir werden sehn...«

»Ich kann dich hinfahren«, bekräftigt Strong Man, »nach Aidonia. Ich wollte sowieso mal wieder –«

»Aber du weißt, von da aus ist das noch 'n Stück höher in die Berge«, sagt Ingo. »Das geht noch gut zwei, drei Kilometer in Serpentinen durch'n Olivenwald, und vorm Ortseingang Vrachovouni schlägt man sich links rein, und dann muß man noch fünf Minuten zu Fuß 'nen ziemlich steilen Ziegenpfad rauf. Hat mir die gute Vassiliky schon erklärt. Hört sich anstrengend an – ich weiß gar nicht, wie der alte Spyros den Weg gewuppt hat, aber er meinte, sie übertreibt.«

Strong Man, der rasende Erwin, Karin, Manu und ich und so einige andere, wir schätzten Vassilikys abgelegene kleine Bergtaverne. Vassilikys Bruder hatte die Fliesen in Ingos und Karolinas Villa verlegt und die beiden im Gegenzug nach dorthin eingeladen. Seither führten sie regelmäßig auch ihre Gäste nach Aidonia – in Anerkennung seiner guten Arbeit, um seiner Schwester Umsatz zu steigern, weil es eine schöne Abwechslung war und zudem schmackhaft, reichlich und preiswert: Man rief einen Tag vorher an, bestellte einfach ein Menü für soundso viele Personen, und dann fuhr man hinauf und setzte sich auf die schöne Steinterrasse, und dann begann die gute Vassiliky Hühnchen zu grillen, Lammkoteletts, Bifteki und Souvlaki vom Schwein, tischte hausgemachten Tsatsiki auf, schenkte Wein und Ouzo aus, und zum Schluß wurde die erstaunlich geringe Gesamtrechnung durch alle geteilt.

Schon die etwa halbstündige Strecke (via Kanalaki) war ein kleines Erlebnis. Auf dem Hinweg, wenn es noch hell war, konnte man den, wie Ingo sich ausdrückte, »bekopptesten Bolzplatz der Welt« besichtigen: Mitten im Gebirge war – »mit EU-Geldern natürlich!« – ein Schotterplatz eingerichtet worden, mit Toren und darüber hinaus zwei Basketballkörben und allem Drum und Dran; unbespielbar dennoch (oder jedenfalls nicht allzu lange), denn ginge mal ein Schuß daneben, suchte man unter Umständen drei Wochen nach dem Ball, so exponiert war der Platz auf jenem Plateau: Rundum ging's steil abwärts. »Typich griechich!« wütete Ingo typich rheinich. Noch etliche Kilometer höher, von einer bestimmten Passage aus, hatte man einen phantastischen Blick auf Kanalaki und das Phanari-Tal bis hinaus ans Ionische Meer. Und auf dem Rückweg, wenn es Nacht war, blinkte bunt das Disko-Grab eines geliebten Sohnes, der mit dem Motorrad verunglückt war.

Ja, wir waren schon häufiger dort oben gewesen, in Aidonia, und wann und wo auch immer von »Theo« in Vrachovouni die Rede war – im Sommer auf der Steinterrasse Vassilikys, auf dem Marktplatz von Kanalaki oder in den Hafenbars von Parga, im Winter am Ofen der Taverna Plaka oder in Lakis halblegaler Spielhölle von Mesopotamos: immer und überall in einer Tonart der Ehrerbietung, und nicht selten von dankbarer Bekreuzigung begleitet.

Ganz gleich, wie das Problem geartet war – wer Rat brauchte, suchte ihn bei jenem Eremiten unbekannter Nationalität, der auf dem »Berg ohne Namen« lebte, dem südwestlichsten Ausläufer der Gebirgskette des Souli, angeblich in einer Wohnwagenburg, von der man sich fragte, wie er sie überhaupt auf die Plattform in der Nähe des Gipfels oberhalb des Dörfchens Vrachovouni hinauf habe schaffen können. »Da gibt's nur eine Möglichkeit«, sagte Ingo. »Mit'm Hubschrauber. Bei seinen Verbindungen kennt der bestimmt einen von der staatlichen Brandüberwachung.«

Es hieß, seine Stimme klinge wie ein Cello. Es hieß, es habe Frauen gegeben, die nur wegen seiner Stimme zu ihm gepilgert seien, und sie habe er nicht fortgeschickt wie so manchen Mann, der kein anderes Anliegen hatte als Neugier. Es hieß, er empfange nur nachts und nur, wenn der Mond scheine, und wer eine Audienz wolle, tue gut daran, vorbereitet zu sein, um sein Problem deutlich darstellen zu können – andernfalls werde er wieder zurückgeschickt –; ja es hieß, Leute hatten von ihrem Plan, ihn aufzusuchen, Abstand genommen, weil sie befürchteten, sich nicht gut genug vorbereitet zu haben. Sein Spitzname »Ouzo-Orakel« rührte daher, daß man als Honorar (beziehungsweise Opfergabe) je nach Schwere des Problems zwischen einem und fünf Litern Ouzo mitzubringen hatte, und zwar »Ouzo-*Nektar*«, sprich Pilavas, nicht irgend so einen Ziegenlikör, mit dem die Gäste griechischer Restaurants in Deutschland gratis abgefüllt zu werden pflegen.

Drei Jahren Hörensagen nach soll Theo mehrere Ehen gekittet haben, ja einen krebskranken Athener Dollarmillionär durch die richtigen Hinweise geheilt (die aus Dank angebotene Milliarde Drachmen aber abgelehnt – mit der Begründung, die mache ihn, Theo, auch nicht gesünder). Ein wunderschönes, doch selbstmordgefährdetes, weil verunstaltetes Mädchen aus einem Dorf vom fernen Pindos habe er gerettet, indem er ihr »jenen Wald von Warzen in ihrem Gesicht für tausend Drachmen *abgekauft*« habe, wie ein Pope in Kanalaki erzählte. Er sei Coach für die Leichtathleten der griechischen Nationalmannschaft gewesen, Brautführer einer levantinischen Prinzessin, diplomatischer Berater Gaddhafis. Darüber hinaus soll er diverse europäische Großmeister im Simultanschach geschlagen haben und erfolgreich in der Entführung einer französischen Reederstochter vermittelt, die nie an die Öffentlichkeit gedrungen sei. Ein italienischer Fernsehjournalist soll ihm viel Geld für ein Porträt geboten haben. Abgelehnt. Und als ich Spyros den Älteren fragte, ob das Ouzo-Orakel ihm bei seinem »Behördenproblem« – welcher Art das genau war, verriet er nicht – habe helfen können, strahlte er geradezu, wischte nach griechischer Art zweimal die Hände aneinander und sagte: »*'Ola entáxei.*«*

Nichtsdestotrotz: Mir war das Gewese um diesen Theo (Theo! »Theo«!!) suspekt, schon allein, weil Zen-Zwen – natürlich! – nie die noch so entfernte Gelegenheit ausließ, von ihm zu schwärmen. Natürlich obwohl er ihm ebensowenig je begegnet war wie die meisten von uns. »Det is'n Erleuchteta, janz klar. Die Mönche in Timbuktu leben ooch uff'm Berch jetze wa?«

Nun wollte ihn also selbst einer wie Ingo befragen. Um einen wie den flinken Ingo zu einer Aussage zu treiben wie

---

* Alles in Ordnung!

»Ich weiß einfach nicht weiter«, da bedurfte es schon übelster Widrigkeiten, und als ich ihn am darauffolgenden Abend fragte, wie's denn beim Ouzo-Orakel gelaufen sei, da hatte er denn auch noch rechtzeitig vorher eine andere Lösung gefunden.

Ingo war Tatmensch vor dem Herrn. Von beneidenswerter Energie beseelt, stand er stets um sieben Uhr morgens auf, egal, wie lang die Nacht geworden war, und reinigte erst mal den Swimmingpool. Manchmal, hatte er mir einmal erzählt, rumore sein Eifer bereits nach drei, vier Stunden Nachtruhe, und dann wisse er nie so recht, wohin damit. Man sah es förmlich. Wenn Ingo sich bewegte, schien es, als nutzte er eine geheime horizontale Schwerkraft – selbst hügelan –, und wenn er über Musik, Politik, Volkswirtschaft und internationale Verwicklungen diskutierte, krochen ihm die Venennattern aus dem Kragen bis ans Kinn.

Immer mal wieder, wenn mir das Kennzeichen an seinem Geländewagen unter die Augen kam, mußte ich innerlich lachen. Es lautete *W–IP 1983*.

Nachdem er zehn Jahre unter den saftigsten Künstlernamen am harten Brot der Schnulzenbranche genagt, hatte Ingo Prietz aus Wuppertal Anno 1983, auf den Ausläufern der Neuen Deutschen Welle, den europaweiten Überraschungshit *Tri-tra-trullala* gelandet. Der Einfall dazu war ihm an der Bar eines Provinzhotels gekommen. Gebeutelt von Weltekel – eher untypisch für eine Frohnatur wie ihn –, hatte er beobachtet, wie sich zwei Groupies über einen erfolgreicheren Kollegen hermachten. »Ich war«, hatte mir Ingo einmal erzählt, »besoffen wie'n Amtmann.«

Günstig für die Erfindung eines Refrains, der bei passenden Anlässen bis dazumal in der *Bildzeitung*, ja selbst in seriösen Medien zitiert wurde, neu aufkeimend insbesondere im Zusammenhang mit der Luder-Welle:

Tri-tra-trullala
Tri-tra-trullala
Gib mir all dein Geld
Gib mir deinen Schnullala
Tri-tra-trullala
Dann bist du mein Held

Nachdem feststand, daß weder Kasperfiguren noch Text- oder Melodieteile in irgendeiner Form urheberrechtlich geschützt waren, gab's für den flinken Ingo kein Halten mehr. Tatsächlich fand er jemand, der das Risiko nicht scheute, Produktion und Publikation von Ingos Demo-Band voranzutreiben. In aller Eile wurde die Band *Kasperbude* gegründet. Mitglieder: je eine brünette, rothaarige und weißblonde Tänzerin, ausstaffiert als brave (allerdings tief dekolletierte) Prinzessin, als geile Hexe und sexy »Großmutter«, die ausschließlich den Chorus trällerten; ein tätowierter Räuber am Schlagzeug und ein breitschultriger Gendarm am Baß, »ein unglaublich beknacktes Krokodil am Keyboard, ein Deubel an der Sologitarre, und«, grinste Ingo, »den klampfenden Kasper hab ich höchstpersönlich gegeben.«

Ich konnte mich noch gut daran erinnern: Abgesehen davon, daß sie meinem ästhetischen Empfinden schreiend widersprach, war die Nummer lustig, hatte einen Mordsgroove und war mir seinerzeit wochenlang nicht aus dem Kopf gegangen. Und Ingos Phrasierungen, die selbst härtestgesottenen Schlagerfans zehn Jahre lang zu hysterisch gewesen waren, harmonierten hervorragend mit der ironischen Ballade eines verfolgten Superstars.

»Jaaaaaa!« grölte ein gestopft voller Konzertsaal zurück, wenn *Kasperbude* hineingrölte: »Seid ihr auch alle daaaaaa?«

Der zweite Clou bestand darin, kurz darauf eine entschärfte Kinder-Version zu publizieren. Ein späteres Projekt – der Après-Ski-Titel *Schneeflittchen* – floppte erbärmlich.

Gleichviel, jene eine Schnapsidee war der Wendepunkt in Ingos Leben. Nicht so blöd wie manch anderer seiner Kollegen, die ihre Tantiemen verpraßten, ließ er sich von einem Großonkel, einem cleveren Finanzfachmann, zu lebenslang gesichertem Auskommen verhelfen. Schon 1987 war er mit Karolina nach Kouphala gezogen – Anita und ich hatten ihn 1990 kennengelernt –; 1991 hatte er das Haus gebaut. Seither lebten sie von Anfang Mai bis Ende Oktober dort im Obergeschoß und vermieteten die beiden Appartements im ersten Stock. Für seine Gäste organisierte der flinke Ingo gegen eine wohlbemessene Summe Drachmen Flußfahrten auf dem Acheron, Bootsfahrten nach Parga und Sivota, nach Paxos und Antipaxos oder Wandertouren ins Gebirge. Ansonsten schraubte er an seinem Fuhrpark zu Lande und zu Wasser herum. Von den Erlösen der Techno-Reprise zu *Tri-tra-trullala* vor vier, fünf Jahren hatte er sich immerhin noch die *Marielena*, eine Harley, den Geländewagen und »diverse Extras« leisten können. Zur Klampfe griff er nur noch, um Stimmung zu machen – zu Haus, in der Taverna Plaka oder auf Bootstouren. Im Grunde seines Herzens war er schon immer Schrauber gewesen.

»Auf Blondinen«, sagt er grad, »sind Mücken besonders schachf. Blondinen haben die dünnste Haut, da kommen sie am leichtesten ans Blut. Übrigens stechen nur die Weibchen. Typich.«

»Nur die Weibchen? Wieso dat denn.«

»Die brauchen den Stoff für ihre Brut.«

»Und da haben die Kerle ja nix mit zu schaffen. Typisch.«

Das war nicht der pure Jux, der da Karins Timbre versalzte… Sie hatte zwar keine Kinder, hätte aber gern welche gehabt. Ihre Nichten und Neffen vergötzte sie geradezu (und übrigens umgekehrt).

1976, mit dreiundzwanzig, hatte Karin sich an der Haustür ihrer Stader Wohngemeinschaft verknallt. Achim Torzuleit, genannt Panne, wollte ihr ein *Praline*-Abonnement andrehen. Sie nahm ein *Panne*-Abo. Sie folgte dem vorbestraften Mannheimer in seine Wahlheimat Bochum. Dort eröffnete sie eine Bar (böse Zungen behaupteten, sie habe deshalb selbst eine eröffnen müssen, weil sie aus jeder anderen wegen ihres Gelächters rausflog), dort liebte und haßte sie ihren Panne zweiundzwanzig Jahre lang, während sie in ihrer zweitklassigen Bar schuftete, die Panne zweiundzwanzig Jahre lang zu einem drittklassigen Bordell herunterzuwirtschaften versuchte. Gelungen war es ihm erst, nachdem Karin endgültig zu ihrem Bruder geflohen war – zurück nach Beeckdörp.

Das war zwei Jahre her. Die Verbindung zwischen den Geschwistern war nie abgerissen, wiewohl oft schlimm gespannt gewesen. Alkohol und Kokain spielten eine Rolle, gewisse Mengen familiären Geldes waren in der Bar versickert, und Kolks Wut auf Karin, die von Panne nicht lassen konnte, fand kein Objekt. Mehrfach hatte er mit dem Gedanken gespielt, nach Bochum zu fahren und den Mannheimer zu erwürgen. Karin war dagegen, aus Gründen, die Kolk sich nur als abgründige vorzustellen vermochte.

Diesmal immerhin schien sie den Absprung geschafft zu haben, doch fraß an ihrer angeborenerweise unerschöpflichen Lebenskraft die Furcht, Panne könne seine Drohungen wahrmachen und sich rächen.

Damals nahmen Kolk und Manu Karin zum ersten Mal nach Kouphala mit. Zum ersten Mal seit vielen Jahren sah ich sie wieder. 1972, groteskerweise in derselben Nacht, in der ihr Vater sich erhängte, hatte sie mich entjungfert, und seither war ich ihr nur sehr sporadisch begegnet, zuletzt auf Kolkis und Manus Hochzeitsfeier 1992 (Panne war natürlich nicht eingeladen gewesen). Nun war sie also zum dritten Mal hier.

»*O xénos; o xénos* heißt Gast. Und Fremder auch. Fremder *und* Gast – *o xénos*. Griechisch ist; Griechisch ist die einzige Sprache der Welt, wo Fremder und Gast dasselbe bedeuten.«

»Det is, det find ick, weeß icke, det is eenfach – ick mein, hey!, Fremder und Jast: een einzjet Wort, det is eenfach cool, wa.«

»Wat is'n da so cool dran«, höre ich Karin knarzen. »Da gibt's doch tausend Beispiele.«

»Wieso. Wat denn.«

»Knallkopp und Knackarsch zum Beispiel. Ein einziges Wort: Sven. *Haarrhh...*«

Ich gäbe was drum, jetzt Svens Gesicht sehen zu können. Sobald ein Gelächter Karins die Person Svens einschloß, überprüfte ich nur allzugern seine Reaktion. Am Abend von Monikas Ankunft zum Beispiel, als Karin über das »Freymuth«-Mißverständnis lachte und Sven als »Susi« betitelte, da hatte ich deutlich gespürt, daß Svens Erleichterung darüber, diesmal nur Opfer eines Querschlägers zu sein, sich in Grenzen hielt. Deutlich hatte ich gespürt, wie er sich fragte, ob ihm womöglich transsexuelle Neigungen drohten: Würde Karin ihn in einen Lesbier verhexen?

Ja, in jenem Moment schon hatte ich meine Auffassung in Frage gestellt, daß Sven Karin von ganzem Herzen haßte. Vielleicht war sein Verhältnis zu ihr eher von Masochismus bestimmt.

Im vorigen Sommer war ich einmal in sein Ich geschlüpft, als die stolze Karin zu vorgerückter Stunde einen Witz vortrug: »Ein Jäger auf Bärenjagd. Sitzt da und wartet, und Tatsache, da isser, der Bär. Der Jäger legt an, schießt, und als sich der Pulverdampf verzogen hat, geht der Jäger hin und – nix. Keine Bärenleiche. Wundert sich, und da tippt ihm jemand auf die Schulter: der Bär. Ach du Schande. Tja, sagt der Bär, eine Schangse geb ich dir: Wenn du mir einen bläst, laß ich dich laufen.«

Ich hatte keine Ahnung, wie der Vorgang kamasutramjetreu hätte ausjedrückt werden müssen; Zen-Zwen jedenfalls hatte nicht so ausgesehen, als würde Jossenjarjon in seinen Kreisen bevorzugt.

»Auch das noch, denkt sich der Jäger, aber was bleibt ihm übrig. Erbittert geht er nach Hause und schwört Rache. Kauft sich 'ne Doppeldrillingsbockbüchsflinte oder was, geht wieder in den Wald, und Tatsache, da isser wieder, der Bär. Legt an, schießt, und als sich der Pulverdampf verzogen hat, geht der Jäger hin und – nix. Tippt ihm jemand auf die Schulter. Nicht schon wieder, denkt sich der Jäger. Aber nützt ja nix. Diesmal isses noch ekelhafter, und der Jäger geht wutschnaubend nach Hause, kauft sich 'n Panzerabwehrgranatwerfer oder was, geht wieder in den Wald, und Tatsache, da isser wieder, der Bär. Jäger zielt, schießt, und als sich der Pulverdampf verzogen hat, tippt ihm der Bär auf die Schulter, schüttelt den Kopf und sagt: Du bist auch nicht nur zum Jagen hier, wa?«

Zwar hatte Sven den Witz wohl verstanden, nicht verstanden aber hatte er, weshalb er witzig war: So eine Verdrehung von Tatsachen machte doch eher sauer ooch!

Was dem unausweichlichen Sven allerdings *schwante* – das hatte ich in Svens Ich präzis verspürt –, war das verzwickt Gleichnishafte an dieser Geschichte: Sven war auch nicht nur zum Berlinern hier…

»Wieviel wiegst *du* eigentlich«, fragt Manu Karin gerade.

»Frag mich mal was leichteres«, versetzt Karin, und Monika lacht hellauf.

»Na gut, was leichteres«, sagt Manu. »Wieviel Paar Schuhe hast du mit.«

»Wieviel hast *du* denn zum Beispiel einge–«

»Ich hab zuerst gefragt. Drei Paar?«

»›Drei Paar‹, ha, ha.«

»Wieviel *denn!*«

»Mann, ist doch egal! Zwei Paar für'n Strand, Turnschuhe extra, falls wir noch im Gebirge wandern oder was, ein Paar nur so, zwei Paar zum Arschwackeln, noch zwei Paar zum Arschwackeln...«

Triumphgelächter von seiten Manus.

»Na und? Ich weiß eben, was ich mir schuldig bin, als Ouzo-Luder von Kouphala! *Spýro! Mía* oúzo,* paragallo!«

»*'Ena***, Satzi.«

»Denn eben *éna,* Hauptsache gregori!«

»Vielleicht mnörö... darf ich Sie einladen, gnädige Frau?«

»Darfst du, Stephan. Aber deswegen bin ich noch lange nicht gnädig. *Haaarrh!*«

Der Sternenhimmel – eine warme, märchenhafte Galaxie, und das unsichtbare halbe Mühlrad, seine Leuchtspeichen drehen sich über dem dunkelgrünen Schilf... Was stimmt daran nicht? Irgend etwas stimmt an diesem Bild nicht, an diesem längsgeteilten, bewegten Mandala... Es treibt Wehmut voran, es ist wunderschön, aber es stimmt etwas nicht.

Ich wußte, das Speichenrad ist ein uraltes indisches Symbol, das Sinnbild des universellen Gesetzes, der Lehre Buddhas – das Rad des Lebens, der Kreislauf von Geburt und Tod. Doch die andere Hälfte drehte sich unsichtbar

---

* Eine

** Einen

unter Wasser, und warum kam ich immer wieder auf das Bild vom Mühlrad zurück...?

Mir wird von alledem so dumm, / Als ging mir ein Mühlrad im Kopf herum...

Auf einmal überrannte mich eine lähmende Müdigkeit. Irgendein niederer Gott riß mir die Kiefer auseinander und blies mir ein Opiat in die Lungen; ich steckte das Kompologi ein und wollte schon, wo ich schon mal hier war, in mein Ruderboot steigen und nach Art des Sonderlings verschwinden, da gewahre ich, daß es am hiesigen Ufer ganz ruhig geworden ist.

... was soll es bedeuten,
Daß ich so traurig bin...

Jemand sang. Eine Frauenstimme, a capella. In der ersten Hundertstelsekunde schoß mir der Gedanke durch den Kopf: eine Schallplatte? Doch das war natürlich unsinnig.

Ein Märchen aus alten Zeiten,
Das kommt mir nicht aus dem Sinn.

Die Luft ist kühl und es dunkelt,
Und ruhig fließt der Rhein;
Der Gipfel des Berges funkelt
Im Abendsonnenschein.

Es muß Monikas Stimme sein. Manu, das weiß ich, kann nicht singen. Ich rappele mich von dem Tauhaufen hoch und stütze mich auf die Reling. Ja, es muß Monika sein, denn alle haben sich ihr zugewandt. Spyros der Ältere, da hinten vorm Haus, hat aufgehört, sein Kompologi zu schleudern; Spyros der Jüngere steht vorm Tisch der verstummten, hergewandten Belgier und Österreicher, auch vom Seglertisch her schaut man schweigend. Soula und Elevtheria kommen aus der Küche.

Die schönste Jungfrau, die sitzet
Dort oben wunderbar,
Ihr goldnes Geschmeide blitzet,
Sie kämmt ihr goldenes Haar.

Sie kämmt es mit goldenem Kamme,
Und singt ein Lied dabei;
Das hat eine wundersame,
Gewaltige Melodei.

Den Schiffer im kleinen Schiffe
Ergreift es mit wildem Weh;
Er schaut nicht die Felsenriffe,
Er schaut nur hinauf in die Höh.

Ich glaube, die Wellen verschlingen
Am Ende Schiffer und Kahn;
Und das hat mit ihrem Singen
Die Lorelei getan.

Knallender Applaus. »*Brávo!*« ruft Kosta brava, und auch Spyros der Jüngere, Alex und der verdammte Panos rufen »*Brávo! Thávma!*«* Sven jault dieses kopfstimmige »Wou, wou, wou!«, wie es Klatschvieh in Comedy-Sendungen tut, und Ingo schreit geradezu: »Daß es so was noch gibt, heutzutage! Wir müssen unbedingt mal was zusammen machen!«

Ich überlege nur kurz, meinen Senf dazuzugeben, doch als ich sehe, die Lorelei ist geradezu belagert von Fischern, da wechsle ich zur anderen Reling, klettere hinüber und

* Bravo! Wunderbar!

setze über den Acheron und verschwinde, verschwinde nach Art des Sonderlings.

XIV

Auf eine Weise, die mir bis heute nicht ganz klar ist, war es mir peinlich, sie da singen zu hören. Vielleicht wußte ich einfach nicht, wie ich es finden sollte, *daß* sie da sang und *was* sie da sang… Was hatte sie mit ihrer überraschenden Aktion überhaupt zum Ausdruck bringen wollen? Geringfügig ärgerte mich, daß sie sich wieder mal, diesmal unzweideutig, in den Vordergrund gespielt hatte; das hatte sie bisher nämlich bei aller zur Schau gestellten Zurückhaltung durchaus hin und wieder hingekriegt. Vielleicht hatte Hartmut ihr mal eines jener Geburtstagskärtchen besorgt, auf dem die Herkunft der Vornamen erläutert wird (Monika kommt angeblich aus dem Altgriechischen und bedeutet: »die Einzigartige«). Wenn Sven in diesem unerträglich süßlichen Tonfall kosmischer Liebe nach ihren persönlichen Umständen fragte, erschien es ihr offenbar keineswegs seltsam, so ausgiebig interviewt zu werden, als sei sie grad für den Oscar nominiert worden. Geduldig gab sie Auskunft. Allerdings: Wenn sie es genoß, im Mittelpunkt zu stehen, dann durchaus mit Anmut. Anmut hatte alles, was sie tat. Selbst ihr Unmut hatte Anmut.

Beim darauffolgenden Frühstück M6 tat ich so, als wäre ich bei ihrem Auftritt schon fortgewesen, lächelte aber und sagte etwas sagenhaft Unappetitliches, nämlich: »Na bitte.« Noch widerwärtiger war nur, daß auch sie so tat, als habe sie ihren Weg zum Star von Kouphala ganz allein mir zu verdanken.

Am selben Abend aber, A6 also, setzte ich tatsächlich einen Meilenstein auf dem Wege ihrer geistig-seelischen Weiterentwicklung – einfach, indem ich sie über eine ihrer lächerlichsten Qualen zum Lachen brachte.

N6, am zweiten Nachmittag des Eselswindes – nach der Besichtigung des Totenorakels –, hatten wir alle uns für 19 Uhr bei Spyros verabredet, um gemeinsam Fußball zu schauen, die erste EM-Begegnung mit deutscher Beteiligung. Es sollte gegen Rumänien gehen (und übrigens 1:1 enden). Spyros hatte den Fernseher auf die Fensterbank der Taverne gestellt und wir unsere Stühle im Halbkreis um den Terrassentisch herum.

Das Fußballspiel interessierte mich nicht sonderlich. Zu diesem Zeitpunkt innerhalb der Phase des zunehmenden Mondes hatten Monika und ich einen ersten Höhepunkt unserer gemeinsamen Lust an der Buhmannschule erreicht, und so – während Karin und Manu mit Spyros dem Jüngeren und Älteren, Erwin und Strong Man, Ingo und dem traurigen Stephan fachsimpelten – verhörte ich sie immer wieder mal. *Málista,* zu diesem Zeitpunkt hatte ich meine Klientin längst so weit (beziehungsweise sie mich), daß ich mir von ihrer persönlichen Entwicklung vom Landei zum Landei, von ihrem Privat- und Ehe-, ja Intimleben ein recht solides Bild machen konnte. Ich hatte sie so weit (beziehungsweise sie mich), daß sie mir Fragen beantwortete, die kaum noch beratungsrelevant waren. *Málista,* ich betrieb die Fragenstellerei mittlerweile mit einer Leidenschaft, wie sie ein Jäger für seine Fallenstellerei empfindet, und zwar um so irrwitziger, je irrwitziger es mir selbst erschien, mit welcher Leidenschaft wiederum sie sich in diese Fragenstellerei verstricken ließ: Was zum Teufel glaubte sie eigentlich, daß zum Teufel mich das alles anging? Glaubte sie allen Ernstes, ich wolle all das wissen, weil sie als Persönlichkeit so überaus interessant wäre? Hielt sie sich für Cathérine Deneuve oder was?

Oder wollte sie meine Freundschaft? Aber was für einen Begriff von Freundschaft hatte sie, wenn sich der Höhepunkt ihres Interesses an dieses Freundes Entwicklung vom Landei über den großstädtischen Intellektuellen und geheilten Irren zum Einsiedler und Privatgelehrten in einem mondänen Gähnen ausdrückte?

Fairerweise muß ich zugeben, daß nicht nur die Personalien ihres Beraters sie ermüdeten, sondern püppifremde Gegenstände überhaupt (wobei sie allerdings alles, was die Griechen anging, aufschlußreicherweise keineswegs als püppifremd betrachtete). Waren meine Seminare zu theorielastig? Aber meine hart erarbeiteten Erkenntnisse über die Phänomene unserer Zeit, meine Visionen von der *condition humaine,* mein nicht unimmenses Wissen um die letzten Dinge der Welt, meine teils *sehr* bitter erlittenen Erfahrungen von den Undingen des Lebens – all das so anschaulich und verdaulich wie möglich zu vermitteln bemühte ich mich doch nach Kräften! Warum also gähnte sie dauernd?

Folgende Gespräche am Strand. Erstens.

Monika: »Wie ist Spyros' Vater eigentlich ums Leben gekommen?«

Manu: »Verkehrsunfall, wie so viele hier.«

Ich: »Griechenland steht ganz oben in der europäischen Statistik. Ich glaub', nur in Portugal sterben noch mehr Leute bei Verkehrsunfällen.«

Monika: »Schrecklich.«

Ich: »Tja. TÜV ist hier 'n Fremdwort, und –«

Monika: »Schrecklich.«

Manu: »Der war im Souli unterwegs, und das hatte geregnet, und durch den Staub wird die Straße verflucht seifig – da muß man aufpassen wie'n; wie'n Schießhund. Jedenfalls ist er in 'ner Kurve ins Schleudern gekommen, war wohl auch 'n bißchen abschüssig, und frontal gegen 'n entgegenkommenden LKW gedonnert. Angeschnallt sowieso nicht. Auf der Stelle tot.«

Monika: »Schrecklich. Aber die fahren hier ja auch... Und teilweise ohne Licht und so...«

Karin: »Und wenn du als Biker hier 'n Helm trägst, bist du 'n Weichei.«

Manu: »Achte bloß mal auf all die Betkästen da, an den Straßenrändern...«

Monika: »Betkästen?«

Manu: »Na, diese Dinger da, die aussehen wie so Vogelhäuschen –«

Ich: »Heißen die nicht Tabernakel?«

Manu: »– wo dann 'n ewiges Licht drin steht und 'n Bild von der Jungfrau Maria und 'ne Flasche Wasser und was weiß ich. Jeder Kasten bedeutet, daß an der Stelle jemand ums Leben gekommen ist.«

Ich: »Oder mit knapper Not davon. Der Tod ist hier sowieso allgegenwärtig. Was hier so gestorben wird, das geht auf keine Kuhhaut. Auf'm Dorf kriegt man ja auch viel mehr mit. Neulich erst ist 'n Schulfreund von Kosta del sol in einem Graben ertrunken, da auf dem Weg von Tsouknida nach Kanalaki, in den Feldern. Letztes Jahr ist ein Tourist vom Blitz erschlagen worden. Einmal ist hier im Acheron einer ertrunken, man weiß gar nicht, wieso. Der hatte seine Uhr oder was verloren und ist danach getaucht und nicht wieder hochgekommen. Spyros ist noch hinterher, aber da war nichts mehr zu machen.«

Monika: »Schrecklich.«

Ich: »Tja. *Et in arcadia ego.*«*

Monika: gähnt.

---

* *Lat.:* »Auch ich in Arkadien.« Dieses »ich«, das da spricht, ist der Tod. Ursprünglich bedeutete der Ausspruch, daß selbst an diesem glückseligen Ort der Tod allgegenwärtig sei; später trat der Mensch als dieses »ich« auf.

Gut, sie hatte den neusprachlichen Zweig gewählt – aber hätte man da nicht mal nachfragen können?

Zweitens.

Ich: »Wie find'st 'n Dalaras?«

Sie: »Toooll!«

Ich: »Der ist einer der größten, hier in Hellas. Ich bin noch nie einem Griechen begegnet, der ihn nicht verehrt, nicht mal einem konservativen. Zu Zeiten der Obristendiktatur war er im Lande einer der Statthalter des exilierten Mikis Theodorakis, und als der 1974 triumphal zurückkehrte, war auch Dalaras längst auf dem Weg zum Idol. Eines seiner Verdienste war, die lange verschollene, verpönte und verbotene Musik des Rebetiko wiederzubeleben.«

Sie: gähnt.

Ich: »Der griechische Blues. Die anatolisch-griechische Musik der Halbwelt, entstanden in den Elendsvierteln der dreißiger, vierziger Jahre. Dalaras stammt selbst aus den griechischen Siedlungsgebieten der kleinasiatischen Türkei und hat das Rebetiko noch aus erster Hand tradiert erlebt, von seinem Vater und seinem Großvater. Nach dem Sturz der Junta hatte er gemerkt, daß die Leute die Protestlieder satt hatten und wollte damit eine neue Atmosphäre schaffen – was ihm gelungen ist, und zwar ungeheuer erfolgreich. Aber er hat sich stetig weiterentwickelt, hat das orientalisch-mediterrane Rebetiko mit afrolatinischen Rhythmen und nordamerikanischem Jazzrock verschmolzen – insbesondere in der Zusammenarbeit mit Al Di Meola –, hat hispano-amerikanische Stilelemente und euroamerikanische Rock-Folk-Wurzeln in seine Musik integriert, und so weiter. Selbst vor Schmalzigem, Schlagerhaftem hat er keine Angst. 1983 hat er vor über achtzigtausend Fans gespielt! Achtzigtausend!

Für mich der Größte. Der Größte. Seit ich die Musik Dalaras' kenne, habe ich einen Soundtrack für meine

Sehnsucht. Als ich jung war, saß ich im Zug von Stade nach Hamburg mal einem Arbeiter gegenüber, der aus irgendeinem südlichen Land stammte. Oder aus dem Orient. Es ging grad ein Platzregen nieder, und er drückte die Stirn gegen die Fensterscheibe und wimmerte eine exotische Melodie, und er tat mir zwar leid, aber gleichzeitig beneidete ich ihn, daß er wenigstens diese Melodie hatte. Led Zeppelin gut und schön, aber als ich hierherzog, ans Ionische Meer, und von da oben auf dem Aussichtspunkt auf Kouphala heruntersah, da paßte Led Zeppelin schlecht. Und was sonst? *Im Frühtau zu Berg* vielleicht? Oder *Schwarzbraun ist die Haselnuß?*«

Sie (gähnend): »Was?«

Ich: »Übernächsten Sonntag tritt er in Preveza auf. Wir gehen alle hin, Erwin und Strong Man, Karin, Manu, Kosta brava, Spyros... Willst mit?«

Sie: »Ja ja, Spyros hat mir schon 'ne Karte besorgt!«

Ich: »Aha.«

Sie: gähnt.

Drittens.

Manu: »Lad uns doch mal ein in deine Villa Arkadia.«

Ich: »Auf dem Berg Athos sind Linksknöpfer auch verboten.«

Püppi: »Du immer mit deinem ›Linksknöpfer‹...«

Karin: »Klingt doch netter als ›Schlitzpisser‹.«

Manu verdreht die Augen, Monika überhört's mit Noblesse.

Karin: »Hat mein Ex immer gesagt, der Schlauchpisser, der.«

Püppi: »Warum knöpfen wir Frauen eigentlich links.«

Karin: »Frag doch mal den Schlauchpisser, warum er rechts knöpft.«

Ich: »Da streiten die Gelehrten noch. Die einen sagen, weil die meisten Menschen Rechtshänder sind, wäre es generell eigentlich praktischer, die Knopf*loch*leiste über die Knopfleiste zu ziehen, aber weil die Männer im Mittelalter ihr Schwert aus ergonomischen Gründen links trugen, wäre der Knauf beim Ziehen im Übertritt hängengeblieben.

Die andern sagen, ursprünglich seien alle Kleidungsstücke links über rechts geknöpft worden, aber irgendwann habe es einen Wechsel gegeben, weil die Mode für die Damen der besseren Gesellschaft gemacht worden sei. Es habe die Arbeit der Zofen erleichtert, und auf diese Weise galten vertauschte Knopfleisten sogar als Statussymbol: Seht her, ich habe die Knopfleiste links, ich kann mir eine Zofe leisten!

Wieder andere bezweifeln, daß man einen Wechsel nur deshalb einführte, um ausgerechnet Bediensteten die Arbeit zu erleichtern, und argumentieren, in dem Fall wäre es doch ein noch viel deutlicheres Signal gewesen, wenn man die Kleider auf dem Rücken geknöpft hätte. Nein, nein, vielmehr habe man den Frauen ihre ›Minderwertigkeit‹ vor Augen führen wollen, indem man sie zum Hantieren mit der ›schlechten‹ Hand gezwungen habe! Denn die Soziologie der Händigkeit beweist, daß der rechten Hand von jeher günstige Einflüsse zugeschrieben wurden, der linken aber böse, Hexerei und schwarze Magie. Männer saßen im christlichen Kirchenraum auf der rechten Seite, also im Süden, die Frauen auf der linken. Der Süden ist Sinnbild für Licht und Leben, der Norden für Finsternis und Tod.

Wieder andere behaupten, im Zuge der Emanzipation im 19. Jahrhundert habe sich der Kleidungsstil unter den Geschlechtern angeglichen, und deshalb sei ein Unterscheidungsmerkmal nötig geworden, weil Männerkleidung zu tragen für Frauen anrüchig gewesen sei, wogegen wieder andere einwenden, das hätte emanzipierten Frauen doch egal sein können, und…«

Püppi (gähnend): »Wollen wir heut abend nicht mal anderswo zum Essen gehen?«

Manu: »Wohin denn.«

Karin: »Zum Griechen?«

Linksknöpfer.

Einmal platzte mir der Kragen, und ich fragte sie, warum sie eigentlich dauernd gähne, und sie jammerte, ohne das geringste Anzeichen schlechten Gewissens, es sei so heiß, und ich erklärte ihr geduldig, daß es im Juli und August noch viel heißer sei.

Das war zwar eine ruchlos dumme Antwort, doch ohne Zweifel richtig. Manchmal sott die Sonne den Juli und August so anhaltend, daß ich zu phantasieren begann, der Strand könne zu Glas gerinnen. Brannte man Glas nicht aus Sand? Auch im Schatten vom Sonnenlicht so voller Serotonin, daß man tagelang von Wasser und ein paar Salatblättern leben konnte, dämmerte man vor sich hin, nackt die Haut unter einem unablässigen Film warmer Feuchte, und sobald man einen aufbäumenden Antrieb zu Bewegung verspürte, duckte man sich sofort wieder unter einem Schwall von brühwarmem Schweiß.

Es gab Kräuter im Karst, die bei Berührung zu Staub zerfielen.

Einmal warf ich einen Stein vom Schildkrötenhügel in Richtung Mole; er prallte von einem anderen ab, und kurz darauf stieg aus dem Gestrüpp ein Pfeifenkopf voll Rauch auf – wie von tausend Teufeln gehetzt stolperte ich den Hang hinunter, und es gelang mir nur mit Not, den Brand anhand einer Kiefernpatsche auszuprügeln.

Mit einer starken Brille hätte man Waldbrände auslösen können, als wäre man Superman. Ständig flogen Helikopter mit gondelartigen Behältern an langen Seilen unterm Bauch in der Gegend Patrouille, und dennoch fackelten jedes Jahr wieder ganze Hügelzüge ab, und das rotflackernde Bild der Flächenbrände in der Nacht, auf halbem Weg zum Himmel, hatte etwas unsäglich Melancholisches.

In den stickigen Gassen Athens starben die alten Leute wie die Fliegen.

Zur Mittagszeit war es manchmal, als sei mit einem Schlag das ganze Dorf entvölkert worden und nur mehr regiert von drei, vier Kindern. Kosta del sol warf einen vollständigen Satz Reifen auf den Müll, nachdem er im Teer einer Straße fast klebengeblieben wäre. Als ich einmal meinen Walkman in der Sonne vergessen, hatten die ausgelaufenen Batterien die Feinmechanik unrettbar verkleistert, und als einmal das Gas in der Küche der Taverna Plaka ausgegangen war, nahm Strong Man den alten Spruch wörtlich, rieb einen Flecken auf der Kühlerhaube seines Asconas blank, bestrich ihn mit Olivenöl und briet sich halt *darauf* sein morgendliches Spiegelei.

»So heiß ist das hier manchmal im Juli und August«, sagte ich. Zur Antwort gähnte Püppi. Indessen ihre Augen sofort wieder zu phosphoreszieren begannen, wenn man sie nach irgendeiner Prinzessinnenpetitesse fragte, zum Beispiel ihrer Lieblingsfarbe (Rosa! Ihre Lieblingsfarbe war – was? Rosa? *Nai,* verdammt noch mal: Rosa!).

Sie hatte ganz eindeutig einen Webfehler, die gute alte Meurin-Freymuth, und so machte ich mir einen Spaß daraus, sie in der Halbzeitpause zu fragen, was sie, Monika, an ihm, Hartmut, eigentlich am meisten nerve. Top-ten, bitte. Und anstatt mir vors Schienbein zu treten, überlegt sie, seufzt dann wie eine Herbstbö und sagt: »Ich mag's gar nicht erzählen; es ist so peinlich und intim und gemein, aber…«

Aber? Ich schlüpfe in ihr Ich, und ja, ich höre, wie sie ihre innere Ziege zur Schnecke macht: Ich *muß* es einfach mal jemandem erzählen! *Du* bist es doch, die mich damit nervt! Ich hab ja sogar schon mal daran gedacht, bei diesem Fernseh-Heini anzurufen, um es loszuwerden; wie heißt er noch... Demillon? Daimon? Wie geht man denn sonst mit so was um! Ich sag's ihm jetzt einfach...

Und sie beugt sich zu mir und wispert mir mit warmem Hauch ins Ohr: »Er – er ißt seine *Popel.*« Da. Jetzt ist es raus. »Das macht mich ganz *krank.*«

Ich lachte mich so gut wie kaputt.

Einigermaßen erholt, beuge ich mich zu ihr und wispere ihr ins duftende Ohr: »Na und? Man gönnt sich ja sonst nix! Dann machst du ihm eben hin und wieder 'n lecker Popelomelett, und alles ist in Butter!«

»Ih, hör auf!« ruft sie und muß selber lachen, und tief in ihrem Ich merke ich, wie sich ihr Abscheu auflöst, nicht gerade in Wohlgefallen, doch die Leere, die an seine Stelle tritt, ist verblüffend genug – zum Lachen eben. Wir entwerfen immer neue Rezepte (Lachs mit Kaviar, Mohnbrötchen, falscher Hase usw.) und gackerten uns in einen Krampf hinein, so schlimm, daß Karin überaus ungehalten wurde, weil wir nicht damit rausrückten, worüber.

Es war nicht das erste und sollte nicht das letzte Mal sein, daß wir die Köpfe zusammensteckten, und das ging Karin, ja gar der gütigen Manu auf die Nerven, das merkte ich sehr wohl (Monika nicht). Ihren aufkeimenden Unwillen erstickte ich, indem ich ihnen unter vier bis sechs Augen brühwarm Bericht erstattete, um was es gegangen war – tätige Rache dafür, daß Monika mich bei meiner Beratungstätig- zur Selbstlosigkeit verdonnerte. Daß ich ihr Gewisper nichtsdestotrotz duldete und erwiderte, richtete sich nicht im geringsten gegen Karin und Manu, natürlich nicht, warum denn auch, um Himmels willen. Nein, daß ich dieses kindische Getuschel mitmachte, hatte neben dem erwähnten Grund, der Absicherung des kulturellen Hegemonialanspruchs auf sie, noch drei weitere.

Erstens war ich vernarrt in ihr Parfüm. So etwas wie diesen Duft hatte ich noch nie gerochen. Es war ganz und gar unaufdringlich. Es war ganz eigen. Es war so, wie früher Erdbeeren nach etwas rochen, nach dem nichts anderes roch. Nicht, daß es ein fruchtiger Duft gewesen wäre; allemal duftete es wie etwas, das ich früher einmal gekannt hatte. Ja, es roch wie Erinnerung, und unterhalb des ätherischen Aromas wirkte es wie ein Kampf- oder Lockstoff, der nicht wahrnehmbar war. Eine biologisch-chemische Waffe. Ein Pheromon. Manchmal war ich wie bekifft davon, und zunehmend sehnte ich mich nach ihrer Gegenwart. Zweitens stieg der Pegel meiner Körpersäfte, sobald der Atemstrom aus Monikas Mund den Flaum auf meiner Ohrmuschel strählte, und drittens riß mich ihr Kinn hin. Unbedingt mußte ich es einmal anfassen. Seit Spyros der Jüngere sie einmal ans Kinn gefaßt hatte, wartete ich auf eine Gelegenheit, es ihm nachzutun, und als sie sich bot, war ich geradezu selig, weil sie es sich auch von mir gefallen ließ.

Dieses Kinn... diese Augen...

Ja. Ja. *Nai,* es ließ sich eigentlich beileibe nicht länger leugnen, doch ich brachte es trotzdem fertig – noch sage und schreibe zweieinhalb Tage lang.

Nun, das war der Meilenstein, den *ich* ihr setzte – einen weiteren setzte sie sich gleich anschließend selbst.

Kurz darauf war das Fußballspiel zu Ende, und ich erklärte mich bereit, Monika auf den allabendlichen kleinen Spaziergang zum Zigarettenholen zu begleiten. Wir machen den kurzen Weg zwischen der Mauer am Hinterhof der Taverna Plaka und einer jener Bauruinen hindurch, aus deren flachem Dach rostige Moniereisen hervorragen (ich erkläre ihr, daß die Griechen so lange keine Steuern zu zahlen brauchen, wie der Bau noch nicht fertig ist), dann an der Laubenterrasse vorbei, wobei wir einem sonnig lächelnden Kosta del sol zuwinken, und vorbei an jenem brachliegenden Hof, in dem Jan, Manus und Kolkis Ältester, im letzten Jahr versucht hatte, Hühner zu angeln, und während wir durch die frisch hereinbrechende Dämmerung zu Kütjes Chaosk schlendern, erzählt sie mir ungefragt etwas, von dem ich mich noch heute frage, ob ich es wohl als Rang 2 der Hartmut-Nerv-Top-ten verstehen sollte, oder warum um des Himmels willen sie es mir wohl sonst erzählte...

Als sie zehn oder elf war, hatte sie einmal auf der Küchenbank gesessen; Mami bügelte, und im Radio lief *Was wollen Sie wissen? Dr. Walter von Hollander antwortet,* und einer der Anrufer erzählte, er sei in seine Großmutter verliebt und binde heimlich ihre Kittel um und lutsche an den Kerngehäusen von Äpfeln, die sie weggeworfen hatte.

Klein Monis Betroffenheit und Ekel waren enorm gewesen, und daß Mami wortlos am Senderknopf drehte, bevor der Anrufer noch sonstwas bekennen würde, hatte ihr eine Weißglut von Scham eingejagt, die bis zum heutigen Tag in ihren Gemütszotten schwelte und immer wieder aufflammte, wenn sie Zeugin solcher Drüsengeheimnisse wurde. In einer der Nachmittags-Talkshows auf RTL zum Beispiel, die sie in ihren Depressionsphasen der vergangenen acht Monate masochistisch schaute, hatte mal einer erzählt, er habe schon als siebenjähriger Junge beim Indianerspielen, war er an einen Baum gefesselt, Lustgefühle entwickelt, und Monika entsinnt sich, wie es sie schauderte, als der feuchte Blick jenes Mannes in der Totalen eingefangen wurde, und – und dann kommt's:

Übergangslos erzählt sie, sie würde noch heute rot, wenn sie an den Pornofilm denke, den Hartmut eines Samstagabends aus heiterem Himmel in den Videorekorder eingeschoben hatte, als die Kinder auf dem Reiterhof Ferien machten. Anfangs war sie durchaus neugierig gewesen und angeregt, aber als eine Fellatio (sie benutzte den Ausdruck »Oralsex«, so daß ich beinah übereilt nachgefragt hätte, wer da wen...) von unten gefilmt wurde, wirkten Kinn und Unterlippe der Frau wie, tut ihr leid, so war's nun mal, wie der Rüssel einer Sau, und daß Hartmuts Erektion dabei nicht nachließ – im Gegenteil –, das mußte er wochenlang büßen. Sie meinte es gar nicht böse (sie benutzte, ich schwör's, tatsächlich den Ausdruck »böse«); sie konnte nur nicht mehr, weil sie sich so heftig graulte, wenn sie an die Grunzlaute dachte.

Ich kann es heute noch nicht fassen, aber da wurde *ich* rot. Nicht aufgrund des sexuellen Gesprächsgegenstandes – ach Gottchen! –, sondern angesichts der Zutraulichkeit, mit der diese zweiundvierzigjährige Hausfrau und Großmutter mir Dinge aus dem Freymuthschen Haushalt erzählte, die ich so genau wahrhaftig nicht wissen wollte.

Glücklicherweise waren wir fast angelangt, und weil ihr ihre Offenheit wohl selbst unheimlich geworden ist, fragt sie: »Warum nennst du den Kioskmann eigentlich immer Kütje. Das ist doch wohl kaum ein griechischer Ausdruck, oder?«

So was von dankbar, meine Sprachlosigkeit – die eines Mentors schlicht und einfach unwürdig war – kaschieren zu können, grinse ich: »Wie man's nimmt«, und dann erzähle ich ihr von meiner Ankunft vor bald vier Jahren hier (und sie hört anscheinend sogar zu); wie ich unter dem knüppeligen Ölbaum dort geparkt hatte, der wie Methusalem über den Kiosk auf der anderen Straßenseite wacht, jene Bude mit den ausgeblichenen Werbetafeln, mit einem Dach, das wie ein Mützenschirm tief übers Kyklopenauge der Verkaufsluke gezogen ist, mit Plastikballtrauben und Schnickschnackzöpfen und Kartenständern. Und mit Kütje.

Ich hatte ihn sofort wiedererkannt, den alten Charakterkopf. Die sechs Jahre, seitdem ich zum ersten Mal hiergewesen war, schienen ihn folgenlos passiert zu haben, und ich erinnerte mich an Anitas Satz damals, daß er wiederum weitere siebzehn Jahre zuvor, als sie, mit zwölf, das erste Mal hier gewesen war, schon genauso ausgesehen habe: klein, brauner Kopp, Mafiasonnenbrille, grauer Haarkranz, graue Hose, blaues Hemd. Ein Onassis für Arme, so stand er in seinem Tempel und bot grollend Zigaretten und gekühlte Getränke feil, Kaugummi und Liebesromane in verschiedenen Sprachen, Speiseeis und Stuß. Aus seinem Kofferradio heulte uralte, orientalisch inspirierte Folklore – die obersten Blätter des Notizblocks auf seiner Arbeitsplatte flatterten geradezu. Kütje rauchte gnatterig gegenan. Und was sein Ghettoblaster konnte, konnte er schon lange: »*'Ela!*« brüllte er, als würfe er mir von der Back eines Ozeanriesen ein Tau zu.

Ich reichte ihm eine Anderthalb-Liter-Flasche Gebirgsquellwasser, die ich dem mannshohen Kühlschrank neben der Eistruhe entnommen hatte, und Kütje blaffte etwas Griechisches. Ich schob einen Zweihundert-Drachmen-Schein durch die Luke in den Lärm hinein und er eine Münze zurück.

Als ich mich verabschiedete, grölte Kütje hinter mir her, diesmal eher wie ein Hammerwerfer hinter seinem Hammer. Ich fuhr zusammen und machte eine Nix-verstehn-Geste. Zwei Goldzähne leuchteten im Dämmer des Budeninneren auf. Lächelte er etwa? »Kütje?« schrie er, und: »Deuts?« *Er* hatte *mich* ganz offensichtlich nicht wiedererkannt – was nichts Besonderes war, wie ich später erfahren sollte. Kütje, so hieß es, erkannte niemanden jemals wieder – außer seiner Frau (vermutlich an seinem Lieblingsgericht, das die ihm vorsetzte).

Ich nickte. »Deutsch, ja.«

»*Nai!*« triumphierte Kütje: Ich erkenn doch einen *Germanó**, wenn ich ihn seh. Und? »Kütje?«

Ich zuckte ratlos die Achseln, und da riß Kütje der Geduldsfaden, er bückte sich und zerrte etwas unterm Ladentisch hervor. Seine Faust schnellte nach vorn, darin ein Tütchen aus blauem Plastik. »*Küt*je!!?«

»Ah, *Küt*je!« krähte ich erleichtert zurück. »*Nai! Evcharistó!*«**

Seine Goldzähne leuchteten. Lächelte er etwa schon wieder? »Bietä särr!«

»Schwitzend hab' ich die Plastikflasche in die Plastiktüte gestopft. Wie in aller Welt hätte ich sie denn *sonst* transportieren wollen, bitte sehr«, erzähle ich Monika. »Der Mann sollte ins Weltkulturerbe aufgenommen werden.«

Und Monika lacht ihr Korallenlachen, und damit ist die Abmachung unausgesprochen besiegelt, daß wir sofort und rückstandslos vergessen, was für eine Schweinerei sie mir da eben erzählt hat, und schon bin ich wieder versöhnt, verwöhnt und verblödet genug, mein Mandat als Monikaberater aufrechtzuerhalten, solange sie es so wohlwollend wollen würde.

Jener peinliche Blick ins Freymuthsche Ehebett, den sie mir gewährte, für sie war er nichtsdestoweniger ein Meilenstein. Weil er als Stolperstein diente.

Anfangs war ihr ja noch alles und jedes peinlich gewesen. Allein die Rückschlüsse daraus, was ihr bei *anderen* peinlich war, waren höchst aufschlußreich. (Einmal benützte sie in finsterstem Ernst ein Eigenschaftswort, dem man seit rund dreißig Jahren allenfalls in Historienschmökern, Pferdebüchern für Mädchen und S/M-Pornos

---

* *Germanós*: Deutscher

** Danke

begegnete: »ungezogen«.) Ließ Karin am Strand einen Leibdunst fahren, mit dem man hätte Uran anreichern können, und bekräftigte ihre Urheberschaft auch noch durch krachendes Gelächter, verschloß Püppi einmal mehr Ohren und Nase vorm Untergang des Abendlandes. Ertappte sie Soula bei versonnenem Nasebohren, schaute sie auf ihre gefalteten Händchen, als betete sie um deren Seelenheil. Stets schwieg sie gegenüber all jenen *elefants terribles;* es sei denn, jemand anders hatte bereits die Anklägerin gespielt.

Wie zum Beispiel einmal, ausgerechnet, Karin. Sven pflegte zu speisen, indem er rechter Hand reinforkte und die Linke tief unterm Tisch hängen ließ, und Karin sagte: »Du frißt wie'n Primat.« Punkt. Basta. Kann man machen. Püppis Nachschlag aber trieb mich in die schiere Depression: »Schäm dich radieschen.«

Schäm dich radieschen. Erbarmen! Dieser Kinderstubenmuff! Ich hörte förmlich, wie ihr diesen Spruch 1963 Mami eingetrichtert hatte und wiederum sie ihn Nessi 1983, und wenn Yps nicht aufpaßte, würde Carlotta ihn 2003 zu hören bekommen.

Manchmal stank er mir bis zum Erbrechen, dieser Knigge-Kadavergehorsam, und gleichzeitig tat sie mir leid: Zweifellos lag die Meßlatte für ihr eigenes Wunschniveau noch eine Meile höher. Ja, für eine Monika Freymuth war der gesellschaftliche Alltag mit Fettnäpfchen vermint.

Und deshalb war ihre Indiskretion in eigener Sache, ihre intime Rüsselerzählung ein Meilenstein auf ihrer Route zur Neuen Monika: War ihr anfangs *alles* peinlich, so in diesem Augenblick plötzlich *nichts* mehr, und meine wortlose Resonanz (deren Art sie nur allzusehr an ihre eigene erinnerte) formte jenen Meilen- zum Stolperstein, der ihr den Mittelweg wies.

So mochte es gewesen sein. Ungefähr.

Denn schon am darauffolgenden Abend, A7, gab es wiederum eine überraschende Änderung in ihrem Verhaltensrepertoire. Gut, vielleicht verdankte sie sich auch einer hysterischen Überreaktion auf ihren Anfall von Trauer N7 – jedenfalls lachte sie, kurz bevor sie sich so fürchterlich betrank *(sic!)*, über einen im weitesten Sinne lämmchenfeindlichen Scherz Spyros' des Jüngeren.

Dabei war sie tierlieb bis zur Idiotie. Ständig pflegte sie das lausige Schicksal der hiesigen Katzen und Hunde zu bejammern (nicht zu Unrecht; herrenlose Hunde beispielsweise wurden vor Saisonbeginn oft vergiftet, damit sie nicht zur Last fielen); Tränen traten ihr in die Augen, erzählte Karin von dem, gelinde ausgedrückt: unsentimentalen Verhältnis des griechischen Landvolks zu seinen gefiederten, vierbeinigen und sonstwie überflüssigen Freunden. In der Tat wurden diese als Sachen nicht nur betrachtet, sondern auch behandelt – Sachen vom Rang eines Fußabtreters, wohlgemerkt.

Und übrigens nicht nur, was das Hausvieh anging. Spätestens ab September ballerten die Männer auf alles, was ohne Räder unterwegs war. Auch auf dem Rücken des Schildkrötenhügels knallte es wie im Manöver, überall stiegen Schmauchfahnen auf, und Anfang Oktober war der Waldboden von leeren Projektilen und Schrothülsen übersät. Ich möchte nicht wissen, wie viele der Kouphalianer sich an die Stirn tippten, als sie von einem der Ziegenhirten erfuhren, daß ich sie einsammelte und tütenweise im Müllcontainer versenkte.

In meinem zweiten Jahr hier am Ionischen Meer hatte ein Athener Sommerfrischler – über seiner Schulter baumelte das Gewehr – mir mal einen Wiedehopf gezeigt, in Europa, soweit ich weiß, schon damals unter Naturschutz. Der Fächer der hübschen Federhaube zerzaust, baumelte das Bretchen wie ein Waschlappen aus seiner Faust. Er verklappte es im Acheron. Als Giorgos, den alle »den Schlimmen« nannten – warum, weiß ich auch nicht –, die Promenade entlanggeschlendert war (A3), hatte Monika uns flüsternd gefragt, wo der seine rechte Hand verloren habe, und Ingo, der sich ein bißchen als Umweltschützer betätigte, erzählte ihr von den Dynamitfischern. »Ich hab's mit eigenen Augen gesehn, als ich mal den Fluß rauf bin. Ich denk', was ist das denn: Da treiben die Fiche alle mit dem Bauch nach oben an der Oberfläche! Die Detonation bewichkt, daß denen die Chwimmblase platzt, und dann sind die quasi manövrierunfähig...« Ein paar hundert Meter weiter habe er die Ganoven dann gestellt, und die hätten damit gedroht, ihm den Hals durchzuschneiden.

Einmal (es muß N5 gewesen sein), so erzählte Karin mir später, hatten sie mitten auf der Straße nach Kanalaki eine der hier noch recht zahlreichen griechischen Landschildkröten entdeckt, auf dem Rücken liegend und mit ihren Saurierbeinchen rudernd. Monika winselte los; Manu bremste und hielt; Monika stieg aus und lief zu dem Tier, um es aus der Gefahrenzone zu tragen und umzudrehen, und als sie erkannte, daß quer durch seinen Panzer ein tiefer Riß verlief, weinte sie Tränen aus 925er Silber.

Als Ingo davon erzählte, wie am Strand von Alonaki einmal ein toter Delphin entdeckt worden war, trat das Ψ zwischen ihren Augen derart plastisch hervor, daß Karin es freimütig berührte und voller Bewunderung die Lippen schürzte, als betastete sie den Bizeps eines Ringers.

Vor Spinnen, Schnaken, Kakerlaken hingegen grauste es sie selbstverständlich, und als ihr etwas später einmal von zwei Tunichtguten, die *noch im ersten Barte standen,* eine Schlange in Richtung Dekolleté geschleudert wurde, da traf sie fast der Schlag.

Natürlich handelte es sich um einen Scherzartikel aus Gummi. Monika, auf dem Weg zur Toilette, hatte die beiden Heranwachsenden auf ihrem Moped vorbeigelassen, und zum Dank kriegte sie das zappelnde Spielzeug an den Hals. Die Farbe ihrer Gesichtshaut wechselte zwischen Rot, Gelb und Grün – »Wie 'ne Ampel«, krähte Karin –, und als Spyros der Ältere die beiden Terroristen mit gesetzten Worten dazu aufforderte, einen Ouzo auszugeben, taten sie das sofort; sie hatten wohl einfach zu spät erkannt, daß das anvisierte Anschlagsopfer so jung denn doch nicht mehr war, wie ihre Hormonkrise ihnen vorgegaukelt.

Da waren Hündchen natürlich eine andere Spezies. Ich hätte allerdings gern erlebt, wie *Atze* auf Monika wirkte; leider sind sie sich nie begegnet. Atze trug seiner entsetzlichen Häßlichkeit instinktiv Rechnung und ließ sich ungern auf offener Straße blicken; er baldowerte den Schund an den Rändern des Dorfs aus, schnoberte im Rindenmulch der Wälder und spukte durch die Mais- und Bohnenfelder, die Viehweiden und Berge. Wer Pudelmähne, Boxermaul und Dackelbeine hat, der kann sich auch eine Fuchsseele zulegen.

Doch das Gen-Chaos im dörflichen Hundevolk brachte nicht nur Atzes und Tasmanische Teufel hervor. Es gab Bankerte, die vor Niedlichkeit geradezu trieften. Einige von ihnen rotteten sich am frühen Abend zusammen, und wenn sie die Promenade entlanghechelten und hie unverwandt hinstrullten, hie Männchen machten, schnurrte Monika auf Kötergröße zusammen und verblutete fast vor Rührung. Einer dieser ihrer Rappel spontaner Verblödung mündete in eine Szene, die mich, irre, wie ich nun mal bin, bis heute beglückt...

A5 (eine ganze Weile bevor die Belgier und Österreicher kamen) – von solcher Art süßlicher Erregung gebeugt, ja niedergeschmettert – weinte Monika auf einen Wauwau mit Omafrisur ein, den Tonfall lockenden Gewinsels derart überziehend, daß selbst der selbst sich veralbert wähnen mußte. Püppi bot ihm das Knöchelchen ihres gerade verspeisten Huhns mit Thymiankartoffeln, und in der Annahme, es sei eine der grassierenden griechischen Promenadenmischungen, wählte sie deren Muttersprache: »*Thélis, glykoúliko skyláki mou? Thélis? 'Ela, skyláki mou!*«*

Jene ondulierte Töle aber war Mitglied einer Familie Sachsen, die am Tisch vorm Haus Platz genommen hatte, und als deren Oberhaupt Monikas dräuende Freveltat bemerkte, sprang es auf und rief: »*Öchi borogällö!* Nisch *füdorn!*«

Bis leibliches Herrchen und selbsternanntes Adoptivfrauchen sich als Steuerzahler ein und derselben Nation erkannten, dauerte es reichlich ein paar Sekunden – Zeit genug, um mich in einen Reißwolf von Lachkrampf zu schleudern. Danach gab's dann, zur Völkerverständigung, für alle einen »Üsö«.

Ganz nebenbei offenbarten zwei Tiergeschichten der schlimmeren Sorte, daß Monika Freymuth auch bei seelischem Schmerz nie laut wurde. Was sie als »Schimpfen« bezeichnet hatte, so wurde mir im Lauf der Zeit klar, konnte, was sie selbst betraf, in puncto Lautstärke allenfalls das Gemecker eines Zickleins gewesen sein. Wenn ich Sven zusammenfaltete, war sie hin- und hergerissen zwischen finsterer Faszination und der üblichen peinlichen Berührt-, ja Angefaßt-, wenn nicht Angegrabschtheit. Nein, sie *konnte* gar nicht laut werden, unsere Comtesse Contenance.

Einmal, als wir am Rand des Dorfes entlangspazierten, wurde sie ganz unruhig, als wir plötzlich in nächster Nähe ein bestürzendes helles Klagen vernahmen. Ich ahnte, was los war, und versuchte, sie wegzulotsen – vergebens. Ein paar Schritte später beobachtete sie die Szene, und ich beobachtete, wie ihre Lider zu flattern begannen, das göttliche Kinn zu beben und am Fuße ihrer eben noch glatten, strahlenden Stirn das Ψ zwischen den Brauen zu schwellen.

---

* Magst du, mein niedliches Hündchen? Magst du? Na los, mein Hündchen!

In seinem schattigen Hof vor seinem ärmlichen Lehmhaus stand Panagiotis und hielt in beiden Fäusten eine Kette. An ihrem kurzen Ende hing sein magerer, räudiger Hund. Ihn prügelte, mit einer abgebrochenen Zaunlatte, Koula durch, ohne sichtbare Erregung, doch kraftvoll, gewissenhaft und präzise, als klopfte sie einen Teppich aus. Noch bevor Monika auch nur Piep sagen konnte vor Fassungslosigkeit, wechselte das Paar seine Rollen, und während nun Koula das atemlose Jauchzer ausstoßende Tier an der Flucht hinderte, begann Panagiotis, es zu schlagen – mit der zehnfachen Gewalt seiner vom täglichen Fischen gestählten Muskeln. Der Hund zuckte nur mehr und fiepte. Vermutlich war er bereits halb ohnmächtig oder tot.

»*'Ochi!*« keuchte Monika von der Straße aus, knickste und schlug sich auf die Schenkel. Heute nehme ich an, es sollte ein *Schrei* sein. Es klang, als sei sie heiser. Panagiotis hörte denn auch nichts, sah nur plötzlich, wie wir dastanden, ich mit den Händen in den Hosentaschen, hielt kurz inne und erläuterte, der Hund habe ein paar seiner besten Leghennen gerissen, und dann hieb er noch dreimal, jeweils gesteigert, auf den nicht einmal mehr winselnden Hund ein.

Ich zog Monika davon. »Das hat keinen Sinn«, sagte ich. »Die lachen dich nur aus.« Sie hechelte die ganze Zeit weinend vor sich hin und brauchte den ganzen Weg bis zur Taverna Plaka, um sich zu beruhigen.

Das andere Mal, A4, mußte Monika, zunächst lediglich unruhig, mitansehen, wie des benachbarten Tavernenwirts zehnjähriger Sohn sonderbar weit ausgreifend hinkend einem flügellahmen Spatzennovizen nachjagte, und noch bevor ihr klar wurde, daß er ihn platttreten wollte, gelang es ihm. Heute bin ich geneigt, ihn unmenschlich zu nennen – den Haß, der ihren Augen damals entströmte, als sie Kostaki, der mit einer schwachen Form von Schwachsinn geschlagen war, in Oxford-Englisch (»You stupid little creature« etc.) verbellte wie ein überzüchteter Yorkshire-Terrier – mit überschnappender Stimme, aber kaum vernehmbar (man kriegte es erst richtig mit, wenn man sie ansah), bebend vor Rachsucht und in einer Art Übersprungshandlung zweimal mit der rechten Faust auf ihr eigenes Brustbein ballernd. Der verdatterte Bengel rupfte dem Leichnam eine Feder aus und hielt sie hoch – bot sie ihr dar, um sie für ein Vergehen versöhnlich zu stimmen, dessen er sich absolut nicht bewußt war. Und da schlug Frau Freymuths göttlicher Zorn so heftig in Grausen um, daß sie die Hände vors käsige Gesicht schlug.

An diesem Wendepunkt des Melodrams brach Karin in ein Gelächter aus, das die Grillen zum Verstummen brachte. Noch heute würde ich sie dafür auf der Stelle heiraten. Monika eilte zur Toilette, und Manu sagte vorwurfsvoll: »Jetzt ist sie; jetzt ist sie sauer.«

»Eben«, sagte Karin. »Und sauer macht lustig. *Haaarrh…!*«

Es dauerte fünf, sechs Ouzos, bis Monika wieder in der Lage war, ihr in die Augen zu schauen – immer noch voller Groll, aber immerhin blau genug.

Zwei Abende später dann die seltsame Wende. Wir beobachten und belauschen während unserer dahinplätschernden Tischgespräche eine Szene am Nebentisch. Ein bleiches Schwabenpärchen hatte sich dort niedergelassen und ungefähr eine Stunde lang Spyros' Speisekarte diskutiert.

Ich weiß überhaupt nicht, aus welcher Schublade er die hervorgezaubert hatte; in all meiner Zeit am Ionischen Meer hatte ich sie nur ein einziges Mal zu Gesicht bekommen. Lesenswert war sie allemal, wurden doch Gerichte angeboten wie *snitchel, Fillet hunerstall* und *Gulas Junges Rind Viech, Rottvars mit Hemd* sowie *Gekacktes von Kuh.* Normalerweise aber schaute man auf die Schiefertafel oder fragte Spyros direkt, was es gab – stimmt's, Spyro?

–, und dann ratterte er jedes-, aber auch jedesmal wieder, auch wenn man nur nach dem eventuell besonderen Tagesgericht fragte, das gesamte Sortiment runter: »Kannst du so alle Vorspeise grieche so was, gibs auch so Spinat, sind auch so gutt, und chab eine Portion gefullte Tomate mit Reis, iest auch *jouvétsi** mit Lammkotelett auch, und Spaghetti bolonaise, Chunerbrust, Grill auch vom Spieß so wie eine große *souvláki***, geht auch so mit Reis oder Pommes, *souvláki,* Sweinekotelett, Lammkotelett, *biftéki, biftéki* gefullte mit Käsä, Fis *bakaliáros****, *kalamári*****, Scampi, und chab iech auch Pizza selbst gemacht, und Brott sowieso.«

Irgendwann einmal fiel mir während der Aufzählung auf, daß er bei jedem Posten den Zeigefinger in den anderen Handteller legte – außer bei »Chunerbrust«. Da legte er die Hand auf sein Brustbein. Jedes-, aber auch jedesmal. Köstlich, und nachdem ich meine Beobachtung den Frauen verraten hatte, konnte dieses indiskrete Volk natürlich nicht anders, als in schallendes Gelächter auszubrechen, als er beim nächsten Mal in die Falle tappte.

Die beiden Schwaben schienen »irgendwie ökomäßig drauf« zu sein, wie Karin angesichts deren Gesundheitssandalen vermutete. Was mich faszinierte, war ihr geradezu finkenhaftes Küßverhalten. Siamesisch an den Köpfen zusammengewachsen, beugten sie sich die meiste Zeit über die entfaltete Pappe. Doch jeweils nachdem eine gewisse, wie mit einer Sanduhr bemessene Frist verstrichen war, löste das Männchen seinen Schädel von dem des Weibchens, wickelte ihn förmlich um ihren herum, wobei ihrer im gleichen Tempo ein wenig zurückwich, dann

* Reisnudeln mit Fleisch im Tontopf

** Fleischspieß

*** Stockfisch

**** Kalmar, ein kleiner Tintenfisch

starrten sie sich ein Weilchen an, und plötzlich, ja jählings – zack!: Tüscherchen. Und Rückzug auf siamesisch.

Angenommen, die Prozedur wurde, zu meinen Ungunsten geschätzt, alle drei Minuten wiederholt, das wären bei veranschlagten sechzig Minuten zwanzig Tüscherchen. Könnte man diesen hinreißend schauderhaften Bewegungsablauf nicht irgendwie gewinnbringend verwenden? Ich machte die Mädels darauf aufmerksam und forderte sie auf, Ideen zu entwickeln. Karin hatte eine: »Kuckucksuhrenindustrie! *Haarrrhh ...*«

»Genau; genau!« freute sich Manu. »*Kuck-kuck!:* Tüscherchen. *Kuck-kuck!:* Tüscherchen. *Kuck-kuck!:* Tüscherchen...«

Schließlich aber winken die Finken Spyros an ihren Tisch, und neugierig auf das Ergebnis des langwierigen Entscheidungsfindungsprozesses hören wir, wie das Weibchen Spyros fragt, ob er auch vegetarische Speisen anbiete.

Spyros der Jüngere bestätigt das. »Lamm. Niedliege Lamm.«

Das Weibchen vermutet eine Sprachbarriere und beeilt sich, sie zu überspringen, im selben Schwabensingsang, aber mit mehr Schwung. Der Begriff »fleischlos« fällt.

Spyros umfaßt sein rechtes Handgelenk, das auf der Gürtelschnalle ruht, zeigt vor lauterer Aufmerksamkeit die Schneidezähne und nickt zu jedem zweiten Wort, und als das Weibchen, grinsend vor Spannung, schräg zu ihm aufblickt, sagt er: »*Nai, katálava.** Vägätaries. Meine Lamm *iest* vägätaries. Chat nur gesse *saláta.*«

Sooo komisch war das nun auch wieder nicht – doch wer lachte am ungeniertesten? Die Schutzheilige des Sperlings, Hunds und Lamms!

---

* Ich verstehe (genau: Ich habe verstanden).

XV

Doch, je länger ich darüber nachdenke: Ihr Gelächter über Spyros' Lämmchenscherz war *zu* laut, um nicht zu sagen hysterisch – es muß mit ihrem Trauereinbruch N7 zu tun gehabt haben. In dem Moment tat sie mir erstmalig wirklich leid. Sie rührte mich so tief an, daß mir mein eigenes Gurugetue sauer aufstieß. Es geschah auf der Flußfahrt, die wir unternahmen, weil uns das Sonnenbad am Strand schon zum zweiten Mal vom Eselswind vermiest worden war.

N5 hatte er begonnen – allerdings erst gegen halb fünf, so daß uns wenigstens noch der *halbe* Nachmittag vergönnt war. Wie jeder Eselswind sollte er drei Nachmittage dauern. Einer Stampede von Gespenstern gleich jagte er übers Meer, wälzte es um und kühlte es aus; raste mit Dutzenden von Eggen schräg über die ein, zwei Morgen der Bucht von Kouphala, daß die Schollenkanten schäumten, und fegte flach über den Strand.

N6 ging's bereits los, kaum daß wir unsere Decken ausgebreitet hatten. Im nadelfeinen Hagel des Sandstrahlgebläses lag es sich unangenehm – die Körnchen drangen bis an die Heftfäden der Bücher, in die Badehosen und Strandtaschen, ins Brot und Haar, in die Augen und zwischen die Zähne; und wiewohl kühler nun die Luft, büßte die Sonne kein einziges Lux ein. Die Schirme aber hielten dem Ansturm nicht länger stand. Sven und ich hatten sie so tief und schräg wie möglich, wie das biologische Zeichen für Männer, in den Boden gerammt – wider alle Erfahrung, nur um dem Nörgelyoga der Damen zu genügen –; was dabei herauskam, war allerdings nur, aber immerhin folgender Spaß.

Grad nämlich lagen wir, Karin und Manu einerseits, Monika und ich andererseits (Sven schirmlos daneben), rücklings auf unseren Decken und starrten, ausgepumpt von den Anstrengungen der Umbauten, in die hart gebeutelten Stoffhimmel, da scheint sich für einen Moment der Boden unter uns aufzutun...

Es war natürlich umgekehrt: Die Schirme, erfaßt von einer Mordsbö, heben mit einem doppelten *Fump!!!* senkrecht ab wie fliegende Untertassen; steigen in einem einzigen Atemzug nebeneinander vier, fünf Meter hoch auf, verharren exakt so lang, wie wir für unsere Schrecksekunde brauchen – zwei regenbogenfarbene Achtecke vor hellblauem Hintergrund –, und verschwinden synchron, wie nach einem Fingerschnippen, aus unserem Blickfeld.

Die Mäuler voll Sand, den uns die jähe Entwurzelung der Stangen beschert hat, rappeln wir uns auf und drehen uns um und jagen den sich überschlagenden Schirmteufeln nach, die bereits einen Vorsprung von der Breite des Strandes haben. Einer von ihnen hätte fast einen Vierjährigen niedergemäht. Mit schlumpfblauen Händen – vielleicht war er zu lang im Wasser gewesen – klammerte er sich während der Bergungsarbeiten an den Hals seines grünen Schwimmdinosauriers; erst als Manu fragte, ob ihm etwas zugestoßen sei, fing er an zu plärren.

Kurzum, auf Dauer war es am Strand, wie Manu sich treffend ausdrückte, zu »schmirgelschmurgelig« – mit Schirm unmöglich, glühte und fröstelte man ohne wie im Fieber und riskierte Verbrennungen. Wir ärgerten uns nicht, sondern freuten uns einfach über die neueste Ferienanekdote und beschlossen, die Gelegenheit zu nutzen, um das Totenorakel des antiken Ephyra zu besichtigen. Sven hatte »kein' Bock« und verabschiedete sich. »Typisch«, rechtete ich; »sobald er mal was lernen kann, das Hand und Fuß hat, drückt er sich, dieser Leistungsschwätzer.«

»Ach was«, mutmaßte Karin, »der hat Schiß! *Haarrh...!*« Wir wickelten einfach unsere Sachen in die

Decken, ließen sie an Ort und Stelle zurück und klommen die Flanke des Lindwurms hinauf.

Auf seinem schütteren Rücken, am Ende des steinigen Pfades durch widerborstiges Gesträuch, wurden wir geradezu eingenebelt von Oregano- und Salbeibukett. Ganze Sträuße begannen die Frauen abzuernten.

Die Parga-Ausflügler waren längst durchgeschleust, die Ruine menschenleer; nicht einmal an der Kasse saß jemand.

Ich übernahm die Führung. Ich kannte die Stätte in- und auswendig, hatte alles darüber gelesen, dessen ich nur habhaft werden konnte, und so erzählte ich den Frauen davon, während wir die vor dreißig Jahren freigelegten Korridore innerhalb der vieleckigen Mauern abschritten, heute nur mehr Sockel und einige Ruinen. Ich stieg auf einen Felsbrocken und überriß mit weitschweifiger Gebärde die Bucht, das Dorf, die Ebene. »Dies alles«, sagte ich, »war einst der sagenumwobene Acherousia-See, in den der Acheron mündete. Dazumal waberten Nebel über den Wassern: die perfekte Kulisse für ein Reich, in dem die Toten wohnen. Noch heute stehen hier im Winter weite Teile unter Wasser, und alles blüht in den buntesten Farben... Aber zurück zum Thema.«

Ich sprang auf den Boden. »Stellt euch vor«, empfahl ich, »damals, im dritten Jahrhundert vor Christus, war die ganze Anlage unterirdisch, wie ein Stollen verborgen im Berg – und entsprechend unheimlich muß die ganze Prozedur gewirkt haben auf die armen alten Deppen.« Obwohl Sven gar nicht anwesend war, verschwieg ich aus irgendwelchen Gründen, daß selbst Staatsmänner, Denker und Historiker wie Krösus und Alexander der Große, Herodot und Sophokles durchaus nicht davon überzeugt waren, daß es sich bloß um den cleveren Hokuspokus einer korrupten oder auch nur machtgierigen Schamanenkaste handelte.

Hierher nämlich, bepackt mit Opfergaben, seien die Ratsuchenden gepilgert, um von den Seelen der Toten prophetischen Rat für ihr Leben zu erbitten. Bevor sie ihn jedoch tatsächlich erhalten sollten, sperrte die Priesterschaft sie in eines jener engen, finsteren Verliese, verpflegte sie mit Schweinefleisch, Pferdebohnen und Muscheln und machte sie mit Haschisch gefügig – neunundzwanzig Tage lang. »Neunundzwanzig Tage ohne Tageslicht in einem klammen, selber vollgefurzten Stall, blödgekifft und dummgebetet... Die waren reif, am Tag X! Und dann ging's hier lang, durch dieses Labyrinth hier, seht ihr – rechts, links, rechts –; heute wirkt's natürlich harmlos, aber damals fiel nach jeder Wendung eine schwere, eisenbeschlagene Tür hinter dir zu, bevor eine neue aufgemacht wurde, und in fackelflackernder unterirdischer Finsternis und mit gewaschenem Gehirn... Das«, sagte ich und deutete auf vier riesige, dickbauchige Krüge, aus den gefundenen Scherben fast vollständig zusammengekittet, »waren die Gefäße für die Schafopfer. Man hat Knochen und Holzkohle gefunden. Und dann«, ich wies auf ein lukengroßes Loch im Boden, »mußten sie das Blut der Opfertiere da hineingießen – huaaaah! –, hinein in den Eingang zur Unterwelt, wo Persephone und Hades herrschten, *der übergewaltige Pförtner,* wie's bei Homer heißt.«

Wir stiegen die eisernen Stufen der steilen Leitertreppe hinunter; selbst Monika muckste sich nicht – was ich, ehrlich gesagt, gehofft hatte. Es gab nicht viel zu sehen in dem kleinen, länglichen Gewölbe, »doch damals muß das Blut hier meterhoch gestanden haben. Wenn die Leute«, sagte ich und deutete aufwärts, »da oben auf ihren toten Vater oder was warteten, wurde von der Hallendecke an einer Art Flaschenzug – man hat entsprechende Zahnräder gefunden – ein gewaltiger Kessel aus Bronze herabgelassen – auch den hat man gefunden, von den Jahrtausenden an Erdmassen plattgequetscht wie eine Blechdose –, und darin stand ein verkleideter Priester, der die tote Seele spielte und den Orakelspruch abließ. Um diesem Spruch glaubwürdiges Gewicht anzurecherchieren, hatten die Herren Scharlatane ja einen Monat Zeit gehabt. Und nach all dem Nebelbrimborium und Singsang der Priester und Affentanz wurde der sowieso seit Tagen völlig kirre Klient anschließend auf einem anderen als dem Hinweg hinausgeführt in die gleißende Tagessonne, damit er sich von der ›Berührung‹ mit den Toten reinigen konnte, abschwefeln und im Wasser des Acheron waschen und so.«

»Hat nicht auch«, fragte die lyzeisch gebildete Monika – für meinen Geschmack ein bißchen lasch –, »Odysseus mal das Totenorakel befragt?«

»Du sagst es«, sagte ihr gütiger Lehrer, »denn er wollte wissen, ob er nach all den Jahren der Irrfahrt doch noch eines Tages seine Heimat wiedersehen würde.«

Als wir uns an den Abstieg machten, blieb sie ein paar Minuten allein zurück. Ich drehte mich um und sah sie nur so dastehen und in die Landschaft hinunterstarren. Es ärgerte mich. Warum? Ich wußte es nicht; aber heute kommt es mir so vor, als hätte mich schon damals die Ahnung beschlichen, daß mir die Sentimentalität auf die Nerven ging, mit der sie ihren toten Vater um Rat fragte. Noch genauer betrachtet, kommt es mir heute so vor, als sei mir in dem Moment plötzlich mein eigener bilderstürmerischer Drang peinlich gewesen, mit dem ich die Probe aufs Exempel gemacht – und verloren hatte. Zumal ich selbst in den vergangenen drei Jahren oft genug dort droben, auf jenem Haufen Steine, Opa um Rat gefragt.

M7 brachen wir gar nicht erst auf zum Strand, sondern nahmen spontan Ingos Angebot an, uns den Acheron ein Stück flußaufwärts zu schippern.

Monika zierte sich zunächst – wieder mal und einmal mehr aus Bammel, dem Prachtexemplar der Gattengattung zu begegnen –, beugte sich dann aber doch dem forschen Zureden Karins: »Zur Not werf' ich dir 'n Handtuch übern Kopp!« Es dauerte nur zwei Minuten, bis uns der Außenborder aus dem Dorf befördert hatte. Daß wir damit keineswegs auch die Zivilisation verließen, verdeutlichten die Schandmale am Wasserwege – Bojen aus Eiskrempapier und Bakentonnen aus Plastikflaschen, im Gestrüpp Wimpel aus Klopapier und Zigarettenpackungskarton. »Es ist«, wütete Ingo, »nicht zu glauben. Vor vier Wochen erst hab' ich da zwei Dutzend Riesentüten voll Müll rausgeholt!« Das Geflecht seiner Adern zeichnete einen ähnlichen Schatten auf seinen muskulösen Hals wie das Geäst der Weiden auf der Wasseroberfläche.

Nur daß dieser waberte – sanft, denn hier auf dem Fluß, der sich nun stark landeinwärts bog, waren Wasser- wie Luftströmung sanft. Angesichts des hiesigen ruhigen Dschungelfluidums war schwer zu glauben, daß aller Wahrscheinlichkeit nach am Strand der Eselswind genauso tobte wie am Vortag. Je weiter wir aus dem Süderbruch vor Kouphala herauskamen, desto mehr dünnte die Schilfallee aus. Die Ufer wurden fester, die Weidenbäume höher, massiger und ausladender; schließlich säumten Zitter- und Baumwollpappeln, Ulmen und Platanen, Eschen und Eichen den krummen Verlauf des Acherons, und Schöpfe fetten Grases fransten die Böschungen.

Diese gingen bald in Lehmwände über, mannshoch – und merkwürdig durchlöchert. »Das«, erklärte Ingo auf Monikas Nachfrage, »sind die Bruthöhlen von Eisvögeln.« Wie zur Warnung schrillt in dem Moment hinterrücks ein *Tjii-tiii!* »Da ist einer!« Mit raschem Schwenk, ausgehend vom Heck, Backbord entlang und über den Bug hinaus, verfolgt Ingos Fingerzeig einen grünblau schillernden Bolzen, unterwärts orangebräunlich gefärbt und hinter dem langen, schwarzen Schnabeldorn weiß gefleckt. Der Nestelbewegung der bräunlich-gräulichen Algenfäden unterhalb des Wasserspiegels entgegen schießt der Vogel dicht darüber hin. »Toll!« ruft Monika.

Im dichten Laub der überhängenden Äste hier und da Kokons mit Einflugloch, Nester des Webervogels, gebaut aus den wattigen Gespinsten der Baumwollpappel. »Sehen aus wie Nikolaus-Strümpfe«, sagt Monika. »Die Blödmänner unter den Führern der Parga-Boote«, sagt Ingo, »*pflücken* sie. Für Touristinnen.« An einer felsigen, furtartigen Untiefe in der Nähe des Ufers – dort, wo unter Stauden mit fetten Blättern ein umgestürzter Baumstamm fault, blakschwarz dessen verstümmelte Äste – ein Haufen sonderbarer Wackersteine, ein halbes Dutzend Helmchen. Als wir näherkommen, bewegen sie sich. Wasserschildkröten. »Irgendwann hat die Behörde mal angefangen«, erzählt Ingo, »hier sogar Biber auszusetzen, um eine Population zu bilden – genauso wie zum Beispiel im Phanari Füchse. Und was ist? Gegen Ende der jeweiligen Saison sind sie wieder weg! Einfach abgeknallt!«

»Die sind hier«, sage ich, »vierzig Jahre zurück, was ein Bewußtsein von Natur angeht. Als wir klein waren, lagen bei uns auf dem Dorf in der Feldmark auch überall Schrottherde rum.« Gemurmelte Zustimmung der Frauen.

Falter und Gaukler und Schmetterlinge, lustigerweise alle in Tönen von Indigo- bis Stahl- und Königsblau, begleiten uns jeweils ein Stück unseres Wegs.

Manchmal glitten wir minutenlang schweigend – nur das Pöttern des Motors, ein bißchen Gezwitscher und das Gewisper in den Beerensträuchern, die ihre Lianen tränkten, und das Rauschen des Laubs und das Rauschen hinter dem Rauschen; hin und wieder dumpfes Schwirren, wenn eine der irisierenden stahlblauen Libellen ihre unberechenbaren Manöver in nächster Nähe vollführten.

In einem dieser Momente war es, daß ich Monika ansprach. Sie hatte seit längerer Zeit nichts mehr gesagt, und ich fand, daß sie traurig aussah, obwohl die Haut dort, wo manche Inderinnen einen Schönheitsfleck oder gar ein Juwel tragen und sie manchmal ihr Ψ, diesmal genau so glatt wie ihre Wange war. Ihr Gesicht war glatt, glatt und leer und entspannt wie im Tod. »Ist was?« sagte ich leise. Karin und Manu, galionsfigurenhaft am Bug sitzend, blickten voraus; Ingo am Außenborder konzentrierte sich auf eine etwas schwierige Passage; sie und ich hockten uns mittschiffs gegenüber. »Ich meine, geht's dir gut?«

Rumpf und Kopf durchfahren ein Taumeln, als sie die verwässerte Unendlichkeit in ihrem Blick wieder auf zwei grüne Iris zurückschraubt und aufrechtstellt, und dann sagt sie: »Die *ganze Zeit*«, sagt sie, »wo wir hier auf dem wunderschönen *Fluß* sind, ist mir diese blöde Melodie wieder durch den Kopf gegangen, und eben ist mir eingefallen, warum ich sie so schrecklich finde. Ich meine, warum ich sie *wirklich* so schrecklich finde. Warum ich es so *schrecklich* finde, daß ausgerechnet *Hartmut* sie ausgerechnet zu meinem *Geburtstag* geklaut hat.«

Ich warte; sie schluckt zweimal und beeilt sich sichtlich, es rauszukriegen.

»Die eine Zeile, weißt du? Die eine Zeile, von der ich nicht mehr wußte, wie sie geht, die ist mir eben eingefallen. *Ich liebe meinen Sonnenschein.*« Tonlos leiert sie noch einmal das ganze Lied herunter: *Hoppla, jetzt kommt Monika, 42, Waage! Hausfrau, Mann, zwei Töchterlein, doch niemals eine Klage! Ich liebe meinen Sonnenschein, doch hört nun, was ich sage: Alle lieben Monika, Monika alle Tage!*

»Und Hartmut *wußte*, daß mich nur *einer* in meinem Leben ›Sonnenschein‹ genannt hat, und das war *Papi*. Gestern, beim Totenorakel, hab' ich mit ihm gesprochen, mit Papi, meine ich, und hab' mich an den Moment erinnert, wie wir, hinter dem Pfarrer her, durch den Korridor auf den Saal gingen, Omi, Mami und ich.«

Sie verschiebt ihre Kiefer gegeneinander, wie um einer Entgleisung zu entgehen.

»Papi liegt tot in dieser *Holzkiste* mit den *Griffen* dran; diese Holzkiste, die genauso schön aussah wie die Truhe auf unserem Flur damals, wo Mutti meine Aussteuer drin aufbewahrte, nur länger und ohne die Schnitzereien und nur, daß an dieser Holzkiste *Griffe* dran waren, die Griffe zum Wegschmeißen. Weg, weg, *ab* in die *Kuhle,* auf Nimmerwiedersehn. Ich hätte die Leute, da auf dem Saal, ich hätte sie alle *an*spucken mögen, wie sie da *sitzen* und *reden* und *essen* und Kaffee schlürfen und diese eklig stinkenden *Schnäpse* reinkippen, anstatt Papi wieder aus der Kuhle auszubuddeln...«

Sie schniefte einmal, und sobald ein Tropfen über den Rand des Unterlids trat, wischte sie ihn mit dem Zeigefingerknöchel weg.

Ich sagte, ich glaubte, *Grüezi wohl, Frau Stirnima* sei genau in jenem Jahr ein Riesenhit gewesen – vielleicht auch deshalb die unguten Erinnerungen? Daß sie unbewußt... vielleicht? Sie nahm den Trost an.

Am selben Abend saßen wir wieder einmal Schulter an Schulter am Fluß. Die Silbrige Stunde war es, die Stunde nach der Rosigen Stunde, jene Stunde zwischen Sonnenuntergang und Einbruch der Nacht, wenn die Lichtspeichen des halben Rades zwar schon zu sehen waren auf dem Schilf am gegenüberliegenden Ufer, aber noch schwach; wenn die Spatzen sich aus der Eiche zurückzogen und überhaupt verstummten – unmerklich, irgendwann fiel es einfach auf, daß nur noch das metallisch unterfütterte Pfeifen von ein, zwei Heimchen aus dem Schilf oder dem Eukalyptusbaum zu hören war; die Stunde, wenn Spyros der Ältere den Staub der Promenade mit einem Gartenschlauch besprühte, in seinem wildledernen Gesicht eine Miene soliden Behagens, und Soula die Pflanzen und Blumen in den übergepinselten Ouzokanistern aus einer gelben Plastikgießkanne goß, die halb so hoch war wie sie selbst – auch jenes *nichtolouloúdo** goß, das regelmäßig gegen Mitternacht eine Blüte nach der anderen entfaltete und damit einen derart unerbittlich innigen, fleischlichen Duft, ja Gestank, daß Spyros der Jüngere hin und wieder in Alexandrinerversen fluchte, das Teufelsgestrüpp müsse weg, es vertreibe einem ja die Kundschaft, und da die Griechen oft erst sehr spät essen, war die Befürchtung so übertrieben nicht – in der Nähe jener Pflanze vermochte nur ein Rindvieh noch Appetit zu entwickeln –; Soula aber verteidigte sie vor jedem Angriff mit der vollen Wucht ihrer Kartoffelfigur, ihres Harpyiendiskants und dem wiederholten Einsatz der doppelten Verniedlichung, wenn sie den Namen der Pflanze erwähnte…

Jene Stunde war es. Ruhig war es. Warm war es wie im Hamam; Karin und Manu waren spät dran, weil sie nach der Flußfahrt Toilettenartikel, Obst und Medikamente in Kanalaki eingekauft hatten, und überhaupt waren Monika und ich allein. Sie hatte ihre bereits sehr gleichmäßig gebräunten, mädchenhaften Füße neben meine groben bronzenen gegen den nackten Stamm gestemmt, und da erzählte sie mir das Vermächtnis ihres Vaters an sie: eine Geschichte.

Monikas Vater war schon so lange tot, wie er alt geworden war – einunddreißig Jahre –, und immer noch dachte sie sehr oft an ihn, mindestens jedoch einmal im Monat. Er war gestorben, nicht lange nachdem ihre erste Regelblutung eingesetzt hatte, und obwohl Mami sie aufgeklärt, hatte sie auch ihn gefragt, warum Frauen so etwas eigentlich erdulden mußten. Stets erinnerte sie sich an den Stolz,

---

* Nachtblume

mit dem sie sich als Frau bezeichnet hatte; ein starker, archaischer Stolz, den nichtsdestotrotz der Wind eines Gefühls umwehte, das sie bis dahin noch nicht gekannt: Wehmut. Es war Wehmut dabei, als sie Papi zum ersten Mal in ihrem Leben etwas fragte, das mit ihr als Frau zu tun hatte.

Er hatte das gespürt, und deshalb hatte er ihr keine biologische Begründung gegeben, obwohl er Lehrer war, sondern, weil er ein guter Lehrer war, eine Geschichte erzählt – diesmal jedoch, ohne sie auf ihre Knie zu ziehen. Diesmal mußte sie verzichten auf die Grotte seiner Schulter, seinen Atem am Ohr, den warmen Bimsstein seines Kinns. Er nahm nur ihre Hand in seine Hände, als halte er einen Schmetterling gefangen, und sagte mit diesem Ernst, den sie so an ihm liebte: »Daran ist der Große Klops schuld.«

»Der Große Klops?«

»Ja. Das kam so«, begann er, und während sie bereits vermißte, wie er sie immer in seinen Armen gewiegt hatte, erzählte er vom »Großen Klops«, einer Art miesepetrigem Gott, und von den beiden »Knilchen«, den ersten Menschen, die der zu seiner Unterhaltung aus einem Kaugummi geknetet hatte. Es war eine individuelle, doch etwas klebrige, unbeholfene Variante der zahlreichen Schöpfungsmythen. Die Pointe bestand darin, daß der Große Klops die Knilche eines Tages in inniger Verschmelzung vorfand und aus Eifersucht mit einem Messer trennte, so daß der eine seine Brüste verlor, der andere aber sein Membrum virile.

»Und warum«, fragte die gewitzte Klein Monika, »blutet nicht einmal im Monat die Männerbrust?«

»Einmal im Monat?« sagte Papi. »Viel öfter! Jedesmal, wenn sie eine schöne Frau sehen! So wie du eine bist, mein kleiner Sonnenschein!«

Obwohl es mich juckte, verzichtete ich auf eine literarische Kritik, log: »schön«, und daraufhin erzählte sie etwas, das mich einmal mehr sonderbar berührte. Sie erzählte, sie habe unser Dorf seit Papis Tod erst zweimal wieder besucht. »Als die Versöhnung anstand, nehme ich an?«

»Nein«, sagte sie. Trotz ihrer Harmoniesucht habe sie es all die Jahrzehnte hingenommen, daß Hartmut den Abbruch des Kontakts mit seiner Stammfamilie eisenhart durchzog, doch als die Versöhnung anstand, fand sie es zu spät, ja absurd, ihren Schwiegervater in seinem Stammhaus kennenzulernen. Nein, den Weg mußte Hartmut ohne sie gehen. Hinrich Freymuth lernte sie erst kurz darauf kennen, als er in *ihr* Haus kam.

»Nein«, sagte sie erneut, Beeckdörp habe sie, nach über dreißig Jahren, erst kürzlich wieder besucht. Anfang Mai. Zwei Abende hintereinander. Und nur am Rande.

Sie hatte zu Haus auf dem Sofa gelegen, ihre Cashmere-Decke bis unters Kinn gezogen. Es war ein Sonntagabend. Yps, mit T-Shirt und einem dieser Röckchen bekleidet, für die sie eigentlich auch schon zu alt war, hockte im Schneidersitz auf dem Sessel. Gemeinsam starrten sie auf den Bildschirm, während Mami, eingemummelt, an einer Stickerei fummelte.

Yps gähnte, »und plötzlich«, erzählt Monika, »sag' ich zu ihr: Setz dich doch mal anständig hin, man kann dir ja bis sonstwohin kucken.«

Weil das Gähnen wohl ihr Hörvermögen minderte, hatte Yps Monikas entscheidende Aussage verpaßt, und Mami sagte: »Mein Gott«, sagte Mami, »wir sind doch unter uns.«

»Was hast du eben gesagt?« fragte Yps pointierter nach, und weil Monika nicht antwortete, sagte sie: »Ich denk', du bist noch mit Ute verabredet. Mußt du nicht bald los?«

»*Vielleicht*, hab' ich gesagt.«

Da krächzte das Babyphon, und als Carlottas Geschrei nicht länger zu ignorieren war, ging Yps hinauf, um nach ihr zu schauen.

»Und da«, erzählt Monika, habe sie zu Mami gesagt: »Genau *das* hab ich damals zu *dir* gesagt. Und was hast *du* gesagt? Darum geht's nicht, man soll sich das bloß gar nicht erst angewöhnen.«

»Was?« fragte Mami. »Was hab ich gesagt? Wann. Worum geht's?«

»Ach...«

»Mein Gott, Kind; was ist bloß mit dir los...«

Und Monika habe geschwiegen, und plötzlich fesselte sie wieder dieser Werbespot. »Kennst du den?« fragt sie mich. »Den von der Niedersächsischen Klassenlotterie?« Ich sage, ich verfügte über keine Satellitenschüssel. Sie erzählt mir das Drehbuch: Rasch aneinandergereihte Schwarzweißbilder zeigten die Geschichte einer Ehefrau, Hausfrau und Mutter, die offensichtlich unter chronischen Kopfschmerzen leidet, aber stets ihr Bestes gibt. Ihre Kinder, ihr Mann und die Großmutter nehmen das als selbstverständlich hin; vorgeblich, denn aufgrund verstohlener Blinzelsignale erahnt der Fernsehzuschauer eine liebevolle Verschwörung.

Innerhalb der grauen Alltagsszenerie sind zweimal weichgezeichnete, farbige Szenen eingeblendet, in denen die Frau schmerzfrei und glücklich auf einem Pferd über einen weiten Strand galoppiert – offenbar, ihrem versonnenen Gesichtsausdruck nach zu schließen, Bilder eines wiederkehrenden Tagtraums.

Im letzten Akt steht der Heldin die Beichte bevor, das Auto ihres Mannes zu Schrott gefahren zu haben, doch vorher nickt der Mann. Er weiß es schon, lächelt aber. Und dann wird sie von ihm, ihren Kindern und der Großmutter getröstet und in einen nun farbigen Garten geführt, wo ein Pferd auf sie wartet. Daraufhin bricht sie in Tränen aus, und die letzte Szene zeigt sie, wie sie auf dem Pferd einen Strand entlanggaloppiert. Und dann wird das Lemma eingeblendet: *Das beste Mittel gegen Migräne... Niedersächsische Klassenlotterie.*

Zwei Spots später kam Yps wieder runter, warf einen Blick auf Monika und sagte in Mamis Richtung: »Ach du Schande. Jetzt heult Mama schon bei der Reklame...«

Und da, erzählt Monika, habe sie die Decke von sich weggestrampelt. »War nicht so gemeint«, stöhnte Yps. Monika aber ging raus, zog die Stiefel an, warf einen Mantel über und stieg ins Auto.

Auf der etwa tausend Meter langen Geraden, die in unser Heimatdorf führt, versuchte sie, durchs dünn beschlagene, außen von Regenschlieren marmorierte Seitenfenster einen Anblick vom Ende der Weide zu erhaschen – vergeblich. Sie nahm nur verwaschenes Grün wahr. Doch sie wußte, daß sie dort standen, die knorrigen Eichen, dort hinten am Mittellauf des Bachs, wo er über Steine plätschert, unter Böschungen gurgelt, wo damals, in unserem Kinderparadies, die Kühe soffen. Dort war es, wo sie am Vorabend dem Rappen begegnet war.

Nachdem Hartmut frühmorgens mit seinen Jagdkameraden in die Lüneburger Heide gefahren war, war sie nach Hamburg gefahren – zum Shopping. Sie hatte nichts gefunden, was ihr gefiel; hatte den ganzen Tag in der Innenstadt zugebracht und auf dem Rückweg plötzlich entschieden, nach Beeckdörp zu fahren. »Ich weiß nicht, warum«, sagt sie. »Keine Ahnung, ehrlich.« Sie hatte sich dann doch nicht ganz ins Dorf getraut – schon gar nicht zu ihrem ehemaligen Elternhaus –, sondern war zwei Stunden lang in der Feldmark spazierengegangen, auf Wegen, die sie seit ihrer Kindheit nicht mehr betreten hatte, und als hätte er sie erwartet, hatte er nickend am Gatter gestanden. Er war nicht zurückgewichen. Sie hatte mit den Fingerknöcheln über die kräftige Fellwange gestrichen, und als sie, ermuntert davon, daß er es duldete, schließlich mit der Handinnenfläche den Hals gestreichelt hatte, den Hals so fest und doch so warm, da war ein aufgeblähtes Gefühl heraufgeschnellt wie vom Boden eines Meeres und in ihrer Kehle steckengeblieben. Tagelang.

»Und an diesem Sonntagabend da, da bin ich noch mal hin«, sagt Monika, »aber er war nicht mehr da, der Rappe. Abends kam Hartmut wieder, und da hab ich ihm gesagt, daß ich's doch gern mit einem Flug nach Korfu und mit Parga und so versuchen möchte, und da hat er dann gesagt, jetzt reicht's ihm; zu spät, er kann nicht mehr, er fährt allein.«

Mir wurde schlecht, als ich das hörte. Ich weiß nicht genau, warum. Wir schwiegen ein Weilchen.

Nur ein Weilchen, denn kurz darauf versammelte sich nach und nach wieder alles, was Rang und Namen hatte: der unausweichliche Sven, die gütige Manu, die stolze Karin, Kosta brava, der tumbe Alex... Wir speisten, wie üblich in großer Runde, und beobachteten das Schwabenpärchen, bis Spyros seinen Lämmchenwitz machte, und danach war es, daß Monika sich betrank bis zur Willenlosigkeit. Schon vorm üblichen Umzug in die Bar Dionysos war sie so blau, daß unsere hellenischen Jäger leichte Beute witterten, und sie wäre wohl auch zu einer geworden, wäre Spyros der Jüngere nicht gewesen – stimmt's, Spyro?

XVI

Sie muß direkt nach dem Essen damit begonnen haben. Ja, nach dem Lämmchenwitz war sie so albern, daß ich mich auf die Terrasse der Taverne zurückzog, um mit Strong Man und Erwin, Ingo und dem traurigen Stephan die zweite Halbzeit der Begegnung zwischen Restjugoslawien und Slowenien am Fernseher zu verfolgen.

Danach war es Nacht. Wieder stand der linksseitig ausgefranste Mond hoch überm Schattenriß des Schildkrötenhügels, und das halbe Rad mit seinen Speichen aus purem Licht drehte sich auf dem Schilf am anderen Ufer; und wir gesellen uns wieder zu den anderen am Stammtisch unterm Eukalyptusbaum. Da hat sie schon tapfer einen sitzen. Alles dreht sich um sie (höchstwahrscheinlich im Doppelsinn des Wortes): Von links knattert in freien Rhythmen der tumbe Alex auf sie ein, von rechts meckert Kosta brava, und von gegenüber spiegeln Karin und Manu, Sven und Spyros der Jüngere jenes babylonische Gespräch mit lieblichem Spott und Späßchen, mit Spintisier- und Spökenkiekerei.

Gespräch? *Nai,* es war ein Gespräch. Fehlten Hand und Fuß, wurden Hände und Füße eingesetzt. Waren die Reden nicht behend, so die Hände doch beredt. *»Tsípouro, katálaves? Vísky«,* sagt Alex. *»Polý oréa!«* Er streckt den Daumen aus der rechten Faust, führt ihn an die Unterlippe und legt den Kopf offenen Mundes in den Nacken, um sich anschließend mit links den Magen zu reiben. *»Nóstimo!«**

»Was sagt er?« fragt Monika ihr Publikum.

»Du sollst«, kräht Karin, die auch schon wieder brennt wie ein Kronleuchter, »ihm einen bla*aua!«*

»*Halt* die Klappe«, zischt Manu, die ihr eine geknufft hat.

»'Ochi vísky, maláka«, weist Kostas seinen Nebenbuhler zurecht. *»To vísky then einai apó staphília. Tsípouro!«***

»Tsípouro«, leiert Monika. *»Staphília.«* Ihre Wangen leuchten, und ihr Korallenlächeln nimmt kein Ende mehr. »Oh, oh«, macht sie, und ihre hellbewimperten Lider brauchen zusehends länger, um sich wieder zu heben.

---

* Tsipouro, verstehst du? Whisky. Sehr gut! – Lecker!

** Nicht Whisky, Alter! Whisky ist nicht aus Trauben! Tsipouro!

»*Nai, Tsípouro*«, strahlt der tumbe Alex. »*Brávo! Nóstimo! 'Ela, Spýro, phérre éna, dýo… eptá Tsípoura. Októ?*« Er schaut mich an. »*Ki'esý, Boúman?*«

Ich hebe die Nase und schnalze. Jetzt nennt auch der mich schon Buhmann.

»*Eptá. Sirá mou.*«*

»*Kaló eínai*«, bestätigt Kostas. »Nix von Fabbrick, von Haus! Verstahst du bißchen Griechisch so. Bist du viel gehirrnt! Deine Gehirrn immer nimms schnell. Ich bin Bauer, aber viele Verstand!« Er meckert.

»Du bist so neeett!« Monika neigt sich zu ihm, um ihre Zuneigung auszudrücken, verliert jedoch den Halt und plumpst ihm geradezu an die Schulter. »Huch!« Sie drückt sich an seiner Schulter ab. Ihre Wangen glühen, und ihre hellen Wimpern wedeln sachte auf und ab.

Kostas faßt sie an ihr beliebtes Kinn. »*'Ela, Spýro*«, er beeilt sich, das Heft in die Hand zu nehmen. »*Phérre Tsípouro. Sirá mou.*«

»*'Ooochi, vre maláka*«, protestiert Alex, der seine Felle davonschwimmen sieht. »*Sirá mou!*«** Seufzend gibt Spyros der Jüngere auf.

Und damit Monikas abendliches Schicksal preis. Denn er ist stark, der Tsypouro; zu stark für Monika. Zumal Ingo jenes fatale Spielchen anberaumt. Wir koppeln zwei weitere Tische an, so daß sich eine lange Tafel ergibt, und der Zufall will es, daß Monika und ich uns an den Stirnseiten gegenübersitzen, so daß ich sie die nächste Stunde ständig im Blick habe. Ihre nächsten Nachbarn sind Kosta brava und der tumbe Alex, meine sind Ingo und der traurige Ste-

* Ja, Tsipouro! Bravo! Lecker! Los, Spyro, bring einen, zwei… sieben Tsipouro. Acht? Du auch, Buhmann? – Sieben. Auf meine Rechnung.

** Also, Spyro, bring Tsipouro. Auf meine Rechnung. – Nichts da, mein Alter; auf meine!

phan; mit dem Rücken zum Fluß sitzen Erwin, Strong Man und Sven, mit dem Rücken zum Haus Spyros der Jüngere, Karin und Manu. Elevtheria bringt zwei Knobelbecher mit je zwei Würfeln.

Während Kostas Alex noch die simplen Regeln übersetzt, legen Monika und ich bereits los. Schon mit dem dritten Wurf würfle ich eine Eins und reiche den Becher an Stephan weiter. Als Stephan einen *Pasch* eins gewürfelt hat, den Becher also, Spyros überspringend, direkt an Manu weiterreicht, versucht Monika immer noch, eine einzige erforderliche Eins zu erreichen.

Karin lacht, daß die Schwarte kracht, und zeigt mit dem Finger auf sie, alles grölt auf sie ein, sie möge doch um Himmels willen hinmachen, und wahrhaftig, es ist kaum mit anzusehen: Angesichts der von rechts unaufhaltsam auf sie zuklappernden Katastrophe panisch wimmernd und lachend zugleich, stopft sie die Würfel nach jedem umständlichen Wurf so umständlich in den Becher zurück, wie ein Kleinkind mit Bauklötzchen spielt. Ouzo, Tsipouro & Co. lähmen ihr die Finger, und ihr Kopf kann's gar nicht fassen, daß in ihren Extremitäten dahinten aber auch rein gar nichts mehr vorangeht. Dann fällt ihr auch noch ein Würfel ins Gras, und inzwischen hat Manu *ihre* Eins – deutlich sehe ich, daß ihre Kerbe zwischen den Brauen verschwunden ist – und reicht den Becher an Karin weiter, und als Monika Karins hektische Würfeltechnik gewahrt, verlangsamt sich die ihre noch ein weiteres bißchen, nun vor Lachen.

Denn Karin reißt einen gehörigen Lappen aus dem Papiertischtuch, so daß das Aluminium der Tischplatte zum Vorschein kommt, knallt den Becher darauf, hebt ihn an und kuckt – 2+5 –, stülpt den Becher über die Würfel, reißt ihn über die blanke Fläche einhändig an sich und schüttelt und knallt den Becher aufs Alu, hebt an und kuckt – 3+4 –, stülpt, reißt, schüttelt, knallt... »Das geht ja wie's

Brezelbacken!« johlt Ingo, und wahrhaftig: In der Zeit, die Monika für einen Wurf braucht, schafft Karin *sieben* Würfe – »DA! EINS! ENDLICH! *HAAAAARH!* LOS, KOSTA!« –, und Kosta brava, er packt's beim ersten Wurf, und Monika ist eingeholt, bevor sie ihren Becher weiterreichen kann...

»Tsípouro!« schallt es über den Kiez. *»Tsípouro!«*

Ein Gejohl und Gekreisch... und jede Menge Gelegenheit, Hände zu ergreifen, Arme anzufassen und Schultern zu umarmen...

Sie verliert jede zweite Runde.

Noch heute sehe ich sie da thronen, mir direkt gegenüber am anderen Ende der Tafel, die Prinzessin im Rausch, ihr Korallenlächeln, das Perlmutt ihrer Zähne, das schläfrige Fächeln ihrer hellichten Wimpern; und gleichzeitig sehe ich sie mit ihren eigenen Augen, Augenblick um Augenblick im Rausch, im Glück, im irisierenden Glanz der Befreiung von toten Papis und verödeten Gatten; alles vermählt sich, der Obsidian der Nacht mit dem Schimmer des Mondes, Wärme mit Düften, Spirituoses mit Spirituellem... Kleine Albernheiten flammen auf wie Kleinodien, denn sie entdeckt den Humor für sich... Als Karin sagt: »Ich bin ja nicht so lahm wie du«, da macht sie: »Cha-cha-cha, uh.« Und als Manu sagt: »Das wird mir jetzt langsam zu dumm«, da singt sie: »Wittewittewitt, bum, bum.« Und als Kostas sagt: *»Tsípouro, parakaló!«*, da trällert sie: »Holladihia, holladiho...« Und immer wieder, völlig sinnlos: »Euka*lyp*tusbonbon...«

Eukalyptusbonbon...

Ich ging zur Toilette; versuchte, hinwegzutauchen unter den vom Fluß her immer höher schlagenden Stimmungswogen, die sich an *»Geia-mas!«*- und *»Eis-ygeían!«*-Rufen brachen, und als ich zurückkehrte, um über den Fluß zu rudern und in die Villa Arkadia zu fliehen, da sehe ich, daß der Aufbruch zur Bar Dionysos bevorsteht, und ich höre, wie Kosta brava, Monikas Hand in den Händen, sagt: »Ich so sprech für alles. Nix für Urrlaub. Urrlaub ies Urrlaub, aberr für Spaß, für traurig, für alles, ja! Warrum niecht.«

Karin und Sven, Alex und Erwin, Strong Man und der traurige Stephan, sie stehen schon zum Abmarsch bereit. Auch Karin ist blau, schlimmer als ein Marineoffizier. Manu kann nur noch den Kopf schütteln. »*Call*girl, *Call*-girl, dädädädädääää-dä«, kräht Karin im Singsang eines hämischen Kindes und zeigt mit dem ausgestreckten Finger auf Monikas Rücken. Was das wohl wieder soll.

»Ouzo?« fragt Spyros mit der Flasche in der Hand.

»Klar!« schreit Karin, »wir sind ja nicht zum Spaß hier! Prost! Auf uns! Auf die Ouzo-Luder von Kouphala! Knattergeil! Ich will tansen!« kräht Karin, »tansen willich! Spyros, du komms mit!«

»*'Ochi,* mein Satz, muß ich arrbeiten...«

»Ach was! Ist doch keiner mehr hier, wenn wir alle gehen! Was willsu denn da aabeiten!« Sie ist nicht länger gewillt, sich hinzusetzen, und stupst Manu unentwegt an die Schulter. »Mensch«, beschwert sich die, »geht ja gleich los!« Ein Glas Rotwein steht noch vor ihr. Die anderen gehen bereits vor, und Karin nimmt Manu das Rotwein-Glas weg, leert es in einem Zug und kräht halb triumphierend, halb trotzig: »So. Los jetzt.« Und Manu, so baff, daß sie ganz ruhig bleibt: »Das; den hab ich; den Wein hab ich wieder ausgespuckt gehabt, den Wein. Da war so 'ne dicke Fliege drin.«

Karins darauffolgendes unfrommes Getöse war nahezu unbeschreiblich. Es war so schlimm, daß ein Junge vor lauter Gaffen gegen den Eichenbaum radelte. Es kam fast nur noch dieses Knattern aus ihrer Kehle. Minutenlang taperte sie auf und ab, ja watete geradezu, vorgebeugt den Unterleib schützend.

Und während sie schließlich noch mal aufs Zimmer geht, um ihr Höschen zu wechseln – »Nützt ja nix!« –, da bemerkt Monika mich, und ihre Iris schwimmen und leuchten wie einst das sonnige Wasser im Mühlenteich, und sie zieht sich an meinem Arm aus dem Stuhl und umhalst mich. »Ach Buhmann«, murmelt sie mir schwer atmend in die Achselhöhle. »Du… dubisdoch… d'Beste…«

Der Rauchgestank, ihre scharfe Tsipouro-Fahne sickern mir ins Hirn, vor allem aber der Duft ihrer Haut, ihres Parfüms; an bestimmten Punkten meiner rechten Innenhand spüre ich ihre Rückenmuskeln unter dem dünnen Stoff über der Taille, und am Bizeps unterhalb meines kurzen Ärmels ihr Haar.

Es war wie ein Schock. Ja, sie war wie ein Schock, die Erkenntnis, wie viel weicher es war als Atzes.

XVII

Noch auf dem Heimweg hörte ich es über den Acheron schallen: »Euka*lyp*tusbonbon… Wittewittewitt, bum, bum!« Aber was sollte ich machen: Nur um den Anstandswauwau spielen zu können, ebenfalls dem Ruf des Dionysos nachgeben?

»Niemals«, brummte ich vor mich hin.

Dort, wo der Brunnen war, den ich mir mit dem Bauern teilte, der die Weide bewirtschaftete, und die Fünfzig-Bar-Druckerhöhungsanlage mit Kessel und Kolbenpumpe, welche der Villa Arkadia die Wasserversorgung sicherte;

dort, am Fuß des Schildkrötenhügels, konnte ich zwischen zwei Ziegenpfaden wählen. Der kürzere führte direkt zur Villa Arkadia, steil bergan in teils scharf gewundenen, kurzen Serpentinen, teils Kletterpassagen; an einigen Stellen engte reißendes Gezweig die Gasse ein – kurzum, er führte direkt durch den erwähnten Spinnenzoo. Der andere verlief außen um den Hügel herum, in sanft ansteigenden, langgezogenen Kurven, an der Kapelle der hl. Helena vorbei; die Bucht hatte man stets im Blick. Dieser Weg mündete in die Aussichtsplattform am Kliff. Nachts nahm ich gewöhnlich diesen, den trittsicheren. Diesmal nicht.

Schwitzend und humpelnd kam ich an, mit einem Triangelriß im Hemd und vom Tritt auf eine Natter vollgepumpt mit Adrenalin, gottseidank nur Adrenalin. Eigentlich ließ ich mich in solchen wundervollen Nächten, bevor ich mich in die Bucht abseilte, gern noch ein Weilchen auf dem Terrassensofa nieder – hier auf meinem Hügel gab es keinerlei Reklameschilder oder Diskostrahler, die den Sternenhimmel verschmutzten. Heut zu unruhig dafür, ging ich sofort ins Haus. Hinter mir schloß ich die Tür – Moskitos war es hier auf dem Hügel zwar viel zu trocken; Käfer und Insekten liebten ihn jedoch, ebenso Kleinreptilien und sonstige Kreaturen in phantastischen Ausgeburten, mit Fell oder Federn, Hornschuppen, Facetten- und Stielaugen, Fühlern, Stacheln und Chitinpanzern. Auch Skorpione hatte ich schon in der Küche gefunden. Es gab kleinere braune und größere schwarze. Ich fegte sie einfach hinaus. Ein Stich täte sehr weh und müßte auch behandelt werden, doch man stirbt nicht dran. Selbst unterm Bett hatte ich mal eine Schlange gehabt, aber es war eine, die laut dem abergläubischen Mitsou nur freitags biß.

Einen Sommer lang beherbergte ich einen Brummer in der Größe eines Kräuterbonbons. Jeden Tag, ziemlich pünktlich zur gleichen Zeit – meist kurz bevor ich zum Essen ins Dorf ging –, kam er angebrummt aus dem

Wald und verschwand, ohne schwankende Umwege oder schwirrende Ehrenrunden, vielmehr schnurstracks und unglaublich treffsicher in einem mysteriösen Loch in der Hauswand wie ein Arbeiter nach Feierabend.

Immer wenn ich länger weg war – und sei's nur ein paar Tage, auf meiner Katastrophenschutzübung in Paliokastritsi, auf Opas Beerdigung in Beeckdörp –, fand ich eine Maus im Toaster. Einmal sogar nur den Knust ihres Hinterns mit Schwanz. Am schlimmsten war die Ameisenplage. Anfangs nur eine zweispurige Bahn, die von der Ecke unterm Terrassensofa diagonal über die kalkweiße Wand bis unters Dach führte, dachte ich noch: *entáxei,* was soll's. Eines Morgens, als ich aus der Odysseus-Bucht zurückkehrte, sah die Wand dann aus wie das Negativ der Milchstraße. Spyros schaute mich nur mitleidig an, als ich was von Backpulver erzählte, und rückte mit der Chemiekeule an.

Ich hatte also meine Gründe, als ich die Tür schloß und ohne Licht zu machen Korridor und Küche entlangeilte. Irgend etwas Finsteres oder auch Heimeliges, Sehnsüchtiges drängte halb, halb zog es mich in die Winterhöhle, um einen Blick in den Asservatenkoffer zu werfen, doch es stoppte mich – genau am Haaransatz – der Türsturz. Eine Art Gong ertönte, dann explodierte direkt vor meinen Augen Lava, und in einem Regen aus Asche und gleißenden Funken ging ich in die Knie.

Das nachtaktive Getier auf dem Schildkrötenhügel mußte sich einiges anhören, als ich mit einem Eisbeutel auf dem Terrassensofa lag. Ich verwarf den Plan, mich in die Bucht abzuseilen, und versuchte, im Dormitorium zu schlafen – vergeblich. Ich verzog mich in die Winterhöhle, den Koffer allerdings mit Nichtachtung strafend, und schaute mir, während der Vulkan unterhalb meines Scheitels allmählich erlosch, *Ein Mann sieht Rot* an – ebenso vergeblich. Es dauerte noch Stunden – der Morgen mußte bereits gegraut haben –, bis mir für zwei, drei Stunden *den Schlaf, den honigsüßen, auf die Lider warf die helläugige Athene.*

Am Morgen, mit dem Schädel, war Schwimmen nicht angezeigt, ebensowenig Frühstück, doch damit der Anschein gewahrt blieb, daß ich den Stundenplan achtete, schrieb ich ein Gedicht mit dem Titel *Kampf der Chromosomen.*

Null:null stand's nach Sätzen.
Null:null stand's nach Punkten.
Du wußtest zu schätzen,
was Kumpels dir unkten:

»Die machst du doch alle!
Die packst du mit links!«
Doch dann schweigt die Halle,
und aufschlägt: die Sphinxx.

Das Doppel-X schummelt,
es mogelt und trickst.
Das Ypsilon bummelt,
wird prompt ausgeixxt.

Endergebnis: Null zu sexx
unterliegt Ydipus Rex.

Sicher: Heute ist mir klar, wie visionär es war, das Werk...

Beim Mittagsfrühstück sitzt Manu allein. »Gottegott«, sagt sie zur Begrüßung, »was hast *du* denn da; was hast; was hast *du* denn da gemacht! Ja, geht denn hier jetzt alles drunter und –«

»Eines Tages«, sage ich, »häng ich ihn doch noch auf, *ton kýrio** Bauleiter.«

Sie lacht, »du auch noch«, und als ich sie frage – und ich kriege tatsächlich weiche Knie dabei –, ob ihre Bemerkung etwas mit dem weiteren Verlauf der vorangegangenen Nacht zu tun habe, gerät etwas Unstetes in ihren Blick, und sie schließt die Lider und winkt mit beiden Händen ab. »Au, au, au«, sagt sie. »Gottegottegott.«

Doch im Fortgang der Geschichte kann ich – vorerst – aufatmen...

Sie hatten alle noch eine ganze Weile auf der Veranda der Bar Dionysos gehockt, Karin, Monika und sie, Manu, sowie die »üblichen Verdächtigen« – allerdings zuzüglich eines Sonderpärchens aus Krefeld, »er ein Idiot und sie ein Trampel-aber-hallo«, beide bei ihrem Eintreffen schon mit reichlich, wie Ingo sich ausdrückte, »vierzig Volumenprozent Gefälle«. Als aus der Nachbarschaft der Bar gegen halb drei Beschwerden über den Lärm kamen, bat der lachende Sotiris seine Gefolgschaft ins Innere, und da ging's dann noch eine gute Stunde weiter, bis das Trampel, volltrunken wie's war, mitsamt seinem Barhocker in die Panoramascheibe knallte. Diese blieb bis auf einen ziemlich langen Riß heil, das Trampel nicht.

»Wie 'n Käfer« lag's auf'm Rücken, aus Leibeskräften klagend; und während ihr Idiot brabbelnd und schwankend danebenstand und auf sein Trampel herabschielte – »der hat; der hat nicht mal sein Bier wechgestellt!« –, rangelten die Herren Griechen um den besten Startplatz zur Ersten Hilfe. Kosta del sol siegte, renkte dem Trampel die ausgekugelte Schulter wieder ein, die »gar nicht ausgekugelt war, die war gezerrt oder so was, und Kostas, Kostas

---

* den Herrn

zerrt da auch noch *extra* dran – die hat; die hat geschrien wie am Spieß«.

Am rechten Fuß jedoch (glücklicherweise trug sie nur Sandalen), da war nichts mehr zu drehen. Der schwoll innerhalb von ein paar Minuten zu Klump und wollte das Trampel ums Verrecken nicht mehr tragen; obwohl zeitweise vier Mann immer wieder versuchten, es aufrecht hinzustellen, fiel's immer wieder fast um, besoffen und einbeinig, wie's war, und hätte den tumben Alex glatt erschlagen, hätte der sich nicht im letzten Moment schräg dagegengestemmt. »Die sah vielleicht aus! Die ganzen Plünnen aus'er Hose, hochgeschoben bis an den pufflila Wonderbra...« Manu schüttelt sich. »Und das schlimmste; das schlimmste war: Karin hat die ganze Zeit gelacht.«

»Nein.«

»Die hat; die hat; die hat die ganze Zeit hat die gelacht. Und wie! Du weißt; du weißt ja, wie die; wie die lacht. Seit dem Moment, wo die umgefallen ist, das Trampel, hat die angefangen zu lachen und krichte sich überhaupt nicht wieder ein! Sotiris machte die ganze Zeit sch, sch, und hielt ihr den Mund zu – nix zu machen. Ich hätt' ihr fast eine geknallt. Aber hallo.«

Anscheinend, erzählte Manu, hatte Karin nicht mitgekriegt, daß es durchaus ernster war. Die halbwegs nüchternen Menschen kriegten es mit: Sotiris, Spyros und Manu, Ingo und Strong Man. Sie verfrachteten das Trampel und den Idiot in Ingos Auto, und Manu und Ingo fuhren sie nach Kanalaki zu jener Notstation des Roten Kreuzes. Während der gesamten Fahrt jammerte das Trampel vor sich hin und redete den blühendsten Unsinn (Manu äffte sie nach: »Wo fahrt *ihr* denn hin! Wo fahrt ihr denn *hin!* Das ist doch die falsche *Richtung!*«), während der Idiot lamentierte: »Na, den Urlaub, den kann ich ja wohl vergessen.«

»Nicht zu fassen.«

»Doch, ich; ich schwör's.« Ingo hielt ihm eine Gardinenpredigt, ob er nicht lieber seine Frau trösten wolle, die anscheinend ziemlich starke Schmerzen habe und so, aber der Idiot reagierte nicht die Bohne. Das Trampel allerdings auch nicht. Es war, als hätten die überhaupt nichts miteinander zu tun. Und als sie vorm Rot-Kreuz-Gebäude hielten und Manu und Ingo ausstiegen, stand der Idiot schon an einem Baum und pinkelte. »Das mußt du dir vorstellen! Anstatt mal mit anzupacken, bei seiner Alten!« Also hievten sie das Trampel selbst aus dem Auto und schleppten's hinein.

»Die haben da 'n Verband angelegt und gesagt, das sieht übel aus; sieht aus wie 'n doppelter Bruch oder so was, und die Schulter, das ist wohl 'ne ziemlich üble Zerrung oder 'n Kapselriß oder sonstwas, und morgen, also heute, müssen sie nach Preveza zum Röntgen und so; und dann haben sie ihr noch Schmerztabletten gegeben. Und dann haben wir sie wieder hierher zurückgefahren, und die wohnen da ausgerechnet in diesem Haus da, wie heißt das noch, weißt du, das Haus mit der steilen Außentreppe da, da wohnen die; da wohnen die im dritten Stock da, und Ingo, das; Ingo, das arme Schwein, der mußte das Trampel da allein nach oben stemmen – der Idiot hat keinen Finger gerührt. Der ist vorweggelaufen und hat die Tür aufgehalten. Und Ingo hat geschwitzt wie 'n Bulle. Die wog bestimmt; die wog bestimmt an die zweihundert Pfund.«

»Das gibt's doch gar nicht.«

»Das war; das war 'ne Nacht-aber-hallo, das sag'; das sag' ich dir.«

»Und Monika?«

Vielleicht ein wenig hastig nachgehakt, doch Manu fällt's – scheinbar – nicht auf. Wieder schließt sie die Augen und winkt mit beiden Händen, und wieder werde ich weich in den Knien, sogar im Sitzen.

Jeweils um ein Haar, erzählt Manu, wäre es soweit gewesen, daß Monika nacheinander Kosta brava, Kosta del sol, den tumben Alex und einen öligen Pilavas-Vertreter, der hier irgendwie neu war, an den Strand begleitet hätte.

»Kuckänsterrnä«, versuchte ich den Abgebrühten.

»Die war ja aber hallo; die war ja *so* was von aberhallo-breit! Bei den Bullen nennt man so was ›hilflose Person‹, weiß ich noch von meiner Kneipenzeit.«

Das geschah alles noch, bevor das Trampel in die Scheibe knallte, und Manu hatte alle Hände voll zu tun, die Freier abzuwimmeln und Monika unter Kontrolle zu halten; und bevor sie das Trampel und den Idiot nach Kanalaki fuhren, hatte Manu die Verantwortung für Monika Spyros übertragen, und der habe sie denn auch gegen halb fünf zu ihrem Appartement gebracht. Er kehrte gerade wieder zurück, als auch Ingo und Manu von ihrem Schwertransport zurückkamen. »Um fünf lag ich im Bett. Ich bin jetzt noch fix und fertig. Irgendwie geht das so nicht weiter.«

Da, in dem Moment, da schießt mir durch den Kopf: Das ist die Gelegenheit, mich zu erniedrigen, ohne daß es unbedingt ruchbar werden muß... doch es muß schnell gehen. Zack setze ich ein dreistes Grinsen auf und frage zungenfertig: »*Ist* die hier eigentlich schon mal fremdgegangen?«

Mir ist schon klar, daß nun nicht gerade Manu die Person ist, die man gewöhnlich für Spitzeldienste anheuert. Doch mein Grinsen beruft sich auf Manus und meine jahrelange gute Bekannt-, wenn nicht Freundschaft. Sie kennt mich seit Mitte der achtziger Jahre, als wir unsere Skatabende in der Hamburger *Glucke* veranstalteten, wo sie kellnerte. Schön ist das nicht, daß ich sie in einen Loyalitätskonflikt stürze, doch ich verwende einen Ton, der etwaiges Klatschbedürfnis gleich wieder in sich karikiert –

einen Ton, den wir in der *Glucke* oft angeschlagen hatten, wenn wir über den Tresen hin- und herjuxten.

Doch wer Manu für blöd verkauft, verdient keine andere Antwort. »Du bist; du bist; du bist du in sie verknallt?«

»Ich? Quatsch. Nee, nee.« Ich färbe mein Grinsen in ein Lächeln um – und den Ton gleich mit, als ginge mir erst jetzt auf, daß man meine Frage auch *so* deuten könne. Ich verwerfe den Plan, ihr die schärfsten Stellen aus den Memoiren meines einstigen Doppellebens einzuimpfen, auf daß sie gegebenenfalls Monikas Ehrgeiz anstachelten.

»Fremdgegangen glaub' ich nicht«, sagt sie gütig. »Kann ich mir nicht vorstellen. Aber; aber weiß man nicht. Die ist noch; noch keine Nacht allein nach Haus gegangen, so viel ist mal klar. Jedesmal, wenn wir aus der Bar Dionysos kommen, bringt sie irgendwer nach Hause, meistens Kosta brava. Aber Karin hat sie schon öfter mal gepiesackt, so nach dem Motto, nun sag schon; daß sie, daß sie sich verrät, und sie sagt immer, da ist nix und da wird auch nix. Da geht sofort wieder die Hartmut-Hartmut-Leier los.«

»Ja...«, sage ich, als wäre mir das schon immer völlig klar gewesen, und fahre gleich fort, als sei ich nur allgemeinmenschlich interessiert. »Und apropos Karin, wie ging's denn mit der gestern abend. Wo ist sie überhaupt?«

»Karin war schon weg, als wir aus Kanalaki zurückkamen. Ich hab; ich hab den starken Verdacht, daß sie mit Kosta del sol abgezogen ist, weil alle andern waren noch da, Alex, Kosta brava und so. Oder mit dem Pilavas-Vertreter, keine Ahnung. Jedenfalls war sie noch nicht auf ihrem Zimmer, als ich nach Haus kam.«

»Sodom und Gomorrha.«

»Das sag' ich dir.«

»Ist sie denn jetzt...?« Ich zeigte Richtung Gästehaus.

»Ja ja die; die schnarcht wie 'n Mähdrescher.«

Ich frage sie, was ihr Callgirl-Quatsch am Vorabend zu bedeuten gehabt habe, und Manu schüttelt nur den Kopf und sagt, Monika habe Kosta brava nur gesagt, er könne sie »jederzeit anrufen«, falls er mal wieder nach Deutschland komme. Weiter nichts. »Just call me any time, if you are in Germany, weiter nix, und Karin macht daraus ›Callgirl‹. Na du kennst sie ja.« Monika habe von dem Unfug auch kaum etwas mitgekriegt, so blau wie sie war; nur Alex...

»Was.«

Manu lacht. »So doof; so doof der auch ist – was 'n Callgirl ist, weiß er wohl ziemlich genau, und ich fürchte, der; der glaubte das. Der; der; der glaubt, glaub' ich, der glaubt glaub' ich immer noch, daß Monika tatsächlich 'n Callgirl ist.«

»Herrje...«

Manu winkt nur ab.

»Na ja«, sage ich, »du weißt ja, wie das hier ist: die eine Amerikanerin...«

»Ja, ja.« Sie winkt erneut ab. Die Frau hatte sich in Kerentsa den Fuß verstaucht, und keine drei Tage später vernahm sie, sie sei wegen Dynamitfischens beim Tauchen ums Leben gekommen.

Nachdem sie sich auf dem Zimmer noch mal davon überzeugt hatte, daß Karin so gut wie tot war, ging sie mit mir allein zum Strand. Der Eselswind war vorbei, doch weder Karin noch Monika sollten den gesamten Nachmittag lang auftauchen. Sven lag natürlich unausweichlich da. Zur Begrüßung fragte er mich, ob ich wisse, wie spät es sei. Ich bejahte das und ging baden.

Den Rest des Nachmittags grübelte ich darüber nach, ob ich Monika bei Ingo aufsuchen sollte.

Als ich am Abend über den Acheron setzte, saß nicht nur Manu schon am Stammtisch unterm Eukalyptusbaum, sondern auch Karin, in ihrem erstaunlich erfrischten Gesicht ein unnachahmliches Grinsen, das Frechheit und Selbstironie mischte (mit einem kräftigen Schuß Melancholie). »Ich brauchte«, knarzte sie, »mal einen Tag Urlaub.«

Ich unterstützte Manu als Zeuge und Adjutant bei ihren allerdings lustlosen Vorwürfen gegen Karin, wegen der Streuung des Callgirl-Gerüchts. Außer einem *»Haaarrh«* kriegten wir nicht viel aus ihr raus. Sie bestritt es nicht, konnte sich aber angeblich an nichts dergleichen erinnern.

Wir nahmen nur ein paar Vorspeisen, und danach zog Manu sich auf den Balkon ihres Zimmers zurück, um Ansichtskarten zu schreiben und mit Kolki zu telefonieren.

Karin und ich spielten Siebzehnundvier, und dann kam sie doch noch, Monika. Karin hatte keine Lust mehr zu spielen, und Monika löste sie ab. »Meine Güte«, raunte sie mir zwischendurch zu, »ich war mausetot. Gott, ging's mir schlecht. Furchtbar. Ich hab den ganzen Tag gespuckt, dann wieder geschlafen, gespuckt, geschlafen. Furchtbar.«

Ich zitierte Mörike: »Durst, Wasserscheu, ungleich Geblüt / Dabei gerührt und weichlich im Gemüt...?«

»Wenn's nur dabei geblieben wäre...«

Die Augen. Das Kinn. Das Korallenlächeln...

Nach der Bewandtnis des Pflasters auf meiner Stirn fragte sie nicht. Warum auch. Ach, Buhmann ist gegen 'ne Wand gelaufen? Na, das kommt davon.

Erst als Manu zurückkehrte, wurden die Ereignisse der vorigen Nacht aufgegriffen. Wenn man überhaupt von aufgreifen sprechen konnte. »Weiß jemand, was mit den Krefeldern ist?« fragte Monika, doch es schien, als wollte sie sich lediglich vergewissern, daß sie nicht geträumt hatte.

Karin versuchte eine Reminiszenz in Form eines *Haaarrh,* es kam aber nur ein Krähen.

»Ich hab sie eben bei Kütje getroffen, als ich die Postkarten abgegeben habe«, sagte Manu. »Das Trampel war in Preveza. Komplizierter Trümmerbruch. Voll eingegipst. Fliegen morgen zurück. Glaubst du, die hätten; die hätten sich bedankt? Daß wir sie nach Kanalaki gefahren haben? Gottegott, sind das blöde Leute.«

Monikas und Karins Lächeln war von Zigarettenrauch verschleiert. Das war sie auch schon, die Ergebniskonferenz. Recht dürftig, angesichts des spektakulären Sujets – und bedachte man, daß schon die Hochwasserhose eines tumben Alex Stoff genug für eine fünfundvierzigminütige Erörterung zu bieten in der Lage war. Es schien, als habe jene Nacht selbst Bakchen von ihrem Schlage einiges an Kraft gekostet.

Obwohl sich, unausweichlich, anschließend Sven einfand, blieb es ein ziemlich ruhiger Abend – jener Abend, an dem ich wenig später, mit Hilfe Spyros' des Jüngeren, den Kartentrick vorführte. Es war schon nach Mitternacht, da rückten auch Kosta brava, der tumbe Alex und der verdammte Panos noch an; ganz offensichtlich lediglich, um die Bakchen in die Bar Dionysos zu entführen.

Als die ganze *kompanía* geradezu gesittet umzog – auf »einen einzigen Absacker« –, verabschiedeten Monika und ich uns zum zweiten Mal körperlich voneinander. Noch damit beschäftigt, meinen Erfolg als Held der außersinnlichen Wahrnehmung (beziehungsweise Zeremonienmeister der Aufklärung) gegen ihre recht matte Form der Anerkennung innerlich zu verteidigen, war diesmal *ich* es, der *sie* umärmelte. Ich kam mir vor wie ein Schimpanse. Nach einem Augenblick der Teilnahmslosigkeit bequemte sie sich, den Druck der Herzlichkeit zu erwidern. Fühlte sich an wie Notwehr.

Typisch, dachte ich. Sind sie blau, zerschmelzen sie vor Knuddelsucht; ausgenüchtert, fühlen sie sich unangenehm berührt.

Noch in derselben Nacht ging ich in die Winterhöhle und öffnete den Koffer.

Vierter Gesang

Die Saga Melancholia

XVIII

Unter stockfleckigen Papieren, schwarz-roten Notizbüchern, einer Zigarrenkiste und sonstigen Fetischen der Vergangenheit fand ich tatsächlich die drei Dinge, die mir seit jenem Tag vorschwebten, da Monika ihr Inkognito gelüftet hatte: eine Rose aus roten Plastikblättern auf grün ummanteltem Drahtstengel, die Dornen stumpf; ich schnüffelte daran, und sie roch immer noch nach Plastik, nach Kindheit, und so tot sie schon immer gewesen war, sie hatte einunddreißig Jahre überlebt, ohne auch nur ein Blatt zu verlieren. Außerdem den Eßlöffel aus angelaufenem Silber, auf dessen Stielrückseite der kursive Schriftzug *Kinderschützenprinz 1969* eingraviert war. Und die Farbphotographie. Ihr Maß glich dem einer Karte aus einem Quartett-Spiel; sie hatte den gleichen weißen Rand, allerdings spitze Winkel und Querformat, und durch die Glanzbeschichtung krümmte sie sich der Länge nach. Die Farben waren sehr viel weniger verblichen, als ich erwartet hatte, aber das Motiv war mir sofort vertraut, obwohl es viele Jahre, wenn nicht Jahrzehnte her sein mußte, daß ich es zuletzt betrachtet hatte.

Im Vordergrund, auf einem besonnten Fleckchen Erde, welches Schatten von Kastanienlaub befingern, posieren steif zwei Mädchen und zwei Jungen. Sie richten ihre Blicke auf jemanden außerhalb des Bildes, der rechts vom Photographen steht. Das Pärchen in der Mitte trennt das andere voneinander. Der gekämmte Junge trägt ein helles, würgendes Hemd mit schwarzem Paisley-Muster und eine taubenblaue Hose. Die Brusttasche sitzt beinah auf dem Gürtel auf. Die Gliedmaßen wetteifern um Länge und Hölzernheit, und die Schuhe sind gewichst, daß ihre schwarzen Spitzen blitzen. Das war Hannes, Johannes, oder wie er später genannt wurde: Satschesatsche.

Das Mädchen trägt flache Riemchenpumps in einer Farbe, die der Freiwilligen Feuerwehr zur Ehre gereicht hätte. Die Füße quellen daraus hervor, und die Knie schielen; knapp unterhalb davon enden die weißen Strümpfe und knapp oberhalb der Saum eines bunten Wäschesacks, mit weißen Bändseln zugezogen bis unter die drei Kinne. Auf derselben Höhe wie Hannes' Kragenspitzen befinden sich die Brillengläser des Mädchens, die Sonne widerspiegelnd; es glotzt wie ein Basilisk. An seiner Frisur haben die Stifte dreier verfeindeter Gewerke ihren Kater ausgelassen. Das war Anneliese Dede.

Viel hatte das Königspaar also nicht gemeinsam – außer einer grün-weißen Schärpe, zum Zeichen ihrer Würde jeweils diagonal über den Leib drapiert und mit einer Medaille beheftet. Ihre Mienen erinnerten mich an die der Ceauşescus zwanzig Jahre später, kurz vor ihrer Liquidation.

Gerahmt werden die beiden von Gestalten reinster Wonne. Der Junge am Hannes-Flügel strahlt wie ein Diplomat aus Takatuka-Land. Bügelfalten münden in Clubjackenärmel und der konservative Schlips in ein Feld von Sommersprossen, das unter einer Wolke aus orangefarbenen Haaren aufstrahlt. Das war ich. Und das Mädchen auf dem Anneliese-Dede-Flügel... Es ist noch keine zwölf Jahre alt, doch bei seinem Anblick eitert Neid aus den Augen manch einer Frau, und manch ein Mann muß Boden oder Himmel absuchen nach seinem letzten Funken Anstand. Es lächelt, als sei Glückseligkeit ihr zweiter Vorname.

»Monika«, flüsterte ich, »Monika Meurin« ... Um wie vieles ihr Mädchenname doch den klumpigen Versfuß ihres Ehenamens überflügelte an Eleganz, Wahrhaftigkeit und

Poesie! Und wie durch die magische Verschmelzung dieses Klangs mit dem Anblick ihres damaligen Originallächelns fiel mir plötzlich die Melodie zu, die mich jene schlaflose Nacht am Strand der Odysseus-Bucht gekostet hatte, und sofort sang ich es vor mich hin, jenes Lied, dessen sehnsüchtige, melancholische Melodie mich nun beinah wieder so packte wie damals, als Junge...

Ich war noch ein Kind, da kamen Zigeuner, Zigeuner
in unsere Stadt.
Dam, dadadadadamdam, dadamdam, dadam, kamen
in unsere Stadt.
Die Wagen so bunt, die Pferdchen so zottig, sie zogen
die Wagen so schwer.
Dam, dadadadadamdam, dadamdam, dadam,
und ich lief hinterher, immer nur hinterher.

Dann kam der Abend, es wurde ein Feuer entfacht –
lalala.
Und die Zigeuner, sie haben getanzt und gelacht –
lalala.

Zigeunerjunge, Zigeunerjunge, er spielte am Feuer
Gitaharre.
Dam, dadadadadamdam, dadamdam, dadam,
und ich sah sein Gesicht, aber er sah mich nicht.

Zigeunerjunge, Zigeunerjunge, er spielte am Feuer
Gitaharre.
Dam, dadadadadamdam, dadamdam, dadam.
Dann war das Feuer aus, und ich lief schnell nach Haus.

Dann kam der Abend, ich fand die Zigeuner nicht
mehr – lalala.
Wo sie noch gestern gesungen, da war alles leer – lalala.

Zigeunerjunge, Zigeunerjunge, wo bist du, wo sind
eure Wahagen?
Dam, dadadadadamdam, dadamdam, dadam.
Doch es blieb alles leer, und mein Herz wurde schwer.

Zigeunerjunge, Zigeunerjunge, wo bist du, wer kann
es mir sahagen?
Dam, dadadadadamdam, dadamdam, dadam.
Doch es blieb alles leer, und ich weinte so sehr...

Wie schwer waren meine Tagträume gewesen, in denen ich jener Zigeunerjunge war! Wie sehr hatte ich mir gewünscht, dunkles Haar zu haben wie Alexandra, die Sängerin des Liedes – ganz gleich, wie tief es mich befremdete, daß sie diesem Zigeunerjungen noch als Erwachsene so überzeugend nachweinte (vier Wochen zuvor, das hatte ich im Radio gehört, war sie tödlich verunglückt). Oder besser noch, schwarzes Haar wie mein Onkel, weil glatter. Oder wie das Adam Cartwrights von der Ponderosa-Ranch. Haar, das ich mit dem Stahlkamm – der, wenn ich Zivil trug, aus der Gesäßtasche meiner Feincordhose lugte – auch in trockenem Zustand hätte kämmen können, im Gegensatz zu dieser Steppenhexe da oben, die sich bestenfalls einer Pferdebürste beugte, solang nicht klitschnaß. Haar, das eben nicht aussah wie das von so'm Gipskopp aus'm Kaspertheater, ehrlich.

Außerdem fand ich meinen Namen bescheuert, saubescheuert. Bodo Morten. Ottos Mops kotzt. Warum hieß ich nicht Frank Hellmann wie der schwarzhaarige Arzt in dem Fortsetzungsroman der *Bunten Illustrierten,* der sich mit Hilfe eines unbekannten Gönners aus dem Waisenhaus heraus eine Frauenarzt-Praxis aufgebaut hatte und dem die Weiber aus dem überfüllten Wartezimmer nur so hinterhertrappelten, was der wiederum duldete; wenn's ihm zu bunt wurde, allerdings auch abwehrte – schließlich interessierte er sich nur für seine blonde Sprechstundenhilfe, die in ihn verknallt war wie bekloppt, ehrlich, aber auf zimperlich machte, weil die rothaarige Kollegin, die Hexe, ihr eingeredet hatte, er sei ihr unehelicher Bruder, denn sie, die rothaarige Kollegin, war ebenfalls verknallt wie bekloppt, allerdings in Frank Hellmanns Millionenerbe, das er von der todkranken Gräfin von Hirschau kriegen würde, von dem allerdings weder Frank Hellmann selbst noch die blonde Sprechstundenhilfe auch nur das geringste ahnte, bis – *lesen Sie nächste Woche: »Das Blatt wendet sich.«*

Ja, Frank Hellmann, *das* war ein Name!!!!!!! Ganz wichtig bei Namen war, daß der Vorname kürzer war als der Nachname. Ideal so was wie Jo Walker, der Name von *Kommissar X* in den Pabel-Taschenkrimis von Bert F. Island. Sah einfach tausendmal besser aus als Billy Mo oder so was. In Sachen Buchstaben*gewichtung* ging Bodo Morten noch grade eben. Bloß war das Verhältnis von vier zu sechs Buchstaben ebenso unschön wie ein falsch gesteckter Strauß Blumen, deren Zahl bekanntlich ungerade zu sein hatte, und außerdem: Wenn man schon drei Nullen in zwei Namen tragen mußte, dann doch bitte in einem schöneren. Schöner wäre Bodo Mortensen gewesen. Vier zu neun, das wäre klasse, fast schon zu angeberisch. Oder eben Frank Hellmann. Fünf zu acht, das war klasse, ehrlich.

Auch eine ausgeglichene Anzahl an Buchstaben war in meinen Augen ein Mißverhältnis. Das wäre, wie wenn der Kopf eines Mannes so dick wie sein Hintern wäre. Monika Meurin *hatte* eine ausgeglichene Anzahl an Buchstaben, doch bei Mädchennamen galten andere Maßstäbe. Bei Mädchennamen kam es auf Klang und Rhythmus an, und Monika Meurin klang in meinen Ohren wie Musik, wie der Auftakt zu einem fröhlichen Marsch eines Spielmannszugs zum Beispiel. *Mo*nika Meu*rin*, *Mo*nika Meu*riiin*, duff, duff, duffdadadada...

Als Dutschke Duttheney Monikas Nachnamen mal auf der ersten Silbe betont hatte – mutwillig, um mal wieder ein Exempel für seine Mädchenverachtung zu statuieren, der zurückgebliebene Idiot, ehrlich –, da war ich ihm übers Maul gefahren. Zwar ging Armdrücken zwischen uns beiden stets unentschieden aus, aber weil ich aufs Athenaeum ging und Dutschke auf die Mittelschule, steckte er schließlich zurück. Vielleicht aber auch nur, weil er respektierte, daß Rothaarige nun mal Hitzköpfe waren. Oder weil ich sonst als Schmieresteher ausfallen würde, wenn Dutschke mit seinem Stahlkamm – den der sogar benutzen konnte, weil seine Haare dünner als Zwirn waren – eine Schachtel Stuyvesant nach der anderen aus der Lade des Zigarettenautomaten angelte.

Erst kürzlich hatten Kolki und Hannes diesen Kniff entdeckt. Zu viert hatten wir um den Automaten an der Wand der Gaststätte Heitmann herumgelungert, und Dutschke, Hannes und ich hatten Kolki mit den Rücken abgeschirmt, als er eine Mark einwarf, die Lade hervorzog, sachte, um keinen Krach zu machen, und die Schachtel herausnahm. Er will die leere Lade gerade wieder zurückschieben, sachte, um keinen Krach zu machen, da packt Hannes sein Handgelenk: »Warte mal.« Er dreht sich sichernd nach allen Seiten um.

Aus dem unbewegten Schatten, den die riesige Dolde des doppelstämmigen Kastanienbaums wirft, kommt Fitschens Schäferhund ins gellende Licht der Wegkreuzung gehinkt, bleibt kurz vor ihrem Mittelpunkt stehen und beginnt zu hecheln. Ein Lumpen Staub steigt faul von seiner Fährte auf. Ein brauner Tagfalter gaukelt um ihn herum und holt zu einem weiten Bogen aus, der ihn über den Winkel des Jägerzauns vorm Schulhof treibt, durch die mächtige Zwille der Kastanie, über den Weg zum Friedhof am Mühlenteich hinweg und dicht an der Bretterwand der hohen Scheune auf dem Kolkschen Hof vorbei; er schlägt einen Haken und flattert unter der leeren Wäscheleine hindurch, setzt schließlich mit einem taumelnden Sprung über den Weg zum Bahnhof und verschwindet hinter der übermannshohen Buchenhecke um Fitschens Hof.

Fitschens Hund humpelt quer durch die sandpudergefüllten Schlaglöcher herüber zu uns, auf den Vorplatz aus Verbundsteinen, der sich entlang der rotgeklinkerten Fassade der Gaststätte Heitmann erstreckt. Er schnüffelt am Abflußrohr der Dachrinne, hebt das Bein und strullt dagegen.

»Kuck mal«, sagt Hannes und deutet in die Lade. Die nächste Packung ist bereits ein paar Millimeter nach unten gerutscht – durchaus nicht weit genug, daß man sie ohne weiteres würde entnehmen können, aber...

Hannes zückt seinen Alukamm, auch er trägt einen in der linken Gesäßtasche, rammt die äußerste Zinke in den Streifen folienverhüllten Packungspapiers, der hervorlugt, und zieht mit dem Kamm als Enterhaken in einer dosierten, aber beherzten Abwärtsbewegung die ganze Packung hervor. Irre, ehrlich. »Los, noch eine«, zischt Kolki. Und noch eine. Und noch eine.

Sauirre!!!!!! Ein gelungener Abschluß des Konfirmandenunterrichts, von dem wir gerade aus der Stadt zurückgekehrt sind. Seit dem Ende der großen Ferien müssen wir außer sechsmal wöchentlich die Schule zweimal wöchentlich den »Kompfer« besuchen. Was ich gern tue, nicht nur, weil bei der Kompfermationsfeier in anderthalb Jahren höhere Geldbeträge zu erwarten sind – nein, ich glaube an Gott.

Um unsichtbaren, doch allgegenwärtigen Beobachtern Harmlosigkeit vorzutäuschen, hatten wir uns angewöhnt, noch ein Weilchen auf dem verspakten Milchbock herumzulungern, bevor wir zum Rauchen in die Kiesgrube radelten. Außerdem war es spannend, sozusagen mit geladenen Waffen inmitten der Öffentlichkeit herumzulungern und den Moment hinauszuzögern, da wir im verborgenen davon Gebrauch machen würden. Wir lassen unsere Füße zwischen den Grannen hoher Gräser und Ähren zufällig ausgesäter Roggenhalme baumeln. Fitschens Hund kommt schief herübergestreunt und verschwindet durch die offene Buchenhecke in Fitschens Hof.

»Freust dich schon auf Schützenfest?« frage ich Hannes.

»Logo«, sagt Hannes.

»Schießt du auf die Königsscheibe?« fragt Kolki Hannes.

»Logo«, sagt Hannes. »Du nich?«

»Nä. Stell dir mal vor, Anneliese Dede wird deine Königin«, nuschelt Kolki.

»Die doch nich«, sagt Hannes, »die blinde Kuh.«

»Brillenschlange. Wie find'st denn Monika Meurin«, frage ich.

»Von wegen«, sagt Dutschke. »Letztes Jahr hat se den Ersten beim Preisscheißen... äh, -schießen...«

»Wie find'st denn Monika Meurin«, wiederhole ich und spreche alle drei damit an, indem ich auf den Boden sehe, um mir nicht die Blöße geben zu müssen, jemand einzelnen anzusehen und -zusprechen, als ob mich in dieser Angelegenheit Einzelmeinungen interessierten; eine Blöße, die ich mir ebenso gegeben, wenn ich in der Ansprache die Mehrzahl gewählt hätte – *Wie findet ihr denn Monika Meurin* (als ob es mich interessierte, was die Mehrheit dachte) –, ja, eine Blöße, auch oder gerade weil es genau das war, was mich interessierte. Doch die andern lachen sich über Dutschkes Versprecher kaputt, und während die sich gar nicht wieder einkriegen, lasse ich meine Füße vom Milchbock baumeln und schaue umher.

Rechts neben uns sendet bereits die erste Bude ihre bunten Vorzeichen aus, die Schießbude, die der nette Holger mit seiner Familie irgendwann im Laufe des Vormittags hierhergeschleppt haben muß, noch verrammelt und verriegelt. Ich freue mich darauf, den netten Holger wiederzusehen. Zwei Tage noch, dann wird daneben eine weitere Wagenbude stehen, die Lakritz- und Zuckerstangen, Zuckerwatte und Liebesäpfel im Überfluß geladen haben wird, tütenweise gebrannte Mandeln und Hamburger Speck, Schnuller und Bärchen und Teufel und Schlangen aus Weingummi und was nicht alles. Und da drüben, auf dem Vorplatz der Gaststätte, da wird noch eine Bude stehen mit einer Tribüne voller Spielzeugs; für das meiste sind wir schon zu alt – außer für die Erbsenpistolen.

Was für klasse Erbsenpistolen!!!!!!! Zielen, ducken, hinter Budenecken verschanzen und aus dem Hinterhalt genau zwischen die Schulterblätter ballern wie bei *Mit Schirm, Charme und Melone* – klasse, ehrlich!!!!!!! Und da, auf der anderen Seite der Kreuzung, direkt gegenüber von Kolks Scheune, unter der riesigen Krone des doppelstämmigen Kastanienbaums, da wird sich das Karussell drehen, und der Koseng des netten Holger, wie heißt *der* noch, wird klasse Platten dazu spielen: *Delilah* von Karel Gott, *Arrivederci Hans* von Rita Pavone, *Memories of Heidelberg* von Gus Backus, *Er hat ein knallrotes Gummiboot* von Wencke Myhre – und mein Lieblingslied: *Zigeunerjunge, Zigeunerjunge, wo bist du, wer kann es mir sahagen... Dam, dadadadadamdam, dadamdam, dadam,* und Monika Meurin wird vielleicht wieder eine Spange im Haar tragen, so daß ihr Ohr zu sehen ist.

Früher war mir Monika Meurins Ohr piepe gewesen, ehrlich. Ich fand sie zwar ganz in Ordnung, obwohl sie nach mir eingeschult worden und trotzdem gleich zu mir in die zweite Klasse gekommen war. Sie hatte in allen Fächern gute Zensuren, und sie und ich waren die einzigen aus der ganzen Schule, die in Lesen, Diktat und Aufsatz regelmäßig Einsen schrieben. Na ja, sie war trotzdem in Ordnung, aber ihr Ohr war mir ehrlich immer piepe gewesen. Als wir nach Stade zur Schule gingen, hatte ich sie ja nicht mehr so oft gesehen, und plötzlich, vor ein paar Wochen, fiel mir ihr Ohr auf.

Wir waren bei Beecken zum Geburtstag eingeladen gewesen und hatten klasse gespielt den ganzen Nachmittag – Kriegen und so, und ich hatte immer nur Monika getickt und Monika mich immerhin einmal mehr als Beecken, Dutschke und Hannes. Und dann wurden wir zum Abendbrot reingerufen, und Beeckens Mudder stützte sich mit links auf einen Laib Brot, in der Rechten hielt sie ein Messer: »Wat wüllt ji – ßuggerbrout o'r Mettwuß.« Monika nahm Zuckerbrot, ich Mettwurst, und als sie die Brotscheibe beim Abbeißen balancierte, damit der Zucker nicht herabrieselte, da fiel mir auf, daß Monikas Ohr zu sehen war. Sie trug eine Spange im Haar an der Schläfe, und dadurch war ihr Ohr zu sehen. Wenn es nicht völlig bescheuert gewesen wäre, hätte ich Beecken gefragt, wie er Monikas Ohr finde, aber es war nun mal völlig bescheuert und daher völlig unmöglich zu fragen. Vielleicht würde ich an die *Bravo* schreiben und Dr. Sommer fragen, weshalb ich Herzklopfen kriegte, wenn ich Monika Meurins nacktes Ohr sah.

In derselben Nacht träumte ich von ihr, und gleich am nächsten Morgen, es war ein Sonntag, notierte ich in meinem Tagebuch: *Es muß so zwischen 0 Uhr und 8 Uhr morgens gewesen sein, da hatte ich einen wunderbaren Traum. Ich mußte nach Stade fahren und traf im Zug – – – – – Monika!!!!!! Sie schwebte heran und setzte sich. Ich setzte mich neben sie, und als ich in den Fahrplan guckte, sah sie mir über die Schulter............ ihr Haar floß über meine Arme und sie schmiegte sich an mich............ Später spielten wir noch in der Stadt und was dann kam, war reichlich verschwommen. Doch als Monika sich an mich schmiegte, das war das schönste und ich werde diesen Traum nie vergessen, in meinem ganzen Leben nicht.........*

Als die andern sich wieder eingekriegt hatten (»Preisscheißen, Preisscheißen…!«), radelten wir zur Kiesgrube und rauchten, auf Lunge – ich schnorrte eine von Hannes, der mir allerdings nur eine zugestand, die von der Kammzinke zerfleddert war, und dann radelten wir nach Haus.

Vorm Abendbrot war noch ein wenig Zeit, und ich machte meine Hausaufgabe für Kompfer. Ich schnappte mir eine *Bildzeitung* aus dem Stapel von Altpapier, den Mama in einer Ecke von Papas Werkstatt auftürmte, und blätterte sie durch. Dann schnippelte ich ein wenig herum, schrieb mit meinem Füller sauber *Wenn der Mensch unmenschlich wird…* ganz oben auf ein weißes Blatt Papier, lochte und heftete es in der Arbeitsmappe mit dem Titel *Meine Welt, mein Leben, mein Glaube* ab, und dann klebte ich sorgfältig meine uhubekleckerte Beute darauf, drei Ausrisse von rot unterstrichenen Überschriften:

**Da lachte der
Frauen-Mörder**

*17jähriger riß
Kellnerin die
Kleider vom Leib*

Amokfahrt: 7
Autos kaputt

Das dürfte genügen. Oder? Bei den ersten beiden Beispielen war ich mir sicher. Würde aber auch das dritte in der Miene des Pastors jenen Ausdruck strenger Genugtuung hervorzaubern, der mir kurz Erleichterung verschaffte, nie aber die Hoffnung, je ein wirklich nützliches Mitglied der evangelisch-lutherischen Johannis-Gemeinde zu werden? Waren sieben kaputte Autos wirklich unmenschlich genug, um Pastor Kovius' Bedürfnis zu befriedigen? Ich ließ es darauf ankommen, klappte die Arbeitsmappe zu und verstaute sie in der Kompfer-Schublade.

Beim Abendbrot ertappte ich mich bei dem Gedanken, wahrscheinlich eines Tages selbst siebzehn Jahre alt zu werden. Und dann? Ich versuchte, mich zu entsinnen, wie eine Kellnerin gewöhnlich aussah. Bei Hinni Heitmann gab es keine, Hinni machte alles selber – halt stop, außer bei Hochzeiten und auf den Schützenfesten. Da half zum Beispiel Dutschkes dicke Mutter aus.

Allerdings konnte ich mir schwerlich vorstellen, daß zum Beispiel der bekloppte Hans-Peter, der schon siebzehn *war,* Dutschkes dicker Mutter, die zwischen den langen Tischreihen hindurchtaperte und die Suppenschüsseln auftrug, die weiße Bluse, die weiße Schürze und den schwarzen Rock vom Leib riß. Und womöglich noch diese Ritterrüstung von Büstenhalter, ehrlich, mit dem sie mir auf irgendeiner Silberhochzeitsfeier das linke Ohrläppchen hochgeklappt hatte, als sie mir die Zitronen-*Sinalco* über die Schulter gereicht. Entschuldigung, lieber Gott, aber *urgs,* ehrlich.

Viel eher konnte ich mir vorstellen, daß Hans-Peter sie ermordete, lachte und anschließend sieben Autos kaputtmachte. Immerhin hatte er auf dem Sportplatz schon einmal eine Stange aus dem rostigen Tor gerissen, sie im Kreis herumgewirbelt wie ein Irrer und Hannes, André und mich angeschrien: »Ich werde euch vernichten! Ich werde euch vernichten!«

Andererseits hatte er eines anderen Tages, als er mal ein bißchen normaler war, auf dem Sportplatz seinen Spitz auf den Rücken gedreht, die Rippen gekitzelt und gefragt: »Sach ma, Nelly, wie machen die Nutten auf Sankt Pauli?« Kolki, Hannes und ich hatten nicht die blasseste Ahnung. Nelly schon. Breit grinsend auf dem Rücken balancierend, zeigte sie ihr Arschloch und zuckte mit den Hinterbeinen.

Hans-Peter grinste genauso breit, zeigte seine schwarzen Zähne und lachte. Es schüttelte ihn wie irre, und das Gelächter kam in Form von jauchewarmem Gekeuch aus seinem Maul, bis seine Augen schwollen und die Iris aussah wie die Türspione auf jenem Hausflur in der Stadt, wo Tante Grete wohnte.

Zur Eröffnung des Schützenfestes am Freitagabend durfte ich nicht, weil ich ein bißchen Fieber hatte und weil wir am Sonnabend Mathe schrieben. Am Sonnabend aber war es endlich soweit. Ich hatte nur drei Stunden gehabt, sauharte Stunden allerdings – Mathe-Arbeit, Erde, Sport; *urgs*, lieber Gott, ehrlich –, und so durfte ich noch vorm Mittagessen zum Schießstand.

Das warme, glatte Holz des Kolbens in der Linken und des Schafts an der rechten Backe, der kühle Druckpunktabzug am Zeigefinger in dem kühlen Abzugsbügel am Mittelfinger, und dann muß das Korn in die Kimme und beides exakt in die Mitte der schwarzen Ringe, und dann Ausatmen, noch mal justieren, Luftanhalten, und: *Paff!!*-Rückstoß-*Deng!*, in dieser Reihenfolge, aber eigentlich so gut wie gleichzeitig, Konzentration, laden, und wieder *Paff!!*-Rückstoß-*Deng!*, und noch einmal – mehr diesmal nicht. Drei Schuß. Diesmal kein Sirren der Drähte, wenn die Scheibe von dahinten über fünfzig Meter an den Stand heransauste. Diesmal werde ich die Scheibe erst viel später zu sehen kriegen, am Nachmittag ab halb fünf, nach der Proklamation der Kinderwürdenträger.

Nach dem Mittagessen sucht Mama mir die Klamotten raus, die braunen Schuhe, die hellblaue Hose, das dunkelblaue Clubjackett, das weiße Hemd, den schräggestreiften roten Schlips mit Gummizug. Weil ich erkältet bin, darf ich mir die Haare nicht naß machen zum Kämmen. Ein kurzes, aber erbittertes Gefecht. Schließlich heißt es: »Nasse Haare oder Geld, kannst du dir aussuchen!« Das ist Erpressung, und mit nichts bin ich so erpreßbar wie mit Geld, was soll ich machen. Schützenfest ohne Geld ist wie Erbsen ohne Pistole.

Und dann gehen wir los, Mama und ich, an jeder Seite eines meiner Schwesterchen, und schon von weitem sind die Sirene des Feuerwehrwagens auf dem Karussell und die Klänge von Querflöten und Glockenspielen und Triangeln zu hören, das Tschingderassabum der Trommeln, Pauken und Becken – die Spielmannszüge von Fredenbeck und Stade! Mir läuft das Wasser im Mund zusammen; ich schlucke heftig, und in meinem Bauch breitet sich ein Gefühl aus, als wäre dort ein ganzer *Sack* voll Brausepulver geplatzt, das nun, durch die Reaktion mit meiner Spucke, bis in die Brust hinaufschäumt. Schützenfest, endlich. Schützenfest!!!!!!!

Und was für ein Wetter!!!!!! Wenn in Beeckdörp Schützenfest ist, das weiß jeder, ist das Wetter immer schön, nun schon das vierte Jahr. Wir laufen auf dem Grasstreifen neben dem Weg, um die Schuhe nicht gleich wieder einzustauben; hindurch unter den Schnüren mit gelben, grünen, roten, blauen und weißen Wimpeln, die alle Einwohner quer über die Straße zum Telegrafenmast gespannt haben oder an einer eigens gepflanzten Stange verknotet oder im Geäst einer Eiche, Buche oder Kastanie oder am Einlaufstutzen des Regenrohrs beim Nachbarn. In der Mitte der durchhängenden Flaggenbänder schaukeln Pappschilder, und in einem roten Ei, umrahmt von Eichenlaub, steht in festlicher Schrift *Herzlich willkommen!* oder *Gut Schuß!* In die Jägerzäune sind grünweiße Fähnchen gesteckt, und die Gärten blühen in ihrer späten Augustpracht, und die Wege sind geharkt, und nirgends steht eine Betonmischmaschine oder ein Tretroller herum, vor keiner Pforte liegt ein Fuder Kies oder auch nur eine Mistgabel.

Kolki, Hannes und Dutschke sind schon da und kucken dem Platzkonzert des Spielmannszugs zu. Mama und meine Schwestern gehen zu einer Gruppe Frauen hinüber, und ich sage: »Na?«

»Na?« sagt Kolki.

»Der Tambourmajor, Morten!« stöhnt Hannes, »äi, der Tambourmajor!« Er faßt sich an die Hemdbrust mit dem Paisley-Muster – als wär' er Little Joe, der vergangenen Sonntag in die Falle eines Viehdiebs getappt und halbtot auf die Ponderosa zurückgekehrt war. Während Hopp Sing jaulte und Little Joe vom gottseidank zufällig anwesenden Doc verarztet wurde, nahmen Pa und Hoss die Spur des Viehdiebs auf und – Mensch, der Tambourmajor, ehrlich!!!!!!

Innerhalb von Sekunden werde ich erwachsen. »Reiß dich mal zusammen, Bartels«, raunze ich Hannes an. Kein Wunder, daß weder Hannes noch Kolki bisher mit einer Erbsenpistole bewaffnet sind – bloß Dutschke, der sie allerdings hält, als verwahrte er sie nur. Für seinen kleinen Bruder. Er hat bloß keinen. Das weiß der Tambourmajor allerdings wahrscheinlich nicht. Vielleicht sollte ich es ihm sagen? »Darf ich mich vorstellen? *Mein* Name ist Frank Hellmann, aber *der* da spielt noch mit Erbsenpistolen.« Wäre nur zu Duschkes Bestem, der würde doch tot umfallen, wenn… wenn was?

Daß Mädchen so schön sein können wie der Tambourmajor, das geht auf keine Kuhhaut. Ja sicher: Wencke Myhre, ehrlich; und die Eisreklame in der *Bravo*, und die Blonde aus der Oberstufe, die im Pausenhof immer mit verschränkten Armen dasteht – nie hatte ich ihre Arme anders gesehen als verschränkt. Vielleicht sind sie aneinander festgewachsen. Ja, vielleicht soll ihr Minirock davon ablenken, daß sie behindert ist?????? Nein. Eher ist es umgekehrt: Vielleicht würde ihr erst auffallen, daß sie einen Minirock anhat, wenn sie die Arme mal nicht verschränkt, und verschränkt deshalb immer die Arme? Auch Quatsch, weil – Mensch, was ist denn mit mir los! Reiß dich mal zusammen, Morten!!!!!! Vielleicht sollte ich noch mal schnell nach Hause und mir die Haare naß kämmen. Nur, Mama hat mir keinen Schlüssel gegeben, und wenn ich ihn verlange, wird sie fragen, wozu.

Gut: Wencke Myhre, Eisreklame, Oberstufe, aber das sind *Frauen*. Die kommen in meinen *Visionen* vor, die ich manchmal... Wie auch immer, in *Wirklichkeit* gibt es Frauen *nicht*. Der Tambourmajor aber steht da, seiner Kapelle zugewandt, die weiß behandschuhte Linke in die Wespentaille gestützt, mit der Rechten den Tambourstab aufrecht balancierend den Marschtakt angebend; ernst und stolz ihre feinen Züge, das blauweiße Schiffchen auf der Schneewittchenmähne und die braungebrannten, fraulichen Beine unter dem kurzen weißen Faltenrock – das ist doch Wirklichkeit, oder vielleicht nicht.

Ich lächle ihr die ganze Zeit über zu, aber sie erkennt mich nicht. Wie sollte sie auch, sie *kennt* mich ja gar nicht; und das bringt mich wieder ganz durcheinander. Ich kenne niemanden, der mich nicht kennt. Wie geht denn das – geht man wirklich hin und sagt: »Guten Tag, mein Name ist Frank Hellmann. *Ich* würde *nie* einer Kellnerin die Kleider vom Leib reißen«? Das ist das größte Problem: Man muß mit ihr sprechen – aber worüber? »Wetten, daß ich das Vaterunser in zwölf Sekunden aufsagen kann?« »Wetten, daß ich beim Quartettspielen neulich dreimal gewonnen hab?« »Wetten, daß ich früher gut in Galgenraten war?« Man muß etwas sagen, dabei wollte ich eigentlich nur – was? Was wollte ich eigentlich von, mit und bei diesen unwahrscheinlichen Wesen? Sie mit Erbsen beschießen? Und was, wenn sie mir einfach eine schallert? Was, wenn sie Karate kann wie Emma Peel oder Leutnant Tamara Jagellovsk in *Raumpatrouille?* Nein, da bleib' ich doch lieber bei ritterlichem Lächeln. Vielleicht kuckt *sie* ja zu *mir* rüber und – und was?

»Wat grinst du denn so blöd, die ganze Zeit.«

»Halt's Maul, Kolk. Du hast doch keine Ahnung.«

»Wovon.«

»Siehste?«

Das Platzkonzert ist zu Ende; es gibt Applaus und der Tambourmajor ein kurzes Kommando, und sein Orchester tritt aus Reih und Glied. Gleichzeitig verlagert sich die Aufmerksamkeit des Publikums auf die andere Seite. Dort, an der Wand der Gaststätte Heitmann – direkt vor dem Zigarettenautomaten –, nimmt Herr Roloff den Platz hinter einem hellblauen Rednerpult ein. Auf der Vorderseite prangt ein Wappen: ein rotes Mühlrad mit vier Speichen, mit einer mutterförmigen Nabe und acht Stutzen auf dem Reif. Mit dem unteren Drittel taucht das Rad in eine blaue Welle ein, und unter Wasser wechselt seine Farbe von Rot zu Gelb. Oben schließt das Emblem geradlinig ab, unten rund, und diese Laschenform übernimmt auch der grüne Rand mit der gelben Inschrift *Schützenverein Beeckdörp von 1966*.

Herr Roloff imponiert mit weißbehaarten Schläfen und einem schmalkrempigen Hut, an dem eine Fasanenfeder steckt. Seine graue Uniformjacke hat goldene Knöpfe und Epauletten und eine Tresse, auf der Schulter eine Miniatur des Mühlrad-Wappens, und die grünen Revers verschwinden unter einer Schar von Orden und Ehrennadeln. Darüber hinaus hängt ihm eine silberne Kette aus schachtelgroßen Gliedern vor der Brust, und *da*rüber hinaus eine blaue Schärpe, über die zwei Reihen silberner Plaketten mit Gravuren marschieren. Herr Roloff ist nicht nur Erster Vorsitzender und noch amtierender Schützenkönig, sondern auch Bürgermeister, und er trägt seine dreifache Bürde mit Würde und Großzügigkeit zugleich.

»Leeve Schützenschwestern und Schützenbröder«, donnert er ins Mikrophon; »leeve Mitbürgerinnen und Mitbürger, leeve Kinners und leeve Gäst! Un wedder hefft wi uns hier vosummelt, dat grode Fest to fieren!« Die Ausrufezeichen steigen in den blauen Himmel wie Luftballons. Petrus ist ein Beeckdörper, ruft der König des Dorfs, und er soll sich doch zu erkennen geben, dann kann man ihm »een utgeben«! Herr Roloff betont, daß sich das Beeckdörper Schützen- zu einem echten Volksfest entwickelt hat, bedankt sich dafür, daß die Gärten und Straßen so schön geschmückt sind, und für »de scheun'n Stünn« seiner Amtszeit bei seinen Mitwürdenträgern und überhaupt allen Mitgliedern des Schützenvereins, ach sämtlichen Beeckdörpern, und natürlich den kameradschaftlich verbundenen Nachbarvereinen. Dann wünscht er dem neuen Schützenkönig, wer immer es auch werden möge, schon mal ein ähnlich schönes Jahr, erinnert an den gleich folgenden Großen Umzug und fordert dazu auf, gemeinsam die Hymne der Schützengilde zu singen. Und dann schmettert alles los...

Uuuund Schützenbröder sünd wi,
hebbt jümmer frohen Mot!
Uuuund dößtich sünd wi jümmer,
dat licht uns so in't Blot!

Uuuund Schützenschwestern sünd wi,
hebbt jümmer frohen Mot!
Uuuund dößtich sünd wi jümmer,
dat licht uns so in't Blot!

Got Schuß! Got Schuß! Got Schuß!

Auf der Kreuzung sammeln sich die Schützen. Der Karussellbetrieb wird vorübergehend eingestellt. Nun kommt die große Stunde von Hein Kröger, Knecht bei einem der größten Bauern des Dorfs.

Steif wie ein Eichenstamm steht er da, die Hände, in weißen Handschuhen, im Rücken. Sein hagerer Nacken rasiert bis an den Hut, und die Bastei des Hinterhaupts glänzt in der Sonne. Vorn, verschattet von der Hutkrempe, trägt er eine Brille wie ein Feldstecher; der Mund ein Riß in der Hautmaske, die über den Knochen von Nase und den Stein von Kinn gezurrt ist, und vor der Muskulatur an seinem Unterkieferbein habe ich einen Heidenrespekt, ehrlich – Heidenangst allerdings vor seinem Gelächter. *Wenn* Hein Kröger mal lacht, dann kriege ich fast einen Haschmich, dann atmet mir eine Ahnung vom Bösen ins Gesicht, über das Pastor Kovius manchmal spricht, und ich verspüre, obwohl ja wohl allmählich Jugendlicher, den kindischen Reflex, hinterm Schirm von Papas Rücken zu verschwinden.

Zwischen der Fassade von Gaststätte Heitmann und den bunten Buden auf der anderen Straßenseite beginnen die Leute, sich zu einem langen Zug zu formieren – erst die Uniformen des Spielmannszugs, dann die Uniformen der Schützen und dann die Zivilisten und die Kinder, und vorn, rechts neben dem Trupp der schon halbwegs geradeaus orientierten Schützen, hat sich nun Hein Kröger postiert, und ich bebe innerlich vor dessen Stolz und Wut.

Das Geplauder wird leiser, und plötzlich geht ein Ruck durch Hein Krögers Rückgrat, und das einzige, was sich an seiner Stangensilhouette noch bewegt, ist der Unterkiefer, und der Riß im Gesicht klafft: »SCHÜTZ'N-KOMPANIIIIIIE – *SCHTILL'SCHTANN!!*« Ich sehe einen kleinen, in der Sonne schillernden Regen vorm Kopf Hein Krögers zerstäuben. Unterdessen ein vielfüßiges, beinah gleichzeitiges Stampfen. Ich ziehe den Kopf ein, obwohl ich weit genug entfernt bin. Es klingelt in meinen Ohren von dem Gebrüll. Hein Kröger schreit immer, als wäre die Schützenkompanie eine Horde Verbrecher, und die läßt sich das nicht nur gefallen, sondern gehorcht aufs Wort. Es gehört irgendwie dazu, aber wie genau, das hatte ich nie verstanden. »DIE AU-GÄÄN GERRADDÄÄÄ –

AUS!! – – RÄÄÄCHS – *UM!!*« Die Schützen drehen sich auf dem Absatz um neunzig Grad, und ihr Kommandant, scharlachrot im Gesicht, starrt sie an, als wollte er einen nach dem andern mit Kleinkaliber erschießen lassen – einfach nur, um mal gründlich aufzuräumen, den ganzen Saustall hier. Dann dreht er selbst auf dem Absatz, um hundertachtzig Grad, trampelt auf den Boden und schreit: »IIIIM GLEICHSCHRITT – *MASCH!*« Seine Stimme hat sich überschlagen, und Hannes, Kolki und ich grinsen uns verstohlen an, trauen uns aber nicht zu lachen; und dann setzt die Musik ein, und dann geht's mit klingendem Spiel kreuz und quer durchs ganze Dorf, nur so, aus Spaß. Vorneweg der Spielmannszug, dann die Schützenbrüder, dahinter die Schützenschwestern mit ihren teuren Frisuren, dann die Zivilisten und Kinder und als torkelnder Schwanz Schorse Fick.

Um kurz vor halb fünf suchten Kolki und Beecken, Dutschke und Hannes, André und ich uns einen Tisch auf Hinnis Saal. Das halbe Dorf drängte herein, es gab gar nicht genug Plätze. Die Kapelle spielte *Einmal um die ganze Welt, und die Taschen voller Geld,* und der elektrisch verstärkte Baß brummte, daß die Kette am Boden der Snare-Trommel schnarrte. Wenn ich dieses Geräusch höre, kriege ich eine Gänsehaut, und die Festlichkeit geht mir durch und durch.

Kleinere Jungs und Mädchen, rausgeputzt zu Ehren der neuen Monarchie, flitzen von Tisch zu Tresen, von Tresen zu Tisch; sie schlittern auf dem Parkett umher – manchmal begleitet von einem weiblichen Befehl, durchs Sittenfilter der Öffentlichkeit zur Bitte gedämpft und deshalb überhört. Geschnatter, Gegacker, strahlende Mütter und Omis und Tanten, viel Tüll und Tand und Trevira – Loden und Uniformen weniger, weil die Männer draußen zu tun haben –, Fähnchen und Luftballons und Kaugummis und

Colaflaschen mit farbigen Strohhalmen drin, und dann klettert Beeckens Vadder in Schützenuniform auf die Bühne, und während er sich in den Papieren verheddert, die er in den Händen und zwischen den Lippen hält und unter eine Achsel geklemmt hat, richtet ihm der Kapellmeister das pfeifende Mikrophon.

Beeckens Vadder ist der Jugendwart des Schützenvereins. Er kann pflügen und eggen, melken und schießen, Vergaser auseinandernehmen und zusammenbauen, den Lukas hauen, daß es nur so klingelt, und einen Kasten Bier trinken, ohne auch nur ein einziges Mal zu rülpsen; ja, mit allem wird er spielend fertig – außer mit Papieren und der Jugend. Schön wäre gewesen, wenn er ein paar Worte vorangeschickt hätte, zum Beispiel: So, liebe Kinder und liebe Eltern, die Proklamationsfeier beginnt, jetzt wird's spannend, wer wird dieses Jahr Beeckdörper Kinderschützenprinzessin und -prinz und -königin und -könig, mitgemacht haben soundso viele Jungs und soundso viele Mädchen, aber nur vier sind die besten, und die Kinderwürdenträger vom letzten Jahr sind der und der und die und die, und auch dieses Jahr gibt's außer der Königsschärpe wieder ein schönes Besteck mit Gravur für die Sieger, und jetzt lange Rede kurzer Sinn und so.

Das wär' schön gewesen; Beeckens Vadder aber nuschelt was, das keiner versteht, weil er dabei auf seine zerknitterten Papiere herunterschaut; der Kapellmeister rückt ihm noch einmal das Mikrophon an den Mund, und dann, das Hochdeutsch mühsam aus den Backentaschen zusammenklaubend, bölkt Beeckens Vadder in die stählerne Pusteblume, daß der ganze Saal zusammenfährt: »Monika, komm mal her hier. Monika Meurin. Neun'nzwanzich Ringe. Du bist Schütz'nkinnerkö-, äh, -prinzessin.«

»Kinderschützenprinzessin«, verbessert der Kapellmeister, »neunz'nhunnertneun'nsechzich…« Beeckens Vadder winkt ab.

Wie in meinem Traum neulich sehe ich zu, wie sie unter dem Applaus des ganzen Saals schnurgerade übers Parkett gleitet, bis zu dem Podest, auf dem Beeckens Vadder sie erwartet. Sie trägt ein kniekurzes, tailliertes weißes Kleid mit Blümchenbordüren, als hätte sie geahnt, daß sie heute zur Prinzessin gekürt würde, und sie lächelt wie eine Dame, deren Wangen noch rosig werden können wie die eines Mädchens. Beeckens Vadder beugt sich zu ihr herab und überreicht ihr ein Etui in Geschenkverpackung, eine Urkunde und die Scheibe, auf die sie geschossen hat, und Monika macht bei jeder Übergabe einen Knicks, und Bodo liest ihr das »Danke« von der Zungenspitze ab. Und dann bölkt Beeckens Vadder: »Un' nu, Schütz'nkinnerprinz –«

»Neunz'nhunnertneun'nsechzich«, murmelt der Kapellmeister. »Kinderschützenprinz.«

»Neunz'nhunnertneun'nsechzich«, bölkt Beeckens Vadder, »Schütz'nprinz, mit neun'nzwanzich Ringe... Bodo. Morten. Bodo Morten. Komm ma her hier, Bodo.«

»Orr, äi!« höre ich Hannes' Stimme und verspüre auf der rechten Schulter gleichzeitig einen ziemlichen Hieb, so daß ich blindlings zurückboxe, und es braucht erst noch einen ziemlichen Hieb auf die linke Schulter und Kolkis Stimme, »*los*, Idiot, geh *hin* da«, bis sich zu Gelächter und Applaus etwas von der Stuhlfläche unter mir löst, mein Hintern wahrscheinlich, ehrlich, und dann stakse ich zu der flachen Bühne hinüber. »Bodo Morten«, *so* hieß ich, nicht Frank Hellmann. Bodo Morten ist Kinderschützenprinz 1969, Frank Hellmann kennt kein Mensch!!!!! Und dann mache ich bei jeder Übergabe einen Diener und lasse mir die Hand schütteln und stelle mich neben Monika Meurin, und ohne etwas zu sagen, gucken wir uns an, und da durchfährt es mich zum ersten Mal: Ihre Augen sind grün.

Noch nie im Leben habe ich so richtig darauf geachtet, welche Farbe die Augen von Menschen haben. Hätte man mir die Erbsenpistole auf die Brust gesetzt, wäre mir wohl eingefallen, daß ich kornblumenblaue Augen habe wie Papa und meine Schwestern braune wie Mama. Welche Augenfarbe Hannes oder Kolki oder Dutschke oder André haben, hätte ich raten müssen, wahrscheinlich auch blau oder braun oder so. Aber daß es grüne Augen gibt, so grün wie das Wasser des Mühlenteichs!

Genau so grün war in den Sommerferien das Wasser des Mühlenteichs gewesen, als ich mich hatte rücklings in den weichen Schlamm sinken lassen und nach oben geschaut, wo die Sonne das Wasser grün durchleuchtete. Fasern schwammen darin, die das Grün erst recht zum Strahlen brachten. Und als ich wieder aufgetaucht war, leuchtete durch die Lücken im Ufergebüsch das helle Gelb der Kornfelder hindurch – genau wie das lange Haar von Monika Meurin, Strähnen so glatt und längsgemasert wie die Roggenhalme, die Mama zu Weihnachten gebügelt hatte, damit ich Strohsterne daraus basteln konnte.

Erst das Ohr, dann die Augen, was denn noch alles...

Und plötzlich steht Anneliese Dede neben uns, Urkunde, Geschenk, Königsscheibe zwischen den Wurstfingern und die grünweiße Schärpe um, und sie glüht, als wäre sie Farah Diba, und dann kommt plötzlich auch noch Hannes an die Rampe, und da begreife ich, daß mein bester Freund Kinderschützenkönig geworden ist. Freut mich wie Sau, ehrlich.

Hannes nicht. Er macht ein Gesicht wie zu Anfang der Ferien, als wir vollgummi auf Hinni Heitmanns Hauswand zugerast waren, um hinterher mit Mamas Maßband auszumessen, wer am dichtesten dran war, also am spätesten zu bremsen gewagt hatte, und Hannes eine Acht ins Vorderrad gefahren hatte und die Beule an der Birne befühlt. Drei Wochen lang mußte er einen Stützkragen tragen und durfte nicht mit zum Baden und so.

Auch Hannes nimmt die Insignien seiner Königswürde entgegen und macht seinen Diener, und dann stellt er sich *mir* zur Seite anstatt Anneliese Dede, und als Anneliese Dede ihm nachrückt, weil sie denkt, *sie* hätte Protokollvorschriften nicht verstanden, da tut er, als hätte er nichts gemerkt. Anneliese Dede merkt das, und von der Larve ihrer strahlenden Miene bleibt nur mehr die Puppe übrig.

»Und nun, Herr Kapellmeister – zum Aufspielen, hier, also, Ehrentanz!« sagt Beeckens Vadder, und die Kapelle spielt die ersten Takte. *Der letzte Walzer* von Peter Alexander. Hannes geht weg.

Beeckens Vadder kuckt ihm verdutzt hinterher, und der Kapellmeister ruft mitten in die Musik, aber nicht ins Mikrophon: »Öi, Maschestät, hierblieven, du schalls danzen!«, und Hannes ruft: »Ich bring mal eben die Sachen nach Hause!«, und geht zum Ausgang, wo ihm seine Mutter den Weg abschneidet und am Arm packt und zu Anneliese Dede herüberzeigt.

Anneliese sieht aus, als würde sie sich am liebsten den bunten Wäschesack vom Leib reißen und durch eine Pfütze trampeln, und da legt Monika ihre Sachen auf den Rand der flachen Bühne, nimmt Anneliese die Sachen aus der Hand und legt sie daneben, und dann faßt sie Anneliese bei den Händen und sagt: »Dann tanzen *wir* eben!« Und sie wirft mir einen Blick zu, von dem ich noch träumen werde, als sie längst fortgezogen sein wird; und nur dieser Blick ist es, der mir über die nächsten Minuten meiner Existenz als Schärpentorso verhilft.

Von seiner Mutter eingenordet, macht sich Hannes auf nach Canossa. Kolki schreit: »Abklatschen!«, und Hannes tut, wie ihm geheißen, blickt sich dabei aber ironisch um, und Monika übergibt ihm seine Königin, und dann schiebt er Anneliese Dede im Zickzack übers Parkett, als suchte er nach dem entscheidenden Judogriff. Es gelingt ihm, nirgendwo hinzusehen – weder auf seine Gegnerin noch ins

Saalpublikum, aus dem Kolkis hämisches Gelächter und das gutmütige der Erwachsenen zu hören sind und Aufmunterungen und Beschwichtigungen wie »Jungs sünd Jungs!«, noch auf die Kapelle, deren Kapellmeister sich immer wieder zusammennehmen muß, damit er die eine oder andere Textzeile heil über die vibrierenden Stimmbänder bringt – »Der letzte Walllzer mit diiihihir... sagte mir: Die mußt du liehihihi...« Selbst Anneliese Dedes dicke Mutter kriegt sich gar nicht wieder ein, aber ich sehe genau, daß sie nur so tut.

Nun nehme ich erstaunlich viel wahr von meiner Umgebung, obwohl ich mit niemand anderer tanze als Monika Meurin. Es ist, als brauchte ich die Außenwelt als Gegengewicht, um nicht abzuheben. Obwohl ich nicht gut tanzen kann – Mama hat mir die Schritte vorsichtshalber in einem Schnellkurs eingetrichtert –, gehorcht Monika meiner Führung wie mein Fahrrad, wenn ich die Waldhügel der »Deinster Rennbahn« hinauf- und hinunterjage. Nur, daß Monika sich noch tausendmal aufregender anfühlt. Ihre Hand tapfer und fest, ihr Rücken unter dem Kleidstoff warm und so *anders* als die Rücken meiner Kameraden beim Raufen, selbst anders als die Rücken meiner Schwestern, wenn ich sie unter einem heißen Guß von Reue umarme nach einem Streit, den Mama stets auflöst mit den Worten: »Nun habt euch mal wieder lieb.« Und wie sie riecht! Sie riecht wie – wie sonstwas. So wie sie riecht, hat noch nie etwas gerochen, das ich kenne. Nichts riecht so wie sie, nicht mal Heu, Lärchennadeln oder Zitronenkuchen. Der einzige Geruch, von dem ich ähnliches Herzklopfen kriege, ist der, wenn ich das ausgedörrte Gras am Bahndamm anzünde und zusehe und lausche, wie sich die Flammen voranfressen, so rasend, daß mich die Spannung beinah zerreißt angesichts der Frage, wann der Moment wohl vorbei sein würde, daß ich das Feuer noch würde austreten können; sicher, von diesem Geruch kriege ich ähnliches Herzklopfen, aber er ähnelt Monikas Geruch dennoch nicht im geringsten. Monikas Geruch ist unendlich viel lieblicher und doch noch unendlich viel aufregender… Ich will… Was ist es, das ich will? Ja, genau: Das ist es, was mich Monikas Geruch wollen macht – schmusen! Das ist der Unterschied. Und als mir das klar wird, da fällt mir auch das richtige Wort für Monikas Geruch ein: Duft. Feuer riecht – oder stinkt sogar –, Monika aber duftet!!!!!!!!

Ich will, daß sie sich an mich schmiegt wie im roten Schienenbus in meinem Traum. Ich will, daß ihr Haar meine Wangen streichelt. Aber ihr Duft ist nicht nur lieblich und aufregend, sondern gebietet auch einen heiligen Respekt, und da kann man nicht einfach durch- und reinschmusen, wie's einem paßt. Dutschke und Kolki und Hannes kann man die gestochene Gerade auf die Schulter ballern, wenn einem mal nach einem geschwisterlichem Schmuseersatz ist; Dutschke, Kolki und Hannes riechen nach gar nichts, da gibt es keinerlei heilige Dufthülle, durch die man nicht einfach hätte hindurchkloppen können, wenn's einem grad paßt. Aber wie dringt man durch *diesen Duft* hindurch, um an Haut und Haar zu kommen? Mit – Reden? »Weiß', was Dutschke neulich gesacht hat?« frage ich Monika und stolpere, und geschickt weicht Monika aus und lenkt mich wieder in den Walzerrhythmus und sagt: »Nein«, und ich sage: »Preisscheißen!«

Und da kichert sie und kriegt sich den ganzen Rest des Tanzes nicht mehr ein, und am liebsten hätte ich ihr hier vor allen Leuten gezeigt, daß ich solche Grimassen schneiden kann, daß sie sich bis morgen nicht wieder einkriegt, ehrlich; ich wünsche, sie würde zusehen, wie ich vollgummi auf die Wand von Heitmann zupresche und erst im letzten Moment bremse, wie ich Purzelbäume mache und alles, und vor Stolz und Seligkeit tun mir die Wangen weh.

Und dann mußten wir uns draußen unterm Kastanienbaum aufstellen, alle vier, Hannes und Anneliese Dede, Monika und ich, und Dutschkes Vadder fotografierte uns alle, und alle guckten zu. Und dann hatte ich plötzlich eine Idee, und als wir uns wieder bewegen durften, sagte ich zu Monika: »Warte mal, ja? Warte mal, ich komm gleich wieder.«

Ich renne zu der Schießbude, wo der nette Holger sich auf einen Tesching stützt, und sage: »Drei Schuß«, und gebe ihm eine funkelnde Münze, und Holger lädt den Tesching durch und reicht ihn herüber. Ich stütze mich auf und lege an, Kimme und Korn, ausatmen, Konzentration, und *Paff!* Der obere Rand des Gipsröhrchens splittert. Schlechter Schuß. Egal. *Paff!* Vorbei. Verdammt. *Paff!* Das Röhrchen ist geteilt, aber noch nicht ganz kaputt. Verdammt noch mal. »Noch mal drei Schuß«, sage ich und reiche eine weitere funkelnde Münze herüber, aber der nette Holger blinzelt mir zu, zupft die rote Plastikrose aus der Halterung und überreicht sie mir, und ich renne zurück zu der doppelstämmigen Kastanie, wo eben noch alle gestanden haben. Monika aber ist nicht mehr da.

Ich sah sie erst wieder, als die verzauberte Stunde anbrach, in der die Dämmerung über das Fest herabsank.

Stundenlang hatte ich Ausschau nach ihr gehalten, bei allem, was ich tat. Unauffällig wie ein Detektiv hatte ich meine Blicke über den Trubel auf dem Festplatz schweifen lassen, als ich mit Mama und Papa und Schwesterchen an der Bude die Bratwurst verschlang, die es statt des häuslichen Abendbrots gab – einer der zahlreichen Höhepunkte des Schützenfestes. Kauend hatte ich meine Blicke schweifen lassen, doch was mir auffiel, war nur das weiße Hemd des bekloppten Hans-Peter. Wo hatte der das denn her? So lange ich mich erinnern konnte, hatte der immer nur dreckige Unterhemden und verfilzte Pullover angehabt.

Konzentriert hatte ich zu jedem Grüppchen Mädchen hinübergespäht, während ich mit meinen Kumpels herumblödelte; zu jedem Grüppchen Mädchen, das neben der Süßigkeiten-, der Schieß- oder Wurstbude durch Strohhalme Cola nuckelte und kicherte. Doch was mir auffiel, war nur der dicke Hintern von Anneliese Dede. Ich war noch nie im Zoo gewesen, und Fernsehen war ausschließlich sonntags bei Beecken möglich, deshalb kannte ich Nilpferde und Nashörner bloß aus den *Was-ist-was*-Büchern – Kühe allerdings hatte ich mehr als genug gesehen, um Vergleiche bei Umfang und Bewegungsstil ziehen zu können.

Verstohlen, um nicht von meinen Kumpels gestellt zu werden, hatte ich umhergeäugt, als ich ein paar Meter wegging, weg vom Getöse, und mich plötzlich auf derjenigen Straße wiederfand, die unter anderem auch zu Monikas Haus führte. Doch was ich entdecke, sind bloß Schorse Fick und sein Fahrrad.

Schorse Ficks Fahrrad ist nur an dem schräg aufragenden Vorderreifen zu erkennen; es liegt flach im tiefen Gras vor der Mauer aus Feldsteinen, die den kleinen Park einfriedet, der – wie ich aus dem Heimatkundeunterricht weiß – früher einmal der Friedhof gewesen, im Lauf der Jahrhunderte dafür aber zu klein geworden ist, und vor diesem seinem Fahrrad steht Schorse Fick. Wenn man von Stehen sprechen kann; eigentlich tappt er umher, mehr rück- und seit- als vorwärts, und fuchelt mit den ausgebreiteten Armen wie Käpt'n Ahab bei Sturm – dabei ist es der laueste Abend, den man sich nur denken kann –, und währenddessen hadert er mit seinem Schicksal, ausdauernd, aber undeutlich. »Dat dröf doch nich wohr sien, Schiet, Minsch...«

Von der Spitze der Blutbuche herab zwitschert eine Amsel, und ich bleibe stehen, bereit kehrtzumachen, sobald Schorse Fick mich bemerken sollte. Ich sehe, daß eine noch verschlossene Flasche Bier im Gras steht. Von dahinten jault die Sirene und bimmelt die Glocke des Feuerwehrwagens auf dem Karussell, dringen das Geschrei der Kinder und der Gesang der Schützen und der so herzzerreißend rauhe, aber melodische Sehnsuchtsruf Daliah Lavis, *Oooooooo-ooo-o-o-o-o-oh wann kommst du,* und da vorn verneigt sich Schorse Fick ganz vorsichtig, mit offenen Armen, vor seinem Fahrrad, doch immer, wenn sein Kopf Übergewicht kriegt, wird es brenzlig, und dann reißt er ihn wie ein scheuender Gaul seitlich zurück und pendelt sich panisch wieder ein. Es ist nicht einfach, aber um fällt er nicht.

Nachdem er mit seinem Vorhaben, das Fahrrad aufzuheben, auf diese Weise allerdings keinen Schritt vorankommt, läßt er sich auf die Knie fallen, gerät *im Knien* ins Torkeln und fällt beinah um wie ein Kegel, fängt sich aber, was im Grunde physikalisch nicht möglich ist, wie ein Stehaufmännchen, murmelt »Sou, nu över«, greift nach dem Rahmen und zerrt daran. Nun ist das Kraftzentrum zwar tatsächlich stabiler, dafür aber stimmt mit der Hebelwirkung etwas nicht. Es wogt hin und her, das Tauziehen zwischen Schorse Fick und seinem Fahrrad, den Sieg aber erringt weder Herr noch Gescherr. »Damminomol«, schimpft Schorse Fick und bläst laut Luft in die Luft.

Er überlegt eine Weile. Schließlich kriecht er auf die andere Seite des Fahrrads, rafft es an den Felgen, kriechend, durchs Gras hinter sich her, näher an die Mauer heran, kriecht wieder auf die hiesige Seite, und dann, kniend, stemmt er es am Sattel hoch, bettelnd und fluchend, und endlich überwindet es den Schwerpunkt, ergibt sich und scheppert gegen die Mauer. »Schwienjack«, schimpft und triumphiert er, überdeutlich erschöpft, verschnauft mehrere Momente, und dann – vielleicht übermütig geworden – versucht er, sich an seinem Gefährt hochzuziehen.

Diesmal unterliegt Schorse Fick endgültig. »Schiet, Minsch«, wimmert Schorse, und »Schwienjack« quiekt er, und auf ein paar weitere Heul- und Jammerlaute folgen erstaunlich rasch erstaunlich laute Schnarch- und Pfeifgeräusche. Beim Schnarchen hebt sich der Vorderreifen, beim Pfeifen senkt er sich.

Das muß ich den andern zeigen, dachte ich, und in dem Moment entdeckte ich – quer über den rechten Winkel der hüfthohen Parkmauer hinweg –, daß die Meurins nahen, mitsamt ihrer Tochter. Mein Herz tut einen so schrillen Jauchzer, daß ich für eine Sekunde geblendet bin – oder gar erblindet –, und ehe ich mich's versehe, rotieren die Beine unter mir wie die des Roadrunners *(»Meep-meep!«)*, und ich renne zum Festplatz zurück, als wäre der bekloppte Hans-Peter mit einer Eisenstange hinter mir her.

Ich habe die Rose die ganze Zeit in der Innentasche meines Clubjacketts verwahrt, den langen Stengel zweimal geknickt, damit sie hineinpaßt, und nun biege ich ihn zittrig gerade und überlege, was ich sagen soll, wenn ich Monika das Zeichen meiner Liebe überreiche. Mit fiebrigen Blicken halte ich Ausschau nach meinen Kumpels, obwohl die nun die letzten wären, die ich danach fragen würde; doch daß weit und breit nicht einer von ihnen wenigstens zu sehen ist, versetzt mich in eine geradezu existentielle Unruhe, und als die Meurins immer näher kommen, fühle ich mich einsamer als Robinson Crusoe, bevor Freitag auftaucht. Ich verberge die Rose im Rücken, und während ich an der Seitenwand der Schießbude herumlungere, repetiere ich im Zwölf-Sekunden-Rhythmus das

> Vaterunserderdubistimhimmelgeheiligetwerdedeinnamedeinreichkommedeinwillegeschehewieimhimmelsoauferdenunsertäglichesbrotgibunsheuteundvergibunsunsereschuldwiewirvergebenunsernschuldigernundführeunsnichtinversuchungsondernerlöseunsvondembösendenndeinistdasreichunddiekraftunddieherr-

lichkeitinewigkeitamenvaterunserderdubistimhimmelgeheiligetwerdedeinname…

Am Karussell unter dem doppelstämmigen Kastanienbaum gesellte Monika sich zu Heike Friedrichs, Dorle Möller und Margitta Beecken – gleich zupften sie sich gegenseitig an den Kleidern. Währenddessen strebten ihre Eltern Hinnis Saal zu, um die Königsproklamation zu verfolgen. Sämtliche Eltern des Dorfs strebten Hinnis Saal zu. Die meisten Väter trugen ihre Schützenuniformen, nur wenige kamen in Zivil, in Brisk, mit Bügelfalten und Manschettenknöpfen; die allermeisten Mütter in großer Garderobe, in lang, in Taft und Chiffon und Samt und Seide, in Pastellfarben, mit wollenen Stolen und Handtaschen; die Trutschen trugen Dauerwellen, für die sie stundenlang unter stinkenden, heißen Trockenhauben gelitten hatten, die kesseren Jackie-Kennedy- oder gar Brigitte-Bardot-Frisuren, Schützinnen in Uniform, meist jünger, gab es auch. Aus allen vier Richtungen der Straßenkreuzung kamen sie paar- oder familienweise herbeigeschritten; die Sirene des Feuerwehrwagens auf dem Karussell heulte und die Glocke bimmelte, der Koseng des netten Holger spielte *Karussell d'amour, Karussell der Träume* von Vicky Leandros, doch die Schwarzdrossel ließ sich dadurch nicht beirren in ihrem Abendgesang, droben in der riesigen Dolde des doppelstämmigen Kastanienbaums.

Die Sonne war schon untergegangen, doch es war noch richtig schön warm, und während die Dämmerung aus der mannshohen Buchenhecke sickerte, flammten bereits die ersten bunten Lichter an den Buden auf, bonbongelb und lampiongrün, rot und blau. Am Milchbock lehnte Karin Kolk; ihre blonden Haare waren so skandalös lang wie ihr Glockenrock kurz, und neben ihr lehnte Hartmut Freymuth, die blöde Sau; sämtliche Eltern des Dorfs versammelten sich auf dem Saal, und damit begann auch die große Stunde, die magische Stunde der Kinder und Jugend. Wo, fragte ich mich, während Brät und Senf, Süßholz und Gelatine, schwarze, weiße und gelbe Brause meine Eingeweide säuerten, wo sind bloß Kolki und Hannes, Dutschke und Beecken und André...

Doch dann erinnerte ich mich wieder, daß die mir sowieso nicht helfen konnten, helfen bei dem, wozu dieser Drang oder Zwang mich zu treiben versuchte, der aus dem Abgrund meines poch-, poch-, pochenden Bauches emporkroch, immer kurz vor der endgültigen Verzweiflung, aber doch unaufhaltsam; eine triezende, dumpf bohrende Sehnsucht – schlimmer als Hunger und Durst zusammen. Nichts war wichtiger in meinem süßen, bitteren Leben, als Monika Meurin diese Rose zu überreichen!!!!!!! Ich war wütend auf sie, weil ihr Lächeln und ihre grünen Augen und ihre strohblonden Haare und ihr klasse Kleid mir den ganzen herrlichen Spaß an den Erbsenwaffen verdorben hatten, und es drängte mich, sie dafür zu bestrafen, ihr zu zeigen, daß sie das nicht ungestraft mit mir machen konnte, nicht sie, die Schönste des ganzen Dorfes, das ging doch nicht; das ging nicht, wenn man in Zukunft nicht ständig vor allem davonlaufen wollte, als wäre der bekloppte Hans-Peter mit einer Eisenstange hinter einem her, ehrlich. Es drängte mich, sie mit dem Geschenk der Rose zu bestrafen, die in meiner Faust zu sieden begann. Meine Erbsenpistole: Mist! Meine Cowboy-und-Indianer-Sammlung aus den Wundertüten: Müll! Mein Traktor mit Einzelradaufhängung vorn, der echte Profilspuren im Sandhaufen machen konnte: Schrott! Alles, was mich stets begleitet hatte in die Versenkung der Zeitlosigkeit, was mir zu den Wonnen an der Nachahmung der Welt verholfen hatte, was mich, kurzum, glücklich gemacht – alles das für alle Zeiten Schrott, Müll und Mist! Nie wieder Spaß am Spiel, und die Kumpels waren sowieso so kindisch und blöd, und das einzige auf der großen weiten Welt, was ich als Entschädigung für meine unersetzlichen Verluste zu schätzen vermöchte, wäre ein Lächeln von ihr. Nur mit ihrem Lächeln würde sie ihre Diebstähle zu sühnen vermögen, und mit einem Blick aus ihren grünen Augen. Ich wollte sie erröten sehen wie die Rose. Ja, das war das mindeste, mit dem sie zu büßen hätte für meine Folterqualen. »Komms'ma'mitichwilldirma'waszeigen«, sage ich zu Monika, und die blöde Margitta Beecken lacht, als wäre sie total bescheuert.

Ja, plötzlich stehe ich vor ihr, die Fäuste unter der Clubjacke verborgen, und sage es tatsächlich. Das heißt, ich habe etwas ganz anderes gesagt als das, was ich eigentlich hatte sagen wollen. Eigentlich hatte ich sagen wollen: »Bitte schön.« Mehr nicht. »Bitte schön«, und dann die Rose überreichen. Vor all den andern Weibern, der bescheuerten Margitta Beecken, der beknackten Dorle Möller und der eingebildeten Heike Friedrichs. Das wäre die gerechte Strafe für meine süße Feindin gewesen. Es ging aber nicht, das ist mir in allerletzter Sekunde klar geworden. »Bitte schön« sagt man im Kaufmannsladen oder so. »Bitte schön« – so'n Quatsch!!!!!!!!! *Urgs*, lieber Gott, ehrlich!

Außerdem tut Monika mir auf einmal leid, weil sie so erschrocken ausgesehen hat, als ich wie ein Irrer in Zwangsjacke auf sie zugepest bin. Und deshalb höre ich, wie jemand anders anstelle Frank Hellmanns oder Adam Cartwrights ein zehnsilbiges Wort zwischen meinen rauschenden Ohren hindurchgurgelt. Jemand? Ich, Bodo! Bodo Morten! Ottos Mops kotzt! »Komms'ma'mitichwilldirma'waszeigen«! Ach du Scheiße! Hatte ich schon jemals gehört, daß Frank Hellmann zu seiner Sprechstundenhilfe gesagt hätte: »Komms'ma'mit'ichwilldirmawaszeigen«? Oder Adam Cartwright? Oder sonst irgend jemand, der noch alle Tassen im Schrank hatte?

»Was denn?« sagt Monika und steckt eine Strähne ihres Haares zwischen die Perlzähne. Ihre Augen, wie sagt man

– sagt man: funkeln? Ich kriege Kopfweh. Wir müssen hier weg. Ich nehme die leere Faust unterm Revers hervor und fasse Monika bei der Hand, und sie läßt es geschehen und sich hinter mir herziehen, als ich einfach loslaufe – halbrund ums Karussell, aus dessen Lautsprechern Chris Roberts singt *Die Maschen der Mädchen sind leider 'ne Schau, sie wollen dich fangen, das weißt du genau,* und dann ein paar Schritte die Straße hinunter, in die duftende Dämmerung. Wir blicken uns um, hechelnd und ernst, aber niemand folgt uns. In tollkühnen Schrauben schwirren Fledermäuse zwischen den Kronen der Ulmen und Eichen herum, und die Blüten in einer Hecke hinter der alten Parkmauer riechen so stark, daß ich niesen muß und Monikas Hand loslasse. Monika lacht sich kaputt und beugt sich dabei vor und taumelt ausgelassen umher, und da nehme ich die andere Faust aus der Jacke und überreiche ihr die Rose.

Wir waren ganz allein auf der Straße, da hinten tobte das Fest, da vorn schnarchte immer noch Schorse Fick.

Eigentlich hatte ich ihr Schorse Fick zeigen wollen und erst dann die Rose überreichen, aber dann fiel mir ein, daß sie ihn ja vorhin schon gesehen haben mußte, als sie mit ihren Eltern dort vorbeigekommen war, und als sie so lachte, schmolz ein Kloß in meinem Hals, und es war so ähnlich, wie wenn man an die Marmeladenfüllung im Berliner gelangte.

Ich sagte einfach gar nichts, und sie nimmt die Rose, dreht sie ein wenig zwischen zwei Fingern, gibt sie mir zurück und sagt: »Die ist ja gar nicht echt.«

XIX

Das alles war einunddreißig Jahre und tausendachthundert Kilometer weit weg. Der Löffel mit der Gravur schien zentnerschwer, als ich ihn in den Koffer zurückwarf, Photo und Plastikrose hinterdrein.

Was war eigentlich anschließend geschehen? Meine Erinnerung reichte bis zu dem Moment, da Monika Meurin den fürchterlichen Satz sagt, und setzte erst da wieder ein, wo ich mit der Flasche Bier, die ich dem schnarchenden Schorse Fick geklaut habe, im Finstern auf der Holzbank hocke, an der Ersten Badestelle am Mühlenteich, und flenne wie 'ne Gießkanne.

Ich wußte noch, ich hatte allen Ernstes befürchtet, demnächst nur noch ein Haufen Haut und Knochen zu sein. Wir hatten nämlich grad in Bio durchgenommen, der Mensch könne, wenn er viel schwitze und nicht ausreichend Flüssigkeit nachgieße, »dehydriert« werden.

Entwässert!!!!!! Und dabei bestand der Mensch doch fast ausschließlich aus Wasser, zu neunzig Prozent oder so!!!!!!! Ich verfluchte mich, daß ich nicht nachgefragt hatte, ob das womöglich auch für Weinen galt. Die Angst war echt und fast faßbar, aber – es lag auch eine grinsende Form von Verlockung darin...

O ja, ich sah es direkt vor mir, wie ich mir in seligen Grautönen ausmale, daß sie alle hier stehen würden, am nächsten Morgen, am besten kurz nach Sonnenaufgang, hier, an der Ersten Badestelle, Beecken und Kolki, Dutschke, André und Hannes... Und vor allem – – – – – Monika Meurin.............. Die trauernde Schar, sie wurde immer größer.............. der nette Holger und sein Koseng, der bekloppte Hans-Peter, Schorse Fick, selbst der Bürgermeister und na, vor allem der Tambourmajor, sogar die Frau aus der Oberstufe mit den zusammengewachsenen Armen.............. sie alle strömen herbei (auch Mama und Papa und meine Schwesterchen drängen ins Bild; aber die kann ich jetzt nicht gebrauchen, die verderben mir alles mit ihrem allzu realistischen Entsetzen; nein, lieber lade ich mir noch ein paar Mädchen dazu ...), die bescheuerte Margitta Beecken, die beknackte Dorle Möller, die eingebildete Heike Friedrichs und meinetwegen auch die dicke Anneliese Dede; sie werden mir immer sympathischer, wie sie da stehen und betreten auf die Holzbank starren......... da liege ich, ich, der einstige strahlende Prinz, jetzt nur mehr leere Vogelscheuche, hindrapiert über die Lehne: Clubjacke und Hemd, Schlipsknoten und rothaarige Backpflaume.........

Und dann öffne ich die erste Flasche Bier meines Lebens – ohne Öffner gar nicht so einfach, ich werde stinkwütend dabei; doch dann gelingt es mir am Eisenholm der Holzbank, so wie ich's dem bekloppten Hans-Peter mal abgeschaut habe. Und ich trinke den ersten Schluck Bier meines Lebens, warm und bitter; brrr. Aber es muß sein. Früher oder später muß es sowieso sein. Und da, ab dem dritten, vierten Schluck, da beginne ich zu verstehen... Ja, ab dem vierten, fünften Schluck, *da* geht's erst *richtig* los... Ja...

Nicht nur, daß die Angst vor Dehydrierung gebannt ist; nein, darüber hinaus – anfangs kaum merklich, dann, ab dem fünften, sechsten Schluck, immer merklicher – wandelt sich das *Haupt*leiden, wandelt sich der Schmerz der Schmach. Zwar tut er nach wie vor weh, sonst wär's ja kein Schmerz; doch unter der Brause des Bieres verwandelt sich dieses Weh. Verwandelt sich nach und nach in etwas Erhabenes, Männliches, Cartwrighthaftes. Es tut immer noch weh wie bekloppt, ehrlich; aber schön ist es trotzdem, und nach dem achten, neunten Schluck wird's immer schöner, so schön, daß es schon fast nicht mehr weh tut. Das will ich aber auch nicht, und deshalb, sobald der Tränenfluß zu versiegen droht, rufe ich mir den Moment ins

Gedächtnis zurück, da Monika den schrecklichen Satz gesagt – *Die ist ja gar nicht echt* –, und als selbst diese schrecklichste aller Visionen ganz allmählich bis auf den Boden der Flasche sinkt, summe ich das Lied von Alexandra vor mich hin: *Zigeunerjunge, Zigeunerjunge, wo bist du, wer kann es mir sahagen... Dam, dadadadada-da, dadammdamm, dadamm,* und dann klappt es wieder, und meiner Brust entringt sich ein neuer, saftiger Schluchzer...

Ich knipste das Licht in der Winterhöhle aus, schloß die Tür hinter mir und ging hinaus auf die Terrasse. Es war windstill. Einige Grillen zirpten. An den Blättern des Bananenbaums vorbei, hinweg über die dunkle, stille Wiese aus Nadelbaumwipfeln schaute ich auf eine silbrig flimmernde Raute, die der tief überm Horizont schwebende, eierige Mond aufs stille, dunkle Meer warf. Zwei, drei Nächte noch, schätzte ich, dann wäre er kreisrund. Von Paxos her blinkten Punktlichter.

Die Luft war sehr viel angenehmer als im Haus, aber auch wärmer – 31,1 Grad.

Es war unbeschreiblich schön, dieses Land; doch in dieser Nacht zehrte etwas jäh an meinem Herzen – ganz buchstäblich, denn plötzlich begann es zu stolpern. Er krampfte, dieser pumpende Fleischklumpen, und geriet für zwei, drei Schläge aus seinem Rhythmus. Die Leere zwischen Sy- und Diastole, das war die Ahnung vom Sterben. Fast schien es umgekehrt: als wäre es dieser stetig kauende Muskel in meiner Brust, der an *mir* zehrte. Einunddreißig Jahre...

Einunddreißig Jahre, und wieder sitze ich allein, nur noch weiter weg. Einunddreißig Jahre und tausendachthundert Kilometer. Und diesmal ohne Bier.

Der Moment war es, in dem mir auffiel, daß ich dieses Jahr zum ersten Mal meinen Gedenktag vergessen haben mußte.

Unruhig eile ich in die Bibliothek zu meinem Schreibtisch, zum Pultkalender, und blättere ein Wochenblatt zurück. Tatsächlich, da steht's, unter dem Samstag vergangener Woche, in Rot: *5. GEDENKTAG!* Und heute ist bereits Mittwoch.

Ich laufe die Küchenscharte entlang, ziehe den Kopf unterm Durchgang ein und gehe zurück in die Winterhöhle, knipse das Licht an und wate über den Matratzenteppich. Vor den drei Rahmen halte ich inne, und diesmal schaue ich mir auch die zweite und dritte Stufe meines Alarmsystems an; ja, ich meditiere geradezu vor Konzentration...

Alarm

Anzeichen	*Gefahr*	*Maßnahmen*
Hunger, Durst	Nervosität	Essen, Trinken
Müdigkeit	Nervosität	Schlaf, Meditation, Meerbad
Nervosität	Unruhe	Masturbation, Tanz
Unruhe	Doäß	Dauerlauf, Schwimmen, Tanz
Schlaflosigkeit	Stundenplan-Kollaps	Schlaflied, Beo, SP-Suspension
Zipperlein	Unruhe	Gymnastik, Tanz
Er-Gesicht	Schlaflosigkeit, Super-Ich	Großalarm

Großalarm

Anzeichen	*Gefahr*	*Maßnahmen*
Super-Ich	Er-Ich	Reflexionsstufe I
Er-Ich	Erzen	Reflexionsstufe II
Migräne	»Morbus fonticuli«	Ruhe, BeoVision
Doäß	»Morbus fonticuli«	Katastrophenalarm

Katastrophenalarm

Anzeichen	*Gefahr*	*Maßnahmen*
Liebeswahn	»Morbus fonticuli«	zeitweilige Evakuierung
»Morbus fonticuli«	Alkoholismus, Psychosen, Bad Suden	totale Evakuierung

Zu Anfang meiner Zeit am Ionischen Meer, als Spyros der Jüngere mir zur Hauseinweihung das Bananenpflänzchen geschenkt, welches inzwischen an den First der Villa Arkadia tippte, da hatten wir uns auf ein Plauderstündchen ans Kliff gesetzt, und als Abschluß hatte er mir noch etwas Bestimmtes zur Besichtigung in der nächsten Umgebung empfehlen wollen. Ihm fiel aber der deutsche Ausdruck dafür nicht ein, und mir sagte der griechische noch nichts. Alles außer *geia sou, evcharistó* und *'Osoi pínoun oúzo kaloí ánthropoi eínai** sagte mir noch nicht viel. Also tastete Spyros sich heran: »In alte Chaus von Stein... *poly oréa,* serr sönn. *Loipón,* wie cheißt in deuts.« Schielend prüfte er mit der Daumenkuppe die Spitzen seiner Schnauzborsten.

Wir hatten unsere Füße – weiß und braun – auf dem Bambusgeländer zwischen den Stämmen der beiden Aleppo-Kiefern abgelegt. Eine ihrer Nadelquasten kraulte mich, wenn ich den Spann bewegte. Ein holziger Fruchtzapfen, so groß wie eine Artischocke, löste sich vom Zweig und fiel den Abhang hinunter auf den Strand.

Was wir von hier oben aus, zurückgelehnt in die Kunststoffstühle, nicht verfolgen konnten. Spyros schielte auf seine Daumenkuppe, ich lauschte dem Zikaden-Kanon, dem Gebimmel von Ziegenglocken im Hügelwald, und

---

* Hallo, danke und Alle, die Ouzo trinken, sind gute Menschen

wie die Dünung tief da unten zischte. Zahm schlug sie an die Felssockel der Steilküste, welche die Odysseus-Bucht umarmte wie ein gigantischer Krebs.

»*Kontá sta Ioánnina*«*, sagte Spyros. »Niecht weit von Zeus-Orrakel, Dodona.«

Das Grün der Nadelbäume und die Strahlung der Khakitöne in den Felswänden stumpften zusehends ab, ebenso das Leuchten des Blaus. Eine Rotweinspur führte übers schuppige Meer zum brennenden Reif der Sonne, den der Horizont nun löschte. Ab Ende September versank die Sonne nicht erst hinterm Berg von Parga, sondern bereits vorher, im Meer. Ich schlürfte das Aroma des Abendanbruchs: lau, beinah süß, mit einer Note von Harz und Salz.

»Wie cheißt, wie cheißt...« Immer noch suchte Spyros nach der Bezeichnung für jene Sehenswürdigkeit, und endlich hob er die Schultern bis an die Ohren, streckte die Arme aus, kehrte die hellen Handflächen nach oben und rief: »Mann von *Kerrz!*«

Es war Mitte Oktober, und die Sommergöttin zeigte uns noch einmal ihren prächtigen Leib. Ich war so aufgewühlt von dem Sonnenuntergang, von meiner neuen Heimat und meinem künftigen neuen Leben, daß mir das Zwerchfell brannte, als Spyros es mit dieser Blüte seiner Dolmetschkunst kitzelte; und voller Freude über meine Glückseligkeit bestätigte er, er meine ein Kabinett von Wachsfiguren.

Mann von Kerz... Wie oft in meinem Leben, jedenfalls vor meiner Zeit am Ionischen Meer, hatte ich *mich* als solchen betrachtet – als Wachsfigur: steif, bleich, schmilzt leicht.

Steif, bleich... bitte. Aber schmilzt leicht?

Wer, außer mir selbst, vermutete bei einem Kerl mit dicker kupferroter Wolle auf dem Kopf und dünnerer am

---

* Nahe bei Ioannina

ganzen vierschrötigen Leib, wer vermutete bei so einem als vorherrschende Eigenschaft – Empfindsamkeit? *Sensibel wie ein Holzfäller* zählt nicht gerade zu den geflügelten Worten. Als rothaariger, rauschebärtiger Heterosexueller haut man auf den Tisch, daß Schaum aus den Humpen schneit, und Gefühle zeigt man, wenn man sich mit dem Hammer auf den Daumen haut. Vielleicht. Ein Wikinger aber, der beispielsweise tränennaß vor einem Video von *Love Story* kauert? Ein Ulk niederer Götter, Emanzipation hin oder her.

Auf welche Weise niedere Götter uns zum Gespött machten, uns arme, dämliche Menschenskinder – das hatte ich ja schon früh entdeckt: in Person von Anneliese Dede, wie sie durch die Pfütze unter unserem Augustapfelbaum trampelte. Und auch später immer wieder, in anderen Personen. Und stets hatte ich, unterdessen ich versuchte, in ihr Sie- oder Er-Ich zu schlüpfen, mit jenem Gefühl von Pein und Peinlichkeit verfolgt, wie Menschen sich aufzuführen vermochten.

Die entscheidende Entdeckung aber war, daß ich ja dazugehörte, zu jener impulsiven, närrischen Spezies Knilch, und folglich gab es auch in meinem Leben Momente, in denen ich mich urplötzlich aufführte – oft genug ähnlich wie Anneliese Dede. Nicht nur als Kind und Heranwachsender in Beeckdörp, sondern leider auch später noch, später, in Hamburg, vornehmlich im Alkohol- oder Weibsrausch (oft beides). In solchen Fällen fragte ich mich am nächsten Morgen: Wie *kann* man bloß! Was war denn mit *mir* los? Das heißt, vielmehr duzte ich mich – was war bloß los mit *dir?* –, als täte mein derzeitiges Ich besser daran, das vorige als Du-Ich zu betrachten. Kein Wunder, hatte dieses Du-Ich von gestern doch zum Beispiel einem Weib ins Ohr geschmalzt (oft genug auch *sachlich* falsch), es habe schöne Augen.

Egal, sagte ich mir dann. Schlüpfe ich doch zurück in mein Ich von heute. Schlüpfe ich doch einfach wieder in mein *Ich*-Ich.

Es *war* aber nicht einfach, weil ich an jenem Du-Ich nicht vorbeikam. Jenes Du-Ich war im Grunde nichts anderes als ein Er-Ich, nur eben *mein* Er-Ich, mein Er-Ich von gestern. Ohne vorher mit diesem Er-Ich von gestern zu verschmelzen, blieb das Ich-Ich von heute hohl. Jedes Hüsteln und Schniefen, jedes Lachen und Schwatzen hallten unheimlich nach. Sollte mir mein Ich-Ich wieder einigermaßen behagen, mußte ich mich zunächst ins Er-Ich von gestern zurückversetzen – wohl oder übel. Meistens übel.

Übel deshalb, weil die Neugier bei Einfühlung in *eigener* Sache sich in Grenzen hielt: So genau wollte ich gar nicht wissen, was mit mir los gewesen war. Beziehungsweise mit dem da von gestern. Die Frage *Was war bloß los mit dir?* war natürlich rhetorisch gemeint – als Tadel. Und zugleich als Bannformel: bloß nie wieder erleben, wie jenes mächtige Spinner-Ich mein schmächtiges Ich-Ich übermannt, um mich lächerlich zu machen! Um mich durch Pfützen zu jagen!

Denn darauf lief's ja stets hinaus. Anfangs mischte sich jenes spinnerte Super-Ich in meine Gedankenspiele ein: »Los! Sag ihr, daß sie schöne Augen hat!« – »Hat sie ja gar nicht.« – »Na, du vielleicht?« – »Schnauze.« – »Los, versuch, sie ins Bett zu kriegen.« – »Mensch, wer will denn das.« – »Ich.« – »Du hast gar nichts zu sagen.« Und dann begann das Super-Ich, mit mir über die Frage zu zanken, wer Inhaber meines *wahren* Ichs (des *Ich*-Ich-Ichs) war – es oder ich –, und schließlich, schäbigerweise mitten in der Debatte, bemächtigte es sich meines Ich-Ichs (oder Ich-Ich-Ichs, oder was weiß ich), und dann, eh ich's mich versah, schmalzte dieser übermächtige Phantomzwilling ins Ohr jener Frau: »Du hast schöne Augen!«

Am nächsten Morgen aber überließ er von gestern es mir, mir gegenüberzutreten. (Oder noch schlimmer: ihr.)

Als ich dreiundzwanzig war, lauschte ich jemandem eine List ab, durch die ich diese Zwickmühle in den Griff kriegte – und zwar für die nächsten fünfzehn Jahre, bis zu meinem Zusammenbruch.

Es hatte eine Lücke in meinem Lebenslauf geklafft, eine zweiwöchige Lücke zwischen dem letzten Jobtag im Hamburger Kaufmanns- und dem ersten Tag im Hamburger Studentenmilieu. Diese Lücke stopfte ich mit Besuchen von Eimsbütteler Kneipen. Der entsprechende Laufpaß, den Anitas Vorgängerin mir gegeben hatte, war von den Rändern der Humpen übersät mit Olympischen Ringen.

Zu der Zeit pflegte ich zum Brunch zwei Dosen Bier einzukaufen, und zwar bei Ella. Ella lenkte den Kiosk namens *Bei Ella,* drei Minuten von meiner Wohnung entfernt. Ab dem zweiten Mal sprach sie mich mit den Worten an: »Na, hat er wieder Durst?« (Auf hamburgisch klang das ungefähr so: *»Na, haddär wiedär Doäß?«*)

Ich hätte Ella längst vergessen, wäre da nicht ihre Marotte gewesen, mich weder zu siezen noch zu duzen, sondern zu erzen, wie im Barock oder was. Anfangs hegte ich den Verdacht, mein versoffenes Genie sei ihr kein Sie wert, geschweige das Du. Doch fand ich keinen einzigen stichhaltigen Hinweis darauf, daß sie mich so gering schätzte. Ebensowenig allerdings darauf, ich wäre ihr lieb. Wenn sie mich begrüßte, war es nach dem bloßen Augenschein schwer zu entscheiden, ob sie lächelte oder ein Rülpsen unterdrückte. Ich schlüpfte in ihr stockfinsteres Ich, zählte eins und eins zusammen und ermittelte, das Erzen müsse ihre höchstmögliche Form sein, das auszustrahlen, was sie für Mitleid oder Mitgefühl hielt; und Donnerwetter, es faszinierte mich derart, daß ich eines Nachmittags beim

Erwachen mich selbst krächzen hörte: »*Na, haddär wiedär Doäß?*« Die nächsten fünfzehn Jahre – bis zu meinem Zusammenbruch – erzte ich mein Er-Ich von gestern, wann immer es nötig schien: »Na, isser mal wieder durch Pfützen getrampelt?«

Und siehe da, eisernes Erzen erschien förderlicher als Duzen und Ichzen, um in mein Ich-Ich zurückzuschlüpfen: Mein Er-Ich von gestern war nämlich gar kein Mensch aus Fleisch und Blut wie du und ich, es war ein Gespenst. Das Gespenst eines entfernten Verwandten. Das gelegentlich spukende schwarze Schaf der Ichfamilie. Ja, ja, vielleicht ein Schreckgespenst, aber eben ein Gespenst, und Gespenster gab es in der Wirklichkeit nicht, und das schlimmste, was sie einem zufügen konnten, war *Doäß*. Davon geht die Welt nicht unter, dachte ich. Dachte ich noch, als sie unterging.

Als sie unterging, war ich achtunddreißig Jahre alt, arbeitsloser Alkoholiker und verrückt geworden.

Seit ich mit hellen blauen Augen geboren worden war, hatte sich die Erde noch keine fünfzehntausendmal gedreht, aber in meinem Kopf ging schon alles drunter und drüber. Ich vegetierte in einem Kadaver mit hypervitalen Nerven dahin, derart feinfühlig, daß ich von einem Bad in Milch und Honig Juckreiz gekriegt hätte, vom Flügelschlag eines Falters Mittelohrentzündung und von Rosenduft Schnupfen; daß ich blind vom Mondlicht und von Manna magenkrank geworden wäre. Leicht auszurechnen, wie's mir zwischen den Reiß- und Raffzähnen eines stinkenden, grölenden Molochs von norddeutscher Millionenstadt gegangen war – zumal in meinen Blutbahnen die Pegel des Insektengifts Nikotin und des chemischen Lösungsmittels Alkohol alltäglich so hoch stiegen, daß jede Mücke, die mich stach, zehn Sekunden später tot zu Boden fiel.

Daß meine einzig Geliebte (ach Anita, *agápi mou**!) es überhaupt so lange mit mir ausgehalten hatte! Sechs Semester hatte ich schon versoffen, als wir uns kennenlernten, weitere acht verjuxt, bis ich Lokaljournalist im Süden Hamburgs wurde, und im fünfzehnten erschien Das Weib auf der Bildfläche. Mit ihm sollte ich Anita innerhalb von acht Jahren tausendfach betrügen, ja die letzten drei, vier Jahre ein regelrechtes Doppelleben führen. Beide Hälften schlug es kurz und klein, mit seinen letzten *stalking*-Attacken, Das Wahnsinnige Weib.

In der Nacht auf den 1. Juni des Jahres 1995 war ich dann plötzlich verschwunden. Verschollen, von einem Tag auf den andern, zehn Tage lang. Für meinen Freundeskreis – und insbesondere für Anita, damals noch meine Frau – zehn schlimme Tage. Und rätselhafte, denn natürlich meinten sie mich gut zu kennen; schließlich pflegten wir seit vielen Jahren einen beinah logenhaften Freundschaftskult.

Noch vor dem entscheidenden Hinweis auf meinen Aufenthaltsort entdeckte Anita – unter recht befremdlichen Umständen – drei geheime Notizbücher, eine Kombination von persönlichen Jour- und Annalen, ganz offensichtlich von mir verfaßt. Darin hieß es an einer Stelle (in Form eines auf verquaste Weise selbstbezogenen Presse-Pastiches): »Wieso besaß der heruntergekommene Provinzjournalist plötzlich sechsstellige Gelder? Weshalb kam der morbide Trinker vom spektakulären Hintern einer gewissen Exfloristin nicht los? Warum regte sich der melancholische Kettenraucher oft so fürchterlich auf? Wieso, weshalb, warum?«

Von exakt diesen drei Fragen wurden Anita und unser Freundeskreis umgetrieben, bis sie mich dingfest machen

---

* meine Liebe

konnten. Und zwar am Samstag, den 10. Juni 1995, keine anderthalb Stunden von Hamburg-Eimsbüttel entfernt, in einem Wald nahe Beeckdörp.

Sie brachten mich ins Stader Krankenhaus. Nach achttägigem Aufenthalt wurde ich wegen der Schwere des Falles in eine Spezialklinik überwiesen – ins Klinikum für Psychosomatik und Psychiatrie zu Baden Suden, Oberfranken. Wegen irgendeines bürokratischen Heckmecks, den ich bis heute nicht verstanden habe, wollte weder dieses noch jenes Haus, weder Krankenkasse noch sonstwer die Überführungskosten übernehmen, und so brachten Kolki, Satsche, Heiner und Kai mich mit dem Auto hin. Wiewohl bis unter den Helmrand voll Psychopharmaka, rauchte ich auf der sechsstündigen Fahrt eine Schachtel Zigaretten und trank eine Flasche Wodka.

Weil ich jeden festen Bissen wieder hervorwürgte, hatte ich tagelang von Suppen gelebt; weil ich das Gras wachsen hörte, das Stöhnen der Zimmerwände und das Toben der Milben in den Teppichen, pflegte ich mir die Ohren mit Wachs zu versiegeln; und ich trug stets einen Motorradhelm, weil ich der Überzeugung war, ich litte unter »Morbus fonticuli« – einer Krankheit, die ich selbst diagnostiziert, um nicht zu sagen erfunden hatte; ich glaubte, ich hätte unsichtbare Löcher im Kopf, wodurch alle Übel dieser Welt einströmten, Gifte, fremdes Geschwätz, böse Gefühle...

Auf irgendeinem Rastplatz, ich glaube bei Kassel, machten wir eine Pinkelpause, und als ich mit offenem Hosenlatz wimmernd aus dem Gebüsch getorkelt kam, gaffte mich einer an, als wäre ich verrückt. Ich hätte den mal sehen mögen, wenn beim Pinkeln ein Schaukelpferd nach *ihm* geschnappt hätte.

Ja, ich *war* verrückt, aber nicht blöde, und deswegen stellte ich mir unter dem Klinikum durchaus keine Villa mit höchstens drei Etagen vor, mit Wendeltreppentürmen und Erkerchen, inmitten eines Parks mit uralten Ulmen und Bronzeplastiken von Gestalten aus der griechischen Mythologie, mit Ölporträts von Freud, Jung und Adler entlang den Wänden der hohen Korridore sowie in den Sprechzimmern Couchen, deren grünes Schweinsleder, brüchig geworden von Tausenden Litern läuternder Tränen, an der Stirnseite der Lehne hufeisenförmig mit Messing vernietet wäre. So blöd war ich nicht. Aber das humanistische Seelengymnasium für Erwachsene, das ich erwartete – eitel, wie Schwerkranke sein können –, hatte ich mir doch anders vorgestellt. Jedenfalls nicht als Aktiengesellschaft in Plattenbauten der siebziger Jahre.

Jedes der fünf Hauptgebäude hatte zwölf Stockwerke. Die Luftaufnahme von dem Gebäudekomplex, perverserweise als Ansichtskarte erhältlich, wirkte – unter Alkohol- und Nikotinentzug, unter Medikamenteneinfluß und mit zusammengekniffenen Augen – wie die Vogelschau auf eine Flotte von überfrachteten Wohncontainerschiffen, die nach einer Sintflut dort droben auf dem platten Gipfel des Bad Sudener Burgbergs aufgesetzt hatte.

Vierzehn Monate, nachdem ich eingeliefert worden war, wurde ich entlassen und zog zurück nach Hamburg. Ich galt als genesen von *perennierender Neigung zu depressiver Dekompensation, Borderline-Symptomen, manisch-depressiven* und *psychotischen Schüben* sowie *Alkohol- und sonstigem Genußmittelmißbrauch,* allerdings nicht von der *schweren dissoziativen habituellen Migräne als Spätfolge eines Schädel-Hirn-Traumas* – deswegen wurde *Frühberentung dringend empfohlen.* Und sollte sensationell schnell von der Bundesversicherungsanstalt anerkannt werden.

In der nur siebenwöchigen Wartezeit fand ich im Bügelzimmer von Manus Schwester Unterschlupf. Sie und ihr

Mann lebten in Eimsbüttel, meinem früheren Hamburger Wirkungskreis. Im Stockwerk über uns hauste eine fünfköpfige Familie, die Teppich verabscheute. Die blanken alten Dielen gaben einen bombigen Resonanzboden ab, jeden Schritt verstärkte er zum Fuffzigkiloschlegel-Schlag auf eine Kesselpauke – die Frau war recht stämmig, der Mann, Schuhgröße 48, arbeitslos und die Kinder putzmunter. Wenn sie schliefen, schlief auch ich; wenn nicht, nicht. Manchmal bügelte ich dann Waschlappen. Sie waren alle immer zu Hause, *immer;* sie paukten den lieben langen Tag ihre Polonaise durch, von der Küche den langen Korridor ins Wohnzimmer und zurück (gingen aber nie ans Telefon, sondern ließen den Anrufaufzeichner in voller Lautstärke laufen).

Manchmal klang es, als hackten sie Holz. Einmal erwachte ich von einer gerissenen Perlenkette.

Sagen wir: Es ging. Dennoch dauerte es keine zwei Wochen, daß ich um mein wiedererlangtes Seelenheil fürchtete.

Sei es, daß mich das Geheul eines Krankenwagens fast niederstreckte. Ich hatte vor einer Fußgängerampel an wimperfeinen Gedanken gesponnen, als es mir durch den Schädel fräste. Sei es, daß ich Herzrhythmusstörungen bekam von den *subwoofers,* die mit der Macht von zweimal hundert Watt aus einem dieser Stadtgeländewagen drangen, schlimmer als Preßlufthämmer. Nach jedem jener hundertzwanzig Hiebe pro Minute schnarrten irgendwelche Flansche, und nach der zuckenden Fresse zu urteilen, war auch bei dem Fahrer die eine oder andere Schraube locker. Meine Brust fühlte sich an, als würde sie aufgepumpt, jedenfalls konnte ich kaum mehr durchatmen, und noch eine ganze Weile, nachdem er verschwunden war, schlug mein Puls auf höchstem Niveau.

Sei es die Schlange beim Bäcker oder das Gerempel in den engen Supermarktgassen, sei es das Gepieps von Handys und rangierenden Lieferwagen oder das Gejaul von unmotiviert losgegangenen Alarmanlagen, sei es das Gedränge in Bussen und Bahnen einerseits und die Parkplatzsucherei andererseits; sei es das Gefühl, sich selbst auf den Bürgersteigen nur hochkonzentriert bewegen zu können, um nicht niedergeradelt, plattgeskatet oder von einem Kinderwagen überrollt zu werden – ich konnte schon nach zwei Wochen nicht mehr.

Dann hatte ich etwas in der Innenstadt zu erledigen. Der Verkehrslärm war geradezu unbeschreiblich, und plötzlich hörte ich ein angstvolles Muhen. Mitten an der sechsspurigen Ost-West-Straße, mitten im Dampfgeknatter eines alten Motorrads, dem Gedröhn von antizyklisch hoch- und runterschaltenden Getrieben eines riesigen, bewegten Fuhrparks aus Schwertransportzügen, überzüchteten Personen- und überladenen Lastkraftwagen – mitten in dieser satanischen Stampede der transformierten Pferdestärken: Muhen!

War ich das? War ich das selbst? War ich schon wieder, schon nach zwei Wochen in Freiheit wieder verrückt geworden?

Nein. Es waren tatsächlich Kühe, die verrückt vor Angst in einem vergatterten Transporter steckten. In dem Moment beschloß ich, so schnell wie möglich aus der Stadt zu verschwinden.

In den nächsten fünf Wochen hielt ich mich viel und oft in Beeckdörp auf. Ich übernachtete bei meinen Schwestern, besuchte Oma und Opa, schaute in dem Waldstück nach dem Rechten, das ich Kolki abgekauft hatte, und ging viel spazieren, am Mühlenteich, in den Schwingewiesen, den Bach entlang, der in die Schwinge mündete und der Beeckdörp seinen Namen gegeben hatte – all jene Wege, die dreieinhalb Jahre später auch Monika Freymuth gehen sollte, um ihrem Rappen zu begegnen. Ich spielte mit dem Gedanken, meine Eltern zu besuchen, die ihr Rentendasein zur Hälfte des Jahres in Kanada zubrachten, und streute bei Freunden und Verwandten den Gedanken, auszuwandern.

Und dann ging alles ganz schnell. An ein und demselben Tag erhielt ich die Anerkennung als Frührentner und eine Nachricht von Kolki, das Haus seines Freundes Dimitrios in Kouphala sei frei. Für länger. Wenn ich wolle, für sehr lange.

Kolki hatte sich schon in den achtziger Jahren mit einem Griechen angefreundet, der direkt neben der Eingangstür zu dem Haus, in dem Kolki seine Hamburger Junggesellenbude verwohnte, einen Imbiß betrieb. Dimitrios stammte von der Peloponnes, aus einem hübschen kleinen, zwischen dem ersten und zweiten Finger der Westküste gelegenen Ort namens Loutsa, wo Kolki daraufhin den einen oder anderen Urlaub verbrachte, wo auch Anita und ich schon waren (und wohin ich auch zu meiner Zeit am Ionischen Meer hin und wieder Abstecher machte). Nachdem er den Imbiß verkauft und das Lokal in der Bismarckstraße eröffnet hatte (benannt nach dem Kosenamen seiner Mutter, Litsa), ging Kolki dorthin. Anita und ich trafen ihn dort oft. Anita erzählte Dimitrios von der Schönheit Kouphalas, und so nahm er Kontakt zu Spyros auf, der ihm dabei half, den Bau des Hauses zu ermöglichen.

Dimitrios' Frau, eine Deutsche, vermochte an jenem Platz auf dem Schildkrötenhügel keinerlei Vorteil zu erkennen: Die Baugenehmigung, von fünf verschiedenen Ämtern einzuholen, war fraglich; es müßte eigens eine komplette Strom- und Wasserversorgung erschlossen werden; das fertige Haus wäre nicht nur weitab vom Dorf, wo das Leben stattfand, sondern auch noch umständlich zu erreichen; außerdem war das Kliff gefährlich für die Kinder und der ganze Berg in seiner sonnigen Trockenheit ein Tummelplatz der *ochiá*. Doch Dimitrios hatte sich nun einmal verbissen in die Idee, auf jenen Hügel ein Haus zu setzen – obwohl ihn die Abgeschiedenheit nach eigenem Bekunden durchaus nicht interessierte. Was genau ihn aber denn bewegte, unnachgiebig an seinem Plan festzuhalten, habe ich nie genau verstanden; vielleicht der erbitterte Widerstand seiner Frau.

Nachdem es fertig war, vermietete er es. Kolki und Manu logierten einmal drei Wochen darin, bevor sie am laufenden Band schwanger wurde. Seither wohnten sie in Spyros' Gästehaus, wenn sie in Kouphala waren; manchmal verbrachten sie die Ferien aber auch noch auf der Peloponnes.

Anfang Oktober zog ich dort ein, fest entschlossen zu bleiben, solange meine Gelder reichten. Meine Biblio- und Videothek, meine Möbel und mein Koffer standen seit bald anderthalb Jahren umzugsbereit in Beeckdörp, verteilt auf Gartenhäuschen und Schuppen, Böden und Keller meiner Schwestern. Ich schaute mir das Haus nicht mal vorher an. Ich beauftragte ein Umzugsunternehmen, kaufte mir von der Hälfte des Coupgeldes einen Geländewagen und fuhr nach Triest.

Als ich zum ersten Mal nach Kouphala gekommen war, war ich frisch verheiratet gewesen. Wir hatten uns auf Kreta trauen lassen und reisten insgesamt drei Monate lang durch Griechenland, wo Anita als Diplomatentochter ihre Pubertät verbracht hatte. Frühmorgens vom Pilion herkommend, hatten wir die Klöster von Meteora besucht, die wie Horste an Hunderte von Metern aufragenden Felsmegalithen kleben, hatten die bizarre Schieferlandschaft nahe der Vikos-Schlucht besichtigt und die Ali-Pascha-Stadt Ioannina (aber eben nicht das Wachsfigurenkabinett) und dem Rauschen der *hoch gelobten Eiche des Gottes Dodona* gelauscht, bis wir schließlich bei Morphi auf die E55 gelangten, die entlang dem Ionischen Küstengebirge von Igoumenitsa im Norden bis hinunter nach Kalamata im Süden führt. Nach einigen Kilometern bat Anita mich anzuhalten – genau an dem Aussichtspunkt, auf den zehn Jahre später auch Monika Freymuth geraten ist. »Da, Geliebter«, sagte Anita. »Siehst du? Das ist Kouphala.«

Als ich mit fast vierzig zum zweiten Mal nach Kouphala kam, war ich frisch geschieden. Wieder hielt ich zunächst dort oben an der E55, diesmal allein, und blickte auf das Dorf hinunter, in dem ich seinerzeit glückliche drei Wochen verlebt hatte. Verglichen mit meiner Erinnerung mochte es ein bißchen fülliger geworden sein, dafür hatte ich an die zwanzig Kilo abgenommen. Weder dies noch das, so dachte ich, sollte der Verheißung Abbruch tun, und fuhr hinunter.

Ich parkte neben der Mauer zum Hinterhof der Taverna Plaka, schritt am Fenster der Fritierküche vorbei und bog ums Haus, und dort saß er, am Tisch unterm Weindach, und blickte durch den Baumgarten über den Fluß ins Schilf und darüber hinweg zur Silhouette der Schildkröte, das Ende der Saison genießend – der Mann, der mir in meinem ersten einsamen Winter hier halbwegs zuverlässige Handwerker vermitteln sollte, der mir hin und wieder fangfrischen Kabeljau, Dorade oder Rotbarsch schenkte, der mich manchmal auf meinen Dauerläufen durch die Felder begleitete und am Ofen im Gastraum mit mir plauderte, wann immer ich mochte; der mir von dem steinalten Wirt des alten Ouzeri im Ortskern erzählte, der seit seiner Jugend eine Flasche Pilavas pro Tag trinke; von den politischen Winkelzügen des Orpheus-Hoteliers, von dem jungen, gewitzten Bürgermeister oder von Vassilis, dem alten Fischer, den ich manchmal den Fluß hinaufpaddeln sah. Da saß er, der Mann, der mich mit seiner Familie bekannt machte (später auch mit Kosta brava und

Kosta del sol und dem verdammten Panos und dem lachenden Sotiris) und der mir die schönsten Plätze der näheren Umgebung zeigte. Nach den Ausflügen setzten wir uns an den Fluß – er mit einem Frappé oder einem Retsina, ich mit einer 7up oder einem Glas Gebirgsquellwasser – und lauschten Giorgos Dalaras' elegischen Liedern, die aus den Lautsprechern schallten, welche er wie jeden Frühling in den Bäumen aufhängte.

Noch als er begann, bis tief in die Nacht Gäste zu bewirten, lehrte er mich in den Pausen die Namen der Fische, mahnte mich, nachts besser nicht durchs Tal zu radeln – der verrückten Hütehunde wegen –, erklärte mir, vor welchen Schlangen man sich in acht nehmen sollte, und wurde nicht müde, mich zum *kamáki* anzustacheln, obwohl ich stets abwinkte. Da saß er, der Mann, der eine Sprache sprach, in der es für »der Fremde« und »der Gast« nur ein und denselben Ausdruck gab – eine schöne Sprache, die zu sprechen er mich stetig anhielt. Der Mann, der mich zuletzt sechs Jahre zuvor für drei Wochen gesehen hatte. »*Geia sou, Spýro*«, sagte ich, und er brauchte nur eine Sekunde, um mich wiederzuerkennen, sprang auf, strahlte wie ein junger Gott, jonglierte geradezu mit Ausrufezeichen und hielt mich minutenlang an beiden Händen, wie das in Hellas gern getan wird.

Die pure Freude. Mich zu sehen, mich, eine auf ganzer Linie verkrachte Existenz auf dem langen Weg der Besserung. »Bodo! *Geia sou!* Bist du gutt? Wo kommst du! Aaah, *thávma!* Wann kommst du! *Tóra?* Arre you tirred? *'Osoi pínoun oúzo kaloí ánthropoi eínai! Tha pieís éna oúzo? 'Ochi??! Giatí?! I Anita kalá? Pou eínai?!*«*

* Hallo... wunderbar... jetzt?... Alle, die Ouzo trinken, sind gute Menschen! Trinkst du einen Ouzo? Nein??! Warum nicht?! Geht's Anita gut? Wo ist sie?

'Osoi pínoun oúzo kaloí ánthropoi eínai... Das war der erste griechische Satz, den ich mit Hilfe Anitas gebastelt hatte, und er erinnerte sich noch sechs Jahre später daran.

Spyros der Jüngere war am 21. August 1961 geboren worden, wie Anita, sie in Rio de Janeiro und er in Kouphala. Mitte der siebziger Jahre war Anitas Vater in Athen akkreditiert gewesen, und die Ferien hatte sie regelmäßig auf Kreta oder eben hier verbracht, in Kouphala. Vier Sommer lang pubertierten sie und Spyros gemeinsam, in platonischer Freundschaft. Elevtheria war noch nicht auf der Welt, aber Soulas Mann noch, Spyros' Vater.

Schon am zweiten Tag nach meiner Ankunft kam Spyros der Jüngere mit dem Bananenpflänzchen.

XX

Meine Diagnose *beschrieb* ja nur mein Leiden. Die tiefere Ursache jedoch (mal abgesehen von der eindeutigen für das Schädel-Hirn-Trauma) hatte wie folgt *sie* formuliert, die Leiterin der Neuroendokrinologisch-psychosomatischen Abteilung der Klinik für Psychiatrie und Psychosomatik zu Bad Suden, Oberfranken: »Ihr Problem, Herr Morten«, sagte Dr. med. Dr. phil. Therese Seymour, »Ihr Problem ist Das Weib.«

Daß ich mit diesem Problem nie wieder konfrontiert werden wollte, wer möchte es mir verdenken? Wer auch immer, er hat sicher keine vierzehn Monate in einem Sanatorium zugebracht, und sei es eines der besten unseres Landes. Nein, *ich* wollte mit Dem Weib *nichts* mehr zu tun haben. Mit Frauen in ihrer Eigenschaft als Repräsentantinnen einer friedliebenden Menschengemeinschaft – bitte sehr, das war *kein* Problem. Aber nie wieder mit Dem Weib in seiner Eigenschaft als Geschlecht. Nie war Das Weib für mein Super-Ich je etwas anderes gewesen als Kryptonit.

So hatte Dr. Dr. Seymour das natürlich nicht gemeint. »Problemen, Herr Morten«, sagte sie, »müssen Sie sich stellen. Sonst stellen die Probleme Sie.«

Tat ich ja. Auf meine Weise.

Neben Stundenplan und dreistufigem Alarmsystem entwickelte ich einen 17-Punkte-Katalog an Maßnahmen zur Selbstverteidigung, aufgeteilt in Reflexionsstufe I und II. Für Punkt 1 mußte erst mal ein Schimpfwort her. Es sollte eine gewisse bannende Macht entfalten. Es durfte nicht zu derb sein, um den Gegner nicht größer zu machen, als er war; aber auch nicht so schwach wie ein Kosewort. Eine magische Formel sollte es sein.

Eines Tages hatte ich sie: Linksknöpfer.

Ja, *Linksknöpfer* war ein gutes Schimpfwort, ein sehr gutes Schimpfwort war das. Weiber knöpfen links, und unbeschreiblich war meine Erleichterung, nur anhand eines harmlos-hübschen Fluchs jene feindlichen Intelligenzen auf einen Tic herunterkürzen zu können; jene täuschend warmblütigen, duftenden Circen auf einen Unterschied festnageln zu können, der so was von Jacke wie Hose war – kurzum, jene langwimprigen, rundhüftigen Halunken mit Herzen aus Hartgummi restlos dingfest gemacht zu haben. (Mein Bild von Anita war, versteht sich, über all das erhaben.)

Sigmund Freud: »Was will eine Frau eigentlich?«

Bodo Morten: »Mir egal!«

Und natürlich durfte es, übrigens, nicht Linksknöpfer*in* heißen. Das hätte viel zu zärtlich geklungen. Eine alleinreisende, höchst attraktive Postfeministin hatte sich einmal über die maskuline Endung bei mir beschwert. Ihr heldischer Versuch zur Selbstironie rührte mich, so daß ich ihr die Dialektik daran auseinanderpfriemelte: Es solle doch ein *Schimpf*wort sein. Mir gingen schon immer Filme auf die Nerven, in denen das Opfer seinen Peiniger noch bis in den Tod siezte (»Wenn Sie mich mit Benzin übergießen und anzünden, können Sie mich am Arsch lecken!« o. ä.).

Weitgehend überzeugt zog sie – in ihrer Eigenschaft als Repräsentantin einer friedliebenden Menschengemeinschaft – ihres weiteren Lebenswegs. Alles Gute.

Nicht, daß ich mir als einsamer Partisan an der Front des Geschlechterkampfs vorgekommen wäre, nein... nur... nachdem ich diesen *terminus rusticus* bei der einen oder anderen Touristin mit Erfolg getestet hatte, fühlte ich mich einfach sicherer.

Beim ersten Mal rettete es mir gar das Leben, dieses Schimpfwörtchen, davon bin ich überzeugt. Hätte ich es nicht gehabt, ich wäre glatt ersoffen.

Eines Tages, in der ersten Saison meiner Zeit am Ionischen Meer – so früh, daß Manu und Kolki noch nicht angereist waren –, war ich schnorcheln gegangen. Der Winter war lang und gottlos gewesen, und ganz allmählich freundete ich mich mit meiner *sommerlichen* Abgeschiedenheit an. Anfangs, wenn ich mit geschlossenen Augen unten in meiner Bucht lag, hatte ich noch Angst gehabt, daß sich mir etwas nähern könnte, was, war mir selbst nicht klar – *irgend*was. Ich hatte durchaus zurechnungsfähigere Leute als mich kennengelernt, die der dramatischen Einsamkeit der griechischen Natur erlegen waren. Einmal hatte jemand erzählt, er habe, im Berg, aus den Augenwinkeln einen riesigen Echsenschwanz peitschen gesehen, ja gehört und den Luftzug *gespürt*, und daraufhin minutenlang unter Atemnot gelitten; ein anderer, als er die Stille auf einem anderen Berg plötzlich nicht mehr ausgehalten hatte und, wie von tausend Teufeln gejagt, heruntergehetzt war, hatte sich das Fußgelenk gebrochen. Spyros erzählte noch tagelang von dem Erlebnis mit dem Adler, dessen Schwingenwind ihm fast die Sonnenbrille von der Nase geweht hatte, als er im Souli, wo er auf der Kawasaki an einem Abhang pausierte, einen Meter neben ihm hochgestiegen war.

Doch wenn ich mich, aus einem Dösen am Strand plötzlich hochschreckend, nach rechts drehte, war es doch wieder nur ein Stein. Oder eine vertrocknete Alge, die der Wind gegen einen Ast drückte – keine Schlange, keine Echse, kein *irgend*was anderes. Auch der Schrei kam nicht von einem abgetriebenen Surfer, sondern von einer Möwe.

Jeden Morgen wieder warteten Tausende Morgen von Meer auf mich, wenn ich meinem Tagesgeschäft nachging. Ich sammelte Steine, Steine wie Eier von exotischen Vögeln; Kiesel, die wirkten wie Opale, wie Speckstein. Handschmeichler. Graugrüne Sandsteine, durchzogen von Adern aus Kalkspat; grobkörnige rote Sandsteine und feinkörnige helle. Von Eisenoxyd verfärbte Quarze. Feuer- und Siltsteine. Granite mit gräulichweißem Quarz, dunkelglänzendem Glimmer und rosa Feldspat. Rhombenporphyre aus erstarrter Lava. Basalt. Diorit. Gneis. Ich *scheffelte* Steine. Wie als Kind war ich steinreich. Ameisen und Fliegen begleiteten mich, aber auch schwarze oder anthrazitfarbene Schmetterlinge mit bunten chinesischen Tuschezeichnungen an den Flügelspitzen.

Abendelang lag ich am Strand und schaute zu, wie die Wolken sich veränderten, saß da, ohne zu rauchen, ohne zu trinken, ich brauchte nichts. Ich war frei. Eines Tages, das weiß ich noch ganz genau, fand ich, ich röche nach Meer.

Klopfte ich flach auf den Sand, gab's eine Art Echo. Ja, es klang, als sei es hohl da unten. Das Wasser schnellte die Schräge des Strandes herauf, derart elegant flach, daß es kaum schäumte. Unter Wasser hörte ich, wie der Schwell die Kiesel aneinanderklirren ließ wie Murmeln. Wenn ich da lag, halb im Wasser, halb an Land, Salzgeschmack im Mund, und zusah, wie die Bäume mich bewachten, die

Kiefern und Pinien an den Steilhängen, unter den Kronen ein ganz bißchen Wind, der wirkte, als käme er nirgendwoher – nur für mich persönlich entfacht –, dann fühlte ich mich immer besser geschützt in den Krebszangen meiner kleinen Bucht. Warum träumte ich dennoch immer wieder von einer angespülten Flaschenpost?

Manchmal sprach und sah ich eine Woche lang keinen einzigen Menschen, nur karstigen Fels und weichen Sand, Bäume, Wasser, und eines Tages ging ich schnorcheln. Ich war, noch innerhalb der schattigen Konkave der Südwestzange, getaucht, zweieinhalb, drei Meter tief, hinab in die glasige Urstille mit ihrer lässigen Schwerkraft, ihren schwebenden, schwänzelnden Lebewesen, dann um die gefluteten Schluchten und Gebirge der Zangenspitze herum ins Hellere, Sonnendurchflutete geschwebt, bis meine Atemluft ziemlich ausgeschöpft war, und als ich, um unverzüglich aufzutauchen, mit den Schwimmflossen wedelte, stockte ich in meinem Aufwärtsdrang plötzlich. Da oben spürte ich etwas. *Irgend*was, einen Schatten. Während ich für eine Sekunde bremste, bog ich den Hals weit nach rückwärts, der Druck auf Lungen und Ohren nahm zu, und erblickte am ovalen Wasserhimmel über mir, innerhalb jenes wabernden Azurmosaiks scharf konturiert, ein unwirkliches Wesen, kopflos, doch mit großen honigbraunen Halbkugeln, glatt, vollendet gerundet und ausbalanciert, mit je einer Brombeere gespickt.

Noch enormer geschockt war zweifellos sie, als plötzlich, keine volle Elle neben ihrem Ellbogen, aus den Tiefen des Meeres bis zu den Hüften herausgeschossen ein maskierter, haariger Froschmann kam, Schnorchel steil aufgerichtet wie ein Marsmensch, Kiemen und Rachenhöhle klaffend vor geradezu greinender Inhalation. Panisch kreischte sie auf und kraulte nach der Yacht zurück, die ein paar Seemeter jenseits der Buchtzange ankerte. Ich rettete mich an meinen Strand, und dort blieb ich liegen, drastisch unterzuckert, und wisperte immer wieder beschwörend vor mich hin. »Linksknöpfer«... Linksknöpfer...

Auch wenn ich die nächsten drei, vier Nächte von Nymphen und Nixen wie aus dem Vorspann eines James-Bond-Films träumte – und glänzenden, glitschigen Tittenfischen –; auch wenn ich, sinkt beim Fasten doch der Testosteronspiegel um entscheidende Kilometer, vorsichtshalber eine Woche bei Wasser und Brot einschob; auch wenn die Bannkraft meines Schimpfworts offenbar natürliche Grenzen hatte, kurvige Grenzen, die man erst gewahrte, wenn sie sich bereits dem Auge anschmiegten... es half, das Schimpfwort. Es half durchaus.

Bei der Feuertaufe aber brauchte es schon härteres Kaliber: Trick 17.

Als ich – ein paar Wochen später, im August – jene Römerin erblickte und die Schmähformel »Linksknöpfer« vor mich hin raunte, stellte sich keineswegs die beabsichtigte Vision ein: die eines Ganz Anderen Menschschlags, Mit Dem Nicht Gut Kirschen Essen Ist. Nein: Als ich jene Römerin zum ersten Mal in Kouphala sah, stellte sich die Vision ein, Wie Sie Sich Die Bluse Aufknöpft. Mit links.

Als ich sie das zweite Mal sah, konnte ich keinen Bogen mehr um sie schlagen (= Trick 08/15) wie beim ersten Mal. Sie hatte sich in dem Moment an den Fluß gesetzt, als ich über die Backbordreling von Spyros' Kutter an Land kletterte. Steuerbord hatte ich mein Boot vertäut.

»Have you been fishing?« Sie wippte mit dem mahagonifarbenen Fuß und spreizte die schlanken Zehen. Ihr Fußkettchen klirrte fein, und ihr Nagellack blinkte Alarm.

»No«, sagte ich, angewurzelt wie von ungefähr. »I've just come from home. Hello.«

»Hello!« Jedem *Bischof* hexte die den Bockshuf an, durch die bloße Kraft ihres Lächelns. »From ›home‹?« Sie deutete auf die Schilfhecke, die grün in der lauschigen

Dämmerung am jenseitigen Ufer stand. Von dort hatte sie mich übersetzen sehn. »Wherr'e is that'e?! You'rre not a faun, arre you?«

Auf dem Röhricht drehte sich jenes breite halbe Rad mit seinen Speichen aus grünlich-goldenem Licht.

You're not a faun... Oh no, zum Wiesen, Wälder und Berge durchstreifenden Triebgott Pan taugte ich nicht länger. Die Floristin, meine Ehebrecherin, mein Verhängnis und Buhlteufel, die Regisseurin meines Doppellebens – sie hatte mich in den Wahnsinn getrieben, und diese Römerin da... *Fuck*, sie hätte ihre Schwester sein können. »Certainly not«, sagte ich. »I'm no faun, I swear.« Und da merkte ich, daß mir unversehens ein Er-Gesicht gewachsen war.

Waren mir früher Frauen in ihrer Eigenschaft als Geschlecht begegnet, wuchs mir – wie dem Werwolf Fell, Klauen, Reißzähne – seit jeher diese Miene: Sie gaukelte Aufrichtigkeit vor, doch im Blick lag milder Spott. Ich nannte diese Miene mein Er-Gesicht. Ich hatte es einmal auf dem Videofilm von einer Hochzeitsfeier gesehen, wo ich eine alte Schulfreundin der Braut mit Süßholzspänen mästete. Es war das Gesicht, das früher oder später mein Super-Ich auf den Plan rief. Dieses Gesicht besagte: »Weib. Du kennst mich nicht. Falls du es mit mir aufnehmen wollen solltest... nicht, daß ich wüßte, warum (*ich* kenne mich ja) ... Aber *falls* du es mit mir aufnehmen wollen *solltest*, gebe ich dir einen guten Rat von Mensch zu Mensch: Tu's nicht.« Und hatte das Weib Format, schlug es diesen Ratschlag in den Wind. Wie sonst sollte es ergründen, wozu es fähig war?

»But, frankly speaking, you look like one«, sagte die Römerin. Sie *hatte* Format. Und *was* für eins. »You look like... Well, you'rre a little bit tall, but anyway, you know, you look like a faun!« Und da schaute ich ihr tief in die Augen, die schwarze Funken sprühten, und mit dem letzten Rest Geistesgegenwart wandte ich Trick 17 an.

Und der ging so: Man übersetzt die Situation im stillen simultan – und zwar in Kitsch. Das heißt: Was gegenwärtig geschieht, überträgt man in die Vergangenheitsform und sich selbst in die dritte Person. Man schaut also der Römerin tief in die Augen und spricht im stillen zu sich selbst: *Er schaute ihr tief in die Augen.*

Und da mußte ich im stillen lachen. »No, no; sorry, but you're totally wrong. I'm an ordinary mortal. Extremely mortal. So you better talk to this guy here – it's better for both of us. For *all* of us.«

»Well, *you*«, sagte die verfluchte Römerin, indem sie, unmerklich schnippisch, sich ab- und Spyros dem Jüngeren zuwandte, »you of courrse arre morre an Apollo-lookalike!« Und später ließ Spyros sie *ihre* Lücken büßen; ich aber verzog mich zu Kosta del sol auf die Laubenterrasse, schüttete mich, ständig im stillen lachend, mit Soda voll, bis ich die Hymne der Blaukreuzler auf lateinisch rückwärts rülpsen konnte, und ging laut lachend zu Fuß nach Haus. Weil ich nicht über den Fluß wollte, um dem Linksknöpfer nicht wiederzubegegnen, machte ich den Umweg von fünfzehn Kilometern – die sich, da nachts, aufführten wie dreißig. Ich sah sie nie wieder. Noch auf meiner Terrasse lachte ich, bis mir die Tränen kamen. Noch Tage später lachte ich, bis mir die Tränen kamen. Noch Jahre später.

Ich weiß: kindisch. Aber schließlich war ich verrückt, das hatte ich schriftlich; und ist kindisch nicht auch einer, der im Hobbykeller Gartenzwerge lackiert? Und die Winter in Kouphala, sie waren lang und einsam, und so bastelte ich an meinen Tricks. *Oríste,* meinetwegen war Trick 17 kindisch. Doch er war wirkungsvoll, stimmt's, Spyro?

Málista, er funktionierte mit mörderischer Zuverlässigkeit. Was immer es ins Lächerliche zu ziehen galt, Trick 17 tat es. In der nächsten Saison eine hinreifend lifpelnde Flowenin mit silberner Irif, in der darauffolgenden eine Philologiestudentin aus Thessaloniki mit verlockendem Elektra-Komplex.

Ja, Doäß und Liebeswahn, das beides galt es unbedingt zu vermeiden. »Morbus fonticuli«, großer Gott... War Das Weib mein ursächliches Problem, dann meine sog. Fontanellenkrankheit dessen schlimmstes Symptom, nur daß es sich zum wahren Befund verhielt wie derjenige Karl Kraus', die Psychoanalyse sei die Krankheit, von der zu heilen sie vorgebe. Auch wenn sich im Bad Sudener Klinikum kein weiterer Irrer fand, der sich je einer derartigen Mühe mit einer selbstgebastelten Diagnose unterzogen hätte – irre war auch ich nun mal. Ein fleißiger vielleicht, sicher aber ein Irrer. Ein Rückfall war die höchste Gefahr, die es zu bannen galt, und obwohl ja selbst bei einem Kaliber von Weib wie der Römerin Reflexionsstufe I (= u. a. Trick 17) dafür ausgereicht, hatte ich beschlossen, aus diesem Anlaß eine Katastrophenschutzübung durchzuführen: Ich hatte die Villa Arkadia für zwei Wochen evakuiert und war nach Korfu geflüchtet, nach Paleokastritsa, einem hübschen kleinen Ort, in dem ich eine hübsche kleine Taverne fand, die ein fabelhaftes Moussaka zu servieren verstand. Und ein *loukániko**, nach dem ich mir alle zehn Finger lutschte. Ja, ich flüchtete auf die Insel der Phäaken wie Porzellanpüppchen Sissi in ihr Achilleion – na und? Wenn mir mein neues Leben lieb war...

Und das war es; *nai, málista,* das war es – stimmt's, Spyro?

Das Tragische an der ganzen Geschichte ist, daß ich nach dieser Nacht, in der ich tief in meine Kindheit versunken war, ja getaucht war nach dem Atlantis meiner Kindheit;

---

* Wurst

in der ich mich noch einmal der Strandung nach meinem Schiffbruch erinnerte und meiner Rettung durch die Bad Sudener Arche – daß ich nach dieser Nacht instinktiv gar bereits einen Koffer packte, mit Klamotten für vierzehn Tage und ein paar Büchern. (Hätte ich nur meine EC-Karte dazugelegt! Verwahrt war sie in der Schublade meines Schreibtischs; ich trug stets ein paar tausend Drachmen lose in der Gesäßtasche meiner Cargohose, und ging das Bare mal aus, konnte ich – außer bei Kütje – überall anschreiben lassen.) Ja, mein Instinkt funktionierte gut genug, um für alle Fälle einen Fluchtkoffer vorzubereiten – und sogar schon im Kofferraum des Pegasos zu verstauen!

Doch es waren nur noch vier Tage bis zum Dalaras-Konzert in Preveza, und das mochte ich nur im Katastrophenfall versäumen. Und ich sah ja noch nicht einmal Anlaß, Großalarm auszulösen…

O ich Esel! Was war denn meine Rolle als nur allzuweit schon fortgeschrittener, befangener und betriebsblinder Monikaintimus und -buhmann, -berater und -therapeut anderes als die lebendigste und engstirnigste, grellste und kläglichste Übersteigerung des – Super-Ichs?!

XXI

Vielleicht war es auch ebenjener Instinkt, der mich das Frühstück M9 ausfallen zu lassen veranlaßte. Versagen tat er jedenfalls, als ich die drei Bakchen am späten N9 am Strand aufsuchte – wo dann das x-te Dominosteinchen fiel…

Die Sonne verfeuerte ein paar Wölkchen. Der Meltemi, ein Schönwetterwind aus nördlicher Richtung, wehte, so daß wir im Windschatten des Lindwurms lagen. Am anderen Ende des Strandes flimmerte es wie das Rinnsal einer heißen Kristallquelle. Ja, es war die heißeste Stunde, als Karin und Manu mit Sven zu Spyros gingen, um einen Salat zu essen. Monika und ich hatten, ein jedes für sich, auf dem Bauch gelegen und gelesen. Dann war sie schwimmen gegangen – lange –; hatte sich, vom Schwimmen zurück, abfrottiert, Stranddecke und Badetuch ausgeschüttelt und frisch zurechtgenestelt, geschickt den Badeanzug gewechselt, den Sonnenschirm neu ausgerichtet, so daß nur noch ihre unempfindlichen Fersen außerhalb des Schattenkreises lagen, und eine frische Lage Sonnenkreme aufgetragen.

»Soll ich«, hörte ich da plötzlich jemanden tönen, »dir den Rücken einkremen?«

Ich hatte mich einfach, wie von ungefähr, ausgeschlossen gefühlt. Übergangen, mißachtet, ausgenutzt. War es nicht eine Unverschämtheit, daß sie seit der Flußfahrt, seit ihrer dionysischen Nacht nach A7 buchstäblich nichts mehr von mir wissen wollte? Zum Beispiel, ob *ich* es überhaupt richtig fand, wie sie sich verhalten hatte?

Da, an jenem Nachmittag N9 am Strand, da hörte ich zum ersten Mal seit mehr als fünf Jahren wieder jene Stimme. *Das darfst du dir nicht gefallen lassen,* wisperte sie. *Los! Sag ihr...*

Was! *Was?!*

... daß sie schöne Augen hat!

Anfangs noch ließ ich sie die Kraft in meinen Händen spüren, verquickte masseurhafte Sachlich- mit burschikoser Herzhaftigkeit; zog die Grenzen zur Zärtlichkeit mit eigener Hand. Nach und nach aber merke ich, daß ich schon längst nicht mehr nur in der Requisite des alten Geschlechtertheaters krame, sondern daß es mir längst gewachsen ist, jenes geradezu monströse Er-Gesicht.

Mir selbst wäre es vielleicht gar nicht *so* rasch aufgefallen; sie aber spürt es in meinen Fingern. Ihr Leib spannt sich ein wenig an, und schließlich, weil ich kein Ende finde, sagt sie: »Danke, Buhmann.« Und als sie merkt, daß es klingt wie *Danke, James,* setzt sie hinzu: »Danke schön«, ergänzt um einen Seufzer der Wohligkeit – verlogen, denn sie verbrämt damit ihre leichte Verstimmung, daß ich ihr mit meinem Gefinger eine geruhsame Lektürestunde vermiest habe, die sie so fleißig vorbereitet hat.

Während ich inwendig plappere wie ein Geisteskranker (»Hör auf mit dem Quatsch, Mensch; leg dich lang und komm mal wieder runter, du Idiot« etc., etc., etc., etc., etc.), erwidert Buhmann vorerst nichts; hört einfach, ohne rundenden, abstreifenden Abschluß, schweigend auf; sie hält es aus, das Schweigen, zündet sich eine Zigarette an und greift nach *Frau Rettich, die Czerni und ich,* das ich ihr empfohlen und geborgt, schlägt es auf und beginnt doch tatsächlich zu lesen; und noch während ich Buhmann die schlimmsten Folgen ausmale und drohe (»Wenn du so weitermachst, muß ich Katastrophenalarm auslösen!«), legt er sich auf die Seite, den Kopf aufgestützt – so, daß seine Stimme auch gegen das Schnauben des Meeres bei geringstmöglichem Kraftaufwand (wichtig für den zu erzielenden Eindruck der gelassenen Eindringlichkeit) ihre Schallbahn ins Ohr von Monika Freymuth finden würde –, und sagt: »Sag mal, warum gehst du eigentlich nicht einfach mal fremd. Ich glaube, das würde dir guttun.«

Großer Gott. Ich stöhne inwendig. Halt die Klappe, sage ich; halt *du* doch die Klappe, feixt mein Spinner-Ich, feixt Buhmann der Allmächtige. Gegen sein Er-Gesicht war das von Julio Iglesias ein Kasperkopf.

Sie reagiert erst nach einer Spanne, einer beinah unmerklichen, aber eben nur *beinah* unmerklichen, vielleicht für landwirtschaftliche Ingenieure unmerklichen Pause, nicht aber für empfindsame Buhmänner. Einer Pause, in der das Gummiband zwischen Monikas Groll und Monikas

Kummer reißt, das sich gespannt hat, bevor dann eintrat, was sie befürchtet hat. Und nach diesem Riß gibt sie einen winzigen Laut von sich, in den nichtsdestoweniger eine Menge an Aussage hineinpaßt: Ich will nicht undankbar erscheinen, und deshalb tue ich menschlicherweise so, als ob mich diese deine Frechheit nicht bis ins Mark gerade jetzt stört, wo ich lesen will; sondern als erkennte ich durchaus – und auch an –, daß es sich bei dieser Frage um den bisherigen Höhepunkt deines freien, uneigennützigen Schaffens als mein Berater und Lotse, ja Laotse handele und darüber hinaus tatsächlich empfindlich berühre. Nimm's mir nicht krumm, daß ich dennoch inständig hoffe, mich verhört zu haben oder aber wenigstens im weiteren verschont bleiben zu dürfen.

Ganz meiner Meinung, sage ich mir. Buhmann aber ist anderer und antwortet: »Du bist«, *betet er und spricht und sagt das Wort und benennt es heraus* und *sagt ihr dieses wahrhaftig, daß sie es gut weiß,* »eine schöne, sinnliche Frau. Allein deine Augen, allein deine Augen sind so –«

»Buhmann…«

»Du siehst zehn Jahre jünger aus, als du bist. Du hast mindestens acht Monate lang keinen Sex mehr gehabt. Wer weiß, was Hartmut grad in Parga treibt. Sieh dich um, wo du dich grad befindest – ein wunderschönes Land, ein wunderschöner Tag nach dem anderen, ein –«

»Den du mir partout verderben willst, was?«

So, sage ich meinem Du-Ich, sieht's doch aus. »Nein«, sagt Buhmann ernst, »das will ich *nicht.* Entschuldige bitte, aber es ist kaum mitanzusehen, wie sehr du dich, bei all der Aufmerksamkeit, die du hier erfährst… wie sehr du dich verzehrst nach ein bißchen Zärtlichkeit, nach all der langen Zeit.«

Entweder folgendes: Manu hat ihr *nicht* mehr erzählt, was es von der vorvorigen Nacht über sie, Monika, zu erzählen gab; aber sie ahnt, daß Manu es *mir* weitererzählt hat – was, kann sie zwar allein deshalb nicht wissen, weil sie selbst filmrißbedingt nur recht dunkle Vorstellungen davon hat, was es davon zu erzählen geben könnte; doch *daß* es etwas gab, das steht wohl außer Frage. Oder aber folgendes: Manu *hat* ihr alles erzählt, was es zu erzählen gab – auch dann muß sie befürchten, daß sie es mir weitererzählt hat. In beiden Fällen hat sie keine Chance, Buhmanns schmalzig formulierte These zu leugnen.

Noch heute bin ich trotz des ganzen Desasters froh, daß sie nicht lauthals lachte und mir an die eigene Nase faßte. Kam sie nicht drauf? War sie so unfaßlich dumm? Oder war es gar unfaßliche Großmut? Oder, wer weiß, vielmehr der Gipfel der Niederträchtigkeit, indem sie mich ins offene Messer ihrer Scharfsichtigkeit laufen ließ?

Sie zündet sich nämlich eine Zigarette an; der Wind weht ihr Glut ins Gesicht, gleich darauf riecht es nach verbranntem Wimpernhaar, und dann sagt sie: »Du willst mich zum Weinen bringen. Willst du mich zum Weinen bringen? Es gefällt dir, wenn Frauen weinen, was?«

Am unfaßlichsten aber war, daß ich drauf reinfiel, indem ich mit der freien Schulter zuckte und sagte: »Wenn's nicht grad Krokodilstränen sind…«

Wie auch immer, sie schreitet voran auf ihrem Ausweg: »Arschloch«, murmelt sie und tut, als läse sie.

Nicht zu fassen. Doch Buhmann spielt mit. *»Mein Kind, welch Wort entfloh dem Gehege deiner Zähne!«* Sie antwortet nicht. Weil sie sich schämt, redet sich Buhmann ein, tief in ihrem Ich sich versenkt wähnend. Ein solches Wort, phantasiert er, ist ihr zuletzt rausgerutscht, als sie in Hamburg einmal so dringend zur Toilette mußte und ihr ein alter Mann den Parkplatz vor der Nase wegschnappte oder was weiß ich. »Sag das noch mal. Laut.«

»Arschloch, hab ich gesagt.« Allmählich kommen sie, die grünäugige Monika, und er, der böse Buhmann, mit vereinten Kräften, heraus aus dem von ihm verursachten

Schlamassel. Er meint ein Leuchten auf ihrer Wange zu entdecken.

»Hä?« Er runzelt die Stirn und hält sich die freie Hand ans Ohr.

»Arschloch. Du.« Sie lacht. Ziemlich echt.

»Ich glaub, ich werde taub«, ruft Yogi Buhmann. »Ich versteh kein Wort.« Er blickt sich feixend um. Der Strand ist weit und breit, und die nächsten Sonnenanbeter liegen in fünfzig Metern Entfernung. Im Wasser planschen ein paar Kinder, ein Schwimmer zieht seine Bahn, und es herrscht wie immer tagsüber auflandiger Wind.

»Arschloch!« ruft sie, für ihre Verhältnisse mutig – und laut. Für ihre Verhältnisse. »Blödes Arschloch, du!«

»Lauter!« schreit Buhmann sie an wie ein Wochenend-Workshop-Therapeut, der sich sein Diplom aus dem Internet heruntergeladen hat, und ich glaube, es gelang ihm tatsächlich, wütend zu werden oder wenigstens glaubhaft vorzuspiegeln, daß er wütend wurde – oder glaubhaft vorzuspiegeln, daß er glaubhafte Wut vorspiegelte.

»Arschloch, hab ich gesagt. Es reicht, ja?« Ihre Stimme überschlägt sich beim letzten Wort, aber richtig laut wird sie nicht. Ein leises Gellen. Buhmanns Stimme ist zehnmal so voluminös wie ihre. »Aaaaaaah!« versucht sie zu schreien, und einen Augenblick lang bin ich mir nicht mehr recht sicher, ob Buhmann sich noch sicher ist, daß *sie* sich des von ihm befürchteten farcehaften Charakters sicher ist (oder eben im Gegenteil, Herrgottnochmal; da steigt doch kein Mensch mehr durch!), doch dann sagt sie, in ihre Rolle als demütige Elevin zurückschlüpfend, mit jenem Ψ zwischen den Brauen: »Es geht wirklich nicht lauter.«

»Singen *kannst* du lauter«, sagt Buhmann.

Als Karin, Manu und Sven zurückkamen, stoppten wir den unseligen, unwürdigen Unsinn. Doch Buhmann gab nicht nach. Kurz vor der Rosigen Stunde brachen wir alle auf, und sie duldete, daß ich sie gegen die Gewohnheit zu ihrem Appartement brachte; sogar, daß ich ein Weilchen den Arm um ihre Schultern legte. Buhmann und ich traten sich gegenseitig auf die Füße, so daß er ihr sogar die Gretchenfrage stellte: »Glaubst du eigentlich an Gott?« Vor lauter Eifer, zu vertuschen, daß ich selbst nicht wußte, wie zum Teufel er nun ausgerechnet darauf auch noch kam (ich mußte ihn unbedingt irgendwie zum Schweigen bringen, aber wie?), wählte ich einen Ton, den beinharte Rationalisten für die Frage an Klein Erna reservieren, ob sie vielleicht noch an den Weihnachtsmann glaube.

»Ich bete manchmal«, sagte sie. »In den vergangenen acht Monaten hab' ich viel gebetet.«

»Echt? Du betest?« hetzte ich, jenseits von Gut und Böse und vor allem von so mittel. »Was denn. Lieber Gott, mach mich fromm, daß ich in den Himmel komm?«

»Na, so nun grad nicht.« Sie hatte keine Lust mehr; wir standen bereits vorm schmiedeeisernen Tor von Ingos Villa.

»Ich versteh' schon«, sagte Buhmann, nun vollkommen irrsinnig. »Lieber Gott, mach mich geil, solang' ich auf der Erde weil'...«

Und wenn ich heute daran denke, mit welcher zutiefst beschämenden Selbstlosigkeit, zu der wohl nur erfahrene Mütter fähig sind, sie mir als Anerkennung meines köstlichen Humors zum Abschied auf die Schulter boxte, dann kann ich jene Regung noch heute aufs schmerzlichst deutlichste nachempfinden, eine Regung, die mich plötzlich packte wie der helle, ja grellste Wahn, packte, als ich mit weichen Knien, Kopfweh und tiefschwarzen Depressionen zu meinem Wagen wankte: *Doäß*. Dringender, lebensgefährlicher *Doäß*.

Und es sollte noch schlimmer kommen – am Abend. Und doch war auch jener A9 nur die süße Vorhölle dessen, was mich in den nächsten Tagen erwartete.

Ich ertappte mich erst dabei überzusetzen, als ich schon drüben war.

Immerhin später als sonst. Es dämmerte bereits, und um so bösartiger traf mich die Unruhe, daß Monika noch nicht da war. Es dauerte eine weitere halbe Stunde, bis auch sie kam. Wie des öfteren kam sie mit dem Wagen, doch diesmal, wahrscheinlich waren die Plätze an der seitlichen Mauer alle besetzt, fuhr sie mit dem silbernen Mercedes *vor,* parkte an der Eiche, und als sie ausstieg...

Ja, ich weiß nicht, ob ich vorübergehend taub wurde oder ob wirklich die Gespräche verstummten, als sie aus dem Auto stieg – allzu lang kann dieser Moment jener tiefen, beinah religiösen Scheu ohnehin nicht gedauert haben, denn ich entsinne mich genau, daß sie noch auf dem Weg vom Auto zum Tisch war, als Kosta brava schon den Pfiff eines Matrosen in einem Puff von Piräus karikierte, Manu »Waaahnsinn!« und Karin erst »Wow!« rief und dann in eines ihrer dreckigsten aller Gelächter ausbrach, zu denen sie fähig war.

Sie trug schwarze Pumps und eine passende Handtasche (keine Kette, keinen Armreif oder Ohrring) zu einem Kleid, das ihre Sanduhrfigur weder hochspielte noch bestritt, sondern in ihrer naturgemäßen Gegebenheit feststellte. »Phantastischer Schnitt!« würde jede bessere Schneiderschwuchtel kreischen. Dieses Kleid, es besagte nicht mehr, aber weißgott auch nicht weniger als: *Achtung! Weib!* Keinerlei Schnickschnack schwächte die Wucht dieser Warnung. Es hatte einen runden Halsausschnitt und breite Träger, und der Saum endete knapp überm Knie. Die Textur des Stoffes brachte seine Farbe zum Strahlen. Wie einander überlappende Blütenblätter Hunderter von Sonnenblumen stach es von ihrer glatten, gebräunten Haut ab, und es schien, als leuchtete sie ihren Weg zu uns damit aus. Es schmälerte die Wirkung nicht, daß sie wegen des schwierigen Terrains zweimal kurz ins Straucheln geriet.

Ich weiß nicht, ob es Rouge war oder ob sie wieder einmal errötete, als sie sich setzte und sagte: »Was habt ihr denn. Ich mußte erst mal waschen, ich hatte nichts anderes mehr zum Anziehn.« Karin lachte nur dreckig. Noch heute überläuft es mich kalt, denke ich an dieses neuerliche Beispiel linksgeknöpfter, tiefenpsychologischer Einfühlungsgabe: Dieses Gelächter, mag sein, daß es den Macht- und Mutwillen, den Karin ihrer Geschlechtsgenossin damit unterstellte, übersteigerte; aber *nai, málista,* es traf, wie sich am nächsten Tag, dem Schwarzen Freitag, herausstellen sollte, den Nagel auf den Kopf. Nichtsdestotrotz hätte ich meine alte Freundin in dem Moment am liebsten angeherrscht wie ein Priester einen Störenfried im heiligsten Moment der Messe.

Manu saß mit offenem Mund da und sagte: »Tolles Kleid, ehrlich.« Doch Monika, sie ließ sich ohnehin nicht aus ihrer unheimlichen Ruhe bringen; ihre blanke Erscheinungsgewalt mähte fuffzig Fuß im Umkreis alles nieder, was an widersagendem Gestrüpp auch nur einen Ziehfaden hätte reißen können. Sie hatte mir gegenüber Platz genommen, und ich sah, daß sie in der Tat Make-up trug; ihre einst hellen Wimpern waren mascaragefärbt, und ihr Lidstrich harmonierte derart mit der Farbe ihrer Iris... großer Gott, war ich froh, meine Visage nicht sehen zu müssen.

An die Zeit zwischen diesem ihrem Auftritt und dem Nachmittag jenes Schwarzen Freitags – zwischen A9 und N10 also – habe ich nur sehr lückenhafte Erinnerungen.

Ich weiß noch, Monika brach den Bann, unter dem wir – mit Ausnahme Karins – standen, indem sie ganz rustikal eine Runde Ouzo orderte. Ich weiß noch, daß ich Svens Geschwätz über philippinische Wunderheiler vollkommen willfährig über mich ergehen ließ; daß ich mein *snitchel* (Schuhgröße 45) kaum runtergewürgt kriegte und früher ans andere Ufer des Acherons übersetzte als sonst, und zwar, als Monika gerade auf der Toilette war. Wie hätte ich sie, sie in dem Kleid!, umarmen sollen?

Und ich weiß noch, daß ich in der Winterhöhle vor mich hin schimmelte und versuchte, dort einzuschlafen, weil ich mir beim Abseilen an den Strand den Hals gebrochen hätte, doch wiewohl vollkommen gerädert von der kurzen vergangenen Nacht und dem anstrengenden Tag – es ging nicht. Beide Füße lang sagte ich mir mein *Schlaflied für Männer* auf – es ging nicht. Ich schob zwei Videos ein – welche, weiß ich nicht mehr –: Es ging nicht. Es ging nicht. Das Domino-Debakel nahm einfach seinen Lauf.

Als ich erwachte, hatte ich das Gefühl, bestenfalls gedöst zu haben. Und doch, da waren die Reste einer Traumszene, in die ich mich im Dunkel meiner gesenkten Lider zurückversenkte – Spyros der Ältere, wie er auf dem dämmrigen Weg vor der weinüberdachten Terrasse steht und mit bescheidener Genugtuung in den Tavernengarten weist, dessen düstergrüner Nachtschatten, den die Baumkronen werfen, von der bunten Funzelkette nur wenig eingefärbt wird. Doch auf jedem der Tische leuchtet, vom flachen Podest eines umgedrehten Aschenbechers, mit mystischer Brillanz ein Gläschen ohne Fuß, geformt wie ein sauber geköpftes Ei. Jedes enthält Ouzo, anscheinend eiskalt, denn als wären nun Anissplitterchen darin, brechen sie das Licht wie Kristall.

Ich, der ich komischerweise nicht an meinem Stammplatz sitze, sondern an der Hauswand, frage Spyros den Älteren, seit wann die Griechen ihren Ouzo denn eiskalt und ohne Wasser becherten, als Schnaps, so wie man ihn in den griechischen Restaurants in Deutschland serviert. Da ich das auf deutsch sage, versteht Spyros der Ältere mich glücklicherweise nicht, sondern lächelt nur, durchdrungen von diesem liebenswerten Stolz auf sein Werk.

Doch unterhalb meiner Erleichterung, an einem Fettnäpfchen vorbeilaviert zu sein, bleibt mein mulmiges Gefühl. Anstatt eine so unerhebliche Frage zu stellen, hätte ich mich natürlich beeilen sollen, Spyros dem Älteren Lob zu zollen, auch wenn ich mir der darin enthaltenen Heuchelei bewußt bin – wo doch die ganze Pracht jeden Moment von den Aschenbechern zu rollen droht. Freilich wäre es eine Entgleisung, darauf hinzuweisen. Ich bin schon zu lange Gast in diesem Land, als daß Unkenntnis der Sitten noch verzeihlich wäre. Hier zieht man derlei verletzliche Ästhetik nicht in Zweifel – schon gar nicht, wenn man von ihrer Verheißungskraft selbst fasziniert ist. Besteht ihre Schönheit nicht gerade darin, daß sie jeden Moment verfallen kann?

Und dann sagt Spyros der Ältere etwas, das ich zunächst nicht verstehe – geträumtes Ich nicht und Träumer-Ich natürlich auch nicht –, letzteres aber, offenbar schon auf dem Weg in die Wachheit, gibt ersterem noch einen Impuls, und dieses fragt: »*Ti?**«, und da, schon halbwegs in Auflösung begriffen, sagt Spyros der Ältere etwas vom Vorherigen verschiedenes, weil kürzer und deutlicher, nämlich: »*Gia séna kai tin prinkípissa sou…*«**

Es war bereits Mittag. Ich floh aus der Winterhöhle auf die Terrasse, und als wartete der Fluchtkoffer im Auto keineswegs auf mich, setzte ich mich hin und dichtete. Ich dichtete! Ein Dominosteinchen nach dem anderen fiel – ja, es war der reinste *Domino Day!* –, und ich dichtete!

---

* wie?

** Für dich und deine Prinzessin

O dunkles Zimmer, dunkles Zimmer...
Was soll dies blinde Zagen?
Was willst du mir bloß sagen?
Was soll dies tumb' Gewimmer,
dunkles Zimmer, dunkles Zimmer?
Wer will mir an den Kragen?

Ach finst're Nacht, ach finst're Nacht...
W'rum läßt du mich nicht schlafen?
Wen drängt's, mich zu entlarven,
daß mir die Schwarte kracht?
Sprich, finst're Nacht, o finst're Macht!
Wer spielt da auf Luzifers Harfen?

Es ist Das Weib, Das Weib ist es!
Das Weib will dich zernichten!
Erst scheint es schön zu schlichten,
bringt scheinbar Trost – doch dann: Tristesse!
Nur wen der Deubel küßt, küßt es!
Da hilft bloß eines: flüchten!

Eben!

Und als ich diesmal in den Wagen stieg und durch den Zauberwald fuhr, da war ich überzeugt davon, daß ich die Kurve diesmal kriegen würde. Vor meinem geistigen Auge spritzte bereits ein Moussaka-Massaker lukullischsten Ausmaßes auf der Terrasse der kleinen Taverne in Paleokastritsa. Laut spielte ich Dalaras, und am Horizont blinkten die Silberstreifen nur so, *allá óchi**, ich habe keine Ahnung, wer da an meinem Lenkrad drehte, als der Abzweig nach Kouphala kam. *Ich* kann es nicht gewesen sein. So dumm *kann* ich nicht gewesen sein – verfallende Dalaras-Karte hin oder her. Auf gar keinen Fall kann ich persön-

* aber nein

lich so schizophren gewesen sein, anstatt nach jenem armdicken, saftigen *loukániko* direkt vor meiner Nase zu greifen, an den Strand von Kouphala zu fahren, nur um mir aus Monika Freymuths eigenem verfluchten, vor brutaler Schönheit nur so lodernden Mund anzuhören, was ich längst befürchtete!

Und wie zum Hohn trug sie an jenem Nachmittag statt der üblichen dunkelblauen Werksbadekluft einen gelben Bikini mit rotem Blumenmuster – schon als ich das sah, hätte ich sofort abhauen sollen. Und nicht nur sie, alle drei waren N10 besonders hinreißend, die *flechtenschönen Mägde...*

Bevor Sven eintrudelte und sie zu Hochform aufliefen, berichten sie mir jedoch zunächst vom traurigen Stephan. Manu fragt: »Ach übrigens, schon gehört?«, und Monika: »Ach ja, schon gehört?«, und Karin sagt: »Stephan ist 'n Hochstapler.«

»Was?«

»Vorhin, beim Frühstück«, erzählt Manu, seien Polizisten – »und zwar nicht aus Kanalaki«, wie Karin hinzufügte, »sondern aus Preveza!« – bei Spyros dem Jüngeren aufgekreuzt und hätten nach Stephan gefragt. Spyros der Jüngere habe bestätigt, der sei Logiergast hier, habe sich allerdings in aller Herrgottsfrühe auf einen Ausflug begeben. Werde wohl gegen Abend zurücksein.

Das, so hätten die Beamten erwidert, bezweifelten sie. Das Auto sei gestohlen, und der Fahrer werde wegen mehrfachen Betrugs, Diebstahls und Hochstapelei in ganz Europa von Interpol gesucht. Und als Spyros ihnen sein Zimmer zeigte, fiel ihm auf, daß es geräumt war. »Und die; und die sechs Übernachtungen«, sagt Manu, »hatte er natürlich noch nicht bezahlt. Und hat natürlich noch 'n Riesenzettel bei Spyros. Fünfmal Frühstück, fünfmal Abendessen, den; den; den einen oder anderen Salat zwischendurch, die beiden Lokalrunden, die er neulich ausgegeben hat, nach'm Fußballspiel...«

»Nicht zu fassen.« Der ruhige und besonnene, aber traurige Stephan! Der Magenkrebs! Die internationale Drogenfahndung! Die Oggersheimer Exkanzlernachbarschaft! Immer diese Straßenverschmutzung mit Blumenblüten nach Empfängen vorm Haus von Dr. Helmut Kohl!

Zwei Abende zuvor, als Monika anfing, sich den spektakulärsten Rausch ihrer bisherigen Biographie anzutrinken, hatte ich ihm beim Fußballschauen plauderweise erzählt, nach vier Jahren in diesem Land sehnte ich mich nach Urlaub im Schnee. Daraufhin erwähnte er, ihm gehöre eine hübsche kleine Skipension in Oberösterreich, und schrieb mir einen Zettel mit einer Telefonnummer auf sowie dem Zusatz *Dr. Stephan Wanger.* (Ich besitze ihn bis heute, diesen Zettel. Einmal rief ich sogar spaßeshalber an, bekam aber, nanu?, keinerlei Anschluß unter dieser Nummer.)

Als ich mir diesen Zettel in Erinnerung rufe, muß ich doch herzlicher lachen, als ich angesichts meiner derzeitigen Seelenlage für möglich gehalten hätte: Diese traurige Grundstimmung, diese Tapferkeit angesichts seines harten Jobs, diese Ruhe und Besonnenheit trotz seines gesundheitlichen Schicksals, diese Bescheidenheit im Lebensstil (graue Hose, kariertes Hemd, schlammfarbener VW Passat) einerseits und Großzügigkeit (Lokalrunden) andererseits, diese liberale Weltläufigkeit, doch Nulltoleranz in puncto Drogenfreigabe... und dann, als Gimmick, vollendet verschwiegen und exklusiv für mich, noch einen *Dr.* nachgeschoben!

»Köstlich!«, rief ich aus. »Der Mitbegründer des Weißen Rings ein ordinärer Betrüger! *Dr. Stephan Wanger,* ich werd' nicht wieder!«

»Doktor?«

»Klar! Promoviert, der Mann, möchte nicht wissen, in was!« Und wieder einmal habe ich in klarster, hellster Weise eine niederschmetternde Niederlage in Menschenkenntnis zu verzeichnen... O ja, wer *wirkliche* Menschenkenntnis für sich reklamiert, stellt sich besser auf Überraschungen ein. »Und Spyros? Lacht wahrscheinlich nur.«

»Klar«, lachte Karin. »Kennst ihn ja!« Es war nicht das erste Mal, daß Spyros, selbst von zwei-, dreimaligen, also beinah Stammgästen, geprellt wurde. Es war üblich in der Taverna Plaka, daß Ferienmieter den summierten Verzehr von vierzehn Tagen en bloc bezahlten. Die redlichen mußten Spyros stetig daran erinnern, daß er die Einzelzechen auch notierte. Daß da regelmäßig ein Riesenschwund am Ende entstand, war klar. Sein Kredo: »Geld ies ägall. *Den peirásei.* Aber *betruge,* niecht gutt.«

Ich hatte mich noch nicht ganz erholt, da trudelte bereits Sven ein, und die drei Bakchen offenbarten, was sie beim Frühstück ausgeheckt hatten – sie mußten es geradezu einstudiert haben, jenes Capriccio! Denn als Zen-Zwen zur Begrüßung die Hände aneinanderlegt, zählt Karin an – »... zwo, drei« –, und dann, bei messerscharfem Einsatz und verblüffend sauber intoniert, erklingt der Chorus: »Meista Proppaaaa!« Dreistimmig! (Karin: Baß, Manu: Alt, Monika: Sopran.)

Einmal mehr wußte Sven nicht, wo ihm der Glatzkopf stand, als er zu jener guten alten Reklame-Cartoonfigur degradiert wurde. Was högten die Bakchen sich eins!

Keine halbe Stunde später führten Manu und Karin eine recht putzige Einlage auf, diesmal unfreiwillig. Ich hatte vergessen, mir zu trinken mitzubringen, war deshalb zu Kütje gegangen und hatte den Damen je ein Eis mitgebracht. Manu lutscht es, halbwegs aufrecht gegen die Rolle ihres Schlafsacks gelehnt, Karin bäuchlings neben ihr. Da landet eine Wespe auf Manus großer Zehe.

Was tun? Machte Manu eine zu schwache Bewegung, riskierte sie einen Stich. Rüttelte sie ihren Fuß allzu stark, kalbte ihr Eis, und außer dem Totalverlust der Leckerei drohte eine Klebkatastrophe. Also schreit sie, vor Hysterie gelähmt, meerwärts: »Karin! Da! ’ne Wespe!«

Karin – im Glauben, die Gefahr spiele sich in ihrem Rücken ab –, nicht minder erstarrt, landeinwärts: »Wo? Wo?«

Manu: »Da! Da! Am Fuß! Am Fuß!«

Und Karin dreht den Kopf über die Schulter und tritt aus wie ein Pferd.

Monika, flach auf dem Rücken liegend, hält ihr Eis wie die Freiheitsstatue ihre Fackel, um es vom Epizentrum ihres Gewiehers fernzuhalten. Die Wespe war längst verschwunden, da stellte sie die Szene immer noch nach: »Da! Da! Wo? Wo? Ich kann nicht mehr! Ich kann nicht mehr!«

Wiederum etwas später begannen sie, mit einer Art nostalgischem Backfisch-Ton zu spielen. Sie quietschten und kicherten, nannten sich gegenseitig »Süße« und »Liebling« und fingen an, sich einmal mehr über Männer auszutauschen, diesmal über deren körperlichen Vorzüge, und nachdem sie die Griechen alle durch hatten, kam Sven dran, der gerade ins Wasser ging; vielleicht wurd’s ihm einfach zu schwül. »’ne gute Figur hat er ja auch«, sagt Manu, »das muß; das muß man ihm lassen.«

»Find’ ich auch«, sagt, man faßt es einfach nicht, Monika Freymuth. Woraufhin gottseidank Karin einschreitet. »Wenn du mit dem was anfängst…«, sagt sie, »der pendelt dir erst mal die Möse aus.«

Daraufhin brach ein Damm nach dem andern. Selbst ich machte mit, indem ich ein paar wissenschaftliche Erkenntnisse beisteuerte, etwa, daß Frauen nachgewiesenermaßen Männer mit symmetrischer Physiognomie unbewußt bevorzugten; Frauen fänden erwiesenermaßen, daß, so ich, symmetrische Männer besser röchen, und bekämen bewiesenermaßen mehr Orgasmen mit symmetrischen Männern, was qua Kopulationsfrequenz eine erhöhte Schwangerschaftschance generiere, und so schließe sich der Kreis von Ursache und Wirkung. Karin erläuterte Monika den Unterschied zwischen Blut- und Fleischpenis und fragt mich: »Was für einen hast du eigentlich?«

»Weißt das nicht mehr?« rette ich mich mit letzter Kraft.

»Ph«, macht sie, »das ist dreißig Jahre her!«

»Achtundzwanzig«, sage ich.

Und schließlich ist es ausgerechnet die treue, gütige alte Manu, die einem am Wassersaum entlangflanierenden Adonis genießerisch hinterhersummt und sagt: »Was krieg' ich, wenn ich den da anbagger?«

Selbst Karin wundert sich. »Sag mal, hast du 'n Eisprung?« Fügt dann aber hinzu: »Scharf aussehn tut er ja. Scharf wie 'ne Gulaschkanone. Na gut, hundert Drachmen. In Briefmarken.«

Und Monika, wie aus der Pistole geschossen: »'n Tripper.«

Meine Schule. Doch wer hielt sich die Ohren mit beiden Händen zu, um nicht taub zu werden von dem Harpyiengekreisch?

Es muß ihr die Geltung zu Kopf gestiegen sein, die sie durch ihren Topwitz erlangt zu haben meinte, denn als Karin, Manu und Sven baden gingen, da wandte sie sich an mich und sagte, wie um diese ihre Hybris zu sühnen, ich hätte übrigens »wieder mal recht gehabt«. Im folgenden klangen mir die Ohren – o ja! –, doch was mir den *ganzen* Schädel sausen machte, war ihr unverschämt verschämter Stolz, war diese unangemessene, alberne Schamesröte, mit der sie mir die Ungeheuerlichkeit entgegenschleuderte, sie habe meinen Ratschlag von gestern nachmittag letzte Nacht befolgt. »Und es tat *wirklich* gut.«

Was mich aber beinah erstickte, das war diese schurkische, ja gemütliche Demut im Timbre – das Deckmäntelchen der Naivität, mit dem sie den Mordanschlag auf ihren Landsmann, Beichtvater, Therapeuten, Lebensberater und Blutsbruder als *Folgsamkeit* verbrämte, ja letztlich als Erfolg und Triumph seiner ureigenen hochachtungsvollen Lehrherrschaft, Weisheit und Autorität! *Das* war's, was mir den Rest gab.

Und was also tat ich? Was tut man da? Steht man auf, verbrennt sich die Füße im heißen Sand vom Strand Kouphalas, während sie ihre Augen mit den Luderfingern beschirmt und zu erkennen versucht, was man da oben macht, den roten Kopf in der Sonne? Und wahrlich, kann man nicht anders, als davonzustapfen, sackbeleidigt, gefoppt und ruiniert, allerdings nicht, ohne mit zitternder Stimme zu wimmern: »Hoppla, *da* kam Monika, was?«

*Ohohóchi! Kathólou! 'Ochi o Bouhoúman!** Buhmann *freut* sich! Zeigt väterlichen Stolz auf ihre sexuelle Revolution!

Und zwar eine volle Zeitstunde lang. Eine Zeitstunde ist ja wohl das Mindestformat für die Nachbesprechung der Reifeprüfung einer Lieblingsschülerin. Wäre Buhmann auch nur eine Minute früher flennend in seine Philosophenklitsche geflohen, hätte sein Geschöpf sich womöglich gefährlich gewundert! Nur eine Minute früher die Sachen gepackt, und er hätte sein pastoralästhetisches Meisterstück zu dem herabgewürdigt, was es seiner insgeheimen, aktuellen Meinung nach war: eine hundsfotzengemeine Natter, ja Vettel und Nu... Nu...

Und so was hab ich auch noch auf ein Eis eingeladen (es hieß übrigens »Explosion«). Die ganze Zeit, die volle

---

* Nahahein! Durchaus nicht! Doch nicht der Buhumann!

Stunde lang kämpfte ich auf Leben und Tod gegen den Drang an, mich unverzüglich im Sand einzubuddeln, mit dem Kopf voran – aber ich hielt durch. Die Frage, wer denn der Auserwählte gewesen war, *brannte* mir auf der Zunge wie ein glühender Taler – aber ich hielt die Klappe. Sie selbst erwähnte es mit keinem Wort, und so tat ich, als sei sie nicht nur völlig richtig, ihre unausgesprochen praktizierte Erkenntnis, es sei schließlich siebt- bis achtrangig, *wer* es war, der sie da ihres gelben Kleides und dann wittewittewitt bum, bum, sondern geradezu die Voraussetzung.

Und komischerweise interessierte mich tatsächlich fast noch brennender, *wo*.

Ach, nai – málista, ich mußte alle Register meiner Schauspielkunst ziehen, doch ich zog sie bravourös. Mehr noch: Ich war gar in der Lage, ihr zum Abschied eine hübsche kleine Bosheit ins Herz zu pflanzen.

Denn wenn wirklich etwas die Rolle des Letztrangigen gespielt hatte, die Rolle des heißen Breis in der nun von mir, von Bodo Oswald Morten mit einem breiten Lächeln für beendet erklärten Seitensprungkonferenz – dann war es Hartmut. Ja, Dipl.-Ing. und Hauptmann der Reserve Hartmut Freymuth war der heißeste Brei des Tages, kaum zu unterscheiden von einem in der ionischen Sonne bratenden, frischgepupten Atze-Haufen. Nicht *ein*mal war sein Name gefallen in der vergangenen Stunde – aber auch nicht *ein*mal. Und deshalb, kurz bevor ich mit dem Hinweis auf Rückenschmerzen verschwand, sagte ich: »Und verschwende«, sagte ich zwinkernd, »ja keinen Gedanken an Hartmut, hörst du?«

XXII

Viel half es mir nicht. Ebensowenig, daß Atze einen Tanz aufführte vor Freude, mich seit über einer Woche mal zum Nachmittagskaffee wiederzusehen. War ich all die letzten Abende nach Haus gekommen, hatte ich an der verzottelten Decke erkennen können, daß er hiergewesen war. Vor kurzem hatte er mir daneben gar ein kastanienbraunes Püree hinterlassen, wie aus Protest gegen meine anhaltende nachmittägliche Abwesenheit. Jeden Abend, bevor ich über den Acheron ruderte, zottelte ich seine Decke wieder zurecht, und am nächsten Abend war sie wieder unordentlich.

Tränen traten mir in die Augen vor Rührung über sein Gewinsel und heiseres Blaffen und Bestreben, mit etwas zu wedeln, was man bei aller zoologischen Hochherzigkeit nicht als Schwanz bezeichnen konnte. Nichtsdestotrotz, zu guter Letzt wehrte ich ihn ab wie einen Verwandten, der sich kilometerweit danebenbenahm. Mit solchen Beinchen sollte man einfach keine großen Sprünge wagen. Alsdann verfolgte mich sein Blick wie der eines alten Seelendoktors, der selbst ein bißchen plemplem geworden ist.

Ja, ich war in die Villa Arkadia zurückgekehrt. Die Option der zeitweiligen Evakuierung nach Korfu hatte sich vorerst erledigt.

Warum? Weil Frau Freymuth Lunte gerochen hätte, wenn ich ausgerechnet nach diesem ihrem Geständnis verduftet wäre? Weil ich »aufgeflogen« wäre? Weil ich mir vorgekommen wäre wie »Dr. Stephan Wanger«? Ein »Dr. Buhmann«, der ein paar Tage lang den herrlichsten Kokolores erzählt und dann, zwar keineswegs so locker wie Dr. Wanger, aber jedenfalls stiftengeht? Weil ich ihr nie wieder hätte ins Gesicht sehen können, ohne mich radieschen zu schämen?

Haha! Das wäre mir alles vollkommen, ja in universeller Gänze und absoluter Totalität so was von aber hallo egal gewesen. Aber nicht zu knapp. Ich war ja bereits unterwegs gewesen! Ich war ja bereits bis zum Abzweig nach Klitoria vorgedrungen, als mir einfiel, daß ich mein letztes Bargeld für anderthalb Liter Wasser und drei Explosionen ausgegeben hatte und meine EC-Karte wie immer in der Villa Arkadia lag – in derselben Schublade wie die Karte fürs Dalaras-Konzert ...!

Die Wut, die mich bei der Erkenntnis befiel, sie leuchtete geradezu psychedelisch, verrauchte jedoch auf der Rückfahrt, und als ich zu Haus ankam – in einer Staubwolke wie ein Atompilz –, war nur mehr ein müder Haufen Asche davon übrig. Die letzten beiden Nächte, vom heutigen Nachmittag ganz zu schweigen, hatten mich restlos ausgebrannt. Jetzt den Schwung aufzubringen, die ganze Strecke noch einmal zurückzulegen, dann, je nach Schiff, eineinviertel bis eindreiviertel Stunden überzufahren, und dann noch bis Paleokastritsa – unmöglich.

Und es bellte mir das Herz in meinem Inneren... Ich verkroch mich in die Winterhöhle; mit der Fernbedienung in der Hand empfing ich *honigsüßen Schlaf*, erwachte wieder und schlief wieder ein; einmal ging ich zur Toilette, dann schlief ich wieder ein. Als ich erwachte und nicht wieder einschlafen konnte, zeigte mein Chronograph zwei Uhr. Ich verließ die Winterhöhle, um Luft zu schnappen, und bekam einen Schock, als ich die Tür zur Terrasse öffnete: Es war heller Tag. Ich hatte nicht sechs, sieben Stunden in der Winterhöhle zugebracht, wie ich angenommen hatte, sondern um die achtzehn. Ich war ausgeschlafen und doch mürber als vorher.

Es war so hell und heiß auf der Terrasse, daß ich es schwer aushielt und mich wieder in die Winterhöhle zurückzog. Ich knipste alle Lampen an und öffnete erneut den Koffer, spielte mit der Plastikrose herum und starrte auf das Photo. Stundenlang spielte ich mit dem Trödel der Vergangenheit. Ich löffelte imaginäre Suppe, um nachzuspüren, wie es sich angefühlt haben mochte, damals, vor einunddreißig Jahren. Ich steckte mir die Rose ins Knopfloch des Polohemds, und dann starrte ich wieder auf das Photo. Das war zweifellos einmal ich gewesen, dieser sommersprossige Junge da. Und das da Monika Meurin, die mit dem Ohr. Die mit der Spange. Die mit den Augen so grün wie das sonnige Wasser im Mühlenteich. Und jetzt sieh dir an, was aus ihr geworden ist. Und aus dir erst. Und plötzlich kommt mir dieser Satz in den Kopf; ich weiß, er ist falsch, aber ich muß ihn aussprechen, bevor er mir den Atem raubt: »Irgendwas«, keuche ich, »ist schiefgegangen…«

Natürlich schelte ich mich umgehend dafür. So ist das nun mal. Man wächst heran und wird erwachsen. Der kleine, sommersprossige Bodo, er mußte noch ganz andere Dinge lernen. Er mußte lernen, daß es noch weitaus schlimmere Dinge auf der Welt gegeben hatte, als daß jemand sieben Autos kaputt machte. An den Weihnachtsmann hatte er ohnehin schon lang nicht mehr geglaubt, und je mehr er lernte, desto weniger an Gott. *Irgendwas ist schiefgegangen?*

Am frühen Abend kann ich das Orgeln meines Magens nicht mehr ertragen. Ich brate mir drei Eier mit Speck. Ich heule die ganze Zeit dabei, und während ich das Schwarzbrot und die Eier und den Speck mit den Zähnen zermahle und durch die Speiseröhre würge, stecke ich meine EC-Karte ins Portemonnaie.

Die Kohlehydrate kräftigen ein wenig. Ich suche den Zettel, auf dem ich die Abfahrtszeiten der Fähre Igoumenitsa–Korfu notiert habe. Die nächste würde ich nicht schaffen, die danach ist die schneckenlangsame *Kapitan Evangelos,* die außerdem dermaßen durchrüttelt, daß man hinterher zwar schuppenfrei ist, aber nervös wie ein überzüchteter Pudel. Ich beschließe, die *Lord Byron* zu nehmen, die letzte. Sie würde um 22 Uhr gehen.

Bis dahin muß ich etwas tun. Ich ziehe mich nackt aus und schlüpfe in die Espadrilles.

Vom ersten Tag meiner Zeit am Ionischen Meer an tanzte ich immer wieder einmal auf der Terrasse meiner Zitadelle – am liebsten in der Stunde nach Sonnenuntergang, wenn die Hitze noch knackte im Unterholz, doch die Erde bereits in ihren eigenen Schatten zu drehen begann und der Schatten des Schattens das sterbende Tageslicht in Mollnuancen tönte. Wie Alexis Sorbas tanzte ich; aus purer Freude, bei *Jammer im Herzen* oder um Unruhe, Nervosität und Zipperlein zu vertreiben. Ich stellte eine Flasche Gebirgsquellwasser auf dem runden Tisch bereit und zog mich nackt aus, legte eine Dalaras-CD in die Lade und schob sie ins Gerät, setzte den Funkkopfhörer mit den semihermetischen Mickymausohren auf und schritt hinaus auf die Terrasse. Und dann drehte ich die Lautstärke, so laut es ging, und versuchte zu tanzen, wie ich es bei den griechischen Männern auf den Panigyria oft gesehen hatte. Es war nicht einfach, doch glücklicherweise hatte ich noch halbwegs gesunde Knie und starke Schenkel, und ich versuchte es.

Zunächst versuchte ich, mich in die Musik einzufühlen, die schwierigen Fünf- und Siebenachteltakte zu erspüren, und dann, meine Bewegungen in jenen taumelnden Rhythmus hineinzugießen; einen Rhythmus, der mir, je häufiger ich diese Tanzabende auf der Terrasse aufführte, desto mehr als der Rhythmus des Lebens selbst erschien. *Nai, málista*, es war das Leben selbst, das ich da tanzte; das Einknicken und In-die-Hocke-Stürzen und Wieder-Emporstemmen, das Drehen und Wenden und Mit-den-Fingern-Schnipsen, das Beinscherenspringen und sonstwie wilde Walten und Weinen vor Lachen. Der Himmel beschirmt mich, wie ich da aufs Geratewohl lospoltere, spröd mein Ächzen, kühn das Kreiseln; äußerlich Bär, innerlich Mimose. Oft tanzte ich eine ganze CD durch, 56 Minuten 7 Sekunden, 71 Minuten 31 Sekunden, 73 Minuten 15 Sekunden, und danach trieften Haare und Bart, und durchgeweicht waren meine Espadrilles, die ich trug, um auf dem schweißbefleckten Steinboden der Terrasse nicht auszugleiten. Und hinterher fühlte ich mich, als wäre ich durch eine kultische Reinigung gegangen.

Also ziehe ich mich nackt aus, gehe ins Musikzimmer und lege eine Dalaras-CD ein, setze die Kopfhörer auf und schiebe den Pegel hoch. Ich schlüpfe in die Espadrilles und gehe auf die Terrasse. Kurz darauf beginnt in meinem Kopf ein Orchester aufzuspielen. Einem Springbrunnen aus Tönen von Bouzoukis und Bässen, Mandolinen und Becken, der zunächst raunend, dann immer dramatischer aus dem Zentrum der waldigen Stille emporwölkt, entsteigen die zunächst zögerlichen, dann immer leidenschaftlicheren Koloraturen eines geigenähnlichen Instruments, schrauben sich nach jedem Wechsel einer bis zum letzten Tropfen ausgeschöpften Harmonie jubelnder in die Höhe; dann brandet Zwischenapplaus auf, und über diese Brandung steigt anmutig die Stimme des göttlichen Giorgos Dalaras: *»Thélo na ta pooo«,** verspricht er und aalt sich vorerst ein wenig in dem Strudel, der ihn trägt, und schließlich schwingt er sich in einem traumwandlerischen Manöver strahlend auf, Katarakt um Katarakt, *»thélo na ta-a-a-a-a-aaaaaaa-aaaa-aaaa – po!«*, bis er die grünen Wipfel überflügelt, in den Vorabendhimmel über der ionischen See hineinsegelt und weiter über Land bis zum Olymp, und den Triumph seines Höhenflugs vermag nicht einmal das Mitjohlen Buhmanns zu schmälern, der den Ruch seiner Sterblichkeit ausschwitzt...

---

* Ich möchte es sagen

An diesem Abend tanzte ich um mein Leben. Ich tanzte den *Doäß* in Grund und Boden; ich tanzte in Grund und Boden die Bilder vom Stammtisch unterm Eukalyptusbaum am Acheron, wo ein paar Stunden später auch unser kleiner Orden wieder feiern würde – ohne mich, ohne Buhmann, denn der war ja gar nicht echt –; ich tanzte in Grund und Boden die Antwort auf die Frage, wer wohl ihr Liebhaber gewesen sein mag (und wo); ich tanzte in Grund und Boden, was auch immer in der verfluchten Bar Dionysos wohl *diese* Nacht geschehen würde. Ich sang, daß ich schwitzte, und tanzte, daß der Schweiß nur so spritzte... *»Koookinooooo triantááááápbyloo...«* *

Sie war viel zu schnell zu Ende, die CD; und weil es meine Lieblings-CD war, spielte ich sie ein zweites Mal. Ich fühlte mich schon sehr viel besser nach dem ersten Durchgang; ich erinnerte mich wieder deutlicher, weshalb ich hierhergezogen war anstatt nach Beeckdörp; erinnerte mich daran, wie glücklich ich die vergangenen vier Jahre hier fast immer gewesen war. Jenes volltönende Orchester im Kopf und sonst nichts an Geräusch, tanzte ich und tanzte, schaute dabei über die grüne Wipfelwiese auf den blauen Kordsamt des Meeres, besungen von Dalaras, schaute zu, wie die Sonne in ihrem eigenen bernsteinernen Licht auf jenen vorspringenden Berg hinabsank, zu dessen Fuß Parga lag, besungen von Dalaras; tanzte und sang selbst in die Rosige Stunde hinein mit und wurde immer kräftiger und rauschhafter, frische, strömende Energie lud mich auf – und da, mitten in eine wunderbar zarte Pianissimo-Stelle hinein, da dringt plötzlich ein grauenvolles Geräusch durch das Konzert in meinem Kopf. Ein lotterlausig dreckiges, kakophonisches Gelächter. Und während mir meine Augen schon versichern, daß das nur allzu wahr ist, was ich da zu hören meine, tanzt mein Körper

* Rote Rose

noch eine Sekunde weiter. Bis ihn praktisch der Schlag trifft.

Denn die *sind* echt, die drei da. Aber hallo. Und nicht zu knapp.

XXIII

Sígoura, ich kannte die Route nach Igoumenitsa. Zigmal hatte ich sie zurückgelegt, um jemanden abzuholen oder hinzubringen; zigmal komplett, zigmal teilweise, für Abstecher zur Küste oder ins Binnenland. Ich kannte sie wie meine Backentasche. Ich *mochte* sie. Nicht allzu weit hinter dem Abzweig nach Parga zum Beispiel, da gab es eine Passage, die ich besonders liebte: Man schaltet in den vierten Gang zurück, sobald man sich jener Kuppe nähert – einigermaßen vorsichtig, viele Griechen überholen gern auch aussichtslos –, nähert sich, nach wie vor im vierten Gang, jener Kuppe, kurz vorm Scheitelpunkt schaltet man in den dritten zurück, und sobald man ihn erreicht hat, überblickt man den weiteren Verlauf des Sektors zwei, drei Kilometer weit – ein phantastisches Layout mit Gefälle und Steigungen, mit großzügig ausgelegten Kurven in einem Verhältnis zueinander, das hohes Tempo erlaubt und so bei der intuitiven Suche nach der Ideallinie zu einem rennästhetischen Adrenalinerguß sondersgleichen verhilft – – – und gibt Vollgas.

Nai, ich kannte sie im Schlaf, die Strecke nach Igoumenitsa, *sígoura.* Doch die Strecke vom Dormitorium zum Klo kannte ich eigentlich auch im Schlaf, und jene Buhmann-Passage mit hundertsiebzig zu nehmen, so irre war ich bis dahin noch nie gewesen. Eine Ziege, Steinschlag – ab in den Hades.

Natürlich war ich nicht hundertprozentig zurechnungsfähig, als ich an jenem Abend über die E55 preschte. Kein Wunder: noch so eine Nacht auf dem Schildkrötenhügel wie die beiden vergangenen, und ich hätte endgültig Gossigehen können. Ich *konnte* die nächsten zwei Wochen nicht in Kouphala bleiben. Ich *wollte* sie nicht mehr sehen, diese Monika Freymuth. Anderthalb Stunden hatten sie mich aufgehalten, die drei Bakchen: Die Wasserversorgung im Dorf sei ausgefallen, und ob sie nicht *bei mir* duschen könnten... Sind die wahnsinnig? Ich *mußte* die letzte Fähre kriegen.

Was leider ziemlich unwahrscheinlich war. Die Silbrige Stunde, jene Stunde vor Einbruch der Dämmerung, hatte längst begonnen. Doch ich *mußte* es versuchen. Während das Gezatter der Linksknöpfer seinen Lauf genommen, hatte ich wie auf glühenden Kohlen am Geländer meiner Terrasse gestanden und zugeschaut, wie der Schein der grad versunkenen Sonne hinter dem Berg von Parga hervorstrahlte. Es sah aus, als strahlte hinter dem Parga-Berg ein weiterer, ein Goldberg, als läge dort das Glück; und die langgezogene Wolke eine Spanne darüber, sie hätte die Silhouette von Korfu sein können: die blaue Struktur der Berge... eine Weißglut von Strandsaum... ein vorgelagerter Archipel... ja, es war, als sei Korfu aus dem Meer aufgestiegen gen Himmel.

Kaum war das Geräusch von Manus und Kolkis Familienkombi verklungen, da stecke ich mein Portemonnaie ein. Schließe die Haustür ab. Hole Pegasos aus der Garage, schließe das Tor und holpere in seinem Sattel durchs Zwielicht des Waldes bis zur Baumgrenze. Steige aus und lege den Feldstecher an und verfolge mit zittrigen Fernblicken ihre Staubwolke, bis sie sich am Asphaltweg bei Kerentsa auflöst. Verfolge, wie der Wagen bei Valanidorachi vom Grün verschluckt wird. Steige ein und donnere durch die Felder hinterher. Ein rosiger Schimmer überm Horizont, darüber hingepinselt ein paar leichte Wolken in Nachtblau, *da*rüber – weit oben, auf der letzten Stufe zum Firmament – ein Kondensfähnchen, rosarot wie ein Kometenschweif, das Flugzeug davor kaum zu erkennen –, und da kommt er, von unten, der Mond; aus der Erde steigt er auf; fettgelb und kreisrund entsteigt er der Erde, der vierundvierzigste Vollmond meiner Zeit am Ionischen Meer...

In Kerentsa hätte ich fast ein Schwein gerammt, doch fünf Minuten später biege ich auf die E55 ein.

Herrgott, das Röhren des Pegasos... Wie es zugleich aufputscht *und* den Furor besänftigt: Wut gedämpft mit Wüten... Herrgott, wie gut es tut, etwas aufs Spiel zu setzen! Pegasos rast für mich, und ich brauche ihn nur zu treten, damit er gehorcht. Pegasos *liebt* es, getreten zu werden; er *röhrt* vor Wonne, sich notfalls opfern zu dürfen für mich, für Buhmann. *'Ela, Boúman, éla, éla!* An die zweihundert Pferde gehorchen Pegasos, und nur dir, o rasender Buhmann, gehorcht er! Es jault, das warme Gummi auf dem warmen Asphalt, kreischt auf, wenn du den Koloß rasend in die Biegungen zerrst; das Schicksal will dich bezwingen, doch Pegasos schuftet für dich, kämpft gegen sein eigenes Gewicht, schert sich nicht ums Gekreisch der geschundenen Gummihufe und *rast*, weiter, weiter, hinauf, hinauf auf die Kuppe und hinüber und fliegt ins Tal, daß dein Magen sich hebt...

*I soí, ach, i soííí–ííí...**

Wie grausam schön... All die dunklen Zypressenkerzen auf den sanften Hängen wie Soldaten der Friedlichkeit... All das Schwarzgrün der Wälder auf den Bergen, die Wipfelsäume fein gefranst gegen den glatten Himmel, was ihren geschwungenen Umrissen einen rührend zauseligen

---

* Das Leben, ach, das Leben

Charakter verleiht... Andere Hügel wie erlegte Geparden, die Höhenkulissen zweiten Grades in vornehm grauem Dunst; wie unendlich langsam sie sich da hinten bewegen, während rechts Ginster und heller Oleander, immer noch leuchtend, in Panik auffahren und fast mitgerissen werden im Sog des rasenden Pegasos... Das Flattern des Fahrtwinds dramatisch gesteigert bei Beschleunigung, beruhigend abnehmend bei Drosselung; es zerrt an meinen Haaren, rast in der Muschel meines linken Ohrs; Dalaras' Gesang aus allen vier Himmelsrichtungen, so laut, daß sogar der sonst endlose schnarrende, allgegenwärtige Chorus der Zikaden verstummt...

Ich kam gut durch, erstaunlich gut; die Rädchen des Kilometerzählers schnarrten nur so, und wenn es so weitergegangen wäre, wer weiß, vielleicht hätte ich mit fliegenden Fahnen auf die letzte Fähre rauschen können und direkt hinter mir die Rampen hoch... Doch dann, gleich nach Plataria, kam, was kommen mußte: Ich blieb hinter einem Sattelschlepper hängen, der die langgezogenen Serpentinen hinaufackerte, langsamer als ein Schiff. Zu Fuß hätte ich ihn rechts überholt. Die Kurven dort waren so eng, daß ein Überhol- ein Mord- und Selbstmordversuch gewesen wäre. Meine Nerven barsten fast vor Ohnmacht. Pegasos greinte im ersten Gang.

Er kostete mich neun Minuten, der Sattelschlepper; und als ich endlich mit einem langen, brüllenden Satz an ihm vorbeifliegen konnte, den Berg hinauf und hineingestochen in die nächste Kehre, da höhlten die Scheinwerfer bereits deutlich die Dunkelheit aus, vier Minuten noch bis zur Abfahrt, und zwischen mir und Igoumenitsa die letzten, sich hinziehenden und -dehnenden Serpentinen... selbst wenn dort kein einziger Lkw den Endspurt mehr aufhalten *sollte*, unwahrscheinlicherweise... Aber vielleicht hat die Fähre Verspätung. Von oben würde ich ja sehen. Und ich sah. Und querte die Straße und fuhr auf den Haltestreifen und stieg aus.

Da stand ich dann. Dahinten die schmale Silhouette Korfus, wieder hinabgesunken aufs Meer, und so dunkel es war, selbst jetzt noch gab es am Himmel darüber einen schwachen lachsfarbenen Schimmer. Als einziger an der gigantischen graublauen Kuppel leuchtete der Nordstern. Das Meer eine weite Ebene aus Seide, blau... grau... mattsilbern... Mir gegenüber, an der anderen Buchtküste, eine Kette von klaren weißen Lichtern, darüber flirrende, in die schattenhaften Berge gesprenkelt; rechts daneben, wie in einer Kesselwand, das Gewimmel der weißen, gelben und orangefarbenen Lichter von Igoumenitsa. Darunter, hier vorn, da unten, da lag der Hafen, perspektivisch seltsam verschoben; kaum zu glauben, daß der Wasserspiegel wirklich waagerecht war. Eine Stafette orangefarbener Lampen entlang den leeren Kais warf lange, schlaff schlingernde Streifen aufs Wasser. Ich schaute zu, wie die *Lord Byron* eine magere Fährte hinter sich herzog; sie reichte nicht einmal mehr bis an den Pier. Sonores, zyklisches Brummen von den Schiffsmotoren eines Frachters, der näher an der Küste entlangglitt. Eine rot blinkende Boje.

Bis auf jenes an- und abschwellende Brummen, bis auf die Kopfstimmen von zwei, drei Grillen war es einen Moment lang sehr still. Vor mir stand ein karger Baum, gerade mal einen Kopf größer als ich; sein Geäst mit den filigranen Blätterchen eine präzise Kohleskizze auf graublauem, doch immer noch sonderbar tiefgründig leuchtendem Hintergrund. Staubige Düfte. Die Gesteinsbrocken unter meinen Sohlen waren so groß, daß sie mich zu scharren zwangen, damit ich besseren Stand bekam; die harschen Blätter einer Gestrüppstaude kratzten an meinem Schienbein. Ich spürte, dieses Gewächs, es widerstand der Hitze dieses wilden Landes nicht nur, es lebte davon.

Ich drehte mich nicht um, als der Sattelschlepper sich dröhnend und schnaubend vorbeischleppte; ich stierte nur übers Meer, das jetzt schimmerte wie schwarzer Wein, und verfolgte die Fähre, die aus der Bucht flüchtete wie eine hastige Schnecke. Aus den Windungen des Berges schallte der Lärm des Lkws herauf, und aus einem Strauch ganz in der Nähe pfiff ein Vogel, ein Vögelchen, nicht zu entdecken, ein paar entsetzlich melancholische Töne.

Es machte mich schwach, dieses Land, das warm war wie eine Mutter und hart wie Granit.

Ich beschloß, weiterzufahren und mir die Nacht in Igoumenitsa um die Ohren zu schlagen. Um 4.45 Uhr würde die erste Fähre des neuen Tages fahren. Meine.

Herrisch scharrte Pegasos im Schotter und sprang wieder auf seine Bahn. Aus drehte ich die Musik. Hell färbten die Scheinwerfer die Gräser und Zypressen vorm schartigen Gesteinspodest für die zähen Gestrüppwälder ein, als ich die nächste Rechtskehre nahm; sie leuchteten den Asphalt aus, als ich die nächste Linkskurve nahm, und als sich wiederum ein Rechtsschwenk anbahnte, diesmal nicht scharf, sondern in einem langgezogenen Bogen, da tippte ich aufs Fernlicht, und das Fernlicht riß mehr Details aus dem Dunkel – ein Campingschild, die graue Rückseite eines dreieckigen Warnschildes, ein rostiges Tabernakel –, und dann, gerade als ich ein wenig Gas gebe, kreuzt *er* den ausgeleuchteten Pfad, kreuzt er meinen weiteren Weg, er, der Bote der Wendung. Der Bär.

Zunächst nur ein aus Schatten geborener Schatten, so hoch wie ein Motorrad, doch fülliger und völlig anders bewegt, kreuzt er auf der längstmöglichen Diagonalen die Straße, und je näher ich komme, desto besser erkenne ich ihn. Auf allen vieren schwankend, nein schwingend, mit sicheren Schritten, bewegt er seine Muskel- und Fettzentnermassen unter dem dichten schwarzbraunen Fell auf mich zu – ich habe abgeblendet und fahre nur mehr Schrittempo –; bewegt sie in all seiner artgerechten Selbstverständlichkeit über den Asphalt. Vielleicht war er einem Zirkus entlaufen; vielleicht war er aus den Wäldern im bergigen Grenzland zwischen Albanien und Griechenland gekommen, den Abhang zu meiner Rechten herab, und nun auf dem Weg hinunter ans Meer – vielleicht dies, vielleicht das; ich weiß es nicht, aber ich habe ihn gesehen. Zwei, drei Meter vor ihm komme ich zum Stehen. Er ändert seine angepeilte Zielrichtung um keinen Millimeter, nur einen Blick wirft er mir zu – oder eher Pegasos' Kühlergrill –; einen Blick, im Scheinwerferlicht metallisch blau irisierend, der bei den Pendelbewegungen, die sein überraschend schmaler Kopf im Einklang mit der Gangart vollführt, ohnehin auf dem Weg liegt. Einen Meter entfernt, schneidet er schräg meinen Weg. Im Licht der linken Lampe hechelt er, zeigt Hauer und ein rohes, schweres Filet von Zunge, und am grauhaarigen Unterkiefer baumeln Speichelseile. Gebannt, habe ich vergessen, den Knopf für den Fensterheber zu betätigen, und höre mit gesträubten Nackenhaaren das Kratzen der Klauen auf dem Asphalt und dann ein Rülpsen wie aus einer Schlucht. Im nächsten Moment geht er durchs Gestrüpp am linken Straßenrand wie ein Geist durch eine Wand.

Weg war er.

Niemand kam mir entgegen, niemand war hinter mir. Niemand hatte gesehen, was ich gesehen hatte – außer Dr. Stephan Wanger.

In dem Moment war es, daß mir diese Idee in den Kopf schoß.

Ich horchte nach Motorengeräuschen und wendete auf der Straße.

XXIV

Ruhig fahre ich zurück. Motten, Falter und Schwärmer treiben gaukelnd, aufleuchtend auf mich zu; ein Käfer platzt an der Windschutzscheibe; weiter vorne rote Rücklichter, die einen breiten Pflug aus weißem Licht vor sich herschieben. Und als ich den Berg wieder halb umrundet habe, da hängt er plötzlich da, da oben, der Mond, dick, rund und wie aus der Bütte geschöpft; die Reflexion auf dem Wasser im nun rechter Hand da unten erscheinenden Golf allerdings ist orangefarben getönt, und die verschiedenen Kräuselzonen auf der Oberfläche werfen sie gebrochen zurück.

Auf dem Hinweg stand er noch zu tief und in meinem Rücken, als daß ich ihn hätte sehen können. Doch jetzt begleitet er mich die ganze Strecke. Vor der Gabelung des Weges stand er rechts, dann steht er links; er zieht mich geradezu hinein in die lange, breite Gerade; eine Weile lang erleuchtet er einen nachtblauen Blumenkohl von Wolke; später verschwindet er mal hinter einem Berg, doch nach der nächsten Kurve hockt er einem anderen auf der Schulter...

Als der Abzweig nach Morphi kam, überlegte ich kurz, ob es wohl schneller ginge, wenn ich über Tsara und Koroni nach Kanalaki führe; doch ich ging das Risiko des Gegenteils nicht ein. Ruhig fuhr ich weiter, die ganze Strecke zurück bis zum Abzweig nach Kouphala, bog aber links ab, fuhr durch Mesopotamos und Kastri nach Kanalaki, durchquerte Kanalaki in seiner gesamten Länge und bog danach rechts ab, in die Berge. Beide Fenster heruntergelassen, fuhr ich ruhig und konzentriert weiter; selten riß der Chor der Zikaden ab, Düfte von verdorrtem Gras und einem entfernten Brand wehten herein und, in einer Kurve, auch von einem scharfen, fast stinkenden Kraut. Meine Stirn kühlte ein wenig ab.

Dann der Abzweig nach Aidonia, lässig hin- und herschlenkernde Auf-und-ab-Passagen, und dann die ersten steilen Haarnadelkurven; ich schaltete zurück, beugte mich vor und stemmte mich gegen die Schwerkraft und kurbelte das Lenkrad bis zum Anschlag, ließ es im Handteller wieder zurücksausen und kurbelte es andersherum bis zum Anschlag, schräg schwenkten Quadratauge des Frontfensters und Scheinwerferkegel über ausgedörrte Böschungen und jähe Abhänge; in nächster Nähe huschte alles vorbei, in der Ferne drehten sich die Bergschatten nur langsam. Ich rauschte durch die Nacht. Hier mußte irgendwo der verrückte Fußballplatz sein. Es ging durch ein Dorf; ein heller Hund in einem Schlagloch, eine weißgetünchte Mauer. Und da unten, in einer Senke, das grün und gelb, blau und rot blinkende Disko-Grab.

Von oben aus den Bergen ging es ein letztes Mal in ein Hochtal hinunter – die Lichter von Aidonia. Ein Pferch, Olivenbäume und Zypressen tauchten auf, dann die beleuchtete Kirche aus hellem Felsgestein. Neben dem Mäuerchen ein sandiger Platz. Ich stellte das Auto ab und stieg aus. Eine Grille pfiff rhythmisch. Des Fahrtwinds beraubt, sumpfte wieder Schweiß auf meiner Stirn. Gegenüber der Kirche das kleine Kafeneion. Ich stapfte den kurzen Weg zur Terrasse aus Bruchstein hinauf. Eschen und ein Magnolienbaum, Blumen in Töpfen statt Blechdosen. Ein paar einfach gekleidete Männer, unrasiert und mit sonnengegerbten Gesichtern, saßen auf steilen, geflochtenen Stühlen vor ihren milchigen Ouzos, rauchten, wirbelten ihre Kompologia um die kräftigen, braunen Finger und plauschten. Als ich nah genug war, daß ich nicht ins Gespräch platzte, wünschte ich einen guten Abend und erhielt ein freundliches Echo, und in dem Moment kam Vassiliky aus ihrer Tür und begrüßte mich mit unaufdringlicher Herzlichkeit.

Dann sagte ich: *»De mou les... Pou tha óro to ouzomanteío.«*

»*To ouzomanteío?*« Sie lachte.

»*Nai. 'Echo dyskolíes.*«

»*Esý? De to pistévo...*« Sie lachte, erklärte mir dann aber den Weg. Die Beschreibung deckte sich mit der, derer ich mich aus Ingos Erzählung entsann. Ich bedankte mich, und schon auf dem Absatz, fiel mir noch siedendheiß ein... »*Äh... écheis lígo Piláva gia ména?*«

»*Physiká écho*«, lachte sie. »*Póso théleis?*« Sie eilte hinter den Tresen.

Ich überlegte nicht lang. »*Pénte kilá, parakaló.*«*

Ich gab ihr ein paar tausend Drachmen und versprach, bei nächster Gelegenheit ein bißchen länger zu bleiben.

Ich schleppte die Bombe zum Wagen, stopfte sie in einen Rucksack, den ich ständig im Wagen hatte, fuhr am anderen Ende zum Dorf hinaus und die einspurige, mit Beton geflickte, hin- und hergewundene Straße durch den Olivenhain den Berg hinauf. Selbst hier zeigte der Mond hin und wieder sein Chinesengesicht; einmal erschien er sogar wie eine Scheibe Zitrone im Rückspiegel. Gräser so hoch, daß sie meinen Ellbogen streiften. Die Äste der Ölbäume kratzten mitunter am Dach. Da ein halb abgerissener Zweig, braun die Blätter im Scheinwerferlicht. Gebimmel von unsichtbaren Ziegenglocken. Manchmal rasselnde, manchmal pfeifende Zikaden. Manchmal zirpende, manchmal fast tschilpend. Manche mehr aus dem Hintergrund, aus irgendeiner Hügelschlucht, hallartig.

Dann das Ortsschild von Vrachovouni. Links davor bog ich ab, auf eine Schotterpiste, die in einem Sackplatz endete. Unter einem einzelnen Olivenbaum stellte ich den

---

* Sag mal... Wo kann ich das Ouzo-Orakel finden? – Das Ouzo-Orakel? – Ja. Ich hab Schwierigkeiten. – Du? Kann ich nicht glauben... – Hast du ein bißchen Pilavas für mich? – Natürlich. Wieviel willst du? – Fünf Liter, bitte.

Wagen ab. Ich zog die Handbremse an, nahm die Taschenlampe aus dem Handschuhfach, stieg aus und folgte, die Ouzobombe im Rucksack verstaut, dem Ziegenpfad, den Vassiliky mir beschrieben hatte. Nach zehn, zwölf Metern ziemlich steil hügelan führte er an einen Wald mit Kiefern und Pinien. An der Baumgrenze hielt ich mich, wie Vassiliky gesagt hatte, rechts. Geradeaus wurde der Berg karstig. Etwas weiter oben, im Mondlicht scharf gegen den Nachthimmel abgezeichnet, eine Art Dinosauriergrat.

Das ständige Getrampel, um Schlangen zu warnen, strengte an. Immer wieder verekelten mir Spinnweben den Weg. Dunkelheit in unbekanntem Terrain, das trieb den Urpuls hoch, doch ich war es gewöhnt von meinen allnächtlichen Heimwegen. Der Schweiß rann mir über Schläfen und Jochbeine, mein Hemd war allenfalls noch an den Säumen trocken. Es ging immer noch aufwärts, doch nicht mehr so steil.

Und dann, nach insgesamt etwa zehn Minuten, tauchte im milchigen Mondlicht tatsächlich ein Wohnwagen auf. Schnaufend erklomm ich mit ein paar letzten Steigschritten das baumbestandene Plateau und richtete den Strahl der Taschenlampe auf die helle, schmuddelige Wand. Mit Grünspan und Harztränen, mit Staub und Regenwasser hatte die Natur versucht, sich den Fremdkörper einzuverleiben. Die Reifen waren restlos zerschlissen.

»Hallo?«

Ich stand da mit weit offenem Mund, um die Atmungsgeräusche so weit wie möglich zu verringern – keine Antwort. Vorsichtig näherte ich mich. Das Fenster des Campingwagens war komplett ausgefüllt mit Buchrücken. Einen konnte ich entziffern: ΣΟΦΟΚΛΗΣ. Des weiteren sechs Bände Schopenhauer, im Original.

Dann knackte ein Ast, ich spürte Schritte, und dann sagte jemand: »*Poiós eínai?*«*

Kein Zweifel: Das war sie, die Stimme.

Er war ein Hüne, noch einen Kopf größer als ich. Er wartete an der rundlichen Kante des Wagens, in dessen Fenster ich hineingeleuchtet hatte, und strahlte von unten her sein eigenes Gesicht mit seiner Taschenlampe an. Durch die harten Schatten wirkte die Stirn geschichtet wie Schiefer. Schopf und Bart überwucherten Schädel, Wangen und Kinn. Das Deckhaar glänzte wie Sterlingsilber, das polstrige darunter schimmerte matt wie angelaufenes. Er trug eine Nickelbrille. Er bleckte seine Augen.

»*Signómi*«, sagte ich. »*Me léne...*«**

»Zeigst du dein Gesicht, jetzala.«

Ich beeilte mich, es ihm nachzutun. Ich fühlte einen Stich von Gekränktheit darüber, daß er mich nach nur drei griechischen Wörtern als Deutschen erkannt hatte. Doch der Stich war so schnell, so sicher erfolgt, daß ich nicht anders darauf reagieren konnte, als ihn zu ignorieren. Erst später fiel mir ein, daß ich ja vorher »Hallo« gerufen hatte. »*Me léne Bódo Mórten, kai...*«

»*'Echeis éna próvlema.*«

»*Nai. Nai.*«

»*'Echeis kai oúzo?*«

»*Nai. Pénte kilá.*«*** Ich schwenkte den Lampenstrahl auf den Rucksack. Er wartete unbewegt. Ich schnürte den Sack auf und zerrte die Amphore am Hals ein Stückchen heraus.

---

* Wer ist da?

** Entschuldigung. Ich heiße...

*** Ich heiße Bodo Morten, und... – Du hast ein Problem. – Ja. Ja. – Hast du auch Ouzo? – Ja. Fünf Kilo.

»Pénte kilá, brávo. Milás kalá Elliniká. Ti próvlema écheis?« *

Und ich sagte das, woraus die ganze Vorbereitung zur Formulierung meines Problems bestand, die zu unterlassen man sich bei Strafe einer legendären Gardinenpredigt nicht schuldig machen durfte, wenn man zum Ouzo-Orakel ging: *»Erotevménos eímai.«* **

Theo musterte mich kurz, als schätzte er mein Alter, und dann seufzte er routiniert, doch nichtsdestotrotz warm: »Jesus Christus. *'Ela,* kommst du.« Er drehte sich um und verschwand hinter dem Wohnwagen.

Ich folgte ihm hastig. »Wirklich? Sie... haben Zeit?«

Vor mir her stapfte er – quer über den nur vom Mond beleuchteten Platz innerhalb der offenen Wagenburg, vorbei an einem Drehspieß über einer erloschenen Feuerstelle. Angst vor einem Waldbrand schien er nicht zu haben.

»Muß ich eigentlich zu Pediküre«, knurrte er. Als ich ihm in einen Durchschlupf zwischen Wohnwagen Nummer zwei und drei folgte, sah ich im vorbeihuschenden Lampenstrahl, daß Nummer zwei anscheinend ebenfalls mit Büchern vollgestopft war. Daneben ein abgestellter Stromgenerator. Nummer drei besaß ein Vorzelt. Darunter ein Campingstuhl und ein Campingtisch, dessen Fläche mit Büchern beschichtet war, allesamt aufgeschlagen und am eigenmächtigen Zuklappen mit absonderlich geformten Steinen gehindert.

Die Catcherschultern beinah bis über den Nacken gewölbt, folgte Theo dem Lichtfleck seiner Taschenlampe, der einen kurzen Pfad entlanghüpfte. Sein langes Haar wippte. Kurz darauf gaben die letzten Stämme und Kro-

---

* Fünf Kilo, bravo. Du sprichst gut Griechisch. Was für ein Problem hast du?

** Ich bin verliebt.

nen den Blick auf eine merkwürdig hohle Dunkelheit frei. Ich sah, wie er sich setzte, und vernahm ein altbekanntes, an diesem Ort jedoch befremdliches Knarren: die gequetschten Styroporkügelchen in einem Sitzsack. Auf der anderen Seite einer Holzkiste, die als Tischchen für eine Karaffe und zwei Gläser diente, ein weiterer Sitzsack. »Setzt du dich. Machst du Lampe zu.«

Den Blick starr geradeaus gerichtet, stockte ich. »Mein Gott...«

»Machst du Lampe zu, setzt du dich jetzala. Setzt du dich, setzt du dich. Kannst du Anblick besser bearbeiten. Stellst du *to oúzo* hier.«

Ich stellte die Ouzobombe zwischen Karaffe und Gläser auf die Kiste, knipste die Taschenlampe aus und ließ mich in die Hocke herab, so vorsichtig wie im Bannkreis eines Tyrannosaurus Rex. Ich ließ mich in den knarrenden Sitzsack fallen, bewegte mich mühsam, bis ich eine bequeme Haltung erreicht hatte, und starrte geradeaus in die helle, warme, luftige Nacht über Epiros. Der Himmel war so hoch und weit, daß ich zu spüren meinte, wie sich ein Asthmaanfall ankündigte. Hypnotisch der scheckige Mond, und nicht länger gelb. Er offenbarte seine Flecken, die die Sonne durch Aggression verbarg. Sein Hof nur schwach, und sein abgezirkelter, gestochener Rand zerfaserte nicht im geringsten, wie der der Sonne es täte. Dennoch strahlte er ein so reines, starkes Licht ab, daß ich die Lebenslinien in meiner Hand deutlich erkennen konnte; ein so helles Licht, daß die Sterne im Umkreis von zig Lichtjahren verblaßten; erst allmählich und dann exponentiell, stufenlos konzentrisch, zerlief das hellere Aurablau Schattierung für Schattierung zu einem dunkleren Blaukosmos, besät von einem blümeranten Chaos aus funkelnden Juwelen. Nicht die dünnste Wolke war zu sehen.

Tief unter dieser göttlichen Kuppel, direkt hinter einer schattenhaften, aber stabil wirkenden Holzbrüstung, erstreckte sich die Welt im verkleinerten Maßstab. Wir saßen auf einem Naturbalkon im Himmel und schauten herab auf eine Nachtlandschaft von einer Friedfertigkeit, die an die dünnsten Fühler meines Wesens rührte. Die ferneren Hügelzüge glatt wie Kulissen, nach ihren Schattenwerten in die Tiefe gestaffelt; das behaarte Fleisch der Berge im Vordergrund jedoch wirkte plastisch, wie modelliert; das Mondlicht ließ ihre Muskulatur an den Jochen, Hüften und Brustkörben hervortreten und schwärzte ihre Rock- und Mantelfalten. In ihrer Mitte, im Schoß der Berggemeinschaft, behütet von ihrem stoischen Zugegensein, flimmerten, in der Frequenz des Grillenzirpens, die weißen Lichter von Kanalaki, als sei es ein Spiegel des Sternenhimmels. Eine orangefarbene Ameisenstraße führte mitten hindurch. Dahinter, unterbrochen von Hügelschatten, das flache, dunkel ausgemalte Tal der Felder, gesprenkelt von den unzähligen hellgrauen Pinselhäkchen der Schwallstrahlen aus den Wasserkanonen, geflammt von Dunstschwaden, und wiederum *da*hinter das zinnerne Meer, mittig markiert von den Reflexionen des Mondlichts – wie der Daumenabdruck Gottes. »Mein Gott…«

Während ich mich zu sammeln versuchte, schraubte Theo die Pilavas-Amphore auf, füllte, vor Anstrengung knurrend und schnaubend, ein gutes Fünftel in die Karaffe um und schenkte, ich bemerkte es zu spät, beide Gläser voll. Pur. Wie eine Brise wehte das Anisfluidum, und seit langer Zeit verspürte ich wieder einmal den Machetenhieb des Verlusts im Kreuz, und das Wasser lief mir im Rachen zusammen.

Auf der anderen Seite der Kiste ratscht es leise, zischend folgt eine Kettenreaktion von kleinen Entflammungen, und vor jenem Gottvaterantlitz glüht über der gelbroten, schwankenden Aureole die Spitze einer Papastratos auf, und die Fahne brennenden Krauts stieg mir in die Nase. Theo inhalierte heftig und blies den Rauch ebenso heftig aus, nahm einen gurgelnden Schluck vom puren Ouzo, belferte ein bißchen und ächzte schließlich: »*Loipón!*« Und zog wieder an der Zigarette, lehnte den Hinterkopf an die Borke der Kiefer und schaute nach dem Mond.

Ich seufzte. »Ich weiß nicht, wo ich anfangen soll.«

»Irgendwo.« Wahrscheinlich hatte er diesen Satz schon tausendmal gehört, und doch sang er die drei Silben so leicht wie ein Vogel. Oder gerade deswegen. Und diese Stärke, diese Verwurzelung im Unendlichen – sofort lief mir das Herz über, wie damals, in den fürchterlichen, schönen Stunden bei Dr. Dr. Seymour. »Das *Weib!*« rief ich nach einem Schnaufen in die hellichte Nacht hinaus, und diesmal verspürte ich die Resonanz der Landschaft. »Ver*flucht* noch mal! Ich bin ein alter Mann!«

Theo schnaubte, gerade stark genug, um Verständnis für mein Lamento, für die Angemessenheit in der Übereinstimmung von Form und Inhalt zu vermelden, und allemal behutsam genug, um auszudrücken, daß er eine Frist lang Zurückhaltung üben würde, damit ich die erforderliche Temperatur zum Weitermachen erreichte.

»Diese Schwestern Pandoras! Diese Mänaden! Diese… Strumpfbandnattern! Angeblich wollten sie sich nur bei mir duschen, weil im Dorf mal wieder die Wasserversorgung zusammengebrochen ist, aber… da veranstalten die da ein so was von mächtiges Schnätterätäng! Schleppen Retsina an! Entweihen mein kleines Kloster, flattern in überaus salopper Toilette auf meiner Terrasse umher, fleddern meine Biblio- und meine Videothek, und ich steh da, 'n riesiger roter Staubfänger, und die machen sich über alles lustig, diese Rowdys. Über die Farbe meiner Haare, die Form meines Barts, meine Weisheit, meine Warn- und Mahntafeln, ja sogar über meine, Zitat: ›Maskottchenhaftigkeit‹!«

»Maskottchenhaftigkeit?«

»*Málista!* Eine Unverschämtheit! Wer hat mich denn erst dazu verdonnert!«

»*Kalòn kakón*«, brummte der andere.

»*Ti?*«

»Das schöne Übel«, sagte der andere. »Sagt Geschichtsschreiber Hesiod. *Kalòn kakón*, das schöne Übel: die Frauen. Zeus' Strafe für Menschheit, weil Prometheus den Göttern Feuer gestohlen und Menschen hat gebracht. Büchse der Pandora.«

»*Das*«, knurrte ich befriedigt, »*das* ist gut: das schöne Übel... Diese verfluchten... Linksknöpfer...«

»Linksknöpfer«, knurrte der andere. »Das ist gut.«

»Diese Wesen! Diese *Un*wesen!«

»Kennst du diese Wietz?« sagte Theo. »Langweilt sich Adam, in Paradies. Sagt Gott: Soll ich dir geben Frau? Hilft dir bei Arbeit, wärmt dich nachts. Soll ich? Sagt Adam: Was kostet? Kostet doch bestimmt. Was kostet? Sagt Gott: Na ja, Arm oder Bein mußt du geben. Sagt Adam: Und was, sagt Adam, was krieg' ich für Rippe?«

Es hört sich blöde an, aber ich habe tatsächlich selten so gelacht. Man muß das verstehen, nach all den schwierigen Tagen – ständig drei gegen einen; jetzt waren wir wenigstens zu zweit. Ab sofort hatte ich grenzenloses Vertrauen zu ihm.

»Erzählst du«, sagte Theo. »Erzählst du jetzala, *sigá, sigá*.«

Und ich erzählte.

Ich erzählte alles. Ich erzählte von meinem Heimatdorf und von Schützenfest und Plastikrosen; ich erzählte von dem sonnendurchfluteten grünen Wasser des Mühlenteichs und vom sich wiegenden Roggen hinter der Weidenreihe am Ufer; ich erzählte von den Stationen meines Lebens bis zu meiner Auswanderung hierher, ans Ionische Meer, und schließlich erzählte ich von der nicht zu fassenden Melodie, die mir in den Sinn gekommen, als Frau Freymuth in Kouphala auftauchte, und ich erzählte, wer sie war und überhaupt alles, was Monika mir erzählt hatte.

Es dauerte gar nicht einmal so lange, all das zu erzählen, und obgleich beileibe nicht schmerzlos, blutete es nur so heraus aus meiner Heldenbrust und verströmte in der unendlichen, hellichten Nacht.

Doch der andere hörte zu und knurrte, seufzte und gurgelte den Ouzo hinunter, und es qualmte um seinen Kopf herum, und geschürt von dem innigen, hellsichtigen Gespür des vortrefflichen Mannes erzählte ich, erzählte und erzählte. Ein gottähnlicher Mann, der Mann auf der anderen Seite der Kiste. Seine Seufzer, die Lacher und Schnalzer, das Knurren und die Verbundenheitsflüche, sie saßen allesamt an den richtigen Stellen. Als ich zum Beispiel erzählte, daß Monika meine Anregung zum Seitensprung aufgegriffen hatte, sagte er: »*So* war *nicht* gemeint, gell?«

Und dann hielt ich inne, und schließlich sagte ich: »*Nai, étsi. Erotevménos eímai.* Nach einunddreißig Jahren zum zweiten Mal in meinem Leben in ein und dieselbe Person. Und nun?«

Und Theo sagte: »Machen wir andere. Paß auf, jetzala.«

Und ich paßte auf. Nachdem ich alles hatte herunterreden können, was mir auf der Seele gelegen, konnte ich schon klarer fühlen, und nun, mit dem Blick in die Mondnacht, die über dem Land da unten lag, wo all das passiert war, da spürte ich, daß ich außerdem wieder in der Lage sein würde, mit ähnlichem Abstand zu denken. Zumindest aber willens, es zu versuchen. Ja, ich brannte geradezu darauf, wenigstens meinen Verstand auf Vordermann zu bringen, wenn es schon mit der Vernunft so heftig zu hapern drohte. Und ich brannte auf das Ergebnis, das Theo erzielt haben mochte aufgrund seiner Einfühlung in mich.

»Erzählst du, wie ist dein Leben«, sagte er. »Was siehst du jeden Tag. Was machst du. Was ist Kleinigkeit passiert, wenn Monika kommt nach Kouphala. Und so, *right?* Auch wenn du denkst, ist ganz unwichtig.«

Ich war enttäuscht. Ich wurde ein bißchen müde. Ich hatte Durst, wagte aber nicht nach Wasser zu fragen. Ich hatte doch alles erzählt, was sollte jetzt das noch.

»Ist das wirklich nötig? Ich meine…«

»Bist du hier in Griechenland, *right?«* sagte er. »Auf griechische Boden *alles* ist von Bedeutung. Du wirst sehen.« Und dann hielt er mir einen längeren Vortrag über die erkenntnisfördernde Kraft bildlichen Denkens.

Gut, ich folgte ihm, und tatsächlich fielen mir nach und nach gewisse Dinge ein, und zunächst erzählte ich zögerlich; doch angespornt durch zustimmendes Brummen oder Nachfragen, machte es mir langsam Spaß, und ich wurde doch noch einmal neugierig wie zu Anfang des Abends, worauf das Ganze wohl hinauslaufen würde.

Als ich zum Beispiel von dem unsichtbaren Mühlrad mit seinen Speichen aus Licht erzählte, die sich ab Anbruch der Dunkelheit auf dem Schilf am jenseitigen Ufer des Acheron drehten, und mein Gefühl schilderte, an *dieser* Metapher stimme irgend etwas nicht, ich käme aber nicht darauf, was – da lachte Theo hell auf: *»Nai, xéro!«** Ließ sich aber nicht weiter aus. Ich zählte weiterhin alle möglichen Kleinigkeiten auf, das zahnlose Lächeln des Schäfers, von dem Monika erzählt hatte, ihr anfängliches Inkognito, der allnächtliche Ruf des Dionysos, und als ich erzählte, wie das Ei Spyros' des Älteren umkippte, als Frau Freymuth auf dem Sozius Kosta bravas herangeknattert kam, stieß der Mann auf der anderen Seite der Kiste einen sonoren, langgezogenen Triumphlaut aus. »Aaaaaaah… gut. Genug, jetzala.«

Gespannt wartete ich, bis er einen gierigen Schluck Ouzo genommen hatte.

---

* Ja, kenne ich! (oder auch: Ja, ich weiß!)

»*Loipón.* Ei«, sagte Theo, »Ei? Ei ist uralte Natursymbol. Ei ist Urort von Schöpfung und Verwandlung. Ei weist Weg von Chaos zu Kosmos, von Materie zu Geist. Für Ururahne war Himmel und Erde obere und untere Hälfte von Eischale. Kennst du Phanes-Relief von Modena? Sitzt Phanes in Ei, jetzala. Mithras, altiranische Lichtgott, geboren aus Ei. Persische Zeitgott, Zervan, steht auf Ei. Inder, Phönizier, Ägypter, alle alle sehen Ei als Symbol von Erschaffung von Welt alle, alle. Chinese sehen Urchaos als zwei Hälfte von Ei, reine Oben – yang –, stoffliche Unten – yin. Japan, Indonesien, Polynesien, kennen Urei alle, Dogon in Westafrika. Ist Ei universelle Archetyp von Weltanfang. Kennst du Marmorei von Constantin Brancusi? *Die Weltanfang?* Kannst du Urei übertragen heut noch jetzala auf elliptische Planetebahne von Sonnesystem, auf elliptische Galaxie, zentrale Verdichtunge von Spiralnebel. *Entáxei?*«

»*Entáxei.*«

»Aber ist Ei nicht nur Geburt, ist auch Wachsen. Einzigkeit wird Zweiheit, unförmige Gemisch trennt in Himmel–Erde, Licht–Finsternis, Mann–Frau. Und ist Symbol für Fruchtbarkeit. Finnische Bauer nimmt Ei, wenn säen, Este essen Eier bei Arbeit auf Feld, Tscheremisse und Wotjake werfen Eier in Luft oder vergraben. Andere Völker jetzala bringen Eier Neugeborene, Brautpaar essen Eier nach Hochzeit, Eier werden gemauert in Fundament von Haus, Osterei – und so weiter, und so weiter. Oologie!

Und eine griechische Mythos heißt: Am Anfang war Nacht. In griechische Sprache Nacht heißt Nyx, eine von größte Göttin, sogar Zeus hat heilige Furcht für sie. Nyx ist Vogel mit schwarze Flügel. Befruchtet von Wind, legt Urnacht silberne Ei in Riesenschoß von Dunkelheit. Und aus diese Ei, Achtung, jetzala – aus diese Ei kommt Sohn von Wind, Gott mit goldene Flügel jetzala. Was für ein Gott? Eros! Liebesgott! Übrigens, jetzala, hast du erzählt, daß Wind aufkommt an Fluß und Karin Telefonsex macht, und dann Ei umfällt: Paß auf – ägyptisch ›Hauch von Wind‹ heißt *suh!* Selbe Wortstamm wie Ei, *suhe!*«

»Das... das ja 'n Ding.«

»*Nai!* Aaaber«, sagt er, »ist nicht *nur* gut, Ei jetzala. Weltstier, iranischer, Abudud heißt, stößt Ei auf und bringt nicht nur Gott von Licht, aber auch Ahriman – Macht von Böse! Kennst du Bild von Hieronymus Bosch, Triptychon, *Garten von Lüste.* Oft Frosch und Kröte *mésa,* in christliche Literatur Laster, Häresie, Versuchung, schwarze Magie, jüngste Gericht jetzala, Unheil, *katálaves?* Zum Beispiel Basilisk, Ungeheuer: ist aus Ei von *Hahn, katálaves?*«

Mir fiel mein Traum ein. Der Traum von den Ouzo-Eiern, und wie Spyros der Ältere sagte: »Für dich und deine Prinzessin...« Doch ich wollte Theo nicht unterbrechen.

»Und ist Ei nicht nur Geburt und Wachsen, aber auch Tod. Liegt Ei in Nekropole von Telos, in Grabmal von Eleusis, nachgemachte Ei in Santorin, in Korinth, auf Relief von Sparta, lykische Monument von Harpyien, altattische weiße Lekythe... Und ist Herrscher von Vegetation Dionysos, ist das richtig? Dionysos kosmische Energie, was pulsiert zwischen Himmel, Erde und Unterwelt. Ewige Schema von Geburt, Tod, Neugeburt. Auch Dionysos-Terrakotte, böotisch-lokrische, ist eindeutig funeräre...«

»Äh, gut«, sagte ich, der ich ein bißchen nervös wurde, weil ich nicht mehr so recht zu folgen vermochte. »Was...«

»Monika ist wie in Schaferoman, *katálaves?* Wie heißt... Schafespiel. Verkleidung, Verwicklunge, Liebe, Tändelung... Kurz: Kommt Fremde mit grüne Auge, aber: fällt Ei. *Katálaves?* Metapher.« Wieder fiel mir mein Traum ein.

Ich schwieg.

Und dann sagte und sprach das Wort und benannte es heraus Theo, das göttliche Ouzo-Orakel: »Wie heißt in Märchen? Es war einmal? *Loipón.* Es war einmal Prinz. Obwohl nur zweitbeste Schütze in kleine Reich, war glücklich, warum Prinzessin hat Auge so grün wie sonnige Wasser in Mühleteich. War Schönste – wie heißt? weit und zeit?, und er in sie verliebt bis über beide Ohre. War verliebt überhaupt erste Mal in Leben. Und wer weiß: Wenn Mutter nicht bald nach Schützenfest weggezogen mit ihr, er in Dorf geblieben vielleicht, für immer, zusamme mit ihr, Prinzessin. Aber Prinz wächst erwachsen, zieht in große Stadt. An Prinzessin erinnert sich selten, bis fast vergißt. Lebt Leben, so gut wie geht; vergehen viele, viele Jahre. Eines Tages sehr krank. Wenn besser, zieht in wärmere Land. Dort lebt wie in Paradies – bis Fremde kommt. Auge leucht so grün wie damals sonnige Wasser in Mühleteich von kleine Reich.«

Als er merkt, was ich da tue, hält er inne, grunzt und trinkt einen Schluck. Dann fragt er vorsichtig: »Richtig, jetzala?«

Es war einmal Prinz…

Ja. Ich war einmal ein Prinz.

Meine Augen hatten schon beim ersten Satz zu brennen begonnen. Das war nicht schlimm. Ebensowenig, daß der Tränenpegel bei dem Satz *Lebt Leben, so gut wie geht* so hoch stieg, daß das Wasser über die Ränder der Unterlider schwappte. Auch das war nicht schlimm. Das alles war nicht schlimm.

Schlimm war, daß ich beim letzten Satz – *wie damals sonnige Wasser in Mühleteich von kleine Reich* –, daß ich bei diesem Satz ohne nachzudenken nach meinem Glas mit dem vier-, fünfstöckigen Ouzo langte und – diesmal nach einem kurzen Stocken, das ich aber, verzweifelt wie in Notwehr, überwand –, auf einen Zug austrank. Das war schlimm.

Und am schlimmsten war vielleicht, daß ich es in dem Moment gar nicht als schlimm empfand. Im Gegenteil. Wie ein sehr, sehr guter alter, lange vernachlässigter Freund, der mir vergibt, umarmt mich der Alkohol; ich empfinde Befreiung, heiße, impulsive Dankbarkeit; und angesichts des schweren Tores, das sich nun federleicht und aufleuchtend öffnet, empfinde ich eine niedrigschwellige Erregung im Blick auf die Verheißung, daß letztlich doch noch alles gut werden könnte. »Kann ich... kann ich sie wiederhaben, meine Prinzessin?« frage ich und schenke mir aus der Karaffe nach. »Vielleicht ist es ja doch Schicksal. Vielleicht krieg ich sie diesmal, meine Prinzessin.«

»Moment«, sagt Theo, »ist Märchen noch nicht zu Ende jetzala. Einunddreißig Jahre«, sagt Theo. »Doch diesmal du triffst sie bei Acheron, *katálaves?* Auge so grün wie damals sonnige Wasser in Mühleteich, aber: Ei fällt um, *katálaves?* Und *sie«*, singt er geradezu und kichert, weil alles so schön paßt, »hört Ruf von Dionysos, *katálaves?«*

»Sígoura«, lüge ich. »Aber kann ich sie nicht trotzdem wiederkriegen?«

Theo seufzt. »Erinnerst du dich, wie heißt, Trick 17?«

Auch davon hatte ich ihm erzählt. Daß ich mir Das Weib vom Leib hielt, indem ich den neuralgischen Moment, in dem ich einem solchen tief in die Augen schaue, in Kitsch verwandelte, indem ich mir im stillen vorsagte: *Er schaute ihr tief in die Augen.* »Ja ja, aber –«

»*Nai.* Hast du recht: Ist unfehlbar, Trick 17. Unerbittlich. Aber auch gegen dich selbst, *katálaves?«*

»*Nai?«*

»Trick 17 hat Hake. Gefährlichste Hake überhaupt. Widerhake.«

»*Giatí?«*

»*Giatí...«* Er schnaufte. Was, fragte er mich sodann, sei denn Trick 17 anderes als ein vorweggenommenes Erz-Verfahren?

So hatte ich das noch nie gesehen.

»Mit Trick 17 machst du Super-Ich lächerlich, bannst du Super-Ich. Bevor Super-Ich macht lächerlich *dich*. Bevor Super-Ich dich schickt in Pfütze, richtig?«

»Ja. *Nai.* Ist richtig, *nai.*«

»Aber«, sagte er: Wenn es mir fünfzehn Jahre lang gelungen sei, mein Er-Ich von gestern als Gespenst zu betrachten – warum zum Teufel sollte mir dasselbe nicht auch mit meinem Kitsch-Er unterlaufen?

»Eh?« Ich schenkte mir Ouzo nach und trank. Es war mir alles ein bißchen zu viel, was Theo mir da erzählte. Ich ahnte – oh, ich ahnte! –, was er mir sagen wollte. Doch ich trank den Ouzo.

»Achtest du auf dich, Mann von Kerz«, sagte er – dann grunzte er, und plötzlich erhob er sich und sagte freundlich: »*Entáxei.* Ist zu Ende Abend, jetzala.«

Er brachte mich noch bis zum Wohnwagen Nummer eins, dort, wo er mich drei Stunden zuvor abgeholt hatte. Die Welt war wieder weit geworden, und die Nacht war meine Freundin, und ich dankte ihm und fragte noch ein letztes Mal – ich konnt's mir einfach nicht verkneifen: »Gibt es eine Chance? Wenn's nur eine winzige Chance gäbe, meine Prinzessin wiederzukriegen…«

Und da sagte er mir *dieses wahrhaftig, daß ich es gut wußte:* »Weißt du das«, sagte er, »wenn weißt du, was stimmt nicht bei Bild von Mühlrad. *Antío, philé mou.*«*

Verblüfft fragte ich noch einmal nach: »Wenn ich weiß, was an dem Bild vom Mühlrad nicht stimmt? Wenn ich das weiß, dann weiß ich, ob ich meine Prinzessin wiederkriege?«

»*Antío*«, sagte er und verschwand im Dunkel seines Camps.

---

* Tschüß, mein Freund.

Na und? dachte ich. Das krieg ich raus. Das krieg ich raus, verdammt noch mal.

Doch da täuschte ich mich. *Sie* war es, die das rauskriegte.

Fünfter Gesang

Die rechtmässige Hybris

XXV

Berauscht vom Pilavas, ebenso berauscht vom Spruch des Ouzo-Orakels und morbide aufgereizt von den Empfindungen an jenem Disko-Grab, das ich auf dem Rückweg besucht hatte, hatte ich die Bar Dionysos gestürmt, um mich in den erotischen Kampf um Monika zu stürzen (in der Hinterhand zudem den Trumpf der tausend roten Rosen, die ich durch Zufall noch in derselben Nacht in Kanalaki ergattert und im Auto deponiert hatte). Und alle, alle waren da, Manu und Karin, der flinke Ingo und die Schrauber, der verdammte Panos und der tumbe Alex, Kosta brava und Kosta del sol; alle, alle waren da und feierten den Vollmond… nur sie nicht.

»Spyros hat sie entführt!« krähte Karin.

*Sostá,** Monika Freymuth war, wie sie selbst mir in der darauffolgenden Nacht erzählen sollte, mit Spyros dem Jüngeren in Kaloligia, Kuckänsterrnä. Kuckän *pansélino***. Stimmt's, Spyro?

Wenn ich mich heute in Monika Freymuth hineinversetze, versuche, in ihr Ich zu schlüpfen, ihr Ich von heute, dann *spüre* ich, was Theo mir hatte sagen wollen: Jene Zeit in Kouphala, jene fünfzehn Tage und Nächte zwischen ihrem Offenbarungseid, mit dem sie ihr Inkognito lüftete, und jenem Panigyri der Wahrheit, das waren die aufregendsten, schönsten Wochen, die sie erlebt hatte, seit Hartmut um sie geworben. Ja, es war die spannendste, intensivste Zeitspanne seit dem Spätsommer 1972; wenn sie darüber nachdenkt – und sie denkt noch oft daran und darüber nach –, erscheint ihr diese kurze, dichte Spanne Leben so

* Stimmt

** Vollmond

unglaublich, phantastisch und traumhaft, daß sie regelmäßig in eine kleine Panik gerät: Ist all das wirklich geschehn? Und all das innerhalb von wenig mehr als zwei Wochen? Diese kurze Spanne, sie kommt ihr in der Erinnerung wie eine Ewigkeit vor – und zugleich wie ein Atemhauch. Und komischerweise geht es ihr genauso mit den acht Monaten davor. Ja, auch ihre Krise kommt ihr in der Erinnerung wie eine Ewigkeit vor – und zugleich wie ein Atemhauch. Nur wie ein asthmatischer. Nur, daß diese Spanne ein Alptraum war, die zwei Wochen danach jedoch ein aufregender, ein dichter und intensiver, ein unwahrscheinlich schöner Traum.

Ja, die Prophezeiung in dem Horoskop, das Yps ihr vor ihrer schicksalhaften Abreise gestellt, hat sich erfüllt: Die Waage pendelte sich ein. Die Heilung von der Krise begann an jenem Nachmittag am Strand von Kouphala, an dem sie sich offenbarte, und der Mond zeigte ihr den Weg über D wie Depression zu O wie Orgiasmus. Und als der Mond wieder abnahm, war sie gereinigt, geheilt und gewachsen.

Als sie am frühen Abend nach jenem Nachmittag vom Strand zur Villa Karolina zurückgeschlendert war, stand der ausgefranste Viertelmond noch über den aphrodisischen Bergen, hoch am Himmel und transparent wie Papier im Wasser, denn die Sonne war erst auf dem Weg in den Untergang. Monika hatte sich wohler gefühlt nach ihrer Beichte; nach dem anschließenden Telefonat mit Yps fühlte sie sich noch besser (Yps war auf ihrer Seite und würde Mami im Zaum halten) und geradezu gut, nachdem sie im Kreis ihrer neuen Freundinnen auch Bodo den Bärtigen davon unterrichtet hat, wer sie wirklich ist.

Ach ja, dieser märchenhafte Platz am Fluß! Die längsseits vertäuten Fischkutter, die vielen zwar leeren, aber einladenden Tische, das lauschige, gastliche Schwarzgrün des Blattwerks der schönen Bäume und die Farben der Glühbirnenkette, Farben, wie es sie in Kirchenfenstern gibt und bei Chagall... Der schöne, einfache alte Mann am Tisch vorm Haus, Spyros der Ältere, der wie so viele Männer hier in Griechenland mit dieser Kette spielt, die man *kompológi* nennt... Er nippt an einem milchigen Ouzo in einem halbhohen Glas mit achteckigem Fuß, raucht eine filterlose Zigarette und schaut über den staubigen Weg durch den Baumgarten ins Schilf am gegenüberliegenden Ufer, wo die Reflexionen der Wellen wieder dieses wundervolle Licht-Spiel aufführen, das ihr schon am Vorabend aufgefallen ist. Ihre Schultern, sie fühlen sich so weich und warm an hier draußen. Zieh den verd... Sch...pumps doch einfach aus, der da so kneift. Der Eukalyptusbaum duftet so intensiv, und aus der Küche riecht es so lecker... Das Leben ist – schön! Ich weiß nicht, ja, einfach *so,* einfach – schön! Ach ja? Und Hartmut, der Schweinehund? Paß auf, daß du nicht gleich wieder zu heulen anfängst! Ach sei still, Ziege...

Doch der Ouzo, er schenkt Monika ein kurzes, aufsprudelndes Glücksgefühl. Er ist Lakritz, aber auch Rausch; er weckt Freuden der Kindheit und des Erwachsenseins zugleich. Sie schaut zu Bodo dem Bärtigen hinüber, der seine nackten Füße gegen den geschälten Stamm des Eukalyptusbaums gestemmt hat und auf seinem Stuhl hin- und herkippelt und, wie sie, gleich wieder errötend, bemerkt, sie mustert. Eine Zigarette, rasch, und dann rückt sie zu ihm rüber, ein wenig ab vom Tisch, das ist ganz gut so, ein wenig ab vom Ouzo, sonst ist sie gleich betrunken, und die kommenden anderthalb Stunden sind so dicht, so intensiv, so schön, daß sie verfliegen wie während einer befriedigenden Arbeit oder eines tiefen Schlafs.

Ach ja, Buhmann...! Er scheint nicht gerade erfreut darüber, wer sie, Monika, wirklich ist, aber Karin und Manu haben sie am Strand ja bereits über ihn aufgeklärt: ewiger Student in Hamburgs Norden, Lokalreporter in

Hamburgs Süden, das Doppelleben der Ehe (Nord) und Affäre (Süd), der Alkoholismus, die Psychose, das spurlose Verschwinden zehn Tage lang, dann die vierzehn Monate in der Nervenklinik, Frührente, Scheidung, Auswanderung... Nun ja, wenn aus einem aufgeweckten, hübschen rothaarigen Jungen *so* einer geworden ist, dann versteht Monika, daß er nicht gern plötzlich Figuren aus einer Zeit gegenübersteht, in der er noch ein aufgeweckter, hübscher rothaariger Junge war. Sie versteht es, und deshalb spricht sie ihn lieber nicht drauf an, sondern – offenerweise, ungeschützt – nur von sich selbst.

Von seiner Zurückhaltung abgesehen aber findet sie die Begegnung beflügelnd. Denn was heißt »*so* einer«, er ist ja ein interessanter Typ! Ja, und in den ersten Tagen genießt sie seine harten, aber intelligenten und tiefgründigen Einschätzungen ihrer Lage ja auch noch...

Oh, wie sie sich verströmt, in den bemondeten Nächten! An den besonnten Tagen aber schöpfte sie Atem. Gegen Mittag erwachte sie meist mit einem gemütlichen kleinen Katarrh, den sie noch ein Viertelstündchen pflegte, durch Räuspern und Husten, Augen- und Schläfenreiben, bevor sie sich frisch machte. Sie dehnte ihre Muskulatur, bis ihr Herz den Schlag beschleunigte, und ihr Gähnen schmeckte nach Anis. Sie lauschte dem Sausen der Fliegen im Zimmer, dem Flattern, Kratzen und Tschilpen der Spatzen in den Dachrinnen, dem Hämmern eines Handwerkers tiefer im Dorf und dessen Echo, welches in das Hämmern dreinschlug, und betastete ihre Brüste. Monatelang hatte sie dabei nichts gespürt außer Besorgnis.

Dann ging sie auf den Balkon, und mal beobachtete sie Black & White, wie sie den Treidelpfad entlangtrotteten, mal die Nachzüglerin einer Ziegenherde, eine kleine schwarze Zicke mit Hörnchen und putzigem Gesichtsausdruck; sie rupfte Gesträuch, und als Echo des Rucks wackelte jeweils ihr Schwänzchen. Ein anderes Mal sah sie, wie einer der jungen Griechen, einer der Stammgäste der Bar Dionysos, seine Kuhherde auf einem Geländemotorrad vor sich hertrieb – ein Cowboy auf Rädern. Und jedesmal, wenn sie da so stand in ihrem Sterntalerhemd, erinnerte sie sich der mahnenden Erfahrung mit der Heuschrecke, und sie stellte das Radio an und ließ sich von der Bouzouki-Musik in eine taghelle Stimmung von Lust und Freiheit treiben, kochte einen Nescafé und packte ihre Strandtasche.

Dann fuhr sie ans andere Ende des Dorfs. Hier schien es üblich, selbst kürzeste Strecken motorisiert zurückzulegen, und seit sie den zwanzigminütigen Fußmarsch von der Villa Karolina bis zur Taverna Plaka in der Mittagsglut beim ersten Mal nicht gut vertragen hatte, fuhr sie eben mit dem Auto – so konnte sie auch mal flottere Schuhe anziehen, die zudem nicht gleich wieder einstaubten. Manchmal war sie die erste am Fluß, manchmal saß Buhmann schon da, und dann warteten sie gemeinsam, bis Karin und Manu erschienen, und Monika ließ sich von Spyros einen weiteren Nescafé servieren, den er besser hinkriegte als sie selbst.

Was ist es, das du empfindest, wenn er bei dir sitzt und dir sein Grübchen gräbt? Schwer zu sagen, aber es ist etwas, das mehr mit mir zu tun hat als mit ihm. Ich sehe mich mit neuen Augen. Mit sanften Augen, den Augen der anderen Seite, mit seinen, und was ich da sehe, das... Sprich's nur aus: Es gefällt dir. Ja, es gefällt mir. Na und? Schlimm?

Sie liebte es, in seiner Nähe zu sein, ein bißchen mit ihm zu plaudern und seinem niedlichen Kauderwelsch zu lauschen. Beispielsweise sagte er statt »zu Fuß« immer »mit Fuß«, und einmal sagte er »Plätzchen« statt »plötzlich«. Am liebsten würde sie ihn dafür in den Arm nehmen!

»Diese Pope da, da, siehst du?, chat Elevtheria... wie cheißt... getaucht?«

Einmal erzählte er ihr ein paar seiner Fischerabenteuer, wie er einmal in einen Sturm geriet, so daß er sich festbinden mußte – »Spyro fast tott!« –; wie er einmal einen siebeneinhalb Kilo schweren Hummer gefangen hatte; einmal eine »Seeslange«, sechs Meter lang, die selbst noch mit abgeschnittenem Kopf so stark mit dem Schwanz schlug, daß sich ihm die Haare auf den Unterarmen sträubten.

Ein andermal saßen sie mit Karolina zusammen, Ingos Frau. Spyros erzählte, daß die Leute ganz früher nach Parga zur Schule gehen mußten, »mit Bott, mit Äsäl oderr mit Fuß«, und Karolina erzählte, wie sie aufgewachsen war. In den Siebzigern lebten sie in einem Haus mit zwei Zimmern – zu fünft, zuzüglich der Ziegen und Hühner. Schwein und Ochse immerhin hatten einen Stall. Kein Wasser, kein Strom. Ihr Vater bestellte sein Feld mit Hilfe des Ochsen. Der zog einen Holzpflug, auf dem eine Palette befestigt war. Als Druckgewicht fungierten die Kinder. Es gab nicht viel zu essen, und darum erlegten sie mit Steinschleudern Amseln. Eine Delikatesse.

Wieder ein anderes Mal saßen sie mit Karin, Manu und Buhmann, dem rasenden Erwin und Strong Man zusammen. Spyros erwähnte das letzte Erdbeben – 5,3 auf der Richterskala –; es war nachts gewesen, die Wände hatten sich knirschend verschoben und Karin fast einen Kreislaufkollaps vor Angst bekommen. Karin nahm den Faden auf: »Und Erwin – nä, Erwin? – ging seelenruhig zum Pinkeln; der war so besoffen, daß er dachte, das liegt *da*ran. *Haaarrh!*« Buhmann erzählte, hier wehe der Wind manchmal derart stark, daß er den Strand in hauchdünnen Schichten ab- und quer durchs Dorf bis in die Felder trage; fluchtend fege Nikos dann seine Steinterrasse aus. Einmal habe gar ein solcher Sturm geherrscht, daß das Strohdach von einer Tavernenterrasse meterhoch abgehoben sei, sich dreimal gedreht habe und dann zerfetzt in der Marsch verschwunden sei. Manchmal verfange sich ein Gewitter hier im Talkessel über Kouphala, und dann dauere es einen ganzen Tag und eine Nacht, bis es wieder verschwinde, und der Himmel sehe dann aus, als gäbe es dort ein Extragebirge, »und Poseidon«, sagte Buhmann, »peitscht das Meer wie mit neuntausend neunschwänzigen Katzen«. Strong Man erzählte, wie sie einmal hier bei Spyros am Haus saßen, und da schlug der Blitz in den Fluß ein; »das hat unheimlich geknistert, und anschließend waren wir alle wie gelähmt; wir konnten uns minutenlang nicht rühren«. Es seien hier schon Leute vom Blitz erschlagen worden. Auch ertrunken, eine Frau, in der Bucht; an die Felsen der Mole geschleudert, »und *am selben Tag*«, erzählte Erwin, »sind ihr Mann und seine Schwester auf dem Weg nach Ioannina mit dem Auto verunglückt; und als die aus dem Krankenhaus hierher zurückkamen, haben sie's erfahren, alles an ein und demselben Tag«. Einmal, erzählte Ingo, habe sich hier in der Bucht eine Wasserhose gebildet, dünn wie ein gewrungenes blaugrünes Handtuch, ausgefranst von Gischt, so hoch wie der Zehner im Schwimmbad; sie wanderte aus der Bucht an den Strand, wobei sie sich beige verfärbte, und dann wirbelte sie weiter, auf den kleinen Pappelschlag zu, der Bewohner eines Wohnmobils sah sie kommen und flüchtete sich hinein, und dann schnappte sie es sich, hob es meterhoch in die Luft und ließ es wieder fallen, auf die Seite. Der Mann kam mit etlichen Prellungen und dem Schrecken davon.

Ein andermal erzählte Spyros der Jüngere, daß Spyros der Ältere dieses Stück Land hier vor fünfzig Jahren gekauft habe, »von chier bies da – zwelftausend Drachmen!« Er erzählte, daß die Leute hier in Kouphala zum Teil sehr, sehr alt wurden, der älteste hundertacht Jahre. Der Besitzer der alten Ouzeri war dreiundneunzig geworden, obwohl er den ganzen Tag Ouzo trank, eine Flasche nach der anderen – »aberr: keine Streß!« Und die Taverne in der

Nähe der Verkehrsinsel – wenn Spyros dort früher auf den Bus gewartet hatte, riefen die alten Männer, er möge hereinkommen, »mußt du Ouzo trinken, *katálaves?*«; sie rauchten den ganzen Tag und warfen Messer in die Tür.

O ja, sie liebte es, ihm zuzuhören.

»Was macht Strong Man denn da?«

»Bott kaputt. Bießchen Problemm mit Elektrik, bien noch niecht siecher, kann sein, eh? Und fragt, kann ich helfen mit meine Bott, nein, gett niecht, anderre Bott, mit Snur, brrrrrrrrrt? –«

»Außenborder…«

»… Außenborrde, ja, und kommt wieder hierher. Chab iech gesaggt, kriegst du meine Handy. Wenn! Etwas passiert, wahrseinlich, kann sein, muß niecht sein, einfach so, hallo ich bin da, *I need. Kataláves?* Beste Bott iest mit Diesel. Bensien iest iemmer Problemm mit Elektrik. Diesel iest einfach. Iemmer bloß kucken, du-dumm, du-dumm, *oil,* Wasser, Druck von *oil,* sonst gar niex.«

»Aha…«

Und da lächelt er und legt seine Hand auf die ihre und drückt sie, als Bitte um Nachsicht für seine Fachsimpelei! Ein hinreißender Mann. Was für ein hinreißender Mann. Auch er, wie alle andern, macht ihr nachts in der Bar Dionysos mit allen Finessen den Hof – mittags und abends aber dann wieder: nur freundlich, doch ohne distanziert zu sein!

Außerdem verspürte sie in seiner Nähe oft eine Art heilsbringerischen Impuls, nachdem sie einmal gesehen hatte, daß er auf seinem Motorrad losraste wie ein Irrer. Und Buhmann erzählte, das sei so eine Art Therapie gegen depressive Anfälle, und Erwin, später, erzählte, Spyros habe ihn auf dem Weg nach Kaloligia überholt – »der is' nur so an mir vorbeigeschossen, den Berg rauf; hundertachzig hat der dicke draufgehabt…«

Selbst Kosta brava... er war kaum wiederzuerkennen, Monikas Held, als er eines Abends kam, harsch rasiert, Hawaii-Hemd, Mokassins, Goldzähne wie frisch poliert... Überhaupt die griechischen Männer! Was für ein Körpergefühl sie genossen! Wie selbstbewußt sie da standen, stets mit beiden Beinen fest auf dem Boden, und mit der einen Hand ihr Kompologi schleuderten, während sie lächelnd redeten und mit der anderen Hand diese unglaublich sexy Handbewegung machten, so als versetzten sie einem Schwungrad ganz lässig einen Schubs nach dem anderen...

Ach, man setzt sich an den Tisch, und dann kommt jemand und setzt sich ganz selbstverständlich dazu. Man hört dem Palaver zu und hängt seinen eigenen Gedanken nach, die aber auf seltsame Weise mit dem verbunden sind, das man bestenfalls zu einem Zehntel versteht. Und immer ist irgendwas los. Einmal droht eine riesige Ratte auf Spyros' Kutter zu springen; einmal kommt jemand mit grünen Leuchtstäben als Zähnen; einmal sagt Manu: »Was ist das denn da für 'ne hübsche Brosche«, und Monika sagt: »Was denn für 'ne Brosche«, und als sie dorthin schaut, wohin Manu zeigt, da springt ihr die winzige, knallgrüne Kröte von der Schulter...

Immer gibt's was zu lachen. Sie könnte dauernd nur lachen. Einmal reichte Karin ihr eine Untertasse mit Mangold, der aussah wie Algen – ein Geschenk von Spyros dem Älteren; sicher lieb gemeint, aber ehrlich gesagt nicht sehr appetitlich –, und sagte: »Möcht'st du auch 'n bißchen Quatsch mit Soße?« Und sofort muß sie wieder lachen.

Ach, und dann wieder am Strand liegen (»Wie ein freiwilliges Kotelett, hätte Erich Kästner gesagt«, sagte Buhmann), meist im behaglichen Schatten des Sonnenschirms, ab und zu ein Weilchen in der Strahlung des Nachmittags... Die Gewalt der Hitze streckte sie nieder, röstete ihre

Haut und buk ihr Fleisch und durchglühte ihr Haupt, rottete das Hirngeziefer aus, und wenn es ihr schien, als kräusele bereits Rauch aus den Ohren, dann rappelte sie sich auf, langsam, langsam – *sigá, sigá,* wie der Hellene sagt –, und schleppte sich ins Wasser und kühlte sich ab. Wie schlank und rund zugleich ihr Leib sich anfühlte! Wie ihre Nerven pulsierten!

»Ist heut Montag oder Dienstag?«

»Mittwoch.«

»Was? Kann nicht angehen...«

Die beiden Hügel, die ihre Bucht hier und dahinten bewachten; sie rührten ihr Herz mitunter so sehr, daß sie sich am liebsten draufgeworfen hätte, um ihr dichtes, grünwolliges Fell zu kraulen... Wie herrlich, wenn die Kraft der Sonne abnahm gegen sechs; wie himmlisch, die Schirme dann zusammenzuklappen, einander zugewandt dazusitzen auf den Badelaken, Kekse, Witze, Creme, und zu plaudern über Gott und die Welt – ja, und auch über Männer, diese lustige, aufreizende, hanebüchene Spezies...

Täglich lernte sie dazu, nicht nur Griechisch. Der eine besondere Abend in der Taverna Plaka, als Ingo sie auf ihren Gesangsverein ansprach – mein Gott, nie hätte sie für möglich gehalten, sich vor Leuten, die sie gerade mal eine Woche kannte, so ins Rampenlicht zu setzen. Und es war schön! Selbst aus der schlimmen Erinnerung an Papi ging sie gestärkt hervor, sah sie von dem alkoholischen Absturz, der wohl »einfach mal sein mußte« (Karin), und dem fürchterlichen Kater danach mal ab. All die wundervollen Gespräche mit Manu und Sven; all die tiefen, intensiven Gespräche mit Buhmann; all die wundervollen Abende am Fluß... Und danach der Wechsel zu dem Ort, an dem sie wohl am meisten lernte – die Bar Dionysos.

Vom Garten der Taverna Plaka zur Bar Dionysos zu gehen, das war ein Gefühl wie zwischen zwei wunderbaren Geschenken zu wechseln. Ja, daran erinnerte es sie: an das Kindheitsgefühl, als sie zu Weihnachten das Puppenhaus *und* das Meerschweinchen geschenkt bekommen hatte. Hatte sie je wieder ein so reines, überschäumendes Glück erlebt wie damals, als ihr nach stundenewiger, seliger Versenkung in den Segen von Küche und Stube, Schlaf- und Kinderzimmer des zweistöckigen Puppenhäuschens plötzlich wieder einfiel, daß sie außerdem neuerdings ein lebendiges Tierchen besaß, sie ganz allein? So daß sie aufjauchzend hinüberstürmte und sich an seinem weichen Fell labte bis zur Verzückung?

Es sind nur wenige Schritte durch die phantastische Nacht; man passiert drei Tavernen, und vor der einen sitzt fast immer ein alter Mann, der freundlich grüßt und dem man ansieht, daß er sich an ihrem Anblick selbstlos freut; Monika kommt sich dabei immer ganz jung vor – und sie hat das Gefühl, er rechtfertige ihr Tun (als wüßte er, daß Hartmut zwar schon öfter bei Yps angerufen hat, aber tatsächlich verabredungsgemäß weder mit ihr sprechen will, noch auch nur nach ihr fragt!)... Gut, was sie zur Rosigen Stunde einmal sah, war nicht so schön: Am anderen Ufer des Acheron hatte er eine kleine Plantage von Bananenbäumen angelegt, woran sich die Ziegen gütlich taten, und da schoß er mit einer Schleuder Knallkörper hinüber, so daß die armen Tiere fast durchdrehten. Doch selbst das kann sie ihm verzeihen, wenn er ihr nachts wieder zulächelt.

Ach, die Bar Dionysos...! Wenn sie die gelbe Beleuchtung zwischen all den Grünpflanzen um die gepolsterten Rattanmöbel erblickte, wenn sie dieses Feng-shui der Geselligkeit schon von weitem sah und die Musik Dalaras' vernahm, schlug ihr Herz höher; es war, als setzten Schalldruck und Gesichtsreiz Kriechströme von Leidenschaft in ihren Wirbelnerven in Bewegung. Manchmal wurden

Manu, Karin und sie schon erwartet. Ein schönes Gefühl, daß ein solch allabendlich strahlendes Willkommen auch ihr galt. Was für eine wundervolle Veranda, und wenn es gegen zwei, drei Uhr hineinging, war es nicht weniger schön, auf dem Barhocker zu sitzen wie im Damensattel, gemocht, ja umgarnt...

Allein der lachende Sotiris! Oh, wie attraktiv er war... wie sagenhaft charmant... War ein Gast noch so schwierig, mißgelaunt, zickig, unter der Bestrahlung seines Zaubers zerstäubte jeder Gallenstein. Wenn er und Spyros der Jüngere einander an die Schultern faßten und freundschaftlich scherzten, war Monika dankbar, etwas so himmeljauchzend Nettes miterleben, Anteil an einem solchen Tarocksymbol der Männlichkeit nehmen zu dürfen – und um wie vieles mehr, wenn sie an ihrer beider Blicken erkannte, daß ihr, Monikas, Anblick für sie dasselbe bedeutete, wenn nicht ein Vielfaches davon. Einmal, als sie, »die drei Bakchen«, wie Buhmann immer sagte, gerade ankamen und sich auf der Veranda niederließen, warf sie wie immer einen Blick durch das offene Glastor ins Innere der Bar und sah, wie Sotiris lachend diese nette, zustimmende Geste der Griechen machte, indem er die Stirn leicht gen Herz neigte, und als sie die Augenbrauen hob, erklärte er sich durch eine weitere Geste, indem er Daumen- und Zeigefingerkuppen aufeinanderlegte und mit beiden Händen vertikale Parallelen zog: Es war ihm nicht entgangen, daß sie das Kleid mit den Sphaghettiträgern trug... Welche Aufmerksamkeit! Wie nett, sie so nett zu offenbaren! Und er sah immer, wie ihr zumute war; jeden Abend las er die kleinsten Nuancen ihrer Stimmung – oft noch bevor sie selbst wußte, daß es sie überhaupt gab. Ein sensibler Mann, aber auch ein starker Mann.

O ja, und weder Sotiris noch Spyros war der einzige. Die ganze Bar Dionysos war voller anziehender, offenherziger Männer zwischen zwanzig und fünfzig, die wußten, was sie wollten, und es anpackten, ohne je danebenzugreifen. In Kehdingen gab es so etwas nicht, eine ganze Bar voller anziehender Männer, solche Virtuosen des Flirts. Nach und nach entdeckte Monika, daß ihr das gefiel. Indem sie dahinschmolz, wuchs sie. »Kouphala«, sagte Karin einmal, »das ist wie Bangkok für Frauen!«

Der Spruch war typisch für Karin – überzogen, aber ein Körnchen Wahrheit drin. Zwar kannte Monika Bangkok nicht, doch hinterm Mond lebte sie auch nicht, und als sie den Vergleich innerlich nachschwingen ließ, während sie sich selbst dabei beobachtete, wie sehr sie das Anschwellen ihrer eigenen Anziehungskraft genoß, da wurde sie zum ersten Mal wirklich gewahr, was es durchaus *auch* bedeuten konnte, daß in Bangkok zwei Großkunden von Hartmuts Firma saßen. Wenn Hartmut von Bangkok erzählt hatte, dann stets im Tonfall nüchterner Klagen über die Hitze und den Straßenlärm und sonstwas stets eher Lästiges – *Arbeit* eben. Obwohl sie nicht hinterm Mond lebte, diese hochspezielle Seite Bangkoks, dieses zum Klischee geronnene Bild hatte sie nie mit Hartmuts Geschäftsbild übereinanderprojiziert. War sie eigentlich vollkommen verblödet? Lebte sie eben doch hinterm Mond?

Ein heißer Verdacht kochte in ihr auf, vollkommen grundlos, sicher. Und doch kochte er in ihr. Immer – bisher, oder zumindest bis zu jener Phantombegegnung an der Kreuzung hier in diesem staubigen Dorf – hatte sie sich und Hartmut als moralisch ebenbürtig betrachtet. Schon aus Gründen des *Stils*. Hartmut im Bordell? Hartmut mit Kondomen in der Brieftasche? Hartmut ein Popoklatscher und Busengrapscher? Ha! Er hieß ja nicht Hans-Günter.

Doch wenn selbst *sie*, Monika Baucis Freymuth, einen Vertreter des Gegengeschlechts (»Einen?« – »Ach sei still, Ziege!«) plötzlich ausschließlich nach seiner Rolle als Makler der Bedürfnisbefriedigung zu taxieren fähig war, ja voller Lust gar willens?

Denn o ja, das war sie. Und ja keineswegs erst, seitdem sie jede Nacht jemand nach Hause brachte – »immer ohne Zunge?« wie Karin einmal nachgefragt hatte, gespielt ungläubig. Ja. Immer ohne Zunge. Kosta bravas Geduld schien grenzenlos. Dennoch hatte sie ja durchaus mit dem Gedanken an einen Seitensprung gespielt, seit ihr der Schäfer ohne Zähne über den Weg gelaufen war. Ja, vielleicht schon, seit sie den Abzweig nach Parga verpaßt hatte. Vielleicht sogar seit ihrem zweiundvierzigsten Geburtstag...

Und sofort ertappte sie sich bei dem Gedanken, daß sie nach dieser ihrer Gefühlserfahrung Hartmut künftig im Bett geradezu verachten müßte, hätte er nie je eine ähnliche gemacht. Ja, sie ertappte sich bei dem *Wunsch*, er hätte es schon früher nie nur bei der *Gefühls*erfahrung belassen...

Du bist doch vollkommen irre. Was ist bloß mit dir los? Ach, sei still, Ziege. Ich werd's morgen mit Buhmann besprechen.

Ach, Buhmann...! Er wußte so viel! Es war unglaublich, was er alles wußte. Er wußte, daß die Entfernung Kouphala/Hafen–Hamburg/Hafen 959 nautische Meilen beträgt, wobei eine Meile 1,825 Kilometer entspricht. Er wußte, daß Olivenbäume, die keine Früchte mehr trugen, über hundert Jahre alt sein mußten und daß sie über zweitausend Jahre alt werden konnten – ja, einige seien so alt wie Jesus. Er wußte, daß Artemis nicht nur die Göttin der Jagd war, sondern auch des Mondes und der Frauengeheimnisse, und sich besonders um junge Mädchen und Frauen kümmerte, die ein keusches Leben führen wollten. Er wußte, daß die vielzitierte weibliche Intuition eine Legende sei, nachgewiesen von einem britischen Psychologen in wissenschaftlichen Tests – fünfzehntausend Probandinnen und Probanden mußten anhand von Porträtphotos schätzen, ob das Lächeln der gezeigten Menschen echt oder künstlich sei, und die Männer lagen zu 76 Prozent richtig, die Frauen aber nur zu 67 Prozent, »und am besten«, so Buhmann, sei die vorherige Selbsteinschätzung gewesen, »da prahlten 77 Prozent der Linksknöpfer damit, echtes von falschem Lächeln im Schlaf unterscheiden zu können, die Herren aber blieben mit 58 Prozent recht bescheiden!«

Er wußte, daß Arachnophobie keineswegs, wie Karin behauptete, »Angst vor Schnarchern« bedeutete. Er wußte, daß die Phanari-Ebene zwischen Preveza und Parga deshalb nach dem griechischen Wort für »Scheinwerfer, Laterne« benannt wurde, weil es hier in früheren Zeiten ein Kommunikationssystem aus Feuersignalen gab. Er wußte, daß das deutsche Wort »Mücke« etymologisch eine Weiterbildung desjenigen Lautes sei, der das eindringliche Summen des Insekts nachahme; teils werde der Begriff auch für Fliegen benutzt, und nicht zufällig heiße der antike Gott der Fliegen, einer der niederen Götter, Myiagros. Er wußte, daß an stürmischen Tagen pro Kilometer Hunderte von Tonnen Sand am Strand umgewälzt werden, daß die Waschbrettmuster verraten, woher die Strömungen kommen, daß kleinere Rippelmarken in nur knöcheltiefem Wasser schon bei einem Stromtempo von einem halben Stundenkilometer entstehen; daß zwar schon die griechische Antike von den Heilkräften der See überzeugt war, die alten Römer aber glaubten, es sei von Ungeheuern, Piraten und Malaria verseucht, und daß ein Strandleben in Deutschland erst gegen Ende des 18. Jahrhunderts befürwortet wurde – bis dahin waren selbst starke Gemüter angesichts des ungestümen Meeres in Ohnmacht gefallen und hatten einen Teufel getan, anstatt hineinzusteigen –; und daß mit Meer und Strand erst in der romantischen Epoche die Schlüsselbegriffe des neuen Lebensverständnisses vereinbar wurden – Gefühl und Innerlichkeit, freie Subjektivität des Geistes, Sehnsucht nach Vereinigung mit dem Unendlichen, Bindung des Individuums an die Kräfte der Erde... Er wußte, daß den Ouzo die Griechen Kleinasiens im 15. Jahrhundert kreierten, indem sie aus Trauben und Feigen, Anissamen und Mastix zunächst den so genannten Raki brannten; mit ihrer Vertreibung 1922 kam der Raki ins Mutterland, und bereits im 19. Jahrhundert war er sehr gefragt, auch im Ausland, zum Beispiel in Frankreich, wohin die Ausfuhr in Holzkisten mit der italienischen Aufschrift »Uso di Massilia« vonstatten ging, also »Für den Gebrauch Marseilles« (Karin zu Manu: »Siehste? Ouzo ist zum Gebrauchen da!«); er wußte, daß der Ouzo früher durch doppelte Destillation des Weintrebers, also der Traubenrückstände wie Stengel, Schalen und Kerne, nach der natürlichen Gärung hergestellt wurde, heute aber der Alkohol des Trebers durch den Alkohol der Weintraube ersetzt werde; daß dieser vor der Destillation mit aromatischen Ölen aus Anissamen oder Mastixharz sowie Zimt, Ingwer, Fenchel und anderen aromatischen Ölen vermengt und dreimal destilliert werde, wofür jede Destillerie ihr eigenes, streng geheimes Rezept habe, und daß von der ersten Destillation nur das »Herz«, das heiße die mittlere Fraktion, für die zweite und dritte weiterverwendet und das Ergebnis der letzten dann zum Reifen gelagert und nach der Reifung das hochprozentige Produkt vor der Abfüllung mit Wasser vermengt werde, um es auf einen Alkoholgehalt von 46 % zu bringen, und daß die Destillation kleiner Mengen in oft abenteuerlich anmutenden, oft uralten Anlagen erfolge, die innerhalb der Familien von Generation zu Generation weitergegeben würden, und...

Sie konnte fragen, was sie wollte, sie bekam eine Antwort. Weshalb der Ouzo milchig werde, wenn man ihn mit Wasser mischte? »Weil im Alkohol gelöstes Anis-Öl ausfällt, wenn Wasser dazukommt. Wasser und Methanol bilden Cluster, die aus Ringen von Methanol-Molekülen bestehen, die über Wasser-Moleküle mit Hilfe von Wasserstoff-Brücken...« Schon gut. Weshalb die Stämme mancher Bäume von der Wurzel bis zur Verzweigung gekalkt waren? »Da gibt's verschiedene Gerüchte, zum Beispiel: gegen Ungeziefer. Aber das ist alles Quatsch. Sie bemalen sie zu Ostern, das ist alles.« Aha. Sind Fledermäuse Mäuse oder, haha – Vögel? »Vögel?! Fledermäuse sind die einzigen Säugetiere, die fliegen!« Aber das mit dem Blutsaugen ist doch Unfug, oder? »Es gibt tatsächlich welche, die sich von Blut ernähren; die sogenannten Vampirfledermäuse, und zwar vom Blut von Eseln oder Rindern. Sie saugen es allerdings nicht, sondern lutschen es, indem sie ihre rasiermesserscharfen Zähnchen –« *Entáxei, entáxei.* Natürlich ließ er keine Gelegenheit aus, sie wegen ihrer Tierliebe zu provozieren, das merkte sie sehr wohl.

Sie waren ja durchaus interessant, die kurzen bio- und geologischen, historischen oder archäologischen Vorträge. Seine Ansichten zur Astrologie allerdings teilte sie ebensowenig wie der arme kleine Sven, dem gegenüber der große Buhmann sich mitunter, wie sie fand, unmöglich verhielt; und als er auch noch anfing, ihr soziologisch und philosophisch den großen Lebenstraum vom Weltbereisen auszureden, da war bei ihr das Ende der Fahnenstange erreicht. Er war der Ansicht, Reisen sei nichts anderes als eine Variante der menschlichen Illusion, man könne die seit dem Ende des Mittelalters verlorene Hoffnung auf ein ewiges Leben nach dem Tode aufwiegen durch besonders intensive Nutzung der begrenzten biologischen Lebensspanne, indem man Raum und Zeit tilge; alles müsse immer schneller und intensiver passieren, und dabei aber verschwinde unterderhand die Qualität der Erfahrung, und...

Sie mußte gähnen. Nicht, daß sie undankbar sein wollte, um Himmels willen, aber nach ein paar wundervollen, tiefen und intensiven Tagen fing er an, ihr ein wenig auf die Nerven zu gehen. Sicher, er war klug und witzig, manchmal aber eben neunmalklug und aberwitzig. Herrgottchen, ich bin hier, um mich zu erholen. Ich bin acht Monate mit schlechtem Gewissen herumgelaufen. Mit dem norddeutschen Wetter kann ich noch früh genug wieder um die Wette flennen. Ich bin hier, um mich aus meiner Krise herauszuarbeiten.

Sicher, sein Anteil am Gelingen dessen war nicht zu leugnen – wollte ja auch niemand, um Himmels willen. Sie würde ihm ewig dankbar sein. Aber sie mußte gestehen, sie war auch nicht eben unfroh, oder sagen wir, bedauerte es nicht unbedingt *glühend,* wenn Buhmann gegen Mitternacht über den Acheron setzte. Manchmal empfand sie es als Schliche, was da in seinen blauen Augen vor sich ging. Etwas ging da manchmal in ihm vor, was sie nichts anging, und er versuchte, es ihr trotzdem einzupflanzen.

Nein, ja, wenn er heimwärts ruderte, dann wurde die Ferienstimmung noch um ein entscheidendes Quentchen Unbeschwertheit bereichert. Dann war er aus, der (auf niedriger Flamme zwar, aber stetig brennende) moralische Unruheherd. Dann hatte die (nicht unbedingt geradezu drohende, aber doch stetig im Hintergrund präsente) oberste intellektuelle Instanz Feierabend. Dann konnte man vor zynischem Grinsen und verbalen Geschossen jenes rothaarigen, vollbärtigen Heckenschützen sicher sein.

Jener Abend zum Beispiel, an dem sie später noch die »Lorelei« sang: Wie froh sie war, daß er nicht sah, wie sehr sie das Süßholzgeraspel des jungen Panos schätzte. Ach, gemeinsam an jener langen, einfachen Tafel schlemmen, und nie wurden die Weinkaraffen aus rötlichem Blech leer; Bouzouki-Musik schallte aus den Lautsprechern; wieder war es phantastisch warm, und dieser Panos... Er könnte ihr Sohn sein, doch er flirtete mit ihr, als sei er dazu geboren worden. »Yorr eyes... Jesus, yorr eyes...« Unglaublich, dieser freche Bengel. »See you laterr at Barr Dionysos?

I want do dance with you. I really like to dance with you, okay? I like to see how you dance, okay? Bye, pretty woman!« Wie kann ein so junger Mann schon einen solchen Stil entwickelt haben? Er machte es gut, er machte es heiter, und es war nicht im geringsten lächerlich oder aufdringlich – im Gegenteil, es war... es war *gut*. Und *seine* Augen, bei all dem! Unter den hübsch bewimperten Lidhäutchen die reinsten, keuschsten und doch schärfsten Geschlechtsorgane, die sie je... Die bitte *was?!* Ach sei still, Ziege.

Drei Abende später – es war der Abend nach dem Abend, an dem sie so fürchterlich betrunken war (ein verschwommener Film, der nur durch seine eigenen Risse zusammengehalten zu werden schien) –; drei Abende später, als ihr Kater allmählich verschwand, passiert etwas mit ihr. Frisch geduscht, auf der Suche nach einem frischen Handtuch, entdeckt sie in der untersten Schublade jener Kommode auf dem Flur ihres Appartements eine Personenwaage. Früher, vor dem Beginn ihrer Krise, hatte sie sich regelmäßig sonntagmorgens gewogen und mit einer Mischung aus Panik, Willfährigkeit und Belustigung verfolgt, wie sie immer schwerer wurde. Seit ihrem Geburtstag aber hatte sie nichts weniger interessiert als ihr Gewicht. Sicherlich hatte sie bemerkt, daß sie immer mehr abnahm; nur war es ihr vollkommen gleichgültig gewesen. Es gehörte einfach zu ihrer Apathie und Depression dazu.

An diesem Abend stellt sie sich zum ersten Mal seit acht Monaten wieder einmal auf eine Waage und erstarrt in wohligem Schrecken. Ob das Instrument defekt ist? So wenig hat sie schon seit Jahren nicht mehr gewogen. Der Seelenschmerz, die Appetitlosigkeit acht Monate lang – ist dies die Entschädigung dafür? Aufgewühlt läuft sie ins Schlafzimmer, auf dessen Kleiderschrank ein Ganzkörperspiegel haftet, und läßt das Badehandtuch fallen. Guck dich an! Sie dreht und wendet sich, kneift hier und massiert dort. Es ist nicht zu leugnen, über eine solche Taille gibt es nichts mehr zu stänkern. Außerdem bist du schon recht braun geworden, sie wurde schon immer schnell braun, und ihr Haar leuchtet.

Das gelbe Kleid. Soll ich?

Warum nicht. Einen Versuch ist's wert. Schließlich sieht ihr niemand zu. Mit leicht flatternden Fingern kramt sie es aus dem Koffer, entfernt die Plastikhüllen und das Seidenpapier, und schon als sie es sich nur vorhält, sprüht das Blut in ihre Wangen, so daß ihre Haut einen kupfernen Schimmer annimmt.

Sie zieht es an. Es ist ein Traum.

Es ist ein Traum, und – was gibt's denn *jetzt* zu heulen, du Gans! »Warum liebt er mich nicht mehr…« Wer sagt denn das?! Fahr sofort nach Parga, und du weißt es.

Nein. Er kann mich mal. Er ist ja praktisch vor mir geflohen. Verständlicherweise, angesichts der vergangenen acht Monate. Andererseits, wenn er deinen Wankelmut neunundneunzigmal ertragen hat, warum nicht auch ein hundertstes Mal? Eben. Hattest du schlußendlich nicht eingewilligt, mit ihm zu fliegen? Du warst bereit, für deine Ehe zu sterben. Aber da wollte *er* nicht mehr. Das hat er nun davon. Nun ist seine schöne Frau allein auf Urlaub. Wenn das mal gutgeht.

Sie zog das Kleid wieder aus. Sie traute sich einfach nicht. Außerdem hatte sie keine passenden Schuhe dazu, außer den Pumps. Und solche Pumps, hier, in einem griechischen Dorf, auf einer staubigen, holprigen Promenade – nein. Solche Pumps funktionieren nur auf Asphalt, Parkett und rotem Teppich.

Natürlich ließ sie der Gedanke an das gelbe Kleid den ganzen nächsten Tag trotzdem nicht los, und als Buhmann so komisch wurde an jenem Strandnachmittag – tja, möglich, daß das der Auslöser war für ihren Entschluß, es *noch* einmal anzuprobieren.

Ja, jener Strandnachmittag war es, da sie sich erstmalig am liebsten richtig gestritten hätte mit Buhmann. Aber sie hatte Angst davor, mit Buhmann zu streiten. Mit Buhmann streiten? Er würde sie kahlrasieren, einbalsamieren und gefesselt und geknebelt den Geiern zum Fraß vorwerfen. An jenem Strandnachmittag schlich sich eine kleine Trauer in ihr Herz ein, darüber, daß sich ihre soliden, spannenden Bande zu verheddern schienen. Anfangs war er so nett gewesen, hatte hin und wieder mit ihr geschäkert, auf angenehme Weise – so, wie sie sich immer vorgestellt hatte, daß ein großer Bruder mit ihr flirten würde: liebevoll, ein bißchen streng, asexuell. Brüderlich eben. (Nicht so rührend, hinreißend und herzerwärmend wie Spyros der Jüngere mit der süßen Elevtheria, aber immerhin.) Jetzt aber rückte er ihr, beim Einkremen, ein bißchen zu arg auf die Pelle. Er glaubte doch wohl nicht..., ... – ...?

Und bei aller grundsätzlichen Sympathie: Warum sie, erstens, nicht »mal« fremdging, das ging ihn überhaupt nichts an. Und woher wollte er, zweitens, überhaupt wissen, *daß* sie noch nicht fremdgegangen war?

Sie war noch nie fremdgegangen. Noch nie in ihrem Leben. Hatte sie je den Wunsch? Eigentlich nein. Wenn sie von fremden Seitensprüngen hörte – Wiebke, Hans-Günter –, dann war ihr das stets so gleichgültig gewesen wie nur irgendwas.

Wie auch immer, das hatte damit gar nichts zu tun. Die Frage blieb: Woher wollte Buhmann wissen, daß sie noch nicht fremdgegangen war? Als traute er ihr das überhaupt nicht zu! Im Grunde eine Unverschämtheit.

Denn wenn sie es von einer höheren Warte aus betrachtete, war sie bisher nur deshalb noch nicht fremdgegangen, weil sie sich nicht entscheiden konnte, mit wem. (O Gott, durfte es wahr sein, daß sie so etwas dachte?) Spyros der

Jüngere machte sie fast wahnsinnig; ständig bekam sie weiche Knie in seiner Nähe. (Sei still!) Wenn sie an Panos dachte, überfielen sie so derart beschämend starke erotische Sensationen, daß sie mit ihrem Hintern zu schwimmen begann. (Jetzt reicht's!) Kosta del sol war der unverschämteste, handgreiflichste aus der ganzen Bande, und auch ihn, so phantasierte sie manchmal, würde sie dafür gern mal mit Leidenschaft bestrafen. (...??!!) Und die Frage, ob der lachende Sotiris wohl auch von ihr hinter dem Tresen hervorzulocken wäre, reizte sie jede Nacht aufs neue (.........).

Am gerechtesten aber – am gerechtesten, angemessen und stilvoll – wäre es wohl, ihren Retter und Ritter der ersten Stunde zu verführen. Ja, redlich verdient hätte es Kosta, Kosta brava.

XXVI

Zwar ärgerte sie sich hinterher ein bißchen, so wohlerzogen gehandelt zu haben. (Sie wußte genau, was Buhmann sagen würde, würde sie ihm verraten, wer der Auserwählte gewesen war: ›Selbst im Seitensprung noch durch und durch spießig...‹ Na und? Sie *mußte* es ihm ja nicht verraten. *Da*rüber konnte sie ihn ja im ungewissen lassen.) Ja, ein bißchen wurmte sie ihre allzu brave Entscheidung im nachhinein zwar, doch das Wichtigste war ja wohl: Sie hatte es getan.

Ja, unglaublich: Sie hatte es getan. Und es war ganz leicht gewesen. Ganz selbstverständlich. Vielleicht zu selbstverständlich, zu leicht, denn für die spektakuläre Tatsache an sich war die Erfahrung zu unspektakulär gewesen. Um den Casus knacksus freiweg zu benennen: Den

Gipfel der Lust hatte sie nicht erreicht. Vielleicht aber auch kein Wunder. Mit zweiundvierzig zum ersten Mal im Leben ein anderer Mann...

Immerhin war es romantisch. Und lustig.

Es war die Nacht, in der sie mit Karin und Manu auf dem Tresen getanzt hatte. Sie, Monika Freymuth! Die beiden hatten angefangen, und dann war sie einfach hinterhergeklettert! Das gelbe Kleid, es schrie geradezu danach! Was für ein Gefühl, vor einem Dutzend Griechen auf dem Tresen zu tanzen...

Danach war sie für ein paar Minuten aus der Bar geflohen, um ein bißchen frische Luft zu schnappen; nur ein paar Schritte von den leeren Veranden weg in die duftige, laue Nacht, und Kosta brava war ihr gefolgt.

»Lígi vólta?«

»Giatí óchi?« *

Sie war beschwipst, aber bei Sinnen. Dicht nebeneinander schlenderten sie weiter, und von der schmalen Kante des Eukalyptuswalds herüber strömte ein betörender Duft. Links ein Grüppchen Baumwollpappeln entlang dem Fluß, noch ein bißchen Sumpf, und dann begann der geradlinige Doppelwall aus Felsen mit der breiten Gasse in der Mitte, der, wie sie wußte, bis zur Mündung des Flusses führte und in einem ausladenden Haufen aufgetürmter, wellenbrechender Felsbrocken endete. Die Laternen entlang der Mole brannten nicht.

Rechts von der künstlich verlängerten Nehrung das mäßige, aber gleichmäßige Rauschen der lagunenhaften Bucht. Der Schotter unter ihren Schritten ging in tiefen Sand über. Mit zwei leichtfüßigen Bewegungen zog Monika ihre Pumps aus. Sie stapften ins warme, spannende Dunkel. Abgesehen von einigen Steinchen, verwehten Zweigchen und vertrockneten Eukalyptusblättern fühlte

---

* Kleiner Spaziergang? – Warum nicht?

sich der Untergrund phantastisch an den nackten Sohlen und Zehen an, wunderbar kühl.

»Albaner«, führt Kosta seine Tirade von vorhin fort, »gute Leute, schöne Leute. Alle so ist für... hunderrt Prozent so... schöne Leute...«

»Aber«, sagt Monika, »das sind doch auch nicht *alles* schlechte Menschen, oder?«

»Niecht alle. Nur neunundneunzig Prozent. Eine nix gesenn für richtig, alle so für Koffer, Entschuldigung...« Er greift nach ihrem Arm. »Von erstemall der Albaner kommt hier, so alle sitzen Berrge, alle sitz so im Heu, aber keine kommt mit Passporrt, keine Papierr, keine Stempel, keine. Aber errstemall so kommt mit Arrbeit, mit wennig Geld der zweite. Nimms in Dorrf, langsam, langsam zusamm esse, nimms alle, komplett alle, esse noch zusamm: klau'n. Der dreite nimms der Polizei und in Albania mit Autobus. Komms zurick hier mit Kanone, mit Droge, mit alle. Geld. Ja. Und alle gesenn Katastropha, nix gesenn für richtig. Für richtig Straße. Nix gesenn ganze Haus, immer gesenn eine so, eine so. Für mich nix.«

»Na ja«, sagt Monika, »aber –«

»Was. Für mich nix. Von meine Stall ungeferr siebzig Stick. Ja! Aber schreiben alle nix mit gutt, schreiben mit Messerr! Errlich.«

Dicht nebeneinander spazierten sie immer weiter, bis sie den Stammplatz erreichten. Hier ging es nicht mehr weiter.

Die Salzkristalle der Sterne am blauschwarzen Himmel, der Diamantstaub der Milchstraße. Ganz da hinten, auf dem offenen Meer zwischen Festland und Paxos, stand flirrend ein riesiger Silbersee, gestiftet vom Mond, der am linken Rand noch ein wenig eierte. Auf diese Aureole von kühlem Glast zuckelte aus Richtung Süden ein Schiff zu, der Lichtergirlande nach zu urteilen ein Passagierschiff, eine Fähre vielleicht. Nah am Wasser, setzte sie sich in den Sand. Kostas tat es ihr nach.

»Abends ich komm in Stall für Kanister Milch, aber viel gesenn Schaffe nix alles esse.« Er lachte auf. »Ich drei Hund in Stall, beste Hund. Aber Entschuldigung, stinkt... der Hund... Albaner weg. Alle weg. Bo, bo, bo... Aber komms vier finf Tagg so von Arrbeit so an Straße von Militärr, von Polizei, schlaffen in Berrge, keine dous, keine... Der Griechisch kommt in Deutschland, aber *diese* Katastropha? Nix. Viel Geld nimms so, große Problemm, alle, alle, alle... Für Autobus, für alle. Nimms die Polizei zwei Tagg kommt noch zurick! Kommt noch zurick!«

Das Schiff drang in den Silbersee ein.

»Kuck mal«, sagt sie.

»*Oréa*«, sagt er. »Wie heißt... Glitsch?«

»Glitsch?«

»Diese da, wie heißt. Monnd, Schieff, Sterrnä... *kakogustía.** Wie heißt. Glitsch?«

Da muß sie lachen. Da *will* sie lachen. Fällt ihm in den Arm dabei. Er küßt gut. Glitschig, denkt sie, aber gut. Und je länger es dauert, desto weiter gleitet sie rücklings hinab, mit dem Hinterkopf voran, hinab in eine Kuhle der Lust (plötzlich erinnert sie sich an das Gefühl in der Koje der *Apollonas II*), und – o ja, sie läßt es drauf ankommen, ob sie entdeckt werden, hier, am Strand; sie läßt es geschehen, daß ihr zu einer Schärpe aufgerolltes Kleid bis ins Dorf hineinleuchtet...

Es war schon merkwürdig: Als sie am Morgen danach aus dem Haus getreten war, hatte sie keinesfalls das Gefühl gehabt, der Welt vorbeugend die Stirn bieten zu müssen. Kein Schimmer von jener Schreckensvision, jeden Moment müsse eine Horde schwarzgekleideter alter Hexen auf die Straße flattern, um mit dem Finger auf sie zu zeigen, sie mit faulen Pfirsichen zu bewerfen oder kreischend an den Haaren zu ziehen. Nicht der Anflug eines schlechten Gewissens

---

* Kitsch

hatte sie gestreift. Das war merkwürdig. Das war überraschend.

Und beim Frühstück störte sie nicht einmal Karins Spruch. Karin hatte ihr ihre Handtasche überreicht, die sie in der Bar Dionysos zurückgelassen hatte (nach ihrem Schäferdoppelstündchen dorthin zurückkehren? ach, nein ...), und gekräht: »Und? Gab's da 'ne Palme, an der Kosta brava? *Haaarrh...!*« Natürlich wurde sie rot, aber komischerweise verspürte sie keinerlei Bedürfnis abzuwiegeln, und auf Manus Diskretion konnte man sich ohnehin verlassen, und Karin frotzelte noch ein wenig von Kokosnüssen und Bananen, und das war's.

Ja, es war merkwürdig. Sie hatte geschlafen wie ein Murmeltier. Überraschend, wie wenig ihre Freveltat sie belastete. Wenn ihr flau wurde – und, nun ja, ein wenig *wurde* ihr flau –, dann, *weil* ihre Freveltat sie so wenig belastete. Doch das verging. Überraschend rasch.

Überraschend war auch, daß es ihren Appetit erst richtig anfachte. Bei ihren Tagträumen zuvor war sie fest davon ausgegangen und überzeugt, dieses eine Mal dürfe sein, solle und müsse – und damit aber fertig. Doch es war nicht zu bestreiten, daß sie schon wieder Lust bekam, sich hinzulegen und zu aalen; Lust auf sichere, fachmännische Griffe und Püffe. Es war, als würde ihr anderer Mund schwer atmen.

Sie würde einen Teufel tun, den allzu geizigen Charakter der folgenden Überlegungen jemals zuzugeben, doch falsch wurden sie dadurch ja keineswegs: Das schöne gelbe Kleid... du hast dir deinen höchsten Trumpf vom niedrigsten Bauern wegstechen lassen... na ja, da ist ja noch mehr im Koffer... und außerdem... ach was, unterm Strich hat es sich gelohnt, es für diesen Anlaß aufzusparen. Und dich selbst für Kosta. Denn bist du nicht nun erst, und erst recht, bereit, dich ganz und gar *ihm* hinzugeben – dem schönsten all der schönen Hellenen: Spyros dem Jüngeren? Ist nicht er die Kür?

Nein, niemals würde sie derartige Gedankengänge je irgend jemandem offenbaren – auch ihrem Intimus nicht. Nur sie allein wußte, daß es sie je gegeben hatte. Die Gedanken sind frei. Doch daß sie tatsächlich und prompt umgesetzt, was er ihr geraten hatte, das *mußte* sie ihm einfach erzählen – schon allein, um ihren Unmut, der auf seinen Ratschlag hin gegen ihn aufgekommen war, durch einen *eigenen* Erfolg zu befrieden. Und sie war denn auch vollkommen versöhnt durch die aufrichtige Freude, mit der er auf die Nachricht reagierte; ja, er feierte ihren Mumm geradezu, fragte gar nicht, mit wem oder wo (war ja auch völlig unwichtig; sie schämte sich fast für die bange Festigkeit, mit der sie sich für die befürchtete Nachfrage gewappnet hatte). Sofort hatte sie zugegeben, daß er wieder mal recht behalten hatte – letztlich hatte es ihr wirklich gut getan, sehr gut getan. War sie aus ihrer bestialischen Krise heraus wieder zu einem Menschen geworden in den ersten zehn Tagen hier am Ionischen Meer, so in der zehnten Nacht endlich, endlich wieder zur Frau. Und das tat gut. Er aber pochte mit keinem Wörtchen auf den Umstand, daß immerhin er es gewesen war, der ihr den vielleicht entscheidenden Schubs auf den richtigen Weg gegeben hatte.

Den letzten Satz, sie möge keinen Gedanken an Hartmut verschwenden, hätte er sich ihretwegen gern verkneifen können, doch er meinte es ja nur gut.

Und es gelang ihr. Tatsächlich verschwendete sie nur wenige Gedanken an Hartmut. Wenn er sie eines Tages nicht mehr wollen sollte, würde sie eben ausziehen. Ausziehen, das Fürchten zu lernen. Sie könnte nach Hamburg ziehen und eine Lehre als Reisebürokauffrau machen. Ab sofort war sie zu allem möglichen fähig. Sie *freute* sich bereits darauf. Oh ja, Mami, Yps und Hartmut, sie würden sich noch wundern. Oh ja, sie verschwendete nur wenige Gedanken an Hartmut. Das letzte, über eine Woche alte Bild, das sie von ihm hatte, reichte dafür aus.

Und anscheinend nicht nur dafür. Nie hätte sie für möglich gehalten, daß sie, *Monika, 42, vage,* in vier aufeinanderfolgenden Nächten viermal fremdgehen würde (beziehungsweise drei*einhalb*mal). Und zwar mit vier Männern. Nein, das hätte sie nie gedacht, und wenn sie heute daran denkt, dann kann sie es auch gar nicht mehr recht glauben. Doch nach wie vor sind da die Sinneseindrücke, leicht und einfach zu erinnern...

Der teure, weitleuchtend gelbe Stoff...

Das Blech der Motorhaube, noch heiß von der hohen Drehzahl des Motors...

An jenem anderen, fremden Strand von Kaloligia der abgekühlte Sand um Knie und Ellbögen...

Rosenblätter, die an ihrem Rücken kleben...

Oh ja, sie war vogelfrei in jenem Sommer. Sie war nicht mehr von dieser Welt. Sie erkannte sich selbst nicht wieder, und das war's *genau,* was sie wollte: sich mit sich selbst überraschen. Das war's, was ihr neues Leben ermöglichte: aus ihrem alten, verbraucht und muffig riechenden Ich heraustreten – und hinein in ein frischeres. Niemals hätte sie für möglich gehalten, daß ihre wie angeborenen Grenzen derart dehnbar waren. Waren es überhaupt noch »Grenzen«? Gott, *sie,* die von der Zunge eines Torfkopfs wie Hans-Günter Nodoppen den Mund sich hatte spalten lassen müssen, *sie* hatte nur wenige Monate später auf dem Tresen einer südländischen Nachtbar getanzt, vor den wild leuchtenden Augen eines Dutzends eingeborener Männer!

Am Abend nach ihrer Strandbeichte erscheint Buhmann erstmalig gar nicht in der Taverna Plaka. Nun, wahrscheinlich pflegt er seine Rückenschmerzen. Später, in der Bar Dionysos, aber erscheint auch Spyros der Jüngere nicht – leider –, und Kosta bravas Dankbarkeit fordert ihre

Rührung allmählich so überaus übertrieben heraus, daß sie in Verachtung zu kippen droht. Schließlich, wiederum spät in der Nacht, weiß sie sich seiner kaum noch zu erwehren, und deshalb nimmt sie ohne zu zögern an, als der hübsche junge Panos sie zu einer Spritztour nach Parga einlädt. So weit kamen sie nicht, aber sie hätte sich ohnehin gehütet – ausgerechnet Parga!

Mein Gott... Mein Gott, so etwas wie diesen ungestümen jungen Heroen hatte sie in ihrem ganzen Leben noch nicht erlebt. Was der mit ihr anstellte, das hatte sie noch nie jemandem erlaubt, und nie würde sie es je wieder jemandem erlauben. Für immer sollte das ihrer griechischen Phase vorbehalten bleiben. Die Tränen strömten nur so aus ihren Drüsen, so befreiend war es. Niemals würde sie je irgend jemandem erzählen, warum. Niemals irgend jemandem, und so war es, als wäre es nie gewesen, doch *wenn* es gewesen war, dann wußte es nur sie. Ein unaussprechliches Geheimnis, das sie nur ein einziges Mal hinausgeschrien hatte, in den freien ionischen Himmel hinaus – in dem Moment, in dem es geschah.

Auch am nächsten Mittag zum Frühstück erscheint Buhmann nicht, auch nicht am Nachmittag, am Strand. Ob er ernsthaft krank ist?

Wie auch immer: An diesem Abend wird sie sich Spyros vorknöpfen. Sie muß ihn haben. Noch nie im Leben, nicht einmal im Spätsommer 1972, hat sie einen Mann so dringend haben müssen wie ihn. Sie fühlt sich regelrecht verliebt.

Gerade, als sie – nach dem Strandtag von ihrem Erholungsnickerchen erwacht – unter die Dusche wollte, hupte es unten. Sie eilte auf den Balkon. Karin und Manu.

»Geht deine Dusche?«

»Wieso nicht?«

»Die Wasserversorgung ist mal wieder zusammengebrochen! Anscheinend in ganz Kouphala. Hat Ingo eigentlich 'nen eigenen Brunnen?«

Hatte er nicht. Auch ihre Leitung spuckte nur trocken.

»Ich hab' 'ne Idee«, sagt Karin.

Was für eine Szene, als sie ihn besuchten...

Inmitten dieses phantastischen Waldidylls, vollkommen fern aller Welt, da fahren sie diesen Hohlweg entlang wie auf tief eingelassenen, wild verbogenen Lorenschienen, und plötzlich scheint es hell auf hinter all dem grauen Braun und warmen Grün, dieses helle, einsame Haus. Sie halten vor dem Garagentor und steigen aus dem Auto, und da hören sie, wie von der Frontseite der »Villa Arkadia«, wie Buhmann sie immer nennt, dünn, aber deutlich hörbar Bouzouki-Musik dringt – und sonderbare menschliche Geräusche: Stöhnen und heftige Atmung, Händeklatschen und patschende Schritte und irr lallender Singsang.

Sie lassen ihre Taschen erst einmal zurück, und Manu ruft nach Buhmann, aber er antwortet nicht, und als sie um die Ecke biegen – was für eine Szene...

»*Haaaaaarrh...*« Karin bricht zusammen, als sie ihn da sieht, fängt sich aber knapp vorm Aufprall in den Knien; all ihr Atem entweicht bis zum letzten Quentchen, und schwer rasselnd und schnarchend ringt sie um frische Luft, und »*Hahahahahaaaaaaarrrh*« geht's von vorn los. Manu und sie, Monika, prusten ebenfalls und halten die Hand vor den Mund und ziehen sich zwei Schritte zurück um die Ecke, während Karin ziellos im Kreis umhertaumelt, schlimm durchgerüttelt von ihrem eigenen Gelächter.

»Was; was machen; was machen wir denn jetzt...?«

Sie lugen wieder um die Ecke und schauen, wohin Karins seltsam wedelnde Finger aufzeigen – auf einen vierschrötigen, von hier unten beinah riesenhaft wirkenden Mann, dessen Lockenvlies unter Bügel und Mickymausohren eines Kopfhörers hervorquillt und in der Abendsonne rostrot leuchtet wie die Flecken des Eukalyptuswalds; der ganze Leib ist über und über fuchsrot behaart, an den Schenkeln, am Hintern, am Rücken, an Brust und Bauch, die Haut glänzt wie nasse Bronze; sein Fleisch- oder jedenfalls halbwegs aufgepumpter Penis hüpft im Takt der mehr schlecht als recht kalkuliert torkelnden Tanzbewegungen. Zur blechernen, verhaltenen Begleitmusik unverhältnismäßig laut dringen die groben Laute aus seinem ekstatisch verzerrten Gesicht. Ein roter Yeti. Er hebt die Arme und schnalzt mit den Fingern, den Kopf gesenkt, die Augen geschlossen, dann wieder halb geöffnet, doch blicklos, und stampft auf dem Steinboden der Terrasse da oben herum, bis er eine federnde Pirouette dreht, und dann, schrecklich schief und abseits jedweder Harmonie, quäkt er *»Kooo-ki-nooo – triantaaaaa-phy-looo** ... «, und seine Stimme überschlägt sich beim letzten, dem höchsten Ton, und er dreht sich um seine eigene Achse – weint er? Oder ist das Schweiß, was ihm da über die Wangenknochen in den Backenbart fließt? *»Kooo-ki-nooo* – –« ... und plötzlich, inmitten einer scheußlich mißlungenen Kapriole, leuchten seine Augen blau auf und, eine halbe Sekunde danach, violett; dann geht ein fürchterlicher Hieb durch den ganzen Mann; er macht einen Stützschritt rückwärts – »Aah!« – und schlägt sich in die Herzgegend. Wie ein angestochener Luftballon schnurrt seine Wurst zusammen. Er reißt sich den Kopfhörer herunter und sinkt rückwärts ins Sofa.

Herrje, was für ein sagenhaft lustiger Auftakt des Abends! Armer Buhmann! Während der ganzen Zeit, die sie brauchten – zum Duschen und für die Besichtigung, für Umtrunk und Imbiß –, schaffte er es nicht, sich von dem Schlag zu erholen. Die erste halbe Stunde lang knurrte er

---

* Rote Rose

nur, die zweite machte er den einen oder anderen sarkastischen Spruch, und die dritte schwieg er fast ausschließlich, lächelte zwar hin und wieder, aber, das merkte Monika wohl, seltsam melancholisch. Was war mit ihm los, dem sonst so energisch, ja oft so geradezu vorsätzlich unkonventionellen Querdenker?

»Sag mal«, sagt Karin, »wir haben dich vermißt. Stimmt's, Mädels? Wir haben's vermißt, unser Maskottchen, stimmt's?«

»Jaa«, sagt Moni und bemüht sich, Gefühl hineinzulegen.

»Wo warst du denn«, fragt ihn Manu gütig, »gestern abend und heute den ganzen Tag!« Sie schneidet das Brot auf, das sie Buhmann aus dem Kreuz geleiert hat, und verteilt den Tsatsiki, den er ebenso sachlich zur Verfügung gestellt, auf vier Untertassen.

Er schaut weg. »Wo wohl«, knurrt er schwach.

»*Haaaaarrh...*« Es hat nichts mit seiner Antwort zu tun. Es ist nur eines der Reminiszenzgelächter Karins, die immer wieder aufkeimen, solange sie hier oben sitzen, ja auf dem Rückweg noch aufkeimen werden – und im Prinzip die ganze Nacht. »Das hätt'st du selber mal sehn soll'n, Buhmännchen...«

»Geh duschen, Linksknöpfer.«

»Kommst mit?«

Buhmännchen knurrt nur. Manu und Moni löffeln vom Tsatsiki. Karin steht auf und sagt: »Sag mal, was ich dich schon immer mal fragen wollte – gibt's hier eigentlich 'n Puff, oder schwitzt du dir das durch die Rippen?«

»Ich mach' Tsatsiki draus.«

»*Haaarrh...*« Und bevor sie lachend wie eine geisteskranke Hexe im Bad verschwindet, zeigt sie mit beiden Zeigefingern auf Manu und auf sie, Monika, die sich prompt verschluckt...

Um ihn aufzumuntern, läßt Monika sich von ihm herumführen; sanft und ausführlich bewundert sie den Blick von der Bambusbrüstung auf die türkisfarbene Bucht, den Blick von der Terrasse aufs Ionische Meer, seine Biblio- und Videothek; mit glühendem Jammer drückt sie ihm ihren Neid aus, verhehlt aber auch nicht ihre schweren Bedenken vor solchermaßen übergroßer Einsamkeit (zollt ihm also höchsten Respekt für seine Furchtlosigkeit); und als sie voller Aufmerksamkeit und Anteilnahme, ja Andacht vor seinen Warn- und Mahntafeln, vor seinen gerahmten Gedichten und dem Stundenplan verharrt, da nimmt sie es einfach hin, daß er sie geradezu wegschubst.

Und irgendwann, mittendrin, ohne Anlaß, aus heiterem Himmel – da plötzlich fällt es ihr wie Schuppen von den Augen: Ist er vielleicht...? in sie...?

Erst in diesem Moment, mit mehr als zwei Tagen Verspätung, fällt ihr die mögliche *wahre* Tragweite dessen auf, was ihr am Strand zwar aufgefallen, aber quasi nur bis knapp unter die Oberfläche ihrer Haut gedrungen war: mit welcher Zärtlichkeit er sie eingecremt, bevor er sie dann zum Seitensprung ermutigt hatte... Wenn dem denn so wäre, was für eine Großmut, ihr Geständnis von gestern so uneigennützig erfreut, so edel aufzunehmen! Was für eine schöne, zarte Seele wohnte in diesem etwas grobschlächtigen... in diesem Baum von Mann!

Einem kurzen, aber erstaunlich heftigen Moment der Geschmeicheltheit über seine Zuneigung zu ihr folgt ein ebensolcher der inneren Abwehr, doch dann ergreift sie ein solch abgründiges Erbarmen, daß sie spontan aufspringt und ihn, der gar nicht weiß, wie ihm geschieht, umhalst und links und rechts küßt und ruft: »Mein Prinz...! Mein lieber böser Buhmann...!« Woraufhin auch Karin und Manu aufspringen und in diese mütterliche Klage des Trostes einstimmen – »Kuckuck! Tüscherchen. Kuckuck! Tüscherchen«, ruft Karin mit nassen Haaren und immer noch in Dessous, und schließlich macht Manu dem ganzen Spuk ein Ende und sagt: »Jetzt zieh; jetzt zieh dich; jetzt zieh dich mal an, und dann los – kommst du; kommst du nach, Buhmann? In knapp 'ner Stunde fängt; fängt Fußball an.«

»Fußball...«, knurrt Buhmann, während Monika ihm ihren frischen Lippenstift aus der schütteren Bartstelle unterm Jochbein reibt; »England – Deutschland«, ergänzt sie mit einem Eifer, den ihr, das merkt sie deutlich, niemand abkauft; der aber angesichts der Situation nicht weiter moniert wird.

Und dann fuhren sie wieder.

Auf der Terrasse der Taverna Plaka hatte bereits eine starke Besatzung vorm Fernsehfenster ihre Plätze eingenommen: der flinke Ingo, der rasende Erwin und Strong Man, Kosta brava, Panos und der tumbe Alex. Am Nebentisch führte Spyros der Ältere sein Ei-Kunstückchen auf, und Sven versuchte anschließend, es ihm nachzutun – vergeblich.

Und Spyros der Jüngere, wie er aus allen Knopflöchern strahlte, als sie an der alten Eiche parkten! Er beeilte sich, weitere Stühle für sie herbeizuschaffen; zauberte, weil die Runde somit auf die Promenade hinauswuchs, ein Umleitungsschild herbei und baute es kurzerhand neben Karins Stuhl auf, und dann bestellten sie jede ein Kotelett mit Fritten und zusammen eine Flasche Pilavas, und es wurde ein toller, ein ganz toller Fußballabend.

Deutschland verlor 0:1, doch Monika hatte das Gefühl, noch nie zuvor bei einem Sportereignis so sehr mitgefiebert zu haben – warum nur? Hartmut würde den Mund gar nicht wieder zukriegen! Ist ja auch egal, oder? Spyros der Jüngere, die ganze Zeit über kommt er immer wieder zwischen seinen Aufgaben herbei, stellt sich hinter ihren Stuhl, und während er dem Spiel folgt (ebenso scheinheilig wie sie), massiert er ihren Nacken und ihre Schultermuskeln, und sie wird ganz weich und wahnsinnig... Filigran, aber fühlbar ratscht sein Daumennagel an den Mäusezähnchen ihres BH-Trägers, und sie malt sich aus, daß jener rasiermesserscharf und dieser seidenfadendünn wäre, und während sie zusieht, wie die Männerhorden auf dem Bildschirm hintereinanderherhetzen oder aufeinanderprallen – o Gott, dabei ruhig sitzen zu bleiben und weiterzuatmen; dabei die Flehlaute zu unterdrücken mit größerer Macht, als die aus dem Herdfeuer ihrer süßen Hölle heraufdringen; dabei das Stahlrohr der Stuhllehne zu pressen... O Gott! Was geht da in ihr vor, o Gott! In ihr, einer Großmutter!

Als das Spiel zu Ende war und sie auf dem Weg zur Toilette, hielt Spyros der Jüngere sie auf.

»Gehst du mit mir andere, andere Platz, bitte«, flüstert er. »Ich bin verruckt.«

»Wohin denn. Wo*hin* denn.«

»Zeig' ich, *entáxei?«* Er legte den Finger auf seine Lippen, und sie stürzte sich in das Grübchen, und dann legte er denselben Finger auf ihre Lippen und kicherte wie ein Junge, und als sie von der Toilette zurückkehrte, wartete er bereits am Glastresen, warf einen Blick nach vorn, wo trotz der Niederlage gefeiert wurde, daß die Gläser auf den Tischen tanzten, und winkte ihr, und sie folgte ihm in den Hinterhof. Aus irgendeiner dunklen Ecke holte er einen Motorradhelm und stülpte ihn auf ihren Kopf; beschwichtigte sie, indem er ihr den Rücken rieb, nachdem er ihr einen Nierengurt umgeschnallt hatte, und obwohl sie sich fast in den Slip machte vor Todesangst, stieg sie hinter ihm auf diese fürchterliche Maschine. Plötzlich brüllt der Motor los, und die Vibrationen treiben ihr Gänsehäute in heißen Wellen über die Innenseiten ihrer nackten Oberschenkel, treiben sie mitten durch den Unterleib und hinauf den zarten Grat ihrer Wirbelsäule bis zum Haaransatz.

Spyros fährt los, und bei dem Ruck schreit sie leise auf, umklammert seine Taille und drückt sich gegen sein festes, warmes Kreuz unter dem dünnen Hemd. In einer Sekunde ist es vorbei an Kosta del sols Laubenterrasse, dieses Satanspferd, und ums Eck gegenüber von Kütjes Bude und um den Verkehrskreisel herum, und dann jagen sie in die herbe duftende Nacht hinaus, wild reißt der Fahrtwind an ihrem Kleidschoß, gleitet kühlend an ihren Beinen entlang; winziges Geziefer peitscht und auch härteres knallt gegen das Visier ihres Helms, und betet sie beim Einbiegen auf die E55 noch, um des lieben Himmels willen Carlotta-klein wiedersehen zu dürfen, so gewinnt sie auf den nächsten Kilometern, bergauf, Vertrauen zu ihrem Jockey, in dessen breitem Rücken sie sich zusehends geschützt fühlt; beschleunigt er, fühlt sie, wie sein Bauch bretthart wird, und beim Schalten entspannt er sich wieder; schließlich drosselt er die Geschwindigkeit und biegt auf eine Serpentinenroute mit steilem Gefälle ein, und als sie aus einer der ersten von unzähligen folgenden Haarnadelkurven heraus im milchhellen Licht des Mondes tief da unten das Meer schimmern sieht, da hat sie das Gefühl, in ihrem Glücksschwindel so laut wie irgend möglich schreien zu müssen – und sie wundert sich schon kaum noch, daß sie das dann auch tut.

»Ju*huuuu …!*«

Und was für eine Wonne, sich unterm freien Nachthimmel in warmer Nachtluft nackt im kühlen, weichen Sand zu wälzen und umhergewälzt zu werden und das eigene Schnaufen ins Schnaufen des Meeres zu teilen… mit diesem Mann!

Und was sagst du jetzt, Ziege. Gar nichts sagst du mehr. Du bist tot. Geh zum Teufel. Auf Nimmerwiedersehn.

XXVII

Ein Dauerrausch, in jenen Tagen.

Sie ißt wie ein Vogel, trinkt drei, vier Ouzos mit Wasser die ganze Nacht; im Morgengrauen zurück in ihrem Appartement, braucht sie nur vier, fünf Stunden Schlaf, traumlos, tief; wie nach einem Fingerschnipsen sind sie um, und schon ist sie taghellwach, atmet ruhig, ruhiger Herzschlag, und sie öffnet die Balkontür, und wieder die Glücksstrahlen der Sonne, und das Herz schlägt höher...

Daß ich das noch erleben darf.

Beim ersten Kaffee, bei der ersten Zigarette schwindelt es sie ein bißchen – das Koffein, das Nikotin, die Unfaßlichkeit, dieses unaufhaltsame, unumkehrbare Strömen –, aber es folgt ja nichts Schlimmes. Kein Zorn Gottes. Keine faulen Pfirsiche, kein Haareziehen. Wie von warmem Salzwasser getragen fühlt sie sich in ihrem Tun und treibt dahin, aufgehoben, geölt und gebadet; aufgehoben bei Manu, nicht ein Deut von Verstörtheit, Unwillig- oder gar Mißliebigkeit ihrerseits; sie ist wie immer, nett, witzig, zugewandt. Ja, aufgehoben fühlt sie sich, selbst und gerade bei Karin, in einem rauhen, krausen Einverständnis. Manchmal, nach längerem Schweigen, wechseln sie Blicke, von denen sie selbst nicht genau weiß, was sie wohl bedeuten mögen, und dann lachen sie, schauen sich fragend an und – das ist die Antwort – lachen wiederum.

Papis Grinsen damals, beim Blick auf Karin Kolks kurzen Rock... nun nimm es ruhig hin. O ja, so ist das! Du brauchst nur Mut. Du brauchst nur Herz. Da ist nichts Böses. Ich verzeihe dir.

Hieß es nicht immer – und hatte sie das nicht selbst auch immer ungeprüft geglaubt –, man könne nichts nachholen?

O doch. Man kann.

Das Frühstück an diesem Mittag verpaßt sie knapp. Aus der Entfernung sieht sie, wie Spyros der Jüngere mit Elevtheria schäkert, auf diese ruhige, innige Weise, wie nur die ältesten Geschwister mit den jüngsten schäkern können – eine so reine Liebe, daß sie es wieder einmal bedauert, als Einzelkind aufgewachsen zu sein. Sie winkt ihm nur zu, und er winkt strahlend zurück. Ist es nicht ein bißchen merkwürdig, daß sie sich nach einer solchen Nacht begegnen wie immer? Wie auch immer, es ist, wie es ist.

Am Strand genießt sie frische, liebliche Frotzeleien ihrer Freundinnen. Ich bin beliebt. Ich bin begehrt und begehrlich, kraftvoll und lebendig.

Nicht gerade schön allerdings zu hören, daß Buhmann, erstmalig und entsprechend überraschend, spät in der Nacht, in der Bar Dionysos aufgetaucht ist, bis zum Morgengrauen geblieben und dann, trotz Manus Einspruch, betrunken heimgefahren. Nein, nicht gerade *schön*. Doch sie kann es nicht ändern, und der Schatten, der ihre Vorfreude auf das Dalaras-Konzert zu verfinstern droht, ist einigermaßen leicht zu verscheuchen. Und tatsächlich sollte es das schönste Konzert werden, das sie jemals erlebt hatte. Obwohl Spyros der Jüngere nicht mit von der Partie sein würde...

Pünktlich um acht Uhr hatte der kleine Konvoi vorm Haus der Taverna Plaka bereitgestanden. Außer Ingo selbst hatten in seinem Jeep Strong Man, Erwin und der tumbe Alex gesessen, in Manus Familienkombi außer Manu Karin, Kosta brava und der hübsche Panos. Und Buhmann, der in letzter Sekunde angekommen war – aufgeräumter Stimmung, mit leuchtenden blauen Augen – und ihr, als sie noch einmal das Visier öffnete, in der üblichen gespielten Empörung »Rockermetze!« zurief. Wenn der einen Kater hatte, dann konnte er ihn beneidenswert gut verbergen.

Doch genau in dem Moment, als es losgehen sollte, brach Spyros der Ältere zusammen.

Schon während sich alles auf der Promenade versammelt hatte, war sein derbes, braunes Gesicht von einem grauen Film überzogen gewesen, und Spyros der Jüngere hatte ihn zweimal etwas gefragt, das seine Besorgnis auszudrücken schien – doch der Alte hatte jedesmal unwillig abgewunken. »*'Ochi, entáxei, entáxei.*« Kurz bevor die Autotüren klappten – genau in dem Augenblick, als Buhmann von seinem in Manus Auto umstieg –, war er jedoch verschwunden, und als Monika gerade auf den Sozius klettern will, hören sie aus dem Inneren des Hauses einen Schrei. »*Papoúuu!!*« Er jagt ihr einen Stich ins Mark.

Sofort springt Spyros wieder aus dem Sattel, bockt seine Maschine hastig auf und fliegt ins Haus. Der Funke springt in die Autos über, die Insassen folgen Spyros nach – sie, Monika, als letzte, weil sie den Helm nicht so schnell vom Kopf herunterbekommt. Auf dem Boden vor der Vitrine liegt Spyros der Ältere, im weißen Neonlicht verschwimmt seine Haar- mit seiner Gesichtsfarbe. Sein Enkelsohn hat ihm den Kragen aufgeknöpft und murmelt auf ihn ein. Er tätschelt seine Wangen. »*Entáxei, entáxei*«, ächzt der Alte. Auf der anderen Seite hockt Soula, ebenso bleich wie ihr Vater, und massiert ihm, ihrerseits flatternd, die aschgraue Hand, und Ingo hebt seine Beine auf und knickt sie in den Knien ein, damit Elevtheria einen Stuhl drunterschieben kann. »*Entáxei, entáxei*«, lispelt der Alte, läßt aber nicht erkennen, daß sich sein Zustand auch nur im geringsten bessert.

Die Leiber wie vom Neonlicht gelähmt, strudeln deutsche und griechische Sprachbrocken im Raum umher. Ingo und Buhmann reden auf Spyros den Jüngeren ein, schließlich hebt Spyros seinen Großvater auf wie ein Kind und trägt ihn zu Ingos Jeep. Der sonst so stolze Alte geschrumpft und wehrlos. Sie betten ihn auf die Rückbank. Elevtheria reicht ein Kissen hinein. Spyros der Jüngere übergibt den Motorradschlüssel Erwin und setzt sich auf den Beifahrersitz. Dunkel röhrt der Motor auf.

Erwin und Strong Man starten als nächste. Panos, Alex und Kosta brava steigen in Panos' gelben Fiat und schließen sich an. Monika setzt sich zu Buhmann auf die Rückbank, Karin zu Manu nach vorn.

Aus der Rosigen Stunde in die Silbrige... Vom Dunst weichgezeichnet die Berge. Ist das Licht wirklich trüber als sonst?

»Hoffentlich nichts Schlimmes...«

»Der ist; der ist achtundsiebzig, der Mann...«

»Das ist ein zäher Knochen«, sagt Buhmann. »Nur raucht er halt seit sechzig Jahren seine dreißig Papastratos am Tag, und dann die andauernde Hitze, und dann immer der Pullover... Ich glaub, das ist 'n stinknormaler Kreislaufkollaps, und den werden sie ihm im Krankenhaus schon austreiben!«

Sie biegen auf die E55 ein. Einige Kilometer fahren sie dieselbe Strecke wie Spyros und sie, Monika, gestern nacht – bergauf, bergauf –, doch vorbei an dem Schild, das den Abzweig nach Kaloligia markiert. Sie zupft ihr Kleid zurecht. Weiter geradeaus, durch einen kleinen Tunnel, über eine schnurgerade Brücke auf Stelzen; auch von der Landschaft her ist diese Strecke die Fortführung des Weges von Igoumenitsa, nur *noch* lieblicher. Die Oleanderbüsche entlang der Straße kuscheln sich unter die ausladenden Arme der Kiefern, die Berge weichen ein Stück zurück, so daß alles noch üppiger wuchern kann; zur Rechten fast die ganze Zeit Ausblick aufs weite, vorabendliche Ionische Meer, dunstig-glasiges Blau überm Horizont, auf den seichten Wellen Fähnchen von Pailletten aus Rotgold... O Herrgott, wie schön, wie schrecklich...

Buhmann erzählt die ganze Fahrt lang Witze. Über die gestrige Nacht wird nicht gesprochen.

Das Stadion nichts als ein großer rechteckiger Platz unter freiem Himmel; flache, aus Erde aufgeschüttete Ränge, befestigt mit grob zurechtgeklopften Brocken von Naturstein. In Form einer breiten Krampe scharen sich Tausende Menschen um die Bühne. Der Einlaß ist vollkommen entspannt vonstatten gegangen, keinerlei Drängeleien. Nach und nach ist es einfach immer voller geworden; offensichtlich wird mit dem Beginn des Ereignisses allgemein erst zum Einbruch der Dunkelheit gerechnet. Gesumm von Tausenden von Stimmen. Es ist sehr warm, keine Wolke am dämmrigen Himmel, der Mond noch nirgends zu sehen.

Die andern, Erwin, Strong Man, Panos, Kostas und Alex sitzen aus irgendwelchen Gründen woanders. Hier atmet ein jedes so vor sich hin, richtet sich auf dem unbequemen Sitzplatz ein, so gut es geht, wartet auf Ingo und Spyros den Jüngeren. Auf Nachricht.

Es ist schon fast finster, nur die Bühne schwach beleuchtet, da kommt er, Ingo. Tatsächlich hat er das Kunststück fertiggebracht, ihr Grüppchen in der Menschenmenge zu finden. Gottseidank, er grinst. »Wie vermutet: Kreislaufkollaps. Weiter nichts. Mindestens heut nacht soll er zur Beobachtung dableiben. Geht ihm aber schon wieder besser, dem alten Zausel. Unglaublich, eben hat er schon wieder eine durchgezogen. Spyros bleibt bei ihm.«

Alles atmet auf; nach und nach kehren Leichtigkeit und Heiterkeit zurück. »Nur Spyros der Jüngere tut mir; tut mir so leid«, sagt Manu, »der größte Dalaras-Fan unter der Sonne, und ausgerechnet er…«

»Na ja«, sagt Buhmann. »Er hat ihn schon ’n gutes Dutzend Mal gesehn, Ioannina, Athen, Korfu, und er wird ihn bestimmt nicht zum letzten Mal sehen.«

Und kaum hat er das letzte Wort gesprochen, wird’s unruhig in den ersten Reihen. Anscheinend tut sich etwas, da im Dunkel der Bühne, und sie bleibt auch dunkel, doch plötzlich fängt leise ein Springbrunnen aus Tönen von Bouzoukis und Bässen, Mandolinen und Becken zu sprudeln an, wird raunend, wölkt dann immer dramatischer empor, und seinem Zentrum entsteigen die zunächst zögerlichen, dann immer leidenschaftlicheren Koloraturen eines geigenähnlichen Instruments, schrauben sich nach jedem Wechsel einer bis zum letzten Tropfen ausgeschöpften Harmonie jubelnder in die Höhe; dann brandet Zwischenapplaus auf, und über diese Brandung steigt anmutig die Stimme des göttlichen Giorgos Dalaras: *»Thélo na ta pooo«,** verspricht er und aalt sich vorerst ein wenig in dem Strudel aus Tönen und nun brausendem Klatschen von Tausenden Handpaaren, die ihn zu tragen scheinen, und schließlich schwingt er sich in einem traumwandlerischen Manöver strahlend auf, Katarakt um Katarakt, *»thélo na ta-a-a-a-a-aaaaaaaa-aaaa-aaaa – po!«,* und bei der letzten Silbe steht er plötzlich da, erstrahlt im Scheinwerferkegel, ein kleiner, gutaussehender, dunkelhaariger Mann, gekleidet in einen weiten Anzug und helles T-Shirt, mit einer beeindruckenden Ausstrahlung von Bescheiden- und Selbstsicherheit, vor dem Bauch eine akustische Gitarre, und nach einem Takt Pause geht es weiter, nun im

* Ich will es sagen

taumelnden Fünfachtelrhythmus; und nun sind auch die anderen Musiker in einer Flut aus Regenbogenfarben zu sehen, ein sechs-, sieben-, achtköpfiges Orchester, sitzend; ein Schlagzeug, eine Klarinette, verschiedene akustische Saiteninstrumente, verstärkt, nur der Baß scheint elektrisch zu sein; die Bühne ein gelandetes Raumschiff, und nun beginnt es, das Konzert, das Monika niemals vergessen wird.

Was für eine Wucht, was für eine Macht.

Was für eine Kraft ausgeht, allein von dem sagenhaften Gesang dieses Orpheus, was für eine Kraft von dieser *Stimme* ausgeht, bei all ihrer Empfindsamkeit, bei all ihrer vogelfluggleichen Sicherheit in den Fioretten, was für eine Kraft, was für eine gezügelte Kraft – nichts anderes ist Leidenschaft. Er steht im Mittelpunkt der Bühne, dieser Mann, doch bloß, als sei es ein Zugeständnis an sein Publikum, denn er stellt sich ganz in den Dienst seiner Musik; nichts mehr will er sein als Instrument. Zwischen zwei Stücken spricht er ruhig und gesetzt, sparsam, aber freundlich zu der Menge; Anfeuerungsrufe – *»'Ela, Giorgo!«* –, Liedwünsche – *»Paraponeména lógia! 'Ela, Giorgo!«* –, stets vereinzelt; es scheint als Unsitte zu gelten, wenn ein Schreihals einen anderen übertrumpfen zu müssen glaubt; keinerlei enervierende Kettenreaktionen; und er quittiert die Einwürfe mal ernst, mal scherzhaft, und dann kommt das nächste fröhliche oder melancholische, tanzende oder schwebende Stück.

Stunde um Stunde.

Sterne funkeln, und schließlich schwärmen Sternschnuppen, da, da und dort, dort und wieder dort, leuchtende Akzente auf dem Augenblick, einer nach dem anderen inmitten des Sternenmeers auf schwarzblauem Grund.

Der Mond geht auf, immer noch fast voll.

Gegen Ende läßt Orpheus sein Volk die Refrains seiner Lieder allein singen, dann gar ganze Strophen, und es tut das mit unerhörter Grazie; jeder einzelne Sänger, jede einzelne Sängerin in dieser riesigen Menge trifft die Töne genau, und obwohl oder gerade weil sie alle sotto voce singen, erreicht dieser Chor eine Macht und Wucht, die einem, ob man will oder nicht, das Wasser in die Augen scheucht.

Auch Buhmann singt einige Lieder mit – imponierend textsicher –, und seine blauen Augen scheinen sich geradezu aufzulösen. Laufend erschauert Monika; sie wird von Gänsehäuten befallen wie im Fieber. Sie hat das Gefühl, sie kennte all die Lieder schon, aber sie *kann* sie noch gar nicht alle gehört haben bei Spyros am Fluß, oder? Es kommt ihr vor, als paßte sich die Musik ihren Gefühlswallungen an, und nicht umgekehrt. Manche Töne trafen sie so genau, wie ein Lächeln von Nessi sie früher traf, als Nessi noch ein Baby war.

Und von all der Schönheit um sie herum – der überirdischen Musik, der Zeitlosigkeit des Moments, der Wärme der Nachtluft und der Menschen, den nicht enden wollenden Sternenschauern – ist sie plötzlich so ergriffen, daß sie ihren Arm um Buhmanns Schultern legt und ihren Kopf an seinen Hals schmiegt, und da spürt sie seine Stimme in seinem Körper vibrieren und seine innere Bewegung wie elektrischen Strom, und als er zur Antwort seinen Arm um ihre Taille legt, da empfindet sie das als angenehm, und aus seinem Taschenflakon nimmt sie einen Schluck Ouzo von ihm an.

Alles ist so schön, daß es weh tut, und es tut so weh, daß sie Buhmann den Kragen seines Polohemds klitschnaß heult; sie kann es einfach nicht mehr aushalten, all das Schöne um sie herum, all die gleißenden Tage, all die leuchtenden Nächte hier am Ionischen Meer. Sie kann es einfach nicht mehr aushalten, Kostas, Spyros und dieser junge Grieche, der ihr mühelos abrang, was sie überhaupt nie zu wünschen gewähnt, bis sie nicht mehr wußte, wo oben und unten, vorn und hinten war... Ist das noch sie, die das erlebt? Ist das noch dieselbe verkniffene, verängstigte, depressive Ziege?

'Ochi.

Mehr als drei Stunden hat das Konzert gedauert, und noch als sie bereits auf der Veranda der Bar Dionysos sitzen, sind sie von der friedfertigen Gewalt des Erlebnisses wie benommen, selbst Karin. Monika bittet Sotiris, eine Dalaras-CD aufzulegen, und als Buhmanns Lieblingslied erklingt, singt er noch einmal mit, er und Kosta brava und Sotiris, Kosta del sol und der tumbe Alex; alle halten sie ein Glas Ouzo in der Hand und schauen sich an...

Paraponeména lógia
Échoun ta tragoúdia mas
Giatí t'ádiko to soúme
Més'apó tin koúnia mas...

Sie halten sich an den Händen, sie, Monika, und Buhmann, als er ihr übersetzt – »Wörter der Klage haben unsere Lieder, denn die Ungerechtigkeit des Lebens bekamen wir in die Wiege gelegt...«

Sie mag es in dieser Nacht, daß Buhmann ihre Hand hält; und auch alle anderen sind sich zugeneigt in dieser Nacht. Selbst Karin mißglückt ein Anfall von Widerborstigkeit, als der lachende Sotiris sie neckt. Nymphen rauschen durch die Nacht und über die Veranda hinweg, ebenso viele, wie Sternschnuppen über dem Stadion von Preveza gefallen sind. Die Zeit rauscht durch die Nacht, ein Rausch voller Liebe. Als Monika für einen Moment innehält und um sich blickt, erkennt sie, daß jeder hier, zumindest in diesem einen Moment, lächelt. Jeder von ihnen hier auf der Veranda trägt ein Lächeln auf dem leuchtenden Gesicht – unglaublich! »Unglaublich!« Hingerissen, aufgewühlt von ihrer Beobachtung, wirft sie sich Buhmann so ungestüm an den Hals, daß sein Ouzo verschüttet, und wispert ihm ins Ohr: »Kuck mal! Kuck dich mal um! Jeder lächelt, hier! Jeder, der hier ist, *lächelt* grad!« Und Buhmann, sie spürt sein Glucksen des Glücks in den Nerven ihres Arms an seinem Hals, und da schaut er sie an, und sie küßt ihn. Sie küßt ihn, und er küßt sie zurück. Er schmeckt, der Kuß; er schmeckt sehr, sehr gut.

Sie fangen an zu reden. Sie trinken Ouzo und reden, und zwischendurch küssen sie sich wieder. Sie erzählt ihm alles – Kostas, Panos, Spyros –, alles. (Fast alles.) Und als sie betrunken ist, erzählt auch Buhmann, erzählt von ihr, erzählt, wie sie war, als sie zwölf war, als sie seine Prinzessin war. »Du warst ein so schönes Mädchen, daß den andern Müttern der Neid aus den Augen eiterte«, sagt er. »Du warst so schön, daß die andern Väter zu Boden kuckten oder in den Himmel, um ihn nach dem letzten Rest Anstand abzusuchen.« Sie kann gar nicht genug davon bekommen. »Und du hattest etwas«, sagt Buhmann, »was in dem Alter so schnell kein zweites Mal zu finden ist.«

»Und was?«

»Zivilcourage.«

»Zivilcourage?« Sie ist ehrlich überrascht; doch als er weitererzählt, ist sie überzeugt und muß fast ein weiteres Mal heulen. Als er weitererzählt, wie sie, Monika, Anneliese Dede vor jener mörderischen Peinlichkeit errettet hat, da ist sie von dem kleinen Mädchen, das sie einst war, so gerührt, daß sie fast schon wieder heulen muß. Sie kann sich an nichts davon erinnern. Sie kann sich an keinen bekloppten Hans-Peter erinnern und an keinen Schorse Fick (»ein Phänomen; seltene Kombination von Alkoholiker und Nichtraucher«). Es scheint, als sei alles, was Wochen oder Monate vor Papis Tod geschehen, einer Amnesie anheimgefallen. Buhmanns Erzählung schnürt ihr fast die

Kehle zu; dennoch möchte sie um keinen Preis, daß er damit aufhört, und das tut er auch nicht. Buhmann erzählt immer weiter, und als er erzählt, wie sie seine rote Plastikrose mit den Worten ablehnte: »Die ist ja gar nicht echt«, da platzen ihre Tränensäcke endlich tatsächlich und ihr Inhalt schießt ihr in die Augen, die nun ständig überlaufen, obwohl sie lacht. Sie lacht die klarsten Tränen. Ja, es freut sie hell und licht, daß sie einmal ein Mädchen war, das frech und spontan sein konnte; das nicht aus lauter Angst und Haderei und Rücksicht übersah, was vor ihren Augen vor sich ging. Vollkommen betrunken vor Glück über das Geschenk, das Buhmann ihr da macht, heult sie ihm den ohnehin noch feuchten Kragen wiederum klitschenaß.

Auf einmal heulen auch Karin und Manu. Niemand weiß, warum. Buhmann fragt sie, und Manu heult: »Nur so...«

Dann Türen zu, sie bleiben draußen sitzen; durch die plötzliche Stille vom Strand her das Rauschen der lang ausrollenden Brandung.

Und dann gibt es einen Zeitsprung über drei, vier Klippen – Karin und Manu verschwunden, nur Buhmann noch bei ihr, die Bar Dionysos geschlossen, jenseits der leeren Veranda ist es hell, eine Autofahrt, die sie kaum mitkriegt – und plötzlich sitzt sie auf dem Sofa der Villa Arkadia und betrachtet ein einunddreißig Jahre altes Bild von ihr als Prinzessin.

»Du bist was ganz Besonderes«, sagt er. Und in dem Moment weiß sie *sicher:* Das ist sie nicht. Sie ist so normal und durchschnittlich wie nur irgendwer. Und sie fühlt sich wohl damit. Es gibt ihr Sicherheit. »Nein«, sagt sie, »das bin ich nicht.«

Schröpfende Küsse. »Deine Augen funkeln.« – »Im Dunkeln ist gut funkeln.« Und dann überreicht Buhmann ihr eine rote Rose. »Die ist ja echt«, sagt sie, und da müssen sie beide lachen und sich ineinanderkuscheln, und wieder gibt es einen Zeitsprung, und als sie erwacht, ist er immer noch da und schaut sie an, und er sagt: »Kommst mal mit? Ich möchte dir was zeigen.« Und er nimmt sie bei der Hand und führt sie ins dämmrige Haus und in das Zimmer gleich rechts und knipst das Licht an – die Lamellenläden sind geschlossen –, und auf der Schwelle stockt sie, und so betrunken und übermüdet, wie sie ist, weiß sie im ersten Moment überhaupt nicht, was das ist und was das soll; doch dann, als er sagt, »auch alles echt«, da begreift sie.

Da begreift sie, daß dies Buhmanns Schlafzimmer ist, knöchelhoch gefüllt mit den blutroten Blütenblättern von Hunderten von Rosen – »Tausend«, sagt er, »genau tausend« –, und die ebenfalls über und über bestreute Plattform in der Mitte kein Grabmal und auch kein Altar.

Nicht, daß sie nicht grundsätzlich bereit gewesen wäre, sich zu opfern. Doch, am Ende *dieser* Nacht verspürte sie eine empfindliche Lust, sich auch mal zu verschenken, sich hinzuschwenden an diesen Rübezahl; eine enorm empfängliche Willigkeit verspürte sie, auf einer Sänfte aus tausend Rosen hingebettet das Opfer im sündigen Ritus eines ausgehungerten Mönchs zu sein – denn sie allein schließlich, das war ihr nun klar, war es, die alles zum Einsturz gebracht, sein Zölibat, seine Abstinenz, seine Zitadelle, und dafür mußte und wollte sie büßen, oh ja. Oh ja, *sie* war es gewesen, die kraft ihrer Reize, kraft ihrer Lieblich- und Luderhaftigkeit den bösen Buhmann in ihm geweckt, und diese Schuld galt es nun zu sühnen, so war nun mal das Leben. Tausend rote Rosen! Tausend! Der Arme… Doch, sie *war* bereit.

Aber es ging nicht. Nach all den vorangegangenen langen Nächten war sie nun sehr, sehr müde, und ihre Haut und Glieder waren von all dem Alkohol wie betäubt und die Fliegen im Zimmer derart lästig, daß sie sich alle naslang dabei ertappte, wie ihre dringend benötigte geistige und seelische An- und zugleich Entspannung, ihre Aufmerksamkeit hinsichtlich Buhmanns Bemühungen vollständig dafür draufgingen, jene Fliegen durch Zucken und Zappeln zu verscheuchen, und nachdem Buhmann »Gar nicht beachten« heraufgebrummt, versuchte sie es fortan durch pure Willensanstrengung.

Das aber klappte schon gleich überhaupt nicht. Denn als es ihr halbwegs gelang, die Tatkraft jener Insekten zu ignorieren, deren zutiefst lästig kitzelnden Trippelpfade zu ignorieren und die ewigen Starts und Landungen hier und da – da merkte sie, daß auch die ohnehin seltsam tauben Sensationen von Buhmanns Betriebsamkeit den Bach gleich mit runtergingen. Sie merkte, entweder sie ließ Buhmann *und* die Fliegen gewähren, oder sie mußte *beide* Parteien wegwünschen.

Am Ende einer kleinen Ewigkeit voll des zähen Widerstreits wünschte sie sich selbst weg, und im selben Moment sagte Buhmann mit erstaunlich nüchterner Mannhaftigkeit: »Verfluchter Ouzo.« Komischerweise erst jetzt, aber glücklicherweise überhaupt noch fiel ihr auf, daß er seine eigene Verfassung meinen mußte. Sie verzichtete darauf, den platten Schwarzen Peter auszuspielen, sondern jammerte unendlich zarter: »All die schönen Rosen…« – und es war wie verhext, aber ab sofort zogen sich die Fliegen zurück. Jedenfalls schlief sie beinah sofort ein.

Beinah, denn vorher kriegt sie noch halbwegs mit, wie Buhmann ein Gedicht zu deklamieren beginnt, »ein wahres Gedicht«, sagt er: *»An springt der Sommer –; mitten durch den Reifen«*, so fängt er an zu deklamieren, und später: *»Verdammter Morgen, bleiche Abschiedsstunde…«*, und schließlich: *»Die Nacht ist hin, die Dinge sind so sausend / (Ein Kuß noch draufgepappt) / Eh uns der schwarze Müllmann 1:100000 / im Acheron ver-*

klappt… Ein Blutsturz, gut, so steigt er, so verstrullt er; / Schmerzböen, Tränenschauer, immer hinterher! / Das nimmt das Wasser alles auf die leichte Schulter; / das trägt die Flut ins Meer –«

Sechster Gesang

Das Panigyri

XXVIII

An die folgenden drei Tage und zwei Nächte, die noch in dieses warme, wilde Land gehen sollten bis zu jenem Panigyri der Wahrheit, erinnere ich mich weder gut noch gern, schien mein Sturz doch kein Ende nehmen zu wollen, seit ich, nach der Audienz beim Ouzo-Orakel, jenen Berg ohne Namen geradezu hinabgeflogen war – angetrunken, voller irrwitziger Zuversicht, kurzum: euphorisch (nicht zuletzt wegen der geretteten Konzertkarte). Ich war quasi außer mir: am Disko-Grab; bei Michalis in Kanalaki, als ich die tausend Rosen kaufte; anschließend, in der Bar Dionysos, als ich hören mußte, ausgerechnet in dieser Nacht, in dieser wahnsinnigen Vollmondnacht sei meine Prinzessin von Spyros dem Jüngeren entführt worden; den ganzen nächsten Katertag in der Villa Arkadia und die Nacht des Dalaras-Konzerts... – All jene Stationen erlebte ich quasi außer mir, und *zu* mir sollte ich wenigstens halbwegs erst wieder kommen, als Monika mir erklärte, was an jenem Bild vom Mühlrad aus Licht nicht stimmte.

Ja, ich war außer mir, als ich jenen Berg ohne Namen hinabflog. Vielleicht kann ich mich deshalb heute wie von außen sehen, wie ich hupend an Vassilikys Kafeneion vorbeirausche, wo sie noch sitzen im gelben Licht der Terrasse, Vassiliky und ein paar alte Männer. Der beinah gleißende, volle Mond hat seinen Höchststand erreicht, und die Nacht ist so hell, daß aus den massigen Schatten der hügeligen Landschaft deutlich die Wipfel einzelner Zypressen hervorragen. Ich rausche durch die Berge, und obwohl mich die Bar Dionysos mit derselben Kraft anzieht wie die Erde den Fallschirmspringer – als ich die rot, grün und gelb blinkenden Lichter des Disko-Grabs da unten sah, beschloß ich, einer Eingebung folgend, etwas zu tun, das ich noch nie getan hatte, wenn ich hier vorbeikam: Ich hielt an, stieg aus und die kurze Böschung zum Friedhof hinab. Die Taschenlampe in der Hand, stapfte ich zu dem weißen Partyzelt, dessen Dachstangen entlang sich die Lichterketten schlängelten. Darunter stand der Sarkophag.

Er war aus glattem, weißem Marmor. Die Grabplatte diente einem Arrangement von Dingen als Präsentierteller: In der Mitte lag ein verschnörkeltes Kreuz aus Katzengold, das umstellt war von Töpfen voller blühender Plastikblumen, Kerzen in Pyramiden-, Zylinder- und Kegelform (sogar eine Miniaturkirche aus Wachs war dabei, aus dessen Glockenturm der Docht ragte), einem ewigen Licht in einer Laterne und einem Nest von verschrumpelten Orangen. Eingehegt war dieser heilige Garten von einer schwarzen Kette, die am Fußende durch zwei viereckige Säulen mit Kannelüren lief und am Kopfende an einem Aufsatz befestigt war.

Dieser ebenfalls marmorne Aufsatz wirkte wie die Nachbildung eines Tempels; zwei Stufen führten zu ihm hinauf, und in seiner mit Blumenornamenten verzierten Fassade waren verglaste Bogenfenster, angeordnet wie ein Triptychon. Auf die drei Fenster verteilt verschiedene Dinge – das Miniaturmodell eines aufgebockten Motorrads aus Plastik, ein Jägermeisterfläschchen, zwei Flaschen Cola. In jedem einzelnen aber stand ein anderes goldgerahmtes Porträtphoto des Toten, ein lächelnder, schöner junger Mann; einem Messingplättchen zufolge hieß er Christos Papapoulou, geboren am 9. 5. 72, gestorben am 3. 7. 96. Auf dem Dach des Tempels die von künstlichen weißen Rosen umkränzte Gipsplastik einer Heiligenfigur, die ihre Arme mit den offenen Händen gen Himmel streckt.

Es war dieses Motorradmodell, das ich immer wieder anschauen mußte, während ich da stand, im Milchlicht des Mondes, inmitten der Geister des Friedhofs, im Duft der

Kräuter und Gräser, im Pfeifen der Grillen. Immer wieder schaute ich mir dieses Motorradmodell an. Wie groß mußte die Elternliebe sein, daß sie das Werkzeug zum Tod ihres Sohnes, in verniedlichter Form, auf dessen Grabmal duldete? *Er* hatte es geliebt, er hatte sein Motorrad geliebt, Disko und Jägermeister mit Cola, und deshalb sollte er all die Dinge bei und um sich haben, bis in den Tod.

Es war gerade mal zwei Uhr durch, die Nacht auf Sonntag, und während ich im Licht der orangefarbenen Straßenlaternen Kanalaki durchquerte, nahm kein Ende das Geknatter der Mopeds, die mir entgegenkamen, mich kreuzten oder überholten, einfach besetzt oder doppelt (einmal sogar dreifach). Ich spürte, wie die Wirkung des Alkohols, die Euphorie sich zu verflüchtigen drohte. Ein Königreich für einen Ouzo! Einer der Kioske an der *plateía** hatte noch geöffnet. Ouzo hatte er keinen. Ich kaufte eine Kiste Zigarren. Vorm Kafeneion am Ortseingang hielt ich erneut an. Auf der Veranda saß, in der Nähe eines laufenden, von niemandem beachteten Fernsehers, ein Haufen Männer. Im Vorbeigehen las ich ein Schriftband mit dem Text *Germanía–Anglía** 0:1*. Ich ging hinein und kaufte eine Flasche Ouzo, und als ich weiterwollte, fuhr Michalis vor, der Blumenhändler, und auf der Ladefläche seines Pick-ups hatte er zehn Eimer mit je einem Strauß von hundert roten Rosen. Drei Minuten später nicht mehr.

Als ich durch Kouphala rollte, fühlten sich meine Nerven im schwachen Fahrtwind an wie die Saiten einer Äolsharfe; alles glänzte in jener Nacht, die Bleche der Autos, die Blätter der Ölbäume, meine Augen. Zu schlafen schien niemand, im gelben Licht der Tavernenterrassen huldigten

---

* hier: Platz

** Deutschland–England

die Leute dem Vollmond, der wie die Weltlampe des Lebens überm Ionischen Meer leuchtete. Auf der Terrasse der Bar Dionysos war der Teufel los, und schon während ich den Wagen abstellte und noch bevor ich Karin sah, vernahm ich durch die Bouzouki-Musik hindurch ihr hochprozentiges Gegröl: »Buhmann! Was machst du denn hier! Und warum so zugeknöpft! Hose runter, tanzen! *Haaarrrh!*«

Und dann entdeckte ich sie, Karin, in dem Gewimmel, Karin und Manu, den rasenden Erwin und Strong Man, Kosta del sol und den tumben Alex, Kosta brava und den unausweichlichen Sven, alle vor der Panoramascheibe hinten links um zwei der runden Rattantische gruppiert. Unzählige Gläser und Flaschen türmten sich darauf – das architektonische Modell für die Raumstation auf einem eigens zum Feiern geschaffenen Planeten. Drei, vier Gesichter in verschiedenen Brauntönen leuchteten mir entgegen, und die altbekannte Geselligkeitseuphorie beschleunigte meinen Puls: das Abenteuer des Vertrauens darauf, im großen und ganzen gern gesehen und wohlgelitten zu sein; die reine Vorfreude auf den Versuch, einen Kreis der dollsten Naturelle um sein eigenes zu bereichern – in aller Bescheiden-, doch ohne unbotmäßige Schüchternheit –; das Glück, als einzelnes Wesen mit offenen Armen von einer Schar empfangen zu werden...

Und doch, das flatternde Willkommensbanner, das ich mir während der gesamten Fahrt hierher vorgestellt – es riß mittendurch. Monika fehlte, und sofort wurde meine Enttäuschung von der Hoffnung in den Boden gestampft, sie möge *in* der Bar sein; nein, war sie nicht; aber vielleicht zufällig grad jetzt auf der Toilette (dagegen sprach, daß alle Stühle der Runde besetzt und für mich erst einer herbeigeschafft werden mußte); und nach meiner Begrüßung durch die Runde, die übermäßig ausfiel wegen meiner um diese Zeit an diesem Ort ungewohnten Anwesenheit, fragte ich Manu: »Monika nicht da?«

Und während Manu zur Antwort die nackten Schultern hebt, die Lippen zu einer Schnute der Diskretion formt und den dunkelblauen Blick schräg in den unschuldigen, samtigen Nachthimmel schickt, kräht ihre Schwägerin: »Verschollen!«, kräht es, das Teufelsweib; »mitsamt Spyros! *Harrhh...*«

Da sitze ich, Mann von Kerz, an beiden Enden brennend, und zünde mir zu allem Überfluß auch noch eine Zigarre an.

»Ich bin verknallt«, sage ich.

»Ich hab's geahnt«, sagt Manu, kopfschüttelnd meine Zigarre betrachtend; »ich hab's geahnt.«

»Ich hab den Bären gesehn mnörö«, sage ich, »den Bären des Dr. Stephan Wanger. Ich hab das mnörö... Ouzorakel befragt.«

»Nun mal langsam...«

Nai, physiká – es war nicht leicht, das alles. Es war nicht leicht, das zutiefst herzliche Begrüßungslächeln des lachenden Sotiris gebührend widerzuspiegeln. Es war nicht leicht, mit bescheidener Geste eine Runde Ouzo zu bestellen. Und auszuhalten die Unruhe und Beirrung Manus darüber, daß ich *eniá oúza* bestellte anstatt *októ kai mía sóda* oder *portokaláda* oder *pépsi, klépsi* oder *schnépsi.** Nicht leicht, die Zeit bis zum Eintreffen der Getränke zu überbrücken und beim »*Geia-mas*«-Ruf einen Blickpunkt zu finden, an dem ich nicht behelligt wurde von dem breiten Spektrum an Äußerungen, die sich aus den Mienen der Trinkgenossinnen und -genossen herausschälten – von tumber Ahnungs- über Gleichgültigkeit, Verwunderung und verschwiegener Betroffenheit bis hin zu Karins Ausdruck erfahrener Schicksalsergebenheit. Und, vor allem, Manus schmerzlichem Entsetzen...

---

* neun Ouzo statt acht und eine Soda oder Orangensaft oder Pepsi, Klepsi oder Schnepsi

»Was soll; was, was s... Sachma, was soll; was soll *das* denn...« Und sie knallt das Glas, ohne davon getrunken zu haben, zurück auf die Glasplatte des Tischs, daß ein Riß dreinschlägt wie ein Blitz. Ein Sorgenkind mehr für sie.

Nai, physiká, das war alles nicht einfach. Es war nicht einfach, als intelligenzbelasteter Mensch um die Wut zu wissen, die der dumme Säufer empfindet, wenn seine Feinde ihm einen arglosen Schluck nach langer Durststrecke mißgönnen, *und* folglich gezwungen zu sein, den herbstlichen Lärchenwald von Bart unter strahlenden Sonnenschein zu setzen und gesalbte Worte der Beschwichtigung zu wählen, um die Sorge der Freunde zu zerstreuen – und nicht minder die eigene...

Das alles war nicht einfach, aber ich kriegte es hin.

Málista, es war die pure *ouzo-power,* die mich auf die Tanzfläche treibt... Die *»'Ela«*- und *»Brávo«*-Rufe vom Tresen und von der Eingangstür stacheln mich zu immer irreren Sprüngen an; sie treiben mir den Schweiß auf die Stirn und der schöne, schwere Gesang der mannhaften Klage über die Grausamkeit des Meeres und des Lebens, der Fremde und der Liebe die Tränen in die Augen. Bis über die Knie im Kummer, bis über die Ohren in der Glückseligkeit! Beweg dich, Mann von Kerz; in den Boden, o Mann von Kerz, stampfe sie, deine Wehmut und deinen Zorn...

»Aber morgen«, rief mir Manu gegen die Musik ins Ohr, »morgen ist wieder Schluß damit, ja?«

»Wir«, rief ich zurück und legte meinen Arm um Karins Schultern, »*wir* können ihn ja ab, den Ouzo, stimmt's?«

»Aber nicht zu knapp!« krähte Karin, und Manu sagte: »Jajaaa«, sagte sie, »aber der Ouzo; aber der Ouzo *euch* nicht!« Ich lachte und strahlte sie an. Ich griff ihr um die Taille und tätschelte ihr den Hintern.

»So was tut man aber nicht«, krähte Karin, und ich rief, Heuchelei heuchelnd, ich hätte Manu einen Moment wohl für jemand anders gehalten. »Und so was«, sagte Karin, »sagt man nicht.«

Zwischendurch verschwand ich kurz nach Art des Sonderlings, fuhr durch die helleuchtende Nacht zu Ingos Villa und stellte den Motor ab. Die Frösche im Sumpf machten einen Höllenlärm, und doch war das müde, aber unablässige Zirpen einer Grille gut zu verstehen. Es erinnerte mich an altes Blechspielzeug oder an das Eiern eines Windrads.

Ich starrte zu ihrem Appartement hinauf. Es war vollständig verrammelt und finster, und ich fuhr ums Haus herum und versuchte, einen Lichtschimmer hinter den Lamellenläden der Westloggia zu entdecken – nichts.

Es war ebenso weit nach Mitternacht wie bis zum Morgengrauen, und der Mond erhellte das Dorf, und kurz bevor ich den Motor erneut startete, hörte ich einen Hahn krähen. Vermutlich – stimmt's, Spyro? – legte er ein Ei.

Zurück in der Bar Dionysos, trank ich und tanzte, tanzte und trank, »Ausziehn, ausziehn!« krähte Karin immer wieder, und plötzlich wird es hell im Eukalyptuswald; Sotiris stellt die Musik aus, öffnet die gläserne Schiebetür, frischer Duft weht herein, und dann schließt Sotiris ab; Karin, Manu und ich sind die letzten. Karin heult mal wieder, wie so oft, wenn sie volltrunken ist. »Ich bin eine Schlampe«, wimmert sie. »Findest du nicht, daß ich 'ne versoffene alte Schlampe bin?«

»Mach mich nicht scharf«, sage ich, und während sie zur Taverna Plaka wanken, fahre ich auf meinen Schildkrötenhügel, und einer weiteren meiner zahlreichen Eingebungen in dieser Nacht folgend, treibe ich den Geländewagen den steinigen Pfad durch den Wald zur höchsten Stelle des Bergs hinauf, und von dort aus sehe ich, tief im Osten, den kräftigroten Schild der Sonne, und ich schwenke den Blick, und fast auf gleicher Höhe sehe ich den bleichen des Mondes, und ich werde wohl nie entscheiden können, ob es die überirdische Schönheit dieses Anblicks war, die mich eine Viertelstunde oder der Himmel weiß wie lang immer wieder zum Schluchzen und Heulen brachte, oder nur der Ouzo.

Ich schlief im Kloster – in der Bucht wäre es zu hell gewesen, und womöglich hätte ich mir beim Abseilen den Hals gebrochen; so klug immerhin war ich doch. Ich schlief miserabel; wachte alle anderthalb Stunden auf und döste nach anderthalb Stunden klebrigen Stierens und Sinnierens wieder ein; und schon nach der ersten dieser Phasen, da krächzte es in meiner Kehle, und niemand außer mir ganz allein vermochte die geheime Tragweite dessen zu ermessen, was zum Teufel ich da brabbelte: »*Na, haddär wiedär Doäß?*«

XXIX

*'Ai, nai,** er hatte wieder *Doäß; Doäß,* der mit »Durst« nur unbeholfen und unzulänglich übersetzt ist: Es war ein ozeanischer, ein Saharadurst; Durst, den Trinken mitnichten löschte, sondern verschlimmerte...

Was ich bei den Entwürfen meiner Alarmpläne knapp vier Jahre zuvor verfehlt hatte, das war eine Maßnahme für den Fall des Rückfalls. Als ich ans Ionische Meer gezogen, war ein Rückfall so undenkbar abgrundtief tabu, daß

---

* aua, ja

ich ihn unbewußt dem Tod gleichgesetzt hatte. Und entwirf mal eine Maßnahme für den Fall des Todes.

Am heikelsten bei einem Rückfall ist das Phänomen der Verdrängung. Verdrängung in einem Ausmaß, von dem jeder Reeder nur träumen kann. Bei einem Rückfall nach so langer Zeit ist die Verdrängung so gewaltig, daß sich der Effekt des Erzens zunächst exakt umkehrt: Das Er-Ich von gestern ist durchaus kein peinlicher Verwandter, kein schwarzes Schaf der Ichfamilie, kein Gespenst. Das Er-Ich von gestern ist der Held. Ein Herakles der Lebenskunst. Bei einem Rückfall nach so langer Zeit hat das Er-Ich von gestern noch heute das Sagen: *Ich hab dir das Feuer zurückgebracht, und jetzt klagst du mich an? Reiß dich halt einfach zusammen.*

Es kursierte schlicht noch zu viel Restalkohol im Blute, als daß ich den Wunsch überhaupt hätte verspüren können, in mein gutes altes Ich-Ich zurückzukehren. Zudem sind Leber, Herz und Nieren bei einem Rückfall nach derart langer Zeit des Wiederaufbaus beinah wieder so wehrhaft wie mit fünfzehn, als Horst und Käthe Morten am Morgen nach Barneys Cola-Rum-Fete ins Jugendzimmer stürmten, um die Eigenpädagogik des spuckenden Elends samt mondschwerem, bolidenbeschossenem Kopf zu besichtigen. Nur war da nichts dergleichen. Außer Durst. Der Sohn wußte überhaupt nicht, wovon sie redeten.

Ich kann mich nicht erinnern, das, was geschehen war, als katastrophal betrachtet zu haben. Im Gegenteil, ich suhlte mich so sehr im Monikakitsch, daß ich trotz des Rückschlags der spyroischen Entführung nicht nachlassen konnte, an einen Sieg im Kampf um sie zu glauben. Als die Wahrheit mit jedem abgebauten Hunderstel Promille näher an mein Bewußtsein heranrückte, besserte ich feindosiert nach, und während ich die zehn Eimer à hundert Rosen aus dem Wagen auf die Terrasse schleppte (wobei, zugegeben, der Blutdruck stieg, aber wo gehobelt wird, fallen nun mal Späne) und zwei Stunden lang Blüte für Blüte abzupfte; während Atze den spukhäßlichen Kopf schüttelte wie ein alter Seelendoktor, der selber ein bißchen plemplem geworden ist, entwarf ich die schillerndsten Szenarien, hauptsächlich für den übernächsten Tag bestimmt, denn für diesen Abend, den Abend des Dalaras-Konzerts, rechnete ich mir keine großen Chancen gegen Spyros den Jüngeren aus. Bis heute gedenke ich Spyros des Älteren mit Rührung, und nie ist dieser Gedanke frei von dem abartigen Hintergedanken, er habe mir den Weg geebnet. Den ich vor lauter Skrupel erst betrat, nachdem sie den ersten Schritt getan. Stimmt's, Spyro?

So spielte sich eines jener Szenarien, die ich mir vorstellte, als ich den kargen Boden meines Dormitoriums mit den Blüten von tausend roten Rosen düngte, in der Realität also eine Nacht früher ab, als ich zu hoffen gewagt hatte. Daß das reale Szenario dann vom imaginierten abwich – in nicht unerheblichen Details der Leidenschaftlichkeit und Gloriosität –, was machte das schon. Das nahm das Wasser alles auf die leichte Schulter, das trug die Flut ins Meer, wie es in Rühmkorfs wunderbarem *Tagelied* heißt. Das wuppte selbst noch die abgespeckte Version der Verdrängungsmaschinerie, die des zweiten Katers. Diese Mißhelligkeiten überstrahlte das Bild von ihr, wie sie am Mittag auf meiner Pritsche erwachte: der lakenverhüllte Hügel ihrer Hüfte; der halbversunkene, zarte Grat, den die Kette der Rückenwirbel zwischen zwei sanften, tiefbraunen Dünen zieht; der zerzauste strohgelbe Flügel ihres Haares...

Ich fuhr sie zur Villa Karolina.

Das erste Mal mußte ich noch vor der Baumgrenze halten. Meine Schuld; als Allheilmittel hatte ich ihr einen Schluck Ouzo nicht nur angepriesen, sondern auch aufgedrängt. Das zweite Mal vor der Brücke über den brackigen

Graben und das dritte Mal, nachdem wir sie überquert hatten – als sie nämlich zufällig im Rückspiegel sah, wie die Schweine sich an ihrer Hinterlassenschaft labten –; das vierte Mal vorm Einbiegen auf die E55, das fünfte Mal nach dem Abbiegen von der E55 und das sechste Mal an jenem Dromedarhügel, an dem sie dreizehn Tage zuvor vorm Lächeln des Schäfers erschrocken war.

Ich setzte sie an der Villa Karolina ab. Wortlos, würgend, vage winkend stolperte sie die Wendeltreppe hinauf und stürzte die Galerie entlang. Dann knallte die Tür.

Und ich, ich machte den Nachmittag zur Nacht.

Ich traute mich nicht zurück auf den Schildkrötenhügel; die Einsamkeit der Villa Arkadia hätte mich gekillt. Ich traute mich auch nicht an den Strand, wo vermutlich Karin, Manu und der unausweichlich unerträgliche Sven auf uns warteten. Ich traute mich aber schon gar nicht in die Taverna Plaka, wo ich den forellenfarbenen Blicken Spyros' des Jüngeren ausgesetzt gewesen wäre. Also setzte ich mich ins schattige *Café Mythos* gegenüber dem langen Ostrain des Eukalyptuswalds und bestellte Ouzo, und zwar, der Tageszeit Vernunft entbietend, mit Wasser, und dann schaute ich tief ins Glas, in diesen vollen Ouzomond, und phantasierte, sie liebe mich. Der Mond verschwand, die Sonne rollte weiter, und ich bestellte einen zweiten Ouzo, und ich schaute tief ins Glas und phantasierte, sie liebe mich nicht. »Bießchen ieberleggen«, murmelte ich und machte mit dem Finger einen Kreisel an der Schläfe. Noch schneller ging dieser Mond unter, und wie ein Vampir, der das Sonnenlicht nicht ertragen kann, bestellte ich einen dritten Ouzo. Und na bitte, sie liebte mich wieder. Und ich trank so viel Ouzo, bis sie mich nur noch liebte, von ganzem Herzen, bis in alle Ewigkeit.

Und ich schrieb ein Gedicht mit dem Titel *Ouzo wie trügerisch*, das ich erst drei Tage später in meiner Hosentasche wiederfand – stimmt's, Spyro? –, in all seinen Variationen hingeschmiert auf einem ganzen Zettelblock mit dem Emblem des *Café Mythos*...

Ouzolein, ach du mein Ouzo fein:
Liebt sie mich wirklich ganz inniglich,
Oder leide ich grad unter 'nem Sonnenstich?
Na, eines von beiden wird es wohl sein.
Stimmt's, Ouzolein, ach du mein Ouzo fein?

Ouzo, mein Ouzo, mein Üselchen:
Sag es mir, raus damit, schieß schon los:
Hat ihr gefallen die rot' Pla-*hick!*-stikros'?
Rot, so rohot wie ein *hick!* Wieselchen?
Ja? Ouzo, mein Ouzo, mein Üselchen?

Eine Rose so rot wie ein Wieselchen – o Gott...

Und so legte Mann von Kerz sein Herz in Spiritus ein, befragte Dr. med. Dr. phil. Ouzaki, ließ sich von ihm einen Leberhaken nach dem anderen verpassen und spielte sein eigenes Ouzorakel, bis ihn die tiefstehende Sonne durch die rostigen Kronen der Eukalyptusbäume in ein Licht setzte, das von ihm nur mehr wenig übrigließ – vier Zigarrenstummel, ein Kompologi und ein lotterleeres Glas; Mokassins, abgeschnittene Jeans, Polohemd und rothaarige Backpflaume.

Als die Rosarote Stunde anbrach, war es für einen Moment vollkommen windstill. Der Schweiß brach mir aus, und dadurch erstand ich wieder auf. Ein einzelner, äußerster Zweig eines Eukalyptusbaums regte sich. Es schien, als gäbe er mir einen Wink. Ich lächelte so blöde wie einer, der vorgibt, einen Witz verstanden zu haben, um nicht wie blöde dazustehen.

Unerbittlich trank ich noch einen Ouzo.

XXX

Nicht gut erinnere ich mich, nicht gern erzähle ich, was dann geschehen sein muß, wenn ich Karins und Manus Kolportage trauen darf, und das darf ich wohl. Nein, gern erzähle ich das nicht, zumal ich mich beim besten Willen und schlechtesten Gewissen nicht mehr hineinversetzen kann in jenes elende Er-Ich von damals, und so versuche ich es, indem ich ins Ich von Monika Freymuth schlüpfe…

Zur Rosigen Stunde desselben Tages war es, als es an ihrer Tür klopft. Sie hat immer noch im Bett gelegen, und auf ihre Nachfrage, wer da sei, murmelt jemand etwas Unverständliches, irgendwelche dunklen Vokale. Sie fragt erneut, und der da draußen ruft: »Haaat, muuut!!«

»Sehr witzig, Buhmann. Geh weg. Mir ist schlecht.«

Erst spät, zur zweiten Halbzeit des Spiels Italien gegen Schweden, schafft sie es zur Taverna Plaka, um einen Salat zu essen. Sie geht zu Fuß, um ihren Kreislauf in Schwung zu bringen. Sie plaudert ein Stündchen mit Karin und Manu und Spyros dem Jüngeren (dem Älteren geht es gut; übermorgen, pünktlich zum Panigyri, wird er schon wieder entlassen), erwehrt sich der Ansinnen Kosta bravas, Panos' und Alex', so gut es geht, und kurz bevor sie beschließt, ohne Abstecher in die Bar Dionysos in ihr Appartement zurückzukehren, kommt plötzlich Buhmann an, grinsend, mit geröteten Augen und wirrem Haar; als er sein Kompologi hervorzottelt, rieselt Sand aus der Hose. Er scheint am Strand geschlafen zu haben. »Wo willst du denn hin?«

»Ins Bett«, antwortet sie.

»Ich bring dich hin«, sagt er.

»Nein, ich…«

»Doch, doch. Keine Ursache. Ich… muß mit dir reden.«

Auf dem Weg durchs Dorf bereut sie, nachgegeben zu haben. Er scheint doch noch schwerer betrunken, als seine motorischen Fähigkeiten nahelegen. Ständig umfaßt er ihre Schultern, schwafelt immer wieder auf Plattdeutsch mit ihr – »Is di ok noch so dwadelig in'n Kopp?« –, singt das Lied der Schützen – »Uuuund Schützenbröder sünd wi...« –; es geht ihr unsagbar auf die Nerven, nie hatte sie weniger Lust als jetzt, nach Kehdingen oder Beeckdörp versetzt zu werden; und beim schmiedeeisernen Gartentor vor der Villa Karolina macht er ihr auch noch einen Heiratsantrag.

Und er scheint's ernst zu meinen. Er schaut sie ernst an und sagt: »Willst du mich heiraten? Ich mein's ernst. Heirate mich. Ich will nach Hause. Ich will wieder arbeiten. Wir könnten es uns schön machen, in Beeckdörp. Ich trete wieder in den Schützenverein ein. Ich spiel' wieder Tischtennis. Du kannst bei den Beeckdörper Lünen singen.«

Obwohl sie sich inzwischen erheblich belästigt fühlt, muß sie lachen. »Ach, Buhmann«, sagt sie und stößt ihn mit der flachen Hand vor die Stirn wie einem Blödmann. Eine Geste ganz ihrer neuerworbenen Spontaneität entsprungen, und doch schießt ihr Reue in die Glieder, als Buhmann durch diesen winzigen Stoß einen Stützschritt nach rückwärts machen muß, der zunächst ins Leere geht, weil er auf der Schwelle stand. Er gerät ins Straucheln und Fuchteln und knickt schließlich ein, und mit einer Figur, wie sie ein Anfänger in einer Kasatschok-Riege machen könnte, landet er auf dem Hintern. »Aua«, sagt er, puppentheatralisch ausgelacht vom Froschpublikum, das ohne geringstes Interesse an befreienden Küssen sein Dasein im behaglich versumpften Schlangenfluß genießt.

Es ist zu dunkel, als daß sie ihre Augen sehen könnten. Monika rührt sich nicht. Sie wehrt sich gegen den alten Impuls, allzu weich zu werden, und bleibt durch den Überschuß an Widerstand allzu hart. Auch Buhmann rührt sich nicht und bleibt sitzen. Durch die Dunkelheit zwischen ihnen starren sie sich einen Moment lang schweigend in die verschatteten Gesichter, und weil Buhmann betrunken ist, sie aber nicht, ist sie diejenige, die als erste handelt. Sie versucht immerhin, ihren Gute-Nacht-Wunsch bedauernd zu tönen, und fügt hinzu: »Hör wieder auf zu trinken.« Dann geht sie in den Wendeltreppenturm, und er sitzt immer noch schweigend da, als sie über die Außengalerie zu ihrer Appartementtür geht. Sie tut so, als ob sie nicht hinschaut, und als sie im Inneren verschwindet, muß sie dagegen ankämpfen, vom Balkon aus nachzuschauen, ob er immer noch dort sitzt. Um diesen Kampf zu beenden, setzt sie sich auf der Westloggia nieder. Von dort aus kann sie den Weg aus sicherer Entfernung einsehen. Es dauert eine kleine Ewigkeit, bis endlich knirschende Schritte herüberschallen und Buhmann den Lichtkegel der Ecklaterne durchquert. Dort dreht er sich um, hebt die Arme und schreit: »Mea culpa! Mea maxima culpa! Flasche auf mein Haupt!« Und dann stolpert er tiefer ins Dorf.

Am nächsten Tag sind sie wieder alle am Strand. Aus allen Poren verströmt Buhmann Schweiß- und diesen karbidartigen Geruch von Knoblauch und Alkohol. Er hat sich ein kaltes Heineken mitgebracht und beginnt, es in sengender Sonne zu trinken. Manu macht eine Bemerkung, und daraufhin spannt er unter witzig gemeintem Gewetter seinen Schirm auf, triefend von Schweiß.

Monika spricht ihn mehrfach mit Harmlosigkeiten an, und er antwortet mit Harmlosigkeiten; eine Entschuldigung ihrer- oder seinerseits liegt in der Luft, und kurz darauf entschuldigt er sich tatsächlich bei ihr. »Tut mir leid wegen gestern nacht«, sagt er. »Was auch immer ich gemacht hab'. Bitte um Verzeihung.« Er lächelt sie an; fast ein bißchen zu herzig-zauselig, um restlos frei von Ironie zu sein.

War dieser alberne Antrag gestern nacht wirklich ausschließlich auf den Suff zu schieben? Sein Lächeln scheint das bedeuten zu sollen.

Am Abend sitzen sie bei Spyros und schauen zu, wie all diese hübschen Portugiesen die deutsche Mannschaft mit 3:0 niedermachen, und als der Aufbruch in die Bar Dionysos ansteht, bittet Buhmann, erneut erheblich angetrunken, sie noch um einen Moment Aufschub und verspricht, keinerlei Sperenzien zu machen. Karin und Manu gehen bereits. Erneut gibt Monika nach.

Er bittet sie, auf nur eine einzige Frage, auf nur einen einzigen Ouzo, mit ihm an den Stammtisch am Fluß umzuziehen. Er setzt sich an den Eukalyptusbaum, zieht die Mokassins aus, stemmt die baren Füße dagegen und beginnt zu kippeln, das Ouzoglas in der Hand. Sie setzt sich nicht neben ihn, sondern an den Tisch. Und dann sagt er:

»Ist dir das wunderschöne Licht-Spiel da«, sagt er und deutet auf das Schilf am gegenüberliegenden Ufer, »schon mal aufgefallen?«

»Ja klar«, sagt sie. »Wunderschön. Ist das deine Frage?«

»Nein«, sagt er. »Das ist nur die Voraussetzung. Ich finde, dieses Licht-Spiel wirkt wie ein unsichtbares Mühlrad mit dünnen Speichen aus Licht. Findest du nicht auch?«

»Ja, stimmt... Es ist traumhaft schön.« Sie schaut ein Weilchen versonnen zu. »Ich will nicht drängeln – aber ist *das* deine Frage?«

»Nein«, sagt er. »Meine Frage ist die.« Er stellt die Füße auf den Boden, beugt sich vor und, die Ellbögen auf die Knie gestützt und das Ouzoglas zwischen den Händen schwenkend, starrt auf die gemächlichen Rotationen da drüben. »Dieses wunderschöne Licht-Spiel da, ich hab's bestimmt schon tausendmal beobachtet. Also, ich meine, *wirklich* an die *tausendmal*. Fast vier Jahre bin ich hier. An die tausendmal hab ich das Licht-Spiel beobachtet, aber nie bin ich das Gefühl losgeworden, daß an dem Bild, an der Metapher vom Mühlrad, daß daran ir-gend-was nicht stimmt. Verstehst du?«

»Und was?«

»*Das* ist meine Frage. *Ich* weiß es *nicht*. Sag du's mir.«

Monika überlegt kurz. Was könnte das sein, was da nicht stimmt? Sicher meint er kaum, daß es so große Mühlräder kaum je gegeben hat – jedenfalls nicht bei einer Müllerei. Sicher meint er kaum, daß die Speichen wohl viel zu dünn wären, um Statik für den imaginären schweren Reifen und die Schaufeln zu gewährleisten. Wieso kam er überhaupt auf *Mühl*rad? Klar, natürlich. Das ist stimmig. Wegen des Wassers.

Und schon hat sie eine Idee, und sie überprüft sie, indem sie mit dem Zeigefinger Kreisel in der Luft beschreibt, und dann sagt sie: »Es dreht sich gegen den Strom.«

Buhmann regt sich nicht.

Sie dreht noch mal einen Kreisel in der Luft. Eindeutig. »Es dreht sich *gegen* den Strom. Eindeutig.«

Buhmann regt sich nicht und starrt auf das Licht-Spiel am gegenüberliegenden Ufer des Acheron. Weil sie seine Augen von der Seite nicht sehen kann, beugt sie sich nach vorn. »Stimmt doch, oder?«

Er schaut sie nicht an, starrt nur auf das gegenüberliegende Ufer, und dann gibt er ein dreisilbiges Wort von sich, das sie nicht versteht. »Was?« Sein Kopf fällt nach vorn, so daß er ihn zwischen seinen Schultern baumeln lassen kann. »Unglaublich«, sagt er.

Gut. »Gut. Können wir jetzt gehen?«

»Unglaublich«, sagt er.

»Ich geh jetzt mal.«

»Unglaublich«, sagt er. »Unglaublich.«

Er schaut sie nicht an. Er bleibt sitzen. Sie steht auf. »Ich geh schon mal vor. Kommst du nach?«

»Nicht zu fassen«, murmelt er. »Dreht sich gegen den Strom. Unglaublich.« Er lehnt sich wieder zurück, nestelt eine Zigarre aus einer Art Köcher und zündet sie an. Und beginnt wieder zu kippeln.

Sie hat nicht die geringste Lust, sich noch länger aufzuhalten mit dem betrunkenen Gewäsch, täuscht Anerkennung der Witzigkeit seiner Marotte vor, indem sie ein Lachen heuchelt, und sagt ein letztes Mal, »ich geh jetzt. Bis gleich«, und dann geht sie und läßt ihn da kippeln. Kaum ist sie ein paar Schritte gegangen, da vernimmt sie ein Geräusch und ein Fluchen; sie dreht sich um und sieht, wie Buhmann sich vom Boden aufrappelt, den Stuhl aufhebt und in das leere Glas schaut.

Eine halbe Stunde später kommt er tatsächlich noch nach. Er tanzt wie ein Berserker und schläft später, als der Barbetrieb drinnen weitergeht, draußen in seinem Korbsessel ein. Als Karin und Manu, Panos und sie, Monika, die Bar verlassen, sitzt er dort immer noch, zusammengesunken, die blassen, frühchenhaften Halbkügelchen der Lider in der Bronze von Stirn und Wangen, sein Mund eine rotschwarze Grotte in einem Herbstwald. Zahme Raubtiergeräusche dringen heraus. »What's up with Bodo?« fragt Panos. »He neverr drank notting, since I know him. What's up with him?«

»I don't know«, lügt sie. *Ohne* rot zu werden.

Den ganzen nächsten Tag läßt er sich nicht blicken, weder zum Mittagsfrühstück noch am Strand.

Doch am Abend, auf dem Panigyri, als sie an Panos' Seite am Stammtisch saß, mit Karin und Manu und allen – Strong Man und Erwin, Kosta brava und Alex, Sven und Ingo und Karolina –, da tauchte auch er auf.

Allerdings nicht nur er.

XXXI

Im Gegensatz zu jenen Begebenheiten erinnere ich mich sehr gern und sehr gut an dieses Panigyri. Ja, diese göttliche Farce, die entschädigte mich zwar längst nicht für alles, das ich in den vergangenen fünf Tagen hatte erdulden müssen, doch für so manches. (Noch heute schwanke ich hin und her zwischen Ent- und Begeisterung darüber, mit welcher Perfektion das Schicksal Regie führte.)

Nai, málista, ich gestehe: Es versöhnte mich ein wenig mit meinem Geschick, nachdem es doch der schlauen Monika Freymuth vergönnt gewesen war, mir den Spruch des Ouzo-Orakels zu enträtseln... *Sígoura,* sie konnte nicht ahnen, wie groß, wie strahlend der sibyllinische Triumph in Wahrheit war, der ihr zugedacht gewesen, und es versteht sich von selbst, daß ich mich hütete, es ihr zu enthüllen. Dennoch: Reichte es nicht, daß *ich* es wußte; daß *ich* darunter zu leiden hatte?

Gott, war ich von den Socken! Genau das war es gewesen, was mich Tausende von Abenden irritiert hatte an jenem Bild vom Mühlrad aus Licht: Es drehte sich gegen den Strom! *Physiká!* Wie hatte ich nur jahrelang so blind sein können! Wenn man jene langen Strahlen, die im Uhrzeigersinn über das Schilf rotierten wie die Speichen der oberen Hälfte eines großes Rades –, wenn man jenes Licht-Spiel, das die Wellen des Acheron aufs Schilf am anderen Ufer projizierten, indem sie das Licht von der Lampe im Eukalyptusbaum reflektierten –, wenn man jenes optische Phänomen als Mühlrad aus Licht ansah, dann hätte es somit Unterwasser. Es war, wie der Müller sagt, *unterschlächtig,* und wenn es unterschlächtig war, dann würde der Strom es gegen den Uhrzeigersinn drehen. Doch schaute man *hin,* herrgottnochmal, dann sah man: Es drehte sich im Uhrzeigersinn. Es drehte sich *gegen* den

Strom. Und während ich noch grübelte, fiel mir auf und ein, was Beeckdörps Wappen war – ein Mühlrad.

Und als wäre jene Erkenntnis nicht schwer genug zu verdauen gewesen, so schwer, daß ich buchstäblich vom Stuhl fiel, verpaßte mir der Weltgeist auch noch einen weiteren Hieb, kaum daß ich mich wieder aufgerappelt und Ouzo nachgeschenkt hatte: Während Monika und die anderen bereits zur Bar Dionysos strebten, kam aus der entgegengesetzten Richtung, den Acheron herauf, der alte Vassilis gepaddelt. Manu hatte ihn »Ilja Rogoff« getauft, weil er dem Anzeigenmodell wie aus dem Gesicht geschnitten war, das für die gleichnamigen Knoblauchpillen warb. Er hockte auf dem Sitzbrett seines Nachens, stach das Blatt ins tranige Wasser und zog es zu sich heran, zweimal, backbords, und als er, mit der Linken umgreifend, das Skull nach Steuerbord wechselte, trieb die Strömung ihn anderthalb Paddelschläge gen Mündung zurück. Vassilis aber tat nun zwei Schläge steuerbords, und nahm ihm der Acheron während des Wechsels auch anderthalb gleich wieder ab, blieb doch wiederum ein halber an Gewinst. Stoisch baute er seinen Vorsprung aus, nahm das Wallen des Wassers wahr, die reglose Schilfhecke drüben und die schlapp schaukelnden, vertäuten Kutter und Boote hüben, und ging restlos auf im Ebenmaß seiner Bewegungen. Das dämmrige Licht war wie gemalt; überhaupt hätte die Szenerie wie ein Bildnis gewirkt, hätten sich der Strom und Vassilis nicht bewegt – hätten sie nicht ihr mal neckisch anmutendes, mal in seiner notwendigen Strenge melancholisch wirkendes Widerspiel ausgefochten.

Wunderbar.

Doch da, da tönte plötzlich eine dünne Melodie zu mir herüber, in ihrer elektronischen Unbeseeltheit nicht nur dämlich und kindisch, sondern so nichtswürdig, daß es mir augenblicklich das Herz vergiftete. Schon beim ersten einer Folge von Takten jener Idiotenpolka geriet der alte

Vassilis in Unruhe, holte das Paddel ein, beugte den Nacken und nahm einen Gegenstand vom Boden des Bootes, hielt ihn sich ans Ohr und krähte: »*Poiós eínai?*« Und während er telefonierte – »*Nai, nai; nai, nai; nai, entáxei*« –, kam sein Boot ein wenig ins Trudeln, und die Strömung trieb es rückwärts. Er verlor mindestens zwei Dutzend Schläge.

»Was soll denn *der* Quatsch!« blaffte ich Spyros den Jüngeren an, als er mir Ouzo nachschenkte, und zeigte auf den telefonierenden alten Mann. Natürlich vermochte er meine Empörung nicht in ihrem vollen Rang zu ermessen. Dennoch informierte er mich bereitwillig, das Handy sei ein Kompromiß zwischen Vassilis und seinem Sohn, der ihn ohne es nicht mehr auf den Fluß lassen wollte. Ich bezweifelte, daß der Alte in der Lage wäre, kurz vor Infarkt oder anderweitig verursachtem Schiffbruch noch einen Notruf loszufunken.

Ich soff eine weitere halbe Stunde vor mich hin, und dann ging ich in die Bar Dionysos, tanzte und gab mir den Rest.

Der nächste Tag war voll klebrigen Phlegmas gewesen, voller Verzagtheit und tragödenhafter Bettlägrigkeit, voll der Strenge biblischer Bitterkeit, und doch, zur Rosigen Stunde bereits hatte ich dem Affen zu viel Zucker gegeben, als daß ich es aushielt, noch länger allein zu sein. Also fuhr ich nach Kouphala. Das Panigyri hatte ich völlig vergessen, bis mir am Verkehrskreisel Bässe entgegenhallten. Hysterische Jauchzer einer Klarinette antworteten auf die melancholischen Melismen einer Sängerin. Unterm Ölbaum gegenüber von Kütjes Chaosk, so früh am Abend bereits verriegelt, fand ich den letzten Platz, auf dem ich Pegasos abstellen konnte.

Im Westen sah der Himmel über den Dächern und Baumkronen wie ein Streifen gebratener Schinkenspeck aus; immer noch war es sehr warm, 31,2 Grad, und trotz meiner heiklen Verfassung bauschte meinen Bauch – wie früher beim Beeckdörper Schützenfest – eine Erregung, die etwas nahezu Liebedienerisches hatte in ihrer Sehnsüchtigkeit, ihrer unverwüstlichen Hoffnungsseligkeit, ihrem Schmachten nach einem Festival der Lustbarkeiten. Auf meinem kurzen, schmalen Weg zwischen all dem Autoblech wanderte ich voran wie das Auge eines Orkans aus knatternden Mopeds. Kosta del sols Laubenterrasse war leer, und bereits von hier aus erahnte ich, daß die festliche Gesellschaft über die halbe Promenade hinreichte. Offenbar arbeiteten mehrere Acheron-Nachbarn zusammen.

Das Zentrum, das Atrium des bunten Abends aber war Spyros' Garten am Fluß. Mit Plastiktüten voller Dosenbier, Limonaden- und Wasserflaschen in den Fäusten flitzten Jugendliche die Stuhlreihen entlang und bedienten die Gäste. Als Kellner für Sonderwünsche war offenbar der tumbe Alex engagiert, und auch Elevtheria und Spyros der Jüngere tobten durch die blauen Flügeltüren ein und aus. Die *kompanía* hatte ihre Bühne auf dem Plätzchen zwischen der Taverna Plaka und der benachbarten aufgebaut, und genau dort, wo bis gestern Strong Mans Boot aufgedockt gewesen, war die Tanzfläche – noch leer. Klarinettist und Sängerin standen an den Mikrophonmasten, Bassist, Bouzouki-Spieler und der Mann mit der Mandoline, Keyboarder und Schlagzeuger saßen; das Gedudel schrillte mir in den Ohren, als ich mich zwischen den fast vollständig besetzten Tafeln hindurchwand, um zu unserem Tisch zu gelangen.

Schon von weitem hatte ich bemerkt, daß Monika ihr gelbes Kleid trug. Ich fand es zu grell; und nichts weniger als deplaciert fand ich, daß sie und der verdammte Panos aufeinander geradezu einturtelten. Gewöhnlich vertuschten Touristinnen tunlichst ihre Papagallos. Nun ja, war der Ruf erst ruiniert… und Panos konnt's egal sein; er war jung und Junggeselle, es mehrte nur seinen Ruhm. Sie zeigte mir ihr Korallenlächeln. Es ließ mich nicht kalt, aber kühl.

Karin hingegen war so beschäftigt mit der Vorbereitung eines ihrer Mätzchen, daß sie mich nicht einmal begrüßte. Diesmal schien Sven das Opfer zu sein, jedenfalls waren vor seiner Nase fünf deutsche Schnapsgläschen mit purem Ouzo aufgebaut, während sie gerade fünf normale Trinkgläser mit Bier vollschenkte. In einer offenbar recht wohligen Mischung aus Gespannt- und Gelassenheit beobachtete Kosta brava Karins Organisation. Ich blinzelte Manu zu, schnappte mir einen freien Stuhl und setzte mich zu Ingo und Karolina, Strong Man und Erwin. Glücklicherweise hatten sie einen Tisch ergattert, der weit genug jenseits des Schalltrichters lag, daß man sich noch unterhalten konnte, ohne sofort in Schweiß auszubrechen.

»Was für'n Getöse«, sage ich zur Begrüßung.

»Ich mag Klarinas eigentlich ganz gerne«, sagt Strong Man.

»Ich auch«, sagt Karolina.

»Ich hasse Klarinas«, sagt Ingo. »Dieses Getöse macht mich fechtig.«

»Ist Geschmackssache«, gibt seine Frau zu, »aber die schönen alten Gesänge...«

»Ein Gejaul«, murrt Ingo.

»... wenn die da von Trennung singen«, sagt Karolina, »und von Auswanderung und Heimweh – ich weiß nicht, dann möcht' ich oft heulen.«

»Ha«, höhnt Ingo, »ich auch!«

»Wißt ihr, was Woody Allen gesagt hat?« sage ich. »Es gebe nur zwei Instrumente, die schlimmer seien als 'ne Klarinette.«

»Nämlich?«

»*Zwei* Klarinetten.«

Spyros der Jüngere, der grad meine Bestellung aufnimmt, gönnt sich die Muße, quasi im Vorbeigehn folgendes beizusteuern: »Alte Musik. Ganz, ganz alte Musik. So alt wie... Da iest gewandert *o christós* ieberr Wasserr, *katálaves?* So alt!«

Ingo: »*Klingt* aber eher, als wären's glühende Kohlen gewesen.«

»So«, kräht Karin, »wetten, daß ich die fünf Bier eher ausgetrunken hab' als du deine fünf Ouzos? Um tausend Drachmen! Plus Kosten für die Zeche!«

»Icke...«, druckst Zen-Zwen, »na jut, ick weeß, da is 'n Trick dabei, wa?, aba na jut.« Mitten in dem Durcheinander aus Gläsern und Flaschen, inmitten dieser volkstümlichen Festivität hier liegt ein quadratisches Buch auf dem Tisch, und aus einem alten Reflex heraus schaue ich auf den Titel: Carmen Thomas, *Ein ganz besonderer Saft – Urin.* Gleich fange ich vor Wut zu stinken an. Ich schnappe mir das Machwerk. »Wie, Pisse oder was.« Auf einen groben Klotz gehört ein grober Keil. »Pisse ist 'n ganz besonderer Saft?«

»Wat heißt... na, ebm Urin. Dit is 'n janz –«

»Nun halt du deinen da mal raus!« tönt Karin mir entgegen. »Ich hab hier grad 'n Deal am Laufen! Also, Zwennibaby: zwei Bedingungen. Niemand anders darf eingreifen, keiner von uns darf den andern oder seine Gläser berühren. Alles klar?«

»Darf ich mal zusammenfassen?« frage ich. »Mal erzählst du, daß du nach mehrstündiger Meditation einen Gegenstand herbeimaterialisieren kannst, ein massives Messingherz, das du daheim in Kreuzberg...«

»Schnauze, Buhmann! Alles klar, Zwenni? Und los!« Sven kippt den ersten Ouzo und den zweiten gleich hinterher, während Karin einen kleinen, aufreizend zivilisierten Schluck Bier trinkt und dann ungerührt abstellt. Sven trinkt den dritten Ouzo und grunzt. »Dit war 'n Kupferherz, war dit, wa?, und dit, dit ha' ick von meiner damaljen –«

»– jut, Kupfaherz vajessen hattest; ein anderes Mal hast du erzählt, du seist Mitjlied einer Immortalistenjesellschaft und satzungsjemäß davon überzeugt, det Sterbenmüssen Aberjlaube sei. Korrigier mich, Sven, wenn ich fehlerhaft referiere.«

»Dit brauchste jar nich so –« Er unterbricht sich, weil ihn ein diskretes Würgen packt, und wirft einen scheelen Blick auf Karin, die erneut an ihrem ersten Glas nippt. »Dit schaffste nich mehr«, sagt Sven.

»Abwarten«, sagt Karin. Vor ihr stehen viereinhalb Gläser Bier, vor Sven noch zwei Schnäpschen.

»Siehste, und heute bringst du zu unserem kleinen Fest hier ein Buch mit, das offensichtlich Urinjenuß verherrlicht. Ende der Zusammenfassung.«

»Nich bloß -jenuß, also, ick sage mal: *ooch,* aba ebm nich ausschließ –« Wieder unterbricht er sich, weil Karin nach ihrem immer noch nicht geleerten ersten Bierglas langt, und beeilt sich, seinen Vorsprung auszubauen, indem er seinen vorletzten Ouzo ansetzt.

Unterdessen blättere ich ein bißchen vor und zurück. »Halsschmerzen, die nach ein paar Stunden wegjejurjelt – uäh. Eine kurze Geschichte der Urologie, Eigenurin als Arznei... Na, prost Mahlzeit.«

»Dit muß man janz vorurteilsfrei sehn, muß man dit. Außadem is dit, ökologisch jesehn, gradezu symbolisch, daß menschliche Ausscheidungen ooch wieda wat Jutet für die Menschheit...« Endlich leert Karin ihr erstes Glas, Sven trinkt seinen vierten Ouzo zur Hälfte, würgt dann wieder ein bißchen, und während er den Rest in den Rachen gießt, stülpt Karin über sein letztes volles Ouzo- ihr leeres Bierglas, das er bedingungsgemäß ja nicht berühren darf. »So! Jeld her!«

Kosta brava meckert sich geradezu in Trance.

Es war ein gelungener Auftakt zu jenem Panigyri der Wahrheit... auch wenn Ingo und Karolina irritiert schienen ob der Heftigkeit meines Giftanschlags auf Sven; sicher, sie hatten des öfteren erlebt, wie ich mich in Debatten mit ihm ereifern konnte, doch derart aggressiv und unter ungebremstem Gebrauch von Fäkalsprache? Sie schrieben es meinem ungewohnten Heineken- und Ouzo-Konsum zu. Nicht unrichtig. Allerdings, das ist mir heute klar, gab es noch einen anderen Grund für die Hemmungslosigkeit, mit der ich ohne Vorwarnung oder Einführung auf ihn eingeteufelt: Es war, als hätte ich nur darauf gewartet, endlich einmal den Grobian spielen zu können, ohne Rücksicht nehmen zu müssen – auf einen Image-Verlust nämlich, den ich in Monikas grünen Augen dadurch womöglich erleiden mochte.

Nai, málista; es war, als feierte ich eine Art Befreiung von der Maske, die ich wochenlang getragen hatte wie ein Joch. Noch vermochte ich nicht genau zu benennen, was genau mich eigentlich dazu bewogen, ja getrieben hatte (die Augen dafür öffnen sollte mir erst etliche Stunden später, im Zuge einer zweiten Audienz, Theo). Doch seit der Entdeckung, daß sich das Mühlrad aus Licht gegen den Strom drehte, war meine Ansicht von der Person Monika Freymuths allemal wieder dieselbe wie an jenem ersten Abend, als sie auf Kosta bravas Moped hier angeknattert kam. Und leckte ich zwar noch meine Wunden, hatte ich doch bereits am Nachmittag in der Winterhöhle den Entschluß gefaßt, langsam, aber sicher ein Dominosteinchen nach dem anderen wieder aufzustellen (und zwar diesmal monolithenschwere), bis der Zaun um die Villa Arkadia wieder so wehrhaft sein würde wie ehedem. Ich schätzte, noch zwei, drei Tage zu benötigen, um den alkoholischen Rückfall zu verkraften – überstürzen durfte man da nichts –, doch dann... Drei weitere Tage noch, dann würde die *Apollonas II* von Igoumenitsa nach Triest fahren, an Bord unter anderem eine x-beliebige Frau, ein gelbes Kleid und ein Mercedes, und wiederum einen Tag später würden Karin, Manu und ich aus Igoumenitsa Satsche, Kolki und die Kinder abholen, und dann würde der ganze Spuk ein Ende haben und die Sommersaison erst richtig beginnen.

Ja, ich genoß das Fest; mit einer gewissen, wiewohl gebändigten Wut zwar, doch ich genoß es. Ich genoß, mit Manu zu scherzen und mit Karin, die nach ihren fünf Bieren zusehends aufdrehte (»Ach du«, parierte sie das unnachgiebige Svensche Gelaber einmal, »du leg mal lieber 'n paar Seangßen und mach den Kopp zu! Aber nicht zu knapp!«). Ich genoß, den Erzählungen von üblen Stürzen des rasenden Erwins zu lauschen, der auf dem linken Arm einen üblen Narbenstreifen offenbarte; seine Schulter sei fast abgerissen und in einer achtstündigen Operation wieder angedübelt worden; ein anderes Mal sei er direkt nach dem Start mit dem Hintern auf dem ungeschützten Hinterrad eines Konkurrenten gelandet; »aber das ist schon irre, beim Speedway – da kommst du dann mit hundervierzig die Bahn hoch«, er drehte den durchaus auch schon recht glasigen Blick in die Wipfel der Pappeln, »und dann *schießt* du erst mal zehn Meter in den Himmel...«

Längst hatte das Panigyri einen ersten Höhepunkt erreicht; die Leute reichten der Kompania einen großen Schein nach dem anderen auf die Bühne (es war üblich, daß die Musik von den Tänzern bezahlt wurde), und dann bildeten sie ihren offenen Sirtaki-Reigen, hielten sich an den halbhoch erhobenen Händen oder legten sich die Arme auf die Schulter und tanzten jene nicht ganz einfache Schrittfolge. Die Länge des Viertel- bis Halbkreises variierte; jeder, den die Lust ankam – ob Kinder, Vater, Mutter oder Alte –, konnte sich jederzeit einreihen; manchmal wechselte die Führung, indem die vorige sich ausklinkte, ein Solo mit den tollsten Figuren hinlegte und dann ausschied oder hinten wieder anhängte... Hatte es anfangs noch längere Pausen in der Musik gegeben (Applaus nach einzelnen Stücken war nicht üblich), dauerten die Potpourris inzwischen gut und gern eine halbe Stunde. Manchmal warf die Sängerin ein »*'Elaaaa!*« ein, manchmal einen ganzen Satz, der durch sein eigenmächtiges Ausscheren aus der Harmonie der Musik etwas Souveränes, Stolzes hatte. Die Nacht war wie ein Tag, nur dunkler und nicht ganz so heiß; Monika und der verdammte Panos waren gegen Mitternacht verschwunden, ohne daß ich es mitbekommen hätte, und die Klarinette jauchzte und klagte und lullte mich trotz der Lautstärke ein; möglich, daß ich sogar für ein paar Minuten einschlief, denn als ich von Karins Gelächter erwachte, war auch Sven verschwunden (bis heute habe ich ihn nicht wiedergesehen) und der abnehmende Mond stand plötzlich, wie »Klammer zu«, überm Schattenriß des Schildkrötenhügels, wo er zuvor noch nicht gestanden hatte – überhaupt sah ich ihn seit Vollmond zum ersten Mal wieder nachts; tagelang war er so spät aufgegangen, daß ich ihn erst vormittags am Himmel sah, ein blasser Abklatsch seiner selbst.

Karin, vom Ouzo entbrannt, lachte, offenbar über Erwin. Sein Tsatsiki machte ihm Schwierigkeiten ungewöhnlichen Ausmaßes, denn Erwin war dermaßen betrunken, daß der ganze Quark auf der Gabelreise vom Tellerchen zum Munde unter katastrophalem Schwund litt. Das Sisyphotische seines Unternehmens bestand hauptsächlich darin, daß er in der Rechten nicht nur die Gabel zu balancieren, sondern auch eine brennende Zigarette zu halten hatte, denn in der Linken befand sich ein Stück verwüstetes Brot. Der abgebissene Brocken schien ziemlich zäh und sperrig zu sein, kaute Erwin doch mit maximaler Kieferreichweite und in extremer Zeitlupe. Nichtsdestoweniger hob er immer wieder, wie automatisch, seine Gabel auf, deren Zinken am Zielort jeweils nur mehr Schlieren aufwiesen, wie er kurz vor Einfuhr bemerkte. Es wird ihn frustriert haben, wenngleich seine ouzizitäre Lethargie eine auch nur schwache entsprechende Äußerung, und sei's mimischer Art, nicht zuließ, nicht einmal, wenn er sich dabei seine Haare mit der Zigarettenglut versengte. Es roch wie früher, wenn Oma die gerupften Hühner abflammte. Manchmal, wenn die Mutlosigkeit übergroß wurde, warf er einen Blick nach seinem Bierglas, doch da war ja nun überhaupt kein Rankommen. Er hatte alle Hände voll.

Ingo und Strong Man feuerten ihn an – »Jaa, jaaa, gleich hast du's!« –, doch der Gabelweg war allzulang, und so verdünnisierte sich die ersehnte Nahrung unterwegs einmal mehr. Sodann gingen seine Sekundanten dazu über, sich gegenseitig mit Tips zu übertrumpfen, wie er der mißlichen Lage Herr werden könne; teils überhörte er sie, teils überforderten sie ihn, teils kam er ihnen nach, allerdings erst nach einer gewissen Frist, in der er offenbar im Geiste abwägte, ob der jeweilige Verbesserungsvorschlag umsetzbar wäre. Doch sobald er zum Beispiel, wie von Ingo geraten, sich der Gabel ein Stück entgegenneigte, drohte sein Kopf in den Teller zu stürzen, und die Turbulenzen der ausgleichenden Rückbewegung pflanzten sich bis in die Gabel fort, so daß ein ähnlicher Effekt eintrat.

»Schmeiß doch erst mal die Zigarette weg, du Esel!« krähte Karin voller Wonne, und diesmal, vielleicht, weil es der bisher einleuchtendste und aussichtsreichste Wink war, reagierte Erwin fast prompt und schmiß – mit einem rührenden Anflug von Nachdruck, indem er sogar so etwas wie Schwung holte – das Brot auf den Boden. Was Karin fast den Verstand kostete.

In dem Moment war es, daß mein Blick zum ersten Mal auf einen Typen fiel, den ich umgehend im stillen als »Boß« bezeichnete. Er thronte am übernächsten Tisch –

offenbar gerade erst angekommen, denn sie gaben bei Spyros dem Jüngeren eine Bestellung auf –; zwischen uns saß nur noch eine mehrköpfige griechische Familie. Boß trug ein Hawaiihemd, war kräftig in den Schultern und hatte dunkles Haar, an den Schläfen fast weiß. Die Frau an seiner Seite, an die fünfzehn Jahre jünger, war in eine Art Duschvorhang gekleidet. Ihr rotes Haar war getürmt, es sah aus wie eine gewaltige Kupferdrahtspindel. Die andern beiden in ihrer Begleitung bildeten, soweit ich das erkennen konnte, das typische Trabantenpärchen. Ich hätte eine Fünfkilobombe Pilavas drauf verwettet, daß die Kumpels ihre Miezen keineswegs von zu Hause mitgebracht, sondern hier im Urlaub aufgerissen hatten, und wer von beiden wen von beiden kriegte, war von vornherein klar gewesen: Boß Supermieze, und der Rest halt, nun, halt den Rest.

Unsere Blicke begegneten sich zwischen den Bewegungen am griechischen Tisch hindurch, als Karins Gelächter begann, und ich schnappte ein paar Brocken Englisch auf, als sie mit Spyros sprachen. Die Frauen stammten ganz sicher aus England, die Männer ganz sicher nicht, obwohl auch sie sich untereinander auf englisch verständigten; vielleicht taten sie das aber auch nur, um die Damen nicht auszuschließen. Ich beachtete sie vorerst nicht weiter, zumal ich meine Aufmerksamkeit nun auf Ingo und Strong Man lenkte, die Erwin abführten. Die Klarinette gellte, Karolina und Kosta brava überredeten Manu, sich mit ihnen in den Sirtaki einzureihen, und plötzlich saß ich für eine Weile mit Karin allein am Tisch. Wir alberten ein bißchen herum und tranken uns eins, und ich glaube, ich erzählte ihr, wie sehr ich mich doch immer noch fremd hier fühlte, auch wenn es mich niemand spüren ließ – gerade auf solchen Festen gerinne dieses Fremdheitsgefühl zu einer Traurigkeit, die aufgrund eines reißenden Unterstroms von Neid etwas Schwülstiges habe. Sie verstand kein Wort, und ich, glaube ich, selbst auch nicht.

Versonnen schaute ich dem Treiben zu; sah über all die Tische hinweg, wie Spyros der Ältere, inmitten all des Trubels umringt von einem Häufchen Jungen und Mädchen, auf dem Tisch am Haus ein Ei aufstellte. Er hielt sie an, Abstand zu halten, damit es nicht umfiel, sobald es erst einmal stünde, und tatsächlich, er schaffte es offenbar einmal mehr; jedenfalls jauchzten die Kinder auf.

Kurz darauf – Manu und Strong Man waren längst an unseren Tisch zurückgekehrt, Ingo und Karolina unterhielten sich vorübergehend an einem anderen – begann der Zwischenfall.

Im Mittelpunkt standen die beiden Tische neben unserem. Das erste, was ich von dem Geschehen bewußt wahrnahm, war Supermieze. Die mit der Spindelfrisur. Sie lehnte an einer Baumwollpappel direkt am Ufer. Ihr Haar stand waagerecht ab wie das Horn eines Einhorns, und nach einem Keuchen, das klang wie *Fock,* kotzte sie in den Fluß, und zwar mit erheblichem Druck, als sei der Konsonant eine Art Rückschlagventil. *Ouzo-power,* dachte ich im ersten Moment, doch dann sah ich, daß auch ihre Freundin sich, damenhafter, aber ebenso hingebungsvoll, erleichterte; die war zu diesem Zweck nicht einmal von ihrem Stuhl aufgestanden. Und als nächstes, daß auch Boß und sein Kumpel von derselben Seuche heimgesucht schienen – sowie die gesamte griechische Familie am Nebentisch.

All die langen Gesichter... Da das Blut daraus gewichen war, litt ihre Sonnenbräune unter einem kräftigen Stich Grünspan. Boß wischte sich mit einer Serviette Schaum vom Mund. Jetzt erkannte ich, daß *alle* Schaum vorm Mund hatten. Zu dem Pater familias der Griechen eilte der tumbe Alex und versuchte zaghaft aus ihm herauszukitzeln, was zum Teufel hier vor sich ging, aber der brachte nur ein Gurgeln über die Lippen. »Was ist denn *da* los«, wende ich mich an Karin und Manu, die reichlich perplex hinüberstarren.

»Fischvergiftung?« sagt Manu.

»Quatsch«, sagt Karin. »Ist hier noch nie vorgekommen.«

»Außerdem«, sage ich, »sind die doch noch nicht mal über den Salat hinausgekommen.«

Schon kam Spyros der Jüngere, warf einen hilflosen Blick auf Boß und Co. und redete dann wie Alex auf den Griechen ein. Die schlimmsten Geräusche gaben dessen halbwüchsige Kinder von sich. Inzwischen war die Nachricht, daß hier irgendwas nicht stimmte, offenbar bis zur Musik vorgedrungen, denn sie brach ab. Alles starrte zu unserer Ecke herüber. Ich hörte, wie Spyros der Jüngere Spyros dem Älteren zurief, er möge einen Krankenwagen rufen, *»grígora, Papoú, grígora...«** Sofort ließ er sein Hühnerei im Stich, erhob sich von seinem Tisch am Haus und eilte hinein, um zu telefonieren.

Nach und nach verwaiste die Tischlandschaft der Festgesellschaft; um die beiden Katastrophentableaus aber begann sich im Nu alles derart zu ballen, daß wir vor lauter Hintern und Kinderköpfen kaum noch etwas erkennen konnten. Vorwiegend die Herren drängte es, nach dem Rechten zu sehen. Ich stieg auf meinen Stuhl. Im Zentrum des Gemenges waltete Spyros der Jüngere, mit angehobenen Schultern, angelegten Oberarmen und abgewinkelten Unterarmen, die Handflächen weit geöffnet. Seine Augen blitzten, doch seine Miene war schwer zu entziffern. Plötzlich ging eine Schneise durch das Gewühl. Zielpunkt war Spyros. Von meinem Stuhl aus erkannte ich, daß es sich um Soula handelte, die nun mit ähnlicher Miene, nur mit dem Kopf im Nacken, auf ihren Sohn einkeifte. Am Rand des Getümmels stand händeringend Elevtheria.

---

* schnell, Opa, schnell

Flächendeckend roch es dünn, aber scharf nach Mageninhalt.

Dann befreite sich Spyros aus der Umklammerung des Volkes und strebte der Taverne zu, indem er einen Haken schlug, direkt an uns vorbei. »*Ti gínetai?*«, fragte ich ihn. »*'Ela lígo, éla, éla*«,* flüsterte er, mich erkennend, aufgeregt – seine Augen glitzerten wie Forellen im Sprung, seine Wangen waren seltsam verzerrt, doch das Grübchen blinkte –, und winkte mich mit sich, bis er im Gastraum verschwand. Ich sputete mich. Im Innenhof war es dunkel. »Pst«, machte er. Er hockte in der Ecke neben dem Spülstein für den Fisch. Im fernen Licht der Straßenlaterne sah ich, daß er auf der Stirn dünn transpirierte. »Was ist denn da *los!*« fragte ich. Er brauchte beängstigend lang, um wieder zu Atem zu kommen. »*To prósopo tis Soúla, Boúman...!*«**

Erleichtert gewahrte ich, daß er *lachte,* denn Soula hatte zwei Flaschen miteinander verwechselt – bei all der Zweckentfremdung von Leergut ein Wunder, daß dies nicht schon viel früher einmal geschehen war –, und zwar die Olivenöl- mit der Spülmittel-Flasche. Sie hatte den Salat mit *Pril* angemacht.

So erschüttert, ja durchgeschüttelt hatte ich Spyros selten erlebt; vielleicht noch nie. Immer wieder schaukelte er mit dem Oberkörper vor und zurück und haute mit seinen dickadrigen Pranken auf die Stoffknie seiner Hose, ließ den hübschen Kopf abwechselnd auf der Brust baumeln und gegen meine Schulter nicken und hielt sich keuchend die Flanken; zum Schluß klang es beinah wie Weinen, und zwischendurch bekam ich es mit der Angst zu tun, er würde verrückt, derartig wimmerte und jammerte er: »*De boró pia, de boró pia... 'Ochi, 'ochi! Kyrie elei-*

---

* Was ist los? – Komm mal eben mit, komm, komm...

** Das Gesicht von Soula, Buhmann...!

*son!«** Von der Überspannung der Bauchmuskeln erschöpft und durch die Hyperventilation bis an den Scheitel berauscht mit Sauerstoff, wurde er nach und nach ruhiger, bis er endlich wieder tief genug durchatmen konnte, um einen angemesseneren, betroffenen Gesichtsausdruck aufzusetzen. Dann kehrte er zurück in die Höhle des Löwen. (Und ich bin heute noch froh und dankbar, daß er die Monika-Chose nie je mit auch nur einem Wort erwähnte, sondern unserer Freundschaft auf *diese* Weise ein frisches, ein immerwährendes Siegel verpaßte...)

Ich folgte ihm durch die Gaststube nach hinten, zurück an den Fluß – und kam gerade rechtzeitig zum nächsten Akt des Spektakels.

Inzwischen hatte die gütige Manu Kontakt zu Boß aufgenommen. Wie sich herausgestellt hatte, war er nicht nur Deutscher, sondern der Mundart zufolge gar Norddeutscher; sein Kumpel hingegen Schwede, Supermieze und Trabantin, wie vermutet, Britinnen. Im Gegensatz zu ihnen hatte Boß sich leidlich erholt, und als ich hinzustieß, vernahm ich aus seinem Mund – beherrscht, aber entschieden vorgetragen – Formeln wie »unglaubliche Schlamperei«, »hat sich was mit EU« und »juristisches Nachspiel«. Supermieze hielt er im rechten Arm, und mit der Linken strich er ihr über die schafskäsige Stirn. Sie hatten ihre Stühle aneinandergerückt und beugten sich über den Tisch. Spyros der Ältere verteilte Gläser und Milchtüten, wie ihm am Telefon geheißen worden war. Er war ziemlich zittrig auf den Beinen, und die Hitze machte ihm so schwer zu schaffen, daß er sogar seinen Pullover ausgezogen hatte. Sein Gesicht war fast so grau wie an jenem Abend vor dem Dalaras-Konzert, als er zusammengeklappt war. Manu

---

* Ich kann nicht mehr, ich kann nicht mehr... Nein, nein! Herr, erbarme dich!

nahm ihm ein bißchen Arbeit ab, und ich stand ein wenig in der Nähe des Boßtischs herum, halb landsmännisch, halb unschlüssig, während sich bereits ein Krankenwagen seinen Weg durch die rasch beiseite gerafften Tische bahnte.

An unserem Tisch saß nun, von dem Unheil im Felde der Arbeit offenbar überfordert, der tumbe Alex sowie nach wie vor Karin, zu blau, um sich um anderes zu kümmern; sie plauderte mit dem inzwischen zurückgekehrten Kosta brava. Die griechische Familie am Tisch zwischen dem Boßtisch hier und dem unsrigen da drüben erhob und stützte sich gegenseitig; und nachdem sie unter Beteiligung verschiedener Umstehender das Feld geräumt hatte und zum Krankenwagen gestolpert war, war der Blick vom Boßtisch aus auf den Karintisch frei, und wie von ungefähr standen dort Panos und Monika.

Ich kriegte alles ganz genau mit. Monika, im Arm des verdammten Panos und ihrerseits dessen Taille umschlingend (und vermutlich, wie ich mir insgeheim vorflüsterte, frisch durchgenudelt), lauschte aufmerksam Karin. Vermutlich hatte die mit ihrer Berichterstattung schon begonnen, als den Blick auf den Boßtisch noch die griechische Familie samt Schaulustigen verstellte. Doch als Monika, nach deren Abmarsch zum Krankenwagen, aufschaute, schien es, als schlüge der Blitz in ihre Wirbelsäule. Sie machte einen regelrechten Satz – nicht ohne Panos einen kräftigen Schubs zu versetzen.

Zu spät. Boß hatte sie bereits entdeckt. *Dessen* Identifizierungsjob zog sich allerdings hin: Was im Stammhirn bereits heftig gemunkelt wurde, hatte sich bis in die Extremitäten noch nicht herumgesprochen, denn seine Linke fuhr vorerst fort, der mit rechts behüteten Supermieze tröstend über die Stirn zu streicheln. Konnte doch gar nicht angehen, daß es sich bei der braungebrannten, knattergeilen Blondine in dem gelben Kleid da drüben, darüber hinaus eben noch im Arm eines jungen, nun spurlos verschwundenen Apachen, tatsächlich und unwiderruflich um das handelte, was seine Augen nichtsdestotrotz zu sehen schienen: seine langjährige Gattin. Von Rechts wegen, so rappelte es in dem Ingenieursbüro seines Schädels, müßte die doch viel weiter nördlich vorm Fernseher zu liegen kommen!

Aufgrund seines Blicks begriff ich, wer er war. Er starrte geradeaus über die drei Tische und all den verwüsteten Salat hinweg, sein Gesicht legte noch eine Schattierung Grünlichkeit zu, und dann – eine Reaktion seines vegetativen Nervensystems, nehme ich an – rülpste er, und seinem offenen Rachen entschwebte eine Traube von Seifenbläschen, die in den Farben der Lichterkette schillerten.

Málista, das war der Moment, in dem ich begriff, daß Boß der Hauptmann der Reserve Hartmut Freymuth war, und diese Erkenntnis jagte mir einen aufreizenden Impuls durch Herz und Zwerchfell. Unwillkürlich pfiff ich – immerhin war ich streng angetrunken – den Anfang von *Hoppla, hier kommt Monika.*

Natürlich kriegte er das nicht mit. Er stand nun auf, die Augen zusammengekniffen, als traute er ihnen immer noch nicht recht, und machte sich auf den Weg zum Karin-Tisch. »Hardmet«, wimmerte Supermieze hinter ihm her, »what's fock'n' up? – What the fock'n hell«, wandte sie sich an Schwede und Trabantin, »is up again?«

»Nothing special, actually«, sagte ich. »He's just goin' to inform his wife, what äh… what the clock has beaten.«

»To inform his *what?*« kreischte sie.

Da drüben, am Karin-Tisch, hatte außer Monika erst recht niemand begriffen, was *fock'n up* war. Eine vage Ahnung entwickelte, vermutlich aus Erfahrung, allein der verdammte, aber geistesgegenwärtige Panos. Kaum daß Monika ihn von sich gestoßen; kaum daß er, verwundert, ihre Miene gelesen hatte und dann die des Ausländers da drüben, schlängelte er sich elegant zwischen den Tischen hindurch nach dorthin, woher er gekommen war – in die schattigeren Gefilde des nächtlichen Kouphala. Karin, ouzologisch bereits um ein, zwei weitere Einheiten fortgeschritten, brabbelte nach wie vor völlig ahnungslos auf Kosta brava ein. Der tumbe Alex indessen ergriff die Gelegenheit, daß Nebenbuhler Panos verschwunden war, beim Schopf beziehungsweise Monika beim Kinn, um sich nach ihrem sonderbaren Befinden zu erkundigen. Was fummelten wir eigentlich immer alle an ihrem Kinn herum!

Monika (ein Großteil ihres Blutes hatte sich in den Wangen versammelt) entwand sich ihm zwar, blieb jedoch stehen, weil sie nicht vor ihrem Gatten zurückweichen wollte. So schnell aber ließ Alex sich nicht ins Bockshorn jagen. Daß Frauen Hartnäckigkeit zu schätzen wußten, hatte auch er längst gelernt, und so faßte er nach ihrer Hand und bot an, ihr einen Tsipouro zu spendieren. »*Vísky, katálaves? Nóstimo!*« Inzwischen aber war er angekommen, der *starkdröhnende Gemahl* der flechtenschönen Monika, der Pornofan und Popelfex Hartmut Freymuth, und sagte: »Moment mal«, hob die Rechte und zeigte dem tumben Alex die offene Handfläche, die Finger weit gespreizt. »Was machst *du* denn hier«, sagte er dann (vielleicht bilde ich es mir nachträglich ein, doch ich glaube, er schaute auf ihren nackten Hals, als suchte er das Kettchen mit dem Ehering), und Monika sagte: »Und *du?!*«

»*Mía stigmí**«, sagte wiederum Alex, der jählings ganz allgemein genug hatte von all der ungewohnten Ablehnung seiner Person, zudem fassungslos ob der obszönen Geste dieses Ausländers, die unverkennbar ihm, Alex, galt, einem aufrechten Einheimischen und unbescholtenen Bür-

* Moment mal

ger Griechenlands. Kurzerhand packte er den Kragen des Hawaiihemds. (Voller inständiger Hoffnung wartete ich darauf, daß er ihm in den Bauch haute.) Hartmut aber, nicht faul, umklammerte dessen Handgelenk, und damit begann ein Gerangel, das sehr schnell hätte eskalieren können (immerhin, noch war ein Krankenwagen vor Ort), wäre nicht Manu, ohne eine Sekunde zu zögern, dazwischengegangen. »Auf-; *auf*hören«, sagte sie mit Bestimmtheit, stemmte je eine Hand vor die Brüste der Giganten und versuchte, sie auseinanderzudrücken.

Nichtsdestotrotz ließ Alex über ihren Kopf hinweg eine neugriechische Schimpfkanonade auf seinen Widersacher los. (Fremder und Gast, gut und schön; aber Gäste sollten sich zu benehmen wissen.) Er redete so schnell, daß ich kaum etwas verstand – außer, vielleicht aber hatte ich mich auch verhört, so etwas wie »Gollgill«. Auch Hartmut schien aufgehorcht zu haben, dann jedoch anscheinend beschlossen, er *habe* sich verhört. In dem Geratter hätte es sonstwas bedeuten können.

Alle Griechen in nächster Nähe waren sofort aufmerksam geworden. Mochten sie untereinander auch konfliktscheu sein; wenn ein Fremder und Gast sich *derart* mopste, galt es, aufmerksam zu werden. Kosta brava war es, der sich als erster verpflichtet fühlte, Alex mit seinen Deutschkenntnissen beizuspringen – und da fiel es dann noch einmal, das böse Wörtchen. Er stand auf und sprach: »Vorrsicht, ich strapaziere dein Gesicht! Nix aufreg, immer nimms mit böse. Bist du Gast hier, nix nimms mit Grieche so diese«, und er machte die Geste der offenen Hand. »*I Mónika,* jede Tagg andere Mann. Lohnt sich nix. Nix schlimm. Norrmall! Gollgirrl is Gollgirrl, *katálaves?*«

Sich *zweimal* verhört zu haben, das konnte nicht angehen. Das konnte einem Offizier, wie Hartmut seit seiner Grundausbildung wußte, grundsätzlich nicht passieren. Aber was sollte er machen? Griechenland den Krieg erklären? Außerdem kam eine nachzüglerische *Pril*-Fontäne die Speiseröhre hinaufgeschossen. An seinen Augen las ich ihm die Hoffnung ab, irgend jemand, am besten seine Frau, könne ihm, bevor er hier leider alles kurz und klein schlagen mußte, erklären, was zum Teufel mit diesem Kaff hier überhaupt los war.

Doch gerade die war es, seine Frau, die nach Luft schnappte. Sie zitterte am ganzen Leib. Inzwischen glühten auch ihre Ohren; wie Chilischoten spitzten sie durchs helle Haar. »Sag mal«, sagte sie in Richtung Kosta brava, »bist du *verrückt,* oder was?«

Nun war es an Kostas zu meinen, er habe sich verhört. Was fiel denn *der* ein? Was, *gamó to Christó**, fiel denn diesem Flittchen ein? Hilfesuchend schaute er sich um. Manu schüttelte den Kopf. Karin, für ihre Verhältnisse im allgemeinen und besonders jetzt geradezu kleinlaut, johlte: »Mensch Kosta, das war doch nur Spasemach.«

Während Kostas – widerstrebend, perplex, aber immerhin – mit Alex Rücksprache hielt, witterte Boß Morgenluft. »Wer hat meine Frau ein Callgirl genannt – Sie?« Er zeigte mit dem Finger auf die Schlampe, die vorhin und seitdem immer wieder so unglaublich ordinär gelacht hatte.

›Meine Frau‹ …? Jetzt begriff, selbst in ihrem Zustand, auch Karin, wer er war. »Ach, du bist *Hartmut!*« Sie stutzte ein wenig und lauschte ihren eigenen Worten nach, für einen neutralen, verhältnismäßig ausgedehnten Moment, den wunderbarerweise auch alle anderen Beteiligten geduldig abwarteten. »Echt?« Noch einmal stutzte sie, und dann, unter einer himmlischen Dusche von Inspiration, die ihre Miene geradezu verjüngte, brach sie in ein kurzes, aber grimmepreisverdächtiges Jammern aus: »Ja, liiiebst du mich denn gar nicht mehr? *Haaaaaaaarrrhhh!*«

---

* verfickter Christus

Mit elementarer Gewalt tobte das Gelächter durch ihre gauloisesverheerten Lungen, daß die Stimmbänder schier zu reißen drohten.

Nach den schlimmsten solcher Abende, das hatte sie mir mal erzählt, hatte sie nicht nur einen Alkohol-, sondern auch einen Muskelkater, und das, obwohl ihr Bauch ausgesprochen durchtrainiert war, wie ich einmal festgestellt, als ich sie am Strand durchgekitzelt hatte. Dabei trieb sie, außer »einarmigem Reißen«, wie es in unserem Heimatdorf hieß, keinerlei Sport. Gute Gene, und Training durch Lachen. Es war nicht ungefährlich, dieses Training; es konnte Zerrungen, Hyperventilation und grippeartige Symptome nach sich ziehen. (Einmal geriet gar die Sauerstoffversorgung des Gehirns in eine Krise: 1974, unter Einfluß allerdings noch härterer Drogen als Ouzo, war sie einmal ohnmächtig ins Stader Krankenhaus eingeliefert worden.)

Nun schaltete sich erneut Manu ein, die Fingerspitzen der Linken immer noch vor der Brust Hartmuts, die der Rechten nun im Rücken des tumben Alex, der nach wie vor aufgebracht, aber zusehends verwirrter Kosta brava zuhörte, während er, um sich abzulenken oder so, einen Kragenknopf von Hartmuts Hawaiihemd hochwarf und wieder auffing. »Das ist Karin«, sagte Manu zu Hartmut Freymuth. »Karin Kolk, die Schwester von Alfred Kolk. Kennen Sie doch sicher noch, von früher.« Sie lächelte ihn sogar an, als würde das ganze lächerliche Mißverständnis nun endlich eine gütliche, harmlose Aufklärung erfahren.

Da aber war Kosta brava vor. Als der Ausländer Monika als seine Frau bezeichnete, hatte Kostas grad mit Alex konferiert und somit die neueste Entwicklung versäumt. Gut, wenn Karin es sagte: kein Callgirl. Doch wo zum Teufel war der Unterschied? »Nimms Monika«, sagte er zu Hartmut, »*den peirásei*. Max nix. Monika mit alle hier, mit Spyro, mit Pano, mit mich, mit –«

»Na und?« tönte nun wieder Karin, der Kostas' Unterton nicht paßte. »Ich bin auch kein Callgirl, was wollt ihr denn. Was wollt ihr denn alle. Ich hab mit dir, mit dir« – sie zeigte auf Kosta brava und, großer Gott, auf den tumben Alex –, »mit Sotiri, mit Kosta del sol, mit Pano, mit Spyro, mit –«

»Dem Jüngeren, hoffe ich«, murmelte ich in mich hinein. Mir fiel eine bald dreißig Jahre alte Szene ein, wie wir, Satsche, Volli, Karin und ich, einmal mit dem Fahrrad nach Stade gefahren waren und am Rand jenes Wäldchens da hinten der Exhibitionist herumlief. »Äy!« hatte Karin hinübergebölkt. »Komma her hier! Zeig doch mal!«

»Was wollt ihr eigentlich«, wiederholte Karin; »ihr wollt doch *alle* bloß – *pos léme** ficken?«

»*Gamó*«, sagte Alex stolz. Nun war sie komplett, seine deutsche Trilogie: Beckenbauer, Fuffzichmarrk, Ficken.

Hartmut, das sah ich deutlich, wuchs hier alles über den Kopf. Bemüht, sich auf das Wesentliche zu konzentrieren, schaute er seiner Frau in die tränenden Augen und sagte: »Das darf doch alles nicht wahr sein.«

»Und mit dir ja wohl auch!« johlte Karin. »Du sei bloß ruhig! Sechsundsiebzig, weißt nicht mehr? Schützenfest in Heinbockel? *Haaarrh!* Fleischpenis! *Haaarrh!*«

»Sechsund...«, sagte Monika, »... sechsundsiebzig?«

Einen solchen Blick, einen solchen von gebrochenen Gefühlen verheerten Blick – mehrfach und kompliziert gebrochenen Gefühlen – sah man selten außerhalb eines Kinosaals. Auf dem Absatz ihrer Pumps drehte sie um und stolperte durch die Tischreihen.

Das war das kleine Pfand, das Karin vierzehn Tage lang in der Hinterhand behalten hatte. Als sie am Strand erfahren, wer ihre Feindin wirklich war und daß die im Frühsommer

---

* was heißt

1976 Karins langjährigen Klassenkameraden Hartmut Freymuth geheiratet hatte, wurde sie, Karin, plötzlich diebisch milde, denn ebenjenen Hartmut Freymuth hatte sie, Karin, in ebenjenem Frühsommer 1976, einen Steinwurf abseits des Heinbockeler Schützenfests unter einer Birke »dumm- und dösiggevögelt«, wie sie sich später ausdrücken sollte. Sie waren derselbe Jahrgang, und er war seit 1969 hinter ihr hergewesen, doch Karin als Hippie hatte stets nur mit den Augen gerollt, sobald der spießige Bauernsohn sich anwanzte. Auf dem Heinbockeler Schützenfest aber waren sie beide betrunken. Karin, weil sie nicht wußte, ob sie Achim Torzuleit nach Bochum folgen sollte (was sie kurz darauf tat), und Hartmut Freymuth, weil er demnächst heiraten mußte (was er kurz darauf tat). Wen, war Karin damals piepe – vierundzwanzig Jahre später erfuhr sie es an einem griechischen Strand.

Ebendieser seiner Gattin starrte Hartmut nun einen Wimpernschlag lang hinterher, warf dann je einen Blick auf die durchgeknallte Karin, auf Kosta brava und Alex, zückte sein Portemonnaie und dann einen Zehntausend-Drachmen-Schein. Er legte ihn auf *unseren* Tisch, zeigte aber auf *seinen*, wo nach wie vor, schweigend nebeneinander herüberstarrend, Supermieze und die Trabanten hockten, und stratzte hinter seiner Frau her, jener hochflüchtigen, nurmehr kurz im nächtlichen Schatten, der auf dem Weg Richtung Kütje lag, aufleuchtenden gelben Sanduhrfigur hinterher.

Ich sah sie nie wieder. Wie Sven habe ich sie bis heute nicht wiedergesehen. (Ein halbes Jahr später sollte ich, via Manu, eine Einladung zu ihrer Silberhochzeit bekommen, aber ich bin vielleicht verrückt, aber ja nun nicht total bescheuert.)

Bevor ich Theo aufsuchte, saß ich noch eine halbe Stunde an unserem Tisch; Karin und ich erzürnten uns ein bißchen mit Manu und versuchten anschließend, es wieder hinzubiegen, und als ich mich verabschiedete und einen Blick nach dem übernächsten Tisch warf, da konnte ich kaum glauben, was ich da sah, aber es war so: Hinter Supermiezes Stuhl stand Winnetou II, rieb ihr die Schläfen und schnurrte: »So it's better now, isn't it? Jesus, I'm so sorry, you have such verry beautiful eyes, I swear!«

*Váso stoíchima**, daß sie morgen mittag, auf ihrem Zimmerchen in Parga, die aufgelöste Kupferspindel anhand eines Lederbändchens ordnen würde.

XXXII

Die näheren Berge, teils nackt, teils bewachsen, weiblich und männlich zugleich in ihrer Kraft von Hüften und Muskeln, sie schliefen noch in der milchigen Bläue. Jenseits des Taldunsts, aus dem die Zypressen aufragten wie Tropfsteine aus Manna, wachten die gestaffelten Kulissen der Thesprotika-Berge, der Tomaras-Ausläufer, der Gebirgszüge von Xerovouni und Tzoumerka. Die fahlste Schattierung hatte der mächtigste, der des Pindos; über ihn hinaus lugte glutrot die Sonne. Ihre Aura versengte den hohen Horizont, und sie pulsierte in meinem Blick, als hätten Auge und Sonne ein und dasselbe Herz. Sie stieg gleichmäßig und so rasch, daß ich das Standbein verrückte, weil ich meinte die Fliehkraft der Erddrehung zu spüren.

Ich stieß mich von der Borke der Kiefer ab, die mich gestützt hatte, mißachtete eine Harzspur am Handballen und zog den Reißverschluß hoch. Ich seufzte, wandte mich gen

---

* Ich wette

Westen, klomm den Meter über Wurzeln und Geröll auf den Rand des Gipfelpults zurück und lief zwischen den Wohnwagen zum Westhang hinüber. Zweimal wankte ich, als drohte das Tempo des Globus nach wie vor, mich aus der Bahn zu werfen. Fruchtzapfen und Kiefernnadeln, ausgebrannt und länger als Kirschstengel, bedeckten den Pfad. Es roch nach lebendem Holz; es roch wärmer, als das Morgengrauen eigentlich war. Zweige knacksten unter meinen Füßen, und weiter unten am Berg piepste ein Vogel. Sonst hörte ich nur meine Schläfen sausen.

Am Westhang schließlich, der mich mit dem Duft von trockenen Kräutern und alkoholisiertem Anis zurückerwartete, empfing mich Theo mit den Worten, er begebe sich jetzt zur Ruhe. Auch mir empfehle er, ein paar Stunden zu schlafen, bevor ich an die Rückfahrt dächte; am besten hier im Sitzsack, der bis Mittag im Schatten liege.

Schon Herfahrt und Aufstieg waren Seiltanz und Tortur gewesen. Doch wie der Betrunkene seinen Zustand, den er gern als »nüchterngesoffen« bezeichnet, überschätzt, wird seine Sturheit oft unterschätzt. Ich bewältigte die Pilgertour, mitsamt einer Fünfkilobombe Pilavas im Rucksack, die ich noch schnell aus Spyros' Lager gemopst hatte (bezahlen konnte ich sie später immer noch), bevor ich losgefahren war. Aufgewühlt von den Ereignissen, war ich einfach zu begierig auf Theos Ansichten über die Entwicklungen seit meiner ersten Audienz.

Als die bleiche Wand des ersten Wohnwagens hinter dem Gespinst aus finsteren Zweigen im Kegel meiner Taschenlampe aufgeleuchtet, war ich allerdings erst einmal zusammengebrochen. Mein Puls ging auf zweihundert zu, meine hechelnden Lungen fühlten sich an wie mit Franzbranntwein gesalbt, und vor meinen geschlossenen Augen schwirrten rote Sternschnuppen. Theo reichte mir Wasser. »Es dreht... sich gegen... den Strom«, hechelte ich zur Begrüßung.

»*Nai*«, schnaubte er; »*xéro.*«*

»Das Mühlrad«, keuchte ich, »es ist das Wappen von Beeckdörp...«

»*A, ba!*«** freute sich Theo.

»Entschuldigung«, keuchte ich, »daß ich schon wieder komme, aber...«

»*Den peirásei*«, sagte er, »kommen zu mir meiste Leute zweimal.«

Kurz darauf hockten wir wieder auf dem Balkon zur Welt und räkelten uns in den Sitzsäcken, tranken Ouzo und betrachteten den abnehmenden Mond. Diesmal hatte Theo einen Haufen Bücher neben dem Kistentisch stehen – im deutschen Original –, aus denen er im Verlauf der fortgeschrittenen Nacht immer mal zitierte, fast, als hätte er mich erwartet. Ich bin mir heute längst nicht mehr sicher, ob ich damals alles vollständig verstand, was Theo mir da erzählte; ist meine Erinnerung doch allzu sprunghaft. Dennoch ergeben die einzelnen Abschnitte in ihrer Summe nach wie vor einen gewissen, wenn es denn so etwas überhaupt gibt, Sinn für mich.

»Sehnsucht«, so, das weiß ich noch genau, begann er, »ist schlimmste Sucht, die gibt. Kriegst du niemals weg. Wirst du nie geheilt davon.« Die Liebe eines kleinen Jungen zu seiner Mutter sei so stark, weil er die Lust kennenlerne, die für den Erwachsenen verboten sei. Wie alle Neugeborenen liege er in ihren Armen und werde von ihr genährt. Sie drücke ihn an sich, gebe ihm die Brust. Es sei das Nirwana, das absolute Glück der totalen Passivität.

»So sind sie, die Frauen«, sagte ich, »erst geben sie einem die Brust, damit man groß und stark wird, und

* Ja, ich weiß.

** Ach was!

wenn man groß und stark *ist,* muß man Purzelbäume schlagen, bis man auch nur 'n *Bier* kriegt!«

Doch auf meine lustige Weiberangst mochte Theo nicht noch einmal einsteigen. »Hat jede Wietz seine Zeit«, sagte er nur und fuhr fort, über jene Ursehnsucht zu philosophieren, die den meisten Menschen so tief in die Seele eingebrannt sei, daß sie sich zwar mehrfach und kompliziert wandele, doch immer wieder Bahn breche. Er kam auf jenes Arkadien zu sprechen, das der Dichter Vergil noch vor Christi Geburt erfunden habe; seither gebe es einen Namen für die nie zu unterdrückende Revolte des Lebens gegen die Geschichte, gegen große Worte, gegen den Entzug der Fülle durch die Macht der Vernunft und die Vernunft der Macht. Kein geringerer als Nietzsche habe die Entzauberung der Welt durch den Verlust des Mythos beklagt, und dessen Ersatz durch den kalten Blick der Wissenschaft verschiedenster Couleur.

»Und wie heißt in *Mann ohne Eigenschaften?* Menschen*hirn* hat Dinge zwar glücklich geteilt, doch Dinge haben Menschen*herz* geteilt.«

Aber die Sehnsucht, die Sehnsucht nach dem anderen Leben sei eine Hydra, der für jeden abgeschlagenen Kopf drei nachwüchsen. Sehnsucht danach, daß die Zeit stehenbleibe. Nach einem *Ort,* an dem die Zeit stehenbleibe. Alle Lust wolle Ewigkeit, und sei's um den Preis der Unwahrheit: Rückkehr in die verlorene Jugend der Welt. Und so rumore ständig, ungelindert von allzu schäbigen Tröstungen, der innerliche Protest des Individuums dagegen an, daß eine entfernt geahnte, doch unvorstellbare Fülle vertagt werden solle. Seit Vergil Arkadien entdeckt habe, schwele der Verdacht, daß die von Sokrates angefachte Überzeugung vom Heil der Aufklärung arrogant sein könnte, die Arroganz der Vernunft gegenüber dem Mythos; daß sie nichts anderes sein könnte als die verzweifelte Verschleierung des Auch-nicht-besser-Wissens.

Theo kam aufs berühmte Unken Wittgensteins zu sprechen, es seien durch jedwede Antworten auf alle möglichen wissenschaftlichen Fragen unsere Lebensprobleme womöglich noch gar nicht berührt. Dann schnappte er sich ein schmales Bändchen und las vor: In Arkadien finde das Leben niemals heraus aus der Kindheit und feiere, gehalten von einer kosmischen Zärtlichkeit, sein Fest einer unendlichen Gegenwart. Doch Arkadien sei keineswegs Schlaraffenland, auch nicht das Paradies, schon gar nicht Utopia oder Elysium. So wie die Epoche der Romantik Glück und Schönheit nicht ohne Schmerz und Verzweiflung habe denken können, so durchziehe Arkadien ein kaum faßbares Band der Melancholie, die Spur einer verschwommenen Trauer. Schon allein der Liebeskummer des Gallus, einer Figur aus Vergils Hirtengedichten, löse sich keineswegs auf. Resigniert treibe man die Ziegen heim. Das sei alles. Arkadien, las Theo vor, male seine Träume vom Glück, das hier bloße Sehnsucht sei und niemals mit der Hoffnung auf Erfüllung besetzt. Und gerade darum lächele die Welt. Das sei Arkadiens ruhige Gewißheit: die Unerfüllbarkeit von Sehnsucht und Hoffnung. Erst aus der Resignation erwachse die Kraft zum Glück. Bevor der Hellene Fabrius die Hoffnung als etwas Gutes, Tröstliches beschrieben, habe Hesiod es als letztes Übel in der Büchse der Pandora bezeichnet, die Zeus aus plötzlichem Mitleid mit den Menschen verschloß, bevor es ebenso entweichen konnte wie Hunger, Sorge, Krieg, Krankheit und Not.

Arkadisch, zitierte Theo abschließend, sei die Freude, die ohne die Verzweiflung nicht sein könne. Ausflüchte in Metaphysik und Luftschlösser seien das Ende Arkadiens und damit der Verrat des Lebens an die Illusion des Glücks. Wenn aber jemand, an diesem Punkt angelangt, ins Dionysische ausbreche, der tue im Grund nichts anderes, als im dunklen Walde zu pfeifen.

Und doch habe auch das seine Berechtigung. Die Teilung ins bis zum Wahnsinn Ausschweifende des Dionysos und ins Vernunftgemäße des Apollon, in *manía* und *sophía,* in Ir- und Rationalität sei ohnehin eine romantische Konstruktion, für die es in antiken Quellen keinerlei Stütze gebe – im Gegenteil: Apoll markiere durchaus auch den Gegenpol zur menschlichen Vernunft, während Dionysos in seiner Eigenschaft als Lysios, der Lösende, auch Heilung bringe. Neben der zerstörerischen Kraft der frevelhaften Selbstüberhebung gebe es eben auch die *rechtmäßige* Hybris, von der in einer Versinschrift aus spätklassischer Zeit – in einer Höhle im Thessalischen Pharsalos – die Rede sei: *Pan gab ihm Lachen, Frohsinn und rechtmäßige Hybris.*

»*'Etsi*«, sagte Theo. »Hast du gemacht ähnliche Fehler wie Pentheus in *Bakchen* von Euripides. Hast du verkannt Verlangen von menschliche Geist nach dionysische Erfahrung, *katálaves?* Hast du verkannt, daß Mensch manchmal *muß* trampeln durch Pfütze. Daß manche will nicht hören, Sterne sind Sterne, aber Schicksal Zufall – Wiederverzauberung von Welt, *étsi?* Daß manchmal muß fahren gegen Baum, um zu sehen, daß gibt keine Millimeter nach.«

»Warum eigentlich. Warum ist das so.«

»Warum, warum...« Theo warf die Hand hoch, steckte sich eine neue Zigarette in Brand und trank einen Schluck Ouzo. Dann holte er tief Atem und sagte, nie würde jemand jemals wahrhaftig zu ergründen vermögen, was einen Menschen bis ins letzte Quark und Antiquark beispielsweise dazu treibe, sich einundachtzig Wäscheklammern ins Gesicht zu klemmen. »Kannst du lesen in, wie heißt...«

»Guinness-Buch der Rekorde?«

»*Nai!*« Spieltrieb? Konkurrenzinstinkt? Geltungsdrang? Selbsthaß? Könnte man auch beliebig anderswie befriedigen. Nein, diesem Menschen müsse es ganz entschieden besser als etwas anderes gefallen, sich einundachtzig Wäscheklammern ins Gesicht zu klemmen. Sonst würde er wohl lieber einundachtzig Gurkenmasken auflegen.

Warum, warum... Warum fliegen die Vögel? Nicht einmal der Naturwissenschaftler *wisse,* warum die Vögel fliegen. Er sehe, *daß* die Vögel fliegen, und erforsche, *wie* sie fliegen – erforsche die Befestigung der Schwungfedern, die Zwangsführung im Flügelskelett und die Verwindungsautomatik beim Ab- und Aufschlag; erforsche aerodynamische Polare, laminare und turbulente Strömung, Effekte der Federrauhigkeit, das Kräfteparallelogramm beim Gleitflug und das Zusammenspiel von Arm- und Handfittich beim Schlagflug und die Flügelbewegung beim Schwirrflug des Kolibris; erforsche die Sturzflugstabilität bei der Alpendohle, das Stoßtauchen beim Pelikan und Tölpel, das Rütteln der Seeschwalbe und das Wedeln des Eissturmvogels, die Flugbiokybernetik und die Interferenzen zwischen Steuerorganen und jeden, aber auch jeden Pieps und Pups. Doch *warum* die Vögel fliegen, das wisse er hinterher immer noch nicht, der Naturwissenschaftler. Und doch erscheine einem der Grund, warum die Vögel fliegen, immer noch triftiger als der Grund, warum ein Mensch sich einundachtzig Wäscheklammern ins Gesicht klemmt.

Ich schwieg einen Moment.

Dann sagte ich: »Ich kann kaum glauben, wie egal mir Monika Freymuth jetzt ist.«

»Nu ja, hat Plastikrose keine Dornen, *étsi?* Außerdem... paß auf. Weißt du, wo ist Hafen von Preveza.« Er nannte mir eine Adresse und sagte: »Klingelst du zweimal lang, fünfmal kurz, sagst Gruß von Theo, und soll sie vogeln dich ganze Nacht lang, *entáxei?* Fünf Jahre! Jesus!«

»Du meinst, das war alles, weswegen ich –«

»'*Ochi, óchi.* So einfach ist nun wieder nicht. Wart ihr einmal Prinz und Prinzessin, aber *sie* hat gelebt Leben, was *du* bist geflohen. *Du* hast gelebt Leben, was *sie* nie gekannt. Bist du stark geworden als Persönlichkeit, aber gescheitert in Gesellschaft – vielleicht, *weil,* alright? –; ist sie erfolgreich in Gesellschaft geworden, aber schwach als Persönlichkeit. Hat sie Fernweh und Sehnsucht nach Andere, hast du Heimweh.«

Ich war sprachlos.

»Nicht nach Hamburg, *katálaves?* Nach, wie heißt?«

»Beeckdörp...«

»*Nai.* Nach Heimat. Nach Kindheit. Heimat gibt nur in Kindheit.«

»Wenn nun aber«, sagte ich nach einer Weile des Grübelns, »gar nicht Das Weib mein Feind ist – wer dann?«

Theo schnaubte und trank Ouzo, und nach einer ganzen Weile sagte er: »Gehst du dahin. Stellst du dich da an Geländer. Gehst du, gehst du jetzala.«

Jetzt erst wurde mir bewußt, daß die Nacht vorbei war. Dutzende und Aberdutzende hellgraue Häkchen waren tief da unten ins diesige Graugrün gepinselt, die Bögen aus den Wasserkanonen, die Mais-, Bohnen- und Baumwollfelder fruchtbar hielten. Dazwischen erhoben sich schütter bewachsene Erdbuckel; die weißen und orangefarbenen Nachtlichter von Städtchen und Dörfern verglommen in der morgendlichen Dämmerung.

Ich stand auf und trat die zwei Schritte an das stabile Holzgeländer heran, hinter dem es dreizehn, vierzehn Stockwerke steil abwärts ging. »Stellst du dich ganz dicht, ohne Geländer zu berühren.«

Ich tat es.

»Streckst du Arme aus und hältst über Geländer in Luft.«

Ich tat es.

»Machst du Auge zu. Machst du Auge zu.«

Ich tat es. Es fiel mir nicht leicht, aber ich tat es.

»Und jetzt«, sagte er, »stellst du vor, da ist keine Geländer. *Katálaves?* Und? Klappt?«

Ich stand da in meinem eigenen Dunkel, die Arme ausgestreckt, und stellte mir vor, es gäbe kein Geländer. Es kam mir vor, als stiege ein kalter Hauch von Luft aus den Tiefen des Abhangs auf und kühlte meine Stirn, und fast im selben Moment gelang es mir, das Geländer wegzudenken. Ich stand am Abgrund, am ungesicherten Abgrund, und noch während ich versuchte, des heraufkriechenden Grauens, des Schwindels Herr zu werden, kippte ich ein wenig nach vorn – und plötzlich *stößt* mich etwas Hartes ins Kreuz. Mein Herzschlag setzt aus, das Blut schießt mir in den Kopf, ich stoße einen Schrei aus; alles noch, bevor ich mich an das Geländer klammere. Mein Herz rast, ich öffne die Augen und wirbele herum, und da sitzt er, Theo, und legt den langen Schäferstab wieder aus der Hand. »Siehst du?« sagte er. »Gibt überhaupt keine Feind. Mußt nur machen Auge *auf*.«

Als sich das Adrenalin langsam wieder abgebaut hatte, bat ich um ein letztes gemeinsames Glas, und Theo machte diese Geste mit dem Kopf – diese seitliche Neigung wie die spielerische Finte eines Stiers. Freundlichkeit, Bescheidenheit und Würde liegen in dieser Geste. Sie bedeutet ja oder gern, in Ordnung, bitte oder danke. Eine typisch griechische Geste. Noch einmal klickten wir die Gläser aneinander, er, jener Hüne, der sein vergnügtes Gemüt bewahrt hatte, doch längst zu alt war, um noch Unbeschwertheit verströmen zu mögen, und ich. Seit den fernen Stunden bei Dr. Dr. Seymour hatte ich mich nicht mehr so gefühlt, so erdverbunden schwer und erleichtert zugleich, und darüber hinaus versprengte das Totem der Brüderlichkeit seine sphärische Macht, hier, auf dem Berg ohne Namen, siebenhundert Meter hoch über Phanari-Tal und Ionischem Meer.

»Und kannst du«, sagte Theo, bevor er sich zurückzog, »dich einfühlen in Monika, jetzala?«

»Ja«, sagte ich. »Ich hoffe nur, ich kann mich morgen noch in mein Ich von gestern einfühlen. Von gestern und den vergangenen zwei Wochen.«

»Ist nicht leicht«, sagte das Ouzo-Orakel. »Aber ist möglich. Weiß du, was mußt du tun, damit klappt.«

Das wußte ich, und ich bekräftigte meinen Entschluß, das Trinken wieder dran- und meinem Leben in der Villa Arkadia, meinem Leben am Ionischen Meer eine neue Chance zu geben, so daß ich zuversichtlich im Sitzsack einschlief.

Tatsächlich weckte mich erst die Mittagssonne. Gut sechs Stunden hatte ich geschlafen, und deshalb, aber auch mit Hilfe eines Fläschchens Ouzo, überstand ich den Abstieg ganz gut.

Es war ein Tag, wie er schöner nicht hätte sein können – ein Tag, wie es hier Tage den ganzen Sommer lang noch geben würde. Ich beschloß, diesen meinen Kater noch mit zwei, drei Heineken bei Spyros am Fluß zu bekämpfen, und ich schwöre, ich dachte an Spyros den Älteren; dachte daran, mich zu vergewissern, daß er die Nacht gut überstanden habe. Die Mädels waren sicher grad beim Frühstück. Ich war neugierig, ob sie Neuigkeiten über Monika hatten. Ob sie überhaupt noch da war? Ich an ihrer Stelle wäre sofort abgereist.

Auf der langen, drei-, viermal geknickten Geraden auf Kouphala zu zuckelte ich hinter einem Toyota-Pick-up her, der eine Pyramide von Wassermelonen geladen hatte – es lohnte sich nicht mehr zu überholen, schon der Aufwand an Nervenkraft war mir zu schade –, und in der Kurve vorm Dromedarhügel geriet eine der gelbmarmorierten grünen Kugeln aus dem Gefüge, stolperte über die Ladeklappe und fiel, zerplatzte auf dem Asphalt und polterte in zwei Hälften geteilt ein paar Meter hinter dem Reifen des Toyotas her, daß Fetzen des rosaroten Fruchtfleischs spritzten. Es tat mir fast weh, so hochempfindlich war mein Kater.

Um den Abschied vom Trinken zünftig zu begehen, wäre, so dachte ich, eine Zigarre schön. Ich hielt unter der uralten Olive und schritt hinüber zum Kiosk. Kütjes Ghettoblaster jodelte wie eh und je. »*Geia sou*«, schrie ich. »*De mou les – écheis poúra?*«*

»*Poúra? 'Ochi!*«** schrie Kütje zurück.

»*Ti kríma*«,*** schrie ich, winkte und ging; doch da schrie er mir etwas hinterher, und ich drehte auf dem Absatz und fragte: »*Oríste?*«****

»*O Spyros, apó tin Tavérna Pláka!*« schrie er. »*Nekrós eínai!*«*****

»*Nekrós?!*«

Da klingelte sein Telefon, und er riß den Hörer von der Gabel und grölte: »*Nai?? – Nai!! – Nai, nai! Nekrós eínai!*«

Ich stand da und versuchte, mir die Lanze aus dem Leib zu ziehen, die Kütje hineingeschleudert hatte. Von einer Sekunde auf die andere zitterten mir die Knie. Ich sah Spyros des Älteren graues Gesicht vor mir, während er die Arme voller Milchtüten hatte, und plötzlich glaubte ich doch an Vorahnungen.

---

* Hallo! Sag mal – hast du Zigarren?

** Zigarren? Nein!

*** Wie schade!

**** Wie bitte?

***** Spyros von der Taverna Plaka! Er ist tot!

Mit durchdrehenden Rädern fuhr ich los und um die Ecke und parkte an der Mauer zum Innenhof. Ein Blick hinüber machte mich unruhig; etwas stimmte nicht, obwohl alles so aussah wie immer. Vielleicht war es auch das schreckliche Geheul, das aus dem Haus drang; unverkennbar menschliches, doch vollkommen von Sinnen, der Singsang einer Wahnsinnigen. Die Knie nach wie vor weich wie Pudding, bog ich um die Ecke des Tavernengebäudes. Alles war aufgeräumt, als wäre hier nicht bis in die Nacht hinein gefeiert worden. Alles schien wie vorher, wie immer, wie ewig – nur daß, wie ich jetzt entdeckte, von jedem der vier, fünf jener Tische, die direkt entlang dem Fluß standen, ein Ei aufragte, an der kugeligen Basis aufgedotzt wie das Ei des Kolumbus. Schon während ich mich näherte, schwindelte mir, und als mir jene fürchterliche Ahnung die Atemluft abwürgte, drehte ich mich um und sah ihn schon durch die weitgeöffneten blauen Türflügel auf die Terrasse treten, Spyros, den Älteren, und im nächsten Moment taumelte Manu an ihm vorbei und, aufgelöst bis ins Mark, auf mich zu und fiel mir um den Hals, und während ich sie fast erdrückte, da wurde mir klar, was im Hinterhof nicht gestimmt hatte – die Kawasaki fehlte –, und im nächsten Moment sah ich nur noch das Bild der zerplatzenden Wassermelone vor mir. Stimmt's, Spyro? Stimmt's?

Siebter Gesang

Happy-End

XXXIII

Ich war schon dreieinhalb Wochen wieder in Bad Suden, bevor ich die erste ruhige Nacht verbrachte; schlafen konnte, ohne nach zwei, drei Stunden von immer demselben Alptraum zu erwachen (allerdings war es keiner, sondern glasklare Erinnerung): Am ersten Tisch im Gastraum der Taverna Plaka, gleich hinterm linken Türflügel, unterm Porträtphoto ihres Vaters, den sie nie kennengelernt hatte, sitzt Elevtheria. Sie trägt die Tauchermaske, das Glas ist beschlagen. Karin hat den Arm um ihre Schultern gelegt. Karins Wange ist noch gewaffelt vom zerwühlten Kopfkissen, und als sie sieht, wie Manu mit mir an der Seite hereinkommt, lächelt sie in eingefrorener Verzweiflung. »Sie *rührt* sich nicht«, sagt Karin.

Vorsichtig, mit halbtauben Nerven, löse ich das Gummi der Maske, und sofort rinnt Tränenwasser die Kinnflanken entlang und sammelt sich im Salzfäßchen. Wie frische Kastanien glänzen Elevtherias Iris; die Pupillen sind auf die Größe von Nagelköpfen geschrumpft, und unablässig strömt das Wasser. Mit gezielter Gewalt öffne ich ihre rechte Faust, um das Schälmesser zu entfernen; als es mir gelingt, fällt aus der anderen die gepellte Zwiebel. Vergeblich versuche ich, das Mädchen zum Aufstehen zu bewegen, und dann, es aus dem Stuhl zu heben. Erst als Elevtheria die Stimme ihres Großvaters hört, büßt sie an Gewicht ein, so daß ich sie ins Haus tragen kann, wo Soula, bereits heiser, gegen Türrahmen und Stühle taumelt. Tonscherben eines Blumenkrugs liegen auf dem Boden. Sie hat ihr T-Shirt zerrissen, schlägt aber nur noch schwach auf ihr weißes Brustbein zwischen den Trägern ihres BHs. Sie blutet an der Stirn. Auf einem Stuhl, grau im Gesicht, hockt Sotiris, der Herold.

Ein Mann aus Tsouknida, Nikos mit Namen, hatte ihn angerufen. Im Handschuhfach von dessen Lieferwagen hatte eine Visitenkarte der Bar Dionysos gelegen, auf der Sotiris' Handynummer vermerkt war. Nachdem Nikos auf die E55 eingebogen war, hatte er den Schäfer ohne Zähne entdeckt, der neben zwei zerschlachteten Tieren aus seiner Herde stand, die den Straßenrand säumte, soweit das Auge reichte, im Zaum gehalten von einem Hund, der aussah wie ein Pandabär. Der Schäfer ruderte wild mit den Armen und winkte zum anderen Ende der Herde hin, wo es eine Bresche im blühenden Oleander gab, der die felsige Böschung verbarg.

So sehr ich mich auch bemühe, bis heute verwehrt mir mein Gedächtnis eine sichere Abfolge meiner Erinnerungsbilder.

Ich sehe Karin, Manu und mich im lichtzerlöcherten Laubschatten an unserem Stammplatz unterm Eukalyptusbaum sitzen, und ich höre, wie Manu, ohne ein Lid oder Fingerglied zu rühren, sagt: »Am liebsten würde ich das da mal; mal wegmachen...« Längst geronnen das ausgetretene Dotter am geborstenen Postament des kalkweißen Eies, ebenso wie die auf den anderen Tischen.

Ich kann heute aber nicht mehr sehen, was in den benachbarten Tavernen los war, als Manu das sagte; ebensowenig weiß ich noch, ob sie es sagte, bevor oder nachdem Erwin und Strong Man vom Tauchen zurückgekehrt waren. Möglich, daß sie schweigend auf eines der Eier starrten oder auf eine blitzblank geriebene Aluminiumfläche; ich sehe nur noch, wie die Sauerstoffflaschen an den Tragriemen über ihren Schultern immer schwerer wurden.

Ich erinnere mich ebensowenig, zu welchem Zeitpunkt ich Anita anrief; auch nicht, ob ich Angst davor hatte, daß der unausweichliche Sven auftauchen würde (er tat es nicht); ob Karin es war, die irgendwann, als die Spatzen sich in der Eiche versammelten, Ouzo und Heineken anschleppte, oder ob ich es war. Ich erinnere mich aber, daß wir, als Spyros der Alte an unseren Tisch kam, in einem leuchtenden, euphorischen Rausch befangen waren. Als Spyros der Alte an unseren Tisch kam, hatten wir uns bereits eine Menge Dinge erzählt, Dinge, die wir nie von einander gewußt oder vergessen oder an die wir lange nicht gedacht hatten. Wiewohl die nüchternste von uns, hatte Manu von einer frühen sexuellen Erfahrung erzählt, deren Tabugeruch an jenem Nachmittag am Acheron etwas seltsam Balsamisches hatte; später hatte sie Karin nach deren Vater gefragt, von dem Kolki nicht gern erzählte; Karin hatte erzählt, was sie sich dreiundzwanzig Jahre lang alles von Panne hatte bieten lassen – ich glaube, über die eine oder andere Anekdote lachten wir sogar –, und was *ich* alles erzählt hatte, habe ich restlos vergessen, nur, daß es aus der schlimmen Hälfte meines einstigen Doppellebens herrührte, weiß ich noch. Erhitzt, in tranceartiger Wachheit hockten wir in einem Kokon, aus alkoholgetränkten Erzählfäden so dicht gewebt, daß wir uns schämten, als Spyros der Alte eindrang.

Ich sehe sein hageres Gesicht, grauer als die schlanken Finger, die zittern, wenn er an seiner Papastratos zieht. Ohne kränkende Höflichkeit, sondern so freundschaftlich und väterlich wie immer bittet er mich um Übersetzung seiner Bitte an Karin und Manu, sich eine andere Unterkunft zu suchen.

Ein großer Mann.

Ich sehe, wie Manu vor Erleichterung zu weinen beginnt. Die ganze Zeit – drei, vier Stunden –, bevor wir zu trinken begonnen hatten, haben sie und Karin sich mit zaudernden Überlegungen gequält; dableiben und »helfen« aber wäre bizarr gewesen. Sie konnten schlecht die Taverna Plaka übernehmen. Soula und Elevtheria schienen zu nichts anderem in der Lage, als im Haus zu sein. Kein Laut drang mehr heraus. Während wir Manus Familienkombi bepackten (Erwin und Strong Man, mit ihrem Auszug bereits fertig, halfen), gingen Leute ein und aus – ein Pope, der Bürgermeister, dicke alte Frauen mit schwarzen Kopftüchern und Männer, die ich noch nie gesehen hatte –; unverkennbar, daß eine Routine zu greifen begann, die so tief in der Gemeinde verwurzelt war, daß wir uns nur davonmachen konnten, täppisch und schweißüberströmt von der Schlepperei.

Ingo und Karolina hatten es von Kosta brava erfahren.

Karin und Manu quartierten sich vorerst in Monikas Appartement ein, das noch anderthalb Wochen lang frei sein würde. Müde hörten wir uns Ingos Bericht an, sie und ihr Mann seien gegen neun Uhr abgereist. Sie hatten anscheinend die ganze Nacht debattiert. Ihr Mann habe das ganze Gepäck allein in den Mercedes geschafft und jede Hilfe abgelehnt. »Das war vielleicht 'n Stinkstiefel«, sagte Ingo. »Hat kein Wocht mit mir gesprochen.«

Bis in die Nacht hinein saßen wir am Pool, tranken und erzählten.

In jener Nacht ließ ich den Wagen stehen, weil ich die Unfallstelle hätte passieren müssen. Außerdem war ich sturzbetrunken. Um nach Hause zu kommen, muß ich den Acheron durchschwommen haben.

Am nächsten Mittag erwachte ich auf dem Terrassensofa, trotz der Hitze frierend. Noch heute erinnere ich mich an den Alptraum, mit dem ich erwachte: Ich schwimme. Ich schwimme im Rückenbruststil. Ich riegele meine Bucht ab, doch beim neunhundertachtundneunzigsten Zug merke ich, daß ich unter einer geschlossenen Eisdecke schwimme. Das Wasser ist warm und weich, doch die Eisdecke hart, glatt und kalt wie Marmor. Irgendwo muß es ein Atemloch geben. Wo? Neunhundertachtundneunzig Züge habe ich durchgehalten, doch wenn ich das Loch nicht finde, werde ich den tausendsten nicht mehr erleben.

Nackt, blind noch und taub sprang ich vom Sofa und erwachte, als ich nach Atem rang, vornübergebeugt auf die Knie gestützt (eiskalt meine Hände), und währenddessen schwante mir, daß irgend etwas in meiner Umgebung nicht stimmte; ich starrte über die Wipfel der Pinien und Kiefern hinweg aufs strahlende Meer, meine Augäpfel fremd wie zwei Kiesel im Kopf, und zunächst bemerkte ich eine vage Leere – es war wie der Moment kurz bevor einem auffällt, daß ein guter alter Freund sich den Bart abrasiert hat –, und dann fiel mir auf, daß der Bananenbaum fehlte. Ich stolperte die drei Schritte zum Geländer und sah ihn da liegen, der Scheinstamm gesplissen, die Blätter schon schlaff, daneben die Axt (in dem Moment fühlte ich den verschorften Schnitt in meinem Daumenballen), und dann sah ich wieder, wie die Melone auf dem Asphalt zerplatzte, wie das rosige Fruchtfleisch aufspritzte und die beiden Kugelhälften auseinanderkreiselten, und da ging ich in die Knie.

Zur gleichen Zeit wie Atze kamen Karin und Manu. Sie erzählten, daß sie in der Taverna Plaka vorbeigeschaut hatten. Die blauen Türflügel waren verschlossen gewesen, der Baumgarten leer. »Die Belgier«, sagte Karin, »standen grad da und sind mit langen Gesichtern wieder weg. Glaubst du, mir fiel ein, was Motorrad auf englisch heißt?« Karin und Manu hatten sich ein Herz gefaßt und an die Tür des Wohnhauses geklopft, doch es hatte niemand geöffnet. Daß Spyros' Beerdigung für den kommenden Vormittag auf elf Uhr angesetzt war, hatten sie vom verdammten Panos gehört, dem sie eben in Kerentsa begegnet waren. An der Unfallstelle nahe Tsouknida sei, sagte Manu, nichts zu sehen gewesen, doch Karin meinte, ein paar frische Schrammen im Asphalt entdeckt zu haben. Satsche, Kolki und die Kinder hatten so kurzfristig nicht mehr umbuchen können. Sie würden wie geplant erst am Tag danach eintreffen. Auf der Suche nach Sven hatte Manu in seinem Gehege im Eukalyptuswald ein anderes Zelt entdeckt. »Einfach abgehauen«, sagte Karin. »Vielleicht«, sagte Manu, »wollte er ja sowieso direkt nach dem Panigyri abreisen.« Der sei doch sonst auch immer den ganzen Sommer geblieben, sagte Karin, »oder?«

XXXIV

Wir waren früh genug gekommen, um auf dem niedrigen Mauerstück unter der Platane, die gegenüber der Kirche in den sonnigen Himmel wuchs, noch einen Platz zu finden. Nicht nur die Ränder der staubigen Kreuzung, alle vier Wege, so weit wir hinauf- und hinunterblicken konnten, waren mit Autos gesäumt. Die Kennzeichen offenbarten Bezirke bis hinauf nach Athen. Leute, wo immer es auch nur einen Hauch von Schatten gab; andere hielten in der sengenden Sonne aus, manchmal wurden die Plätze getauscht. Die Männer trugen normale Straßenkleidung – Hemd und lange Hose –, standen in Grüppchen und sprachen miteinander. Einige spielten, die Hände im Rücken, mit dem Kompologi. Die Frauen in Schwarz, mit Kopftuch die älteren. Niemand verhielt sich übertrieben förmlich, niemand unterdrückte ein Lachen; es wurde geraucht, sie waren einfach nur alle da, und es mußten weit mehr sein, als in Kouphala lebten.

»Das sind bestimmt an die tausend«, sagte Manu. Ihre Kerbe zwischen den Brauen war wie ein Schnitt. Karin und ich nickten. Ich bot ihr einen Schluck Ouzo an, doch sie drehte sich weg; Anita bewegte sich überhaupt nicht. Sie war völlig übermüdet von der überstürzten Anreise aus London über Amsterdam nach Athen, von wo aus sie acht Stunden mit dem Bus gefahren war. In der vergangenen Nacht in Kanalaki angekommen, hatte sie bei einer Bekannten aus alten Zeiten übernachtet. Sie hier wiederzusehen brachte mich fast um, doch ich hielt durch.

Ich schaute in den hellen, blauen Himmel über einer Stukkatur von Schönwetterwolken, und für einen fürchterlichen Augenblick war mir, als wäre dort ein Horchen, ein unbarmherziges Verhoffen, etwas wie Habsucht oder gar gedrungene Apathie. Doch es war da nichts, gar nichts.

Es mochte eine Stunde gedauert haben – niemand wurde ungeduldig –, bis sich vorm Eingang der Kirche eine Marschkapelle formierte, junge Leute in blau-weißen Uniformen, mit Käppis. Wiederum vergingen einige heiße fünf Minuten. Dann ertönte der erste heisere Schrei eines Klageweibs und dämpfte das allgemeine Stimmengewirr sofort auf die Hälfte ab.

Nun dauerte es nicht mehr lange, da kündigten ein paar dumpfe Trommelschläge den Trauermarsch an, und die Prozession setzte sich in Bewegung; zunächst eine Vorhut von acht oder zehn jungen Leuten, die an langen Stangen befestigte rote, grüne und weiße Räder trugen, mit Blumen umflochten, beschriftete Trauerfahnen hingen davon herab; dann die Kompania und dann einige junge Männer – darunter Panos und Alex –, die den Sarg trugen, einer von ihnen den Deckel. Über den blumengeschmückten Schreinrändern sah ich ein Gesicht, vom Tod entstellt, doch für eine Maske zu lebendig. Ein verschwitztes schwarzes Haarbüschel, vergilbte Haut über scharfen Knochen, ein übergroßes Nasenbein. Aus irgendwelchen Gründen hatten sie ihm den Schnauzbart abrasiert. Spyros der Alte und Soula, gestützt von Elevtheria und einer Verwandten aus Athen, alle in Schwarz, folgten.

»Hast du gesenn?« sagte Kosta brava im Vorübergehen.

Anita nickte, Karin und Manu auch. Die Klageweiber jaulten und stießen hohe, scharfe Schreie aus, die durch Mark und Bein sensten. Schließlich, auf ein Zeichen Sotiris', schlossen wir uns der vorwärtskriechenden Schlange an. Ingo und Karolina, Erwin und Strong Man stießen zu uns. »Gib mir mal deine Hand«, sagte Anita. Ich war mir nicht sicher, ob *sie* sie brauchte, oder ob sie annahm, daß ich die ihre bräuchte. Sie atmete ruhig, sie weinte ruhig.

»Das ist ja alles sehr würdevoll«, sagte ich.

»Und so viele Leute«, sagte sie.

Der Weg die Kouphala-Gerade hinunter schien endlos, und die Sonne und die Monotonie des Trauermarschs von Chopin brachten mich fast um den Verstand; mein Kreuz fühlte sich an, als trüge ich einen Tornister voller glühender Kohlen, doch mit Hilfe von Wasser und Ouzo hielt auch ich bis zum Friedhof durch. Andere brachen zusammen, hockten im Schilf am Straßenrand, während Angehörige ihnen Luft zufächelten und zu trinken gaben.

Als wir ankamen, war mein Hemd schwer von Schweiß, und hart klopfte es in meinem Schädel, doch es war mir gleichgültig, ob ich einen endgültigen Schlag erleiden würde. Die Kompania verstaute nicht eben geräuschlos ihre Instrumente in einem Wagen, der neben einem der Zementmischer-Lkw von ΑΧΕΡΟΝ ΜΠΕΤΟΝ bereitstand. Einige Leute scharten sich bereits um den Abraum des frisch aufgeworfenen Grabes, der Rest, unter all den anderen wir, suchte sich einen Platz an der höher gelegenen Straßenkurve. Behutsam wurde Spyros' Sarg den Stolperpfad zum kleinen Friedhof hinuntergetragen, mitten zwischen die anderen marmornen Grabmale, heute besonders frisch geschmückt. Ein *papás* hielt wohl noch eine kurze Predigt – hier oben hörten wir nichts –; der junge Mann sprang mit dem Sargdeckel in die Grube, helfende

Hände zogen ihn wieder herauf; einige warfen Münzen und Blumen hinein. Das genaue Procedere konnten wir von hier oben nicht erkennen. Wir sahen nur Alex und Sotiris, Kosta brava und Kosta del sol am Rand des Schachts stehen, die Stirn mit der Hand gestützt, die Schultern unregelmäßig zuckend. Dann hob Sotiris den Arm zum Gruß und rief mit wütender, heulender Stimme: *»Geia sou, Spýrooo!«*, hielt den Arm hoch und begann wieder zu zucken. Meine Knie wackelten, als bebte die Erde.

»Guck dir das bloß mal an«, sagte Karin nach einer Weile und lächelte unter all ihren Tränen.

»Was«, sagte ich. Auch Manu und Anita schauten sie an. Karin nickte und deutete da und dort in die Menge, und dann begriffen wir, was sie meinte. Überall gab es Frauen – junge und solche in unserem Alter, vereinzelt oder an der Seite eines geradeaus starrenden Mannes –, denen es nicht gelang, ihren Gram zu unterdrücken oder auch nur zu verschleiern, daß er sie fast niedermachte. Es waren unzählige. Wohin man auch schaute, irgendwo stand eine von ihnen.

Nach und nach wurde das Grab zugeschaufelt, und ein Teil der Leute machte sich auf den Rückweg über den unwegsamen Pfad hinauf auf die Straße. Dann schrillte ein heilloser Schrei in die kultivierte Resignation, ein Schrei, der nicht von einem der Klageweiber stammen konnte, weil er aus den Tiefen eines Bauches heraufdrang und nicht bloß aus einer Kehle, ein Schrei, der sich drei-, viermal wiederholte und einander überholende Schauerwogen über meinen Rücken jagte. Elevtheria, festgehalten von drei Männern.

»Spyra*kíiiii!*«

Sie betonte die *letzte* Silbe, den hellen, schrillen Laut am Ende dehnend, bis er überspannte und zurückschnappte. Sie bäumte sich gegen ihre Begleiter auf, die sie mit aller Macht im Griff zu behalten versuchten, ohne ihr wehzutun; sie bog sich in Richtung Grab zurück, wie um einem viel zu lang verzögerten, letzten Akt von Tatkraft endlich Raum zu geben, um ihren geliebten Bruder doch noch in letzter Sekunde aus jener Kloake zu klauben, die der Tod war; immer wieder stemmte sie sich gegen den drohenden Rückweg über den Pfad die Böschung hinauf, so daß ihre Begleiter eine kleine Pause einlegten, um sie dann erneut zum Weitergehen zu bewegen. Ihre Beine waren eingeknickt; sie hing zwischen ihnen, bis sie sich mit einem erneuten Ruck wieder versteifte, Kopf, Wirbelsäule, Ober- und Unterschenkel ein einziger Pfahl.

»*Spý*rooo...! Spy*ra*ki...! Spyra*kíiiii!*«

Spyros der Alte und ein weiterer alter Mann hatten Soula eingehakt, und so ihrer kegelnden Fortbewegungsart beraubt, schien sie zu wandeln wie ein kleiner schwarzer Geist.

XXXV

Direkt nach der Beerdigung verabschiedete ich mich vage von Karin, Manu und Anita, holte endlich Pegasos ab, der seit jenem Mittag an der Mauer zum Hinterhof der Taverna Plaka stand, und fuhr auf den Schildkrötenhügel. Die Unfallstelle zu passieren war fürchterlich. Ich konnte unmöglich vermeiden, förmlich *zuzusehen,* wie er mit dem Turbinengeheul einer Rakete die langgezogene Bergpassage von Kaloligia herabgeschossen kommt...

Ich verpackte alle meine Kleidung in Koffern, steckte meine EC-Karte ein, zottelte die Lumpen für Atze auf der Terrasse zurecht, schloß die Tür unter dem Λάθε-βιώσας-Schild ab und fuhr los. Diesmal brauchte ich nicht zu sehen, wie seine Maschine die beiden Schafe köpft und er, fürchterlich, lächerlich mit den Armen rudernd, durch den Oleander in die felsige Böschung fliegt, während ihm seine Maschine, aufkreischend über den Asphalt propellernd, folgt…

In Kanalaki notierte ich ein paar Zeilen und steckte den Zettel zusammen mit dem Haustürschlüssel in einen Umschlag, auf den ich Ingos Adresse kritzelte. Am Kiosk an der Plateia kaufte ich Briefmarken, drei Kilo Ouzo und eine Kiste Zigarren. Den Umschlag warf ich in einen Postkasten. Ich begegnete niemandem, den ich näher kannte.

Ich fuhr zum Flughafen von Preveza und erkundigte mich nach dem nächstmöglichen Flug. In vier Tagen, so hieß es, gebe es noch einen freien Platz für Düsseldorf. Ich kaufte das One-way-Ticket, gab mein Gepäck auf, fuhr in die Stadt und stellte das Auto in Hafennähe ab (wobei ich abzuschließen vergaß; der späteren polizeilichen Recherche zufolge soll es dort bis zu drei Wochen lang gestanden haben, bevor es denn doch jemand kurzschloß). Dann suchte ich jene Adresse auf, klingelte zweimal lang, fünfmal kurz und sagte einen schönen Gruß von Theo.

Weitere acht, neun Tage kam ich aus Düsseldorf nicht heraus; in Fulda muß ich, den Kontoauszügen zufolge, auch um die vier, fünf Tage zugebracht haben, und an die Kneipe in Bad Suden, aus der mich drei Polizisten direkt in die geschlossene Abteilung der Klinik für Psychiatrie und Psychosomatik verfrachteten, habe ich nicht mehr die geringste Erinnerung. Diesmal saß ich nur drei Wochen ein (verglichen mit den vier Monaten beim ersten Mal ein unübersehbarer Fortschritt, stimmt's, Spyro?), und dann wurde ich wieder in die neuroendokrinologisch-psychosomatische Abteilung verlegt.

»Was«, fragte mich Dr. Dr. Therese Seymour, »ist denn geschehen?«

Am nächsten Tag rief ich Kolki an. »Mann, Mann«, sagte er. »Komm du uns nach Hause.«

›Nach Hause‹, sagte er. Das klang gut.

Weitere fünf Wochen später, also nach insgesamt zwei Monaten, wurde ich wieder entlassen (verglichen mit vierzehn... stimmt's, Spyro?). Wieder zog ich für ein paar Tage ins Bügelzimmer von Manus Schwester, suchte und fand eine Zwei-Zimmer-Wohnung in Hamburg-Ottensen, eine der letzten mit Ofenheizung – also entsprechend billig. Weil zur Nachmiete, konnte ich sofort einziehen. Ich verhandelte mit einem Umzugsunternehmen und besorgte mir ein Ticket Hamburg–Korfu, doch als ich den Flug antreten mußte, ließ ich es verfallen. Ich *konnte* einfach nicht. Ich *konnte* nicht zurück. Allein der Anblick der verriegelten blauen Türflügel hätte mich umgebracht.

Ich verhandelte mit Manu und Karin. Sie waren einverstanden. Ich übernahm alle Kosten und sie die Abwicklung der Villa Arkadia. Die Vormittage, an denen Kolki seinen Dienst tat, hütete ich die Kolkskinder ein. Mit einem der letzten Charterflüge, die in dem Jahr von Korfu gingen, kamen sie zurück. Es war fast auf den Tag genau vier Jahre her, daß Spyros mir zur Einweihung das Bananenpflänzchen geschenkt hatte.

Nachdem ich allen meinen Verbindlichkeiten nachgekommen war (einschließlich der restlichen Jahresmiete an Dimitrios und des Schadens, den ich in der Bad Sudener Kneipe angerichtet hatte – man glaubt ja gar nicht, was eine Jukebox, ein Spielautomat, eine Espressomaschine und ein paar alberne Spirituosen so kosten), war ich so gut wie bankrott. Allein von dem, was der entgangene Verkauf Pegasos' (die Versicherung zahlte keinen Heller; warum, weiß der Himmel) sowie die gut zwei Wochen in den Puffs von Preveza, Düsseldorf und Fulda, die Hotelmieten und

Taxifahrten, Drinks und Trinkgelder mich gekostet hatten, hätte ich einen gewissen monatlichen Zuschuß zu meiner knappen Rente auf Jahre hinaus genießen können.

Den peirásei.

XXXVI

Es grenzt an ein Wunder, daß ich in jenen Tagen nicht wieder zigarettensüchtig geworden bin. An den Zigarren allerdings bin ich hängengeblieben, und hin und wieder schenke ich mir wieder ordentlich einen ein. Als ich anfing, diese Geschichte hier aufzuschreiben, bin ich wieder zu einem jener Süffel geworden, die sich meist nüchtern über den Tag retten und ab fünf Uhr nachmittags dem ersten Schluck Rotwein entgegenfiebern, der um sieben fällig werden würde. Aber nicht zu knapp.

Inzwischen schreiben wir Anfang September 2001. Ein gutes Jahr lang lebe ich also schon wieder hier, in der guten alten Hansestadt. So schlecht ist es auch nicht.

Am liebsten sitze ich in meiner Bude. Jeden Abend wird's ein bißchen früher dunkel um den Ahornbaum im Hinterhof, und je dunkler es wird, desto deutlicher spiegelt sich das Interieur meines Zimmers in den seltsam verzogenen Fensterscheiben: zwei Schreibtischlampen, eines der Bücherborde, ein Teil der Pinnwand, an der ein Koordinatensystem voller Notizen hängt (die *x*-Achse von 1 bis 10 unterteilt, die *y*-Achse in V, M, N und A), die alte IBM, auf der ich all dies hier seit Anfang des Jahres getippt habe, und im Vordergrund das Sohlenprofil meiner Pantoffeln. Vorausgesetzt, meine Migräne gönnt mir ein wenig Ruhe, genieße ich es, die Füße auf die Fensterbank zu stützen, mit dem Stuhl zu kippeln und bei einer preiswerten, aber aufrichtig qualmenden Zigarre dazuhocken (nebst Rotwein aus einem Terroir, dessen Boden zugegebenermaßen knattersauer sein muß).

Weit gucken allerdings ist vorbei. Nach zwanzig Metern prallt mein Blick auf die himmelverspiegelten Panoramascheiben des gegenüberliegenden Hauses.

Was ich machen soll, wenn ich mit dieser Geschichte fertig bin, weiß ich noch nicht. Fernsehen wahrscheinlich. Statt weit gucken.

Vorhin erst zappte ich durch die Kanäle, und auf zweien verweilte ich länger. Auf irgendeinem dieser Krawallsender lief eine jener Nostalgieshows (ohne die offenbar befürchtet wird, der Millenniumswechsel könne platzen) mit Schlagersängern aus den den Sechzigern und Siebzigern, unter anderen Gus Backus (sofort dachte ich: Gus Bacchus!) sowie Ulli Martin mit seinem Hit *Schön war die Zeit / zu zweit / mit Mooonikaaa*... Und auf einem Kanal der Krawallkonkurrenz blieb ich in einer alten Folge von *Xena – die Kriegerprinzessin* hängen.

Sie stammte aus dem Jahre 1996 und trug den Titel *Was Homer nicht wissen konnte*. Und was Homer nicht wissen konnte, war, daß niemand anders als Xena (gespielt von einer Schauspielerin mit phantastischen Schenkeln und dem ebenso phantastischen Pseudonym »Lucy Lawless«) es war, die Odysseus den Bogen spannte. Als die Amazone sieht, daß er es nicht schafft, krabbelt sie unbemerkt unter den Tisch und robbt in seine Nähe, um die untere Krümmung des Bogens noch weiter zu biegen, als er in der Lage zu sein scheint, damit er die Öse der Sehne einhaken kann. Xena ist in ihn verliebt, und er in sie, aber sie will nicht, daß er Volk und Penelope verläßt, nachdem er sie nach all den Jahren doch gerade eben erst wiedergefunden hat, und sticht mit ihrer Gefährtin wieder in See. Plötzlich kommt, aber hallo, Odysseus angeeiert. Er will mit – aber nicht zu knapp –, doch sie sagt: »Geh nach Hause.«

Eine Frau sagt zu Odysseus, den vielgewandten: Geh nach Hause. Wahrlich, das konnte Homer nicht wissen, aber – genau so war es.

XXXVII

Manchmal halte ich immer noch Brandreden gegen Sven – nun allerdings hier, in meiner Bude; zwangsläufig imaginäre Brandreden. Meistens fängt es damit an, daß ich mir vorstelle, er fragte mich nach der Uhrzeit. Die Szene ersteht dann derart plastisch vor meinen Augen, daß ich genau höre, wie seine Orgelstimme erklingt: »Weeß jemand zufellich, wie speet et is?«, und wie ich daraufhin so schwer durchatme, daß Manu, die also auch dabei ist, mich die ganze Zeit am Arm festhalten muß. »Ja, ich weiß, wie spät es ist«, entgegnete ich heftig, und weil ich sofort Karins und Manus Klemme zwischen Treue und Ekel spüre, stecke ich selbst schon in einer, bevor ich richtig losfuchteln kann, so daß ich meine Schuld mehren muß, damit wenigstens sie keine auf sich lüden, wenn sie mich haßten. »Allerdings nicht zufällig. *Ich* trage nämlich eine *Uhr*. Ich denk', du willst dich nicht dauernd von der bösen, bösen Zeit knechten lassen und trägst deswegen keine Uhr. Dann nerv aber auch nicht dauernd andere, du Kerzenhalter, du.« Und wenn ich sein Totenkopfgrinsen sehe, füge ich hinzu: »Wieso bist *du* eijentlich nich uff die Beerdijung jejangen? Jloobst du, man braucht uff keene Beerdijung nich zu jehn, weil er ja sowieso bald wiederjeboren wird, oder wat? Als wat denn. Als Immortalist, oder wat.«

»Du willst mich ja bloß lächerlich machen«, sagt Sven dann und zupft etwas von seinem Hosenbein. »Wegen mein' Dialekt. Aba dit is 'ne janz miese Methode. Nur weil ick berlinere, heißt dit noch nich, daß ick unrecht hab.«

Dieser beleidigte Pinzettengriff, diese Visage mit den vibrierenden Lidern; ich drehe fast durch. »Aber schon gar nicht, daß du recht hast, du... Popanz!«

O ja, ich sehe ihn genau vor mir, den Leithammel in meiner kleinen Herde von Sündenböcken. Mit einer Kritik des radiästhetischen Pendelns fahre ich fort, dann rege ich mich darüber auf, daß 1973 noch lediglich 26 Prozent der Deutschen glaubten, Sternschnuppen brächten tatsächlich Glück, heute aber bereits 42 Prozent; daß heute jeder vierte an Astrologie glaube, jeder zweite sogar an die Kraft des Mondes und so weiter; dann zerlege ich den Déjà-vu-Effekt, Esoterikern zufolge Beweis für ein früheres Leben; dabei, so wettere ich, gebe es Erklärungen, die weitaus einleuchtender seien; die Psychologie zum Beispiel sage, wenn man bei einem Erlebnis ein Detail wiedererkenne, fange man an, die ganze Situation hochzurechnen; die Neurologie sage, das Déjà-vu verdanke sich einer mißglückten Arbeitsteilung zwischen dem Hippocampus und dem parahippokampalen Cortex, die Reize aus der Außenwelt verarbeiteten; bekannte Eindrücke würden mit Erinnerungen verglichen und einsortiert und Unbekanntes als fremd abgelegt, und das funktioniere in der Regel reibungslos, doch manchmal werde eben auch Fremdes irrtümlich als bekannt markiert, wobei die passende Erinnerung fehle, und das ergebe ein vertrautes Gefühl, obwohl die Situation unbekannt sei...

Und so weiter, und so weiter.

Seltsam widersprüchlich, wie oft ich in meiner Bude außerdem imaginäre Brandreden gegen Kouphala halte – ebenfalls Sven gegenüber, oder auch Monika. Widersprüchlich, weil ich ebensooft eine unstillbare Sehnsucht nach Kouphala empfinde.

Oft denke ich an die Geschichte mit dem Handy des alten Fischers, den wir Ilja Rogoff nannten. Oft denke ich daran, wie oft Ingo auf Kouphala fluchte (meist waren es eben wir Residenten, die auf Kouphala zu fluchen begannen), und wiewohl Theo mir bei meiner zweiten Audienz das Wesen Arkadiens als mythischem Sehnsuchtsort stehengebliebener Zeit erläutert hatte, höre ich mir in meiner Bude nur allzuoft zu, wie ich Sven oder Monika anbrülle, Kouphala sei nicht nur das kleine sonnige Reich der Friedlichkeit und des freundlichen Spaßes; von der Gemeindeverwaltung höre man, mit niemandem hätte sie mehr Ärger als mit den Kouphalianern; früher habe man den Töchtern im Bezirk gedroht, wenn ihr nicht artig seid, verheiraten wir euch nach Kouphala; wenn ein durchgeknallter Hund hier im Dorf die Ziegen besteige, würde deren Besitzer nicht mit dem Hundehalter reden, sondern den Köter sofort vergiften; als mal ein deutscher Segler kurz vor der Mündung in ein dort verbotenerweise ausgelegtes Fischernetz geraten sei und dadurch erheblichen Schaden erlitten habe, hätten alle abgestritten, es gewesen zu sein, ja sie hätten dem Segler vorgeworfen, er sei betrunken gewesen, und letztlich habe den Schaden die *Gemeinde* bezahlt; als Kosta del sol sein Dachgeschoß ausgebaut, habe es dreizehn Anzeigen aus dem Dorf gesetzt; wenn eine Griechin in puncto Eros sich so verhalten würde wie die Griechen, dann würde sie verstoßen, aus dem Dorf gejagt! Und überhaupt, wenn man ehrlich sei, wolle man doch *so* genau gar nicht alles wissen über die griechischen Sitten, man wolle doch das Geheimnisvolle bewahren; selbst Manu und Karin müßten zugeben, daß sie am laufenden Band Mythen um die privaten Gegebenheiten der Griechen spännen; doch irgendwann müsse der Charme des

Radebrechens doch auch mal ein Ende haben; und wenn ich mal von mir sprechen dürfe, je besser ich das Neugriechische beherrschte, desto mehr werde mir klar, daß hier im Prinzip auch über nichts anderes gesprochen würde als in Beeckdörp...

»Eben«, sagt an dem Punkt dann regelmäßig die imaginäre Karin, »und nun halt mal die Klappe.«

Und direkt anschließend sehne ich mich nach meiner Bucht... Seit ich wieder trinke, verlangt es mich hundertmal öfter danach, meinen Strand zu harken, als es mich zu meiner Zeit am Ionischen Meer danach verlangte, zu trinken.

Die Bucht war meine Kirche. Diese grandiose Einsamkeit...! Die Liebkosungen des Meeres, sein Schnalzen, seine kleinen Schluchzer in den Scharten des Gefelses; sein Tatschen und Tätscheln des nackten, nassen Strandes; früh des Nachts der Anblick der Hügel und Krater im wunderbar kühlen Sand, ich kam mir vor wie ein Riese, der auf das ganze nächtliche Land herabschaut.

Einmal langte ich noch gerade rechtzeitig zum Monduntergang an. Ich setzte den Helm mit der Grubenlampe auf, lief über das ungewohnte Schattenmuster, ungewohnt, weil ich den Strand am Nachmittag geharkt hatte, und kletterte bis zur Nordwestzange, so weit in die Felsen hinein, bis ich gute Sicht für meine kleine Messe genoß. Ein Dunstflor klebte am Mond, dennoch teilte sein Abglanz das dunkle Meer. Es war friedlich, fast wie ein Teich, befangen in einem nur ganz leicht bewegten Schlummer; nur hin und wieder, wenn es die Glieder der Küste netzte, seufzte es hell auf. Auf halbem Weg zum Horizont gaukelten ein paar Positionslichter von Kuttern auf und ab, und das Tuckern der Motoren klang so ewigselig in meinen Ohren, wie die Herztöne der Mutter in den Ohren eines Fötus klingen mögen.

Im schwachen Licht der Sterne, den huschenden Kegeln meiner Stirnlampe folgend, begab ich mich auf meine Bettstatt. Mein Gott, wie willfährig ich schlief, da unten am Strand der Odysseus-Bucht, und mit welcher Wonne ich erwachte...

Manchmal, auf der Terrasse der Villa Arkadia, in der vollkommenen Ruhe der Nacht das Pfeifen der Schwingen von Nachtvögeln...

Manchmal war ein Satellit am Himmel zu sehen, von einem Stern zu unterscheiden nur durch seine Raserei.

Mein Gott, zu Anfang meiner Zeit am Ionischen Meer war ich fast so aufgeregt, als wäre ich auf einer Safari, wenn ich die Ziegenherde beobachtete, wie sie unterm Geländer meiner Terrasse vorbeizog. Schwarze mit weißen Bäuchen und, wie Kühe, schwarz-weiß gescheckte; der alte Hammel, beigebraunes längeres Fell und Hörner gebogen wie die eines Gnus... Er machte ungehaltene Geräusche, wenn sich eine Ziege nicht am Hintern beschnüffeln lassen wollte. Ein paar halbwüchsige Böckchen, die ihr Mütchen kühlten, indem sie die Köpfe gegeneinanderschlugen. Das melodiöse Gebimmel der Glöckchen (Schafsglocken haben einen kühleren, tönernen Ton, wie die der Kühe auf bayerischen Almen) ...

Und dazu der Wind in den alten Kiefern...

Wenn ich nachmittags, nach dem Schwimmen in bewegter See, am Strand lag, rumorte das Meer noch eine Viertelstunde lang im Leibe weiter.

Manchmal, wenn ich, mit Einkaufstüten bepackt, schwer keuchend meine Wohnung im vierten Stock erreicht habe, sehne ich mich nach dem Gefühl der Muskelanspannung und der Schweißbäche auf der Rückenhaut, nach dem

Duft des Harzes und der Nadeln der Pinien und Aleppo-Kiefern, sehne mich danach, mich anhand der Seile die geheimnisvollen steilen Treppenstufen in der Klippe hinaufzuhieven. Manchmal, wenn ich die Füße gegen das Fensterbrett stemme und der Rotwein allmählich den Kater vertreibt, wünsche ich mir, ich säße am Acheron, die Fußsohlen gegen den warmen Stamm des Eukalyptusbaums gestemmt, ein Buch auf den Knien, und daß Soula sich zu mir setzt, ohne zu reden, einfach nur zur mir setzt. Manchmal sehne ich mich nach den Sonnenlichtblasen, die durch den grünen Schatten gaukeln.

Und dann wieder fällt mir eines der Gespräche am Strand ein...

Monika: »Warum ist Spyros eigentlich nicht verheiratet?«

Manu: »Das weiß; das weiß keiner so genau...«

Ich: »Nicht mal Anita. Als junger Mann war er wohl zwei-, dreimal verlobt, aber... tja, keiner weiß es. Hier sind ja ausschließlich die Brautväter für die Mitgift verantwortlich, und wenn da auf der anderen Seite nichts... – ich weiß es nicht. Ich bin da nie durchgestiegen, durch den ganzen Kuhhandel hier. Jedenfalls, nicht nur als Frau, auch als Mann wird's hier um so schwieriger, noch zu 'ner Familie zu kommen, je älter du wirst. Dabei liebt er Kinder. In eure Gören«, ich nickte Manu zu, »ist der doch geradezu vernarrt!«

Monika: »Und Sotiris?«

Ich: »Ähnlicher Fall.« Ich entsann mich, wie ich einmal bei ihm vorbeikam; es war Ende September, zu Ende meiner ersten Saison hier am Ionischen Meer, und ich wußte längst noch nicht alles darüber, wie das hier alles lief. Er hatte die letzten Räumarbeiten hinter sich und hockte, zusammengesunken und angetrunken, in dem einen der beiden letzten Rattansessel auf der Veranda. Anscheinend hatte er auf einen Abschiedsgenossen nur gewartet. »*'Ela, Alepoúdi*«, rief er, »*kátse, kátse. Tha pieís mia sóda?*«

»*'Ochi*«, sagte ich und setzt mich zu ihm, »*evcharistó.*«*

Er gab mir zu verstehen, daß er nun acht Monate lang nichts zu tun haben würde. »*Oréa*«, sagte ich Idiot.

»*Oréa?*« fuhr er auf. »*Skatá!*«**

Natürlich. Er würde acht Monate lang in dem kleinen Haus seiner Mutter in Mesopotamos sein. Er las nicht, er schrieb nicht, er werkelte nicht; nichts. Jeden Abend des langen Winters würde er in Lakis' Hölle hocken und das Geld verspielen, das er in den vergangenen vier Monaten verdient hatte; Tag für Tag würde er seine sechzig Zigaretten rauchen und seinen Liter Whiskey trinken und hoffen, daß er stärker wäre als der Tag; daß er den Tag würde totschlagen können, bevor der Tag ihn totschlüge. Und daß eines Tages der Mai wieder vor der Tür stünde, damit er die Bar Dionysos renovieren könnte – für die nächsten vier Monate, für die Saison des lachenden Sotiris.

Da saßen wir, und auf dem Platz vor der Bar quälte ein junger Spund sein Auto, indem er ein kurzes Stück Vollgas gab und bremste und diesen Vorgang wiederholte. Beim elften, zwölften Mal fuhr Sotiris hoch und grölte: »*'Ela re, maláka! Phíge!*« Der hörte nichts; Sotiris setzte sich wieder, hob die Schultern, winkelte die Arme an, zeigte mir die offenen Handflächen und sagte entschuldigend: »*Vroum, vroum – giatí?*«***

Natürlich wußte er, *giatí*.

---

* Komm, Füchschen, setz dich, setz dich. Trinkst du eine Soda? – Nein, danke.

** Schön. – Schön? Scheiße!

*** He, du Wichser! Verpiß dich! – Vroum, vroum – warum?

Manchmal höre ich wieder, wie Kosta brava sagt: »Ich so sprech für alles. Nix für Urrlaub. Urrlaub ies Urrlaub, aberr für Spaß, für traurig, für alles, ja! Warrum niecht.«

Manchmal, wenn ich meine Dalaras-CDs höre, vermisse ich Atze.

Im August, es ist vielleicht drei Wochen her, bin ich einmal nach Beeckdörp gefahren und am Beeck entlangspaziert. Ich bekam nicht eine einzige Forelle zu Gesicht.

In regelmäßigen Abständen besucht Karin mich hier in Ottensen, und dann gehen wir uns betrinken. Neulich erst war es wieder so weit. Beim fünften Bier erinnerte ich mich und sagte es ihr, wie sie es im Stadion von Preveza bedauert hatte, daß er nun das Konzert verpassen würde und wie ich sagte, er habe Dalaras schon ein gutes Dutzend Mal gesehen, in Ioannina, Athen, Korfu, und er werde ihn bestimmt nicht zum letzten Mal sehen.

Sie sagte, man könne einfach nur dankbar sein, ihn gekannt zu haben.

Ich fragte sie, ob sie sich erinnern könne, daß man früher dachte, wenn man erst in das Alter kommen würde, in dem man jetzt ist, dann würde alles leichter? Daß man zum Beispiel dachte, das Rauchen gäbe sich eines Tages von selbst auf – wie ein Brand, der irgendwann erlischt –; ebenso unwillkürlich lösten sich Furcht und Kränkungen auf, in Wohlgefallen zum Beispiel oder gar Glück; Weisheit empfinge man im Schlaf, in Träumen... Und so weiter?

Sie lachte; Herrgott, wie sie lachte...

Wie sagte doch Bette Davis: »Getting old is not for sissies.« Altwerden ist nichts für Waschlappen. Es schauderte mich geradezu vor Karins Mut und Kraft.

XXXVIII

Monika soll sehr geweint haben, als Manu ihr die Hiobsbotschaft überbrachte, indem sie, noch von Kouphala aus, in Kehdingen anrief.

Schön war die Zeit / zu zweit / mit Mooonikaaa...

Nehmen wir an, es gäbe einen Gott, der seit der Antike überlebt hätte; ich bin sicher, es wäre einer der niederen Götter, die uns nur allzugern verulken, die dicke Mädchen durch Pfützen treiben und überempfindliche Seelen in Holzfällerkörper stopfen. Myiagros vielleicht, dem seinerzeit geopfert wurde, wenn zum Beispiel die Wettkämpfe in Olympia von Fliegenplagen verschont bleiben sollten.

Während all der Monate, in denen ich diese Geschichte hier aufschrieb, wurde ich das Gefühl nicht los, dieser Myiagros habe sich meiner Seele bemächtigt, so daß ich mit seinen Facettenaugen schauen konnte. So daß ich gleichzeitig in jener Fliege steckte, die Monika in der Kabine der *Apollonas II* zum Wahnsinn brachte; in jenem knurrenden Insekt, das sie auf dem Aussichtspunkt erschreckte; in jener Heuschrecke, die sie an ihrem ersten Tag in Kouphala »rettete«; in jenem wespenartigen Insekt am Strand, das seine Amplitude übte; in jeder einzelnen der Mücken, die sie in ihrer ersten Nacht in Kouphala zerstachen, und in jeder einzelnen der Fliegen, die sie in Buhmanns Dormitorium daran hinderten, seine Zärtlichkeiten zu genießen (daran hinderten, daß sie genießen würde, wie er in ihr innerstes Ich schlüpfte) – ja, in jeder einzelnen all der Grillen und Zikaden Griechenlands. So wie ich damals in jeder einzelnen der Gnitten steckte, die Anneliese Dede durch die Pfütze unter unserem Augustapfelbaum jagten, so daß ich gezwungen war, sie nicht nur mit Gnittenaugen, sondern auch mit meinen und ihren eigenen zu betrachten. Ja, wenn es einen Gott gäbe, der seit der Antike bis heute überlebt hätte, dann wäre es wohl ein Insektengott.

Denn wenn ich mich heute in Monika Freymuth hineinversetze, versuche, in ihr Ich zu schlüpfen, ihr Ich vom vergangenen Jahr, dann kann ich gar nicht anders, als ihr beizupflichten, ja, im Namen des Lebens zu gratulieren; ziemlich genau so, wie ich es bereits an jenem Schwarzen Freitag getan hatte. Nur, daß ich es heute ehrlich meine. So daß ich, schlüpfe ich in *mein* Ich vom vergangenen Sommer, von jenem peinigenden, peinlichen Mitgefühl mit mir selbst erfüllt bin.

Immerhin: Nun, nachdem ich alles erzählt habe (und dem Myiagros Liter um Liter blutroten Weines geopfert), läßt es ein wenig nach.

Irre? Ja sicher. Ich hab's ja schriftlich.

Monatelang hatte ich es vermieden, Manu nach Monika zu fragen. Ich wußte, daß sie sich regelmäßig mit ihr trifft – Kolki hat es mir erzählt –, aber lange Zeit wollte ich gar nicht wissen, was mit Monika war. Vor drei, vier Wochen fragte ich dann doch nach ihr, indirekt.

Die Kolks waren gerade aus Griechenland zurück. Sie waren in Loutsa gewesen, von wo aus sie in der letzten Woche einen Abstecher nach Kouphala und Athen gemacht hatten. »Das war; das war alles nur traurig...« Spyros der Alte hatte Haus und Hof schon im Spätsommer des vorigen Jahres verkauft und war mit Soula und Elevtheria in die Nähe Athens zu irgendeinem Vetter gezogen. Der jetzige Besitzer (irgendein Vetter irgendeines Vetters) bemühte sich, die Taverna Plaka fortzuführen; vergeblich. »Da lief; da lief *nix*«, sagte Manu. »Jeden Abend alle Tische leer, und ich glaub' nicht, daß das anders war, bevor wir gekommen sind. Die herrlich kitschige alte bunte Schrebergarten-Party-Glühbirnenkette hat er schon lange abgenommen gehabt und durch so Fliegenpilzlampen im Boden ersetzt, und überhaupt, keiner kann Fisch besser zubereiten als Soula.« Auch Spyros' Kutter hatte Spyros der Alte verkauft; der lag nun weiter flußaufwärts, und somit war die Lampe im Eukalyptusbaum überflüssig und entfernt worden.

Doch ein Mühlrad aus Licht hätte es ohnehin nicht mehr gegeben. Aus rätselhaften Gründen war der Acheron verbreitert worden und das Schilf am gegenüberliegenden Ufer geschnitten, so daß man freie Sicht auf die Au hatte. Das Flußufer hatte man betoniert, denn die Promenade, nun aus Waschbeton, verläuft nicht mehr zwischen den Tavernen und ihren Gärten, sondern entlang dem Ufer. Die Villa Arkadia stand leer.

Es ist nicht mehr das Kouphala meiner Zeit am Ionischen Meer, aber das könnte es ohne Spyros den Jüngeren ohnedies nie wieder sein.

Wie bereits im ganzen vergangenen Jahr des öfteren, kamen wir auch diesmal wieder auf seinen Tod zu sprechen; als hätten wir vergessen, was wir bereits des öfteren besprochen hatten, sprachen wir auch diesmal wieder über die Gerüchte, die nach Spyros' Tod in Kouphala kursierten – er habe »Vorahnungen« gehabt oder gar »Todessehnsucht« –, und ereiferten uns auch diesmal wieder darüber; auch diesmal waren wir uns einig, nie und nimmer hätte er Spyros dem Alten, Soula und schon gar nicht Elevtheria so etwas jemals angetan. »Außerdem rast; außerdem, man rast; man rast ja wohl nicht in eine Schafherde, wenn man sich umbringen will. So ein Quatsch.«

Wir schauten Photos an, auf denen er zu sehen war (leider hatte in jenen letzten zwei Wochen meiner Zeit am Ionischen Meer niemand photographiert; dafür war zumeist Kolki zuständig), und da fragte ich Manu indirekt nach Monika. »Sag mal – hast du je rausgekriegt, wie es kam, daß Hartmut an dem Abend des Panigyri in Kouphala auftauchte?« So abwegig, wie meine Frage nahelegte, war das gar nicht, aber im tiefsten Grunde fragte ich ja auch indirekt nach etwas anderem.

»Ja nu«, machte sich die gütige Manu die Mühe einer Antwort, obwohl sie sehr wohl die Nachtigall trapsen hörte, »das kam doch öfter vor, daß Parga-Touristen Kouphala besuchen. Da hängen doch; da hängen doch Plakate rum, wenn was in den umliegenden Dörfern los ist. Und so war das auch mit Hartmut. Dem wurd's; dem wurd's einfach langsam zu langweilig, und deshalb ist er mit seinem Schweden und den Engländerinnen da zum Panigyri nach Kouphala. Übrigens«, sagte sie, »er schwört, daß er es nicht war, den Monika da am ersten Tag gesehen haben will, in der Gruppe von Leuten, die da vom Totenorakel runterkamen... Obwohl Monika ihm immer noch nicht; noch nicht richtig glauben kann. Ich auch nicht. Das wär' ja auch 'n unglaublicher Zufall, wenn die Phantasiefrau *und* die reale rothaarig –«

Also doch: Kaba? Oder weibliche Intuition?

»Wer weiß«, so meinte Manu dann: Wenn das alles nicht genau so gekommen wäre, vielleicht wäre Monika nie so glücklich geworden, wie sie jetzt ist. Sie hat es tatsächlich geschafft, Hartmut zu einer Paartherapie zu bewegen. Außerdem hat er sein Old Spice gegen ein anderes Aftershave ausgetauscht. »Boss wahrscheinlich«, sagte ich. Und er spendierte ihr eines jener teuren Lufthansa-Seminare gegen Flugangst. In diesem einen Jahr haben sie die Kalksinterterrassen in Pamukkale besichtigt und den schiefen Turm von Pisa, ja sogar den Zuckerhut; ab nächste Woche soll's quer durch Südeuropa gehen und im Winter nach New York.

»Sie hat gesagt«, erzählte Manu, »sie hätte nicht im Traum; nicht im Traum zu hoffen gewagt, daß sie dazu jemals in der Lage wäre.« Nun hat sie vor, eine Lehre als Reisebürokauffrau zu beginnen (falls jemand, dachte ich, einem dreiundvierzigjährigen Püppi eine Stelle anbietet). Sie hat das Rauchen aufgegeben und einen Russischkurs begonnen. Ihre Enkelin wächst und gedeiht.

»Und«, erzählte Manu, »sie kann jetzt; sie kann ganz laut ›Scheiße‹ sagen. Aber hallo.«

Alles in allem hat diese Geschichte also ein Happy-End. Und wenn wir nicht gestorben sind, dann leben wir noch heute. Stimmt's, Spyro?

Anmerkungen

Das reale Vorbild für das fiktive Dorf Kouphala heißt Ammoudia. In Wirklichkeit steht das historische Totenorakel von Ephyra nicht dort, sondern im Nachbarort Mesopotamos. Ebenfalls dichterischer Freiheit zuzuschreiben ist die räumliche Nähe jenes Totenorakels zur Kyklopenhöhle. Ähnliches gilt für das Verhältnis von Figuren und lebenden wie auch toten Personen. Ferner sei an dieser Stelle eingeräumt, daß der kleine Bodo, streng historisch betrachtet, Dr. Sommer (»Bravo«) und das Ernst-Jandl-Zitat »Ottos Mops kotzt« erst ein paar Wochen nach dem Beeckdörper Schützenfest hätte kennen können.

Buhmann und Theo haben sich in Form von Gedanken, Paraphrasen oder Zitaten freimütig bedient bei Elisabeth Badinter (Fernseh-Feature), Christoph Bördlein (*Das sockenfressende Monster in der Waschmaschine. Eine Einführung ins skeptische Denken*), Marianne Gronemeyer (*Das Leben als letzte Gelegenheit. Sicherheitsbedürfnisse und Zeitknappheit*), Homer (*Odyssee*, in der Übertragung von Wolfgang Schadewald), Albert Henrichs (*Der rasende Gott: Zur Psychologie des Dionysos und des Dionysischen in Mythos und Literatur*, in: *Antike und Abendland 40*), Joachim Hermann (*Argumente gegen die Astrologie*, in: *Skeptiker* 2/95), Armin Kerker (*George Dalaras – die magische Stimme Griechenlands*, im booklet zu einer seiner CDs), Stefan Klein (*Alles Zufall*), Klaus Luttringer (*Weit, weit... Arkadien. Über die Sehnsucht nach dem anderen Leben*), Werner Nachtigall (*Warum die Vögel fliegen*), Peter Rühmkorf (*Tagelied*, in: *Haltbar bis Ende 1999*),

Philipp Vandenberg (*Das Geheimnis der Orakel*), Jochen Winter (*Das Ei – Urort der Schöpfung und der Verwandlung. Vom Chaos zum Kosmos, von der Materie zum Geist,* in: *Die Zeichen der Natur. Natursymbolik und Ganzheitserfahrung,* hrsg. v. P. C. Meyer-Tasch).

Der Text (und die Musik) zu Alexandras Lied *Zigeunerjunge* stammt von Hans Blum. Abdruck erfolgt mit freundlicher Genehmigung von Melodie der Welt, J. Michel KG, Frankfurt am Main. Das Lorelei-Lied *Ich weiß nicht, was soll es bedeuten* wird zitiert nach *Heines Werken in fünf Bänden, Erster Band: Gedichte* (17. Aufl., Berlin 1986).

Außer all diesen Autoren und Institutionen gebührt folgenden Personen herzlicher Dank: etlichen Freund/inn/en und Kolleg/inn/en aus meinem E-Mail-Organizer für zuträgliche Anregung hinsichtlich des »Mühlrad-Rätsels«, Lena (u. a. für die Blumenexpedition), Hans (für Fotografie und PC-Zeugs), Uwe (für subjektive Einführung in das Wesen von Ammoudia), Tilman (für musikalische Beratung); Klaus W. Bonert für Erstellung einer Liste von Sonnen- und Mondauf- sowie -untergangszeiten im Juni 2000, Antje Harbeck für kurzfristige Sekretariatsarbeiten – sowie der geliebten Ammoudia-Gemeinschaft, insbesondere Theodoraki sowie Dany, Linde und Renate, u. a. fürs Urlaubstagebuch. Ferner Wolfgang Hörner und Gerd Haffmans; für korrektet Berlinern Esther Kormann und Ti Chemnitz. Norbert für frühe Erstlesung. Und schließlich Caroline Kouptsidis für Schlußlesung der griechischen Dialogpassagen. Etwaige Inkonsistenz in der Transliteration, vorgenommen nach – teils eigenmächtig modulierter – offizieller Maßgabe, geht allerdings auf meine Rechnung, desgleichen der Verzicht auf Beugung der griechischen Eigennamen, die Eindeutschung z. B. bei der Mehrzahl-Bildung (Ouzos statt *oúza*) etc. F. S.

… und zum Gedenken an
Pavlos Kostas
† 17. August 2001